Oliver Uschmann

NICHT WEIT VOM STAMM

Roman

script5

ISBN 978-3-8390-0120-2
1. Auflage 2011

script5 ist ein Imprint der Loewe Verlag GmbH, Bindlach
Dieses Werk wurde vermittelt durch
die Michael Meller Literary Agency, München.
Umschlaggestaltung: Christian Keller
Redaktion: Marion Perko
Printed in Germany (003)

www.script5.de

Wenn es nicht klappt,
mach das Gegenteil.

Sylvia Witt

SVEN LECHNER

SVEN LECHNER
SVEN LECHNER

Jetzt schaut euch diesen Jungen an.

Sven.

Was für ein gewöhnlicher Name.

Sein Vater aber, der denkt, Sven hätte außergewöhnliche Fähigkeiten. Kein Mutant oder so, keine Feuersäulen aus den Händen oder Kontrolle über den Sturm. Nicht mal ein besonderes Sporttalent hat der Junge. Er kann auch nicht kämpfen, jeder Straßenschläger könnte ihn mit links fertigmachen, dafür bräuchte er nicht einmal große Kampfkunst.

Was den Vater an diesem Sven so beeindruckt, ist seine Aufmerksamkeit. Sein Interesse an der Welt. Er begreift alles, kann sich alles merken, muss sich niemals etwas aufschreiben. Er ist ein wandelndes Lexikon für Pflanzen und Tiere und er hat ein fotografisches Gedächtnis. Logik fällt ihm leicht. Und was den Erwachsenen besonders gut gefällt: Dieser Vierzehnjährige lässt sich niemals ablenken. Er bringt die Dinge zu Ende. Er plant. Keine Urlaubsreisen oder Gartenpartys, sondern große Projekte. Sie fallen ihm einfach so ein, aber anders als andere Teenager arbeitet er sie aus, Blatt für Blatt, mit Text und Zeichnungen, er hält sich wohl für einen scheiß Architekten oder so.

Das ist auch der Grund dafür, dass er den Wettbewerb *Stadtprojekt der Zukunft* gewonnen hat, und das nicht etwa in der Kategorie »Ideen von Kindern«. Sein Entwurf hängt jetzt hier in einem Glaskasten und der Bürgermeister hat gerade höchstpersönlich eine Rede auf ihn gehalten, im Foyer der Stadtbibliothek, ein unglaubliches Gesülze. Hört euch das an:

»Mit seiner Imaginationskraft greift Sven Lechner nach den Sternen, aber seine Füße stehen dabei fest auf dem Boden der Tatsachen und der Frage: Wie setze ich das um? Er träumt vom Großen und Ganzen und sieht zugleich jeden einzelnen Schritt. Er macht uns sehen und daran glauben, dass seine Vision umsetzbar ist.«

Ätzend, oder?

Sven, das Supertalent …

Was seine Vision ist?

Palm Grove, ein überdachtes Tropenparadies mit Schwimmbad, aber auch mit einer kompletten Plantage für Kokospalmen. Es sind nicht irgendwelche Tropen, die er hier am Niederrhein nachbauen will, sondern die Tropen von Nord-Queensland in Australien. Dieses Land liebt er besonders, so wie seine Schwester Lina, die er jetzt beim Pressefoto neben sich zieht, damit sie mit aufs Bild kommt. Sie trägt ein T-Shirt mit einem Koala darauf und der Aufschrift »No worries«, dem Wahlspruch der Australier. Womöglich hat sie sich auch den Slogan für das Freizeitparadies ausgedacht: »Ein Ort, wo Sie Sorgen vergessen!« Mein Gott, ist der Junge naiv.

Das Mädchen, das Sven jetzt mit einem großen Diktiergerät zu interviewen beginnt, ist auch so eine Streberin. Jule Gunesch. Sie ist erst vierzehn und arbeitet schon fürs Lokalradio. Stufensprecherin aller achten Klassen an Svens Gymnasium und natürlich auch Chefredakteurin der Schülerzeitung. Sven teilt mit ihr die Ferienwohnung auf Klassenfahrten, mit ihr und mit zwei Jungs, Benjamin Wörle und Max Sippel. Da haben sich die Richtigen gefunden. Benjamin ist auch so ein Naturfreak und kocht mit Sven zusammen Suppe aus Wildkräutern, die sie irgendwo im Wald zusammenpflücken. Max ist der Sohn des obersten Sparkassenchefs der Stadt und kommt ganz nach seinem Vater. Ständig macht er Listen und Statistiken, freiwillig, und seine Schulhefte schweißt er in Schutzfolie ein.

»Hallo, Sven!«, sagt Jule und er hält dabei seine Schwester im Arm. »Das ist Lina, meine größte Inspiration!«

Lina lächelt: »Du bist süß. Aber den Preis hast du gewonnen.«

»Na ja …«, sagt Sven.

»… mit nur vierzehn Jahren«, sagt Jule und hat schon längst auf den Aufnahmeknopf gedrückt: »Wie ist das denn so? Als Teenager von all den wichtigen Männern gelobt zu werden?«

Sven zögert kurz und sieht aus dem Augenwinkel seinen Vater, der ihm zuprostet. Er platzt vor Stolz. Sicher, er ist ja selbst ein Star und Mikrofone gewöhnt. Solche Leute wollen immer, dass ihre Söhne so werden wie sie. Svens Vater leitete bis vor Kurzem ein berühmtes Internat, ein Bildungsinstitut mit großen Idealen. Jetzt hat er seine Stelle aufgegeben, um sich voll und ganz seinem ersten großen Buch für den breiten Markt zu widmen, dem *Lob des Kanons*, siebenhundertfünfzig Seiten, auf denen er alles zusammenfasst, was man wissen muss. Das ist ihm sehr wichtig, es soll in allen Haushalten stehen, er möchte damit »die Bevölkerung vor der Verblödung retten«, hat er gesagt. Der Typ ist anmaßend. Hält sich für was Besseres.

»Och«, antwortet Sven endlich auf Jules Frage in das Diktiergerät, »ob die ganzen Männer mich hier loben, ist nicht so wichtig. Ich weiß ja nicht, was die draufhaben. Wichtig ist, was mein Vater sagt, der hat zu Hause eine Bibliothek, die fast so groß ist wie die ganze Stadtbücherei hier. Und er hat alles davon gelesen.«

Na, herzlichen Glückwünsch zu diesem Vater!

Jule wechselt das Standbein und macht einen Kontrollblick auf den Zeiger für den Aufnahmepegel. Sie trägt eine offene, dünne Jacke und darunter ein T-Shirt von Coldplay. Man merkt, wie Sven sie anhimmelt, er steht auf sie, ich glaub, er weiß das selbst gar nicht. Man traut ihr zu, dieses Mikrofon eines Tages auch Chris Martin unter die Nase zu halten oder Robbie Williams oder Johnny Depp. Sie trägt T-Shirts nicht als Fan, sondern als Insiderin.

»Wie kommt man auf die Idee, eine überdachte Kokospalmenplantage samt australischem Streichelzoo und Erlebnisbad zu entwerfen?«, fragt sie und Sven zeigt als Antwort erneut auf seine Schwester: »Wie gesagt, Lina und ich sind Australienfans. Die Kokospflanze ist das Beste und Schönste, was dieser Planet jemals hervorgebracht hat. Ohne jede andere Nahrung, nur mit Kokos, kannst du ewig überleben. Im Krieg haben sie Kokossaft als Ersatz für Blutplasma benutzt, es ist die reinste Flüssigkeit der Welt, reiner als Wasser. Die Ureinwohner nennen die Kokospalme ›Baum des Lebens‹. Wenn du diesen Baum begriffen hast, hast du die Welt begriffen.«

Boah, das ist ja nicht auszuhalten!

Jetzt kommt Svens Vater hinzu, Prof. Dr. Michael Lechner, und sie reden über Queensland und die Wallabys und den Streichelzoo, der zwischen Plantage und Schwimmbad gebaut werden soll, und als Sven und sein Vater nach Hause kommen, stoßen sie noch einmal mit Svens Mutter an, die die Grippe hat und nicht mitkommen konnte. Ein Haus mit Naturpool im Garten, gemauert vom Vater. Ein Haus mit fünftausend Büchern in Vaters Büro, in denen Sven stöbert, während der Vater an seinem klobigen Mahagonischreibtisch schreibt, aufsteht, in einem der vielen Bände etwas nachschlägt, Notizen macht, den Blick Richtung Decke hebt, irgendwann »Ja, genau!« sagt und den nächsten Satz tippt. Das Team der Talentierten, der große Bildungsmann und sein Sohn, der leuchtende Augen kriegt, wenn er darüber liest, wie der Mathematiker Andrew Wiles sieben Jahre lang rechnete, um eine dreihundertsechsundfünfzig Jahre alte ungelöste Formel zu knacken. So was bewundert Sven, nicht etwa die Fußballkunst von Lionel Messi oder die Kampfkraft von Brock Lesnar.

Hier, wo ich jetzt gerade bin, ist Sven früher mit seinem Vater und seiner Schwester gewesen, auf der größten Sommerkirmes der Umgebung, den PPP-Tagen am Rhein. Oder genauer: auf dem Trödelmarkt, der auf der Zufahrtsstraße stattfindet. Wie sie da rumgehüpft sind zwischen den Ständen, als wäre das Ganze ein Freilichtmuseum, der Vater kaufte Würstchen und Sven und Lina erfanden Werbesprüche für das geplante Tropenparadies: »Wilde Wallabys weiden nun in Wesel!« oder »Kokos, Kraulen und Kakteen – kleinstadtgroße Koalawelt!«

Max Sippel verkaufte alte PlayStation-Spiele an seinem Stand und machte Notizen in sein Heft für »Soll« und »Haben« und Sven lief mit seiner Schwester in den schmalen Streifen Wald neben den Gleisen des historischen Schienenverkehrs, einer Bummelbahn, die höchstens ein Mal im Jahr fährt. Ganz euphorisch waren die beiden, weil sie knallroten Klatschmohn entdeckt hatten. »Schau mal hier, Klatschmohn!«, kiekste Sven wie so ein schwuler Friseur und ich habe auch keine Ahnung, warum mir das alles so genau im Kopf herumschwirrt, dieses peinliche Getue von Sven Lechner.

Der Typ war so naiv.

Der Typ hatte keine Ahnung davon, wie das Leben wirklich läuft.

Der Typ war ich.

Sven Lechner.

Vor fünf Jahren.

KIRMESSCHLÄGER

KIRMESSCHLÄGER
KIRMESSCHLÄGER
KIRMESSCHLÄGER

Jetzt, im Jahre 2008 und »volljährig«, stehe ich, ein Bier in der Hand, mit meinen neuen Freunden in der Hitze des Augusts und beobachte einen gelackten Macker. Er sieht glücklich aus und ein wenig wie Elvis. Er sieht aus, als könne er sämtliche Frauen rumkriegen. Mit der Rothaarigen neben ihm gelingt es ihm bereits. Sie himmelt ihn an wie ein Mädchen, obwohl auch sie eine echte Frau ist. Die beiden sollen uns zeigen, was dieser Ort eigentlich sein will, ein glitzerndes großes Vergnügen. Unschuldig, charmant und ein bisschen »verwegen«, so würde es mein Vater nennen, der ohnehin gerne von der Zeit redet, als man noch Elvis-Lieder sang und die Frauen beim Tanzen Röcke trugen. Mein Vater, der schon lange nicht mehr verwegen ist und der nicht mal mehr morgens in den Pool steigt, den er selbst gebaut hat und in dem er früher so oft schwamm.

»Verwegen.«

So will dieser Ort sein.

So ist er aber nicht.

Der Mann mit der Tolle und die Rothaarige sind Airbrushfiguren, aufgesprüht auf das Blech des Autoskooter-Daches. Unter ihnen rammen sich die jungen Männer in den Wagen und brüllen dabei. Aus den Boxen plärrt Lady Gaga und betont, dass sie heute Nacht sehr gerne auf dem »disco stick« ihres Lovers reiten würde. Hinter dem Skooter beugt sich ein Mann über einen geöffneten Mülleimer und reihert in den eingehängten Plastiksack.

So ist dieser Ort.

Die Sommerkirmes am Rhein ist nicht wie das Fünfzigerjahremotiv auf der Dachblende des Skooter-Fahrgeschäftes.

Sie ist nicht mehr glitzernd und unschuldig.

Das passt, denn ich bin es auch nicht mehr.

Und meine neuen Freunde, die waren es nie.

»Geiler Wurf«, sagt Boris neben der Dosenwurfbude und der Werfer – ein zum Kotzen harmloser Bankangestellter, der sein Hemd in der Hose trägt – lächelt gequält, weil er nicht weiß, wie er reagieren soll. Wer uns begegnet, weiß nie, wie er reagieren soll, und in Momenten wie diesen genieße ich das. Wir tragen keine gestreiften Hemden und stecken sie in die Jeans. Wir arbeiten nicht bei der Bank. Mein Basketballshirt hängt weit und schlabberig über der Adidas-Trainingshose, als stünde ich nicht auf der Kirmes am Rhein, sondern in meinem eigenen Hinterhof. Boris hat sein olivgrünes Shirt von Carhartt extra eine Nummer zu klein gekauft, damit seine Muskeln sich darunter besser abzeichnen. Zündet er sich eine Zigarette an, bewegt sich sein Bizeps, und obwohl er alles andere als ein Bodybuilder ist, sieht er beeindruckend straff aus. Es wirkt, als könne er jedem seiner spöttischen Worte auch Taten folgen lassen. Braucht er allerdings nicht. Seine Worte sind schon Waffe genug. Seine Worte und seine Augen. In Sekunden erkennt er damit, wer jemand ist und wo seine Schwächen liegen, und dann bohrt er genau da hinein, tief und schmerzhaft, wie mit einem dünnen Vierer-Aufsatz auf der Maschine, mit dem man nur ganz kleine Löcher macht, die aber ewig bluten können. Der Schläger in unserer Gruppe ist Frederick und ihm wiederum sieht das niemand an. Frederick ist groß und ein wenig hager, wie Tischtennisspieler aus der Verbandsliga nun mal aussehen. Seine Koteletten sind flach und präzise rasiert und er trägt Polohemden, allerdings immer nur von Fred Perry. Die Ruhe, die er ausstrahlt, ist grundsätzlich die Ruhe vor dem Sturm.

Der Bankangestellte zittert ein wenig vor seinem zweiten Wurf und bemüht sich zu verbergen, dass er zu Boris schielt. Seine Freundin steht neben ihm, einen Kopf größer. Wahrscheinlich hat sie ihn bereits zur Verlobung gezwungen und zu sich in die Wohnung gelockt, wo er nun den Müll rausbringt und nachts nicht mehr fernsehen darf. Boris sagt, den Blick scheinbar auf dem Autoskooter gegenüber, langsam an seiner Zigarette ziehend: »Na los, du schaffst das. Du bist doch der Macker, oder? Bist du der Macker, du kleiner Muschibär?«

Der Mann wirft. Er verfehlt nicht bloß die Blechdosen, sondern pfeffert den Ball komplett neben die Holzbox, in der sie stehen, mitten rein in die Wand, an der die wertlosen Preise hängen. Zwei Plastikverpackungen mit »Polizeisets« fallen von ihren Haken, Pistolen und Handschellen aus Kunststoff. Der Mann wird knallrot. Seine Freundin fasst ihn am Arm und sieht giftig zu uns herüber.

Boris sagt: »Ist doch kein so guter Beschützer, dein Macker, oder? Kann wohl nur mit Zahlen umgehen, der Hängehoden.«

Boris lacht, sieht Frederick und mich an, hebt seine Bierflasche, damit wir gemeinsam anstoßen, und sagt: »Wenn bei denen zu Hause eingebrochen wird, kann der Einbrecher so fett sein wie The Big Show und der Stuhlwärmer da würde ihn immer noch verfehlen!«

Wir lachen und stoßen an. Während ich das Bier in mich hineinlaufen lasse – es muss das siebte oder achte heute sein –, beobachte ich den Bankangestellten aus dem Augenwinkel. Sein Blick ist ein Genuss. Es ist dieser Blick, den wir bei jedem Menschen verursachen, den wir aufs Korn nehmen. Einerseits spürt der Typ seinen Stolz und seine Verpflichtung, sich irgendwie zu wehren, vor allem da seine Freundin dabei ist, die ihn zu Hause schon genug herunterputzt. Andererseits hat er eine Scheißangst, es zu tun, und hasst sich selbst dafür. Und das alles nur wegen uns, wegen zwei Bemerkungen und weil wir neben der Bude stehen und einfach sind, wie wir sind.

»Was ist, wollen Sie noch?«, fragt der bärtige Dosenwurfbudenbesitzer und der Mann nimmt seinen dritten Ball entgegen. Er atmet durch, zielt, holt aus und schreckt wie ein kleines Kind zusammen, als Frederick wie aus heiterem Himmel einen Schritt auf ihn zuspringt und »Buh!« schreit. Der Ball landet wie ein trauriges Häufchen Elend auf der Theke der Bude und ich sehe, wie dem Mann Tränen in die Augen schießen, weil er nicht den Mumm hat, sich zu wehren. Für eine Sekunde sticht mich etwas, wie wenn man alte Kindheitsfotos ansieht und sich daran erinnert, wie harmlos mal alles war, doch dann bellt seine Freundin: »Findet ihr das witzig, oder was?« Sie zieht ihn einfach weg, den Blick auf uns wie eine Mutter, die ihren wehrlosen Sohn vom Schulhof holt. Er flennt. Was für ein würdeloser Wurm.

»Junge, Junge, was für 'n beschissenes Opfer«, sagt Frederick, sieht ihnen nach und grinst dabei, als überlege er, ihm noch beim Weggehen für seine Feigheit in die Kniekehlen zu treten. Dann klingelt sein Handy, ein Track von Sizzla, Ragga-Sound aus Jamaika, nichts, was Normalsterbliche kennen müssten. So ist Frederick: spielt Tischtennis in einer Liga, die fast schon Profiklasse ist, hört Insider-Reggae und schlägt schnell und hart zu, wo er gerade noch wie eine dösende Echse in der Sonne gelegen hat. Er holt das Telefon aus der Hosentasche, liest, zieht mit einem klebrigen Gurgeln etwas Schleim den Rachen hoch, spuckt ihn auf den Boden und sagt: »Debby und Timo. Sind bei der Raupe.« Frederick zeigt den Platz entlang, der sonst nur eine platte Wiese ist, hinter der sich das teure und große Welcome-Hotel erhebt. Wir trinken aus, werfen die Flaschen auf den Blechrand einer Budenbegrenzung, sodass eine davon zerspringt, und gehen hinüber.

Timo ist unser Dealer, und wäre er nicht echt, könnte man glauben, er wäre dem Hirn eines amerikanischen Comiczeichners entsprungen. Er ist so klein und dünn, dass er wie ein Schatten in seinem viel zu großen Kapuzenpullover verschwindet. Wäre sein Leben ein bisschen anders verlaufen, wäre er jetzt einer dieser verkrampften Deppen, die mit einer Jeansjacke voller Aufnäher von Iron Maiden und Metallica herumlaufen, diese Jacke ihre »Kutte« nennen und dazu lange fettige Haare tragen. Timos Haare sind auch fettig, aber kurz und strukturlos, »wie bei so Kindermördern im *Tatort*«, wie Frederick immer sagt.

Timo hält nichts von Metallica, denn Metallica ist ihm zu soft. Timo würde niemals eine »Kutte« tragen. Timo verschwindet mit seinem kleinen Kopf in seiner Kapuze. Hätte er rote Augen, würden sie wie zwei glühende Knöpfe aus dem schwarzen Nichts leuchten. In den Taschen seines Pullis und seiner schwarzen Militärhose stecken grundsätzlich ein iPod und diverse kleine Tütchen. Der iPod ist voll mit der extremsten Musik, die man sich vorstellen kann, und die Tütchen sind voll mit Piece und meistens auch noch mit Tabletten oder anderem Zeug, das ich bisher nicht angerührt habe. Bier, Wodka und viele kleine Schnäpse lagert er in seinem Militärrucksack. Er selbst nimmt gar nichts zu sich außer dieses ständige Gekreische aus seinen Ohrstöpseln, nicht mal den Alkohol, den er meistens zu viel zu hohen Preisen an junge Kids verkauft, die ihn am Kiosk noch nicht bekommen. Ich habe ihn noch nie trinken sehen, nur Red Bull. Er braucht die Kontrolle über sein Geschäft, ein dunkles, hellwaches Wesen der Nacht. Einen Stöpsel trägt er im Ohr, der andere hängt auf seiner Brust. Man hört nur noch ein Rauschen, wenn Black Metal aus solchen iPod-Stöpseln kommt, ein einziges, gleichbleibendes Geräusch. Auf den Rucksack hat er mit Filzer den Bandnamen Marduk geschrieben, sonst nichts.

Timo schreibt nicht viel. Timo redet nicht viel. Gerade steckt ihm Debby ihre Zunge in den Mund, obwohl das nicht gut schmecken kann. Es ist nicht so, dass die beiden ein Paar wären. So einen romantischen Scheiß wie Paare gibt es bei uns nicht. Das finde ich gut. Dennoch habe ich Probleme, so häufig und heftig mit Debby rumzumachen, wie die anderen es tun, auch wenn sie es zulässt. Es reizt mich ja auch, aber ich finde es irgendwie nicht richtig. Zumal ich irgendwie das Gefühl habe, dass sie sich bei mir anders benimmt als bei Boris, Frederick und Timo. Bei ihnen gibt sie die schnelle Bitch, bei mir ist sie … ich weiß nicht … es ist, als wenn ich sie erst erobern müsste.

»Scheiße, du siehst aus wie ’n verdammter Sensenmann mit der verdammten Kapuze«, begrüßt Boris unseren Stammverkäufer und Debby lässt sofort von ihm ab, als sie uns bemerkt. Sie lächelt mir zu, und wüsste ich es nicht besser, würde ich denken, ich hätte in diesem Lächeln eine kleine Entschuldigung gesehen oder einen Hauch von Scham. Aber, hey, was weiß denn ich, was ich sehe, ich habe schon acht Bier getrunken. Oder neun.

»Hab ich recht?«, fragt Boris mich und stupst mich an. »Na, habe ich recht? Sieht er aus wie ein scheiß Sensenmann oder nicht? Sag was, du Schleusenfrosch! Er sieht doch so aus, oder? Weißt du, was ich meine?« Mit dieser Floskel beendet Boris fast alle seine Sätze. »Weißt du, was ich meine?«, nur dass es bei ihm wie »Weissschmschmein?« klingt.

»Heute mal nur Schnaps, du Seuchenvogel«, sagt Boris und Timo beugt sich zur Seite, um die Schlaufe seines Rucksacks über den Arm zu ziehen. Boris hebt die Hand: »Warte, warte, warte, mach noch ein bisschen Shit dazu. Fred? Sven? Okay? Ich gebe einen aus. Ich seh doch, dass ihr was braucht, ihr Klötenponys! Weißt du, was ich meine?«

Wir nicken.

Timos iPod-Stöpsel rauscht, bellt und ballert.

Debby macht einen Schritt auf mich zu, sieht mir in die Augen und streichelt dabei mit ihren Fingerspitzen die Innenfläche meiner linken Hand. Ihre Lippen glänzen vor Lipgloss. Mein Puls steigt an, vor allem da ich weiß, dass ich Zugriffsrecht habe. Unsere kleine geile Serbin.

»Hi!«, sagt sie.

»Hi«, sage ich.

»Dieses Geplärre ist unerträglich«, sagt sie lachend und deutet mit ihrem Kopf zu Timos Ohrstöpseln.

Ich lächele, tue so, als würde ich aus dem gleichmäßigen Rauschen irgendwas heraushören können. »Ich glaube, das ist *Demoneater* von Unleashed«, sage ich, weil ich mal was über die Band gelesen habe und mir manche Dinge immer noch merken kann, ob ich will oder nicht.

Nur dass ich mich nicht mehr mit Pflanzen oder Koalas beschäftige, sondern nur noch mit Scheiß. Wir müssen beide lachen, weil es witzig ist, dass es tausend Death-Metal-Bands gibt, die alle gleich klingen, und ich will mich gerade zu Debby hinunterbeugen, um sie zu küssen, als Boris zu einem Schießstand zeigt.

»Hey, guck mal! Die drei Fragezeichen sind da!«

Wir folgen mit den Augen seiner Geste. Vor dem Schießstand stehen Jule, Benjamin und Max. Unsere ehemaligen Schulfreunde oder besser: meine ehemaligen Schulfreunde. Die angehende Journalistin, die mittlerweile für die Hauptredaktion des Lokalradios arbeitet und den Bürgerfunk schon hinter sich gelassen hat. Der Naturfreak, der alles Essbare im Wald erkennt und sich in professioneller Fotografie versucht. Und Max, Sohn des Sparkassenchefs, der ständig über alles Buch führt. Boris, Frederick und Debby haben niemals was mit ihnen zu tun gehabt, schon damals nicht. Jule, Benjamin und Max machen nächsten April ihr Abitur am Andreas-Vesalius-Gymnasium, während wir schon längst gar nichts mehr tun, seit wir die Schule in der zehnten Klasse verlassen haben. Bei der Musterung auf dem Kreiswehrersatzamt wurde ich wegen mieser körperlicher Verfassung, krummer Beine und verbogener Wirbelsäule für komplett untauglich erklärt. Boris hat irgendetwas über seinen Vater deichseln lassen, der Chefarzt im Marien-Hospital ist und »ihm das schuldete«, wie er mal angedeutet hat. Nur Frederick hat gedient, zehn Monate lang, in der Kaserne am Stadtrand. Die ersten drei hat er trainiert und geschossen, die letzten sieben gesoffen und gefunkt.

Jule, Benjamin und Max sind anders. Sie taugen zu etwas. Heute wie damals. Bestimmt gehen sie gleich nach ein paar getroffenen Sternen am Schießstand nach Hause, um zu lernen, während wir die Kirmes für voll nehmen und Boris beiläufig anfängt, ein bisschen von dem bei Timo gekauften Zeug in einen großen Joint einzuarbeiten. Ich freue mich auf die Wirkung, auch wenn mein Hirn schon jetzt ein wenig schwimmt, während ich Jule und die Jungs drüben am Schießstand beobachte. Wahrscheinlich stellt sie sich während der Klausuren in der Schule immer noch das Stoffschaf auf ihren Tisch. So war das jedenfalls früher. Heute sitzt es in ihrem blauen Ford Ka, mit dem man sie häufig durch die Stadt düsen sieht, immer auf dem Weg zu neuen Interviews. Benjamin dekorierte seine Klausurtische früher mit Pflanzen und Max schweißte seine Hefte in Folie ein. Ich denke wieder an die Suppe aus Wildwuchs, die Benjamin und ich auf der Klassenfahrt gekocht haben. Ich habe die Kräuter vergessen. Solche Sachen vergesse ich mittlerweile. Ich habe mit diesen Leuten das Appartement geteilt. Sie waren Freunde. Die drei Fragezeichen. Unfassbar.

Boris zieht an dem fertigen Joint, gibt ihn Frederick und geht hinüber. Wir folgen ihm und stellen uns unauffällig in die Nähe. Max diskutiert mit dem Schießbudenbesitzer: »Also drei Schuss kosten einen Euro fünfzig, fünf Schuss zwei Euro und zehn Schuss drei Euro fünfzig?«

»Ja«, sagt der Mann und es klingt, als sage er es nicht zum ersten Mal.

Max überlegt. Dann hebt er den Zeigefinger. »Und wenn ich zwanzig Schuss nehme, wird das nicht billiger?«

»Nein, dann bleibt es bei sieben Euro.«

»Und fünfzig, nur rein theoretisch?«

Der Schießbudenbesitzer rollt mit den Augen. »Das ist hier keine Theoriebude, das ist eine Schießbude.«

»Ja, aber ein Staffelrabatt kann doch nicht bloß dreistufig sein. Ich meine …«

»Ja, junger Mann, ich kann Ihnen hier auch zweitausend Schuss für vierhundert Euro vertackern, dann können Sie die ganze Rückwand durchlöchern. Ich kann Ihnen auch die ganze Bude verkaufen, dann machen Sie meinen Job und ich verkaufe Ihnen meine Frau hinten im Wohnwagen noch dazu.«

Boris grunzt und hält sich schnell die Hand vor den Mund. Noch sollen die anderen nicht merken, dass wir da sind.

»Max, jetzt kauf einfach zehn Schuss, okay?«, sagt Jule.

Max seufzt und holt seine Geldbörse raus. Der Mann lädt das Gewehr und gibt es dem kleinen Rechengenie. Doch statt zu schießen, legt Max es sorgfältig ab, holt einen Bleistift und ein kleines Heft aus der Hosentasche und beginnt, darin zu schreiben.

»Was ist denn jetzt? Müssen Sie erst einen Brief an General Rommel schreiben, oder was?«

Max ignoriert den Budenbesitzer. Er dreht sich zu Jule und fragt: »In welche Kategorie soll ich Ausgaben auf der Kirmes eintragen? Freizeit? Sport?«

Jule runzelt die Stirn.

Max notiert was, friemelt dann einen Radiergummi aus der Tasche und rubbelt es wieder aus. Ich kann kaum glauben, was ich da sehe.

»Es könnte auch die Kategorie ›Glücksspiel‹ sein. Immerhin gewinnt man was, wenn man gut schießt.«

»Oh großer Gott!«, sagt der Budenbesitzer und hebt die Arme, als könne man ihn gerne gleich erschießen.

Boris wischt sich übers Gesicht, um wieder halbwegs ernst zu wirken, tritt vor und stellt sich an die Theke.

»Na?«, sagt er, als die drei ihn erkennen, und Jule rollt mit den Augen. Benjamin lässt sich nicht beirren und lächelt, als freue er sich, uns zu sehen, weil er sich über jeden Menschen auf Erden freut. Max bekommt hektische Flecken im Gesicht und krallt die Finger in sein Heft.

»Auuuuuch hier?«, sagt Boris und zieht dabei das »auuuuuu« ganz bauchig lang. Es klingt, als wolle er den anderen unterstellen, sie würden üblicherweise so eine Art Small Talk machen, und er müsse sie dafür schon präventiv verspotten. Man weiß es aber nicht. Meistens weiß man nicht, wie Boris etwas meint. Nur eines ist sicher: Hat er etwas gesagt, fühlt sich der andere danach klein, mies, wertlos oder verwirrt. Ich bin froh, dass ich auf seiner Seite bin.

Boris zieht Max das Heft aus den Fingern, hält es sich vor die Augen und sagt: »Nein, oder? Wie geil ist das denn?«

Die hektischen Flecken in Max' Gesicht nehmen zu. Frederick und ich schauen in das Heft, das Boris in der Hand hält. Debby funkelt Jule an, wie es sonst Löwenweibchen tun, die beide einen Anspruch auf das Revier zu haben glauben. In Max' Heftchen stehen tatsächlich Spalten für Einnahmen und Ausgaben. Fein säuberlich sind jede Menge Summen eingetragen. Hinter jeder steht eine Kategorie, wofür das Geld ausgegeben wurde. Es ist unfassbar. Was für ein Eierkopf!

Jule macht einen Schritt vor und greift nach dem Buch. Ich sage, ohne dass ich es geplant hätte und mit einer sehr feuchten Aussprache: »Hey, was soll das? Die Schwuchtel soll sich selber wehren!« Jule sieht mich angewidert an. Ich habe ihr und Max vor fünf Jahren Wildwuchssuppe aus dem Wald gekocht und nenne ihn jetzt eine Schwuchtel. Bis wir beide zwölf waren, habe ich bei ihm im Keller Rennspiele gespielt; er hat die größte Sammlung in NRW, würde ich mal behaupten. Aber scheiß drauf, es macht mich sauer, dass Jule ihm sein dämliches Heft wiederholen will. *Sie*, das Mädchen. Wie die Freundin dieses Flusenlutschers am Dosenwerfstand vorhin. Was ist bloß mit den Männern los? Was sind das alles für feige Schweine geworden? Ich spüre, wie ich wütend werde, als hätte mir jemand etwas getan. Wenn das losgeht, wenn das einmal anfängt, dann hört es nicht mehr auf.

»Der Typ macht hier Buchhaltung, guck dir das an!«, sagt Boris und hält das Heft hoch, sodass Jule nicht drankommt. Max käme sowieso nicht dran, so klein, wie er ist. Sein Vater ist ein fülliger, lauter Riese. Die beiden erinnern mich manchmal an den Hahn und sein Söhnchen aus *Himmel und Huhn*. In der Schule nannten wir Max daher »Chicken Little«. Ich nehme das Heft aus Boris' Hand und zitiere so laut, dass alle es hören können: »Pausensnack: 1,50 Euro. Stabilo 0,35 Euro.« Alles lacht. Leute drehen sich um. »Ah«, fahre ich fort, »hier stehen auch Einnahmen. Da, Taschengeld, wow, 250 Euro. Was heißt das, Chicken Little? Im Monat? In der Woche? Am Tag? Macht Papa die Schatulle auf?« Max steht starr und Jule schüttelt den Kopf. Sie wirkt nicht wie achtzehn, sondern wie vierundzwanzig. Mit ihren Klamotten könnte sie die Nachrichten moderieren. Sie ist so scheißerwachsen geworden, dass man zu viel kriegt.

»Ihr seid ganz tolle Hechte, wirklich«, sagt sie, lehnt sich etwas zurück, sieht in die Menge und applaudiert. »Ganz toll, bravo, wir sind alle beeindruckt.«

Ich werfe das Heft auf die Theke des Schießstandes und sage: »Leck mich doch!«

Frederick steht mit dem Joint daneben und sieht sich das Ganze voller Genuss an, breit lächelnd wie ein Chinese aus einem Mafiacomic. Er will gerade wieder an dem Glimmstängel ziehen, als er einen Ruck nach vorn macht, weil er angerempelt wurde. Der Rempler ist ein Türke in schwarzer Jogginghose und Unterhemd. Er hat zwei Russen bei sich. Er stammt aus dem Bahnhofsviertel und ist jedermann bekannt. Alparslan Farek. Der gefährlichste Junge der Stadt. Niemand legt sich mit ihm an, üblicherweise. Aber Frederick ist nicht niemand, auch wenn er so aussieht.

So, Jule, denke ich mir, jetzt kannst du mal sehen, was wirklich so abgeht in der Welt. Ich mache mich innerlich kampfbereit. Ich spüre, wie der Alkohol in meinen Adern sich mit Adrenalin mischt. Das ist der beste Moment. Zu wissen, dass es gleich losgehen kann und dass niemand der Umstehenden damit klarkommen wird. Weil sie sich noch nie geprügelt haben. Weil ihre Welt klein und sicher ist. Weil sie feige sind und schwach.

Debby greift zaghaft nach meiner Hand, sie gehört zu uns und weiß, dass Typen wie Alparslan Schläge verdienen. Sie ist nicht so ein verwöhntes Friedensmädchen wie Jule, aber trotzdem versucht sie ein wenig, mich zurückzuhalten. Als hätte sie Angst um mich. Aber das braucht sie nicht.

Alparslan trägt Feinripp, ich trage ein Basketballshirt der Chicago Bulls. Frederick trägt Hass in sich, ständig, Frederick braucht nur einen Grund. Er hat mal gesagt, sich zu schlagen sei kein Problem mehr, sobald man akzeptiert, dass man selbst verletzt werden könnte oder gar dabei umkommen. Wenn man das hinnimmt, wenn einem das egal ist, verschwindet die Angst.

Der Kirmesplatz am Rhein ist ab sofort kein Kirmesplatz mehr, sondern eine Arena. Ich trage eine Trainingshose, als sei ich noch zu Hause oder in einer geheimen Kampfsporthalle in Hongkong, ich bin beweglich, es kann losgehen. Frederick wirft den Joint weg und geht sofort auf Alparslan zu, der sich längst umgedreht hat, weil er absichtlich rempelte, und bleibt exakt einen Millimeter vor ihm stehen, Nase an Nase, ohne jede Distanz. Sie sehen sich in die Augen, tief, brennend, wie italienische und britische Fußballspieler, wenn es um alles geht. Alparslans russische Freunde stehen hinter ihm und sind bereit zu kämpfen. Boris und ich stehen hinter Frederick und sind es auch. Jule, Max und Benjamin verlassen den Schießstand. Ich sehe, wie Jule irgendwohin geht und Ausschau hält. Timo und Debby halten Abstand, wobei Debby besorgt guckt. Sie hat mich losgelassen, aber sie ist nervös.

Alparslan und Frederick schweigen und starren. Es muss etwas in Fredericks Blick liegen, das den Türken beeindruckt und überrascht. Wer Frederick noch nicht kennt, ist jedes Mal erstaunt, wie sehr sich seine Augen innerhalb von Sekunden verändern können. Sie sehen dann einerseits durch alles hindurch und andererseits fixieren sie ihr Ziel wie ein Fadenkreuz. Man traut es ihm nicht zu – er ist ein Reggae hörender Tischtennisspieler, mein Gott –, aber jetzt sagt Alparslan nach einer Minute des stummen Machtkampfes: »Steh mir nicht im Weg.«

Ich sehe, wie Fredericks Körper sich anspannt, und weiß, dass es gleich beginnen wird, als Jule mit einem riesigen Mann heranstürmt, der eine dunkelblaue Securityjacke trägt. Sie setzen solche Leute jetzt auch auf Rummelplätzen ein.

»So, Schluss jetzt«, sagt der Mann und der Moment ist vorbei. »Schluss! Sonst rufe ich die Kollegen von der Polizei und dann hagelt es Platzverbot für alle!« Frederick und Alparslan gehen langsam auseinander und die Gruppe des Türken entfernt sich, doch im Rückwärtsgehen sehe ich noch, wie er seine Lippen bewegt und auf Frederick zeigt. Man muss nicht genau erkennen, was er sagt, um es zu begreifen.

»So, und ihr seht jetzt auch mal zu, dass ihr nach Hause kommt«, sagt der Sicherheitsmann. Boris schüttelt den Kopf, Frederick mustert ihn von Kopf bis Fuß und Timo und Debby wenden sich bereits zum Gehen. Wir gehorchen, weil wir wissen, was in Timos Pullovertaschen steckt, und keinen Ärger wegen Drogenbesitzes gebrauchen können, und verlassen langsam den Platz. Ich sehe noch, wie Jule mich ansieht, als suche sie in meinen Augen nach dem, der damals in der achten Klasse das Appartement mit ihr geteilt und von der Stadt einen Preis für die beste Zukunftsidee gewonnen hat, doch ich sage nur »Bravo!«, spucke auf den Boden und verschwinde. Mit *meinen* Leuten.

Als ich nach Hause komme, ist es 3.35 Uhr. Wir haben noch die Runde gemacht, ich habe vergessen, wo wir überall waren, durch meinen Kopf schwirren nur einzelne Bilder. Eine schmutzige Dartscheibe in einer Kneipe. Eine Bank, auf der ich endlich mit Debby knutsche, ihre glänzenden Lippen schmecke, ihr die Zunge so tief reinstecke, bis wir beide keine Luft mehr bekommen, und ihr unters T-Shirt greife, was ich immer tue, wenn ich den Rest meiner Bedenken endlich kleingekriegt habe und nur noch meine Eier mit mir reden. Ein Bauzaun mit einem Plakat für eine Party, auf dem eine tanzende Frau abgebildet ist, deren Ausschnitt ich beim Pissen als Zielobjekt wähle.

Die Welt schwankt unter mir, als sei sie eine große, auf ein Kugellager montierte Platte, die ich auszubalancieren habe. Nach vier Versuchen treffe ich mit dem Schlüssel das Schloss unserer wuchtigen Haustür, ramme sie beim Öffnen gegen die Garderobe und erinnere mich daran, besser leise zu sein. Ich schließe die schwere Tür und hänge den Schlüssel ans Brett, so gut ich das Häkchen treffe. Die Kommode im Flur war so teuer wie fünftausend Trostpreise beim Dosenwerfen, denke ich, ach was, zehntausend Preise, man könnte zehntausend Plastikhandschellen davon kaufen. Ich sollte die Treppe runter ins Bett, ich habe mein Zimmer im Keller, aber wie immer nach fünfzehn Bier, ein paar Schnäpsen und ein bisschen Rauchware spüre ich den Fressflash in mir aufsteigen, kaum dass ich die Schuhe abgestreift habe und die Fliesen unseres Hauses unter den Socken spüre. Ich peile die Küche an.

Auf dem Weg dorthin muss ich an Vaters Bürotür vorbei, der verfluchten Tür, die er seit vier Jahren verschließt, wenn er arbeitet oder unterwegs ist, also im Grunde immer. Dass ich früher einmal hinter dieser Tür im Bücherregal gestöbert habe wie ein Kind im Spielwarengeschäft, kommt mir vor wie ein anderes Leben. Die Tür stammt aus Schlesien oder so, mit Schnitzarbeiten, teuer wie fünfzigtausend Plastikhandschellensets, was weiß ich, was das für Schnitzarbeiten sind. Vater könnte sie genau beschreiben, Epoche und alles, ja, Vater würde jetzt einen Vortrag zur schlesischen Schnitzkunst beginnen. Mein Vater, der hinter der Tür mittlerweile an die fünfzehntausend Bücher hortet und in den letzten vier Jahren schon zwei geschrieben hat. *Lob des Kanons* wurde tatsächlich ein Bestseller, nicht sofort, es ging ein Jahr ins Land, bevor »das Ding explodierte«, wie sein Agent das nennt. Dann musste er »nachlegen« und schrieb ein Buch über Erziehung hinter seiner geschlossenen Tür: *Warum unsere Schüler Idioten werden.* Das funktionierte sofort, Platz 1 aller Verkaufslisten, von der ersten Woche an. Er sitzt mittlerweile nur noch in Talkshows im Fernsehen und einmal im Jahr besucht er als ehemaliger Rektor sein altes Internat, um dort vor Kameras eine Rede zu halten und nach dem Rechten zu sehen. Ich muss an diesen blöden Witz denken, bei dem eine Familie aus Sachsen »nach dem Rechten« sieht und das Zimmer ihres Skinhead-Sohnes öffnet, und lache plötzlich tierisch … meine Herren, was bin ich wieder besoffen! Gackernd öffne ich den Kühlschrank, starre debil auf die teuren Senfgläser und Biolimonaden in der weiß ausgekleideten Tür und nehme mir Zwiebelschmelz und Nutella, um ein paar Toasts zu beschmieren. Als ich die Tür wieder schließe, steht mein Vater vor mir.

»Oh«, sage ich, das Nutella-Glas in der Hand.

Mein Vater sagt erst mal nichts. Seine ganzen ein Meter zweiundneunzig sehen wach aus, um halb vier nachts. Womöglich hat er getippt, ja, das hat er, es war ganz leise hinter der schlesischen Schnitztür zu hören. So ist das mit meinem Vater. Wenn es sein muss, kann er bis fünf Uhr morgens tippen. Saugt tausend Bücher in sich auf und macht ein neues draus. Les, les. Tipp, tipp. Und ich? Ich habe nach der zehnten Klasse das Gymnasium abgebrochen und mache gar nichts mehr. Auf meinem Abschlusszeugnis stand eine Vier in Deutsch, weil ich nicht mehr lese. Meine Fähigkeiten sind weg, dafür habe ich neue. Eine Leber aus Stahl zum Beispiel. Und eine Ausstrahlung, vor der die Leute auf der Straße Angst haben. Für mich wird so ein großer Kühlschrank sehr bald Vergangenheit sein. Ich werde niemals in so einem Haus leben, wie meine Eltern es uns bereitstellen konnten. Ich werde meine Nudeln bei Lidl kaufen oder gleich bei der Tafel. Ich gehe nicht auf einen Anfang zu, sondern auf ein Ende. Auf meiner Zunge ist ein Geschmack wie Filzteppichboden, auf dem Essig vergärt.

Mein Vater sagt: »Schau dich an. Die Hose hast du schon beim Aufstehen getragen, oder?« Er schüttelt den Kopf. Wie Jule vorhin. Wie die Freundin von der feigen Sau am Dosenwurfstand. Es kotzt mich an, dass in meiner Gegenwart alle immer nur den Kopf schütteln.

»Unwennschon«, murre ich.

Mein Vater sagt: »Wir haben uns früher auch betrunken, Sven. Haben Karten gekloppt oder uns Fußball angesehen oder Platten gehört.«

Jetzt geht das wieder los. Früher, die gute alte Zeit, als alles noch authentisch war. Mein Magen röhrt. Ich muss mich mit der linken Hand an der Küchenplatte festhalten.

»Aber das«, mein Vater macht eine Geste, als rahme er meinen Körper mit beiden Händen, »das ist doch kein Feiern mehr. Das ist Verwahrlosung.«

Er redet, als sitze er in einer Talkshow. Ich glaube, das hat er neulich auch genauso im WDR über die Jugend von heute gesagt: »Das ist kein Feiern mehr, das ist Verwahrlosung.« Ja, ich glaube schon. Vielleicht hätte er mich damals in sein eigenes Internat stecken sollen, aber das wollte er ja auch nicht. Ich sollte es ohne Privilegien schaffen, auf einer ganz normalen Schule. Einen Scheiß habe ich geschafft.

»Kannichnowasfressenoderwas?«, lalle ich.

Vater schüttelt den Kopf.

»Ach, scheiß drauf«, sage ich, stelle das Glas ab, rempele ihn zur Seite und gehe zur Treppe. In den ausgebauten Keller falle ich fast, fange mich ab und lasse mich am Ende der Treppe – die Hand noch am Geländer – in die Knie sinken. Aus Jux und weil man besoffen nun mal so ist, wippe ich in dieser Haltung ein paarmal auf und ab, als sei ich ein Jetskifahrer an einer Leine. Dann plumpse ich auf den Arsch. Mein Blick fällt auf die Tür meiner kleinen Schwester Lina und mit einem Schlag fühle ich mich anders.

Lina ist der einzige Mensch auf der ganzen Welt, der noch nie über mich den Kopf geschüttelt hat, und das, obwohl sie am meisten Grund dazu hätte. Sie hätte Grund, mich niemals im Leben mehr anzusehen. Sie hätte Grund, mir jeden Tag Vorwürfe zu machen. Macht sie aber nicht. An ihrer Tür hängt ein Poster mit der Aufschrift »No worries«, ein Koala im Baumwipfel darauf. Der Leitspruch der Australier, der mal unser gemeinsamer Leitspruch war. Ihrer ist es immer noch. Bei mir muss man nur das »No« durchstreichen, dann passt es wieder.

Ich liebe Lina.

Vater steht oben an der Treppe und schüttelt den Kopf. Ich spüre, wie sich der Filzboden mit Essig in meinem Inneren auffaltet und nach oben drängt, springe auf, öffne die Tür zu dem kleinen Bad, das Lina und ich uns hier unten teilen, reiße den Klodeckel hoch und werde zum Filzteppichspender. Während ich kotze, stelle ich mir vor, wie mein Maul eine Riesenklappe ist, aus der ein Baumarktangestellter den Bodenbelag herauszieht. Die Magensäure brennt im Rachen und in der Nase, als auch aus ihr die scharfe Soße schießt, die so dünn ist, weil ich kaum etwas gegessen, dafür aber umso mehr gesoffen habe. Als der Anfall vorüber ist, höre ich nur noch, wie Vaters Schritte in sein Büro führen und sich langsam, klar und deutlich die riesige schlesische Türe schließt.

AM GLEIS

AM GLEIS
AM GLEIS
AM GLEIS

Um neun Uhr weckt mich meine Mutter. Ich befinde mich im Traum in einem riesigen Teppichhandel, nur dass ich jetzt der Verkäufer bin. Ich habe die Aufgabe, Familien zu beraten, bin gut rasiert und trage eine graue Jeans sowie ein Hemd, das mir in der Hose steckt. Es riecht, wie es in Teppichläden mit schiffsgroßen Rollen nun mal riecht. Irgendwie wohlig. Jeder Familie verkaufe ich nach längerer Beratung den gleichen Teppich, einen blauen, kurzfaserigen, gut zu saugenden Belag mit roten, welligen Streifchen darin, die mich an Blutspritzer erinnern. Ich würde das gerne weiterträumen, doch es geht nicht.

Mutter sagt: »Sven, bitte, um zwölf Uhr kommen schon die Leute von der Presse.« Ihre Worte dringen matt durch das dichte Geflecht aus Kopfschmerzen, Schläfrigkeit, Kater und Teppichgewebe. Ich bekomme kaum Luft, so übermüdet bin ich. Es war doch vier Uhr gestern Nacht. Wie können da um zwölf Uhr Leute kommen? Und was geht mich das an, lass mich doch liegen hier unten im Keller! »Komm, flott!«, sagt meine Mutter noch mal, öffnet das kleine Kippfenster auf Rasenhöhe, macht mein Radio an und stellt mir eine Tasse Kaffee auf meinen Schreibtisch.

Ich ächze. Ich trage meine Jogginghose und das Basketballshirt.

Beides riecht. Ich liege auf dem Bauch, den rechten Fuß zwischen Bettrand und Matratze geklemmt. »Ja, ja …«, sage ich und Mutter geht.

Ich bleibe noch liegen und höre im Radio, dass die Zukunft irgendeines großen Konzerns weiterhin ungewiss sei. Man habe verpasst, rechtzeitig auf Klimaschutz und Energieeffizienz zu achten. Außerdem hätte Marc Terenzi wieder eine neue Perle. Ich gähne, schalte beim Aufstehen wie jeden Morgen meinen Rechner an, pinkele im kleinen Bad und schleppe mich dann die Treppe zur Küche hinauf.

Dass unsere Küche wie eine kleine Showbühne mit zwei Stufen über dem Wohnzimmer thront, passt zu dem Haus. Denn so benehmen sich hier alle, wie an einem Filmset vom Fernsehen. Seit Vater ein Bestsellerautor ist, haben wir unablässig Gäste und immer sind sie »wichtig«, wie Mutter sagt. Selbst wenn keine da sind, läuft sie den ganzen Tag durchs Haus, späht aus, wo etwas herumliegt, und zupft entweder an Kissen oder an Pflanzen, aus denen sie alte Blätter entfernt. Die Grundreinigung muss sie nicht erledigen, die erledigt unsere Putzfrau, aber die kommt nur zweimal die Woche und kann somit keine Echtzeitperfektion herstellen. Meiner Mutter könnte es noch so schlecht gehen, sie könnte noch so krank sein, aber sie würde in ihrem eigenen Haus niemals im Bademantel auf der Couch sitzen und heiße Zitrone trinken, weil ja jederzeit wieder der WDR klingeln könnte. Sie hat eben kein Zuhause mehr, sie hat ein Fernsehstudio.

Mein Vater steht am Kaffeeautomaten in der Küche und sieht so gut aus, als wäre er am Vorabend bereits um 21 Uhr ins Bett gegangen. Die Möbel der Küche haben eine Million Plastikhandschellen am Dosenwurfstand gekostet.

»Der Eilhoff von der Rheinischen Post steht besonders auf diese Eierkekse und der Hegeler von der NRZ ist glücklich, wenn er runde Knusperwaffeln kriegen kann«, sagt mein Vater.

»Ich weiß, Michael«, antwortet meine Mutter. »Ich weiß.«

Ich öffne den Kühlschrank, nehme mir einen Joghurt raus, öffne die Besteckschublade und sage: »Und ich hätte gerne einen Burger mit Pommes.«

Vater lacht, aber nicht, weil er amüsiert ist. Er zeigt mit der Kaffeetasse in der Hand Richtung Terrasse: »Da draußen liegen noch Sachen von dir. Ein Fußballheft und dieser Nintendo da. Wieso liegt der überhaupt auf der Terrasse? Was ist, wenn es regnet? Ist dir sogar das gleichgültig, oder was?«

Ja, auch dir einen guten Morgen, Vater. Meine Güte.

»Wo du gehst und stehst, lässt du etwas liegen«, sagt meine Mutter, während sie die passenden Kekse für die Journalisten heraussucht, die in drei Stunden kommen.

Ich knalle die Kühlschranktür zu: »Boah, das ist unser Haus hier! Es ist scheiß Sonntag! Wir können ja wohl in unserem eigenen Haus machen, was wir wollen!«

»Du wusstest, dass dein Vater heute einen Pressetermin hat«, sagt meine Mutter.

Das wusste ich nicht mehr und es ist mir auch egal. Mein Vater hat immer irgendwelche Termine. Ich wusste auch nicht mehr, dass ich den DS auf der Terrasse liegen gelassen habe. So etwas nervt mich ja selber, ich bin eine unzuverlässige, vergessliche Sau geworden, denke ich dann, aber ich brauche es nicht, dass mir das Leute sagen, die sich in ihrem eigenen Haus wie die aufgescheuchten Idioten benehmen, weil sie ständig die Presse reinlassen. Ich ziehe mir einen neuen Kaffee, weil ich den alten im Keller stehen gelassen habe, lasse den Joghurtbecher, aus dem ich noch gar nicht gelöffelt habe, offen auf der Küchentheke stehen und gehe nach draußen auf die Terrasse.

Lina sitzt auf einem großen Stein neben dem Pool und beobachtet einen Vogel, der in der Hecke ein und aus geht und seine Kinder füttert. Sie kann so etwas stundenlang tun und ich bewundere sie dafür. Ich weiß, dass auch sie es nicht gut findet, dass heute Mittag Presseleute kommen. Lieber würde sie schwimmen und lesen und lesen und wieder schwimmen in dem teuren Naturpool, den Vater angelegt hat und den er selbst nicht mehr benutzt, aber Lina regt sich nicht auf. Niemals regt sie sich auf. Sie nimmt die Dinge, wie sie kommen. No worries.

»Hallo«, sage ich und hocke mich neben sie auf den Boden, sodass meine Schulter leicht ihr Bein berührt.

»Hallo«, sagt sie.

Dann sitzen wir erst mal nur da, die Morgensonne auf der Brust, und beobachten den Vogel. Ich höre das Rascheln der Blätter. Leichter Wind fährt mit dünnen Fingern durch die Naturpoolpflanzen. Durch das Schilfgras und die gelben Blüten der Wasserblumen, deren Namen ich nicht mehr kenne.

»War spät, oder?«, sagt Lina und nur sie sagt so was ohne Vorwurf. Sie will einfach nur plaudern über das, was man so treibt. Einfach so. No worries.

»Wir haben übertrieben«, sage ich.

Sie erwidert nichts und spielt mit den nackten Zehen im Gras neben dem Stein. Nach einer weiteren ruhigen Minute sagt sie: »Unsere Hecke, das ist eine Hainbuche. Die haben sie im Dreißigjährigen Krieg als Mauern gepflanzt, so dicht ist die. Zwanzig, dreißig Reihen haben sie gesetzt und keiner kam mehr durch.«

Ich sehe sie vom Boden aus an, die Sonne blendet mich, sodass ich blinzeln muss. »Auch keine Journalisten?«

Sie lacht. »Nö, auch keine Journalisten.«

Wir schweigen wieder. Eine Hummel stakst über die Halme.

»Scheiße, was werde ich dich vermissen«, sage ich auf einmal, ohne dass ich es geplant hätte. Sie tätschelt meinen Kopf, als sei ich ihr kleiner Bruder und nicht sie die Jüngere. In knapp zwei Monaten wird sie für ein ganzes Jahr nach Australien in eine Gastfamilie gehen, in ihr Lieblingsland. Für einen Augenblick habe ich das Gefühl, wie ein Baby schluchzen zu müssen, doch mein Vater steht auf der Terrasse und sagt: »Der Nintendo liegt ja immer noch hier. Und zieh dir bitte was Anständiges an, wenn die gleich kommen.«

Ich springe auf und gehe auf ihn zu. Ich hebe den DS und das Fußballheft so heftig auf, dass das Papier reißt, kratze mich am Hintern und sage: »Die kommen nicht ›gleich‹, die kommen in drei Stunden! Und ich werde mich zu Hause nicht extra verstellen.«

»Was hat denn das mit Verstellen zu tun, wenn man Tag und Nacht in der gleichen verfluchten Jogginghose rumläuft!« Jetzt brüllt Vater. Ich würde gerne zurückbrüllen, aber ich weiß, dass Lina hinten auf dem Stein sitzt, und will ihr nicht den Tag vermiesen.

Ich lasse Vater stehen, gehe in den Keller, schließe die Tür meines Zimmers und setze mich vor den Rechner. Neben der Tastatur steht mein kalter Kaffee von vorhin. Den frischen habe ich oben stehen lassen. Ich sollte eigentlich duschen, Vater hin oder her. Zähne geputzt habe ich auch zuletzt vor zwei Tagen. Ich lasse beides bleiben, denn immer wenn das Wort »eigentlich« in meinem Kopf auftaucht, kann ich das, was ich machen sollte, nicht mehr tun. Es geht einfach nicht.

Ich öffne den Browser, ohne was Bestimmtes tun zu wollen, und surfe auf YouTube. Das erste Video auf der Titelseite heißt »Mein Bewerbungsgespräch«. Ein Typ mit dunkelblonden, gescheitelten Haaren, der wie die gut gelaunten Chemie-LK-Jungs aus der Schule damals aussieht, spielt auf einer gepflegten Terrasse, die unserer nicht unähnlich ist, zwei Charaktere. Einen Filmproduzenten und einen Volldeppen, der sich für eine Rolle bewirbt. Der Volldepp trägt ein weißes Shirt mit der Aufschrift »Intelligenz macht sexy« und macht sich zum Affen, um die Rolle zu kriegen. Hüpft durch die Gegend zu Zirkusmusik, schlägt sich ein Ei auf dem Kopf auf und kichert schwul. Neunhundertdreizehn Leute haben das schon als gut bewertet. Was für Schwachmaten!

Ich kann so ein Getue nicht ab und tippe »Snoop Dogg« in die Suchmaske, die unzensierte Fassung von »Gin & Juice«, da kann man nie was mit verkehrt machen. Snoop spielt einen genervten jungen Mann im Schlafanzug, der sturmfrei hat. »I got bitches in the living room gettin' it on/ and they ain't leavin' til six in the mornin'.« Wir haben keine Bitches im Wohnzimmer, sondern Herrn Eilhoff von der Rheinischen Post. »Herr Eilhoff steht auf Eierkekse, Schatz, denk dran!« Boah, was geht mir das alles auf den Sack! Ich tippe »Hooligans« ein und klicke auf einen Bericht über Tumulte bei BFC Dynamo und Union Berlin. Ein Beitrag von Spiegel TV. Im Abschnitt für User-Kommentare darunter streiten sich die Beteiligten. Der User Mitte101 schreibt:

> »halt deine fresse du unionvotze! Ihr wart doch lieber grillen euer schwulesyndikat lieber gegenseitig liebe machen wa , statt beim derby zusein .. PEINLICH seid ihr mehr nicht!! DYNAMO!!!«

Darauf antwortet ihm derebelo85:

> »na klar du kleinschwänziges stück scheisse... der hauptmob hatte nen besuchsverbot des spiels erhalten du unwissender.. ist halt so wenn der durchschnitt von euch max. bis zur 8.klasse die schule besuchen dürfte wer von euch sind überhaupt richtige bfcler?? meisten sind allet sone pseudeschweine die denken wenn se nen bfc-shirt tragen sie seien die größten. viel spass in der oberliga.«

Ich sollte mir wirklich meine Zähne putzen, denn ich stinke aus dem Rachen. Ich lasse den Hooligan-Beitrag laufen, öffne mein Mailprogramm, damit der Rechner meine Post ziehen kann, und logge mich in mein MySpace-Profil ein. Mein MySpace-Profil ist ein ungepflegtes Stück Scheiße wie ich. Als Bild habe ich nicht mich selbst, sondern Agent Jack Bauer gewählt, den Mann, der rund um die Uhr wach sein und funktionieren muss. Ich finde das irgendwie ironisch. Ein paar Bands fragen an, ob ich ihr Freund sein will. Das tun sie bei allen, damit irgendwer ihr Zeug hört. Ich lehne alle ab. Das Hooligan-Video geht zu Ende und ich starte ein neues im YouTube-Fenster, irgendein Match beim Ultimate Fighting. Ich könnte auch Löwen in der Sahara suchen oder andere Expeditionen ins Tierreich, aber da würde ich wohl auch nur warten, bis zwei Rudelführer sich gegenseitig reißen. Während sich die Ultimate Fighter auf die Fresse geben, sagt mir Outlook Express, dass es Post gäbe. Alles Spam. Nein, doch nicht, eine kleine Mail von Debby. »War gut gestern«, steht darin und darunter ein Foto von ihr, ziemlich aufreizend, sie trägt nur ein Top und hat sich von schräg oben fotografieren lassen.

Ich schreibe zurück: »Fand ich auch«, vergesse es dann schon wieder und google die Begriffe »Journalist«, »Eierplätzchen« und »Tipps zur Vergiftung«. Ich bin immer noch so müde. Ich stehe auf, lasse alles laufen, nehme die Kaffeetasse mit dem eiskalten Rest in die Hand, um sie wegzuräumen, lasse sie dann doch stehen, mache einen Schritt in Richtung Bad, breche ihn ab, stecke den DS in die Tasche meiner Jogginghose und gehe die Treppe hinauf. Kaum habe ich die letzte Stufe berührt, prasseln von links und rechts irgendwelche Bemerkungen meiner Eltern auf mich ein. Ich ignoriere sie, denke mir, nur noch ein paar Meter, öffne die Haustür, setze mich in den schwarzen VW Golf, der mir gehört, aber auf meine Mutter gemeldet ist, und fahre los.

Ich treffe mich mit den anderen am Halben Mond, einem Wohnviertel vor der Zufahrtsstraße zum Rhein und zur Kirmes, wo der schlauchlange Trödelmarkt beginnt. Ich warte zwischen den allerersten Ständen, als endlich Boris und Frederick um die Ecke biegen, die ich herbeigesimst habe. Ich hocke im Rasen hinter einem Getränkestand, trinke ein Konterbier gegen den Kater und habe seit eineinhalb Stunden *Grand Theft Auto: Chinatown Wars* auf dem Nintendo DS gespielt. Als Sohn einer Mafiafamilie dient man in diesem Spiel mehreren Auftraggebern, die allesamt Nachfolger des Triadenführers Hsin Jaoming werden wollen, der bald in Rente geht. Man arbeitet je nach Lage für Zhou Ming, einen intelligenten, aber bis zum Anschlag brutalen Managertypen, Chan Jaoming, den debilen Sohn des noch amtierenden Chefs, der an Steven Seagal in seinen späten Filmen erinnert, und Wu »Kenny« Lee, den eigenen leiblichen Onkel. Man dealt, man stiehlt, man tötet in der riesigen Stadt, welche die

Programmierer auf den kleinen Bildschirm gebracht haben. Es gibt immer was zu tun.

»Du ätzender Frühaufsteher!«, sagt Boris und Frederick schaut über den Markt, als müsse er wie ein General erste Übersicht über das Schlachtfeld gewinnen.

»Kann ich ja nichts dafür«, sage ich. »Diese behinderten Schmierfinken von der Zeitung kommen vorbei!«

»Ja, ja, ist schon klar«, sagt Boris.

Die Jungs kennen das bereits.

Ich bin froh, dass sie gekommen sind.

Wir gehen über den Trödel und Frederick macht halt an dem Stand einer Familie, wo Vater, Mutter und Kind hinter ihrem Tapeziertisch und vor ihrem silbergrauen Pseudogeländewagen stehen. Sie sehen aus, als wären sie einem Werbespot für Margarine entsprungen. Frederick blättert die CDs durch, die sie in einem Karton feilbieten, und hält eine hoch. Inner Circle.

»Große Reggaekunst«, sagt er und meint es natürlich ironisch. Diese Leute haben keine Ahnung vom echten Reggae aus der Szene, vom Untergrund, vom Original. Frederick schon. Er liest Fachmagazine, macht Unterschiede zwischen Roots, Ragga, Dancehall, Reggeaton und Dub und kennt jede der vielen Hundert Veröffentlichungen, die jamaikanische Produzenten wie Sizzla, Bounty Killer oder Beenie Man im Jahr auf den Markt bringen. Wenn er nichts zu tun hat, labert er uns von diesen Männern die Tasche voll, die echte Paschas sind in ihrem Land, manche von ihnen haben mit mehreren Frauen bis zu dreißig Kinder gezeugt. Auf Jamaika wisse man noch, was ein Mann sei, sagt Frederick immer, nicht wie hier, wo Typen wie Lorielle London im Fernsehen dafür abgefeiert würden, dass sie sich freiwillig in eine Tussi verwandeln lassen haben.

Frederick hasst so was und Frederick hasst Unwissende, für die Reggae die Musik aus der Eiswerbung ist. Lauthals imitiert er vor dem Stand der Familie den großen Hit der Band: »Girl, I wanna make you sweat/ sweat til you can't sweat no more!« Er hüpft herum und macht dabei eindeutige Hüftbewegungen. Dabei fuhrwerkt er mit der Zunge in seiner Wange herum. Die Familie hat eine kleine Tochter hinter dem Stand stehen. Frederick sagt, an den Mann gerichtet: »Hey, Ökobauer, du weißt schon, was das bedeutet, oder?« Er zitiert weiter: »… and if you cry out/ I'm gonna push it some more, more, more!«

Bei den drei »more« macht er harte Beckenstöße und hält seine Arme so, als stütze er sich auf dem Rücken einer Frau ab, die in Doggystellung vor ihm hockt. Die Mutter hinter dem Stand schiebt ihre Tochter hinter sich wie ein Vogelweibchen in einer Naturreportage. Der Vater sagt: »Haben Sie sie noch alle?«

Frederick wirft die CD auf ihren Stand zurück und sagt: »Na komm, Alter, das würdest du doch auch gerne mal wieder machen, oder?« Der Mann schaut Frederick entsetzt an, wehrt sich aber nicht weiter. Boris lächelt milde. Ich ziehe an der Bierflasche und lasse einen fahren.

»Komm«, sagt Boris, »lass den Eheknecht, das lohnt sich nicht«, und wir gehen weiter. An einem Eckstand bietet eine Frau im Batikkleid esoterische Neuwaren an. Kleine Springbrunnen für das Raumklima, Windspiele, Heilsteine. Sie trägt Holzschmuck und lässt eine CD mit Plätschermusik laufen. Wir sind fast an dem Stand vorbei, als Boris mit bloß leicht gedrehtem Kopf zu ihr sagt: »Na, wann ist dir denn der Mann weggelaufen?« Sie sieht uns stumm nach, völlig gelähmt, als sei jemand in ihren innersten Kreis eingebrochen. Man kann Leute in Sekunden aus der Bahn werfen.

Frederick stupst mich an und zeigt fünfzig Meter nach vorn: »Guck da, da ist wieder unser Lieblingsbuchhalter.«

Max.

Max Sippel.

Max Sippel mit einem Solostand, ganz ohne Eltern.

Ich sehe, wie er uns kommen sieht und hastig eines seiner Bücher versteckt, damit ja nichts durcheinanderkommt. Sein Stand ist nach Preisklassen sortiert. Anstatt jedes Teil einzeln auszuzeichnen, hat er auf dem Tapeziertisch Sektoren erstellt. Ein Euro, zwei Euro, fünf Euro, zehn Euro. Die Sachen stehen sauber aufgereiht im Bereich ihrer jeweiligen Schilder. Die Schilder sind laminierte Blätter, sauber aufgeklebt. Wahrscheinlich hat er zu Hause auch noch eine Laminiermaschine.

»Was haben wir denn hier?«, sagt Boris und nimmt ein Buch aus dem Zwei-Euro-Bereich in die Hand. »Da kannst du auch fünf für nehmen, weißt du, was ich meine?« Er legt es in den Fünfer-Sektor. Frederick und ich begreifen und tauschen ebenfalls Sachen aus.

»Hey, lasst das doch …«, mault Max und steht sogar ein wenig von seinem Klappstuhl auf, doch dann sinkt er zurück und lässt uns einfach sein perfektes System durcheinanderbringen. Dass diese Schwächlinge sich niemals wehren. Genau das scheint auch Frederick zu denken, denn er hört mit dem Unordnungmachen auf, legt ein altes Kofferradio ab und sagt: »Ey, Max, du Opfer, merkst du was? Wir machen dir hier den ganzen Laden durcheinander!«

Max schaut nach links und rechts, aber es ist von nirgendwo Hilfe zu erwarten. »Ja wie, was soll ich denn machen?«, äfft Frederick Max nach, obwohl der das gar nicht gesagt hat. Aber er hat es ja gedacht. »Dich einfach mal wehren, du Mongo! Hier, so geht das.«

Unvermittelt schubst er mich, um es zu demonstrieren, und setzt dabei mehr Kraft frei, als er wohl selbst geahnt hat. Ich stolpere rückwärts gegen einen Mann mit Würstchenschale. Die Thüringer Rostbratwurst fällt ihm fast aus der Hand. Er kann sie gerade noch fangen, Senf auf seinen Klamotten. »Geht es Ihnen noch gut?«, brüllt er uns an und Frederick zeigt mit beiden Armen auf ihn wie ein Zaubergehilfe auf die Attraktion des Tages: »Ja, siehst du, Max, genau so muss das laufen!« Dabei funkelt er den Wurstmann so präzise und bösartig an, dass dieser sich jeden weiteren Kommentar verkneift und einfach weitergeht, kopfschüttelnd natürlich. Manchmal habe ich den Eindruck, man könnte Besseres mit seiner Zeit anfangen. Für einen kurzen Moment erinnere ich mich daran, wie ich als Zwölfjähriger auf diesem Trödelmarkt selbst Sachen verkauft habe. Boris und Frederick kannte ich da noch nicht. Max schon. Ich gehe zu einem weißen Schankwagen und hole mir noch ein Bier.

Um eins denke ich mir, dass Herr Eilhoff schon seit einer Stunde bei uns zu Hause sitzt und sich die Eierplätzchen ins Maul schiebt, die extra für ihn vorbereitet wurden. Womöglich geht er vollkommen zufällig unten im Keller auf die Toilette, öffnet meine Zimmertür und wird sehen, dass dort vor dem Rechner noch eine Tasse mit kaltem Kaffee steht. Das wird ihn so empören, dass er schreibt: »Berühmter Buchautor und Superpädagoge versagt bei der Erziehung seines eigenen Sohnes. Dieser begeht das schlimmste denkbare Verbrechen: Er lässt Kaffeereste überall im Haus herumstehen.«

»Was?«, sagt Boris und ich merke, dass ich die Schlagzeile nicht nur gedacht, sondern laut ausgesprochen habe. Ich bin schon wieder ziemlich auf Touren. Der neue Alkohol hat den alten in meinem Körper aufgeweckt und zu einer Runde Secondhandwirkung animiert.

»Pass auf, du Honk«, sagt Frederick und hält mir die Hand vor die Brust, denn soeben kommt mit lautem Gebimmel der kleine Zug des historischen Schienenverkehrs angerauscht, Großväter und Kinder darin. Ich habe ihn nicht bemerkt und auch nicht, dass wir schon an dem Gleis angekommen sind. Das Gleis, das nur noch ganz selten für diese Bummelbahn benutzt wird und sonst für überhaupt keinen Zug. Ich hatte es vergessen. Hatte vergessen, dass ich, immer wenn ich auf diesem Markt bin, diesen Teil des Geländes meide. Immer! Wie konnte ich das vergessen? Es war dieser Scheißsog, wenn man trinkt und trinkt und sich fallen lässt und einfach Boris und Frederick nachläuft und nicht nachdenkt …

Und jetzt stehe ich hier neben der Wiese mit den Kunsthändlern und dem kleinen Waldstückchen und starre auf den Abschnitt des Gleises, auf dem der Bummelzug vor fünf Jahren gefahren ist. Auf dem er gefahren ist, und es gab dieselben beschissenen Kunsthändler und es gab Lina, meine kleine Schwester. Vater hat uns allein gehen lassen damals, als er in der Schlange am Würstchenstand wartete. Er traf sogar Bekannte dort, große, kumpelhafte, mächtige Männer. »Pass gut auf deine Schwester auf, okay?«, hat er gesagt und ich nickte. Lina und ich hatten damals einen Wettbewerb laufen, wer eine Tierart besser und schneller erkennen konnte. Am Fell, an den Federn, am Gesang oder an den Geräuschen. Wir erkannten sogar Insekten. Immer wenn sich irgendwo ein Dickicht gebildet hatte, zog uns das magisch an. Also gingen wir zu dem uralten Gleis, auf dem sowieso nie ein Zug fuhr. Ich zeigte ihr knallroten Klatschmohn und Disteln, die größer waren als wir, und sie zeigte mir den Bärenklau, der im Sonnenlicht giftig wird und der aus dem Kaukasus eingewandert ist. »Aus dem Kaukasus«, das konnte meine kleine Schwester mit zehn Jahren schon einfach so sagen, wie eine erwachsene Biologin. Dann sah ich den Wildhasen, ein tolles Exemplar, riesige Ohren und Hinterläufe so muskulös wie die Waden von Dirk Nowitzki.

»Komm«, habe ich gesagt und bin über das Gleis zum Hasen gelaufen, der ziemlich lange stehen blieb, als würde er darauf warten, sich streicheln zu lassen. Dann hüpfte er weg und ich bin ihm hinterher, meine Schwester blieb stehen, weil sie schon wieder etwas anderes erspäht hatte, eine große Spinne oder so. Eine ganze Zeit lang folgte ich dem Hasen und rief dabei: »Na komm schon rüber, gleich ist er weg!«, ohne mich während des Rufens zu meiner Schwester umzusehen. »Komm jetzt!«, rief ich noch einmal, blickte dabei auf, sah Lina über das Gleis laufen und hörte gleichzeitig das Tuten des historischen Bummelzuges, der sich längst genähert hatte. Ich konnte nicht mal mehr schreien, als ich mich fragte, wieso ich ihn nicht hatte kommen hören, und als ich begriff, dass er trotz seines gemächlichen Tempos nicht mehr würde bremsen können. Für den Bruchteil einer Sekunde sah ich Vater am Würstchenstand drüben, sein langer Körper am Tisch füllte das schmale Blickfeld zwischen dem Zug und meiner über das Gleis laufenden Schwester. Dann schloss es sich.

Ich werde niemals das Geräusch des Aufpralls vergessen.

Nie vergesse ich, wie laut es war. Wie es zugleich dumpf pochte wie ein Medizinball und doch hell knackte wie Hühnchen vom Grill, deren Beine man abbricht. Ich wusste in dem Augenblick, die Hühnerbeinchen, das sind die Beine meiner Schwester. Ich wusste, auch wenn der Zug die Sicht zum Würstchenstand verdeckte, dass mein

Vater in diesem Augenblick seine Pappschale und sein Bierglas fallen lassen, die Augen aufreißen und in unsere Richtung rennen würde. Ich konnte mich nicht mehr bewegen. Ich wusste, ich sollte das Gleis entlanglaufen, auf denen der Zug soeben meine kleine Schwester zerrieb, sollte zu Lina stürzen und irgendetwas tun. Sollte alles machen, nur nicht stumm stehen bleiben und warten, bis der Zug zum Stehen kam, Vater an seine Spitze rannte und sich zu Lina hockte, ohne mich auch nur anzusehen. Als wäre ich Luft und hätte das Recht verspielt, mich überhaupt noch zu rühren. Zu spät war es da schon, aus und vorbei. »Eigentlich« hätte ich handeln müssen und vor Vater dort sein, »eigentlich«, so wie ich heute »eigentlich« duschen oder Zähne putzen oder meine verfickten Kaffeetassen wegräumen müsste und es nicht tue.

»Scheiße!«, brülle ich und für Boris und Frederick muss es wie aus heiterem Himmel kommen. Ich werfe die Bierflasche über die Gleise und sie zertrümmert auf dem Schotter der anderen Seite. Ich will nicht daran denken, wie ich damals hier stand, immer noch starr, während immer mehr Leute heranströmten und die Notarztsirene ertönte und wie ich mich erst nach einer Ewigkeit wieder rührte und Lina auf den Schienen liegen sah, Vater neben ihr. Ich will nicht hören, wie er schreit, ich solle wegbleiben. »Nur *ein Mal* solltest du aufpassen!«, hat er geschrien und Lina gehalten. »Nichts kann man dir anvertrauen, gar nichts. Wozu bist du überhaupt gut?« Die Antwort war damals bereits in der Frage enthalten und hat sich ja heute bewahrheitet: zu nichts.

Ich drehe mich von dem Gleis weg und laufe die Alleestraße zurück, auf der wir gekommen sind. Boris und Frederick folgen mir.

»Was ist denn los?«, fragen sie.

»Musstet ihr mich dahinlotsen, ihr Wichser?«, brülle ich sie an und sie verstehen nichts, wie sie nie etwas verstehen.

»Jetzt komm erst mal runter«, sagt Frederick und wagt, mich dabei an der Schulter zu fassen. Ich erinnere mich daran, wie er mich vorhin vor Max zu Demonstrationszwecken weggeschubst hat, als sei ich bloß ein Dummy für ihn, und ehe ich mich versehe, werfe ich ihn um, mitten in den Stand eines kleinen, gedrungenen Mannes hinein. Das Teil bricht zusammen und Porzellan, alte Telefone und müffelige Bildbände mit Brandflecken stürzen auf uns nieder. Der Mann schreit und Frederick und ich schlagen noch einen Augenblick nacheinander, bis Boris und der Besitzer uns auseinanderzerren. Ich lasse die Arme hängen, bleibe vor dem zerstörten Stand stehen und mache gar nichts mehr. Ich warte nur noch, wie damals, als der Aufprall schon geschehen war.

Ich habe nur gewartet.

Gut, ich war erst vierzehn, aber ich habe nur gewartet.

Zwischen den Sachen des zusammengebrochenen Standes liegt ein altes gusseisernes Bügeleisen. Ich stelle mir vor, der kleine Mann würde es nehmen und damit auf mich einschlagen, immer wieder, mit glühenden Augen, Gusseisen auf Schädelknochen, bis ich mich nicht mehr rühre. Jetzt im Moment würde ich mich nicht wehren.

Macht er aber nicht.

Also warte ich einfach ab, was man mit mir macht.

Ich habe nichts anderes verdient.

DIE SCHANDE IST DAHEIM!

DIE SCHANDE IST DAHEIM!
DIE SCHANDE IST DAHEIM!
DIE SCHANDE IST DAHEIM!

»Um Himmels willen, jetzt nehmen Sie ihm doch die Fesseln ab«, sagt meine Mutter, als ich mit den Polizeibeamten vor unserer Tür stehe. Während sie das sagt, sieht sie sich hektisch um, denn hinten im Wohnzimmer sitzen immer noch die Journalisten, Herr Eilhoff mit seinen Eierplätzchen und Herr Hegeler mit den runden Knusperwaffeln. Sie weiß gar nicht, was geschehen ist, und fragt auch nicht danach. Nur die Plastikstrapse an meinen Handgelenken, die müssen schnell ab. Blick aus der Tür, ob die Nachbarn was sehen. Blick nach hinten, ob die Journaille abgelenkt ist. Der Beamte macht die Dinger ab, was mir ganz recht ist, denn sie schneiden in die Haut und sind ganz anders als die Plastikhandschellen von der Schießbude. Als sie ab sind, schwanke ich allerdings, als hätte erst die Gefangenschaft mir Halt gegeben. Der Beamte berichtet meiner Mutter, was vorgefallen ist, und redet von den Kosten des Geschädigten, der bei zügiger und unkomplizierter Zahlung von einer Anzeige absehe.

»Lassen Sie uns die Details drinnen besprechen«, sagt der Beamte und meine Mutter bekommt einen feuchten Film auf der Stirn.

»Verzeihen Sie, mein Mann hat gerade … äh … vielleicht könnten wir … hinten?«

Hinten? Auf der Terrasse? Man kann von dort durchaus nach innen sehen, Mutter.

»Was immer Sie wollen«, sagt der Beamte, »aber bitte lassen Sie uns schnell machen, wir haben heute noch mehr zu tun.«

»Ja, gern«, sagt meine Mutter und ihr feuchter Stirnfilm glitzert in der Augustsonne. »Nur einen Augenblick.« Sie macht einen Schritt zurück und schließt die Tür zur Hälfte, zögert, als überlege sie, ob man so mit der Staatsmacht umgehen kann, lächelt wie ein Mädchen auf dem Schulklo und saust dann doch ins Wohnzimmer. Ich höre, wie sie Vater von den Journalisten wegholt und die beiden kurzatmig sprechen. Schnell lösen sie sich wieder, Mutter kehrt zur Tür zurück und Vater sagt mit seiner tiefen, verhandlungssicheren Stimme: »So, meine Herren, Sie wollen doch sicher noch Fotos meiner Großbibliothek machen.« Die Journalisten gehen darauf ein und stehen auf. Mutter zieht sich eilig offene Sommerschuhe an und schiebt sich selbst und uns aus der Tür, damit wir alle ums Haus gehen, während Vater die Presse aus dem Wohnzimmer in sein Büro lockt. »Alles klar, dann wollen wir mal«, flötet sie.

Als wir halb ums Haus rum sind und sie während des Gehens von außen durch die Fenster schielt, sage ich, bereits wieder ein wenig lallend und mit dem Kratzen in der Stimme, das sich immer einstellt, wenn man seit vierzig Stunden nicht gegessen, sondern nur getrunken hat: »Wenn der Sohn mit den Bullen heimkommt, dann hilft bei Herrn Eilhoff auch kein Eierplätzchen mehr, was?«

Meine Mutter lächelt die Polizisten an und treibt uns vorwärts, sie schämt sich so sehr für mich, dass ihre Ohren rot werden. Soll sie doch. Kurz bevor wir den Garten betreten, späht sie um die Ecke, ob das Wohnzimmer sturmfrei ist. Ich drehe mich zu den Beamten und rede weiter: »Wissen Sie, es ist nämlich so. Herr Eilhoff hat hier unser Leben in der Hand, nicht wir selbst! Man muss ganz genau darauf achten, dass Herr Eilhoff befriedigt ist.«

»Sven, du hörst jetzt damit auf!«, sagt meine Mutter, was ich natürlich nicht tue. Ich sage: »Und wenn Herr Eilhoff mal unleidlich wird, dann reichen die Eierplätzchen nicht mehr. Dann muss man ran und seine echten Eier kraulen.« Ich lache über dieses Bild und weiß gar nicht, warum. Ich muss übel aufstoßen. Ich finde mich gerade auch nicht gut, aber dass man hier den Sohn mit hochrotem Kopf verschämt durch den Hintereingang in das eigene Haus lotst, das finde ich noch beschissener. Am besten sperren sie mich gleich unten in meinen Zwinger, den ungezogenen Köter. Meine Mutter sieht mich wegen meiner Bemerkung an, als hätte ich Kinder ermordet. Die Beamten gehen zum Gartentisch und breiten Papiere aus, die sie unterschreiben soll.

Da sie abgelenkt ist, öffne ich die Tür nach innen und brülle zur Melodie eines Fankurvengesanges beim Fußball: »Los, lasst ihn rein/ die Schande ist daheim!«

Meine Mutter springt vom Gartentisch auf, reißt mir die Terrassentür aus der Hand und zischt: »Du gehst jetzt nach unten, sonst lasse ich sie dich wieder mitnehmen. Sie nehmen dich wieder mit!«

Jetzt zittern ihre Augen, aber ihre Pupillen nageln mich an die Scheibe. Sie meint, was sie sagt. Ich weiche ihrem Blick aus, sehe zur Seite, schnaufe einmal und gehe zügig durchs Wohnzimmer zur Treppe. Als ich sie erreiche, verlassen die Journalisten gerade wieder Vaters Büro. Ich senke den Blick, sage so artikuliert, wie ich kann, »Guten Tag!« und gehe schnell hinab. Unten steht Lina in ihrer Zimmertür und sieht mich an wie früher, wenn Vater und Mutter sich gestritten haben und sie von mir Trost erwartete.

»Es tut mir leid«, sage ich und öffne die Tür zu meinem Zimmer. Tränen schießen mir in die Augen, so schnell, dass ich nicht reagieren kann. »Es tut mir so leid.«

Ich ziehe meine Tür hinter mir zu, schließe ab und setze mich schnell an den Rechner.

Eine halbe Stunde später klopft es an meiner Tür. Ich habe in der Zwischenzeit an die fünfzig Videos angeklickt. Cage Fights aus Russland, UFC-Championship, eine echte Schießerei im Irak, eine nachgemachte Schießerei von irgendwelchen Paintball-Freaks und ein Best-of der *Rambo*-Filme, das ein User zusammengeschnitten und mit dem Song *Wait And Bleed* von Slipknot unterlegt hat. Eine Hinrichtung in irgendeinem Kriegsgebiet, ich weiß nicht, ob echt oder Film. Eine Domina, die einen Sklaven verprügelt. Ein bisschen Gelutsche bei YouPorn. Mein Gefühlsausbruch von eben ist vergessen. Immerhin. Neben dem Bildschirm steht immer noch der kalte Kaffee von heute Morgen.

Es klopft weiter.

Ich antworte mit einem Brummen.

»Mach auf, Sven!«, sagt mein Vater.

Ich denke an Lina im Zimmer nebenan, wuchte mich vom Stuhl, öffne die Tür und sehe meinen Vater an. »Lass uns draußen reden«, sage ich, bevor er etwas sagen kann, und gehe bereits die Treppe hinauf.

Im Garten legen wir sofort los, ohne Intro, geübt und erfahren wie zwei Zweitligaspieler, die sich seit Jahren auf dem Feld treffen, um sich in die Knochen zu treten und am Ende doch wieder mit einem Unentschieden dazustehen.

»Was denkst du dir eigentlich?«, eröffnet mein Vater. »Kommst am Mittag schon besoffen nach Hause. Mit der Polizei! Ihr habt …«, er dreht sich um und macht einen Kiekser, als sei es zu albern, um es auszusprechen, »… ihr habt einen Trödelstand zerstört? Jemandes Eigentum vollständig demoliert?«

»Ohhhhhh«, sage ich und rege mich schon wieder über seine scheiß korrekte Sprache auf, »wir haben *jemandes Eigentum* demoliert, das ist ja fast so schlimm wie Bürgerkrieg!« Ich zeige über die Hainbuchenhecke in die Richtung, in welcher die Innenstadt und dahinter die Rheinpromenade liegen: »Der Typ hat doch bei den Bullen das Zehnfache von dem angegeben, was sein Trödel wert war. Der hat heute den besten Schnitt seines Lebens gemacht!«

Vater lässt die Arme hängen. Gibt er etwa jetzt schon auf? Komm schon, Vater, wir sind doch hier nicht im Stadion von Wehen-Wiesbaden.

»Was ist nur aus dir geworden?«, sagt er, nimmt die Arme wieder hoch und hebt die Stimme zur üblichen Lautstärke. »Du hast vor dem Abi die Schule abgebrochen. Du trinkst. Du hängst Tag und Nacht vor dem Rechner, und wenn du mal rausgehst, hängst du mit diesen Idioten rum, die …«

Ich unterbreche ihn: »Da ist ja das Lieblingswort des Herrn Professors! Idioten! Warum hast du dein letztes Buch statt *Warum unsere Schüler Idioten werden* nicht direkt *Warum mein Sohn ein Idiot wurde* genannt?«

»Wäre das etwa falsch gewesen?«

Darauf sage ich nichts.

»Wie nennst du das denn, wenn einer, dem die Welt offenstünde, den ganzen Tag in der Jogginghose rumläuft, in der er auch schläft, und schon am frühen Morgen betrunken Trödelmarktstände zertrümmert?«

»Pah«, sage ich. »Die Welt …«

»Jawohl«, lässt er mich nicht ausreden, »die Welt offensteht, genau! Ich höre nicht auf, das zu sagen, auch wenn du es nicht hören willst. Du hast die besten Voraussetzungen und du wirfst einfach alles in die Tonne!«

»Ich kann doch hier nicht mal atmen«, sage ich. »Keinen Furz kann ich lassen, weil jederzeit irgendwo ein Herr Eilhoff hinter der Tür stehen und es in der Zeitung veröffentlichen könnte.«

Vater holt Luft, aber ich warte nicht ab, bis er damit fertig ist.

»Ich bin dir doch scheißegal. Das Einzige, was dich kümmert, ist, dass die Eilhoffs und Hegeners dieses Planeten nicht mitkriegen, wie ich bin!«

Darauf kann er nichts entgegnen.

Oder doch?

Er bläst Luft aus der Nase und dreht sich um, um reinzugehen. Er beendet das Match. Er bestimmt, wann es aufhört. Nicht ich. Niemals.

Er sagt: »Du hast dir alles selbst zuzuschreiben, Sven. Es liegt allein an dir.«

Er geht ins Haus, durchs Wohnzimmer, zum Büro, zu seiner großen Tür. Sie schließt sich. Abpfiff. Ich trotte vom Feld und frage mich, ob ich jemals ernsthaft eine Spielerlaubnis hatte.

AM SEE

AM SEE
AM SEE
AM SEE

»Das war knapp. So knapp«, sagt Vater am nächsten Morgen vor dem teuren Kaffeeautomaten in der Küche. Er hält die Zeitung in der Hand. Das Porträt über ihn soll erst in zwei Tagen erscheinen, aber hätten die Journalisten begriffen oder herausgefunden, was mit mir los war, hätten sie diese Meldung schon heute gebracht.

»Sooooo knapp«, sagt Vater noch mal und legt die Zeitung aufgefaltet ab. Er stützt sich links und rechts davon ab wie ein Kriegsherr, der über einer Landkarte brütet. Er schüttelt den Kopf. »Die warten doch nur darauf, mich in die Pfanne zu hauen. Sie warten darauf. Wir haben so ein Glück, dass keiner von den Beteiligten auf dem Trödelmarkt geplaudert hat. Dass die Journalisten hier im Haus nicht bemerkt haben, dass du betrunken warst. Manchen von denen würde schon dein Outfit reichen. Die lassen sich dann nicht mehr von mir damit abspeisen, dass ich sage, mein Sohn war Basketball spielen.«

Ich erwidere erst gar nichts, hocke auf der Couch und blättere durch meine Kurzmitteilungen im Handy. Wie gut haben es die Leute, deren Väter einfach nur jeden Morgen zur Arbeit gehen.

Eine Hand legt sich auf meine Schulter. »Wollen wir eine Runde Fahrrad fahren?«

Lina.

Ich klappe das Handy zu, schaue auf der Couch sitzend über Kopf in ihr lachendes Gesicht und sage: »Ja. Aber warte noch einen Moment, ich ziehe mir was anderes an.«

Eine knappe Stunde später sitzt Lina in einer Bucht am Auesee – dem weit über unsere Stadt hinaus bekannten Gewässer mit Grüngebiet, Fahrradwegen und reichem Vogelleben – und planscht mit den nackten Füßen im Wasser. Ich stehe bis zur Brust darin, reibe es unter meine Achseln und in die Haare und atme die klare Luft ein. Hätte ich geplant, mich nach sechs Tagen ohne Dusche wild im Baggersee zu waschen, oder hätte ich womöglich noch gedacht, ich müsste das »eigentlich« tun, würde ich jetzt nicht hier stehen. Es hat sich halt so ergeben. Lina wollte Fahrrad fahren. Über einem alten Baumstamm liegen eine kurze Armeehose und ein T-Shirt von Alpha Industries. Frische Sachen. Kleine Wellen glitzern. Die ersten Freischwimmer steigen gegenüber am Hauptbadestrand ins Wasser. Taucher gehen über eine Rampe hinein. Es liegt ein Schiffswrack in diesem See, über fünfzehn Meter tief, die Poseidon. Sie wurde absichtlich hergebracht und versenkt, damit die Taucher eine Unterhaltung haben, aber als Junge habe ich mir trotzdem vorgestellt, dass ein großes Mysterium dahintersteckt. Was für eine Story: Schiff versinkt in einem Baggersee ohne Flussanbindung. Als Junge hatte ich an so was viel Spaß.

Lina patscht mit den Zehen und sagt nichts. Mich stört das nicht. Mit ihr kann man schweigen. Sie ist der einzige Mensch, der gar nichts von einem will. Sie hat mir verziehen, damals, nach dem Unfall mit dem Zug. Sofort. Das ist das Unglaubliche. Ihre Beine waren zigfach gebrochen, doch noch bevor sie wieder laufen konnte, hatte sie mir vergeben. Im Krankenhaus hat sie keine Minute im Bett vergeudet und alles gelesen, was es über Australien und die Südsee zu lesen gab. Mehr, als sie ohnehin schon wusste. »Hab ja sonst nichts zu tun«, hat sie damals gesagt.

Mit Buntstiften hat sie die verschiedenen Tier- und Pflanzenarten aus Büchern abgeschrieben und sich einen Plan gemacht. Sie hat die Landkarte nachgezeichnet. Jedes Mal wenn ich sie besuchte und vor schlechtem Gewissen nicht wusste, was ich sagen sollte, hat sie einfach geredet und mir neue Fakten über Australien erzählt. Über die Termitenhügel, die im Inneren immer die gleiche Temperatur haben, egal, wie kalt oder heiß es draußen ist. Über die Wallabys und ihre Ernährungsgewohnheiten. Über die Babys dieser kleinen Känguruart, die bei der Geburt weniger als ein Gramm wiegen. Über die weibliche Golden-Orb-Spinne, die fünfzig Mal so groß ist wie die Männchen, die sie mit Duftstoffen in ihr Netz lockt und dann alle frisst, die hässlich sind, bis sie sich mit dem besten paart und das dann erst danach frisst. Über die Koalas und wie sie schlafen, zwanzig Stunden am Tag, und dass das weiße, flauschige Fell an ihrem Arsch der Tarnung dient, weil Tiere, die von unten am Baum hochgucken und den Bären da sitzen sehen, denken, das seien bloß Wolken. Wolken am Arsch. Das fand ich besonders lustig und Lina hatte nichts dagegen, dass ich lachte an ihrem Bett im Krankenhaus. Ich musste gar nichts machen damals, wenn ich sie besuchte, meine Schwester mit den gebrochenen Hühnerbeinchen und den Schmerzen, die sie nur hatte, weil ich nicht gut genug auf sie aufgepasst hatte. Nichts musste ich tun. Sie hatte mir verziehen. So war sie und so ist sie bis heute. Entweder sie redet gar nicht, weil sie sich einfach umsieht, oder sie erzählt etwas, wovon der Zuhörer etwas hat. Probleme wälzt sie nie, also gibt es für sie auch keine. No worries.

»Also«, sage ich, während der Gestank der letzten Tage auf meinem Körper langsam dem herben Duft wilden Süßwassers weicht, »die Familie, bei der du in Australien wohnst, die sitzt jetzt in …«

»Port Douglas«, antwortet sie. »Sechzig Kilometer nördlich von Cairns, eine halbe Stunde entfernt vom Daintree-Nationalpark.«

»Das ist toll, oder?«, frage ich, als wüsste ich es nicht. Ich weiß es ja, ich habe mich als Junge schließlich auch damit befasst, nächtelang. Nord-Queensland ist das unglaublichste Fleckchen Erde auf dem Globus. Und das unwahrscheinlichste. Ich meine: Da liegen der artenreichste Regenwald der Welt *und* das größte Korallenriff direkt nebeneinander! Das ist so perfekt, dass es schon fast ein Witz ist! Ein großer Teil der Tier- und Pflanzenvielfalt der ganzen Erde konzentriert sich auf diesen winzigen Streifen im Nordosten des Kontinents. Das Klima ist so gut, dass ein Zuckerrohrfeld, das niemand mehr bewirtschaftet, durch Verwehung von Samen in nur zwanzig Jahren ganz von selbst wieder zu einem Urwald mit riesigen Bäumen wird. In nur zwanzig Jahren! Ich weiß das alles. Aber ich habe damals aufgehört, mich weiter damit zu befassen. Lina nicht.

»Toll und tödlich«, lacht sie. »Da unten kann dich alles umbringen. Der Stachelrochen, die Würfelqualle, die Salzwasserkrokodile, die grüne Baumschlange. Der Helmkasuar hat eine Kralle wie ein Velociraptor, der schlitzt dich in der Mitte auf. Oder die Kegelschnecke. Sieht aus wie eine Muschel am Strand, aber wenn du sie aufhebst, fährt sie Stacheln aus und injiziert dir ein mordsgefährliches Gift.«

Ich pule mir im Baggersee in den Ohren, ziehe rosinendicke Schmalzpropfen raus und lächle wehleidig. Lina steht auf, kommt bis zu den Knöcheln rein und sagt: »Aber weißt du, was der Australier dazu sagt?«

Ich sehe sie an.

Sie sagt: »No worries!«

Dann spritzt sie mich nass, indem sie mit dem rechten Fuß durchs Wasser fächert. Ich kichere und halte mir die Hände vors Gesicht, spritze zurück und werfe sie ganz hinein. Wir gehen kurz unter, tauchen wieder auf, prusten und lachen. In meinem rechten Ohr hat sich Wasser verfangen. In meiner Nase riecht es nach Algen.

Ich sage: »Ist denen klar, dass du Vegetarierin bist?«

»Jep!«

»Gibt es da eine Post im Ort? Eine Apotheke? Internet?«

»Natürlich! Sogar Promis machen da Urlaub. Christina Aguilera hat in einem Resort ganz in der Nähe geheiratet.«

»Haben die dieses Jod, das du immer nimmst? Hast du wirklich alle Impfungen machen lassen? Hast du Dschungeldeo dabei gegen die Mücken? Du weißt, die übertragen vielleicht das Denguefieber und …«

Ich bin erstaunt, wie viel von dem, was ich als Junge wusste, mir jetzt im Moment wieder einfällt. Verdammt, meine kleine Schwester fliegt bald nach Australien. Für ein ganzes Jahr. Um dort zu leben, zu frühstücken, in die Schule zu gehen, eine Familie zu haben. Und ich habe ihr noch geholfen, habe meine Eltern so lange zugetextet, bis sie es zugelassen haben, Mutter zuerst und später auch mein Vater. Sie wollten erst noch warten, wenigstens, bis sie siebzehn ist.

»Das Leben kann kurz sein«, habe ich gesagt und wusste genau, worauf ich damit anspielte. Ich hätte sie mit elf beinahe umgebracht, also lasst sie jetzt in ihr Traumland, das sollte es ausdrücken. Außerdem zitierte ich Vater aus seinem eigenen Buch, es war das einzige Mal, dass ich ihn überhaupt zitiert habe. Kapitel 12, »Vom Wert des Reisens«, und Kapitel 5, »Vom Wert früher Verantwortung«, gegen beide zusammen konnte er kaum was ausrichten. Ich freue mich für sie, aber es fühlt sich an, als würde ich sie nicht für ein, sondern für zehn Jahre verlieren.

»Ich komme gut klar«, sagt Lina, berührt meine Wangen mit beiden Händen und sieht mich an. Heiter, sicher, mit Augen voller Vorfreude nicht nur auf Australien, sondern auf das ganze Leben.

»Hörst du, Bruder? Ich komme klar. Und ich möchte, dass du auch klarkommst.«

Sie umarmt mich und hält mich fest.

Die haben hier unten ein Schiff versenkt, denke ich unwillkürlich.

Dann drücke ich sie auch.

Ich bekomme schon wieder einen Kloß im Hals, als ich sehe, wie ein junger Mann mit Fernglas in der Hand über einen Baumstamm in die kleine Bucht stapft. Es ist Benjamin, der ewig gut Gelaunte, heute mal ohne Jule und Max. Stattdessen hat er einen älteren Freund dabei. Sie fotografieren Vögel. Ich sehe genauer hin. Der Freund ist sein Vater. Markus Wörle. Erfolgreicher Fotograf, nicht nur für Natur, sondern für Sport, für Prominente, für alles. Seine Freundin hat Benjamin bekommen, da war sie siebzehn. Er war sechzehn und ist heute also weniger als doppelt so alt wie sein Sohn. Er kennt mich auch von früher.

Früher …

Ich lasse sofort meine Schwester los, schaufle mir neues Wasser über Brust und Schultern und wippe auf der Stelle, wie man so wippt, wenn man am Baggersee schwimmen geht und im Wasser herumsteht.

»Hallo«, sagt Benjamin, als wäre nie etwas gewesen. Als hätte ich nicht früher mit ihm Wildsuppe auf dem Schulausflug gekocht und würde heute ihn und seine Freunde mit meiner Gang nicht mobben und demütigen, wo es nur geht.

»Hi«, presse ich durch die Zähne.

Lina und Benjamins Vater warten vielleicht darauf, dass sie sich vorgestellt werden. Ich weiß es nicht. Als das nicht passiert, zeigt Benjamin auf eine Baumgruppe am anderen Ufer und geht in Position. Lina stakst vorsichtig aus dem Wasser. Ich bleibe stehen, klatsche in Schritthöhe in die Hände, sehe mich ziellos um und sage: »Tja …«

Wir trocknen uns ab und ziehen uns an. Währenddessen beobachtet mich Benjamin und ich beobachte ihn, wobei wir beide so tun, als würden wir uns nicht beachten.

Lina hat ihre Sachen gepackt und geht zum Rad, das oben am Weg an einen Baum gelehnt steht. »Tschüss«, ruft sie den beiden zu. »Viel Spaß noch.« Ich schnalze mit der Zunge und sage: »Ja, dann …«

Benjamin nickt mir zu.

Ich nehme mein Rad, das ich einfach nur hingeworfen habe, vom Boden auf.

»Immer wieder nett, ihn zu treffen«, sagt Lina, hält kurz ihr Gesicht in die Sonne, öffnet die Augen wieder und tritt in die Pedale.

DIE KANTE DES SCHLÄGERS

DIE KANTE DES SCHLÄGERS
DIE KANTE DES SCHLÄGERS
DIE KANTE DES SCHLÄGERS

Die Rundsporthalle riecht immer noch so, wie sie zu unserer Schulzeit gerochen hat. Sie hört sich auch so an. Das Linoleum, die neuen Turnschuhe, das Quietschen der Sohlen auf dem Hallenboden. Letzteres ist heute besonders laut, denn auf der ganzen Fläche sind Tischtennisplatten aufgebaut, professionell voneinander abgetrennt durch braune, mit Werbung bedruckte Banden. Neben den Platten stehen Schiedsrichtertische mit Zählscheiben. Am Rand der Halle hängen die Spielpläne aus. Frederick spielt heute ein Einzelturnier, Regionalmeisterschaften. Das ist hohes Niveau, die Spiele sind gut anzusehen, die Bälle fliegen so schnell, dass man sie aus den Augen verliert, schaut man auch nur einen Augenblick nicht hin.

Boris, Debby und ich feuern Frederick an, seit heute Morgen. Wir sitzen auf der Tribüne ein paar Meter über dem Geschehen. Frederick hat Pause. Seine große Sporttasche steht geöffnet vor ihm, mehrere Mappen mit sauteuren Schlägern darin. Sie werden in Spezialgeschäften aus verschiedenen Hölzern und Belägen einzeln zusammengeklebt. Allein Fredericks Vorhandbelag bringt stolze 49,90 Euro auf das Kassendisplay. Der gelbe Schaumstoff unter dem Gummi selbst ist sehr dick, zwei Millimeter, denn Frederick ist ein Angriffsspieler.

Seine ersten beiden Gegner heute hat er mühelos plattgemacht. 11:2, 11:7 und 11:3 den ersten. 11:5, 11:3 und 11:6 den anderen. Der, den er als Nächstes vor der Brust hat, ist nicht so leicht zu besiegen. Frederick spült einen Schluck Isodrink aus einer Fahrradflasche im Mund hin und her, schluckt ihn runter und erklärt uns, warum: »Josip Kamenica.«

Debby horcht auf. Sie heißt mit Nachnamen Drpic. Ihre Eltern betreiben den Balkan-Grill, der fast alle zwei Jahre das Ladenlokal wechselt, weil sie nie genug Geld verdienen und weil bei ihnen niemals die Kochprofis oder Rach, der Restauranttester, vorbeikommen.

Frederick sagt beiläufig: »Ist 'n Slowene«, und erklärt weiter: »Dieser Schachtscheißer spielt nur Abwehr. Noppen auf der einen Seite und einen Anti-Spin-Belag auf der anderen.« Frederick unterbricht sich und patscht mir auf den Hinterkopf: »Hey, Mumurubbler, träum nicht rum.«

Ich drehe meinen Kopf weg. Frederick sagt: »Hör zu, du Opfer. Also … Anti-Spin, das ist so 'n glattes Material, das den Schnitt rausnimmt. Da kannst du schnibbeln, wie du willst, der Typ bringt alles zurück.«

Boris stülpt die Lippen nach oben und nimmt einen Schluck aus der Thermoskanne, die er mitgebracht hat. In der Thermoskanne befindet sich Wodka Red Bull. *Wir* müssen schließlich heute keinen Sport machen. Er gibt die Kanne Debby, die trinkt, sie an mich weiterreicht und Boris knutscht. Heute ist mal er dran. Aus dem Augenwinkel schaut sie beim Knutschen allerdings zu mir, wie ich die Kanne ansetze und an dem Wachmacherwodka nuckele.

»Deshalb«, sagt Frederick, »beginnt der Kampf gegen so einen Typen schon vor dem Spiel.« Er steht auf. Wir bleiben sitzen. Debby kaut Kaugummi und zieht es zwischen ihren glänzenden Lippen auf eine Art und Weise lang, als wolle sie heute noch etwas anderes kauen.

»Na, was ist, ihr Opfer? Wollt ihr das nicht mit ansehen, oder was?«, sagt Frederick. »Scheißt ihr euch in die Hose? Stellt euch an, wie kleine Mädchen?«

Wir seufzen, stehen von den breiten Stufen der Tribüne auf und folgen ihm die Treppe hinab in die Kabinenflure. Er hält Ausschau nach seinem Gegner, öffnet Türen, grüßt beiläufig andere Spieler und Vereinskollegen, mit denen er während der normalen Saison jeden Sonntag zu Ligaspielen fährt, und findet Josip Kamenica vor den Waschbecken im großen Männersammelklo. Da können jetzt nur Boris und ich gucken. Debby muss draußen bleiben.

Frederick stellt sich an ein Pissoir, spritzt einen druckvollen Strahl in die Keramik, geht zu den Becken, wäscht sich neben Kamenica die Hände und sagt: »Na? Gut drauf?«

Der Mann nickt. Ich weiß nicht, ob ihm bewusst ist, dass sein nächster Gegner neben ihm steht.

Frederick sagt: »Solange es nicht so läuft wie letztes Jahr in Duisburg …«

Der Slowene verzieht das Gesicht.

»Alter, wie kann man einen Satz abgeben, in dem man schon 10:4 führt?« Frederick lacht. »Schwachbacke …« Er schüttelt den Kopf.

Der Slowene dreht seinen rechten Fuß, als wolle er gehen, geht aber noch nicht. Das liegt womöglich auch daran, dass Boris einfach vor der Tür steht, die Arme verschränkt, einen glibberigen Gelben in den Papierkorb rotzend.

Frederick schabt mit dem Fuß auf den Fliesen herum und sagt, weiter lachend und kopfschüttelnd: »Ich hätte mich geschämt, Alter.«

Der Kamenica trocknet sich die Hände ab, als hätte er ohnehin nichts anderes tun wollen, und wirft das Papiertuch in den Korb auf Boris' gelben Glibber. Er stellt sich vor ihn und deutet mit der Nase zur Tür. Frederick nickt und Boris lässt den Slowenen den Raum verlassen.

Zwanzig Minuten später sagt der Hallensprecher: »An Platte zwölf. Kamenica gegen Polenz.« Wir hocken wieder auf der Tribüne, die Thermoskanne Wodka Red Bull ist halb leer. Es ist vierzehn Uhr.

Debby beugt sich zu mir, während Frederick in seiner Tasche kramt, und flüstert mir ins Ohr: »Mein Vater war früher Manager, zu Hause, in Subotica.«

Ich nicke, nippe an der Kanne und höre weiter zu. Ich höre ihr gerne zu. Man kann viel mit ihr machen, aber dass man ihr auch gut zuhören kann, das habe von allen Jungs bislang nur ich bemerkt.

Sie erzählt weiter: »Mein Vater hat immer gesagt: ›Wenn ich einen Raum betrete und da tagen zehn Männer und man weiß noch nicht so wirklich, wer der Boss ist, weißt du, was ich dann mache, Debby? Ich sage gar nichts. Ich lehne mich bloß in den Stuhl, verschränke die Arme und lache manchmal lautlos. Und dann, nach neunzig Minuten, fragen mich alle: Herr Drpic, wollen Sie nicht die Leitung übernehmen?‹«

Ich lächele. »Du meinst also, Frederick sollte mal bei deinem Papa in die Lehre gehen?«

»Vielleicht«, antwortet sie, nimmt mir die Wodka-Red-Bull-Kanne ab, trinkt und schmunzelt in die Halle.

Frederick und Kamenica stehen gleichzeitig auf und ziehen Handtuch, Flasche und Schlägermappe aus der Tasche. Kamenica bemerkt tatsächlich erst jetzt, wer sein Gegner ist. Allerdings hat er keine Angst. Im Gegenteil. Jetzt grinst er spitz, wie ein Vampir in alten Zeichnungen.

»Mach ihn fertig!«, sagt Debby, dreht sich zu Frederick und gibt ihm einen langen, harten Zungenkuss. Der versteht, drückt sie enger an sich, knetet ihr den Arsch, lässt sie wieder los, wirft sein Handtuch über die Schulter und sagt, an Kamenica gewand: »Wo ist denn *deine* Perle, hä? Keine dabei, Gaylord? Oh, welch ein Wunder!« Das scheint den Balkanbruder nun doch ein wenig zu treffen. Jedenfalls grinst er nicht mehr so blöd.

»Mann!«, schreit Frederick eine halbe Stunde später und er schreit es nun schon zum fünfzehnten Mal. Den ersten Satz hat er 9:11 verloren und im zweiten liegt er 0:3 zurück. Er spielt eigentlich gut. Aggressiv, drückend, gemein. Immer wieder erwischt er den Slowenen mit einem schrägen Rückhandschuss auf dem falschen Fuß und keinen einzigen Ball seines Gegners bringt er nur so über das Netz. Macht Kamenica mal selbst einen Fehler, jubelt Frederick und ruft laut: »Tschah!« Das ist in den Höflichkeitsregeln des Tischtennis eigentlich nur erlaubt, wenn man sich den Punkt aktiv verdient hat. Wer die Fehler des Gegners bejubelt, will ihn psychologisch aus der Bahn werfen. Deswegen macht Frederick es ja. Doch es reicht nicht. Kamenica bringt tatsächlich alles zurück. Immer wieder. Ball für Ball. Bis Frederick selbst es ist, der den Fehler macht.

»Komm schon!«, ruft Debby von der Tribüne, doch Frederick will nichts davon wissen. Er dreht sich nicht mal um und macht einen guten, scharf geschnittenen Aufschlag. Kamenica spielt ihn halblang zurück. Frederick holt aus und schlägt einen Vorhand-Topspin, der so hart und schnell ist, dass ich ihn nicht mal kommen sehen würde. Kamenica sieht ihn nicht nur kommen, sondern serviert ihn auch noch, indem er ganz locker tief in die Knie geht und mit Unterschnitt zurückspielt.

»Klock« macht es bloß, da seine Beläge als Defensivmaterial eine extrem dünne Unterlage haben. Klock. Frederick versucht einen zweiten Topspin und schlägt ihn ins Netz.

»Mann!«, brüllt er wieder und pfeffert seinen teuren Schläger gegen die Bandenverkleidung.

»0:4«, sagt der Schiedsrichter.

Kamenica sagt nichts, kichert aber wie ein Komödiendarsteller.

Frederick hebt seinen Schläger auf, hält dabei inne, weil er den Slowenen lachen hört, und stampft neben der Platte auf ihn zu.

»Lachst du mich aus?«

Der Schiedsrichter beugt sich vor: »An die Platte zurück.«

Frederick hört nicht auf ihn. »Hey, Rattenbesamer, lachst du mich aus, oder was?«

Kamenica bleibt einfach stehen, so wie er einfach auf Fredericks Angriffsbälle wartet. Das sollte er nicht tun. Er kennt Frederick nicht gut genug.

»Ich sagte: Zurück an die Platte!«, sagt der Schiedsrichter, doch ehe er mehr sagen kann und ehe Kamenica versteht, was geschieht, hat Frederick den Schläger gehoben und mit der Kante gegen den Schädel seines Gegners gerammt. Der geht sofort zu Boden, der Spieler an der Platte nebenan kreischt wie ein Mädchen und binnen Sekunden stoppen fast alle Partien. Der Schiedsrichter stellt sich vor Frederick und schreit ihn an, während er mit der Hand einen Sanitäter heranwinkt.

Boris, Debby und ich hocken auf der Tribüne und schaffen es nicht, das Geschehen empörend zu finden. Soll der Slowene doch nicht so blöd kichern. Abwehrspieler. Mannomann. Boris reicht mir die Thermoskanne. Ich nehme einen langen, tiefen Schluck.

»Wie viele Monate Sperre?«, fragt Boris am Abend vor der Schützenhalle in der Feldmark, einem großen Viertel im Westen der Stadt. Wir stehen vor seinem Auto, die Fenster sind geöffnet, es läuft Eminem. Der weiße Mann rappt: »You started gettin' moody on me pretty soon we'd argue/ and the ruder you got the more beautiful you got to me ...«, und ich muss daran denken, dass Boris Eminem ziemlich ähnlich sieht. Dunklere Haare zwar und mehr Kilos auf den Rippen, aber ansonsten passt es ganz gut. Sie teilen auch den Humor.

Drinnen spielt der Abifeten-DJ einen harmlosen Mix, um die Anlage für die Liveband vorzubereiten, die heute zu sehen sein wird. Ein paar sehr attraktive Jungs aus der Oberstufe beider Gymnasien, die wissen, dass sie sehr attraktiv sind. Sie spielen stinkharmlosen Emo-Rock und schaffen es bereits, ihre Songs zur Untermalung an die Produzenten von Surfvideos zu verkaufen.

»Ein Jahr Sperre. Die ganze Mannschaftshinrunde. Diese Drecksmaden.«

»Kannst froh sein, dass die dich nicht für immer aus dem Verband werfen, du Stuhl!«, sage ich.

»Können sie nicht«, sagt Frederick. »Diese Schwuchteln beißen nicht den Schwanz, der sie vollpumpt.«

Das stimmt. Fredericks Stiefvater ist Chef der Firma, die den Sportverein als Sponsor am Leben hält. Der Verein veranstaltet auch die Regionalmeisterschaften. Der Verein braucht seinen Sponsor, gerade jetzt in der großen Finanzkrise. Und so standen sie da heute Nachmittag nach dem Schlag mit der Kante. Turnierleitung, Vereinsleitung und Fredericks Stiefvater. Redeten auf Kamenica ein von wegen gütlicher Klärung ohne Polizei. Der Slowene nahm's hin. Immerhin war er eine Runde weiter. Vom Geld kann er sich ein paar neue Schläger zusammenstellen lassen. Noppen und Anti-Spin. Hört sich unanständig an, eigentlich.

»Er soll sich mal nichts darauf einbilden«, sagt Frederick und meint damit seinen Stiefvater. »Ich nenne ihn trotzdem nicht Papa, den Schmock.«

Er wirft seine Flasche in die Wiese neben dem Wagen. Drüben an der Wand der Halle lehnt Dealer Timo, das Gesicht in der Kapuze verborgen, und wartet auf Kunden. Ein Mann Anfang dreißig, der sich anzieht, als sei er sechzehn, kommt mit einem Bier in der Hand auf die Halle zu und grüßt mich. Es ist der Sohn unserer Nachbarn, Manuel, er kommt einmal pro Monat vorbei und bringt seiner Mutter eine Tasche voller Schmutzwäsche. Samstags geht er dann zu Feten wie dieser, um jüngere Mädchen aufzureißen, was ihm auch meistens gelingt. Es reicht ihm, wenn sie seit einem Tag achtzehn sind, taufrisch sozusagen. Er sieht gut aus und weiß es. Ich grüße ihn zurück.

»Ist das dein Nachbar?«, fragt Boris. »Dieser Jungdosenknacker?«

»So wärst du mit dreißig wohl auch noch gern, du Stuhl?«

»Werde ich auch, da kannst du dich drauf verlassen, du Bremsscheibe. Der macht das richtig, weißt du, was ich meine?«

Drinnen wird die Konservenmusik ausgeschaltet und es quietscht eine Gitarre. Der Schlagzeuger bollert ein wenig auf seinem Instrument herum. Es ist das Zeichen für die Menge, dass es losgehen soll. Boris hebt die Nase Richtung Tür, wir trinken alle unsere mitgebrachten Flaschen aus, werfen sie auf die bereits im Gras liegende von Frederick und betreten die Halle.

»Hallo, wir sind Liquid!«, ruft der Sänger und er ruft es in einer Betonung, als stünde er vor fünfzigtausend Leuten bei Rock am Ring. Kommt mal wieder runter, denke ich mir, ihr steht in der Schützenhalle und geht auf die gleiche Schule wie die meisten hier. Wahrscheinlich haben sie ihre Rucksäcke hinten in einen Abstellraum gestellt und ein in Plastik eingeschweißtes Schild mit der Aufschrift »Backstage« angebracht. Sie tragen blitzsaubere Klamotten von Quicksilver und Neilpryde, als bekämen sie die bereits gesponsert. Der Einstieg in den ersten Song ist genau auf den Punkt, wie bei Superprofis. Sie üben sicher sechsmal die Woche und bei der Probe trinken sie nur Wasser. Trinken sie mal Kaffee, lassen sie ihre Tassen niemals irgendwo stehen, sondern leeren sie sofort nach der Probe im Waschbecken aus, nehmen sich einen gelben Lappen und wischen sie mit kraftvollen Bewegungen ihrer Gitarristenhände durch. Mannomann.

Vorne vor der Bühne stehen tatsächlich zahlreiche kleine Mädchen aus der siebten, achten und neunten Klasse und himmeln die Jungs an. Hinter ihnen schubsen sich einige Jungs, die mit Sicherheit in drei Jahren eine Banklehre anfangen werden, von links nach rechts und fühlen sich dabei wild und gefährlich.

Am anderen Ende der Halle stehen wir neben der offiziellen Theke und tanken, einen Euro fünfzig kostet der Becher Bier plus Pfand, es ist eiskalt und frisch gezapft. Mein Nachbar Manuel hat sich ein junges Mädchen ausgeguckt und spricht es an.

Durch die schmachtende, hüpfende und sich vorsichtig schubsende Menge schlängelt sich der kleine Max Sippel, eine ganze Stange Becher in der Hand. Er ist nicht hier, um zu feiern oder Liquid zu bewundern. Er sammelt Pfand. Jeder Becher ist fünfzig Cent wert. Er dürfte so an die zwanzig davon gesammelt haben. Nein, es sind bestimmt zwanzig. Zwanzig Becher ergeben glatte zehn Euro. Jemand wie Max geht erst zur Theke, wenn er eine gerade Summe beisammenhat.

Flink stellt er die Stange auf die Theke und wartet, dass die Bedienung ihm den Zehner gibt. Die Bedienung bemerkt ihn noch nicht, steht mit dem Rücken zur Theke und zapft. Kurz bevor sie sich umdreht, lupft Boris einen Becher von Max' Turm. Max bemerkt uns erst jetzt. Die Bedienung dreht sich um. Boris hält ihr den Becher vor die Nase und wackelt damit. »Einmal Pfand bitte!«

Max atmet schneller. Sein Turm hat jetzt nur noch neunzehn Becher. Eine krumme Summe. Er sucht auf dem Boden vor sich, ob zufällig noch ein Becher da liegt. Er weiß, er müsste sich eigentlich wehren. Aber wir wissen ja, wie das mit dem »eigentlich« ist.

»Hier, bitte«, sagt die Frau hinter der Theke, sie ist Mitte zwanzig, hat eine Narbe unter der rechten Augenbraue und trägt einen breiten Ledergürtel, an dem eine Gastronomenbrieftasche hängt. Ihre Stimme ist rau.

»... and the ruder you got the more beautiful you got to me.« Ich stelle mir vor, wie sie mich hinter die Theke zieht, in einem Nebenraum auf einen Berg mit ein paar Jacken wirft, mir die Hose runterreißt, ihren Ledergürtel abzieht und, ohne dass ich begreife, was geschieht, *mich* reitet. So was dürfte ich Boris und Frederick auch wieder nicht erzählen. Für sie hat der Mann immer die Frau zu ficken. Nicht umgekehrt. Die Thekenfrau greift nach dem Turm von Max. »So, Kleiner, und du hast wieder zwanzig beisammen?«

Max stottert: »Äh, nein, diesmal, ich ...«

Die Thekenfrau seufzt und zählt blitzschnell durch. »Nur neunzehn, was ist los, Kleiner?«

»Seine Stange ist halt kürzer als gedacht«, sagt Boris und ich kichere. Die Frau stellt die Becher weg und kramt in ihrer Gürteltasche. Max will was sagen, aber die Worte bleiben ihm im Mund stecken.

»So, neun Euro fünfzig, bitte.« Sie wirft Max Münzen hin.

Der kramt sie zusammen und lässt zwei fallen, weil er kurz vorher sein Notizbuch rausgeholt hat. Gerade Summen kann er sich ja noch merken und am Ende des Abends, wenn er fleißig war, hundert Euro aufschreiben, aber das hier ist eine Ausnahmesituation. Er kriegt wieder hektische Flecken. Er weiß nicht, was er zuerst tun soll. Geld aufheben, Geld notieren. Die Menschen drängen an die Theke, einer tritt aus Versehen ein Zweieurostück weg.

»Danke, ihr seid so geil!«, ruft der Sänger von der Bühne.

»Jetzt sind's nur noch sieben Euro fünfzig«, sagt Boris. »Oder waren es acht? Na, Schamhaarflechter? Wie war das noch?«

Ich denke plötzlich an Lina, wie sie schon sehr bald im Flugzeug sitzen und um diese Zeit Tomatensaft aus kleinen Plastikgläsern trinken wird, die nur ein Drittel so groß sind wie die Bierbecher hier. Ich denke an meinen Vater, wie er gerade an seinem Schreibtisch sitzt, die große Tür abgeschlossen, und tippt. Als Kind hat mich seine Bibliothek motiviert. Die Reihen waren beachtlich, aber man konnte sich noch vorstellen, das eines Tages alles mal selber zu lesen. Heute hat er so viele Bücher, dass fünf ganze Leben nicht dafür ausreichen würden. Ich habe das ausgerechnet, er *kann* das nicht alles verinnerlicht haben. Aber er wirkt so, wenn er zu sprechen beginnt. Früher hat er mir einzelne Bücher gezeigt, alte Stücke, sie rochen anders, jedes einzelne davon. Heute lässt er mich schon lange nicht mehr ohne Voranmeldung rein. Früher stand seine Tür offen. Früher hatte er schon viele Bücher, aber noch keinen Bestseller geschrieben.

»Komm, lass uns rausgehen«, sage ich zu Boris, der immer noch Buchhalter Max beharkt wie ein Kater eine verwundete Maus. Frederick sieht aus, als sei es ihm recht. Mein Nachbar Manuel hat die Achtzehnjährige rumgekriegt und hält bereits Händchen mit ihr.

»Das ist für alle, die uns unterstützen!«, ruft der Schönling auf der Bühne. Boris sagt: »Also gut, raus«, als habe nur er bei uns das letzte Wort.

Auf dem Parkplatz vor der Halle stehen wir erneut an Boris' Wagen. Die Playlist seines iPods, den er ans Autoradio angeschlossen hat, läuft wieder.

»Ich bin unantastbar/ der Rapper, der im Knast war«, teilt uns Bushido gerade mit, »du und deine Freunde sind die Typen, die nie krass waren.« Es ist nicht so, dass Boris nur Rap auf seinem iPod hätte, im Gegenteil. Ich selbst höre mir seit einiger Zeit nur noch diesen Scheiß an, und das nicht wegen der tollen Sprache. Boris hat alles Mögliche drauf, sogar Usher oder Timberlake oder ein paar andere solche Seifenspender. Boris braucht keinen Bushido, um böse zu sein. Das ist er schon ganz von selber.

Timo steht mittlerweile bei uns, übertüncht den alten Aggro-Scheiß mit seinem Death-Metal-Ohrknopf und fummelt ein paar kleine silberne Papierchen auf, in denen Tabletten zum Vorschein kommen. Blaue, gelbe und rote. In die blauen sind Delfine eingestanzt, in die roten Herzen und in die gelben jeweils ein Mercedes-Stern.

»Ich nehme eine rote«, sagt Debby, die erst um zehn gekommen ist, weil sie ihren Eltern im Restaurant aushelfen musste. »Samstags läuft es zurzeit gut bei uns«, hat sie gesagt, aber wir alle wissen, dass das bedeutet, dass es an allen anderen Tagen beschissen läuft.

»Ja, klar«, lacht Boris über Debbys Wahl, »und unser Trainingshosengangster hier nimmt einen Delfin, weißt du, was ich meine?«

»Leck mich, du Stuhl«, sage ich.

Boris nimmt einen Mercedes-Stern, Frederick auch. Timo wackelt mit der Hand und sagt: »Hu?«, weil ich immer noch nicht zugreife. Ich weiß es doch nicht. Ich handle viel mit dem Zeug, auf dem Nintendo DS, bei *Chinatown Wars*, aber was weiß ich, mit was für gepanschtem Mist Timo hier seine Gewinne macht. Beim Bier weiß ich, was ich habe, oder beim Wodka. Mit Piece kann man auch nichts verkehrt machen, aber Delfine in Blau? Ich denke an meinen Vater, wie er morgens seinen Kaffee aus unserer Fünfhunderteuromaschine zieht, den Bart gut gestutzt, ein weißes Hemd an, obwohl er zu Hause bleibt und tippt. Er schält Äpfel. Schält sie und schneidet sie in Scheiben.

»Ach, was soll's«, sage ich und nehme ebenfalls einen Mercedes-Stern.

Ich weiß nicht, welcher Vollidiot behauptet hat, E sei eine Droge der Liebe. Für Boris vielleicht, der gerade mit Debby auf der Rückbank seines Wagens sitzt und mit nervtötenden Geräuschen herummacht. Sie kneten sich, als seien sie zwei Rohteige für Roggenbrot. Viel Spaß, ihr Süßen. Mir ist einfach nur kalt und ich schwitze zugleich. Ich fühle mich unruhig, wie auf dem Sprung, als ginge ein wichtiger Flieger in zwanzig Minuten, und das auch noch in Düsseldorf, und ich müsste mit, müsste längst losfahren mit dem Wagen, in dem Boris und Debby sich feuchtfummeln, und die Maschine wartet auf mich, während zweihundert ärgerliche Gesichter aus den kleinen Fenstern auf die Rollbahn hinabblicken.

Im CD-Player läuft *Ich glaub' an Dich*, das *Prison Break*-Titellied von Azad und Adel Tawil.

Drüben vor der Halle steht Jule mit dem Sänger von Liquid unter einer Laterne und hält ihm ein Mikrofon unter die Nase. Wahrscheinlich interviewt sie ihn für das Radio. Sie ist nüchtern und aufmerksam. Gegen elf wird sie ins Studio fahren, den Beitrag schneiden, dazu Kaffee trinken und am Ende ihre Tasse wegräumen, fein gespült mit Zitrusspüli von Rewe und sauber ausgewischt mit dem gelben Tuch.

Ich könnte mir die Haare raufen. Ich trippele auf der Stelle. Ich atme so schnell wie ein Hund bei einer Hitzewelle. Dann bleibt mein Blick an etwas Interessantem hängen: Auf dem Parkplatz zwischen den Abiturienten, Jungschülern und Altrockern erscheint Alparslan mit seinen zwei russischen Freunden. Ich will Frederick darauf aufmerksam machen, doch er hat es schon gesehen. Er scheint unverändert neben dem Auto zu stehen, aber sein Körper spannt sich leicht an. Unmerklich, man muss ein Auge dafür haben.

Frederick klopft mit der Faust aufs Autodach, den Blick auf Alparslan. Er sieht nicht nach, wie weit Boris und Debby sind. Krieg ist wichtiger als Sex. Boris sieht das ähnlich, denn er schaut aus dem Fenster des Wagens, zieht sich schnell sein T-Shirt über und wirft die Beine aus der Tür. Debby sieht enttäuscht aus, und würde sie nicht ständig so auf Bitch machen, würde ich sogar glauben, sie sei verletzt. Als ich nun auch den ersten Schritt Richtung Schlachtfeld mache, guckt sie wieder besorgt, aber was soll's. Mir soll's recht sein, ich kann sowieso nicht stillstehen, ich verpasse meinen Flieger, mein Schweiß ist kalt und läuft mir hinten in die Hose, es nervt mich alles.

In fünf Sekunden ist Frederick bei dem Türken und stellt sich ihm in den Weg. Frederick weiß noch genau, was Alparslan letztens auf der Kirmes gesagt hat. »Steh mir nicht im Weg.« Alparslan ist gefährlich. Man munkelt, dass er jemanden auf dem Gewissen haben soll, einen Rumänen. Man soll gefälligst Angst vor ihm haben. Aber wie sagt Frederick immer so treffend? Sobald man innerlich akzeptiert hat, dass man dabei auch umkommen könnte, hat man keine Angst mehr.

Jule senkt ihr Mikro und auch der Sänger von Liquid sieht mit großen Augen zu uns rüber. Ja, ihr Hübschen, ihr steht draußen, am Rand der Arena, und wir stehen drin. Dann guckt euch das mal an, ihr Kaffeetassenspüler!

Alparslan und Frederick stehen stumm voreinander und warten. Boris und ich sowie die zwei Russen flankieren ihren jeweiligen Kapitän. Eine Dreierabwehr, denke ich kurz und stelle sie mir vor. Eine tighte, knallharte Dreierabwehr. Cole, Cannavaro, van Bronckhorst. Männer, die treten können. Männer, die kämpfen können. Keine schwulen Boys, die bei YouTube herumhampeln und sich Eier auf den Kopf klatschen.

»So. Und was machst du jetzt?«, sagt Frederick.

Alparslan hält seinen Blick, sagt aber nichts. Er überlegt wohl noch, was er macht.

Frederick hält Blick und Schweigen noch ein paar Sekunden lang aus, lockert dann seine Haltung, als wolle er sich wegdrehen und gehen, und sagt verächtlich lachend: »Du Fake …«

Alparslan holt Luft, legt einen kurzen Augenblick den Kopf schief und schleudert ohne jede weitere Warnung die Flasche, die er in der Hand hält, mit voller Wucht in die Rückscheibe von Boris' Wagen. Das Glas zersplittert nicht, bekommt aber Risse. Der Lärm der auftreffenden Flasche lässt alle Anwesenden zusammenzucken. Debby schreit und türmt aus dem Auto, halb nackt. Sie knickt um und landet mit den Knien im Dreck.

»Scheiße, Alter, da war 'ne Frau drin!?«, sagt Alparslan, als hätte er nicht geworfen, wenn er es vorher gewusst hätte, und bevor er etwas

Weiteres sagen kann, zertrümmert Fredericks Stirn seine Nase. Ich habe kaum gesehen, wie Frederick seinen Kopf nach vorne gestoßen hat, so schnell macht er das. Der Türke wankt zurück, hält sich die Hände vor das Gesicht und würgt, als habe man ihm eine Natter in den Rachen geschoben. Seine russischen Kollegen gehen sofort auf Frederick los. Der packt einen am Arm, dreht sich zur Seite und kann ihn irgendwie aufs Pflaster vor der Halle werfen, doch der zweite trifft ihn mit der Faust unterm Auge. Der Stoß ist hart, Fredericks Kopf macht einen Ruck, als hätte ihn eine Schwingtür getroffen. Das alles passiert in Sekunden. Alparslan steht gebeugt. Das Blut aus der Nase fließt ihm durch die Finger seiner rechten Hand wie durch einen zerlöcherten Fächer. Mit der anderen winkt er, als wolle er schon jetzt kapitulieren und als wären *wir* hier die miesen Schweine, die anfangen, bevor der Gegner so weit ist.

Was hat der Idiot denn erwartet? Dachte er, wir machen erst noch ein paar flotte Sprüche und sagen Dinge wie »Spinnst du?« oder »Hast du sie noch alle?«, während einer von uns zu Debby läuft und nach ihr und ihren Knien sieht? Da hat er sich verrechnet. »Spinnst du?« und ähnliche Sätze sagen bei uns nur die Väter, und verletzten Frauen helfen können wir auch nicht, dazu sind wir ja nicht mal fähig, wenn es unsere eigenen Schwestern sind. Das Einzige, was wir richtig gut können, ist hassen. Wir lieben es zu hassen. Und so blöd es klingt, wir sind dem Türken heute Abend dankbar für den Grund.

Da Alparslan noch röchelt, kämpft Frederick mit dem Russen weiter, der ihm ins Gesicht geschlagen hat. Der Treffer hat ihn wütend gemacht. Er rennt auf ihn zu und treibt ihn gegen einen Gitterpapierkorb vor dem Eingang. Der Russe stolpert rückwärts, rudert mit den Armen und fällt schräg und würdelos gegen die geschlossene Hälfte des Halleneingangs, einer Tür aus Glas mit einem breiten Griffbrett aus Holz, an dem er sich jetzt den Kopf anschlägt. Leute weichen zurück und gucken dämlich. Wie ich diesen Blick hasse. Angst und Empörung liegen darin, Ekel und Feigheit.

Boris schnauft und tritt dem zweiten Russen, der sich gerade wieder aufrappeln will, mit der Sohle in den Rücken. Er fällt in sich zusammen wie ein Campingtisch. Frederick nimmt derweil den Gitterkorb und hebt ihn an, um ihm dem anderen, der noch vor der Tür hängt, ins Gesicht zu werfen. Ich beobachte es, als ich mit einem Mal spüre, dass Alparslan hinter mir steht. Zu spät. Sein Tritt in meine Unterschenkel brennt wie Feuer und zieht mir die Beine weg. Meine Knie rammen auf den Boden. Dann treibt mir Alparslan seine Faust aufs Auge. Ein Blitz, ein Schock. Ich vergesse jedes Mal aufs Neue, wie weh das tut. Es ist etwas dumpfer als sonst, etwas weiter weg, wahrscheinlich durch das E, aber es zieht trotzdem, wie ein Finger, den man sich in der Tür eingeklemmt hat, nur eben im Gesicht. Aus dem Augenwinkel sehe ich, dass Jule eine Nummer in ihr Handy tippt.

Frederick wirft den Eimer nach dem Russen, trifft aber nur die Tür, die anders als die Rückscheibe des Autos in tausend Teile zersplittert. Ich stehe auf und stolpere nach vorn Richtung Halle. An der Wand holt mich Alparslan wieder ein und greift nach meinem Arm. Ich trete nach ihm, er weicht aus, überbrückt die drei Schritte Distanz wie einen, packt meinen rechten Arm, dreht ihn mir auf den Rücken und schiebt meinen Kopf mit seinem linken Unterarm gegen die Wand der Halle. Das Mauerwerk ist mit diesem scharfkantigen, groben Putz verkleidet, der tausend kleine Spitzen hat. Der Türke drückt meine Wange hinein und sagt: »Seni ezerim! Soll ich dir die Fresse an dieser Mauer abziehen? Soll ich das?«

So habe ich mir das alles nicht vorgestellt. Man muss akzeptieren, dass man verletzt werden könnte, jaja, Frederick, aber wenn ein Mann, wütend wie ein gebissener Hund, dein Gesicht auf diesen Putz drückt und deine nächste Zukunft daraus besteht, mit voller Wucht daran entlanggeschliffen zu werden, bis dein Gesicht in blutigen Fetzen an der Wand klebt, bleibt nur noch die Panik.

Bevor ich auf der Wand zerrieben werde, höre ich Schritte und ein hohes Kreischen direkt hinter uns. Wir drehen uns beide um, Alparslans Druck auf meinen Nacken löst sich und ich sehe Timo auf ihn zustürzen, ein Springmesser in der Hand. »Scheiß Kanacke!«, quietscht er wie ein Psychopath und seine Augen scheinen in der riesigen Kapuze nun wirklich zu glühen.

»Nein«, sage ich, »keine Messer«, aber der Wahnsinnige im Kapuzenpulli versucht bereits zuzustechen, dabei weiter kreischend wie eine hysterische Krähe. Wie gesagt, er *versucht* es nur, denn Alparslan weicht aus, rangelt mit ihm, schwitzt, murmelt dabei: »Pis mahluk«, und nach ein paar Sekunden wird es in meiner rechten Flanke so heiß, als hätte man kleine Chilischoten unter mein Fleisch gepflanzt und geöffnet. Ich sehe noch, wie die Schoten mein Hemd rot färben, bevor ich gar nichts mehr sehe.

DIE KRALLEN DES KOALAS

DIE KRALLEN DES KOALAS
DIE KRALLEN DES KOALAS
DIE KRALLEN DES KOALAS

Was für eine gemeine Sau, dieser Zhou Ming. Gibt mir den Auftrag, einen Mann im Krankenwagen durch die halbe Stadt zu fahren, verfolgt von der Polizei und unter Einsatz meines Lebens, und als ich den Typen dann am Zielort abliefere, bringt er ihn noch auf der Krankenliege um. Ich beschwere mich und schreie Ming an. Man hört es nicht, denn es sind bloß gezeichnete Standbilder mit Text, Cut-Scenes in Comicoptik. Hätte er mir auch gleich sagen können, dass ich den Mann bloß zu ihm bringe, damit er ihn wie ein Tier abschlachten kann. Ich ärgere mich, aber ich freue mich auch. *Chinatown Wars* steckt voller guter Pointen. Es gibt nichts Besseres, wenn man im Bett eines Krankenhauses liegt.

Ich bin froh, dass Alparslan Farek kein Zhou Ming ist, sonst ginge es mir jetzt genau wie dem armen Teufel, den ich eben in den Tod gefahren habe. Ich habe ein Einzelzimmer, denn Vater bezahlt. Er schämt sich zwar, aber er bezahlt. Wahrscheinlich hat er auch mit Trinkgeldern für alle Schwestern und Pfleger dafür gesorgt, dass niemand durchsickern lässt, dass sein Sohn bei einer Messerstecherei unter Asozialen verletzt wurde. Aber was soll's, hier im Krankenhaus ist mir ein Einzelzimmer recht. So stört es keinen, wenn ich vier, fünf Stunden am Stück spiele, die kleine Konsole voll aufgedreht, eine Geräuschkulisse aus Regentropfen, Polizeisirenen, Großstadtverkehr, Lowrider-Musik und Schießereien. Und zwischendurch immer wieder das »Zzzzriiiip« meiner Drogentasche, wenn ich einkaufe und verticke. Das Rascheln, wenn die Tütchen den Besitzer tauschen. Das Quietschen der rostigen Schrauben, wenn ich die Abdeckklappen unterm Lenkrad alter Autos abschraube, um sie zu stehlen und schnell zu verschwinden, bevor die Bullen mich wegen des Deals hopsnehmen. Muss ich vor ihnen flüchten, macht es ständig »klonk«, weil ich Laternen umfahre. Im Grunde macht es in dieser Stadt unablässig »klonk«, sobald man schneller als Schrittgeschwindigkeit fährt. Die Programmierer haben sie eng gebaut. Eng in den Straßen, aber weit in der Ausdehnung. Man kann in diesem Spiel ein ganzes Leben leben, auch wenn man darin im Prinzip nur Scheiße baut. Wie in Wirklichkeit.

Mir tun die Augen weh und so speichere ich ab und drehe mich ein wenig nach links, um den DS auf den Nachttisch zu legen. Ich zische. Meine Narbe zieht. Nicht mal vierundzwanzig Stunden ist das jetzt her. Die Fahrt im Krankenwagen habe ich kaum mitbekommen. Erst sedierte mich der Schmerz, dann der Doktor. Es war halb so schlimm, ein tiefer Stich, aber nichts Lebenswichtiges getroffen.

Richtig wach wurde ich erst wieder hier im Bett, irgendwann heute Morgen um neun, Vater erklärte mir sachlich die Lage und stand dann auf, um zu gehen. Mutter sah mich an, als würde sie gerne noch ein wenig bleiben und so tun, als sei ich ein guter Junge, aber als könne sie eben nicht, weil es Vaters Prinzipien widerspricht. Wahrscheinlich gibt es irgendwo in seinen Büchern ein Kapitel, das besagt, Mitleid müsse man der Schuld und der Schwere der Verletzung anpassen. Da ich nicht lebensgefährlich verletzt wurde und dafür bekannt bin, Streit zu provozieren, mussten sie erst mal nach Hause gehen. Ist okay. Mehr Zeit für Chinatown. Hier kann ich sogar die Tasse halb voll stehen lassen und die Schwester räumt sie einfach ab.

Ich schalte den Fernseher ein, das erste Mal, seit ich hier liege. An einem ovalen Tisch sitzen zwei Männer und ein Moderator. Niemand von ihnen sieht aus, als müsse er seine Nahrungsmittel von der Tafel holen. Der eine trägt einen schwarzen Anzug, der andere ein offenes Jackett über einem Hemd, das man auch zu Laubsägearbeiten tragen könnte.

Der Laubsägenmann sagt: »Mein lieber Herr Gaus, solche Krisen werden sich immer wiederholen, solange die Leute so gierig sind und ihr Geld gegen alle Vernunft in Sachen stecken, die sie nicht mal im Ansatz begreifen!«

Herr Gaus winkt ab, lehnt sich danach zurück und verschränkt die Arme.

»Ja«, sagt der Laubsägenmann, »oh ja, jawohl!« Er tippt mit dem Finger auf die ovale Platte, Wort für Wort. »Sie gehen ständig davon aus, dass der Mensch vernünftig ist, aber das ist er nicht. Sie brauchen ihm nur geschickt hohe Gewinne versprechen und dann wirft er ihnen sein Geld hinterher.«

»Ach, jetzt hören Sie doch auf mit Gier und Sünde, wir sind hier nicht in der Kirche …«

»Wenn Sie …«

»Herr Forkel …«

»Wenn Sie …«

»Herr Forkel …«

»Meine Herren, einer nach dem anderen bitte. Jetzt ist Herr Gaus dran.«

»Herr Forkel, es ist doch nicht die Gier, die dieses Dilemma verursacht hat. Oder die Lust der Anleger. Von der lebt doch die ganze Geschichte. Der Markt könnte ganz großartig funktionieren, mit Gier und allem, wenn nicht so viel falsches Geld drin wäre. Ich meine, wo kommt denn das ganze Geld her, das da verzockt wurde? Wo kommt es denn her?«

»Ja, das würde ich auch gerne mal wissen.«

»Das kommt aus Ihren Zentralbanken, die so lange den Leitzins senken, bis ich fürs Kreditnehmen fast gar nichts mehr zahlen muss. Sie drucken Geld, Herr Forkel, Sie drucken einfach Geld und wundern sich dann, dass es nichts mehr wert ist.«

»Ich drucke gar nichts, Herr Gaus.«

»Das ist das Problem hier, dass keiner von euch Alarmisten irgendetwas von Ökonomie versteht.«

Ich schalte um.

Eine Eisbärmutter mit ihrem Kind tapst auf einer treibenden Scholle herum, die sich von ihrem Haupteisberg gelöst hat und nun aufs Wasser hinaustreibt. Die Bärin hebt verwirrt den Kopf und läuft auf der zehn Quadratmeter kleinen Platte auf und ab. Sie kann nicht fassen, was da gerade passiert. Sie driftet ab und kann nirgendwohin. Hilflos sieht ihr Kleines sie an, tapst hinter ihr her und stupst sie mit der Nase ins Fell, als wolle es sagen: »Was machen wir denn jetzt, Mama?« Zu den Bildern spielen sie dramatische Orchestermusik. Ein Sprecher mit tiefer, väterlicher Stimme sagt: »Die Erderwärmung ist Fakt, und wollen wir nicht eines Tages wie diese Polarbären enden, müssen wir die Maßnahmen zum Klimaschutz jetzt ergreifen. Bevor es zu spät ist.« Ich frage mich, wie gut Eisbären schwimmen können, und schalte um.

»Papa geht fremd« heißt es in der Dokusoap *We are Family! So lebt Deutschland.* Ein Mann mit Bart steht in der Wohnzimmertür und brüllt was in Richtung seiner Gattin. In der nächsten Szene nach dem Schnitt steht er mit einer jungen Schlampe, die seine Tochter sein könnte, am See und sagt: »Wir lieben uns«, während er ihre winzige Taille an seinen Hosenbund presst. Ein Pop-up-Fenster wird eingeblendet und kündigt die nächste Sendung an. »Gleich bei *U20 – Deutschland, deine Teenies.* Papa geht fremd, Teil 2.« Jetzt strecken sie einen Beitrag schon über mehrere Sendungen. Müssen wahrscheinlich sparen.

Ich schalte um.

Ein Arzt malt mit einem schwarzen Edding gestrichelte Linien unter die Brüste einer Frau. In der Einblendung steht »Maike (38),

Hausfrau und Mutter«. Der Sprecher sagt: »Achttausendfünfhundert Euro kostet der Eingriff. Eigentlich sollte das Geld für die Ausbildung der Kinder gespart werden, aber nach vierzehn Jahren Stress will die Achtunddreißigjährige endlich auch mal was für sich tun.«

Ich schalte um.

»Wer hat denn die ganze Zeit mit der Jenna geschlafen? Du oder ich?«

Ich schalte um.

»Ja, guck dich doch an, wie du aussiehst. Kein Wunder, dass dir da der Mann wegläuft.«

Ich schalte um.

»Wenn der Spitzenreiter noch einmal patzt, kann Chris Vermeulen womöglich noch aufschließen.«

Ich schalte um.

»Wir werden eine Inflation erleben, wir werden einen Zusammenbruch des Weltklimas erleben und wir werden eine Eskalation im Iran erleben und dann möchte ich Sie mal sehen, Herr Langkamp, dann möchte ich Sie mal sehen.«

Ich schalte um.

Vier Männer in weißen Plastikanzügen und Gasmasken misten eine Messiewohnung aus. Gerade kippen sie einen schwarzbraunen Berg um, der sich aus Kartons gebildet hat, in denen sich Essensreste befinden. Die Wand hinter ihm ist von Pilz durchfeuchtet. Die Kartons sind so weich, dass sie durch die Berührung endgültig in sich zusammenfallen. Ein Mann springt zurück und schreit: »Woah!«

Es klopft an der Tür.

»Ja?«, sage ich und Lina kommt rein.

»Hallo, Brüderchen!«

Ich freue mich, dass sie da ist, aber ich schäme mich auch. »Lina!«

Sie hat mir eine Flasche dunklen Traubensaft von Granini und die aktuelle Ausgabe eines Videogamemagazins mitgebracht, legt die Sachen auf den Rolltisch neben dem Bett, hockt sich auf meine Matratze, lässt die Beine baumeln, atmet einmal tief ein und sagt: »Weißt du, so ein Koala, der wirkt ja sehr, sehr harmlos. Immer nur am Pennen, langsame Bewegungen, puscheliges Fell. Aber wie du weißt, hat er Krallen. Lange und scharfe Krallen. Berührt man ihn am Arsch, stört ihn das nicht weiter …«

»Kraulen in den Wolken«, unterbreche ich sie und sie lächelt.

»Ja, Kraulen in den Wolken, das stört ihn nicht. Aber packst du ihn am Kopf, an den Ohren, irgendwo oben, wo man zum Beispiel eine Katze anfassen würde, dann schlägt er um sich. Aus heiterem Himmel, ohne Vorwarnung. Er schreit, er kreischt, er haut mit seinen Krallen nach dir und diese Krallen willst du nicht abbekommen.«

Ich schaue zum Fernseher, den ich stumm gestellt habe. Die Messiefrau heißt Ulrike, ist fünfundvierzig und schaut wie ein getretener Hund.

Ich schaue wieder Lina an und sage: »Mein Koala war ein Türke.«

Lina sagt: »Lass die Finger vom Kopf. Dann rastet der Bär nicht aus.«

Ich kichere. »Also merke ich mir: Türken immer nur an den Arsch packen.«

Jetzt muss auch Lina lachen, sie kann nicht anders, obwohl sie mich zugleich besorgt ansieht und *mir* nun den Kopf streichelt, was sie als Einzige darf. »Ach, Sven«, sagt sie und ich gehe noch mal im Kopf durch, wie das gestern Abend alles passieren konnte und wie ich es hätte verhindern können. Ich wollte es halt nicht verhindern. Ich fühle mich irgendwie gut hier, so abgestochen, so wie ich mich neulich gut fühlte, als ich verhaftet wurde. Lina hat mir damals verziehen. Vater hat mich bloß ignoriert, aber nicht aus dem Haus geworfen oder so was. Ich wurde niemals richtig bestraft. Ich habe nicht gezahlt. Es ist noch eine Rechnung offen.

»Ich habe Post bekommen von meiner Gastfamilie«, sagt Lina und zeigt mir einen Brief. Einen handgeschriebenen, echten Brief, der von Australien sicher drei Wochen braucht. Ich überfliege ihn. Sie schreiben, dass sie sich auf sie freuen, und skizzieren sehr genau, was sie in Port Douglas erwartet. Sie können gut schreiben, es liest sich heiter und macht Kopfkino, wie ein gutes Reisebuch oder ein gelungener Blog. Lina wird gut aufgehoben sein.

»Ein echter Brief«, sage ich.

»Ja, ist das nicht cool?«

Der Fernsehsender kündigt die nachfolgende Sendung an: »*Krank durch Krabbeltiere. Die Kammerjäger kommen.*«

Lina faltet den Brief wieder zusammen.

Ich erinnere mich daran, was meine Oma damals immer gesagt hat, als sie im Krankenhaus lag, und sage es nun zu meiner Schwester: »So, komm, hau ab! Ich entlasse dich!«

Sie lächelt und schaut auf den Nachttisch: »Saft okay?«

»Alles bestens«, sage ich. Bier wäre mir zwar lieber, aber dunkler Traubensaft ist fast wie Wein und somit fürs Krankenhaus ganz in Ordnung.

»Husch, husch!«, sage ich und Lina geht, winkend, heiter. Sie hat zwar »Ach, Sven« gesagt, aber sie hat mir wieder keine Vorwürfe gemacht.

»Eigentlich« sollte ich schlafen.

Meine Wunde heilen lassen, die zieht und brennt und mir Energie raubt wie ein rostiger Splitter, den man sich unter den Daumennagel geschoben hat.

Eigentlich.

Stattdessen schaue ich zu, wie sich vollkommen uninteressante Reiseverkehrskauffrauen nachts auf DSF ausziehen. Die Dunkelblonde wedelt mit der Zunge und versucht, dem Programmtitel *Sexy Girls* gerecht zu werden. Schafft sie aber nicht. Sie ist einfach nur eine Schlampe, die sich für zweihundertfünfzig Euro im Nachtprogramm blankzieht. Eigentlich wollte ich ja eine Runde onanieren, aber das macht mich nicht an. Ich könnte an Debby denken. Ja, das klappt, einerseits, aber andererseits … wenn ich nicht betrunken bin, denke ich dabei auch immer daran, dass Debby eigentlich nicht so sein kann, wie sie ist. Sie will, dass andere sie so sehen, und sie mag es, dass alle glauben, sie sei schon mit fast jedem Jungen außer den Deppen im Bett gewesen. Sosehr die »anständigen« Mädchen dann auch ihr Gesicht verziehen, sosehr spürt man doch ihre heimliche Bewunderung für so viel Verruchtheit. Im Grunde ist es wie bei den Bonzen, die ein sündhaft teures Auto fahren und Uhren tragen, die achttausend Euro kosten. Über die lästern auch alle und sagen, sie seien oberflächlich und Poser, aber die, die lästern, tun das nur, weil die Bonzen sie nicht kaltlassen. So wie Debby die anderen Mädchen nicht kaltlässt, weil sie jeden Jungen heißmachen kann.

Für alle war und ist sie die Bitch, aber das Dumme ist: Sie wirkt nicht wie die DSF-Mädchen. Das wird mir umso klarer, je mehr dieser echten Schlampen ich dort auf dem Fernseher herumtänzeln sehe. Debby könnte ich mir dazwischen nicht vorstellen. Deswegen bin ich mit ihr noch nie weitergegangen als bis dahin, dass wir's uns gegenseitig mit der Hand besorgen. Oder der Zunge. Es fällt mir schwer, dann aufzuhören, ich meine, wer kann das schon, wenn da ein Mädchen ist, aus Fleisch und Blut, das alles mit den Jungs macht, was man sich vorstellen kann. Ich bin da wohl der Einzige. Und ich mag es mir einbilden, aber ich habe den Eindruck, dass ihr Blick dann, wenn wir den letzten Schritt nicht tun, irgendwie dankbar ist. Ich überlege, ob ich sie mal fragen soll, ob sie jemals einen echten Freund hatte. Nur so, aus Neugier, um zu begreifen, warum sie so ist, wie sie ist. Ich müsste das allerdings tun, bevor ich besoffen bin, denn wir sehen uns ja nur in Situationen, in denen das kaum der Fall ist.

Auf dem Flur höre ich ein Geräusch. Schritte. Stimmen.

»Wer hat das angeordnet?«

»Die Frau Dr. Münks.«

»Ist Frau Dr. Münks die Chefärztin hier oder ich?«

»Sie, Dr. Bartels, es ist ja nur –«

»Nichts ist nur. Verdammte Scheiße, ich habe das schon tausend Mal gesagt.«

Wow, war das heftig. Männer, die in Dokusoaps so sprechen, schlagen danach ihre Frauen.

»Aber Dr. Bartels, wenn Sie nicht da sind und der Patient solche Symptome zeigt, dann –«

»Die Symptome des Patienten zu interpretieren, das lassen Sie mal meine Sorge sein. Die Frau Doktor will sich hier lediglich profilieren, und wenn Sie sie dabei noch einmal unterstützen, dann –«

»Aber entschuldigen Sie mal, Dr. Bartels, ich bin Schwester, ich habe die Anweisungen jedes Arztes –«

»Ich will davon jetzt nichts mehr hören!«

Den letzten Satz brüllt der Mann so laut, dass er wie ein harter Gummiball den ganzen Flur entlang links und rechts an den Wänden anschlägt.

»Jawohl, Dr. Bartels«, gibt die Schwester schließlich resigniert nach und mir geht endlich ein Licht auf. Bartels. Dr. Bartels! Das ist der Vater von Boris! Kein Wunder, dass seine Frau nie zu Hause ist und ständig ehrenamtlich bei der Tafel hilft. Besser armen Schluckern in zerschlissenen Jacken für einen Euro die Essenstüte vollmachen, als sich dieses cholerische Gebrüll anzuhören.

Obwohl die Schwester nachgegeben hat, reißt der Doktor übertrieben heftig eine Tür auf, schreit noch einmal: »So ein Theater, verdammte Scheiße!«, und knallt die Tür hinter sich zu. Es gibt Momente, denke ich mir, da erscheint mir *mein* Vater wie ein harmloser Mann.

Ich trinke einen Schluck Wasser aus der Billigflasche neben dem DS, rülpse, zappe die *Sexy Girls* weg und finde *Das Doppelleben – Wie ein ganz normaler Vater seine Nächte in Sexklubs verbringt.* An einem Bett mit Rosengitter schimmern Handschellen im Rotlicht und die Nutte, die gerade interviewt wird, ist jung und hat knackige Brüste. Das muss reichen. Ich schiebe die Hand unter die Krankenhausdecke und lege schnell los, bevor die Werbepause kommt.

DIE VENUSFALLE

DIE VENUSFALLE
DIE VENUSFALLE

Ich liege jetzt schon fast zwei Tage hier herum und keiner kommt. Außer Lina natürlich. Die kommt mit Kokoskeksen, Schokoladenmilch, aktuellen Fußball- und Spielemagazinen, setzt sich auf mein Bett wie ein kleines Mädchen mit Zöpfen und erzählt von Australien. Das tut gut. Aber sonst? Keiner.

Obwohl, doch, einige kommen immer wieder … Die Messies mit ihren verschimmelten, berghohen Papierklumpen. Die Wirtschaftsexperten an den roten Stehtischen. Die kleinen, tätowierten, schwangeren Schlampen, die nichts weiter können, als herumzukeifen und allen im Raum einen Vorwurf zu machen. Es ist anstrengend, den Fernseher laufen zu lassen, aber noch anstrengender wäre es, die Messies, Experten und Schlampen auszuschalten. Ich spiele *Chinatown Wars* weiter und präge mir bestimmte Ecken ein. An dem dunklen Park komme ich immer wieder vorbei. Auf der Brücke vergesse ich ganz gerne, Maut zu zahlen, fahre durch und habe wieder einen Fahndungsstern. Mir tun die Augen weh. Auf Eurosport bowlen sie, Profikegeln. Ich schaue um elf Uhr vormittags an einem Dienstag Profikegeln. Draußen auf dem Flur brüllt Dr. Bartels.

Vielleicht ist er der Grund, warum meine Freunde mich hier nicht besuchen kommen. Boris möchte seinem Vater aus dem Weg gehen. Das kann ich mittlerweile verstehen. Was für ein nervtötender Choleriker. Aber die anderen ... Was habe ich denen getan? *Ich* habe doch das Messer abbekommen, Timos Messer. Schämt er sich? Gut, Timo wird sich wohl schämen, dieser kleine Psychopath. Außerdem ist er nur unser Dealer und nicht unser Freund, eine rein geschäftliche Beziehung, im Grunde so, als wäre meine Mutter von ihrer Lieferantin für Lachsschinken niedergestochen worden. Und Frederick? Übt der Rache? Will er diesen Alparslan plattmachen und erst aufkreuzen, wenn er mir von seinem Erfolg berichten kann? Das ist durchaus denkbar. Ich lächle. Guter Mann, mach ihn fertig.

So, das sind alles plausible Erklärungen. Aber Debby könnte doch kommen. Sie hat keinen Vater als Chefarzt hier, sie muss sich nicht schämen, sie übt niemals Rache. Ich stelle mir vor, wie sie sich an mein Bett setzt, mich bedauert und auch ein wenig bewundert, mir mit der rechten Hand über die Wange streift und langsam mit der linken unter die Decke wandert, um mich ein wenig aufzuheitern. Mein Herz beschleunigt und ich beschließe, die kleine Fantasie praktisch zu unterstützen. Das Essen kommt immerhin erst um zwölf und beim Einzelzimmer eines Privatpatienten macht niemand, ohne zu klopfen, die Tür auf. Wir Privaten werden wie Hotelgäste behandelt, die Kassenleute wie ein Rudel Schüler auf Klassenfahrt. Meine linke Hand beginnt also ganz in Ruhe, meinen Schwanz hart zu machen, während es in meinem Kopf Debby tut. Ich mache japsende und brummende Geräusche und winde mich, als es kurz und schnell klopft und ohne eine Abwartpause dahinter die Tür aufgeht. Ich reiße die Hand unter der Decke hervor und stoße damit gegen meinen ausgeklappten Nachttisch. Der DS samt Chinatown stürzt Richtung Zimmerboden, doch bevor er aufprallt, hat einer der Besucher ihn mit einer so flinken Bewegung gefangen, dass ich mich frage, ob er ein neuer Geschwindigkeitsmutant aus der Fernsehserie *Heroes* ist. Das Mädchen, das ihn begleitet, hat einen kleinen Blumenkübel in der Hand, ist definitiv ein normaler Mensch und hat doch jede Menge Fähigkeiten, die ich in absehbarer Zeit nicht erlangen werde. Es ist Jule. Der schnelle DS-Fänger ist Benjamin. Die Jungjournalistin und der kleine Vogelkundler vom Auesee. Meine Zimmergenossen aus der Klassenfahrt in der Achten. Meine Freunde von früher, die heute meine Opfer sind. Da stehen sie. Sie müssen sich in der Tür vertan haben.

»Hoppla!«, sagt Jule mit Blick auf den soeben noch aufgefangenen DS, den Benjamin gerade wieder auf den Nachttisch legt.

»GTA?«, sagt er. »Wow! Ich dachte, das erscheint erst nächsten Sommer!«

Ich wundere mich, dass er so was weiß, aber da liegt er richtig. Es ist eine Vorabfassung für die Presse, die niemals an einen normalen Spieler wie mich hätte gelangen dürfen. Das ist ein weiterer Vorteil daran, wenn man Kleinkriminelle wie Timo kennt …

»Danke«, sage ich verwirrt und blicke zwischen den beiden und dem Fernseher hin und her, auf dem sie weiterhin bowlen.

»Ist Max was passiert?«, frage ich.

»Max?«, antwortet Jule. »Nein, wieso?«

Ich drehe die Augen nach links oben: »Na, weil ihr hier im Krankenhaus seid und bestimmt jemanden sucht mit eurer … Was ist das überhaupt da in deiner Hand?«

Jule hebt den kleinen Blumentopf an und sagt: »Dionaea muscipula, die Venusfliegenfalle, eine fleischfressende Pflanze. Hat Benjamin ausgesucht. Wir dachten, das passt besser zu dir als Gerbera oder Rosen.«

Ich muss lachen. Mein Schritt fühlt sich fischig und feucht an, obwohl ich mit der Debby-Fantasie gar nicht fertig geworden bin. Ist noch von den Tagen davor. Jule und Benjamin haben mir eine fleischfressende Pflanze mitgebracht. Jule und Benjamin sind meinetwegen ins Krankenhaus gekommen.

Ich schweige, denn ich weiß nicht, was ich sagen soll. Jule stellt die Pflanze ab und sagt: »Du hättest an dem Abend sterben können. Als du zu Boden gingst … da war so viel Blut. So unendlich viel Blut.«

Ich ziehe die Augenbrauen hoch und winke ab.

Benjamin schaut sich im Raum um, als suche er selbst hier nach irgendetwas Interessantem. Er findet es in einem Kunstdruck an der Wand, einer Landschaft im Abendrot.

»Madagaskar«, sagt er, doch Jule ignoriert es und hält ihren Blick auf mich geheftet wie eine Nanny.

»*Willst* du sterben?«, fragt sie und ich erwidere nichts. »Solche Typen bringen einen irgendwann um.« Meint sie jetzt Alparslan damit oder Timo, der mich auf Dauer auch mit seiner Ware über den Jordan bringen kann?

»Ich kann auf mich aufpassen«, sage ich und weiß schon, wie sich das anhört.

»Tieflandregenwald«, sagt Benjamin, den Blick immer noch auf dem Madagaskarbild an der Wand. »Leider nur noch vier Prozent des Landes. Der größte Teil versteppt. Der Urwald hatte früher unglaubliche Tiere, noch bis ins achtzehnte Jahrhundert hinein. Elefantenvögel, Riesenlemuren …«

Jule sagt: »Weißt du noch, damals? Im Bayerischen Wald?« Sie spielt auf die Klassenfahrt an, auf der wir noch Freunde waren. Auf der Benjamin und ich für sie und Max eine Suppe aus Wildwuchs gekocht haben. Meine Güte, wir waren zwölf Jahre alt.

»Ich brauche keine Predigt«, sage ich, ein wenig schärfer, als ich es wollte. Ich finde es ja im Grunde gut, dass sie gekommen sind. Ich finde es ehrlich gesagt unglaublich. Aber sie sollen mir nicht sagen, was ich zu tun und zu lassen habe.

Ich schaue zu Benjamin vor dem Bild und sage: »Fahr mal nach Queensland, wenn du auf Elefantenvögel stehst. Da lebt heute noch der Helmkasuar.«

Benjamin dreht sich um: »Das ist aber kein Elefantenvogel …«

»… sondern ein Urkiefervogel«, unterbreche ich ihn, »ja. Aber Millionen von Jahren alt. Und sehr groß.«

Jule lächelt. Applaus, ich habe mich an einen Vogel erinnert, jetzt bin ich kein asozialer Notfall mehr. Warum macht mich das jetzt wieder wütend?

»Was grinst du denn so?«, frage ich.

Jule sagt: »Damals konntest du jede essbare Pflanze erkennen. Japanischer Flügelknöterich. Gewöhnlicher Natternkopf. Echte Nelkenwurz. Das hast du damals einfach so erkannt, nebenher, mit einem Blick. Man hätte mit dir in der Wildnis überleben können.«

Ich sehe die Pflanzen vor mir, als sie das sagt, ihre Stängel und Blüten und Blätter. Sogar einen Geruch habe ich in der Nase. Erstaunlich, dass sie mir wieder einfallen und dass ich weiß, wovon Jule spricht. Es ist schön. Doch Jule kann einfach ihre Klappe nicht halten.

Sie sagt: »Damals hast du Messer noch benutzt, um Sachen aus alten Ästen zu schnitzen. Nicht für den Nahkampf.«

»Boah, Mann!«, brülle ich aus heiterem Himmel, stoße wieder mit dem Arm gegen den Nachttisch und bringe die kleine fleischfressende Pflanze zu Fall, die nun gar nichts dafür kann. Der Topf kracht auf den Boden, zerbricht aber nicht, da der Bodenbelag aus Linoleum ist. Er bleibt auf der Seite liegen, Erde purzelt heraus. Benjamin ist zusammengezuckt. Jule schaut mich traurig an.

»Verdammt, diese Zeiten sind nun mal vorbei, okay!«, brülle ich. »Glaubst du, solche Typen wie vorgestern lassen sich dadurch beeindrucken, dass ich den japanischen Flügelknöterich erkenne?«

»Mit solchen Typen wie gestern musst du dich gar nicht abgeben!«

»Ach nein, natürlich nicht, das sagt die Tochter aus bestem Hause!«

»Mein Gott, Sven, jetzt tu doch nicht so, als kämst du aus dem Getto! Du bist doch auch aus gutem Hause. Aus dem besten sogar!«

Ich schnaufe. Was hat sie denn für eine Ahnung?

»Sven, dir stehen doch wirklich …«

Ich unterbreche sie, schlage mit der Hand auf meine Matratze und setze wahrscheinlich gerade einen Blick auf, bei dem meine Adern sich nach außen stülpen. So muss es sein, denn jetzt weicht sogar Jule zurück. Ich zische: »Sag jetzt nicht, dass mir alle Türen offenstehen. Sag das nicht …«

Ich sehe ihr an, dass sie genau das sagen wollte. Sie geht rückwärts zur Tür, nimmt die Klinke in die Hand und winkt Benjamin, der ihr folgt. Sie schüttelt den Kopf, als sie geht, wie mein Vater. Das ist auch der Grund, warum sie sich verpissen kann. Ich brauche niemanden, der nur vorbeikommt, um wieder mal über mich den Kopf zu schütteln. Die Tür schließt sich. Ein Profikegler wirft die volle Punktzahl. Die Venusfalle liegt auf dem Linoleumboden und stirbt, wenn ich sie nicht aufhebe und wieder richtig eintopfe. Ich lasse sie liegen, schiebe erneut meine Hand unter die Decke und setze den Besuch von Debby fort.

Es ist mitten in der Nacht, als sich das nächste Mal meine Tür für Besuch öffnet. Ich weiß das nur durch das Fernsehprogramm. In *Exklusiv – Die Reportage* wird ein Puff renoviert, und zwar auf Basis der Beratung durch einen Experten. Der Experte meckert über zerschlissene Couchs, verstaubte Kunstpflanzen und das lieblose Verhalten der Huren an der Bar, die sich gar nicht richtig an die Männer heranschmeißen. Außerdem würden sie zu viel rauchen. Das stimmt. Sie qualmen wie die Schlote, haben mit Ringen vollgestopfte Finger wie Supermarktkassiererinnen und sind so unattraktiv, dass ich mich wundrubbeln könnte, ohne dass was passieren würde. Solche Beiträge laufen meistens sehr spät.

Boris lacht sich schlapp, als er auf den Fernseher sieht: »*Pimp my Puff*, ich werd nicht mehr«, höhnt er. Er hält eine Bierflasche in der Hand, ebenso wie Frederick, der hinter ihm den Raum betritt und die Tür schließt. Ich schalte auf N24 um, um nachzusehen, wie spät es ist. Die Börsenkurse laufen am unteren Bildschirmrand durch und fallen alle, die Uhr oben rechts zeigt 0.50 Uhr.

»Ist denn jetzt Besuchszeit?«, frage ich, während Frederick wie selbstverständlich ein Bier aus seiner Tasche zieht, es öffnet und mir in die Hand drückt.

»Ja, du Opfer, wir freuen uns auch, dich zu sehen.«

Ich mache schmale Lippen und stoße mit ihnen an. Ich sage: »Hat ja lange genug gedauert, du Stuhl.«

Boris geht nicht auf die Bemerkung ein und erklärt: »Um diese Zeit kriegt mein Vater nicht mit, dass ich hier bin, weißt du, was ich meine?« Er trinkt. Ich trinke.

»Habt ihr den Wichser wenigstens in der Zwischenzeit plattgemacht?«, frage ich.

Frederick schaut zu Boris, dann zu mir, sehr ernst, und sagt leise: »Es wäre nichts für dich gewesen, Mann ...«

Ich überlege, woher ich diesen Satz kenne. Aus einem Film. Ice Cube sagt das in der Schlussszene von *Boyz 'N the Hood*, nachdem er einen Rachemord an dem Mitglied einer anderen Gang verübt hat und Cuba Gooding Jr. davon erzählt, der betroffen auf seiner Veranda sitzt und kurz vor der Aktion ausgestiegen ist. Ein Filmzitat ... Die verarschen mich. Das regt mich auf.

»Ich mein das ernst. Ich lieg hier rum und kann nichts machen, da könnt ihr doch wohl –«

»Ey, guck mal«, sagt Boris, der die Fernbedienung genommen und weitergeschaltet hat, »die Schlampe da war doch mal bei DSDS. Will jetzt Karriere machen. Ha, das ist ja lustig. Mädel, Karriere kannst du machen, wenn du dem Bohlen ganz langsam und ausdauernd den Schwanz lutschst.«

Frederick sagt: »Ja, da muss man sich auf die harten Bohlen legen.«

»Es ist ein langer Bohlenweg.«

»Du musst bowlen mit Bohlens Bowlingkugeln.«

Sie gackern.

Sie sind stinkbesoffen.

»Also, was nun?«, frage ich, lauter werdend, »was ist jetzt mit dem Typen, der mich abgestochen hat?«

»Mit Timo?«, scherzt Boris. »Der schämt sich. Ist schon so rot, den erkennt man gar nicht mehr, wenn er im Rotlichtviertel sein Zeug verkauft. Obwohl, das macht er ja gar nicht. Der vertickt mittlerweile an reiche Familienväter, weißt du, was ich meine? Die treffen sich mit ihm in Restaurants. Ohne Scheiß, Mann.«

»Mit Alparslan!«, sage ich. »Was mit dem ist, will ich wissen!«

Boris wedelt mit seiner Flasche über dem Fußende meines Bettes.

»Das ist nicht so einfach. Man muss ihn außerhalb seines Reviers erwischen und dann am besten alleine. Das kostet etwas Zeit. Das kennst du doch.«

Na toll.

Boris hat zu Ende gewedelt und trinkt aus, es klimpert am Flaschenhals, da sie heute mal Flensburger mitgebracht haben, die Pullen mit dem lauten Schnappverschluss.

»Ach ja«, sagt Boris und wischt sich mit dem Unterarm über den Mund, »ich soll dich von Debby grüßen. Hier!« Er zieht ein winziges Stofftier aus der Hosentasche, einen Frosch. »Sie wäre schon längst vorbeigekommen, aber dem Restaurant geht's nicht gut und sie arbeitet sich kaputt. Sie mussten Kellner feuern und machen alles allein, weißt du, was ich meine?«

Ich trinke von meinem Flensburger, halte den kleinen Frosch in der linken Hand und drücke ihn am Bauch.

Frederick schlendert durch den Raum. Man würde ihm nie ansehen, wer er ist, denke ich mir im Stillen, er könnte fast ein Assistenzarzt sein. Niemand, der ihn nicht kennt, ahnt, dass er ein Psychopath ist.

»Hey, was ist das?«, fragt Frederick und hebt die Venusfalle vom Boden auf. Er stopft die Erde wieder hinein, friemelt die Pflanze gerade und stellt sie auf meinen Tisch. »Wer hat die denn vorbeigebracht?«

Ich druckse herum.

»Na?«, stochert Boris nach. »Sag schon!«

»Die ist von Jule und Benjamin.«

Boris prustet theatralisch Bier aus, das sich in tausend feuchten Sprenkeln auf meine Bettdecke ergießt. »Von Jule und Benjamin?«

Die Biersprenkeldecke klebt und stinkt.

»Diese Loser haben dich besucht? Wieso das denn?«

»Steht die etwa auf dich, diese Jule? Braucht die endlich mal einen wirklich harten Mann?« Frederick macht eindeutige Gesten und schaut dabei zu Boris, als wolle er sich für seinen prächtigen Sarkasmus Applaus abholen. Boris sabbert. Noch nie sind die beiden mir so auf den Sack gegangen.

»So sind sie doch, diese Streberinnen«, sagt Frederick. »Immer ganz kultiviert. Aber wenn sie dann mal sehen, dass ein Kerl mit einem Türken kämpfen kann, dann werden sie ganz feucht …«

»Boah, Mann!«, unterbreche ich ihn und werfe meine Bierflasche, aus der ich nur den einen Schluck genommen habe, mit lautem Gepolter gegen den Kleiderschrank. Sie fällt auf den Boden und das Bier läuft glucksend über den Plastikboden.

Frederick und Boris stehen starr und sind verblüfft. Ich wedele mit den Händen wie ein Regisseur, der sagt, dass er so nicht arbeiten kann. »Jetzt kommt, verpisst euch, echt! Ich bin müde. Ich will mir noch einen runterholen. Es ist ein Uhr nachts. Macht, ach, Scheiße, macht einfach, dass ihr wegkommt!«

Boris zieht die Augenbrauen hoch und stülpt die Lippen nach außen für eine mächtige Schnute. Er hebt die Hände. »Oh, da ist aber ein Herr heute gereizt.«

Ich seufze.

Frederick schaut auf meinen Körper im Bett herab, als könnte er mir durchaus auch die Beine brechen.

»Na komm, dann hauen wir ab«, sagt Boris zu ihm und sie gehen zur Tür. »Wenn einer so undankbar ist, braucht er keinen Besuch.«

Dann sind sie weg.

Tja, bei denen braucht man nicht lange, damit sie einen Grund finden zu gehen.

Eine Minute später klopft eine Schwester an und fragt, ob alles okay sei, da sie Lärm gehört habe. Die Bierflasche hat ihren halben Liter mittlerweile unter meinem Bett klebrig auf dem Boden verteilt. Sie bemerkt es nicht.

»Ja, alles klar«, sage ich.

Im Fernseher soll die Ex-DSDS-Kandidatin lernen, wie man den Hund eines reichen Mannes ausführt. Ich schalte ihn auf stumm, nehme den DS in die Hand, gehe in Chinatown kurz aus dem Haus und feuere auf die Straße, bis alle Autos ins Schlickern geraten und wieder nach mir gefahndet wird.

DER HUMMELBUSCH

DER HUMMELBUSCH
DER HUMMELBUSCH
DER HUMMELBUSCH

Mein Vater hat sich angekündigt. Das muss man so sagen. Er kommt nicht einfach vorbei, er kündigt sich an. Er hat mich jetzt fünf Tage lang hier schmoren lassen und so doof es auch klingt: Ich respektiere ihn dafür. Wenigstens ist er nicht so ein Weichei, schon am nächsten Tag wieder zu seinem abgestochenen Sohn zu kommen und auf ihn einzureden. Er schweigt einfach, bleibt zu Hause und lässt dann über die Schwester ausrichten, dass er Freitagnachmittag vorbeikommen wird. Wenig später sendet er mir eine SMS, in der steht, dass wir uns im Innenhof treffen sollten, im Garten bei den Kinderspielplätzen. Dieses Getue regt mich auf, aber ich habe trotzdem irgendwie bessere Laune.

Die Sonne scheint angenehm warm auf die Bank, auf der ich sitze. Vor mir ein großes Klettergerüst aus Holz und einige Mütter und junge Väter, die ihren Kindern beim Spielen zusehen. Manche Kinder sind Patienten. Manche Kinder besuchen ihren Papa, der im Bademantel im Hof sitzt und von dem sie nicht wissen, warum er so lange hierbleiben muss. Eine junge Mutter ist alleine da und ruft sanfte Vorsichtsmaßnahmen zu ihrem Jungen hinüber, der gerade einen Holzturm von außen erklettert. Sie ist um die fünfundzwanzig und gefällt mir, ich stelle mir vor, dass sie den kleinen MacGyver dort am Turm bekommen haben muss, als sie in meinem Alter war. Mein Gott, Mutter mit achtzehn, seit sieben Jahren Sachen kaufen, mit Kindergärtnern reden, eine Grundschulanmeldung machen, Geburtstage ausrichten, beim Amt um das Kindergeld bitten, trösten, wenn sich der Kleine die Knie aufschlägt … Dieses Mädchen lebt in einer anderen Welt. Auf einem anderen Planeten.

An den Rändern des Spielplatzes wachsen blühende Büsche. Ich versuche, mich an ihre Gattung zu erinnern, aber sie fällt mir nicht mehr ein. Hummeln kraxeln auf den Blüten herum. Der kleine Junge kraxelt auf dem Holzgerüst herum. Ich dürfte es Boris und Frederick gegenüber niemals zugeben, aber ich könnte solche Kinder stundenlang beobachten. Viele von ihnen sind freche kleine Biester, manipulative Miststücke, zukünftige kapriziöse Modedesignerinnen, die schon heute ihre Zicken und Launen einüben. Aber manche – wie dieser Junge da – haben dieses Dankbare in den Augen, diese einfache Freude, wie Katzen, die man endlich in den Garten lässt. Sie sind dann wie meine Schwester. No worries. Es gibt nichts Beruhigenderes, nichts Reineres. Wenn ich solche Kinder sehe, will ich mich waschen, mich rasieren, will ich wirklich mal die Tasse wegräumen und einen Tag so beginnen, als sei er ein neuer Anfang und nicht bloß die verkaterte Verlängerung der vorherigen Nacht, die stufenlos in den nächsten Suff übergeht.

»Klettergerüste mochtest du als Kind sehr«, sagt eine tiefe Stimme über mir und ich blicke auf die Gürtelschnalle meines Vaters, die von einem grauen Jackett gerahmt wird. Ich nicke leicht. Mein Vater setzt sich und reicht mir einen Kaffee im To-go-Becher aus der Cafeteria. Es ist eine Geste, dass er sich mit mir hier draußen trifft, am helllichten Tag. Ein moderates Risiko für ihn und sein Image, das er gerade noch eingehen kann.

Er schweigt und sieht einen Augenblick mit mir gemeinsam zu, wie der Junge auf dem Holzturm spielt und die Hummeln auf dem blühenden Busch herumturnen, dessen Namen ich vergessen habe. Nach einer Weile sagt mein Vater, den Kopf leicht zu mir gedreht: »Wie ist denn das so? Wenn man ein Messer in die Seite gestochen bekommt? Wie fühlt sich das an?«

Seine Frage irritiert mich. Will er mich jetzt wieder provozieren?

Kann sein. Es hört sich allerdings nicht so sarkastisch an wie sonst. Er hebt seine Hände, in der rechten seinen Kaffeebecher: »Ich weiß nicht, wie das ist. Ich habe das niemals erlebt. Das ist deine Welt, leider. Ich will das einfach nur mal wissen.«

Meint er das ernst?

Der Junge ist an der Turmspitze angekommen.

Ich sage: »Brennt wie die Hölle.«

Vater sagt: »Sonst nichts?«

»Wie, sonst?«

»Hat man keine Angst, dass man sterben könnte? Verbluten?«

Ich schnaufe etwas und kaue auf meiner Zunge. Was ist das denn für eine Strategie? Hat er sich die neu ausgedacht? Schreibt er gerade an seinem dritten Buch mit dem Titel *Auf den Kopf gestellt: Strategische Krisenkommunikation mit dem eigenen Sohn*?

Er dreht sich ein wenig zu mir: »Ich will das einfach nur wissen. Hast du keine Angst, wenn du dich in so einen Kampf begibst?«

Ich seufze und drehe mich ihm ebenfalls zu. »Vater, was willst du denn hören?«

»Die Wahrheit. Warum man das macht. Ich will es verstehen.«

Ich suche seine Augen nach versteckten Botschaften ab. Nichts. Er blufft gut.

Ich sage: »Man macht das, weil man sich nichts gefallen lässt. Man denkt nicht nach dabei.«

Er blickt wieder zum Spielplatz und nippt an seinem Kaffee. Schweigt. Die Hummeln summen. Hinter einem Fenster im dritten Stock wird ein Tablett fallen gelassen.

Er hält wieder die Klappe, bestimmt zwei Minuten lang. Ich kenne das nicht von ihm. Üblicherweise würde er in zwei Minuten zehn

Seiten lesen oder eine Seite schreiben. Oder fluchend meine stehen gelassenen Tassen wegräumen. Der Junge hat den Holzturm erobert und freut sich. Seine junge Mutter winkt.

Mein Vater sagt: »Ich musste neulich daran denken, was du dir damals ausgedacht hast, als du jünger warst.«

Ich runzle die Stirn.

»Hier, das haben wir bei mir im Büro aufbewahrt. Hatte immer einen Ehrenplatz.«

Er greift in sein Jackett und holt ein A5-Schulheft aus der Innentasche, kariert, von Herlitz. Ich erkenne es sofort. Auf dem weißen Feld, wo sonst »Mathe« oder »Hausaufgaben« stünde, habe ich als kleiner Junge »Projekt Palm Grove« notiert. Ich nehme es entgegen und klappe es auf. Ein einleitender Text in Schreibschrift, Überschrift: »Die Idee«. Dann Zeichnungen, Grundrisse, Skizzen. Irgendwelche Fakten über das Wachstum von Kokospalmen. Wild erfundende und ausgedachte Zahlenkalkulationen, was das alles kosten würde. Ich muss lächeln und kichern. Es ist mir peinlich. Es ist, wie alte Kindheitsfotos zu betrachten. Zugleich fühle ich mich für einen Moment so, wie ich mich damals gefühlt habe. Ich hatte Lust aufzustehen. Ich dachte, aus den Bäumen im Wald könnte ich Kanus bauen. Ich hätte den Namen des Hummelbusches gewusst.

Vater sagt: »Das war sehr durchdacht für einen Vierzehnjährigen. Riesige Kuppelhallen, Kokosplantagen und Badelandschaft in einem. Subtropen in Deutschland. Lernen und Spaß haben. Ich meine, du hast das nicht einfach so hingeschludert. Das Heft ist vierundzwanzig Seiten lang. Und die sind voll.«

Ich blättere. In der Tat. Sie sind voll. Ich habe seit dem Ende der Schule nichts mehr mit der Hand geschrieben.

»Wieso zeigst du mir das?«, frage ich.

»Nur so. Ich hab's gefunden. Es ist deins.«

Ich habe heute nicht die Kraft, mich mit ihm zu streiten oder ihm zu widersprechen. Was soll ich ihm auch sagen? Es ist ja mein altes Heft. Mein Kleinjungentraum. Mein Konzept, für das mir die Stadt in der Bibliothek einen Preis verliehen hat, mit Presse und Sekt und Schnittchen für alle. Vor uns spielen die Kinder, deren Väter Krebs oder zumindest ein Magengeschwür haben; ich sitze hier mit einem tiefen Messerstich … Was soll ich jetzt sagen? Dass es besser ist, wie ich jetzt lebe, als damals, wo ich noch wusste, wie dieser verfickte Busch da drüben heißt, und als ich vierundzwanzig Seiten überdachter Subtropen als Freizeitzentrum entwarf?

»Es kommt darauf an, was man zu sich nimmt«, sagt mein Vater und ich schaue auf meinen Kaffeebecher, woraufhin er milde lacht: »Ich meine geistig.« Ich schiele zu ihm. Kommt jetzt wieder eine Predigt?

Er sagt: »Diese ganzen Kanäle … das Internet, Fernsehen, Telefon … ich meine, gut, ich bin ja auch manchmal nicht anders. Mit der Presse und so. Ständig lassen wir uns bombardieren. Wir drehen einfach den Hahn auf und dann fließt alles, den ganzen Tag. Da ist so viel Dreckwasser dabei, so viel Gift. Früher, da …«

Ich seufze laut auf, aber er hebt die Hand, wie um zu sagen, dass es nicht so schlimm wird: »Früher, da haben die Leute keine Mobiltelefone gehabt. Platten mussten sie auflegen. Wege mit dem Auto mussten sie per Landkarte finden. Wenn ich etwas recherchiert habe, musste ich in eine Bibliothek fahren, manchmal hundert Kilometer weit, weil nur dort ein bestimmtes Nachschlagewerk stand. Heute gehe ich ins Netz.«

»Ist doch gut so«, sage ich.

»Ist praktisch«, sagt er, »aber mehr auch nicht. Es spart keine Zeit. Die Leute rufen mich sogar an, wenn ich auf dem Klo hocke. Und was mache ich?« Er schüttelt den Kopf und sieht dabei über den Spielplatz hinweg, seinen Becher in der Hand. »Ich gehe ran, Sven! Als könne das Gespräch nicht warten, bis ich fertig bin. Ich gehe ran! Die Geräte haben doch *uns* in der Hand, Sven. Oder sag mal ehrlich, würdest du dir die ganzen Videos ansehen, wenn du sie dir mühsam irgendwoher besorgen müsstest?«

Ich seufze wieder, aber diesmal, weil er natürlich ein wenig recht hat. Ich denke an die Clips im Netz und an *Pimp my Puff* im Nachtprogramm. Würde ich *Pimp my Puff* als DVD leihen, wenn es nicht einfach so aus dem Fernseher tröpfelte? Natürlich nicht. Keinen Cent würde ich dafür geben.

»Wir wachsen an unseren Aufgaben«, sagt mein Vater.

Ich denke an Boris und Frederick, wie sie nachts vor meinem Bett standen und Boris die Decke mit seiner Bierspucke benetzte, weil er sich nicht traute, tagsüber seinem Vater zu begegnen. Ich denke an Jule und Benjamin und die Venusfalle, die sich berappelt hat. Ich denke an Lina, die jeden Tag vorbeikommt, immer eine Kleinigkeit mitbringt und bald für ein Jahr nach Australien fliegt. Ich schaue mir den Jungen an, wie er jetzt vom Holzturm runterklettert, äffchenartig, sich auf seine Mutter freuend, die ihn geboren hat, als sie in meinem Alter war. All das denke ich und – Scheiße, Vater, wie hast du das denn jetzt gemacht? – habe das erste Mal das Gefühl, dass ich nach der Entlassung aus dem Krankenhaus ein bisschen was an meinem Leben ändern könnte. Irgendwie. Oh Mann …

Vater klopft sich auf die Knie und steht auf: »Ich möchte noch mit dem Arzt sprechen. Kommst du mit? Echte Information einholen? Keine aus dem Netz?«

Ich stehe ebenfalls auf, wippe dabei herum und sage laut: »Hahaha.«

Dann gehe ich mit ihm zu meinem Arzt.

GUT GEÖLTE FUGENKRATZER

GUT GEÖLTE FUGENKRATZER
GUT GEÖLTE FUGENKRATZER
GUT GEÖLTE FUGENKRATZER

Der Busch am Rand des Spielplatzes im Krankenhaushof war eine Elsbeere. Ich habe das nachgesehen, im Internet, in meinem Kellerzimmer daheim, frisch entlassen aus dem Krankenhaus und mit dem Gefühl, nun alles ein bisschen anders machen zu können. Es hat Spaß gemacht. Bildersuche nach Büschen und Sträuchern, Ausschlussverfahren, dann Lexikoneinträge bei Wikipedia und in einem speziellen Pflanzenlexikon, in dem wohl auch Benjamin nachschlagen würde. Die Elsbeere ist sommergrün, kann auch zum Baum werden, trägt nektarreiche Blüten und benötigt viel Licht und Wärme. Ihr lateinischer Name ist Sorbus torminalis. Super. Das herauszufinden war ein Erfolgserlebnis, ein Gefühl wie ein Tor nach neunundachtzig Minuten, der Abschluss einer offenen Aufgabe.

Es dauerte zwei Minuten.

Danach habe ich zwei Stunden lang gesurft.

Nicht im Pflanzenlexikon, nicht in der Bildersuche und nicht mal in Wikipedia. Ich habe mir Videos angeschaut von Gang Bangs auf Autobahnparkplätzen, ein paar Livekonzertausschnitte von Fler und B-Tight, eine Prügelei im Umfeld des Stadions von Rot-Weiß Essen sowie die Rede, die Tom Cruise gehalten hat, als er bei Scientology seinen Ehrenpreis bekam. »Wir werden die Erde reinigen«, hat er gesagt und ich dachte mir die ganze Zeit, dass ich meine Tasse wegräumen und überhaupt nicht hier weitersurfen sollte nach dem Erfolgserlebnis mit der Elsbeere. Ich dachte an die Worte meines Vaters im Innenhof des Hospitals, dass es darauf ankäme, was wir zu uns nehmen, und dass es nicht gut wäre, wenn wir die Kanäle einfach immer nur aufdrehen, ohne zu wissen, was wir tun. Ich wusste, ich hätte eigentlich den Browser schließen, den Computer ausmachen und irgendetwas »Sinnvolles« tun sollen, aber da in diesen Gedanken schon wieder das Wort »eigentlich« vorkam, klickte ich einfach weiter und las im Blog irgendeines debilen Idioten über seine Erfahrungen mit der neuen Moulinex-Küchenmaschine. Das alles klebt in solchen Momenten wie Mörtel, es ist unmöglich, die Finger von der Tastatur zu kriegen.

Aber – ich bemühe mich.

Wirklich.

Seit Tagen schon.

Ich stehe bereits um halb neun auf, ziehe mir einen Kaffee an der Maschine in der Küche, gehe in den Garten und beobachte Grashüpfer, wie sie über die feuchten Halme staksen. Ich habe unseren Pool benutzt und bin richtig geschwommen, fünfzig Mal hin und her. Lina stand am Rand und zählte die letzten Bahnen mit. Sie hat kommentiert wie ein Moderator bei Eurosport, wenn Schwimmweltmeisterschaften sind. Es ist vorgekommen, dass ich meine Tasse weggeräumt habe. Ich wichse nur noch unter der Dusche, was bedeutend hygienischer ist, und ich habe letzte Woche immerhin ein Mal meine Hose gewechselt.

Ich weiß nicht, ob Vater das bemerkt, denn er rennt schon wieder zwölf Stunden am Tag zwischen dem Kaffeeautomaten in der Küche und seinem großen Büro hin und her, den Finger an den Lippen, die Augen in einer anderen Welt, überlegend. Er zitiert leise irgendwelche Werke, murmelt, plant und schreibt im Kopf weiter, während die Maschine die Kaffeebohnen mahlt. Er nimmt nichts wahr, ist im

Fluss. Es gab Momente in den letzten zehn Tagen, da bewunderte ich das. Stand im Wohnzimmer mit meinem Handtuch vom Pool um die Schultern, Plastikschlappen an den Füßen, und bewunderte das. Ich war nicht wütend in dem Moment, weil er nichts mitbekam. Weil er nicht merkte, wie ich mich bemühte.

Ich bemühte mich nämlich. Es ist nicht leicht für mich, so zu tun, als wäre ich ein normaler Mensch, der morgens pfeifend in den Pool steigt und sich danach die Ohren wäscht. Es ist nicht leicht. So kam es dann auch vor, dass ich meine Tassen wieder verteilte. Zwischen den Poolfelsen, auf der Ablage im Gästeklo, in meinem Kleiderschrank, nachdem ich die neue Hose herausgeholt hatte. Es kam vor, dass ich doch nicht unter die Dusche ging, um mich zu erleichtern, weil man den Rechner mit der Datei »blowjob3.mov« nicht mit unter die Dusche nehmen kann.

Und ja, jetzt im Moment sitze ich zwar in einer kleinen grünen Bucht des Auesees und beobachte die Enten, trage aber wieder meine Jogginghose und mein ärmelloses, sackweites Basketballtrikot, wie ich es immer tue. Es steht auch ein Bier neben mir, aber es ist nur ein Radler, ein Limobier. Ich mag ja aussehen wie immer, aber ich rede gerade innerlich auf mich ein und sage: Komm, Sven, das ist doch schön hier, genieße es einfach. Die Luft, das Rascheln der Bäume, die nackten Füße in dem Gemisch aus Sand, Blättern und Wurzeln, das Schnattern der Enten, die paar Surfer, die hinten auf dem See ein wenig Wind zu erwischen versuchen. Genieße es einfach, Sven. Sei friedlich. Sei ein Mensch.

»Stockente, Standard«, sagt Benjamin und sein Vater, der mit einer sehr teuren Kamera das Bild geschossen hat und aus dem Gebüsch steigt, gibt lachend zurück: »Manchmal muss man auch die Standards durchziehen.«

Ich stecke mein Handy weg.

»Oh, Sven«, sagt Benjamin und ich sage: »Ja, hi.«

»Lebt die Venusfalle noch?«, fragt Benjamin und ich überlege sofort, was das jetzt für eine sexuelle Anspielung sein soll, weil ich von Boris nichts anderes gewöhnt bin, als dass jeder zweite Satz irgendeine Provokation ist, auf die man eingehen muss. Dann fällt mir ein, dass er die fleischfressende Pflanze meint.

»Ach, ja, sicher. Ja, die lebt noch und hat guten Appetit.«

Benjamin lacht. Wie kann er nur immer so scheißnett zu mir sein? Wäre das Kaninchen so nett zu der Schlange?

»Nachher auch am See?«

Ich nicke zögerlich. Ich bin tatsächlich hier mit Boris und den anderen verabredet, aber ich denke nicht, dass wir dieselben Gründe haben.

»Wir auch«, sagt Markus. »Ein Freund feiert in seinen Dreißigsten rein.« Ein Freund von Benjamins Vater und er wird erst dreißig. Mein Vater ist neulich fünfundfünfzig geworden.

»Na dann, man sieht sich.«

»Ja«, sage ich, schaue wieder auf den See hinaus und trinke aus meiner Flasche. Es schmeckt viel zu zuckerig. Es wird Zeit für ein echtes Bier.

Ein paar Stunden später stehe ich am anderen Ufer und beobachte die Menschen, die sich versammeln, um den Geburtstag des Dreißigjährigen zu feiern. Sie stellen einen Grill auf und zahllose Bierkisten. In ihrem Gettoblaster leidet Kurt Cobain von Nirvana. Sie haben Freundinnen dabei. Einer ist sogar mit Frau und Kind gekommen, die Frau stammt aus Südamerika, das Kind ist ein süßer Fratz und wirkt, als sei es in Peru aus einem Inkatempel gefallen. Ein großer Gast mit Brille, dessen Augäpfel sich so weit nach außen wölben, dass sie fast von innen die Gläser befeuchten, macht sich einen Scherz daraus, immer wieder laut nach Nils zu rufen, weil sich jedes Mal gleich zwei Männer umdrehen und nie genau wissen, welcher von beiden nun gemeint war. Das Geburtstagskind knutscht seine Freundin, deren rotes Haar ihr leicht gewellt wie ein Lavastrom bis an die Pobacken reicht. Er selbst hat überhaupt keine Haare mehr.

»Was ist das denn da drüben?«, fragt Boris, der sich von hinten angeschlichen hat und es genießt, mich beiläufig zu erschrecken. »Eine Ü30-Party? Heute mal Bock, reife Früchte zu pflücken, du Grachtenkapitän?«

Ich drehe mich um. Neben ihm stehen Frederick mit den Händen in den Taschen und Debby. Sie lächelt mich an, ganz lieb irgendwie, aber gleichzeitig kaut sie dabei lasziv Kaugummi, was sie so gut kann, als sei sie einem Softporno entsprungen.

»Danke für den Frosch«, sage ich und sie kommt zu mir, nimmt meine beiden Hände und gibt mir einen langen, feuchten Kuss, der nach Pfefferminz schmeckt. Es ist schon merkwürdig. Wir sind nicht offiziell zusammen. Boris hält mir eine Flasche hin, die er in Packpapier eingewickelt hat, wie es die Gangster in amerikanischen Filmen tun, weil man dort in der Öffentlichkeit keinen harten Alkohol trinken darf. Hier darf man schon, aber Boris findet so was cool, er stellt sich wahrscheinlich vor, wir stünden hier nicht in Wesel am Auesee, sondern in Los Angeles am Venice Beach.

Ich nehme die Raschelflasche entgegen und trinke. Es brennt. Wodka pur und nicht gerade der teuerste. Als ich die Pulle absetze, wird das Rascheln von einem Rauschen übertönt. Ein paar Meter weiter steht Timo, unser Dealer, mein Messerstecher, im übergroßen Pulli, den Rucksack in den Kniekehlen, die Hosenbeine so weit über den Schuhen, dass nur die dreckig weißen Spitzen seiner Chucks zu sehen sind. Er kommt nicht näher. Er lässt die Arme hängen.

Ich könnte mich ja fragen, was das eigentlich für Leute sind, mit denen ich mich hier treffe. Immerhin habe ich vor zwei Stunden noch Stockenten beobachtet. Ich könnte heute Abend weniger trinken als sonst. Ich könnte mich bemühen. Doch als meine Leute da so stehen, durchflutet mich eine plötzliche, komische, durch nichts zu stoppende Euphorie und ich denke mir: Scheiße, guck dir das an. Ein Psychopath, der immer nur Reggae hört und von jetzt auf gleich Leute umschlägt. Ein Zyniker, der keine zwei Sätze reden kann, ohne sarkastisch zu werden. Eine sexy Serbin, die zwar Frösche verschenkt, sich aber zurechtmacht, als würde sie gleich einen Porno drehen, und die wir einfach so miteinander teilen dürfen. Und schließlich: Ein hagerer kleiner Black-Metal-Teufel, der in seiner Kapuze verschwindet und mittlerweile davon lebt, sogar Anwälten, Lehrern und Herzchirurgen heimlich harte Drogen zu verkaufen. Was für eine Truppe!

Ich stehe vom Rasen auf, gehe auf Timo zu, der ein wenig zurückweicht, und warte ein paar Sekunden ab. Er ist bereit, sich von mir eins in die Fresse schlagen zu lassen, das spüre ich. Ein, zwei Schläge würde er für sein Missgeschick mit dem Messer hinnehmen. Der kleine Wichser wartet förmlich darauf.

Ich genieße das einen Augenblick, dann hole ich aus, er zuckt zusammen, ich öffne die Faust, lege den Arm um ihn, ziehe den anderen Arm nach und drücke ihn.

»Ist schon okay, Alter«, sage ich und fühle mich dabei so gut wie die ganzen »bemühten« letzten zehn Tage nicht mehr. »Wo gehobelt wird, fallen halt Späne.«

Timo atmet in meinen Armen erleichtert aus und der hagere Körper wird noch dünner. Boris und Frederick klatschen und sagen: »Jaaaa!« Debby verteilt Bier aus Timos Rucksack und wir beginnen mit dem Saufen, das heute nicht enden wird, bevor wir unsere Namen vergessen haben. *Das* ist mein Zuhause, Vater, keine Ü30-Partys mit peruanischen Kindern, keine Frühschwimmerei und keine Fotoshootings mit Stockenten. Diese verkommene, kranke Bande ist mein Zuhause. Bin ich mit ihr unterwegs, darf jeder sehen … und staunen … und fürchten. Und nein, ich werde mich nicht dafür entschuldigen.

Bis drei Uhr waren wir am See. Zehn, zwölf Bier und eine halbe Flasche Wodka pro Person, ich weiß es nicht mehr. Nach Hause habe ich mich mit dem Taxi bringen lassen. Ich musste zwei Minuten überlegen, wie unsere Straße heißt, die Adresse war einfach weg, als sei es kein Zuhause, sondern eine Firma, die man nur ab und zu besucht, wenn man neue Festplattenrahmen braucht.

Im Haus derselbe Ablauf wie immer: runtergehen ins eigene Bad, kotzen, im Zimmer schon mal den Rechner hochfahren, Treppe wieder rauf, Tiefkühlburger in die Mikrowelle, Treppe wieder runter, beim Rechner einloggen, YouPorn aufmachen, Treppe wieder rauf, Burger auf Teller, Treppe wieder runter, vor den Rechner hocken, Hose runter und Primärbedürfnisse befriedigen. Beide. Heute Nacht hat Vater es nicht bemerkt.

So weit, so vertraut.

Dann allerdings geschieht etwas, womit ich wirklich nicht gerechnet habe. Ich wache auf. Um neun Uhr! Um vier Uhr bin ich ins Bett gefallen, die Hose klebrig von Sperma und die Fresse klebrig von Remoulade, und um neun Uhr werde ich bereits wach? Von allein? Ohne Wecker?

Ja, ist wohl so.

Ich fühle mich dreckig.

Das macht mir sonst nichts aus.

Heute schon.

Heute kann ich so nicht liegen bleiben.

Mein Herz rast, als sei es bereits sechzehn Uhr und ich hätte mich kaputt gelegen wie ein Pflegefall im Krankenhaus. Alles klebt und stinkt und es macht mir was aus.

Ich stehe auf, gehe in unser Kellerbad und werfe die Dusche an. Ich lasse heißes Wasser über meine Haut laufen und schäume mich mit einer halben Flasche Aromatherapie-Duschgel ein, bis der Gestank und das Klebezeug weg sind und man im Raum vor Wasserdampf nichts mehr sehen kann. Mit einem Handtuch um die Hüften gehe ich die Treppe hinauf und werfe den Kaffeeautomaten an.

»Sven!«, sagt meine Mutter erfreut, die im weißen Bademantel aus dem ersten Stock die Treppe hinabschreitet wie eine Pianistin beim Galaauftritt. »Das duftet ja im ganzen Haus.«

Ich lächle. Nicht weil sie mich lobt, weil ich geduscht habe, sondern weil sie einen Bademantel trägt und sich somit benimmt, als sei sie endlich mal in ihrem eigenen Haus. Heute kommen wohl keine Journalisten. Der Bademantel ist eng geschnitten, aber sie verschwindet in ihm trotzdem wie ein Zweig. Meine Mutter ist zehn Jahre jünger und fünfzig Kilo leichter als mein Vater.

»Wo ist Papa?«

»Im Fernsehen«, sagt sie.

Ich schaue rüber ins Wohnzimmer. »Jetzt?«

»Um zwölf Uhr. Presseclub. Live.«

Der Presseclub sitzt in Köln. Vater muss früh aufgestanden sein. Ich stelle mir die Vorbereitungen vor, die für solch einen Auftritt nötig sind. Sich waschen, duschen, die Nasenhaare trimmen, das Ohrenschmalz entfernen, und zwar bevor man den Anzug anzieht, damit keine gelben Klümpchen auf der Schulter landen. Sich rasieren, parfümieren. Sich vorbereitet haben auf das, was man sagen wird. Notizzettel in der Tasche, um sie in der Garderobe des WDR noch einmal zu lesen wie ein Schauspieler seinen Text. Die Adresse mitnehmen, den Navigator programmieren, nicht zu viel Kaffee trinken vorher, um beim Auftritt nicht rülpsen zu müssen. Immer lächeln, eine gerade Haltung bewahren. Wie anstrengend muss das alles sein. Und er *macht* es einfach.

Ich stelle den Kaffee ab und schaue durchs Wohnzimmer in den Garten. »Mutter, wo haben wir eigentlich diese Kratzer und Schaber?«

»Welche Kratzer und Schaber?«

»Na, für den Garten. Unkraut und Ritzen.«

»Wieso interessiert dich das?«

»Weil ich kratzen und schaben will?«

»Du willst kratzen und schaben?«

»Ja, Mutter, ich will kratzen und schaben.«

Sie wippt langsam mit dem Kopf auf und ab und zieht die Nase ein wenig nach oben, wie Menschen es tun, wenn Mehrfachsitzenbleiber aus heiterem Himmel den Wunsch äußern, freiwillig vier Stunden Mathe zu lernen. Sie sagt: »In der Garage. Die blaue Kiste.«

Ich nicke, nehme meine Tasse, nestele den Schlüssel vom Brettchen neben der Tür und gehe in die Garage. Hier war ich schon länger nicht mehr. Der Golf steht immer auf der Straße herum oder manchmal auch irgendwo, wo ich ihn stehen lassen habe. Die Garage wirkt wie ein Ladenlokal für Radsport und Gartenbedarf. Vater hat alles griffbereit installiert. Den Rasenmäher, die Fahrräder, den Grill und all die großen Gartenwerkzeuge, die an roten Haken an der Wand hängen. Selbst der Boden ist glatt und blank. Ich stelle meine Kaffeetasse ab und finde die blaue Kiste mit den kleinen Fugenkratzern und Dreizackhaken. Sie sind sauber, weil Vater sie nach jeder Verwendung erst mit Wasser reinigt und dann mit altem Speiseöl einschmiert. In der Kiste selbst sind keine Krumen.

Ich schnappe mir den Kratzer und den Dreizack, gehe in den Garten, atme den Duft unseres Naturpools ein und beginne, die Fugen der Terrasse und der Wege um den Pool herum von Moos und kleinem Unkraut zu befreien. Ich versuche, mich zu erinnern, wann ich so etwas das letzte Mal gemacht habe. Ich muss zehn gewesen sein, so um den Dreh herum. Die Türme in Amerika waren noch nicht gefallen und im Radio spielten sie *Wonderwall* von Oasis.

Nach einer vollen Stunde des Kratzens und Schabens habe ich erstaunlich gute Laune. Die frische Luft reinigt von innen, was ich vorhin unter der Dusche von außen abgewaschen habe, und ich habe das Gefühl, um zehn Uhr morgens schon mehr getan zu haben, als hätte ich drei Dutzend Mails in ganzen Sätzen und ohne zu quoten beantwortet.

»Sven, magst du was frühstücken?«, ruft meine Mutter über die Terrasse und ich mag. Sie hat ein kleines Zweierdeck aufgebaut, mit Eiern und Käse und Marmelade und ganz ohne Kekse für Journalisten. Ich esse absichtlich das, was ich sonst nicht essen würde, obskures Zeug wie Quittenmarmelade oder Salbeikäse, und rede mit meiner Mutter über die Flora in unserem Garten und was man alles dort mal wieder machen müsste. Vater ruft nie einen Gärtner, da er das als Einziges immer noch selbst macht, alle zwei Monate, zwei Tage am Stück, bis die Instrumente mit Speiseöl eingeschmiert werden.

Um zwölf Uhr stehen Mutter und ich mit zwei Tassen in der Hand im Wohnzimmer vor dem Fernseher und schauen uns Vater an, wie er im Presseclub über die Bildungsmisere und die Schulsysteme spricht. Seine Nasenhaare sind in der Tat gezupft und anders als sein Sitznachbar von der *Süddeutschen Zeitung* hat er keine gelben Krümel oder weißen Schuppen auf der Anzugschulter.

Er sagt: »Seit Jahren ist die Rede von der Wissensexplosion, weil wir jeden Tag hunderttausend Webseiten hinzugewinnen und vierundzwanzig Stunden lang rund um die Uhr von Nachrichtensendern informiert werden. Gleichzeitig nehmen die Bildungslücken in einfachsten historischen oder kulturgeschichtlichen Fragen zu, und zwar nicht nur bei unseren Schülern, sondern schon bei den Journalisten, die uns rund um die Uhr die Internetseiten und Nachrichtenticker füllen.« Der Mann mit den Krümeln auf der Schulter will meinen Vater unterbrechen, doch der hebt einfach nur die Hand und schließt halb die Augen: »Der Triumph des Meinungsjournalismus ist die Kehrseite der Tatsache, dass niemand mehr etwas weiß. Der Glaube an die Datenablagerungen auf den Festplatten ersetzt das Denken. Die Tatsache, dass es überall alles nachzuschlagen gibt und jeder zu allem was zu sagen hat, suggeriert eine Demokratisierung des Wissens. Dabei wurde hier gar nichts demokratisiert, sondern einfach nur eingeebnet.«

Es donnert, wenn mein Vater so spricht. Mutter sieht mit einem Blick zu, als sei sie einerseits stolz und wäre andererseits gerne dort, um ihn zu bremsen, ihm auf die Schulter zu klopfen und zu sagen: »Ruhig, Brauner …«

Ich stelle mir vor, wie es sich anfühlen muss, nach all dem Frühaufstehen und Nasenhaarezupfen und Nach-Köln-Fahren nun schlussendlich wirklich dort zu sitzen, auf Sendung zu sein und auf die Sekunde genau das zu sagen, was man zu sagen geplant hatte. Wie es sich anfühlen muss, wenn ein Plan aufgeht …

»Ich mache mal ein bisschen in meinem Zimmer weiter«, sage ich zu meiner Mutter und lasse sie mit Vater im Fernsehen stehen. Sie hält mich nicht auf, denn es ist selten genug, dass ich bei mir Ordnung schaffen will. Genau genommen habe ich auch das seit Jahren nicht mehr getan, jedenfalls nicht richtig. Ich gehe hinunter, betrete meine Höhle und denke an die Worte, die meine Mutter manchmal fallen lässt, wenn unsere Putzfrau einen herumstehenden Teller »erst mal« nur zur Seite stellt, statt ihn sofort in die Küche und dort in die Spülmaschine zu eskortieren: »Nichts anfassen, ohne eine Entscheidung zu treffen.«

Ich fahre meinen PC hoch, lasse eine recht ruhige Wiedergabeliste bei iTunes laufen, denke an Mutters Worte, als seien sie tatsächlich ein guter Tipp, und sehe mich in meinem Zimmer um. Auf dem Schreibtisch hat sich um die Tastatur herum eine zerklüftete Berglandschaft aus Papier, Büchern, Stiften, Locher, Kekspackungen, Karteikästchen, PC-Spielehüllen und CD-Rohling-Spindeln gebildet. Im Regal darüber und in allen Regalen stehen die Bücher thematisch durcheinander bis ganz hinten an die Wand gepresst. Auf den zehn bis fünfzehn Zentimetern, die vor ihnen frei bleiben, sammeln sich Münzen, Karten, alte Armbanduhren, Tennisbälle, Schnürsenkel und leere Gläser.

»Nichts anfassen, ohne eine Entscheidung zu treffen.« Nun gut, ich nehme einen alten Schnürsenkel in die Hand, denke kurz an Debby, die sich solche Sachen manchmal um die Handgelenke schlingt, und daran, was Debby mit den dazugehörigen Händen so alles schon bei mir getan hat, verdränge die Bilder und werfe den Schnürsenkel in den Papierkorb. Besser gesagt: Ich werfe den Senkel dorthin, wo der Papierkorb eigentlich stehen müsste. Der steht allerdings neben dem Bett, wahrscheinlich seit irgendeiner Nacht, in der ich fürchten musste, ihn als Noteimer fürs Kotzen verwenden zu müssen.

Ich hebe den Senkel auf, gehe zum Bett, werfe ihn in den Papierkorb und gehe in die Hocke, weil mir auffällt, dass unter dem Bett eine blaue Kunststoffkiste steht, die ich völlig vergessen hatte. Ich ziehe sie hervor und weiche zurück, da aus ihr ein Geruch entweicht, der einem die Luft aus der Lunge zieht. Der Grund: Zwischen abgegriffenen Ausgaben des *Playboy*, des *Hustler* und der *Games TM* findet sich ein

Burger, den ich eines Nachts wohl im Bett zu essen angefangen haben muss. Der Schimmel darauf wölbt sich wie eine Landschaft aus Zuckerwatte. Ich freue mich, denn bei diesem Objekt weiß ich wenigstens sofort eine Entscheidung zu treffen: Ich nehme die komplette Kiste, trage sie die Treppe raus und aus dem Haus, stelle sie neben die blaue Tonne für Altpapier und öffne den Deckel.

Lina kommt angeradelt, sie war letzte Nacht bei einer Freundin zu Gast.

»Was machst du denn?«, fragt sie, während sie absteigt und ihr Rad über den Weg schiebt.

»Ich räume mein Zimmer auf.«

»Oh Gott, du bist krank. Das müssen Nachwirkungen von dem Messerstich sein. Eine Psychose.«

Ich lache. Sie auch.

Ich sage: »Dad ist gerade im Fernsehen und redet über Bildung. Ich jäte das Unkraut, das sich im Garten und unter meinem Bett angesammelt hat.«

»Unkraut gibt's ja eigentlich gar nicht«, sagt Lina und ich liebe es, dass sie mich für meinen unerklärlichen Fleißanfall nicht weiter lobt. Sie könnte mir ja jetzt Predigten halten, wie toll es sei, dass ich mich ändere, und ob es nicht schön wäre, wenn man die Dinge in Ordnung bringt, »sei ehrlich, Sven, ist das nicht schön?«, so in der Richtung. Das macht sie aber nicht. Sie nimmt es einfach so hin, wie sie auch hinnehmen würde, wenn ich es nicht täte.

Sie sagt: »In Australien gibt es ›Unkraut‹, das würde man hier als spektakuläre Deko hinstellen. Oder der Rasen, hast du mal australischen Rasen gesehen? Ich meine, das klingt bekloppt, aber ich freue mich sogar auf den Rasen. Da unten gibt es Sensitivgras, so was Süßes hast du noch nicht gesehen.«

Ich weiß, was sie meint, da wir uns als Kinder ja beide dafür interessiert haben und sie immer davon ausgeht, dass ich nichts vergessen habe, seit ich damit aufhörte. Sensitivgras rollt sich bei Berührung zusammen und macht sich klein. Man übersieht das, wenn man einfach darüberstapft, aber hat man es einmal bemerkt, kann man nicht mehr damit aufhören, einzelne Halme vorsichtig mit dem Finger anzutippen.

Ich schweige einen Augenblick. Im Altpapier liegen geschredderte Notizen meines Vaters. Er würde niemals etwas wegwerfen, ohne es zu zerhäckseln.

»Du schreibst mir aus Australien, oder?«, frage ich.

Lina nickt. »Aber klar. Hey, vielleicht mache ich einen Blog. Dann kann ich allen schreiben.«

»Tu das«, sage ich.

»Sven?«, sagt sie.

»Ja?«

»Versprichst du mir, dass du in der Zeit, wo ich dort bin, hier nicht umkommst oder so?«

Ich lache, aber dieses Mal nicht so befreit wie eben noch. Ich werfe den Burger in die Biotonne neben dem Altpapier. Ich nicke.

Wieder in meinem Keller erwäge ich tatsächlich, noch mal ins Bett zu gehen. Immerhin hatte ich nur fünf Stunden Schlaf. Mein Blick fällt auf das tiefste Fach meines schwarzen Regals an der linken Wand des Zimmers, das eigentlich mal ein Bücherregal werden sollte und das jetzt voll ist mit Socken, getragenen Shirts, einer nach Schweiß stinkenden und lange nicht ausgepackten Sporttasche sowie CD-Originalen und Rohlingen mit und ohne Hülle. Hinter den Klamotten stehen noch ein paar meiner alten Bücher über Australien. Große, schwere Dinger, vom Format her wie das Guinnessbuch.

Auf meinem Schreibtisch liegt das kleine Schulheft, das Vater mir ins Krankenhaus mitbrachte. Mein Jungentraum, das »Projekt Palm Grove«, vierundzwanzig Seiten lang, preisgekrönt. Ich nehme es in die Hand und setze mich aufs Bett, das sich schon besser anfühlt, seit ich die Schimmelkiste darunter entfernt habe. Ich schlage es in der Mitte auf, wo die Klammern sitzen, und schaue auf den Grundriss, den ich damals als kleiner Junge gemalt habe. Links die Halle mit der

Kokospalmenplantage, ein riesiges Treibhaus. Daneben steht notiert: Größe = ca. 1 ½ Fußballfelder. Deckenhöhe = mindestens 30 Meter. Palmen = ca. 1 500 Stück. Ertrag = ca. 120 000 Kokosnüsse, ab dem Jahr des ersten Fruchtstandes. Es dauert fünfzehn Jahre, bis eine Kokospalme Früchte trägt. Sie wächst aus der Nuss heraus. Bevor der Stamm sich in die Höhe schiebt, bilden sich die Wedel aus.

Rechts neben der Plantage habe ich ein rundes Zentralgebäude gemalt, in dem die Gäste empfangen werden und das sich inklusive eines offenen, wandlosen Restaurants nach hinten raus in einen Innenhof öffnet, der wie ein kleiner Park oder Zoo gestaltet ist. Das Restaurant soll im Halbkreis wie ein Adlernest über dem Park hängen und die Gäste sollen hinuntersehen und die Wallabys beobachten können, die dort über die Wiese hüpfen. Den rechten Flügel der Anlage würde dann das verschlungene Erlebnisbad einnehmen, gestaltet wie eine künstlich angelegte Grotte und mit wild umherfliegenden Vögeln darin. Auch hier sollen Palmen und andere subtropische Pflanzen wachsen.

Mein Gott, war ich naiv. Aber es hat Spaß gemacht. Ich blättere durch das Heft. Wie genau ich damals wurde. Ich habe Zeitpläne für Vorträge und Seminare entworfen. Braun gebrannte Rangertypen sollten den Menschen erklären, warum die Kokosnuss die geilste Frucht der Welt ist und ihre Palme der Baum des Lebens. Ich habe sogar einen Text vorformuliert, den die Ranger aufsagen sollten.

Ich stopfe mir mein Kissen zurecht und lege mich aufs Bett, mein altes Heft weiter in der Hand. Auf Seite 11–13 Kalkulationen der Kosten, wild geschätzt, wie man als Vierzehnjähriger eben so ist, wenn man Kostenplanung sonst nur aus *Age of Empires* oder *Fußball Manager* auf dem PC kennt. Auf Seite 14–16 eine Auflistung der Rohstoffe und Grundlagen. Seite 17–20: nötige Experten und Helfer, vom Architekturbüro bis zum Tropenbiologen. Mein iTunes spielt immer noch die entspannte Liste, es gluckert etwas Trance vor sich hin. Ich stelle mir dazu vor, wie es in der Kokoshalle riechen muss, wie Kakadus zwischen den Palmen herumfliegen und ein leichter künstlicher

Wind durch die breiten Blätter weht. In der Badelandschaft branden sanfte Wellen an die Felsen und vor den Fenstern kraulen Kinder die Wallabys hinter ihren großen Ohren. Ich habe mir seit Jahren nicht mehr solche Dinge vorgestellt, wenn ich im Bett lag, lasse die Augen kurz zufallen, halte das Heft dabei fest und beginne, regelmäßig und schwer zu atmen …

»HERE I AM
EXPOSED IN MY BROKENNESS
FOR THE WORLD TO SEEEEEEEEE!!!!!!«

Ich schrecke auf, Herzrasen.

Die »Entspannt«-Wiedergabeliste ist durchgelaufen, und da nach E der Buchstabe H kommt, ist auf meinem PC die Hardcore-Liste angesprungen. Jamey Jasta von Hatebreed brüllt zu brutalen Gitarrenriffs aus den kleinen Boxen, als gäbe es kein Morgen. Ich pule meinen fahlen Körper aus dem Bett und schalte den kleinen bellenden Hooligan ab. Kreisel über dem Schädel. Sechzehn Uhr. Ich muss ein paar Stunden eingenickt sein. Ich schaue aufs Bett. Da liegt mein Heft mit Palm Grove, meinem Kokosparkfreizeitbad.

Ich erinnere mich. Ich habe aufgeräumt. Die Kiste mit dem verschimmelten Burger ist weg. Ich war früh auf. Genau. Es war ein verdammt guter Tag. Ich bekomme augenblicklich wieder gute Laune und gehe die Treppe hinauf, um mir in der Küche einen neuen Kaffee zu ziehen. Als ich oben ankomme, öffnet Vater die Haustür und hängt seinen Schlüssel ans Brettchen.

Ich strahle ihn an.

Das passiert nicht oft, aber ich bin eben in guter Stimmung. Ich habe mich geduscht, ich habe den Garten gepflegt, ich habe unter meinem Bett aufgeräumt und ich habe mir in Erinnerung gerufen, welche Träume ich als Junge hatte. Die waren zwar blauäugig und albern und sie hatten niemals irgendwelche Folgen, aber es hat Spaß gemacht, in ihnen zu lesen. Vater wird das alles bemerken. Er hat heute keinen Grund, sich für seinen Sohn zu schämen.

Er kommt auf mich zu, zieht sein Jackett aus und sagt: »Was soll das in der Garage?«

Ich stutze etwas, aber dann freue ich mich, denn ich begreife, was er vorhat. Er tut so, als wolle er wieder mit mir meckern, aber in Wirklichkeit hat er bereits bemerkt, dass ich den Garten gepflegt habe. Er will mich nur ein wenig aufziehen.

Ich lächle verschmitzt.

Er schaut rüber ins Wohnzimmer und setzt sich dabei in Bewegung. Er sagt: »Tja, und jetzt auch noch feist grinsen.« Sein Blick fällt auf eine Kaffeetasse, die ich vor dem Fernseher stehen lassen habe, als ich ihn beim Presseclub zusah. Ist ja gut jetzt, Vater, du kannst mit dem Spiel aufhören. Er bleibt vor der Wohnzimmercouch wie angewurzelt stehen, den Blick nach draußen durch die großen Scheiben auf die Terrasse gerichtet. »Was – ist – denn – das?«

Aha, jetzt tut er so, als bemerke er erst jetzt, dass alles Unkraut aus den Ritzen gerupft wurde. Gleich kommt sein erstes Lob nach vielen Jahren. Ich bin selber erstaunt, dass ich mich darüber freue. Sehr erstaunt. Ich frage mich, ob das richtig ist. Mein Vater geht zur Terrassentür, öffnet sie, tritt nach draußen, stemmt die Arme in die Hüften und sagt: »Sven, komm mal her!«

Ich grinse.

Jetzt ist es so weit.

Ich stelle mich hinter ihn. Er dreht sich um und zeigt auf den Boden. »Was ist das?« Ich grinse immer noch, sehe gar nicht richtig hin.

»Grins nicht so blöd, sondern erkläre mir das!«

Was soll denn der Mist? Kann er nicht mal mit dem Theater aufhören und sich zu freuen anfangen? Mich ironisch fragen, ob ich krank bin, wie es Lina vorhin an den Mülltonnen getan hat?

Mein Vater geht zu der Stelle, auf die er gezeigt hat, und ich bemerke erst jetzt, was da liegt: der Riesenberg Unkraut, den ich zusammengefegt, aber noch nicht in die Tonne geworfen habe. Darauf und darin: der Fugenkratzer und die Kralle.

Vater zieht sie aus dem dreckigen Grün und wedelt mir damit vor der Nase herum: »In der Garage steht eine halb volle Kaffeetasse neben der Werkzeugkiste. Hier liegt das Werkzeug einfach im Grünschnitt herum. Hier«, er knibbelt mit dem Fingernagel etwas hart gewordene Erde von der Klinge, »das wird stumpf, wenn man es nicht sofort reinigt und einölt.«

Ich glaube nicht, was ich da höre. Mir wird heiß, im Magen und an den Ohren. Er spielt kein Theater. Er sieht gar nicht, dass sämtliches Unkraut aus den Ritzen entfernt wurde. Er sieht nur, dass es noch immer auf einem Haufen daliegt und dass die Geräte nicht eingeölt wurden. Er sieht nicht, was ich getan habe, sondern nur, was ich *nicht* getan habe.

Er schimpft weiter: »Vor dem Haus steht die Papiertonne offen, es sind schon Papierfetzen raus auf die Straße geweht. Vor der Tonne steht eine Kiste mit Pornoheften, lauter Onaniervorlagen, auf dass jeder Nachbar sie sehen kann!« Jetzt brüllt Vater. Ich hatte meinen besten Tag seit fünf Jahren und was hat es mir gebracht? Er brüllt!

»Wie lange steht die Kiste da schon so, Sven? Hm? Seit heute Morgen? Ist das das Bild, das die Nachbarn beim Gassigehen von uns bekommen sollen?«

Ja, genau, die Nachbarn.

Das ist das Wichtigste.

Ich antworte nicht, sondern schnaufe nur Luft aus der Nase aus. Ich hatte einen guten Tag. Kinder haben in meinem Kopf Wallabys gestreichelt. Ich habe den Dreck unter meinem Bett weggeworfen. Na gut, nicht ganz, ich wurde abgelenkt, aber ich habe es getan.

»Antworte mir!«, sagt Vater, weil er es nicht ertragen kann, wenn nicht ständig diskutiert und geredet wird, mit Krawatten um den Hals und Krümeln auf den Schulterpolstern.

Doch ich antworte nicht. Ich drehe mich nur so, wie ich bin, um, gehe zur Tür, nehme den Autoschlüssel vom Brett und verlasse das Haus. Auf dem Weg zum Golf ziehe ich mein Handy aus der Tasche und wähle die Nummer von Boris. Während es tutet, schließe ich den Wagen auf, knalle die Tür so heftig zu, dass die alte Innenverkleidung wackelt, lasse den Motor an und ramme eine CD aus dem Haufen auf dem Beifahrersitz in den Player. Ich lasse den Motor an. Mein Vater steht in der Haustür und sieht zu mir rüber. Boris nimmt ab: »Ja?«

Ich sage: »Ich muss mich abreagieren. Hast du Zeit?«

Er sagt: »Meckes an der B8?«

Ich sage: »In zehn Minuten.«

Der CD-Player hat zischend die Disc geladen. Ein harter Beat setzt ein und Ice Cube verkündet: »Bucker! I'll beat your bad ass!« Vater steht in der Tür wie ein Papst, dem die Schäfchen weglaufen. Ich gebe Gas und sorge dafür, dass die Reifen durchdrehen.

STURZ DER KLASSIK

STURZ DER KLASSIK
STURZ DER KLASSIK
STURZ DER KLASSIK

Ich fresse meinen vierten Burger und beobachte die Familien und Zivilbürger, die in der McDonald's-Filiale an der Ausfallstraße zur Autobahn ein und aus gehen. Alles Leute, die mit Sicherheit ihre Scheißfugenkratzer waschen, kaum dass das letzte Fitzelchen Unkraut damit gejätet wurde. Boris und Frederick hängen in den Stühlen, als sei dieser McDonald's unser Wohnzimmer und all die anderen Menschen allenfalls geduldete Gäste. Debby ist nicht dabei, sie muss schon wieder ihren Eltern im Restaurant helfen.

»Guck dir die an«, sagt Boris und zeigt auf eine Frau an der Theke. Besser gesagt: Er zeigt auf ihren Arsch. Er ist groß.

»Geil«, sagt Frederick und wir sind uns darin einig. Wir mögen das, echte Frauen und echte Männer, nicht diese schüchternen kleinen Mädchen, die mit verschränkten Händen vor Dieter Bohlen stehen und mit den Augen rollen. Oder diese Softietypen aus der Pick-up-Keks-Werbung, die schon zusammenzucken, wenn man sie auf der Straße bloß ansieht.

Ich trinke einen Schluck von dem Bier, das Boris mitgebracht hat, und zitiere Ice Cube, weil ich ihn gerade noch im Auto auf dem Hinweg gehört habe. »Don't fuck with her, her ass is average/ only fuck with the ones with the whole package …« Ich grinse. Boris hebt seine Flasche. »Yeah, Prost!«

Ein Bediensteter in rotem Polohemd kommt an unseren Tisch, genau so ein Männchen, wie sie heute überall rumlaufen, zweiundzwanzig Jahre wahrscheinlich, knappe sechzig Kilo, studiert wohl bald auf Lehramt und hat wirklich nirgendwo Muskeln. Man sieht ihm förmlich an, dass er vom Chef geschickt wurde und sich jetzt schon mit den Augen dafür entschuldigen will, was er uns nun sagen muss. Er versucht schlecht zu verbergen, dass er dabei zittert.

»Verzeihung, aber es ist untersagt, bei uns im Restaurant Alkohol zu konsumieren. Schon gar keinen selbst mitgebrachten.«

»Sieh an«, sagt Boris und guckt dabei auf den Tisch, als sei der Wurm keines Blickes würdig. Ich lache, strecke meine Beine unter den Tisch und nehme einen kräftigen Schluck aus der Pulle. Das liebe ich an meinen Jungs, an Boris und Frederick. Wie würde Ice Cube sagen? »Born not to give a fuck«. Die beiden versuchen nicht mal mehr, ein Lob ihres Vaters zu bekommen, und ich frage mich auch, was heute daheim in mich gefahren sein muss, dass ich das unbedingt wollte. Meine Jungs haben mich nicht einmal gefragt, *warum* ich heute Dampf ablassen muss. Auch das liebe ich an ihnen. Keine beschissenen Diskussionen.

»Ich muss Sie bitten, die Flaschen wegzupacken oder das Restaurant zu verlassen«, sagt das schmächtige Rothemdchen.

»Hast du ein Problem, du Opfer?«, fragt Frederick, seinen Burger kauend.

»Wir sind sonst gezwungen, die Polizei einzuschalten.«

Frederick lacht, als wolle er sagen: Na, dann mach mal.

»Kommt schon, Jungs«, sagt der Angestellte und ändert die Taktik. Wie süß. Jetzt duzt er uns.

»Sag mal«, sage ich und nehme demonstrativ einen kräftigen Schluck aus meiner Pulle. »Wie ist das eigentlich so, wenn man entdeckt, dass man Schwänze mag?«

»Was?«

»Na ja«, sage ich, beiße von einem Burger ab und rede schmatzend weiter, »das fängt doch meistens so mit vierzehn, fünfzehn an, dass man das merkt. Beim Sportunterricht, oder? Hier, Fünftausendmeterlauf. Da bist du doch die ganze Zeit absichtlich hinter dem Typ mit dem schärfsten Arsch gejoggt, oder?«

Frederick lacht: »Ey, Sven, woher weißt du denn genau, wie so was ist? Eigene Erfahrung, oder was?«

»Du Stuhl«, sage ich und werfe eine Fritte nach ihm.

Boris sagt: »Nein, Sven war früher immer mit Benjamin Minigolf spielen. Am geilsten fand er, wenn der kleine Wörle einlochte.«

»Du doch auch, oder?«, sage ich und richte mich wieder an den Angestellten.

»Was?«, sagt der und ist ganz aus dem Konzept.

Boris schaut rüber zur Theke, hinter der die Kassen piepen. »Hier, der knackige Inder da drüben. Auf den stehst du doch bestimmt, oder? Deinen Kollegen? Komm, gib's zu, du lässt dir ständig diese Schicht zuteilen, damit du bei ihm sein kannst. Würdest gerne mal mit ihm einen Bollywoodfilm gucken, oder?«

Der Typ weiß gar nicht, wie ihm geschieht. »Was?«

Frederick blickt ruhig auf und sagt: »Junge. Sag noch ein Mal ›Was?‹ …«

Der Junge sagt nicht noch einmal »Was?«, sondern wieder: »Würdet ihr jetzt bitte eure Bierflaschen wegpacken?«

»Na gut«, sage ich und werfe meine Flasche in seine Richtung. »Hier hast du sie, du Stuhl!«

Er kann sie nicht schnell genug fangen, sodass sie vor seine Füße fällt, zerbricht und sich das Bier sprudelnd auf dem Boden ausbreitet. Er geht instinktiv in die Hocke. Käme jetzt sein Chef, würde der wahrscheinlich genauso wenig wie mein Vater fragen, was eigentlich los war. Er würde nur seinen Angestellten und eine Menge Unordnung sehen. Daher will er sie beseitigen, ganz instinktiv, wie ein aufgescheuchtes Tier. Wir stehen auf und Boris stößt den Typen im Vorbeigehen um, sodass er aus der Hocke ganz auf den Boden fällt, die

Hände voran in die Scherben und den Schaum. Niemand der anderen Gäste tut etwas.

Frederick wirft einen Burgerrest neben die Scherben. »Räum mal auf hier, du faule Sau!«, sagt er. Dann verschwinden wir zügig.

Wie wir die nächsten vier oder fünf Stunden rumgekriegt haben, kann man eigentlich niemandem erklären, der glaubt, in seinem Leben etwas »Sinnvolles« tun zu müssen. Wir tun nämlich nichts. Und während wir nichts tun, saufen wir. Wir schlendern durch Teppichgeschäfte oder Restpostenmärkte, kleben Kaugummis in die Teppichrollen, schmieren Sprüche auf die Kundentoiletten und klauen fünfundvierzig Cent billige Konservendosen mit Chilieintopf, die wir uns mit besoffenem Schädel auf einem von Treckerreifen in den Boden gedrückten »Wirtschaftsweg« nahe dem teuren Wohngebiet hinter den Feldern in den Magen schlagen, bis es dunkel wird. Irgendwas muss heute noch passieren, das spüren wir alle.

Hinter dem Feld gehen in den teuren Häusern der Menschen, die ihre Fugenkratzer nach Gebrauch einölen, langsam die Lichter an.

Boris schraubt eine Flasche Whisky auf, nimmt einen Schluck, spült damit seinen Mund, spuckt blutrote Chilikonservenreste aufs Feld, nimmt einen weiteren Schluck und sagt: »Ich hab deinen Vater heute Morgen im Fernsehen gesehen.«

Ich öffne still ein Bier.

Boris sagt, den Blick über dem Feld auf den Häusern, in denen langsam das Abendprogramm beginnt: »Der glaubt, es sei immer noch was zu retten, oder?«

Ich lache.

Frederick kniebelt an einem Halm herum und kaut etwas.

Boris sagt: »Ich erzähl dir jetzt mal was, Alter. Früher, ja, da musste eine Bank dein Geld wieder in Gold umtauschen. Weißt du, was ich meine? Du hast deine Kohle da hingeschleppt und die haben dir tatsächlich echtes Gold gegeben! Ist das nicht cool? Sag schon, Pommeskopp, ist das geil, oder was? Ich meine, die Scheiße hier, die Scheine, das ist ja nur Papier. Leere Versprechungen. Früher waren das volle Versprechungen.«

Jetzt geht das wieder los. Jetzt erklärt Boris die Welt. Aber gut, ich mag das, denn wenn er es macht, endet es immer abgefuckt und klingt trotzdem logischer als alles, was sie uns bei ihren Schlipsdiskussionen weismachen wollen.

»Neulich, da hab ich gelesen, wie viel Geld es auf der Welt gibt, weißt du, was ich meine? Jetzt gerade, im Moment. Rate mal!«

Ich kneife die Augen zusammen und wackle mit dem Kopf: »Komm, Boris, erzähl einfach, ich will jetzt nicht raten.«

»Boah, Typ, jetzt rate mal!«

»Sag – es – ein – fach!«

Boris grummelt: »Mann, Waffelgesicht, echt … Also gut, es sind hundert Billionen. Mach dir das mal klar, Alter! Aber jetzt pass auf, gleich weitet sich dir die Rosette, pass gut auf, ja? Die hundert Billionen, das ist das Geld, das es gibt, also Zahlen, irgendwo, auf Konten, in Computern. Aber echten *Besitz*, ja, so Häuser und Grundstücke oder eben Gold, das sind zusammen nur zehn Billionen. Weißt du, was ich meine? Weißt du, was ich meine? Der Rest ist erfunden worden!«

»Erfunden?«, frage ich und höre nur halb hin. Mein Hirn schwimmt schon wieder.

»Ja, erfunden«, sagt Boris und dreht sich auf der Bank zu mir. »Pass auf, Melonenkopf, ich erklär dir das. Mein Alter zum Beispiel, der kauft Staatsanleihen. Okay? Du leihst dem Staat Geld und der gibt's dir nach zehn Jahren zurück. Mit Zinsen. Der Staat schuldet dir also was. Ja, aber was, Alter? Was? Kannst du da hingehen und sagen: Ey, Merkel, alte Schabracke, ich hätte meine hunderttausend Euro gerne in Gold zurück? Oder als Grundstück? Nö. Du bekommst Geld wieder. Aber Geld ist ja nichts. Weißt du, was ich meine? Wenn eine Bank *dir* was leiht, weißt du, was die dann macht? Die drückt einen Knopf und das Geld ist da. Die buchen es ein. Deswegen heißt es Buchgeld. So, und jetzt kommst du und kannst nicht zurückzahlen. Was dann? Was machen die Schwanznasen dann? Die fackeln nicht lange und pfänden dir dein Haus, Alter! Dein reales Haus. Aber haben die dir je ein Haus gegeben? Nö. Die haben einen Knopf gedrückt. Die ficken uns alle.«

»Boris …«, sagt Frederick genervt, weil er so etwas nicht hören will oder nicht versteht. Ich verstehe es. Ich verstehe ja alles, wenn ich will.

Er macht weiter: »Außerdem musst du nur die richtigen Leute kennen. Das ist alles. Insidertipps, ich sag dir das. Es ist wie in einem angesagten Club. Es kommt nicht darauf an, was du kannst. Es kommt nur darauf an, ob du mit deinem kleinen schwulen Arsch auf der Gästeliste stehst.«

Ich sage: »Als ich im Krankenhaus lag, habe ich nachts deinen Vater gehört. Brüllt der zu Hause auch so rum?«

Boris sagt: »Geht dich nichts an, du Fraggle.«

Ich ziehe die Brauen hoch. Da habe ich wohl einen wunden Punkt erwischt.

Boris sagt: »Meine Mutter steht jetzt schon viermal die Woche an der Tafel und speist die Armen.« Er lacht verächtlich, es klingt, als presse man die Restluft aus einem kaputten Reifen. »Ich war einmal da, Alter, du machst dir keinen Begriff davon. Da ist auch eine Freundin von meiner Mutter dabei, ihr Mann ist, glaube ich, Architekt oder so was. Die haben Kohle ohne Ende. Echte Kohle, die haben Goldbarren im Tresor und einen Lexus. Und dann steht die da jeden Samstag und bricht das Brot für die Bedürftigen. Ich konnte nicht zwei Minuten zusehen. Die werden feucht, so sehr macht es sie selber an, wie wohltätig sie sind.«

»Wie die Hollywoodstars«, sagt Frederick, »die wollen doch auch ständig was *zurückgeben*. Ich muss der Gesellschaft was *zurückgeben*. Huhu, die Opfer!«

Ich trinke aus, werfe die Flasche ins Feld und sage: »Es ist dunkel geworden. Was ist? Geben *wir* was zurück?«

Boris grinst: »Ja, geben wir's ihnen!«

Alkohol ist und bleibt die beste Erfindung der Welt. Er weicht die Grenzen auf, die man sich immer noch selbst setzt, obwohl sie unnötig sind. Grenzen, was man tun darf und was nicht. Grenzen, die die erfunden haben, die uns jeden Tag ficken, wie Boris es ausdrücken würde. Nichts weicht diese Grenzen besser auf als Bier, Whisky und Wut.

»Ey, guck mal hier«, sagt Boris. »Gepflegte Rosen, oder?« Er steht neben einem dunklen Haus mit perfekt gestaltetem Garten. Kein Unkraut, keine rumliegenden Geräte, sanft geschwungene Hügel, bedeckt mit Mulch. Er zückt ein Klappmesser und beginnt, die Rosen zu köpfen. Ich denke an Vater und seinen Blick, als er auf den Unkrautberg zeigte, schleiche ein Stückchen tiefer in den Garten, ziehe zwischen zwei Nadelbäumen meine Hose herunter und pisse den Werkzeugwegräumern, die hier leben, in den Mulch.

Frederick wagt sich noch weiter hinein und nähert sich der Terrasse. Er schaut genau hin, sucht nach Bewegungsmeldern und Alarmanlage. Er schleicht auf die Terrasse. Die Tür steht auf Kipp.

»Niemand da«, zischt er zu uns herüber.

Ich mache meine Hose zu. »Die Tür steht auf Kipp. Da ist bestimmt jemand zu Hause.«

»Mann, was soll der Scheiß? Du gehst mir voll auf die Nerven! Stellst dich an wie ein kleines Mädchen. Und davon abgesehen«, sagt er und zeigt hinein, »der Anrufbeantworter da drin hat sieben nicht abgehörte Anrufe.«

Boris kommt hinzu. Er hat den Rosenbusch komplett geköpft.

»Was ist?« Er sieht, was Frederick entdeckt hat. »Oh, Junge, das ist gut …« Er geht zu Frederick hinüber. Ich zögere noch.

Frederick greift durch das Kippfenster nach innen und hat mit einem Griff die Tür geöffnet, leise und ohne Aufheben. Ich wusste nicht, dass er das kann. Ich bin beeindruckt. Ich nähere mich behutsam der Terrasse. Frederick betritt das Haus, durchquert das Wohnzimmer und spielt den Anrufbeantworter ab, der auf einem schlichten braunen Holzkubus steht.

Die erste Ansage lautet: »Hallo, ihr Lieben, Vera hier. Ich weiß, dass ihr noch zwei Wochen in Urlaub seid, aber ich muss euch das jetzt auf die Maschine sprechen, sonst vergesse ich das noch. Gerd hat es doch tatsächlich geschafft, dass …« Piiieeeeep. Frederick hat die Nachricht gelöscht.

»Hey!«, sagt Boris, »ich wollte hören, was so wichtig ist.«

Frederick sagt: »Ach, da bist du heiß drauf, ja? Zu hören, was Gerd fast geschafft hätte? Hast du sonst den Gerd-Newsletter abonniert, oder was?«

Der nächste Spruch wird abgespielt: »Hallo, Bärbel hier, ich muss euch leider mitteilen, dass Helmut am Freitag wieder ins Krankenhaus …« Pieeeep.

»Ey, du Spast, jetzt hör doch mal auf, das wegzudrücken, ich will das hören!«

»Jetzt hör doch mal auf, das wegzudrücken …« Frederick äfft Boris nach und wippt mit dem Oberkörper hin und her.

»Hallo, Jutta, Jürgen, hier ist die Marlies, es ist so, ich fliege morgen nach Italien und wollte noch Bescheid sagen, dass …« Piiiiieeeep.

»Boah, ich hau dich gleich um, du Samensilo!«

Frederick grinst, den Finger auf dem Gerät: »Boris. Erstens haut mich niemand um und zweitens wollen wir doch nicht die Privatsphäre von Leuten verletzen, oder?«

Er drückt die Taste und löscht sämtliche Nachrichten. Ich betrete endgültig das Zimmer und schließe die Terrassentür hinter mir. Boris schaltet eine kleine Lampe ein und sieht Frederick dreißig Sekunden lang still atmend in die Augen, bis dieser zuerst den Blick senkt. Die Lampe kann uns nicht verraten, da ihr Licht zu schwach ist, um das riesige, dicht umwachsene Außengelände zu durchdringen. Sie reicht allerdings aus, um die Möblierung in Szene zu setzen, die absichtlich so minimalistisch gehalten ist, wie es nur reiche Kulturfritzen schaffen. Ein großer moderner Kamin. Edler Holzboden. Ein Klavier. Ein Regal mit CDs. Eine an der Wand aufgehängte Stereoanlage von Bang & Olufsen, einer der teuersten Hi-Fi-Firmen der Welt. Ein flacher Tisch in der Mitte des großen Raumes, runde Sitzkissen auf dem Boden, der braune Kubus mit dem Telefon darauf. Sonst nichts. Doch, eine Aloe-vera-Pflanze, lang wie ein Hochspringer und geduldig wie ein buddhistischer Mönch. Der ganze Raum wirkt nicht wie ein Wohnzimmer, in dem Menschen leben. Es erinnert mich an eine Museumsinsel, ein Outdoorkunstgelände, auf das mein Vater uns vor langer Zeit mal geschleppt hat, als Lina noch in der Grundschule war. Ein Riesenareal, ein ehemaliger Sumpf, lange, verschlungene Wege mit Skulpturen zwischen wild wachsenden Pflanzen, die aus Prinzip niemals beschnitten werden. Mittendrin große quadratische Ausstellungsräume wie Würfel aus Beton, einer davon das Restaurant. Die Möbel darin sahen ähnlich aus, völlig ohne Schnörkel, und zu essen gab es nur zwei Sorten Brot, zwei Sorten Marmelade und eine Sorte Ei, davon aber eine Menge und in bester Qualität. Es hat mir gefallen, ich hätte dort tagelang alleine bleiben können.

Das war damals.

Heute stehe ich in diesem Ausstellungswohnzimmer und beobachte Frederick dabei, wie er beginnt, die CDs in dem schlichten Regal durcheinanderzubringen. Ich komme hinzu. Die Sammlung ist unglaublich groß und sie ist alphabetisch sortiert. Ganze zwei Regalreihen sind allein mit Bach gefüllt. Die CDs stehen auf Kante, keine einzige Hülle ist mit irgendwas beklebt, kein Staubkorn liegt auf den zwei Zentimetern freien Raumes vor ihnen. Wahrscheinlich sind die Bewohner dieses Hauses fähig, die Hälfte ihrer CDs auf ihrem schwarzen Klavier nachzuspielen. Es glänzt im sanften Licht der Lampe, als wäre es erst vor ein paar Minuten poliert worden. Frederick nestelt mit spitzen Fingern in der Sammlung herum. Er vertauscht Beethoven mit Vivaldi und Mozart mit Wagner. Er schmunzelt teuflisch im diffusen Licht.

»Die Leute hier hassen bestimmt Unordnung«, sagt er.

»Und wie …«, sage ich, nehme eine CD-Hülle heraus, öffne sie und vertausche nun auch den Inhalt mit dem einer anderen. Frederick lacht anerkennend. Eine gute Idee.

Boris ruft uns aus dem Flur zu: »Jetzt kommt ein Karton!« Dann betritt er den Raum mit einem gut gefüllten Katzenklo. Er hebt die Polster der Ledercouch hoch und streut den Sand mit ein paar Scheißestückchen in sämtliche vorhandene Ritzen. Er lacht. »Das wird sie wahnsinnig machen. Du kannst saugen, so viel du willst, du kriegst niemals jeden Krümel. Das wird sie wahnsinnig machen.«

Es ist komisch, durchaus, besonders wenn man immer noch so betrunken ist, dass man das Gefühl hat, in einem Videospiel herumzustapfen. Komisch ist es. Es ist komisch, dass manche Menschen es schaffen, sich das Ohrenschmalz zu entfernen, Klavier spielen zu lernen, den Garten zu mulchen, tonnenweise Geld zu verdienen und dann absichtlich keine Möbel in das riesige Wohnzimmer zu stellen. Es ist komisch, dass sie die Disziplin haben, eine komplette Sammlung klassischer Musik anzulegen, in der kein einziger Titel fehlt. Es ist komisch, wenn man nicht zu den Menschen gehört, die das können, sondern zu denen, die froh sind, wenn sie nach drei Jahren den verschimmelten Hamburger unter ihrem Bett finden und dann auch noch Lob dafür einheimsen wollen, wenn sie ihn wegräumen. Ich kann nicht Klavier spielen. Ich kenne keine einzige CD von Bach. Ich habe keine Bildung, Vater, es tut mir leid.

»Verdammt!«, schreie ich zur Überraschung meiner Kumpels und selbst zu meiner eigenen, stampfe auf das CD-Regal zu, greife dahinter, breche mir einen Nagel zwischen Holzkante und Wand ab, schreie weiter, ziehe und werfe das makellose Konstrukt samt der kompletten europäischen Klassik darin um. Die tausend oder zweitausend CDs verteilen sich mit lautem Geschepper auf dem Boden. Jewelcases zerknacken, Holzgelenke brechen.

»Ey, du Hirnspender, spinnst du?«, schimpft Boris und springt zurück und Frederick sieht mich an, als habe ich den Verstand verloren. Als mache es einen Unterschied. Wir sind doch ohnehin hier eingebrochen.

»Hallo?«, ertönt eine Stimme aus dem Garten und der Schein einer Taschenlampe flitzt über die Scheibe. Boris wischt sich fahrig über die Stirn wie Jack Bauer, wenn er eine halbe Sekunde denken muss. Frederick schüttelt immer noch den Kopf über mich wie über einen Jungen, der nicht bei Trost ist. Dann rennt er, vorne raus, durch Flur und Haustür. Boris folgt ihm.

Ich stehe im Wohnzimmer wie gelähmt, die kaputten CDs um mich herum. Es ist im Grunde wie nachts vor dem Rechner, wenn ich weiß, dass ich aufhören sollte, meine Finger aber noch ein Video anklicken, als hätten sie keine Wahl oder als sei ich dazu verdammt, immer die falsche zu treffen. Dann renne ich auch, aus der Tür auf die Straße, Boris und Frederick sind nirgends zu sehen, dafür aber Nachbarn und geöffnete Türen und hinten an der Hauptstraße bereits eine Polizeisirene.

In Panik drehe ich wieder um, ins Haus hinein, durch Flur und Wohnzimmer hindurch und in den Garten, wo ich den Taschenlampennachbarn umrenne, was ihn womöglich einen Zahn und mich etwas Zeit kostet. Es gibt kein Zurück mehr, alles ist außer Kontrolle geraten, ich fühle mich wie jemand, der jeden Schritt, den er die Straße hinaufläuft, auch wieder hinablaufen wird, weil er sich nicht entscheiden kann, wo er eigentlich hinwollte.

Das alles kostet zu viel Zeit. Ich stürze auf der Rückseite des Geländes aus dem Busch, überlege kurz, ob ich weiter nach links ins Wohngebiet oder nach rechts über die Straße ins nächste Viertel laufen soll, komme zu dem Schluss, dass links klüger wäre, und laufe dann rechts, über die Straße, ohne Deckung, genau ins Licht des Polizeiwagens.

»Stehen bleiben!«, befiehlt ein Beamter durchs Megafon und ich bleibe stehen, augenblicklich, noch bevor die letzte Silbe ausgeklungen ist. Es ist erst dreiundzwanzig Uhr, aber es fühlt sich an wie vier Uhr nachts. Mein Hirn schwimmt. Ich muss zwei Promille haben, und obwohl es sich wie ein Traum anfühlt, hier zu stehen und die Beamten auf mich zukommen zu sehen, wissend, dass sie mich gleich abführen und einsperren werden, bin ich doch zugleich so klar, wie es nur geht. Klar wie die Konturen des Wohnzimmers, das ich soeben verwüstet habe. Klar wie die Würfel auf der Museumsinsel, die sich abheben von der Wildnis um sie herum, streng geometrisch und unverrückbar, egal, wie sehr es um sie herum wuchert. Die Handschellen, die mir die Beamten jetzt anlegen, nehme ich dankbar an, denn sie bedeuten, dass es nur noch einen Weg für mich gibt und keine Chancen mehr, die man ständig wahrnehmen soll. Wo ich jetzt hingehe, kann niemand mehr von mir verlangen, eines Tages ein Museumswohnzimmer zu haben oder knitterfreie Anzüge. Das ist vorbei. Als die Polizisten meinen Kopf herunterdrücken und mich wie einen Hund auf die abgetrennte Rückbank ihres Autos schieben, atme ich auf. Es ist gut, keine Wahl mehr zu haben.

Es entlastet.

Als wir fahren, glaube ich, in einem Gebüsch die Gesichter meiner entkommenen Komplizen zu sehen. Es ist sehr gut möglich, dass es reine Einbildung war. Wahnsinn, auch dich heiße ich willkommen. Ich rüttele ein wenig an den Fesseln, damit sie real bleiben, seufze, beuge mich vor und lehne den Kopf gegen die Trennwand zum Fahrer.

SICHTBETON

SICHTBETON
SICHTBETON
SICHTBETON

Die Wand der Zelle ist aus hellgrauem Waschbeton. In der oberen Hälfte ist er dunkler gestrichen als in der unteren, an der das Bett steht, auf dem ich liege. Ich habe Zeit, ein paar winzige, kaum sichtbare Löchlein in der Struktur der Wand zu sehen, ich kann sie mit dem Finger nachziehen wie ein Antiquitätenhändler, der über ein altes Möbelstück streicht und sofort weiß, mit welchem Holz er es zu tun hat. Das Gute ist: Ich muss kein Kenner von Antiquitäten mehr werden. Ich muss überhaupt kein Kenner mehr werden. Der Weg hier hinein war demütigend, besonders der Abschnitt vom Aussteigen aus dem Wagen bis zum Hinuntergeführtwerden. Das Abgeben meiner Sachen, die strengen Blicke, die alle aufsetzen müssen, weil sie dafür bezahlt werden. Aber einmal drin, stört mich weder die sehr dünne Matratze noch die trockene Luft oder die hinterlistige Raumtemperatur, die einerseits vermittelt, dass Deutschland seine Gefangenen nicht quält, und die andererseits doch so kühl wie Kellerluft unter die Kleidung kriecht.

Ich gehöre hierher.

Ich streiche mit den Fingern über die Wand und muss nichts sehen oder hören, auf nichts reagieren. Keine Videos im Netz, keine Musik, keine Nachrichten oder Diskussionsrunden wie im Krankenhaus, keine *Chinatown Wars* auf der Handheld-Konsole. Nur Stille und ein leises, von irgendwoher stammendes Brummen. Dunkelgrau und hellgrau. Eine verschlossene Tür.

Ich gehöre hierher.

Ich habe nichts anderes verdient.

Ich meine, was für ein würdeloses Stück Scheiße bin ich schließlich? Ich kann mich nicht um Kaffeetassen kümmern oder um mich selbst. Ich verwüste fremde Häuser und schubse unterbezahlte McDonald's-Angestellte in Glasscherben, die am Boden liegen. Ich achte auf nichts. Ich hätte meine kleine Schwester Lina vor fünf Jahren auch gleich absichtlich vor den alten historischen Zug stoßen können. Niemand hat mich je dafür bestraft, dass ich nicht gut genug auf sie aufgepasst habe. Und sie? Sie hat mir verziehen, sofort, es kam ihr nicht einmal in den Sinn, dass irgendwer daran hätte schuld sein können. Das ist das Schlimmste, weil sie es tatsächlich so meint. Sie meint es von Herzen und ohne Hintergedanken, nicht eine Sekunde hat sie jemals daran gedacht, mir die Verantwortung zu geben. Sie hat mit einer Physiotherapeutin wochenlang wieder laufen lernen müssen, mit elf Jahren, und hat sich jedes Mal gefreut, mich zu sehen. Ich habe Gott damals angefleht, doch bitte irgendeine Konsequenz zu ziehen. Wie oft bin ich auf dem Schulweg bei Rot über die Ampel gelaufen? Wie oft bin ich auf dem Weg zur Rundsporthalle nicht wie alle anderen mit dem Rad außenrum gefahren, sondern freiwillig durch die Angströhre, die beschmierte und unbewachte Unterführung neben den Hochhäusern am Bahnhof, in der Hoffnung, dass heute jemand darin auf mich wartet, um mich zu überfallen? Wie oft bin ich zu den Trinkern gegangen, dort wo sie sich treffen, habe mich an eine Ecke gestellt und so getan, als suchte ich etwas in meinem Portemonnaie. Nichts ist passiert. Gott hat all diese Leute mit Harmlosigkeit geschlagen und all die Autofahrer, die Grün hatten, während ich bei Rot über die Straße lief, mit Aufmerksamkeit. Also habe ich ihn verabschiedet und nichts mehr auf ihn gegeben, den Vater unser im Himmel, wenn er nicht mal die Strenge hat, mich dafür zu bestrafen, dass die Beine meiner kleinen Schwester unter dem Bummelzug wie Hühnerknochen brachen.

Wenigstens habe ich es jetzt geschafft, liege in der trockenen Kühle des dunkelgrauen Sichtbetons und werde die Stahltür dort vorne nur noch gegen andere abgeschlossene Türen tauschen. Ich werde Zellengenossen bekommen, die Schlimmeres getan haben, und man weiß ja, was mit Menschen wie mir passiert, die solchen Genossen in die Finger geraten. Sie sterben in Haft, irgendwann, es gibt Meldungen in den Nachrichten und die Hersteller kleiner, teurer Tafelwasserfläschchen machen wieder Umsatz, weil mindestens zwölf neue betroffene Diskussionsrunden im Fernsehen und unzählige Arbeitskreise in Berlin anberaumt werden, um zu klären, wie es dazu kommen konnte, dass wieder ein Häftling starb. Ich bin da gelandet, wo ich hingehöre, und weil das endlich passt, weil es sich anfühlt, als kämen alle Puzzleteile zusammen, schlafe ich so ruhig und gelassen ein, wie ich seit der Grundschule nicht mehr eingeschlafen bin.

Der Keller, in dem ich mich befinde, ist eng und voller Bücher. Sie stehen in Regalen, stapeln sich auf dem Boden, quillen aus Kartons. Zum Gehen lassen sie nur einen so schmalen Streifen frei, dass gerade mal ein Fuß hineinpasst. Beide nebeneinander geht schon nicht mehr. Ich stütze mich an den Bücherbergen links und rechts von mir ab. Meine Ohren sausen. Ich weiß wohl, dass ich alle Bücher alphabetisch sortieren soll, aber das könnte ich nur, wenn ich wenigstens eine freie Stelle hätte, um die Dinger zwischenzulagern. Es gibt aber keine freie Stelle, nirgendwo. Nehme ich ein Buch weg, muss ich die Lücke sofort durch ein anderes ersetzen. Auf diese Weise müsste ich Monate tauschen, bis ich die richtige Reihenfolge finde. Jahre, Jahrzehnte. Man wird mir kein Essen geben, bis ich fertig bin, heißt es, aber trotzdem fange ich an und nehme irgendein Buch. Da quietscht die Kellertür …

»Herr Lechner. Aufwachen. Ihr Vater ist da!«

Ich schrecke hoch und patsche mit meiner rechten Hand gegen die kalte Betonwand. Jetzt ist es tatsächlich kalt, so als würde man nach einer durchzechten Nacht im Fotoautomaten am Bahnhof schlafen, weil erst um vier Uhr morgens der erste Zug kommt. Meine Nase ist trocken und ein Popel kratzt darin. Meine Ohren sausen.

»Herr Lechner. Sie können gehen. Ihr Vater holt Sie ab.«

»Nein!«, antworte ich und drehe mich zur Wand, doch die Beamtenhände greifen mich jetzt und werfen mich aus der Zelle, in die sie mich noch vor ein paar Stunden verfrachten mussten. Ich will weiterschlafen und lasse die Augen daher halb geschlossen, die Treppe hinauf, den Flur entlang … Ich sehe alles nur mit schwarzen Rändern in der oberen Hälfte des Bildes, in die ganz zart meine Wimpern hineinragen, ich bin das Tier, das man aus seinem Bau jagt, und unter dem Schwarz und den Wimpern steht Vater mit einem Beamten und schüttelt ihm die Hand.

Erst im Auto mache ich die Augen auf, die Heizung im Beifahrersitz des Mercedes wärmt meinen Arsch und die Zelle entfernt sich Meter für Meter. Was zusammengehört, wird wieder auseinandergerissen.

Die Klimaanlage rauscht leise und im Radio gibt es die Nachtwiederholung einer kleinen Diskussionsrunde, bei der die winzigen Tafelwasserflaschen klimpern.

»Ich möchte Ihnen mal etwas vorlesen, Herr Knarrenberger«, sagt ein Teilnehmer der Runde und im Radiostudio raschelt es. »›In den Regionen um den Polarkreis hat ein bemerkenswerter Klimawechsel stattgefunden. Mehr als zweitausend Quadratmeilen Eisfläche zwischen vierundsiebzig und achtzig Grad nördlicher Breite, die bislang die Grönlandsee bedeckten, sind in den letzten zwei Jahren vollkommen verschwunden. Alle Flüsse, die im Hochgebirge entspringen, haben aufgrund der abgetauten Schnee- und Gletscherwasser weite Regionen überschwemmt.‹ Wissen Sie, wer das geschrieben hat, Herr Knarrenberger?«

»Nein, Herr Kotte, aber Sie werden es mir bestimmt jetzt sagen.«

»Die Royal Society, im Jahre 1817. Die Norweger haben kürzlich die uralten Logbücher ihrer Grönlandfahrer ausgewertet. Historiker haben für jeden Tag bis ins fünfzehnte Jahrhundert zurück Zeugnisse zum Thema gefunden. Und überall das gleiche Bild: Klimawandel. Eisschmelze. Panik. Und das lange, bevor hier die Autos fuhren.«

Einen Moment lang herrscht im Studio Schweigen. Dann antwortet Herr Kotte, mit langsamer, aber vor Empörung atemloser Stimme: »Sagen Sie, Herr Knarrenberger, sind Sie etwa ein Klimaleugner?«

Ich höre dem Gespräch zu und Vater sieht nach vorn auf die Straße ins Dunkel. Ich spüre, dass er gleich etwas sagen wird. Ich mache mich im großen Sitz sehr klein, denn jetzt, wo die Zelle nicht mehr um mich ist, bleibt nur noch die Scham.

Vater sagt: »Es wird keine Gefängnisstrafe geben. Du wirst Sozialstunden machen. Ich kläre das. Ich kenne den Staatsanwalt. Und vor allem kenne ich die Leute, bei denen du eingebrochen bist.«

Er kennt die Leute. Die Menschen mit dem Ausstellungswohnzimmer. Sein Sohn verwüstet ihr Musikregal.

Vater sagt: »Und eines ist klar. Die Sozialstunden wirst du nicht im Jugendzentrum ableisten und dir einen Bequemen dabei machen. Das glaub mal, mein Lieber. Das glaub mal.«

Vater könnte jetzt sagen, was er wollte, ich würde alles abnicken. Unten im Loch war die Sache folgerichtig, ein Weg hinab in ein Ende. Hier oben, zurück im Leben, wo bald die Sonne aufgeht, ist es nur noch peinlich. Ich habe keine Ahnung, was ich sagen soll. Im Radio sagt ein Diskutant: »Wer die Notwendigkeit von Klimaschutzmaßnahmen leugnet, kann genauso gut in ein Kampfflugzeug steigen und Bomben auf die kleinen Inselstaaten abwerfen. Dann muss er später nicht zusehen, wie die Bevölkerung bei der großen Flut ertrinkt.«

»Du wirst so schnell wie möglich mit dem Sozialdienst anfangen«, sagt mein Vater. »Abends wirst du heimkommen und dich von deinen Freunden fernhalten.«

Er betont »Freunde«, wie man es in einem solchen Satz eben betont.

Ich schweige wie beim Schlachter.

Vater blinkt und wechselt die Spur. Dabei atmet er schwer. Sein Anzug sitzt makellos. Er tut, was getan werden muss. Draußen ziehen wuchtige Tannen vorbei, hinter denen sich Häuser verbergen, in denen Menschen Klavier spielen können und zweitausend CDs ansammeln, bis nachts die menschlichen Ratten kommen.

Ich sage: »Ich habe das alte Schulheft gelesen, das du wiedergefunden hast. Mein Projekt Palm Grove.«

Vater hat mich gehört, lässt sich aber nichts anmerken.

Ich sage: »Kokosplantage und Erlebnisbad. Ich hab es gelesen. Ganz gelesen …«

Vater verzieht keine Miene.

Er blinkt.

HANS, DER GEIER

HANS, DER GEIER
HANS, DER GEIER
HANS, DER GEIER

Hans hat einen Hals wie ein Geier und einen Blick, der sticht. Seine Gesichtszüge sind so hart und kantig, als sei er eine gezeichnete Figur aus den Zwischensequenzen von *Chinatown Wars*, ein bunter Scherenschnitt. Hans steht hinter Dr. Harnisch und assistiert. Mit Gummihandschuhen über den Händen gibt er dem Urologen Instrumente, die dieser in den Penis des betäubten Patienten einführt, bis das Innere von dessen Blase oder Prostata auf einem Bildschirm zu sehen ist.

Ich kann immer noch nicht glauben, dass ich hier stehe, neben einem OP-Tisch der Urologischen Station, das Tageslicht ausgesperrt und nur das Gelb der Lampe und das graue Geflatter der Bilder auf dem Monitor im Raum und auf unseren Kitteln. Ich habe persönlich den OP-Tisch vorbereitet, es war meine erste Aufgabe heute Morgen, als ich meinen Dienst zur Ableistung der Sozialstunden angetreten habe. Nur fünf Tage nach meiner Verhaftung fange ich schon an, es kommt mir schnell vor, aber Vater hat mal wieder alles geregelt und einen Deal gemacht.

Auch hier im Krankenhaus verlor man keine Zeit. Es gab keine Einführung, kein langes Zusammensitzen bei Kaffee und Clipboard, kein Gelaber, nichts. Man führte mich in eine Umkleide neben dem Fahrradkeller, zwang mich, meine Zivilkleidung in einen Spind einzuschließen, und gab mir blaue Krankenhausklamotten und ein paar schlechte Kopien dieser Crocs-Gummischuhe, die im Original vierzig Euro kosten. Dann schickte man mich auf Station 3, wo Hans und Maria mich bereits erwarteten, die beiden Pfleger der Belegstation für urologische Eingriffe, die statt in den großen Haupt-OPs des Hauses direkt hier oben stattfinden, da bei ihnen nicht geschnitten wird. Es ist eine Art Praxisfiliale im Hospital, in welche Dr. Harnisch seine eigenen Patienten überweist, die in der Innenstadt in seine Hauptpraxis kommen und operiert werden müssen, weil sie Nierensteine oder Prostatakrebs haben oder weil sie freiwillig sterilisiert werden wollen.

Hans und Maria arbeiten seit dreißig Jahren hier, schon unter dem Vorgänger des Doktors haben sie gedient. Hans und Maria. Der böse Cop und der gute Cop. Maria eine nachsichtig blickende kleine Frau um die fünfzig, die eher wie sechzig aussieht und sympathische Falten hat, wie eine Wirtin aus einer Eckkneipe, in der man immer noch rauchen darf. Hans ein schnell handelnder, schnell redender Macher, der alles blind beherrscht und erwartet, dass andere dies ebenso schaffen, und zwar nach genau *einer* Erklärung. Nicht mehr und nicht weniger. Er erklärt ruhig und genau, aber erklärt nur *ein Mal.* So wie heute Morgen, als er mir zeigte, wie man den OP-Tisch deckt: die große Unterlage auf das schwarze Leder des Tisches, die kleine auf die Halterungen für Arme und Beine, die gelben hierhin, die weißen dorthin, das grüne Tuch über das Auffangbecken am Ende …

Der Doktor selber hat mich gar nicht begrüßt, es ist ihm vollkommen gleichgültig, welcher Zivi, Praktikant oder Sozialstündler nun wieder neben seinem Tisch steht. Seinen Patienten erkannte er nicht am Gesicht, sondern am Zustand seiner Prostata, nachdem er das Instrument eingeführt hatte. Penis in der linken Hand, Urethroskop in der rechten, das Auge drauf wie auf ein Fernrohr und zack, die Erkenntnis: »Ah, das ist Herr Henseler!« Dann begann seine Arbeit.

Dr. Harnisch ist gut, das sagen alle hier und das merkt man selbst als Laie. Alle hier sind gut, nur ich bin neu und niemand nimmt Rücksicht darauf. Jetzt stehe ich am Spülbecken der schmalen Küche neben dem OP, die wir zwar »Küche« nennen, in der aber nicht nur Kaffeetassen, sondern vor allem die Instrumente der Operation vorgereinigt werden. Sie werden von Blut und Dreck befreit, dann in eine Desinfektionslösung eingelegt, nach genau bemessener Zeit herausgenommen, in spezielle Tüten eingeschweißt und so für die »Steri« bereitgelegt, die maschinelle Sterilisation im Untergeschoss.

Ich bin mental immer noch nicht hier angekommen, aber ich erledige diese Aufgaben trotzdem schon, weil ich keine Wahl habe und weil mich niemand fragt. Maria wirft mir dabei häufig einen Blick zu, der aufmunternd sein soll, aber nur mitleidig wirkt. Das kann sie sich sparen. Hans wirft seine Blicke nicht, er schießt sie, präzise wie ein Scharfschütze bei *Operation Flashpoint*. Er hat mich im Visier, die ganze Zeit. Mir steht der Schweiß auf der Stirn.

»Komm, zack, zack, voran, der Doktor wartet schon, der Herr Winzer ist jetzt dran.«

Ich hatte gerade erst angefangen, die Instrumente der letzten Operation zu reinigen, und ich weiß nicht, wer Herr Winzer ist. Meine Aufgabe besteht auch darin, die Patienten aus ihren Zimmern zu holen, vorher natürlich den Tisch zu decken, den Raum zu präparieren und in den wenigen Minuten zwischen den Operationen das Sprechzimmer einen Raum weiter ebenfalls mit Patienten zu füllen, damit Dr. Harnisch einfache Konsultationen machen kann, während wir den OP vorbereiten. Damit Dr. Harnisch ja keine einzige Minute seiner Zeit verschwendet. Keine verfickte Sekunde darf in diesen Wänden ungenutzt vergehen, das wäre die größte Sünde.

»Ja doch, Moment …«, sage ich und Hans' Geieraugen vergrößern sich.

»Wie bitte? Moment?« Er stapft auf mich und die Spüle zu, als wolle er mir in die Fresse schlagen. »Freundchen, ich geb dir Moment, aber gaaaaanz schnell zum Patienten!« Während er das sagt, zieht er Handschuhe über und nimmt mir meine Arbeit aus der Hand, um sie zu beenden, damit ich Herrn Winzer holen kann. Das ist auch so eine Art von Hans. Er meckert zwar ständig, aber er hat auch Lösungen parat. Er handelt immer. Ich schnaufe und laufe aus dem Raum, um den Patienten zu holen.

Im Flur der Station fällt mir ein, dass ich gar nicht weiß, wo Herr Winzer liegt. Ich hätte im schwarzen Buch nachsehen müssen, der Heiligen Schrift für unseren Tagesablauf. Das schwarze Buch liegt auf einem Tisch im Sprechzimmer und verzeichnet alle Patienten, die an einem Tag durchgeschleust werden müssen. Es sind eine Menge Patienten, denn jeder »Arztkontakt« bringt Geld. Hans macht das schwarze Buch jeden Morgen fertig, um 6.30 Uhr, wenn er bereits vor allen anderen hier ist, wach wie ein Frettchen mit Reißzähnen.

Ich kann jetzt nicht zurückgehen und nachsehen, wo Herr Winzer liegt, das würde er merken und einen weiteren Grund haben, mich anzuschreien und zu fragen, wo ich eigentlich meinen Kopf hätte. Ich halte Ausschau nach einer Schwester, aber jetzt, wo ich eine brauche, sind alle beschäftigt. In der Stationszentrale hinter dem Glas ist keine, in der Teeküche auch nicht. Jede Sekunde, die verstreicht, ist eine zu viel. Hans sitzt mir im Nacken. Ich überlege, ob es nicht vielleicht irgendwo einen Zimmerplan gibt.

»Sven!«, höre ich es am Ende des Flurs schreien und ich zucke zusammen. Das ist nicht das erste Mal heute. Verdammte Scheiße. Ich habe bereits Prügeleien gehabt, da bin ich nicht mal zusammengezuckt, als mich mein Gegner zum dritten Mal auf die Schläfe traf. Ich bin schon niedergestochen worden. Ich hänge mit Leuten ab, vor denen Menschen da draußen Angst haben. Aber hier kann man mich einfach in affige blaue Klamotten und Gummischuhe stecken und mich herumkommandieren und ich habe auch noch Schiss dabei.

»Ja, komm mal her!«, ruft Hans und winkt aus der Tür. Eben sollte ich doch noch Herrn Winzer holen. Ich stehe unschlüssig herum, dann laufe ich zurück.

»Ja?«

Hans zeigt ins Innere des Raumes und zischt, als dürfe das, was er nun zu sagen hat, kein Patient mitbekommen: »Warum ist der Tisch nicht vorbereitet?«

Mir wird heiß an den Ohren. Ich sage: »Aber ich sollte doch den Patienten holen!«

»Ja, und dann? Dann legen wir ihn direkt aufs Leder, oder was?«

»Ja, aber ...«

Hans hebt den Zeigefinger seiner knochigen Hand: »Die Formulierung ›Ja, aber ...‹ ist in meiner Gegenwart verboten, haben wir uns verstanden?«

Ich stottere, ohne Worte zu bilden, und will an ihm vorbei, um drinnen den Tisch zu decken, doch er streckt seinen Arm aus wie ein Türsteher. Er senkt den Kopf ein wenig und schließt die Augen wie ein Mann, der ganz tief Luft holen muss, um sein imkompetentes Gegenüber nicht sofort niederzuschlagen. »Hol den Mann, ich mach den Tisch.«

Ich seufze, gehe wieder los, überlege eine Sekunde, ob ich ihn wenigstens jetzt nach der Zimmernummer fragen soll, tue es nicht und stehe nun wieder im Flur mit dem gleichen Problem wie eben. Dann höre ich ein Gluckern im Materialraum. Ein Pfleger schüttet Pisse aus geschwungenen Plastikflaschen in das extra dafür eingerichtete Abflussbecken. Der Mann ist recht groß und hat einen kantigen Kopf wie eine Figur aus einem Kampfsportspiel wie *Tekken*. In dem Kopf stecken kumpelhafte Augen, die schon viel gesehen haben. Das ist kein schwuler McDonald's-Schwächling, kein Keksfresser aus der Werbung. Auf seinem Kittel steht »Christian«.

»Entschuldigung«, sage ich, »ich bin der neue ... äh ... Zivi vom Urologie-OP und ich muss Herrn Winzer holen.«

»Ah, hallo«, sagt Christian, stellt die Flasche ab, beugt sich aus dem Raum und zeigt den Flur hinab. Das ist die 314, letzte Tür links.«

»Danke«, sage ich.

»Der war früher mal mein Lehrer am Gymnasium«, sagt Christian ungefragt. »AVG. Hat Sozialkunde gemacht. Auf dem Papier. Eigentlich hat er uns Wirtschaft beigebracht, aber ganz praktisch, weißt du? Wie man ein Konto eröffnet und sein Geld zusammenhält und alles. Die anderen Lehrer fanden das nicht gut, die wollten wohl nicht, dass wir selbstständig werden.«

Ich bleibe stehen und sehe ihn an. Daher kam mir der Name Winzer bekannt vor. Ich habe diesen Lehrer nie selbst gehabt, aber er war noch ein paar Jahre an der Schule angestellt, als ich in den niedrigen Klassen war. Ich kenne ihn von der Aufsicht auf dem Schulhof. Er war altmodisch und streng, uncool bis ins Mark. Aber er war der Einzige, der dazwischenging, als ein paar Hauptschüler den Hügel hinaufkamen und grundlos auf Benjamin losgingen. Mein alter Klassenlehrer Herr Altenfeld hat in solchen Situationen erst immer betroffen danebengestanden und gesagt: »Aber Kinder, nein, so etwas ist doch keine Lösung!«, als hätten wir alle gleich viel Schuld an der Prügelei, weil wir Männer sind und somit von Geburt an schuldig. Herr Winzer dagegen hat nicht mal ein Wort verschwendet, als er sich auf die Hauptschüler stürzte und sie einfach so vom Hof warf, weil *sie* bei *uns* nichts zu suchen hatten. Das hat mir imponiert.

Ich finde das Zimmer und begrüße Herrn Winzer, der im Bett darauf wartet, für seinen Eingriff abgeholt zu werden.

»Guten Tag, Sven«, sagt er zu meinem Erstaunen.

»Sie kennen mich?«, frage ich.

»Aber klar doch, ich kenne jeden, der mal auf meiner Schule war.«

»Aber ich hatte Sie doch gar …«

Herr Winzer winkt ab: »Das ist doch gleichgültig. Wenn man sämtliche deutsche Nationalspieler kennen kann, kann man auch die Schüler kennen, die nicht in der eigenen Klasse waren.«

Ich lächle.

»Ich soll Sie holen.«

»Alles klar«, sagt er.

Ich löse die Bremsen des Bettes, bemerke dann jedoch, dass der

Mann an einem Tropf hängt, den ich alleine schlecht mitnehmen kann. Mal abgesehen davon, dass der Tropf an seinem Ständer wahrscheinlich gar nicht mitgenommen werden soll. Was ich in so einer Lage tun muss, hat mir niemand gesagt. Herr Winzer sieht mich an, als müsse ich es wissen. Er denkt wohl, ich sei ein regulärer Krankenhauspfleger geworden, immerhin. Ich denke mir, ich muss jetzt jemanden fragen. Stattdessen gehe ich zu dem Tropf und beginne, planlos an dem Schläuchlein herumzufriemeln. Meine Ohren werden wieder heiß und in all meiner Hilflosigkeit, die mir tierisch auf den Sack geht, spüre ich gleichzeitig, dass ich den Scheiß hier richtig machen will! Herr Winzer hat das verdient. Ich habe das verdient. Ich meine, das sind echte Aufgaben, keine Beschäftigungstherapie, kein verschissenes Wegräumen der angefangenen Kaffeetasse, kein verficktes Bereitlegen der richtigen Plätzchen für den richtigen Redakteur, der daheim zu Besuch kommt. Das hier sind *echte Aufgaben.*

Hans steht in der Tür des Zimmers, sieht meine Hand am Tropf und sagt: »Was machst du denn da?«

Ich verschlucke mich. Er sagt das so, als ob Herr Winzer jeden Augenblick tot umfallen könnte, wenn ich mit dem Tropf was falsch mache.

»Ich …«

Hans lächelt Herrn Winzer entschuldigend zu, sagt zornig »Guck!« und entfernt so deutlich und so langsam wie beim Lehrgang das Schläuchlein vom Zugang im Arm des Patienten. Für jeden Handgriff, der mir neu ist, schaltet Hans in die Zeitlupe und erwartet, dass ich genau hinsehe und ihn mir einpräge. Danach beschleunigt er wieder und ich weiß, er wird das, was er gerade gemacht hat, nie mehr so behutsam demonstrieren. Er zieht das Bett vor und stellt sich ans Kopfende, um mir beim Schieben zu helfen: »So, und jetzt flott. Dr. Harnisch wartet schon ewig.«

Dr. Harnisch kann mir die Arschritze auslecken, wenn ein paar Minuten für ihn schon ewig sind, denke ich im Stillen, sage aber nichts und schiebe den ehemaligen Lehrer mit Hans über den Flur in den

OP. Als wir dabei einer Familie begegnen, die ihren Opa besucht, der im Bademantel neben ihnen hertrottet, habe ich mit einem Mal das Gefühl, stolz zu sein auf diesen blauen Kittel und die Tatsache, dass ich hier als Teil des Personals ein Bett in den OP schiebe. Die Gummischuhe und die blauen Klamotten sind plötzlich nicht mehr peinlich, sondern eine Uniform, ein Ausweis des Dazugehörens, ein Backstagepass.

Ich kann nicht glauben, dass ich das fühle. Wo kommt das plötzlich her? Ich habe keine Zeit mehr, mich das zu fragen, denn die nächste OP wartet, gelbes und graues Licht, Piepen von Geräten, Einführen des Urethroskops und der freudige Ausruf des Doktors beim Blick in die Blase: »Ach, das ist der Herr Winzer!«

Und ich stehe daneben, bereits am ersten Tag, und ich gehöre dazu.

Um sechzehn Uhr sind alle versorgt, alle Namen im schwarzen Buch durchgestrichen, alle Instrumente für die Steri eingeschweißt. Der vergangene Tag kommt mir vor wie eine komplette Woche. Wenn man genau darüber nachdenkt, habe ich in den letzten acht Stunden mehr getan als in den letzten acht Monaten zusammen. Es fühlt sich gut an.

Ich putze gerade den OP, als Hans mich nach nebenan ins Sprechzimmer ruft. Ich gehe rüber. Er hockt auf der Fensterbank in seiner Vorstellung von Lässigkeit, schaut aus dem Fenster, hält eine Kaffeetasse in der Hand und sagt: »Setz dich!«

Jetzt wird er mich loben, denke ich. Maria ist schon heim und er wird nun zum guten Cop, das ist eine bekannte Taktik, sogar bei der Armee. Den ganzen Tag brüllen und dann ein bisschen Zuckerguss obendrauf.

Hans nimmt einen Schluck Kaffee, wendet seinen Blick vom Fenster ab, sieht mich an und sagt: »Dir ist schon klar, dass das heute gar nichts war, oder?«

Ich brauche einen Augenblick, um den Satz zu begreifen.

Was?

Das war mein erster Tag.

Mein erster Tag und ich habe OP-Tische gedeckt, Instrumente gereinigt, Patienten geholt und gebracht, Raumbelegungen organisiert. Das denke ich. Aber ich sage nichts. Ich wehre mich nicht. Warum? Warum kann ich jedem dämlichen Gangster da draußen sagen, er solle seine Mutter ficken, und dieser fünfundfünfzigjährige, hagere Geier dort auf der Fensterbank schafft es, dass ich jedes seiner Worte im Grunde glaube, obwohl ich mich ungerecht behandelt fühle? Wieso?

Ich stottere: »Aber ich …«

Hans sagt: »Hast du eigentlich gemerkt, wie oft du die Instrumente vertauscht hast? Ich habe nie was gesagt vor dem Patienten, ich habe einfach schnell zurückgetauscht. Aber das geht überhaupt nicht.«

Ich sehe ihn an. Nein, das habe ich nicht gemerkt. Aber verdammt, es war doch mein erster Tag …

»Und wie lange du brauchst, um jemanden zu holen! Ich merke das doch, dass du nicht mal nachschaust, in welchem Zimmer die liegen.«

»Ja, aber …«

Hans schlägt aus heiterem Himmel mit der flachen Hand gegen die Fensterscheibe. Ich zucke zusammen. Er brüllt: »Was habe ich gesagt, welche Formulierung hier verboten ist?«

Ich halte den Atem an.

Hans beugt sich vor, sein Hals verlängert sich, sein Schnabel nähert sich meinen Augen. Er zischt: »Weißt du eigentlich, wie privilegiert du bist?« Er dreht seinen langen Hals kurz zum Fenster und wieder zurück. »Ich habe nur einen Hauptschulabschluss machen können. Ich komme aus einer Gegend, da war man froh, wenn man überhaupt eine Arbeit bekam. Keine sinnvolle, wie das hier, sondern *irgendeine*. Sortierer auf dem Wertstoffhof. Lagerhelfer. Wenn man ganz viel Glück hatte, Platzwart beim Sportverein, aber *ganz* viel Glück. Ich musste mir das hier erarbeiten, Chefpfleger des Urologie-OPs. Und du?« Er schüttelt den Kopf und lacht zynisch. »Was machst du? Sohn des berühmten Professor Lechner? Landest als Sozialstündler hier, weil du besoffen in ein Haus eingebrochen bist. Und wir dürfen es noch nicht einmal jemandem erzählen, warum du wirklich hier bist. Das ist so armselig ...«

Das reicht. Ich stehe auf und murmele leise, fast ohne es kontrollieren zu können: »Ach, leck mich doch!«

Hans lässt mich bis zur Tür gehen, folgt mir dann von der Fensterbank und sagt, leise und bestimmt: »Was war das?«

Ich spüre seinen heißen Atem in meinem Nacken. Ich schlucke. Ich sage: »Nichts.«

Hans bleibt ein paar quälende Sekunden lang mit seinem Schnabel in meinem Nacken stehen und sagt: »Freundchen. Ich bin bei dir. Das glaub mir mal.«

Dann lässt er mich gehen.

Daheim rausche ich in den Keller, werfe meinen Rucksack aufs Bett, schalte den PC, die Anlage und das Handy ein, nehme mir ein Bier aus einem Vorrat unter dem Bett, klicke bei YouTube auf ein Video von Massiv und trinke die Flasche auf ex, während der Rapper *Blut gegen Blut* herausbellt: »Wer will Krieg, komm, Blut gegen Blut, komm/ Messer aus der Tasche, Schlägerei bis das Blut kommt!« Ich schreie, als die Flasche leer ist, und werfe sie krachend gegen mein Regal. Ich schalte von Massiv auf den Wu-Tang Clan um, ziehe die Nase hoch und blicke ziellos im Zimmer umher, das mir genauso erscheint, wie Hans mich heute genannt hat: armselig. Mein Handy surrt, es hat eine Nachricht empfangen. Der Wu-Tang Clan ist fertig geworden und ich klicke willkürlich auf den nächsten empfohlenen Clip. Er ist von Ol' Dirty Bastard. So kann das im Netz ja endlos weitergehen, geleitet vom Rechner, von Clip zu Clip. Zwanzigtausend Stunden Video werden am Tag neu eingestellt, habe ich mal gehört. Vom Bastard ist letztens eine neue Single erschienen, obwohl er längst tot ist, aber das ist ja auch normal heute. Die SMS ist von Boris, nur kurz hingerotzt: »Na du Pfleger? Brauchst du Erholung? 19 Uhr bei Meckes?«

Jetzt lächle ich wieder, grimmig wie der alte Rapper mit seinen schiefen Goldzähnen. Grimmig, debil und armselig. Ich simse zurück: »Okay!« Dann schaue ich mir noch schnell an, wie die Polizei einen Hooliganauflauf von West Ham United zusammentreibt, packe ein paar Biere in den Rucksack und fahre rüber zum Fast-Food-Tempel.

»Alter, was machst du so viel Ketchup auf deine Fritten?« Boris stellt diese Frage nicht wirklich als Frage. Er bellt sie förmlich in den Raum und ich belle zurück: »Was geht dich mein Ketchup an, Mann? Ich kann hier Ketchup machen, so viel ich will, du Spast!«

»Das ist doch ekelig, du Kartoffelfresser! Du matschst dir hier alles voll!«

Frederick sitzt mit unter dem Tisch ausgestreckten Beinen daneben und grinst still in sich hinein. Aus dem Augenwinkel beobachtet er andere Gäste und ihre Reaktionen auf unser sinnloses Krakeelen. Frederick hat eine feine Nase. Er kann schon die leichtesten Ansätze von Angst riechen. Debby hockt neben mir und hat ihre Hand unter mein T-Shirt geschoben. Sie freut sich, mich wiederzusehen, und heute bin wohl ich dran. Ich habe nichts dagegen.

»Was hast du denn heute Mittag gefressen?«, fragt Boris und spricht direkt weiter: »So Krankenhausschnitzel mit Kohl? Hast du da auch drei Tonnen Ketchup draufgeknallt, du Gesichtsfünf?«

»Heute Mittag hatte ich Schwester Annika«, sage ich und Frederick lacht dreckig. Es ist alles so schwachsinnig, was wir so reden, aber gerade das ist das Gute. Wie hat Hans das bei seiner Standpauke formuliert? Ein »sinnvoller« Job? Ja, im Krankenhaus machen wir den ganzen Vormittag nur *Sinnvolles.* Und was heißt das? Nur Hektik, nur Theater, nur Gebrüll und Stress. Und jetzt? Jetzt hocken wir hier, schon drei Bier im Schädel, und labern über Ketchup, während Debby mir den Bauch streichelt. Das ist Leben!

»Haben die nebenan noch auf?«, fragt Frederick und meint damit den großen Elektromarkt.

»Sicher«, sagt Boris und nimmt mir eine Ketchuptüte weg.

»Sollen wir?«, fragt Frederick.

»Nur wenn der Penner hier mit seinem Ketchup aufhört!«, sagt Boris.

»Leck mich, du Stuhl!«, sage ich und Debby lacht und strahlt mich dabei an, als hätte ich ein Gedicht aufgesagt.

Im MediMax neben dem McDonald's stehen Videospielkonsolen, an denen man neue Spiele ausprobieren kann. Spielt jemand daran, wenn wir kommen, spielt er nicht mehr lange. Es ist ein Platz, an dem Jungs wie wir die Hackordnung klarmachen. Dementsprechend enttäuscht ist Frederick, als niemand an der Xbox 360 oder der PlayStation 3 zockt, den man verjagen, provozieren und zur Not in die Auslage dreschen könnte. Es ist so, als ob Debby einem mit der einen Hand den Schwanz knetet und einen mit der anderen am Hinterkopf zu ihren Lippen zieht, man immer mehr auf Touren gerät und sie schließlich, kurz bevor man explodiert, die Hand aus der Hose zieht. Die Energie muss irgendwohin. Und Frederick weiß auch schon, wohin.

»Na, sieh mal einer an«, sagt er und zeigt auf den Bildschirm der Wii, auf dem *Tischtennis* von Rockstar Games eingeschaltet ist. Rockstar Games ist eine coole Firma, sie macht immerhin die GTA-Spiele, aber wenn man einem so guten Spieler wie Frederick eine Tischtennissimulation vorsetzt, liefert man ihm eine Steilvorlage. Frederick nimmt die Wii-Mote in die Hand, spielt ein paar Ballwechsel gegen die Konsole und macht dabei tonlose Pfeifgeräusche durch die Lippen, wie Männer es tun, die eine Äußerung ihres Gegenübers lächerlich und peinlich finden. Debby hält meine Hand, unschlüssig, wie der Abend weitergehen soll, aber auch nicht ohne Vorfreude auf das, was wohl gleich kommt.

Im Augenwinkel sieht Frederick einen Angestellten und winkt ihn herbei.

»Hey, du! Komm mal her!«

Der junge Mann gehorcht und kommt zu uns. Seinem Blick ist schon anzusehen, dass er ahnt, was jetzt bevorsteht. Er lauert wie ein Reh, das einen Jäger wittert. Sprechen tut er nicht.

Frederick wedelt mit der Wii-Mote wie ein Mafiapate, der über die Stuhllehne hinweg beiläufig einen Mord befiehlt. »Also ...«, Frederick blickt auf das Namensschild des jungen Angestellten, »Henning ... spielst du Tischtennis?«

Henning schüttelt den Kopf, spricht aber immer noch nicht.

»Niemals? Auch nicht auf dem Schulhof oder in Spanien im Hotel?«

Henning überlegt, weiter schweigend.

»Willst du mich verarschen, Henning?«, fragt Frederick. »Jeder hat schon mal irgendwo Tischtennis gespielt. Willst du mich verarschen?«

Henning wechselt das Standbein. Sein rechter Fuß steht mit der Spitze in dem Gang, der von den Konsolen wegführt.

Frederick tritt einen Schritt an ihn heran, klopft ihm einfach so auf die Stirn und sagt: »Hallo? Henning? Jemand zu Hause?«

Henning verdreht die Augen und zwingt sich zu einem Lächeln, als wäre der Scherz mit seinem Einverständnis gemacht worden. Frederick sagt: »Ich zeig dir jetzt mal was!« Dann wirft er den Level an und spielt eine Runde. Blockt gegnerische Bälle, macht einen Rückhandball mit Unterschnitt und besiegt die gegnerische Spielfigur mit einem Topspin.

»Da!«, sagt er, als die Konsole den Punkt verkündet. »Hast du das gesehen, Henning?«

Henning sollte jetzt vielleicht wenigstens mal »Was?« oder irgendein anderes kurzes Wort sagen, aber da kommt immer noch nichts.

»Komm schon«, sage ich, »was willst du ihm sagen?«

Frederick funkelt mich giftig an. Man sollte ihn nicht unterbrechen. Er macht die Bewegung noch einmal nach, die er eben beim Topspin angewendet hat. Ein Hochreißen des rechten Armes, schräg und gerade. »Na, Henning, stummer Fisch? Wie sieht das aus? Etwa so, wie man in echt einen Topspin machen würde? Na?«

Jetzt sag was, denke ich mir im Stillen für den Jungen, sag irgendwas. Doch Henning sagt nichts. Es dauert kaum eine halbe Sekunde, da lässt Frederick die Wii-Mote fallen, packt Henning am Kragen und schiebt ihn mit roten Augen gegen eine Hörstation, unter der in hohen Stapeln die neue CD von Schlagerstar Michael Wendler angepriesen wird.

»Sag was, du Opfer!«, haucht Frederick ihm mit heißem Atem ins Gesicht.

Henning öffnet den Mund und sagt leise: »Nein.«

Frederick rüttelt ihm am Kragen. Debby kichert, schaut sich das Ganze aber mit einem Blick an, als stelle sie sich jemand anderen vor, der da gegen die Hörstation geschoben wird. Sie flüstert mir ins Ohr: »Neunzig Minuten nichts sagen...«, und ich lache, weil nur ich weiß, was damit gemeint ist. Ob die anderen mit ihr auch so über mich reden, irgendwelche Sprüche mit ihr teilen, die nur sie kennen? Ich kann es mir nicht vorstellen. Ich habe das Gefühl, solche Gespräche führt sie nur mit mir.

Boris geht derweil auf einen erwachsenen Verkäufer zu und lenkt ihn mit einer Frage ab, bevor der bemerken kann, was gerade geschieht. Dennoch haben wir wenig Zeit, denn die Kameras sehen sicher alles.

»Was, nein? Was heißt das? Heißt das ›Ich rede nicht‹ oder heißt das ›Du hast recht‹?«

Henning haucht: »Nein, so macht man keinen Topspin in echt. Die Bewegung ist anders.«

Frederick lächelt und lässt den Kragen des höchstens sechzehnjährigen Elektromarktjobbers wieder lockerer. »Na bitte, geht doch, stummer Fisch. Kennst dich ja doch aus. Beschwerden von Kunden muss man ernst nehmen. Der Kunde ist König.«

Ich sehe, wie sich hinter dem Infoterminal für Musik eine Tür öffnet und ein kleiner, aber stiernackiger Türke herauskommt. Das wird der Ladendetektiv sein oder die Security.

»Hey«, sage ich und deute zu dem Mann. Frederick lässt Henning los. Boris muss niemand Bescheid sagen, der hat schon gesehen und verstanden, weil er ständig darauf achtet, wann man wo wie weit gehen kann. Für einen kurzen Moment frage ich mich, warum wir so leben, dass diese Art von Wachsamkeit überhaupt sein muss. Dann verlassen wir schnell den Laden. Im Zurückschauen sehe ich noch, wie der Securitymann Henning etwas fragt und dieser stumm den Kopf schüttelt.

Um zweiundzwanzig Uhr sitzen wir an einem Tisch in der kleinen Pizzeria unseres Vorstadtviertels. Sie liegt in der Mitte zwischen dem Haus meiner Eltern und dem Anwesen, bei dem wir neulich eingebrochen sind, in einer kleinen Ansammlung von Geschäften, die im Bauch einer mehrstöckigen, sehr langen Mietburg liegen. Boris und Frederick zerteilen eine Sardellenpizza, die stinkt wie der Hamburger Fischmarkt, ich trinke mein siebtes Bier und stecke zwischen den Schlucken Debby meine Zunge in den Hals, weil sie es heute zulässt.

Mein Nachbar Manuel betritt die Bude. Er sieht mich, nickt zum Gruß und deutet fragend auf seine Flanke unter den Rippen. Wie alle hier hat er mitbekommen, dass ich damals vor der Halle abgestochen worden bin. Ich nicke und stülpe die Lippen vor, als wolle ich sagen: »Alles klar, das war doch nur ein Kratzer!« Dann lächele ich ihn an und knutsche die glänzenden Lippen meiner kleinen Serbin umso heftiger, damit er es sieht, der dreißigjährige Playboy. Debby und ich atmen schwer. Ich bekomme einen Harten unter dem Tisch und sie legt ihre Hand auf meine Hose. Ich würde jetzt am liebsten mit ihr auf dem Klo verschwinden, muss aber daran denken, unter wie vielen Jungs sie sich aufteilt. Ich höre mit dem Knutschen auf und schiebe sanft ihre Hand weg.

»Die haben jetzt wieder Platten beim MediMax, hast du das gesehen?«, fragt Frederick. »So richtige LPs aus Vinyl. Sogar von Buju Banton. Immerhin.«

Boris sagt: »Die haben auch wieder Pferdekutschen bei Auto Lackas. Soll ich dich mal bekannt machen, du E-Mail-Ausdrucker?«

Frederick wirft ihm eine Sardelle auf die Jacke: »Du Mongo! Für ein Soundsystem gibt es nichts Besseres als Platten.«

»Jaja, Reggae hier, Reggae da.«

Ich sehe zwischen den beiden hin und her und muss an den Tag denken, der heute hinter mir liegt. War das eigentlich real, das Krankenhaus? Es kommt mir nicht so vor nach ein paar Stunden unseres üblichen Lebens, in dem wir saufen, Blödsinn daherreden und stumme Verkäufer anmachen. Aber es war real. Die Urethroskope, die Patienten, Herr Winzer. Es war real und *niemand* hier fragt mich danach! Stattdessen reden sie über zu viel Ketchup auf Pommes und echte Platten beim MediMax, als hätte ich nicht die kommenden Wochen Tag für Tag kranke Männer auf den OP-Tisch zu schieben. Ich stelle mein Bier ab und lege Debbys Hand endgültig in ihren Schoß zurück.

»Ich muss ins Bett«, sage ich.

»Ja, wurde auch Zeit«, sagt Boris. »Aber vergesst das Gummi nicht, ihr beiden.«

»Nein, *ich* muss ins Bett«, sage ich. »Ich muss morgen um sechs im Krankenhaus sein.«

»Wo?«

»Ach, vergiss es …«

Ohne den Jungs und dem Mädchen, das ich heute hätte haben können, noch einen Blick zuzuwerfen, stehe ich auf und gehe. Debby hält mich halbherzig fest und sieht traurig aus, fast als würde es ihr etwas ausmachen. Mein Nachbar Manuel nimmt derweil seine Pizza entgegen und bezahlt sie mit dem Geld seiner Eltern. Draußen steht sein schwarzer Passat. Ich stelle mir vor, wie sein Kofferraum nach schwitzigen Socken riecht. Dann gehe ich schnell nach Hause.

FRAU NÄRDEMANN

FRAU NÄRDEMANN
FRAU NÄRDEMANN
FRAU NÄRDEMANN

»Ah ja«, sagt Dr. Harnisch, als er durch das Instrument in das Innere des Patienten blickt, der bereits weggetreten auf dem Tisch liegt, »der Herr Falke!«

Der Anästhesist, der am Kopf des Patienten sitzt und sorgsam seinen Zustand überwacht, lacht und sagt: »Doktor, Sie sollten damit zu *Wetten, dass..?* gehen, wirklich! Wetten, dieser Mann erkennt hundert verschiedene Patienten von innen.«

Der Doktor schielt über seine Instrumente und den Genitalbereich des Patienten hinweg zum Anästhesisten und lacht lautlos, wie man es unter Kollegen tut. Sein Blick sagt: »Was sind wir doch für Schelme, oder?«

Ich lächele ebenfalls. Der Anästhesist heißt Herr Fleige und ist erst vor Kurzem nach Wesel gezogen. Er hat lange Zeit in einem Haus gewohnt, dessen Garten direkt an die A44 grenzte. Davon erzählt er gern und auch von seinen Versuchen, das Objekt zu verkaufen, und den Blicken, die seine Interessenten aufsetzten, wenn sie schließlich nach der Führung plötzlich vor der rauschenden Riesenmauer standen. Sie sollen wie Jim Carrey in der *Truman Show* gewirkt haben, sagt er, besonders die jungen Männer, denen Lärm eigentlich nicht so viel ausmachen dürfte. Ich merke mir solche Dinge ab sofort, denn ich werde mir nicht mehr von Hans nachsagen lassen, ich sei ein unaufmerksames, armseliges Stück Scheiße. Heute Morgen war ich eher da als er und Maria und hatte den Tisch für die erste OP bereits gedeckt. Hans traute seinen Augen kaum und setzte bei jedem zweiten Instrument dazu an, mit mir zu schimpfen, weil es das falsche sein könnte, musste dann aber schnell die Luft anhalten, weil sie alle, aber auch wirklich *alle* richtig gelegt waren. Ich war mal ein Junge mit Fähigkeiten. Womöglich sind sie doch nicht alle verschwunden.

Der Patient Falke ist beruflich Pfleger im Altenheim am Stadtrand und muss nur eine einfache, aber gründliche Endoskopie über sich ergehen lassen, um Verdacht auf Prostatakrebs auszuschließen. Geht alles glatt, sind wir um 8.35 Uhr damit durch.

Hans will mich testen und verlangt ein Instrument, das der Doktor überhaupt nicht braucht. Dieser hebt leicht den Kopf, sagt aber nichts. Ich gehe in die Küche, öffne die richtige Schublade, hole das gewünschte Stück heraus und bleibe stehen, als Hans die Hand hebt, sodass ich es gar nicht zu reichen brauche. Er nickt und verzieht die Augen wie Robert de Niro, wenn er dem Cop, der ihn jagt, zugestehen muss, dass er durchaus Respekt vor ihm hat. Er wedelt mit der Hand Richtung Küche, was heißt, dass ich das Teil zurücklegen soll.

Der Doktor sagt: »Hier drinnen ist er sauber wie ein Kinderpopo, aber von außen dürfte sich der Mann durchaus mal waschen.« Herr Fleige lacht.

Pfleger Christian steht nach einem Klopfen in der Tür und sagt: »Hans? Dürfte ich mir nach der OP Sven für die Station borgen?«

Hans schnauft und sagt: »So, und ihr meint, das geht so einfach?«

Christian reagiert gar nicht und wartet bloß in der Tür.

Hans sieht mich an und sagt: »Los, verschwinde, den Rest kriegen wir schon hin.«

Ich lege die Schürze ab, folge Christian, ziehe mit einem »Schnapp, schnapp« die Gummihandschuhe aus und sage draußen vor der Tür im Flur: »Was soll ich machen?«

»Zimmer 318, Frau Närdemann. Die muss zur Radiologie im Erdgeschoss. Einmal bitte hinbringen, von uns hat gerade keiner Zeit. Ist sehr lieb, läuft auch noch selbstständig, muss aber gestützt werden. Man könnte sie auch schieben, aber sie will laufen, und das ist immer gut. Braucht aber seine Zeit.«

»Alles klar«, sage ich. Ich bin erst den zweiten Tag hier und sage »Alles klar«, als hätte ich das alles schon zigmal gemacht. Kann das sein? Habe ich gestern noch besoffen in einer Pizzeria gesessen und mit Debby gezüngelt? Kann *das* sein?

Ich schüttele den Gedanken ab und laufe zu Zimmer 318.

Frau Närdemann sitzt bereits abholbereit in einem hellblauen Frotteebademantel auf der Bettkante und macht schnell noch ein Kreuzworträtsel fertig. Ihre Bettnachbarin telefoniert mit einer Bekannten. Sie spricht sehr leise, aber ihre Stimme zittert und brummt so penetrant, dass es den ganzen Raum ausfüllt. Sie spricht, als sitze der Tod mit geschliffener Sense auf ihrer Bettkante und zwinge sie, sich gegenüber der Polizei am Telefon nichts anmerken zu lassen.

»Luhuuuuuluuuuu ... ich liege die ganze Zeit nur im Bett. Luhuuuuu. Gisela, ich liege hier nur. Ich bin so schwach. So schwach ... luhuuuluuuu.« Jeder Halbsatz wird von ihr durch schweres, lastwagenartiges Luftholen betont. Dann schmatzt sie ein wenig, bis es weitergeht. »Luhuuuuu. Heute hatte ich Rosenkohl ...«

Frau Närdemann verdreht die Augen und flüstert mir, als ich ihr beim Aufstehen unter die Arme greife, zu: »Das geht so den ganzen Tag.«

Ich lächele sie kollegial an.

»Luhuluuuuu, und ...«, die Bettnachbarin stößt gurgelnd auf, »... und Kartoffeln. Ach, Gisela, ich liege hier nur.«

Auf dem Flur kann Frau Närdemann frei sprechen und dreht richtig auf. Sie geht sehr langsam, aber sie spricht sehr schnell: »Man kann sich doch auch beschäftigen, oder? Ich mache immer diese Rätsel. Kreuzwort. Sudoku. Alles. Ich kriege die sogar umsonst, im Briefkasten, irgendwer wirft die immer bei mir ein, zu Hause. Ich wohne am Bahnhof, wissen Sie, in den Hochhäusern.«

Ich sage: »Bei der Videothek?«

»Ja, ja … die ist gegenüber. Aber damit habe ich nichts zu tun, junger Mann! Ich mache lieber Rätsel. Oder gucke mal den *Tatort*, am Sonntag. Das schon.«

Wir nähern uns gemächlich dem Aufzug. Ihr Frotteebademantel fühlt sich behaglich an. Für einen Augenblick muss ich an meine Großmutter denken und wie ich als Kind bei ihr übernachtet habe. Sie ist vor zwei Jahren gestorben. Mein Vater hielt eine Rede auf der Trauerfeier, die so beschissen perfekt und durchdacht war, als hätte er einen Vortrag für eine seiner Bildungskonferenzen vorbereitet. Geweint habe ich erst später, am Grab, als alle die Klappe hielten.

»Den ganzen Tag jammert die«, sagt Frau Närdemann, als ich den Knopf des Aufzugs drücke. »Und die erzählt immer das Gleiche. Immer!«

Ich würde der alten Dame am liebsten den Rücken streicheln, so sympathisch finde ich es, wie sie sich über ihre Mitbewohnerin beschwert. Habe ich gestern im MediMax gemeinsam mit meinen Kumpels einen kleinen stummen Angestellten bedroht? War das real?

Wir fahren ins Erdgeschoss, halten uns links und gehen langsam die sanfte Schräge hinauf Richtung Radiologie. Die linke Wand hat einen bepflanzten Vorbau und unter den hohen Decken hallen die Gespräche und Schritte der Menschen ein wenig nach, wie im Kloster. Frau Närdemann muss aufstoßen und entschuldigt sich.

»Macht nichts«, sage ich.

»Machen Sie auch Sudoku?«, fragt Frau Närdemann. Anders als ihre Bettnachbarin spricht sie überhaupt nicht über ihre Krankheit.

»Nein«, sage ich, »ich mache Krieg. Im Videospiel.«

Sie sieht mich von schräg unten an und tut so, als wolle sie mich tadeln. Dabei schmunzelt sie. Was für eine gute kleine Frau.

»Was fehlt Ihnen eigentlich?«, frage ich.

»Oh. Das fragen Sie mal die Ärzte, junger Mann. Da können Sie auf Station 2 anfangen, dann gehen Sie zu Station 4 und dann noch mal zur 8.«

»Da waren Sie überall schon?«

»Ja. Jetzt ist eben die Urologie dran. Eigentlich ist mein Arzt der Dr. Bartels von der Chirurgie. Kennen Sie den?«

Ich nicke. Zwei Pfleger schieben ein Bett an uns vorbei, auf dem der Patient komplett zugedeckt ist, also auch der Kopf.

»Mir war schwindelig und schlecht und da war ich bei meiner Hausärztin und die hat nichts gefunden und einen Zettel ausgefüllt und schon war ich hier. Seither schicken sie mich von Arzt zu Arzt durch das ganze Haus.«

Wir biegen zu den Radiologen ab. Ich helfe ihr, sich im Wartebereich in eine der gepolsterten Sitzschalen zu setzen, und melde sie an. Station 3, die Ärztin weiß schon Bescheid. Ich bin erst den zweiten Tag hier, aber wenn ich komme, weiß die Ärztin Bescheid. Ich trage blaue Backstagekleidung. Ich gehöre dazu. Ich soll warten, sagt man mir, es ginge schnell, Frau Närdemann komme sofort dran. Ich weiß nicht, ob es mit Hans und Maria abgesprochen ist, aber ich warte. Nach zwei Minuten wird Frau Närdemann von einer Schwester in den Röntgenraum geholt. Ich bleibe sitzen.

Mir gegenüber hockt ein Ehepaar und tippt mit den Füßen wie Angehörige, die auf Ergebnisse warten. Sie sind besorgt. Man muss nicht lange hier sein, um das zu bemerken. Um zu begreifen, wie Menschen miteinander sprechen, wenn sie auf Ergebnisse warten. Es scheint mir, als lerne man hier in ein paar Minuten mehr, als man in der Schule oder beim Terrorisieren von Angestellten im Elektromarkt in Monaten lernen kann. Ich beobachte das Ehepaar, während ich so tue, als würde ich in einem Klatschblatt lesen. Der Mann stützt sich auf seinen Knien ab und spielt an seinem Ehering. Die Frau lehnt sich mit dem Kopf an die Wand hinter den festgeschraubten Schalensitzen.

»Hast du die Nintendo-Spiele jetzt eigentlich verkauft oder nicht?«, fragt die Frau.

»Zahn, bitte. Du weißt, dass ich das nicht mache. Damals nicht und jetzt auch nicht.«

»Du bist wie dein Neffe.«

»Mein Neffe ist verrückt.«

Sie lächelt traurig, als denke sie an Schönes, das die Zukunft nicht mehr bringen kann, zumindest nicht, solange man in radiologischen Vorräumen auf Ergebnisse wartet: »Wenigstens hat dein Neffe dich zum Fliegen gebracht. Nach einundzwanzig Jahren.«

Der Mann lacht gebremst.

So beginnen solche Gespräche. Immer erst über was anderes sprechen.

Dann Pause.

Dann das Eigentliche.

»Im Grunde ist es egal, was da gleich herauskommt. Die werden wieder sagen, dass sie es nicht wissen. Und am Ende sagen sie, sie hat noch ein Jahr.«

»Man kann das nie so genau wissen.«

»Doch, Zahn, irgendwann kann man das so genau wissen.«

Nun schweigen beide wieder. »Zahn« ist ein origineller Spitzname. Die beiden tun mir leid. Man kann ihre Sorgen sehen, unter den Augen, auf dem Kinn. Die Flecken und Furchen sind noch nicht so alt. Auf einer Ablage neben den Sitzschalen liegt die *BILD*. Auf ihrem Titelblatt bricht die Erdkugel auseinander. Die Schlagzeile lautet: »Klima. Krise. Katastrophe. Richten wir unseren Planeten zugrunde?«

»So, Herr Lechner«, sagt die Röntgenschwester und führt Frau Närdemann wieder aus dem Raum, »das war's schon. Sie können Ihre Patientin wieder mitnehmen.«

Ihre Patientin.

Ich muss schlucken und spüre, wie mir unwillkürlich ein ganz kleiner Stoß Wasser hinter die Augen schießt. Ich räuspere mich. Was ist denn jetzt wieder los? Warum bewegt mich das, dass eine Schwester zu mir sagt, ich könne *meine* Patientin wieder mitnehmen? Jetzt reiß dich mal am Riemen, Sven!

»Die sind ja alle bekloppt«, sagt Frau Närdemann an meinem Arm, als wir die Schräge wieder hinab zu den Aufzügen gehen, vorbei an den Pflanzen und einer Marienstatue, die in einer Aussparung der anderen Wand installiert ist. »Das ist doch alles schon gemacht worden, sage ich denen, vor einem halben Jahr erst, in Köln. Da leben meine Kinder, wissen Sie? Die sind selten hier, aber damals war ich bei denen und es ging mir auch schon nicht so gut und ich kam ins Krankenhaus und da haben die das alles schon gemacht. Ich sag, Sie können doch die Ergebnisse bestellen, aber nein ...«

»... damit lässt sich nichts verdienen«, rutscht es mir heraus und Frau Närdemann lächelt mich an, als hätte sie genau das eben sagen wollen. Sie knufft mir in die Schulter. »Passen Sie auf, junger Mann, sonst schimpft Ihr Arbeitgeber.«

Das Krankenhaus ist leider nicht mein Arbeitgeber, denke ich, ich bin eher so was wie ein Strafgefangener, aber ich sage es nicht, denn es fühlt sich im Moment nicht so an.

Im Gegenteil.

Gerade, im Moment, nach einer fehlerlosen OP, mit Frau Närdemann in ihrem blauen Frotteebademantel an meinem Arm, mit *meiner* Patientin am Arm, da fühle ich mich freier als in den ganzen letzten Jahren. Obwohl ich noch fünf Stunden Dienst habe.

Als ich unseren OP-Raum wieder betrete und fröhlich »Auftrag ausgeführt!« rufe, steht Hans schweigend und mit den Armen in den Hüften im Durchgang zur Instrumentenküche und ersticht mich mit seinem Geierblick. Maria werkelt im Sprechzimmer, als sei dort unglaublich viel zu tun. Sie hat das Feld für den bösen Cop geräumt.

»Was ist?«, frage ich.

Hans zeigt auf die grünen Schubladen. »Das frage ich dich!«

Er zeigt auf die Zettel, die ich heute Morgen um 5.55 Uhr dort überall aufgeklebt habe. Kleine gelbe Zettel, auf denen steht, welche Instrumente und Gegenstände genau in welchen Schubladen liegen. Deshalb gelang die OP heute Morgen auch ohne Fehler. Ich lerne. Ich helfe mir selbst. Wenn ich alles kenne, nehme ich die Zettel ab. Finde ich meine Fähigkeiten wieder, dürfte das nur zwei Tage dauern. Was ist dagegen einzuwenden?

»Die Zettel, ja. Na und?«, frage ich.

»Ja, sag mal, hast du sie noch alle? Haben sie dir ins Hirn geschissen, oder was?« Der Geier kreischt.

Habe ich vor fünf Minuten noch gedacht, ich wäre frei hier? Kein Strafgefangener? Verfickte Scheiße. Das hier ist Guantanamo! Jetzt geht die Demütigung wieder los. Brüllender Geier, minutenlang, und ich kann nichts, gar nichts dagegen tun.

»Was, wenn ein Patient auf dem Tisch mal eben den Kopf dreht und hier reinguckt, bevor er einschläft? Hä? Was würdest du denken, wenn du gleich operiert wirst und das Letzte, was du siehst, ist, dass die kompetenten Leute, die dich unterm Messer haben, ihre eigenen Schränke beschriften müssen, weil sie sonst nicht wissen, wo welches Instrument liegt?«

Da ist sie wieder, diese Scheiße. Wie bei meinem Vater.

Immer geht es nur darum, was *die anderen* denken.

Immer geht es nur darum, wie was rüberkommt.

Ich kann diesen Mist nicht mehr hören.

Jetzt brülle ich und zeige in den OP rüber: »Dr. Harnisch ist perfekt. Du bist perfekt. Die Operationen laufen perfekt. Es kann dem Patienten doch scheißegal sein, wie es dazu kommt! Und wenn Michael Ballack sich als Glücksbringer eine Diddlmaus auf die Bank legen würde – solange er den Titel holt, wäre es dir doch auch scheißegal!«

»Freundchen, jetzt pass mal …«

»Ich passe doch auf! Hans! Ich passe auf! Ich lasse die Zettel doch nicht ewig da dran! Nur bis ich alles auswendig kann! Das geht schnell bei mir. Du kennst mich gar nicht richtig. Ich bemühe mich doch, verdammte Scheiße!«

»Männer, jetzt ganz ruhig«, sagt Maria und nähert sich nun doch, aber Hans' Augen glühen förmlich und er macht ein paar Schritte auf mich zu, sodass ich zurückweiche und gegen den OP-Tisch stoße. Der

Hass in seinen Augen ist so stark, der kann nicht bloß von meinen Notizzetteln kommen.

»Ich mache diesen Job hier seit dreißig Jahren und du machst genau, was ich dir sage, haben wir uns verstanden?«

Maria steht starr und ich weiß, dass ich jetzt »Ja!« sagen muss, sonst rammt er mir den Schädel in das Abflussbecken, in dem sich bei den OPs Pisse und frisch resektierte Prostataschnipsel sammeln, die nach verbranntem Fleisch stinken.

»Ja«, sage ich.

Hans dreht sich wortlos um, geht in die Küche und reißt mit Getöse alle meine Notizzettel ab.

»Ja«, sagt mein Vater am Telefon und läuft dabei im Wohnzimmer auf und ab, »soziale Fürsorge und Aufmerksamkeit für den Mitmenschen nehmen ab, je mehr sich der Mensch als lebendiger Algorithmus begreift. Deswegen müssen wir jeden Einzelnen als Individuum betrachten, und zwar als unberechenbares.«

Er gibt ein Interview, was sonst. Ich sitze auf der Couch und lenke den Krankenwagen in *Chinatown Wars*. Wieder mal fahre ich zehn Zivilisten über den Haufen, um einen gesund und rechtzeitig für ein lächerliches Honorar abzuliefern. Ich trage meine Jogginghose. Auf dem Wohnzimmertisch steht eine Tasse Kaffee und macht einen Abdruck auf dem Glas, den mein Vater bereits während des Telefonierens erspäht hat. Als er fertig ist, geht er wieder in Richtung seines Büros.

»Schlecht«, sage ich, bevor er dort ankommt, und er bleibt stehen und dreht sich um.

»Wie bitte?«

»Weil du fragtest, wie es mir im Krankenhaus geht«, sage ich und er legt kurz den Kopf schief. »Die Antwort ist: schlecht.«

Das stimmt so gar nicht. Ich denke an Frau Närdemann und an den Anästhesisten Herrn Fleige. Ich denke daran, dass die Schwester vom Röntgen zu mir sagte, ich hätte *meine* Patientin dabei. Und wenn ich ganz ehrlich bin, muss ich Hans sogar recht geben. Ich würde als Patient auch keine Zettel an Schubladen sehen wollen. Ich hasse es aber, ihm recht geben zu müssen. Und ich will, dass sich endlich mal einer für meinen neuen Alltag interessiert. Kaffeeflecken sehen sie, aber dass ich seit zwei Tagen OP-Tische decke, schert sie einen Scheißdreck.

»Es tut dir gut«, sagt Vater lapidar.

»Was?«, entgegne ich. »Was genau tut mir gut? Dass mich dieser Oberpfleger wie ein Scheißopfer behandelt oder dass ich ohne Gehalt Sachen machen muss, für die andere eine ganze Ausbildung brauchen?«

»Du könntest im Knast sitzen, mein Lieber!«

»Die Urologie *ist* der Knast!«, sage ich, stehe auf und stoße die Kaffeetasse nicht ohne Absicht um, auf dass der Rest den Glastisch braun färbt.

Unten im Keller nehme ich mir ein Bier und schmeiße die Xbox 360 an, die an meinem kleinen Fernseher klemmt. »So nah am Krieg wie nie zuvor« steht auf der Hülle von *Operation Flashpoint: Dragon Rising*. Zweihundertzwanzig Quadratmeter Fläche prall gefüllt mit Feind stehen mir zur Verfügung. Ich manövriere schon recht sicher durch die Landschaft, aber das neue Ringmenü, mit dem man das Spiel steuert, macht mir zu schaffen. Ich bin im Krieg, aber ich muss begreifen, wie ich in Windeseile mehrere Menüebenen durchklicke, damit ich schnell genug die richtigen Befehle gebe. Irgendwo schreit ein Verletzter aus meinem Team nach Hilfe, unten am Küstendorf startet der Angriff der Luftunterstützung und rechts neben mir schlagen von irgendwoher die Kugeln eines Scharfschützen ein, der mich im Visier hat und nur deswegen noch nicht trifft, weil der Schwierigkeitsgrad auf mittel eingestellt ist statt auf ganz hart. Es ist anstrengend. Tausend Dinge muss ich gleichzeitig beachten. Es ist im Grunde wie … im Krankenhaus.

Ich stelle mir vor, der Oberbefehlshaber der Streitkräfte, von denen mein Trupp nur ein kleiner Teil ist, wäre Hans. Es würde ihm stehen. Würde ich es ihm verübeln, wenn er im Krieg so rumbrüllte wie im Hospital? Würde es mir was ausmachen, wenn mein General ein Choleriker wäre? Solange er sich auskennt, alles richtig macht, jeden Handgriff kennt und jede mögliche Situation, in die unsere Truppe kommen könnte? Nein, würde ich nicht, denke ich mir, als ich endlich den Scharfschützen gefunden habe, meine Position wechsle und ihn seinerseits mit meiner Zoomfunktion heranhole und abknalle. Nein, ich würde ihn akzeptieren, den General Hans. *Er* ist immerhin jeden Tag im Feld. Wo ist mein Vater? Am Schreibtisch! Redet am Telefon von sozialem Miteinander und Fürsorge ... Aber ist er da, in der Urologie? Bringt *er* Frau Närdemann zum Röntgen, mein großer Vater, der Bestsellerautor? Bist du im Feldeinsatz, Dad? Einen Scheiß bist du! Du hast keine Ahnung von dem, was *wir* da tagtäglich erleben. Ja, *wir*, sage ich ... Dr. Harnisch, Anästhesist Fleige, Pfleger Christian, Schwester Maria und auch Hans, der Geier-General. Wir sind im Feld, Vater, und du sitzt dir deinen Arsch platt vor dem Regal mit den fünfzehntausend Büchern. Es gibt Männer, Vater, echte Männer im Feld, und du hast keine Ahnung.

BLUT SPUCKEN

BLUT SPUCKEN
BLUT SPUCKEN

Eine Woche.

Ich habe erst eine Woche mehr Erfahrung und agiere zwischen OP und Station, als hätte ich schon Monate hier gearbeitet. Meine Fähigkeiten kommen wieder. Ich erfasse eine Situation, erkenne, was los ist, was fehlt und was getan werden muss. Lerne aus allem, was mir begegnet. Verhalte mich wie in einem Adventure auf der Konsole oder dem PC, wo man auch jeden Hebel prüft und jeden Screen nach seinen Geheimnissen absucht. Ich brauche keine Zettel mehr an den Schubladen. Ich werde mittlerweile sowohl im OP wie auch auf der Station eingesetzt, mal so und mal so. Sie *wollen* mich. Es gibt Zivis und Sozialstündler, die will keiner, die sind wie die Deppen, die man in der Schule als Letzte in die Mannschaft wählt. Ich bin wie Michael Ballack, ich bin der Stammspieler unter den ungebetenen Angestellten geworden, und ich glaube es zwar selber nicht, aber seit ein paar Tagen nutze ich freie Minuten in der Teeküche oder freie Stunden daheim, um mich über offene Fragen zu informieren. Krankheiten, Symptome, Abläufe und Begriffe.

Steht auf einer Infusion »Jonosteril«, schlage ich nach, was das ist. Fragt mich ein Patient, welche Pillen er da überhaupt schluckt, gehe ich abends ins Netz und gebe ihm am nächsten Morgen Bescheid. Die Patienten sind dankbar dafür, denn eines habe ich nach dieser weiteren Woche auch schon gecheckt: Niemand sagt ihnen was. Die Schwestern nicht, die Pfleger nicht und die Ärzte schon gar nicht. Also, nicht so richtig, meine ich. Nicht so, dass sie irgendwas verstehen könnten. Alles, was sie von Schwestern zu hören bekommen, ist: »Machen Sie sich mal keine Gedanken.« Alles, was sie von Ärzten zu hören bekommen, ist: »Ich bin sehr zufrieden.« Zusammengenommen heißt das: Halt die Fresse, denke nicht selber nach und sei dir bewusst, dass du hier bist, damit der *Doktor* zufrieden ist. Ich habe noch nie gehört, dass ein Arzt gefragt hätte: »Sind *Sie* zufrieden?« Im Grunde ist mir das scheißegal, ja, ich spiele das Spiel sogar mit und fühle mich gut dabei. So wie ein Fußballprofi, der nicht mehr wie ein Amateur von Fairness faselt, sondern cool und trocken ein taktisches Foul macht und ganz bewusst die Gelbe Karte kassiert, weil der gegnerische Stürmer anders nicht zu stoppen gewesen wäre. Ich schiebe Dr. Harnisch Patienten auf den Tisch wie andere Brote in den Ofen, alte Männer, deren Prostata man nicht mehr unbedingt operieren müsste, ginge es nur um deren Gesundheit und nicht um die Kostenpauschale für den Eingriff. Es macht mir nichts aus. Aber jetzt piept es in Zimmer 318, und da das das Zimmer von Frau Närdemann ist, *macht* es mir was aus.

Ich stürme dahin und finde Pfleger Christian vor, wie er meiner alten Dame eine Brechschale vor den Mund hält, während diese übel hustet, würgt und dabei kleine Klumpen voller Blut auskotzt. Zwischen zwei Blutstößen sieht sie zu mir auf, wie ich in der Tür stehe, und ihr Blick sagt: »Scheiße, Sven, ich habe wohl wirklich etwas!« Ihre Bettnachbarin klagt »Luhuluuuuuuu!« wie eine palästinensische Frau, deren Sohn von israelischen Soldaten erschossen wurde.

Christian hält sie, während sie kotzt, und sagt: »Ganz ruhig, Frau Närdemann, das wird schon wieder!«

Ich schaue noch einen Moment zu und sage dann: »Wie? Das wird schon wieder? Was redest du da für eine Scheiße, Mann? Wo bleibt denn Dr. Harnisch?«

»Hab ich schon angeklingelt«, sagt Christian.

»Und?«, frage ich.

»Ja, kommt.«

»Ja, wie, kommt? Die Frau spuckt Blut, warum ist der nicht schon längst hier?«

»Die kommen nie sofort.«

»Die kommen nie sofort? Und das nimmst du hin?«

Christian sieht mich an, als müsse ich noch viel lernen. Ich habe aber keinen Bock zu lernen, dass keiner kommt, wenn Frau Närdemann Blut spuckt. Also laufe ich los, reiße, ohne zu klopfen, die Tür unseres Sprechzimmers auf und finde Dr. Harnisch vor der Liege, wie er ganz in Ruhe den Ultraschallkopf auf die Blase eines Patienten hält.

»Sven!«, sagt Hans vorwurfsvoll, weil ich nicht geklopft habe.

»Keine OP?«, frage ich und der Doktor sieht mich an, wie Frederick jemanden ansieht, kurz bevor er zum Schlag ausholt.

»Frau Närdemann kotzt Blut!«, sage ich und jetzt schaut Dr. Harnisch schon ganz anders aus der Wäsche. Er hält den Ultraschallkopf still: »Was?«

»Ja«, sage ich, »sie kotzt Blut. Und hat Angst. Christian hat doch angerufen!«

Dr. Harnisch blickt über die Schulter zu Hans. Der schaut aufs Telefon und sagt: »Ich habe Ihnen gerade gesagt, Sie sollen gleich nach Frau Närdemann sehen, Doktor.«

Dr. Harnisch steckt den Ultraschallkopf wieder in die Halterung zurück. »Ja, aber Sie haben nicht gesagt, warum.« Er wendet sich an den Patienten auf der Liege, sagt schnell: »Das ist alles in Ordnung, ich bin sehr zufrieden«, steht auf, schüttelt den Kopf und eilt mir hinterher, ins Zimmer meiner Lieblingspatientin.

Fünf Minuten und ein Telefonat später schiebe ich Frau Närdemann mit Christian runter in die Pneumologie, die Abteilung für Lungenkrankheiten.

»Da haben die Ärzte bei mir wohl ein bisschen zu weit unten gesucht«, scherzt Frau Närdemann in ihrem Bett, als wir mit ihr im Aufzug fahren.

»Haben Sie das auch schon mal gehabt?«, frage ich. »Diesen Bluthusten?«

»Ja«, sagt Frau Närdemann, »auch schon mal. Vor einem Jahr. Ich war damals in einer Lungenklinik in Merheim, da war ein Gefäß geplatzt, haben sie gesagt. Das haben die gemacht und dann haben sie mich wieder entlassen.«

Auf der Pneumologie empfängt uns Pfleger Helmut, ein haariger kleiner Mann Ende fünfzig.

»So, das ist Frau Närdemann?«, fragt er, obwohl er es bereits weiß, und führt uns zu einem Zimmer, aus dem zwei Notärzte eine Patientin auf einer Liege hinausschieben, während ein Zivi die Sachen der Frau in Eile in einen blauen Sack gepackt hat und einem Angehörigen in die Hand drückt, der verwirrt und überfordert auf dem Flur steht und keine Antworten kriegt. »Hier rein, hier rein!«, sagt Helmut und wir schieben Frau Närdemann in das seit einer Sekunde frei gewordene Zimmer. Im Augenwinkel sehe ich einen Arzt an der Tür vorbeihuschen und klopfe Helmut auf die Schulter: »Ist das der Stationsarzt?«

»Das ist der Chefarzt der Abteilung, Doktor Hübers. Aber der hat jetzt gerade überhaupt keine Zeit.«

Ich ignoriere das, renne aus dem Raum und dem Doktor hinterher.

»Doktor Hübers, warten Sie einen Moment!«

Der Mann dreht sich halb um, läuft aber weiter. »Was ist?«

»Mein Name ist Lechner, wir haben gerade die Frau Närdemann von Station 3 gebracht, weil sie angefangen hat, Blut zu spucken, und das wohl kaum was Urologisches ist, nicht wahr?«

Ich lache. Dr. Hübers nicht.

Ich sage: »Jedenfalls war die Frau schon mal deswegen in einer Klinik in Merheim und ich wollte das nur erwähnen, damit Sie die Infos von dort anfordern können und ...«

Dr. Hübers hält nun doch an und sagt: »Sagen Sie mal, sind Sie Arzt?«

»Äh, nein, ich bin …«

»Ja, also, dann lassen Sie uns mal machen. Ich hab jetzt keine Zeit.«

»Aber die Frau kotzt Blut!«

»Ja, das habe ich zur Kenntnis genommen.«

»Wie, das haben Sie zur Kenntnis genommen? Da muss man doch was machen!«

Der Doktor nimmt wieder Fahrt auf und läuft den Gang weiter hinab. Er lässt mich einfach stehen, als sei ich ein kleiner Junge oder ein lästiger Hund. Ich kann das nicht fassen. Dass er mich so stehen lässt, demütigt mich. Dass er wegen Frau Närdemann nichts unternimmt, macht mir Angst. Ich rufe ihm hinterher, laut und für alle hörbar: »Wenn im Feld einer angeschossen wird und blutend daliegt, sagst du dann auch, du hast das zur Kenntnis genommen?«

Der Doktor zögert eine halbe Sekunde, schüttelt dann, ohne mich anzusehen, den Kopf und biegt um die Ecke ab.

»Ich rede mit dir!«, brülle ich ihm noch hinterher und dann leiser: »Du Spasti …«

Eine Schwester geht in Zeitlupe an mir vorbei und sieht mich so entsetzt an, als hätte ich den Papst mit Scheiße beschmissen. Er »hat es zur Kenntnis genommen«. Aus dem Zimmer hinter mir höre ich, wie Frau Närdemann wieder zu husten und zu würgen beginnt. Meine Ohren sausen. Wie kann der mich hier einfach so stehen lassen und gehen? Nichts, was mir bisher auf der Straße passiert ist, hat jemals auch nur annähernd so viel Wut in mir ausgelöst, wie ich jetzt gerade empfinde. Es kommt mir so vor, als hätte ich mir jede Wut, die es draußen gibt, erst einmal einreden müssen, so von außen, damit ich einen Grund hatte, mich mit jemandem zu prügeln. Aber diese hier, die kommt von ganz tief unten aus meinem Bauch. Ich muss etwas tun. Ich kann das so nicht hinnehmen. Ich schaue noch mal zur Tür, hinter der Frau Närdemann schleimiges rotes Blut auswürgt, sehe, dass Helmut und Christian damit noch beschäftigt sind, und laufe zum Aufzug.

Die Geschäftsführung des Krankenhauses liegt in einem Seitentrakt, in dem alles etwas sauberer ist als dort, wo wir Instrumente in Menschen einführen und Ärzte einen einfach auf dem Flur stehen lassen. Die Pflanzen sind grüner und haben keine Wasserflecken. Auf dem Boden liegt Teppich statt Linoleum. Der Geschäftsführer hat eine Sekretärin in einem Vorraum zu seinem Büro, aber ich ignoriere die Frau einfach, klopfe kurz an seine Tür, öffne sie und stürze hinein. Ist schließlich ein Notfall. Der Chef aller Chefs trägt einen Haarkranz zu einer Glatze, hält gerade mit spitzen Fingern eine Kaffeetasse und blickt auf, wie ich in seiner Tür stehe. Er sitzt nicht an seinem Schreibtisch, sondern an einem runden Tischchen für Gäste, an dem Korbsessel stehen. Auf dem Tischchen stehen Kaffee und Kekse sowie ein Aufnahmegerät mit Mikrofon in einem Ständer. Dahinter sitzt Jule mit einem Notizblock. Das Mikrofon hat einen Schaumstoffüberzug mit dem Logo des Radiosenders.

»Sven!«, sagt Jule und ist überrascht, mich hier zu sehen, in Krankenhauskluft und mit Gummischuhen.

»Jule …«, sage ich.

»Äh, haben Sie einen Termin?«, fragt Herr Rath, der Geschäftsführer.

»Nein, habe ich nicht«, sage ich und seine Sekretärin taucht hinter mir auf und entschuldigt sich, dass sie mich nicht aufhalten konnte.

»Es ist extrem dringend«, sage ich, »und vielleicht auch interessant für die Journalistin.«

Jule lächelt.

Herr Rath zögert einen Augenblick, dann nickt er seiner Sekretärin zu, dass es okay sei, und sagt: »Sprechen Sie!«

Ich stelle mich vor den Tisch und erzähle ihm von Frau Närdemann, von Blut über Blut und davon, dass mich Dr. Hübers einfach so auf dem Flur stehen lässt, wie einen getretenen Hund, bloß weil ich ihm Hinweise gebe. Herr Rath hört zu, Jules Aufnahmegerät läuft noch. Er schaut darauf, räuspert sich und sagt: »Sie haben völlig recht, das geht so nicht! Das kann er nicht machen.«

Ich bin erstaunt.

Ich dachte eher, der Mann sagt jetzt, er habe es zur Kenntnis genommen.

»Also, fachlich wird der Dr. Hübers schon wissen, was er tut, da habe ich ihm nicht hineinzureden. Aber die Form, darum geht es ja, die Form. Das geht so nicht. Das ist gut, dass Sie mir das sagen. Heute Abend ist Chefarztsitzung, da treffe ich alle meine Schäfchen. Da werde ich ihn mal fragen, was ihm da für eine Laus über die Leber gelaufen ist.«

Ich fasse es nicht.

Ich, der Sozialstündler, der Strafgefangene, platze einfach beim Geschäftsführer herein, beschwere mich über einen Chefarzt und bekomme auch noch recht! Ich bekomme recht und der Arzt bekommt Ärger. Ärger und Druck, heute Abend schon. Draußen hätte ich dem Mann eins in die Fresse gegeben, aber hier habe ich ganz zivilisiert eine Beschwerde geäußert und es hat funktioniert. Jule sieht mich an, wie sie mich zuletzt angesehen hat, als ich mit Benjamin die Suppe aus Wildwuchs gekocht habe. Mir fällt auf, dass sie ganz feine Augenbrauen hat, dünn und perfekt geschwungen. Und sie hat grüne Augen.

»Ich, äh, danke Ihnen«, sage ich.

»Keine Ursache«, sagt Herr Rath, »aber jetzt muss ich hier ein Interview weiterführen und das Image meines Hauses retten, nicht wahr?« Er lacht. Der kleine Tisch wackelt.

Ich müsste jetzt gehen, aber ich bleibe stehen, denn mir fällt ein, dass Frau Närdemann ja immer noch da oben sitzt und Blut hustet. Also kann ich nicht gehen. Herr Rath, der sich wieder zu Jule gedreht hat, sieht auf. Jules Blick folgt seinem.

Ich sage: »Und was ist jetzt mit dem Blut der Patientin?«

»Wie bitte?«

»Ja, sie spuckt ja noch. Akut. Rufen Sie den Dr. Hübers an und sagen Sie ihm, dass er seinen Arsch zu ihr bewegen soll.«

»Also, bitte, ja …«

Meine Befriedigung von gerade ist verflogen und ich werde wieder sauer. Da sitzt ihr bei eurem Interview, denke ich mir, und oben kann meine Patientin verrecken, oder was?

»Ja, wie? Bitte?«, frotzele ich. »Beschwerde schön und gut, aber der Mann muss doch jetzt was machen, verdammte Scheiße!«

Herr Rath steht nun auf. Er ist größer, als ich gedacht hätte. Er berührt mich an den Schultern und schiebt mich sanft nach hinten, den Kopf nickend und die Augen dabei halb schließend: »Wie ich schon sagte: Fachlich muss der Doktor entscheiden, was zu tun ist. Ich werde …«

»Ja, hat denn hier keiner Eier in der Hose, oder was?«, rutscht es mir heraus und Jule hält ihre Hände flach Richtung Boden und flüstert etwas, das wohl bedeuten soll, dass es besser sei, wenn ich jetzt aufhörte. Ich winde mich aus Herrn Raths Händen. Seine beschissene Frau Sekretärin steht schon wieder besorgt in der Tür und fragt, ob sie den Sicherheitsdienst holen soll.

Ich sage: »Ist ja gut, Leute …«, und verlasse das Büro.

Am Nachmittag, nachdem ich meinen Dienst absolviert habe, gehe ich noch mal auf die Station 1 und sehe nach Frau Närdemann. Sie liegt allein auf dem Zimmer und hat den Fernseher laufen. Keine Rätselhefte mehr, keine Kraft. Die Brechschale hält sie griffbereit. Sie ist blasser als sonst. Auf dem Bildschirm krachen die Flugzeuge in Zeitlupe ins World Trade Center. Heute ist der 11. September, der siebte Jahrestag des Anschlags. Die Gefahr hatte man damals wahrscheinlich auch einfach »zur Kenntnis genommen«.

»Hallo, Sven.«

»Hey«, sage ich, »na, haben die Sie nun endlich untersucht?«

»Sie haben mich geröntgt«, sagt Frau Närdemann.

»Und?«

»Verdacht auf Lungenentzündung«, sagt Frau Närdemann und ich schüttle den Kopf, denn ich habe heute Mittag in der Pause schon so einiges nachgeschlagen.

Ich sage: »Wir haben Spätsommer. Es ist warm. Sie liegen seit Tagen im Bett. Sie haben keinen kalten Zug abbekommen. Hatten Sie eine Erkältung? Eine Sommergrippe? Irgendwas verschleppt?«

»Nein. Ich huste nur viel. Manchmal. Das kriegen Sie nicht so mit, Sven, Sie kennen mich ja noch nicht lang.«

Lungenentzündung … Das sagen die nur, weil ihnen erst mal nichts einfällt. Frau Närdemann hustet wieder. Ich halte ihr die Schale. Es kommt nichts, aber es hört sich anstrengend an.

Ich frage: »Wollen die mit Ihnen keine Lungenspiegelung machen?«

»Doch«, sagt Frau Närdemann und verzieht das Gesicht, da sie wohl einen ekeligen Geschmack im Mund hat. »Aber erst morgen. Heute ist da keiner mehr.«

Das ist auch so ein Satz, den ich ständig höre, seit ich hier bin: »Da ist keiner mehr.« Ich stelle mir vor, wie so ein Satz im Krieg fiele. Die Stadt wird angegriffen, wo sind die Luftabwehrschützen? »Och, die haben Feierabend. Da ist vor morgen keiner mehr.« Muss auch so gehen. Geht ja nicht um Leben und Tod.

Ich frage Frau Närdemann, ob ich noch irgendwas für sie tun könne, und sie schüttelt den Kopf und tätschelt mir die Schulter. »Danke«, sagt sie. Ich tätschele zurück und spüre das warme Frottee des Bademantels an den Händen. Des hellblauen, putzigen Bademantels. Er hat seinen ersten roten Fleck.

SIEBENUNDSIEBZIG LÖCHER

SIEBENUNDSIEBZIG LÖCHER
SIEBENUNDSIEBZIG LÖCHER
SIEBENUNDSIEBZIG LÖCHER

Die Nacht habe ich vor dem Rechner verbracht und nachgesehen, was Frau Närdemann alles haben könnte. Die Liste ist lang. Ich habe ständig neuen Kaffee gemacht und ich gebe zu, ich hatte so meine Tiefpunkte. Gegen halb drei wäre ich fast über der Tastatur eingeschlafen und um vier konnte ich nicht anders, als kurz rüber zu YouTube zu flitzen, um mich abzulenken. Ein paar Minuten lang keine Krankheiten und Gedanken an Brechschalen, sondern knackige, runde Ärsche afroamerikanischer Mädchen, auf deren makelloser Haut Tropfen vom Swimmingpoolwasser schimmern. Volle Lippen und schlampige Blicke zu cool verschleppten Beats, Blicke, die sagen: Komm her und nimm mich doggystyle. Schnell hielt ich diese Blicke nicht mehr aus, wechselte zu YouPorn, tippte »doggystyle« und »farbig« ein, wurde fündig und holte mir einen runter. Dann wollte ich eigentlich schlafen, doch ich wurde den Gedanken nicht los, dass meine Patientin Blut spuckt. Während ich dort hockte und das Blut langsam wieder aus meinem Glied floss. Also suchte ich weiter, duschte um sechs, fuhr hierher und jetzt gehe ich, noch bevor ich mich auf meiner Station melde, in die erste Etage, um nach Frau Närdemann zu sehen. Sie ist wach. Auf ihrem Tisch steht ein unangerührtes Frühstück.

»Ich traue mich nicht zu essen«, sagt sie. »Wenn ich esse, dann geht das mit dem Blut sofort wieder los.«

»Sie dürfen doch sowieso nicht essen«, sage ich, »Sie bekommen doch gleich Ihre Lungenspiegelung.«

Frau Närdemann schüttelt langsam den Kopf. »Nein, nein, bekomme ich nicht.«

»Wie? So hieß es doch!«

»Der Doktor war vorhin hier. Vor ein paar Minuten. Er will jetzt erst mal eine CT machen. Dieses Bild da, wo man in die Röhre kommt.«

»Ja, aber wir haben doch Freitag«, sage ich, »und am Wochenende werden im Grunde nur Notfälle endoskopiert. Das kann dann Montag werden, bevor man Ihre Lunge spiegelt.«

»Das ist möglich. Der Doktor sagt, solange es keine lebensbedrohliche Situation ist …«

Ich unterbreche sie: »Sie spucken Blut, Frau Närdemann! Und keiner weiß, warum! Da können die doch nicht drei Tage warten! Ich muss –«

Sie legt ihren Arm auf meinen, als ich mich umdrehen will: »Der Doktor hat erzählt, dass Sie sich bei seinem Chef beschwert haben. Der war ganz schockiert deswegen …«

»Gut«, sage ich, »dann sorge ich jetzt mal dafür, dass er noch mehr –«

»Nein, nein, nein…«, sagt Frau Närdemann schnell. »Verärgern Sie ihn nicht noch mehr. Das können Sie alles machen, wenn er mit mir fertig ist, ja?«

Ich denke darüber nach, was die alte Frau da gerade sagt. Im Grunde ist es die Logik, die man bei Entführern anwendet, die ein Opfer als Geisel halten. Bloß nicht aufregen, sonst wird das Opfer noch schlechter behandelt. Ich flüstere still »dieser Wichser« vor mich hin, atme tief durch und ziehe schließlich ein zusammengefaltetes DIN-A4-Blatt aus meiner Tasche: »Frau Närdemann. Das hier sind alle Krankheiten, die Sie theoretisch haben könnten. Ich habe das recherchiert. Ich will Sie nicht beunruhigen oder so, aber geben Sie das mal dem Doktor. Sagen Sie einfach, Ihr Sohn hätte das gebracht. Oder Ihr Schwager, oder was weiß ich, wer. Der soll das überprüfen, der Doktor. Ja? Versprechen Sie mir das?«

»Sie sind ein guter Junge«, sagt Frau Närdemann.

Ja, ersmaguterjunge, denke ich mir, wünsche ihr das Beste und fahre hoch zu meiner Station.

»Du hast dich bei der Geschäftsführung über den Chefarzt beschwert?«, fragen mich die Schwestern in der Teeküche und es klingt bewundernd.

»Du hast dich bei der Geschäftsführung über den Chefarzt beschwert?«, fragt Geier Hans im Sprechzimmer unseres OPs und bei ihm klingt es, als ob ein harter Tag auf mich zukäme.

Der Tag ließ mir kaum Zeit, mich um das zu kümmern, was mich eigentlich interessiert: Frau Närdemann zu retten. In der Mittagspause war ich kurz bei ihr und es war immer noch nichts mit ihr gemacht worden, »ein paar Notfälle« seien bevorzugt worden. Jetzt, kurz nach Feierabend, finde ich ihr Bett leer vor.

»Die Frau Närdemann ist im CT«, sagt mir Helmut, der Haarige, und ich sehe die Liste mit möglichen Krankheiten auf ihrem Nachttisch. Der Arzt hat sie augenscheinlich nicht mitgenommen. Auf dem Weg in die Kellerumkleiden laufe ich meiner Schwester vor die Füße.

»Hey«, sage ich.

»Hey!«, sagt sie. »Ich wollte nur mal sehen, wie mein Bruder in Uniform aussieht.«

»Tataaa!«, sage ich und stelle mich in Pose.

Sie lacht. »Steht dir gut.«

»Danke.«

»Macht's Spaß hier?«

»Na ja, Spaß ... Man hat zu kämpfen.«

Lina tritt einen Schritt zurück und sagt: »Aber echt, Sven, bei allen Ahnen der Traumzeit, du machst wirklich was her in diesen Krankenhausklamotten.«

Ich schaue sie an, meine Lina, und habe für einen Augenblick das Gefühl, dass hier alles gut läuft, obwohl ich stinksauer auf den Arzt bin und auf alle, die immer nur alles zur Kenntnis nehmen und dann aufschieben.

Geschäftsführer Rath kommt den Gang herab, erkennt mich und sagt: »Sie, Herr Lechner!«

Ich grinse stolz vor meiner Schwester, dass man mich hier mit Namen anspricht.

»Ich habe mit Dr. Hübers gesprochen«, sagt der Geschäftsführer.

»Und?«, frage ich.

»Und er hat mir erzählt, welche Dinge Sie ihm öffentlich auf dem Flur nachgerufen haben.«

Oh, denke ich, das war jetzt nicht so gedacht.

»Sagen Sie mal, haben Sie sie noch alle?«, fragt Herr Rath und Lina sieht mich irritiert an. Dann geht Rath einfach weiter, ganz egal, was Dr. Hübers tut und ob Frau Närdemann noch drei Tage länger Blut kotzt oder nicht. Ich bin frech zu einem Chefarzt gewesen. Was kann schlimmer sein?

Ich schaue meine Schwester wieder an, ziehe das blaue Krankenhausleibchen über den Kopf, sodass mein T-Shirt darunter zum Vorschein kommt, trete gegen einen dumm in der Gegend herumstehenden Rollstuhl und sage: »Nein, Lina, wenn ich ehrlich sein soll: Es macht keinen Spaß hier!«

In dieser Nacht sitze ich nicht vor meinem Rechner, sondern auf dem Rand des alten Brunnens am Kornmarkt, unserem Kneipenviertel, auf dessen Kopfsteinpflaster Hunderte von Freilufttischen stehen, die jeweils zu verschiedenen Lokalen gehören. An den Tischen sitzen Jugendliche, die brav einer Ausbildung nachgehen oder vom Studium am Wochenende nach Hause kommen, damit Mami ihnen die Unterhosen wäscht. Menschen, die vier Euro für ein Bier bezahlen und das gut finden. Am Brunnen sitzen Boris, Frederick und ich und trinken Pils aus der Flasche, das nur 5,99 Euro pro Kasten kostet.

Bloß tausend Meter Luftlinie von hier, einen weiteren Marktplatz und eine Straßenkurve weiter, liegt Frau Närdemann in ihrem Zimmer im Krankenhaus und weiß wahrscheinlich immer noch nicht, was sie hat. Ich habe bereits zwei Liter getankt, aber ich kann trotzdem nicht aufhören, daran zu denken. Es fühlt sich so an, als gäbe es nichts Dringlicheres zu tun und als interessiere das niemanden außer mir. Als würde die Welt von Aliens angegriffen und nur ich könnte das sehen.

»Hey, hey, guck, da kommt sie«, sagt Boris und tippt Frederick ganz aufgeregt an die Schulter, wie ein Zwölfjähriger, der sich wieder was ausgedacht hat.

»Wer?«, frage ich.

Frederick deutet mit seiner Flasche in der Hand auf ein vielleicht fünfzehnjähriges, hageres Mädchen mit dunklen Klamotten und schwarzen Strähnen, die ein Auge verdecken. Schüchtern strahlt das Auge durch die Strähnen, als sei die Kleine aus einem modernen Animationsfilm gesprungen.

»Warte«, sagt Boris und zählt mit den Fingern auf, »sie mag Rotwein, Kerzen, das alte Prag, Friedhöfe und Katzen. Und, warte, wie heißt diese schwule Band noch, ach ja, My Chemical Romance.« Boris lacht und schaut auf seine Uhr. »Ja, die Zeit kommt hin.«

»Du hast dich mit ihr verabredet?«, frage ich.

»Nein, Pete-Boy hat sich mit ihr verabredet. Das ist ein MySpace-User. Der mag Weißwein, Kerzen, alte Wälder, Hunde und, was habe ich da geschrieben, ach ja, Bullet For My Valentine. Er ist etwas härter, aber auch so ein Emo.«

Frederick lacht dreckig.

Ich schüttele den Kopf. Diesen Scheiß macht Boris erst seit Kurzem. Sucht sich Leute im Internet, findet alles über sie heraus, was er kriegen kann, und verarscht sie dann. Mal inszeniert er als jemand anders Verabredungen, mal taucht er einfach dort auf, wo diese Leute arbeiten, und knallt ihnen irgendetwas Intimes oder Verletzendes an den Kopf, mit dem sie überhaupt nicht gerechnet haben. Gut, sie sind selbst schuld, sie haben ja im Netz ihre Deckung aufgemacht, besonders die, die nie etwas über sich erfinden, sondern die ganze kitschige Wahrheit über ihre Gefühle schreiben. Die Esoteriker, die Diddlmausbesitzer, die Gedichtezitierer.

»Und jetzt?«, fragt Frederick.

»Jetzt schaue ich mir erst mal in Ruhe an, wie lange sie auf Pete-Boy wartet. Das ist doch schon herrlich anzusehen, dieses Gucken und Rumlaufen und Gucken. Und wie die dann immer verzweifelter werden. Das zerreißt mir das Herz.«

Das Mädchen hält tatsächlich Ausschau. Sie glaubt, heute endlich ein Date zu haben.

»Wenn sie lange genug gezappelt hat, gehe ich hin und gebe mich als Pete-Boys Bruder aus. Sag ihr, dass er nicht kommen kann. Hat leider doch keinen Freigang vom Jugendknast bekommen. Ob er das nicht erwähnt hätte. Dann freue ich mich über ihr Gesicht. Weißt du, was ich meine?«

Frederick kichert, klatscht mit der Hand auf sein Knie und kriegt sich gar nicht mehr ein.

Ich lache nicht.

Nicht weil mir die Kleine da leidtut, sondern weil das doch alles Zeitverschwendung ist. Es ist mir noch nie so vorgekommen, ich kann ja stundenlang mit den Jungs abhängen und genieße diesen Schwachsinn, vor allem deshalb, weil mein Vater nichts so sehr hasst wie Schwachsinn und Zeitverschwendung. Aber heute Abend spuckt eine alte Dame, die *mir* vertraut, bloß tausend Meter weiter und ein Stockwerk höher immer noch Blut.

»Hast du eigentlich nichts anderes zu tun?«, sage ich.

Boris sieht mich an. »Was?«

»Ach ja, die Scheiße hier! Das Mädchen da ist fünfzehn und halt irgendwie romantisch veranlagt. Wenn du ihr jetzt schon das Vertrauen in die Menschheit nimmst, wird sie bald von irgendeinem Vollasi schwanger, will nie mehr im Kerzenschein nach Prag und saugt unterm Wohnzimmertisch die Kippen weg, während der Alte Fußball guckt.«

»Was hast du denn jetzt wieder, du Mädchen?«

»Was ich habe?« Ich stehe vom Brunnenrand auf. »Ich habe eine Patientin da drüben, die kotzt Blut, und ich habe ein ganzes Krankenhaus voller Ärzte, die das nicht interessiert!«

Boris zieht die Augenbrauen hoch. »Hoho, jetzt mal halblang, Alter. *Du* hast eine Patientin? Haben sie dir so schnell schon ins Gehirn geschissen? Du hast gar nichts. Du bist doch *deren* Arbeitssklave.«

»Ja, weil ihr Pisser in der Nacht, als wir in das Haus eingebrochen sind, abgehauen seid und man nur mich erwischt hat. Und ich auch noch so blöd bin, euch nicht zu verraten.«

»Was kann ich dafür, wenn du nicht rennst, du Horntier? Heul hier nicht rum! Oh, ich habe eine Patientin, ich wurde verhaftet, ja, und ich habe eine Patientin …« Boris tänzelt ein wenig herum und macht eine Figur aus einem Gettofilm über Gangs in Los Angeles nach, den wir uns alle paar Monate ansehen. Ich stelle mir vor, er trüge einen Afro und habe einen Kamm in sein krauses Haar gesteckt. Ich muss kurz lachen. Boris setzt sich wieder. Das Emo-Mädchen läuft auf und ab.

Boris schaut an ihr vorbei über den Markt, trinkt, spuckt in den Brunnen und sagt: »Du legst dich mit den Ärzten an, Sven? Mit den Kollegen meines Vaters? Jetzt sag ich dir mal was! Fang nie einen Kampf an, in dem du auf jeden Fall das Opfer bleibst!«

Ich nehme auch wieder einen Schluck und warte, dass er weiterredet.

Er sagt: »Weißt du, wie Ärzte studieren?«

Ich schüttele den Kopf.

»Auswendig lernen, auswendig lernen, auswendig lernen. Und dazwischen: vögeln. Und saufen natürlich, Medizinerpartys sind berüchtigt. Mein Vater hat im Studium siebenundsiebzig Studentinnen geknallt. Hat er mal erzählt, auf einer Feier, als er einen im Kahn hatte. Siebenundsiebzig Löcher in fünf Jahren. Obwohl, okay, sagen wir, siebenundsiebzig Schlampen. Löcher werden es dann wohl noch mehr gewesen sein. Bei mancher wahrscheinlich drei hintereinander.«

Frederick lacht wieder und spuckt auf den Boden.

Boris sagt: »Und dann kriegen sie ihren Abschluss und dürfen sich Doktor nennen und dann kann denen alles egal sein. Gut, die Assistenzzeit, die ist noch ein bisschen kritisch. Da müssen sie den Arsch zusammenkneifen und dem Chef die Kugeln lecken. Aber sobald du als Arzt selber was zu sagen hast, kannst du machen, was du willst. Du kannst Fehler begehen, Schwestern knallen, Leute beleidigen. Egal! Wer soll dir denn was anhaben? Die Patienten? Sollen die sich doch beschweren. Sollen die doch klagen. Hä? Was soll passieren? Vor Gericht? Wenn du gepfuscht hast? Denkst du, irgendein Arzt sagt gegen einen anderen aus? Niemals. Niemals passiert das! Wenn du einmal drin bist, kannst du machen, was du willst. Du hast Schutz. Weißt du, was ich meine? Wie ich neulich schon sagte, du musst nur am Türsteher vorbei. Das ist überall so. Bist du einmal drin und kennst du die richtigen Leute, dann kannst du machen, was du willst! Weißt du, was ich meine?«

Ich starre auf das Kopfsteinpflaster. Ich drehe und wende im Kopf herum, was Boris gesagt hat, und ich weiß, dass es stimmt. Das ist ja das Problem mit ihm. Labert den ganzen Tag Scheiße wie ein Mittelfeldspieler, der nur Rückpässe macht, und dann, wenn er ein Mal aufs Tor zielt, trifft er genau ins Schwarze. Das Emo-Mädchen aus dem Internet schaut auf ihr Handy, sieht auf, sieht wieder aufs Handy. Ihre Augen hinter dem Scheitelchen weiten sich, als hätte Pixar sein Animationsprogramm für »Verzweiflung« angeworfen.

Boris hat ein Tor gemacht.

Normalerweise würde ich ihm jetzt wütend zustimmen, damit anfangen, was Härteres als Bier zu trinken, gegen Mitternacht irgendwas demolieren und gegen zwei Uhr vielleicht jemanden demolieren, der mir einen Grund dafür gibt. Heute aber denke ich mir, ohne dass ich das beeinflussen kann: Trotzdem … Ich denke an den blauen Frotteebademantel und daran, dass Frau Närdemann noch viel hilfloser ist als die naive Göre, die sich auf MySpace-Blind-Dates einlässt. Ich stehe vom Brunnen auf, stelle mein Bier ab und sage: »Ich hau ab.«

»Was?«, sagt Boris. »So früh am Tag? Bist du behindert?«

»Halt die Fresse«, sage ich. »Und sag dem Mädchen da, dass du sie verarscht hast und dass sie einen Jungen aus ihrer Klasse vögeln soll und keinen Geist von MySpace.«

»Ey, was ich wem sage, das lass mal meine Sorge sein.«

»Ja, ja …«, sage ich und gehe.

»Hey, du hast gerade erst zwei Bier getrunken. Es ist nicht mal zehn. Sven, du Spast, ich rede mit dir.«

»Grüß die Gangster von mir«, rufe ich und bin schon fast außer Hörweite. Mein Rad steht zwischen hundert anderen vor der Stadtbibliothek gegenüber. Ich habe das Rad genommen, weil ich plante, mich heute völlig abzuschießen. Ich steige auf, stecke mir einen iPod-Stöpsel ins linke Ohr und trete in die Pedale.

Auf der Fahrt heim denke ich über die Ursachen nach, die Frau Närdemanns Blutkotze haben könnte. Ich habe nichts von dem, was ich recherchiert habe, vergessen. Kein Bild, kein Wort, keinen Namen. Sie könnte Tuberkulose haben, das wäre hochansteckend und auf der Station wären alle am Arsch. Lungenkrebs wäre möglich, ein lange unentdeckter Tumor, der nun blutet. Hämorrhagisches Fieber hat auch solche Symptome, das ist etwas, was man sich in den Tropen oder in Afrika holt oder im Nordosten Australiens, wo Lina hinfliegt. Malaria könnte es sein oder Dengue. War Frau Närdemann mal in Afrika? In Australien? Oder ihre Kinder? So denke ich nach, während ich die Brücke über die Bahnhofsgleise hochstrampele, auf der anderen Seite herunterrase und die Tankstellen, den Subway und das kleine Ladenviertel mit dem Sexshop und dem Biosupermarkt passiere. Ein paar Hundert Meter weiter stehen sich neben der Landstraße die großen Gebäude der Telekom und des Evangelischen Krankenhauses der Stadt gegenüber, noch so zwei Zentren voller Idioten, die einfach mit ihren Kunden machen können, was sie wollen. Ich denke an Boris' Worte über Ärzte. In meinem Stöpsel knallen ein paar im Tonstudio eingespielte Pistolenschüsse und 50 Cent rappt über Männer, die ihm den Tod wünschen: »I put a hole in a nigga for fuckin' with me/ better watch how you talk when you talk about me/ 'cause I'll come and take your life away.« Ich denke an Dr. Hübers und wie er mich stehen lässt, ich denke an »zur Kenntnis genommen« und an den Geschäftsführer, der sich mehr Sorgen darüber macht, dass ich gegenüber einem Chefarzt den falschen Ton anschlage, als darüber, dass eine alte Frau seit zwei Tagen Blut kotzt. »I got a temper, nigga/ go 'head loose your head«, nuschelt 50 Cent, weil er sich für niemanden die Mühe machen muss, nicht zu nuscheln. Weil niemand ihn auf dem Flur stehen lässt, zumindest nicht den, den er darstellt, wenn er rappt. Es stachelt mich an, ich stelle mir vor, wie ich Dr. Hübers auf dem Flur zusammentrete, aber das nimmt nur einen ganz kleinen Teil meines Gehirns ein. Der weitaus größere Teil sieht jetzt gerade genau die Zackungen der Birkenblattränder auf beiden Seiten des Fahrradweges und die Rinde im Schein der Laternen. Mein rechtes Ohr hört trotz des Gangsters im linken das Blätterrascheln der Baumkronen und mein Kopf ist weiter bei den denkbaren medizinischen Ursachen für Frau Närdemanns Elend. Am wahrscheinlichsten ist eine Bronchiektase, eine krankhafte Veränderung von ein paar Segmenten der Lunge, ohne Krebs, einfach so, das passiert, vor allem bei älteren Menschen. Das kann gefährlich werden, wenn es zu bluten beginnt. Man muss es entdecken und die genaue Stelle finden in den vielen feinen Verästelungen der Bronchien, die wie die raschelnden Bäume hier am Straßenrand gebaut sind, mit immer feineren Zweigen am Ende. Man muss es halt einfach machen. Und wo ist der Doktor? Der steht wahrscheinlich irgendwo an einem Bett oder Schreibtisch und sticht sein achtundsiebzigstes Loch. Weil ihm keiner was kann. Denkt er. 50 Cent meint dazu: »I walk around, gun on my waist, chip on my shoulder, till I bust a clip in my face, pussy, this beef ain't over …« Genau, Herr Doktor, dieser Beef ist nicht vorbei, wir sind noch nicht miteinander fertig. An der Ampel neben dem Evangelischen Hospital ignoriere ich das Rot, biege rechts ab und fahre in unser Viertel. This beef ain't over …

ÄRZTE AUFSCHEUCHEN

ÄRZTE AUFSCHEUCHEN
ÄRZTE AUFSCHEUCHEN
ÄRZTE AUFSCHEUCHEN

Am nächsten Morgen – Samstag, den 13. – habe ich zwar keinen Dienst, fahre aber dennoch ins Krankenhaus, um nach Frau Närdemann zu sehen. Sie sitzt wie immer in ihrem blauen Frotteemantel im Bett, sieht aber erschöpfter und hagerer aus. Sie verliert Gewicht. In ihren Augen ist die Lust an Sudokus und Rätseln der Angst gewichen, was sie bloß haben mag. Sie versucht stark, sich das nicht anmerken zu lassen und zu lachen, aber ich kann es sehen. Am kleinen Tisch des Zimmers sitzt eine Frau und zupft ein paar Blumen zurecht. Ihr Mann steht am Fenster und sieht in den Hof.

»Hallo, Sven!«, sagt Frau Närdemann.

»Guten Morgen«, sage ich und schaue auf die Gäste.

»Das sind meine Kinder«, sagt Frau Närdemann und ich nicke den beiden kurz zu, den fünfzigjährigen »Kindern«, die sich sichtlich unwohl fühlen in dem Krankenhaus, das sie nun tatsächlich mal besuchen müssen, wo die Mutter Blut spuckt.

»Sven ist Pfleger hier, unter der Woche«, sagt Frau Närdemann.

»Und? Ist die Lungenspiegelung jetzt endlich gemacht worden?«, frage ich.

Frau Närdemann schüttelt den Kopf: »Der Chefarzt, der das macht, ist ja am Wochenende gar nicht hier.« Sie hustet. Es gluckert, aber es ist nur ein kurzer Anfall, ohne Blut.

Die Tochter, die an den Blumen zupft, sagt: »Am Montagmorgen ist sie als Erste dran. Hat man uns gesagt.«

Ich sehe die Frau an und es macht mich verrückt, wie sie da an den Blumen zupft und wie ihr Mann am Fenster steht, die Hände in den Taschen. Diese Haltung kenne ich mittlerweile von vielen Angehörigen. Es ist die Haltung derer, die gar nicht da sind, die zwar körperlich im Raum stehen, aber nur darauf warten, wieder gehen zu dürfen. Das sind die Leute, die, wenn die Mutter endlich mal für zwei Sekunden schweigt, irgendwo draufklopfen und »So!« sagen, damit die Mutter »Ihr wollt gehen, nicht wahr?« antworten kann und man sich endlich verpissen darf.

»Das ist ja großartig«, sage ich. »Schon am Montagmorgen ist Ihre Mutter dran. Toll!« Sie scheinen die Ironie nicht zu verstehen.

Die Tochter sagt: »Dann wird man ja hören ...«

Ihr Mann krault sich an der Fensterbank die Eier und murmelt: »Man muss halt mal schauen.«

Ich fasse das nicht.

Ich denke an 50 Cent und seine Kanonen, an Geier Hans, dem oben in der Urologie nichts schnell genug gehen kann, und an die Schalen voller Blut, die Frau Närdemann seit Tagen vollmacht. Ich schaue mir diese »Kinder« an, dieses müde Ehepaar, das so grau ist, dass die Septembersonne, die durchs Fenster hereinscheint, sofort bei Eintritt ins Zimmer ganz milchig wird, trüb und grau wie Abwasser aus der Waschmaschine.

»Man muss halt hören, was die Ärzte sagen«, sagt der Mann noch mal und ich spüre, wie sich Hitze unter meiner Kopfhaut bildet. Was für eine Einstellung, während die Mutter blutet. Warten wir bis Montag. Warten wir auf die Ärzte. Wie ich diese Schwäche verachte.

Ich sage: »Ihre Mutter kotzt Blut. Haben Sie das mal gesehen, Sie Schmocks?« Ich kann nicht anders. »Keiner weiß, was sie hat. Und Sie wollen warten? Auf die Ärzte, ja? Was ist denn mit Ihnen los?«

Die Kinder sehen mich an, als hätte ich ihrer Mutter den Hals angeritzt und wäre nicht derjenige, der ihr zu helfen versucht. Frau Närdemann ist überrascht über meinen Tonfall, aber ich glaube, tief drinnen freut sie sich darüber, dass endlich mal jemand ihre trüben Tassen von Kindern beschimpft.

»Waren Sie mal in den Tropen?«, frage ich jetzt, um etwas Praktisches zu tun.

»Was?«, sagt der Mann.

»Florida. Thailand. Australien. Afrika. Tropen! Kennen Sie doch, oder?«

»Warum fragen Sie das?«, fragt die Frau.

»Sind Sie Arzt?«, fragt der Mann.

»Verdammter Mist, ich bin kein Arzt, aber Pfleger«, lüge ich, »und ich frage Sie, ob Sie in den letzten Jahren in den Tropen waren. Mit Ihrer oder ohne Ihre Mutter.«

»Warum?«

»Verfickte Scheiße!«, brülle ich und man hört es sicher bis auf den Flur. »Jetzt beantworten Sie doch einfach meine Frage!«

»Junger Mann, ich glaube nicht, dass Ihr Chef diesen Tonfall gutheißt und –«

»Nein, sie waren nicht in den Tropen«, unterbricht Frau Närdemann ihren bescheuerten Sohn, »und ich auch nicht. Meine Kinder fahren nie irgendwohin.«

Sieht ihnen ähnlich, denke ich, denen ist ja auch wichtiger, dass ich ohne Erlaubnis Chefärzte beschimpfe, die sich nicht kümmern, als dass sie selber mal darüber nachdenken, woran ihre Mutter krepieren könnte.

Ich stehe vor diesen Menschen, diesen schwachen, müden, verachtenswerten Idioten, schüttele den Kopf und sage: »Ich mach das schon, Frau Närdemann. Ich verspreche es!« Dann laufe ich los. Nicht weil ich endlich nach Hause will wie all diese erwachsenen Söhne alter Frauen, sondern weil es etwas Dringendes zu tun gibt.

Gegen neunzehn Uhr sitze ich im Golf und fahre über die Reeser Landstraße raus zum Nobelrestaurant ART am Ortsrand zu Dinslaken. Es ist eine der besten und teuersten Landgaststätten der Gegend, weit über die Region hinaus bekannt. Ein Lokal, das niemals irgendein Kochteam aus dem Fernsehen besuchen müsste, um den debilen Betreibern zu erklären, warum man Schnitzel nicht mit Sauce hollandaise aus der Tüte übergießt. Ein Lokal, in dem ein Essen mit Getränk über fünfzig Euro kostet, Kunst an den Wänden hängt und ein Pianist leichte Jazzmusik klimpert. Der feine Herr Dr. Hübers speist heute hier zu Abend mit ein paar anderen Ärzten. Das habe ich schnell herausgefunden, nachdem ich seine Privatadresse recherchierte, bei ihm am Haus klingelte, niemanden vorfand und dann eine Nachbarin fragte, wo er wohl sein könnte. Sie gab mir gerne Auskunft, denn es war eine dieser einsamen, ausgetrockneten Frauen, deren beste Freundinnen alle weggezogen sind, sodass es niemanden mehr zum Quatschen gibt und sie froh sind, wenn überhaupt mal jemand da ist, der was wissen will.

Das Fenster des Autos ist runtergekurbelt, Felder und Wälder ziehen vorbei und zu einem Beat, der so laut aufgedreht ist, dass die Innenverkleidung wackelt, rappt Dr. Dre: »I got more class than most of them/ ran with the best of them/ forgave the less of them and blazed at the rest of them!« Ich liebe es, wenn diese Rapper mit jeder Zeile im Grunde immer nur sagen: »Ich habe den dicksten. Niemand fickt mich. Und übrigens, ich habe den dicksten!« Neu ist nur, dass ich es nun dazu benutze, mich aufzustacheln für das, was ich gleich machen will. Ich meine, den dicksten hin oder her: Ich bin neunzehn Jahre alt und fahre einen Golf, der auf dem Papier meiner Mutter gehört. Die Männer, in deren feines Dinner ich gleich reinplatze, sind im Schnitt neunundfünfzig Jahre alt und fahren Mercedes, AMG und Lexus, die ihnen selbst gehören. Als ich auf den mit perfekt beschnittenen Bäumen bewachsenen Parkplatz einbiege, erinnert mich Dr. Dre daran, wie ich gleich mit Dr. Hübers verfahren soll: »Ratatatatatatat like that/ never hesitate to put a nigga on his back!«

Ich steige aus, denke mir noch einen Moment, dass ich für diesen Anlass vielleicht nicht meine Trainingshose hätte anziehen sollen, gehe rein, sehe mich um und platze in den Raum, bevor der mit einem Spültuch wedelnde Wirt mich aufhalten kann. An dem Stammtisch für Reiche hocken Dr. Hübers, Geschäftsführer Rath, ein paar Ärzte, die ich nicht kenne, und: Dr. Harnisch, mein eigener Chef aus der Station 3. Wirft mich das jetzt aus der Bahn? Mich, der ich hier im Nobellokal stehe, ein Basketballshirt über meinen verschwitzten Achseln und die Hose tief in den Kniekehlen? Hält mich das auf, dass mein Chef da sitzt? Mich, der im Krankenhaus arbeiten muss, weil er sonst im Knast säße? Bin ich im Unrecht? »Never hesitate …«, flüstert Dr. Dre in meinem Ohr und ich lege los, bevor ich es mir anders überlege.

»Blut, Blut, Blut, Dr. Hübers!«, sage ich so laut, dass auch andere Gäste des Restaurants es hören können. »Frau Närdemann ist bald leer, wenn Sie bis Montag mit der Lungenspiegelung warten! Sie ist alt, sie ist schwach, sie könnte einen Schock erleiden!«

»Wer ist das denn?«, flüstert ein Arzt. Geschäftsführer Rath schüttelt den Kopf. Eine Frau sieht mich an, als sei ich ein Tier aus dem Sumpf, ein Durchfall auf zwei Beinen. Nur Dr. Harnisch guckt irgendwie anders.

»Sagen Sie mal, Sie sind ja wohl völlig krank, oder?«, bellt Dr. Hübers.

»Nein, Ihre Patientin ist es!«, blaffe ich zurück. »Das ist keine Lungenentzündung, das wissen Sie und das weiß ich! Und alles andere, was es sein kann, duldet doch keinen Aufschub! Ein Karzinom. TB. Mit großer Wahrscheinlichkeit hat die Frau seit Monaten eine Bronchiektase entwickelt. Ich verstehe nicht, wie Sie hier so ruhig sitzen und Austern essen können. Das geht nicht in meinen Schädel!«

Der Wirt steht hinter mir, sieht die Doktoren an und sagt: »Ganz ruhig, meine Herren, ich rufe die Polizei.«

Scheiße, die kann ich nicht gebrauchen. Ich bin ja quasi auf Bewährung.

»Nein!«, sage ich. »Das ist wichtig. Ich bin Pfleger aus dem Hospital. Ich …«

»Jaja«, sagt der Wirt und beginnt, mich aus dem Raum zu schieben. »Sie sind Pfleger, alles klar, und ich bin Barack Obama.« Ich denke kurz daran, wie ich von außen aussehen muss. Gut, ich stinke nach Schweiß, im Auto ist es noch warm. Ich dusche ja auch nicht viel. Aber die Frau blutet doch. Ich kann keine Polizei gebrauchen. Ich lasse mich schieben. In der Tür rufe ich noch: »Machen Sie was!« Dann lasse ich mich rauswerfen.

Irgendwer macht hier einen Wettbewerb im Dienstaufzug. Der Aufzug kann nur mit Schlüssel bedient werden und hat keine Rückwand, sodass beige Fliesen, mit denen die Rückwand des Aufzugschachtes gekachelt ist, an einem vorbeihuschen, während man zu seinem Dienst im urologischen OP fährt. Auf den Fliesen sind jeden Tag neue Aufkleber zu sehen, die irgendjemand während der Fahrt schnell hinklebt, bevor die Fliese wieder verschwindet. Es scheinen mir zwei Leute zu sein, die sich hier einen Spaß machen, denn kaum klebt ein neuer Sticker dort, hängt am nächsten Tag einer daneben. Es sind australische Tiermotive. Koalas, Kängurus, Emus. Man könnte meinen, dass Lina und ich das machten. Gut, dass hier keiner weiß, wie sehr ich dieses Thema mag. Würde mich schon interessieren, wer im Dienst so kindisch ist. Kleben vielleicht sogar Doktoren heimlich Sticker, weil sie in der Schule zu wenig herumgeschmiert haben?

Es ist erst 6.45 Uhr und ich stoppe den Aufzug in der ersten Etage, weil ich noch schnell bei Frau Närdemann nachsehen will, ob sich etwas getan hat. Ich kann nicht anders. Das muss heute meine erste Handlung sein. Auf der Pneumologie ist wenig los. Irgendwo am Ende des Ganges hustet jemand.

Ich klopfe zaghaft und betrete das Zimmer von Frau Närdemann. Wo am Samstag noch ihre lahmen, erwachsenen Kinder saßen, ist jetzt ein leerer Tisch. Wo sie trotz Bluthusten tapfer und aufrecht in ihrem hellblauen Frotteemantel im Bett saß, ist jetzt nur leeres Linoleum mit einem winzigen schimmernden Wasserfleck. Das Zimmer ist leer. Mir bleibt für eine Sekunde die Luft weg. Sie wird einfach abgezogen, als hätte jemand an meinem Solarplexus einen Schlauch angesetzt. Ich höre Gummischlappenschritte hinter mir auf dem Flur. Eine Schwester.

»Wo ist die Frau Närdemann?«

»Die Patientin mit der Bronchiektase? Die ist auf der Intensiv. Dr. Hübers hat sie noch in der Nacht von Samstag auf Sonntag operiert.«

»Was?«

»Ja. Samstagabend hatte sie wieder Blut gespuckt, so viel wie nie zuvor. Da hat er die Lungenspiegelung vorgezogen und sofort operiert.«

»Und es war eine Bronchiektase? Eine Aussackung?«

»Ja. Wir können wirklich von Glück reden, dass der Dr. Hübers so ein engagierter Arzt ist. Als wir ihn angepiept haben, kam er direkt von einer Feier hierher und hat ohne Aufschub angefangen.«

»Ja, er ist schon ein Held«, sage ich, nicke noch einmal und gehe zum Aufkleberaufzug, um wieder nach unten zu fahren und durch den langen Hauptflur rüber in den Flügel des Gebäudes zu gehen, in dem sich die Intensivstation befindet.

Auch hier gibt es ein Schild an der Tür, allerdings fest installiert und aus Blech statt aus laminiertem Papier. »Bitte klingeln Sie und warten Sie, bis Schwester Rita Sie aufruft.« Das Schild wurde so gedruckt, inklusive des Namens Rita, man kann den Namen nicht austauschen, je nachdem, wer Dienst hat. Demnach müsste Rita vierundzwanzig Stunden ohne Pause arbeiten oder es dürften nur Frauen eingestellt werden, die Rita heißen, weil das Schild es so sagt. Ich runzele die Stirn, nachdem ich geklingelt habe, warte und höre zwei Minuten später ein Rauschen im Lautsprecher: »Ja, Schwester Rita hier?«

»Lechner, guten Morgen. Ich bin Pfleger von der 3. Frau Närdemann war unsere ehemalige Patientin. Ich wollte mal nach ihr sehen. Geht das um sieben?« Schwester Rita zögert, ich höre, wie sie Rücksprache mit den anderen Ritas hält, die dort drinnen hinter dem Tresen sitzen müssen. Ob die Männer auch Rita heißen?

Es rauscht wieder: »Kommen Sie rein!«

Frau Närdemann ist wach und sie strahlt mich trotz eines Schlauches in der Nase, einer Infusion in jedem Arm, einem Katheter und zwei dicken Dränageschläuchen, die aus ihrem Körper kommen, immer noch so an, wie ich es von ihr kenne.

»Sven!«, sagt sie, brüchig in der Stimme, aber heiter im Ausdruck.

»Wie geht es Ihnen?«, frage ich und nehme ihre Hand.

»Das ist alles fürchterlich anstrengend für eine alte Frau«, sagt sie und ich nicke. »Aber ich bin froh, dass nun Klarheit herrscht und es sogar schon gemacht ist. Kein Blut mehr. Keine offenen Fragen.«

»Offene Fragen sind scheiße«, sage ich und sie kneift ihr Gesicht zusammen, weil sie eigentlich lachen will, aber ihre OP-Wunde wehtut.

»Dieser Doktor«, sagt sie, »erst macht er nichts und dann hat er plötzlich alles ganz schnell gemacht.«

»Ja«, sage ich. »Diese Leute wissen halt, wann es wirklich darauf ankommt.«

»Ja«, sagt Frau Närdemann und schaut mit einem Auge auf den großen, piependen schwarzen Monitor, der ihre Lebenszeichen und Werte anzeigt. Ihr Puls liegt bei 87, ihr Blutdruck sehr niedrig bei 79:57.

»Ist schön, dass Sie nach mir gesehen haben«, sagt Frau Närdemann, klopft auf meine Hand und will damit sagen, dass es ihr für heute reicht.

Ich klopfe zurück, verabschiede mich, bedanke mich bei Schwester Rita, gehe wieder an den Bepflanzungen des Hauptflurs vorbei in meinen Flügel des Hospitals und bemerke, während ich da so zu meinem Dienst schlendere, dass ich mich überhaupt nicht aufrege. Ich meine, *ich* habe doch diesen Doktor gedrängt und genervt. *Ich* bin am Samstag in sein scheißteures Nobelrestaurant gefahren, wo er mit den anderen Ärzten saß, und habe ihn dort in Jogginghose und Basketballshirt angebrüllt. *Ich* habe doch letztlich dafür gesorgt, dass Frau Närdemann schnell operiert wurde. Und jetzt bekommt Dr. Hübers den Ruhm. Der engagierte Arzt, der noch in der Nacht operiert hat. Ja, klar, er wusste ja auch, was er suchen musste, ich hatte ja schon alles recherchiert. Aber: Es stört mich nicht. Ich bin nicht sauer. Nur zufrieden, dass Frau Närdemann gerettet ist, kein Blut mehr spuckt und sich jetzt nur noch erholen muss, was sie schaffen wird in ihrem blauen Frotteemantel und mit ihren Rätselheften und Sudokus. Ich bin nicht sauer. Ich gehe zum Dienst. Ich freue mich auf meinen ersten Kaffee. Ich freue mich sogar darauf, mit Hans, Maria und unserem eigenen Doktor das viel zu volle schwarze Buch abzuarbeiten. Fuck, was ist bloß mit mir los?

Wenig später stehe ich neben dem Tisch und die Geräte piepen und brummen. Diese Operationen laufen mittlerweile so fehlerfrei und durchgeplant wie meine Einsätze bei *Operation Flashpoint*, die Instrumente gehen rechtzeitig in die Steri und ich fülle ständig beide Räume, ohne dem Doktor auch nur zwei Minuten unlukrativen Leerlauf zuzumuten.

Unser Doktor ist gut, aber er ist Geschäftsmann durch und durch. Heute liegt ein neunzigjähriger Mann auf dem Tisch, bei dem es im Grunde egal ist, ob wir seine Prostata noch einmal von bösem Gewebe befreien oder nicht. Jeder im Raum weiß, dass es nur gemacht wird, weil es Geld einbringt, und zu meiner Überraschung spricht Anästhesist Fleige es aus, sobald der Patient weggedämmert ist: »Das muss doch nicht sein.«

Der Doktor ignoriert die Bemerkung und führt mit geschickten Fingern flüssig und fix das Urethroskop in den Penis ein.

»Der Mann ist neunzig Jahre alt«, sagt Herr Fleige und schüttelt seinen Kopf mit den schulterlangen angegrauten Haaren. Er ist hager und bei der ein oder anderen OP pfeift er Songs vor sich hin, wenn er den Patienten betäubt, die ich zwar nicht kenne, die aber nach den

Sechziger- oder Siebzigerjahren klingen. Es ist zu vermuten, dass er den Job nicht nur wegen des Geldes ausübt.

»Da hat er schon recht, Doc«, sagt Hans nun zu meinem Erstaunen, während er dem Arzt bei der unmoralischen OP assistiert. Als alter General in diesem Krieg darf Hans das wahrscheinlich sagen.

Der Doktor reagiert überhaupt nicht. Er arbeitet. Das ist auch so etwas, wofür ich diesen gierigen, aber genialen Typen nur bewundern kann. Wenn er sich konzentriert, gibt es nichts anderes mehr für ihn. Es könnte eine Bombe einschlagen. Debby könnte ihm langsam und tief saugend den Schwanz lutschen. Tiefer und länger und fester ... er würde einfach weiterarbeiten, den Blick auf dem Monitor, die Hände in so sanften, präzisen Bewegungen, dass er wahrscheinlich auch dem Befehl »Zwei Nanometer nach links« exakt nachkommen könnte. Ich spüre, dass ich das so bewundere, dass es mir egal ist, ob die OP nun nötig ist oder nicht. Dieser Doktor ist ein Könner und er tut, was er tun muss.

Nach einer halben Stunde ist er fertig, zieht das Instrument raus, legt es auf das Tablett, schaut Hans an, schaut Anästhesist Fleige an und lächelt auf eine so doppeldeutige Art und Weise, als wolle er gleichzeitig sagen: »Ihr habt recht, aber es ist mir egal« und »Erst wenn ihr ich seid, könnt ihr euch eine Meinung erlauben.«

»Na, alles klar?«, frage ich, als ich Zimmer 314 betrete, um den alten Lehrer Herrn Winzer zur Kontrolle zu holen. Während er antwortet, entferne ich seinen Tropf und entheddere das Kabel mit einer souveränen Beiläufigkeit, die ihn staunen lässt. Er sieht mit einem Blick, wie schnell ich mich entwickelt habe, vom hilflos herumeiernden Neuling zu einem Profi, der so sicher an Schläuchen nestelt wie Cristiano Ronaldo am Ball. Ich sehe, dass er das sieht, und es freut mich im Stillen.

Er sagt: »Ich hatte mal einen Schüler, der war ähnlich lernfähig wie Sie.«

Ich nehme das als Kompliment, während er aufsteht und ich ihm den Rollstuhl zurechtschiebe, den er zur Schonung noch benutzen muss. Er redet weiter, während er sich setzt, und hebt den Zeigefinger. »Der hat angeblich das komplette hintere Drittel der Stadtbücherei freiwillig gelesen und dann jüngere Schüler aus dem Sessel heraus beraten. Sagte man mir.«

»Mhm«, sage ich und schiebe ihn über den Flur, zügig, auf die Uhr sehend. Ich muss im Plan bleiben. Die Zeitstruktur des schwarzen Büchleins blinkt vor meinem inneren Auge wie die taktische Bildschirmanzeige auf der Xbox. Der Doktor kommt gerade erst aus dem OP, als ich Herrn Winzer ins Sprechzimmer schiebe.

»Oh«, sagt er, »prima.« Fließend übernimmt er den Patienten, während ich nach nebenan haste und den Tisch für den nächsten Eingriff decke.

Um sechzehn Uhr – ich habe längst angefangen, den OP zu putzen – höre ich den Doktor nebenan im Büro seine Tasche packen. Er ruft: »Kommen Sie mal eben?«, und ich putze weiter, weil ich denke, dass Hans ihn schon von selbst hören wird.

»Hallo? Herr Lechner?«

Den Blick auf der Tulpenwiese im Innenhof, die Hand im Lappen auf der Fensterbank halte ich inne. Hat der Doktor eben Herr Lechner gesagt? Der Doktor streckt seinen Kopf in den OP-Bereich und sagt: »Haben Sie beim Putzen einen Walkman auf? Oh, nein, haben Sie nicht.«

»Sie meinten mich?«

»Ja, sicher.«

Ich räuspere mich und stelle mich unwillkürlich gerader hin, als sei ich wieder beim Einsatz auf der Xbox und dürfe mich nicht rühren. »Aber«, sage ich, »Sie … Ich dachte … Ich meine, bislang haben Sie nicht mal mit mir geredet. Ich dachte, Sie merken gar nicht, wer hier gerade übergangsmäßig arbeitet.«

»Ich bemerke die, die es wert sind, bemerkt zu werden«, sagt er und ich glaube, ich höre nicht richtig. »Mal abgesehen davon, dass ich niemanden vergesse, der am Samstagabend in Sportklamotten im Restaurant steht und den Kollegen Hübers zu einer Untersuchung an einer Patientin drängen will.«

Ich reibe meine Nase und sehe kurz aus dem Fenster. Dann schaue ich ihn wieder an.

Er sagt: »Aber Sie haben recht. Die meisten beachte ich nicht. Die kommen hierher, und wenn sie wieder gehen, hat sich nichts an ihnen verändert. Die Zivis sind das meistens. Die stehen da und die gucken … die gucken …«, der Doktor überlegt und schaut dabei nach links oben an die Zimmerdecke, »die gucken wie getretene Hunde.« Er brummt ein wenig, weil er kaum weiß, wie er das ausdrücken soll. Man merkt, dass er lieber resektiert als redet. Das macht ihn sympathisch. Er sagt: »Die … die wollen nix vom Leben. Anscheinend. Die sind achtzehn, neunzehn Jahre alt und jetzt schon hundemüde, verstehen Sie? Aber Sie, ich weiß ja, warum Sie hier sind und alles, aber Sie … Sie haben so einen … Drang. Ich kenne das von mir, als ich jünger war. Sie haben Zorn. Irgendwas treibt Sie, aber Sie machen daraus was … Fähigkeiten. Sehr schnell. Ja, durchaus, sehr schnell. Das wollte ich nur mal sagen. Also, wenn es nach mir ginge, ich würde Sie hierbehalten.«

Er sieht mich an, und da ich nichts sage, fährt er sich mit der Zunge über die Lippen, zieht die Brauen hoch, stößt sich schließlich vom Türrahmen ab und sagt: »Ja, bis morgen dann.«

Er verschwindet.

»Bis morgen …«, murmele ich ihm hinterher, »… und danke.«

Dann bleibe ich noch fünf Minuten an der Fensterbank stehen, weil ich mich nicht bewegen kann.

BARBECUE ZUM ABSCHIED

BARBECUE ZUM ABSCHIED
BARBECUE ZUM ABSCHIED
BARBECUE ZUM ABSCHIED

Das ist ein Bild, das gibt es gar nicht.

Vater steht am Grill.

Neben unserem Naturpool, im eigenen Garten!

Nicht als Gag für die Presse oder als Homestory für den WDR, sondern weil Lina ihre Abschiedsparty gibt, eine für alle, für Freunde und Familie, in der Spätsommersonne des 21. September, bevor sie in vier Tagen für ein Jahr nach Australien geht.

Die Australier lieben Barbecue, sie machen in ihrer Freizeit wenig anderes. Sie grillen daheim, sie grillen in Parks und dann stehen sie zusammen und reden niemals über Politik oder Religion oder Gesellschaft, sondern nur über Cricket, Rugby, Fußball, den neuesten Tratsch und das Wetter, weil es dabei niemals Ärger gibt. Männlein und Weiblein plaudern in getrennten Grüppchen und niemand hat ein Problem damit und fängt irgendwelche Grundsatzdiskussionen an. Die Australier wollen immer nur eine gute Zeit haben. No worries.

»So, Herr Lechner, noch ein Würstchen oder doch eher Nacken?«, fragt mich mein Vater und lacht. Im CD-Player hinter ihm läuft Australiens bekannteste Achtziger-Popband Men at Work und spielt ihren Hit *Down Under*.

»Brust«, sage ich und lache auch. Meine Mutter schenkt Cocktails aus, alkoholfreie natürlich, obwohl Lina sechzehn ist und ihre Gäste aus der zehnten Klasse sind. Für Lina liegt Vegetarisches auf dem Grill, mit Schafskäse gefüllte Paprikastücke, Riesenchampignons und Sojawürstchen. Vater trinkt wie ich ein kühles Bier. Auf seiner Grillschürze ist ein Pfeil aufgedruckt, der nach oben zeigt und neben dem »Hier einfüllen« steht. Ich habe ihn seit Jahren nicht so gesehen.

»Brüderchen«, sagt Lina, die mit zwei Freundinnen zum Grill getanzt kommt.

»Schwesterchen«, sage ich. »Gefällt dir deine Party?«

Sie nickt.

»Oder soll ich noch jemanden holen, der sich nicht beherrschen kann und dich beißt? Einen kleinen Edward zum Abschied?«

Ihre Freundinnen kichern.

Vater sagt: »Ich kann das Fleisch auch blutig machen.«

Dann zischt der Grill, weil jemand mit einer Arschbombe in den Naturpool gesprungen ist und das Wasser bis zu uns rüberspritzt. Für eine Sekunde funkeln Vaters Augen zu dem Gelärme am Wasser, wie wenn er unaufgeräumte Tassen oder Fugenkratzer findet, doch dann lächelt er wieder, dreht ein Stück Fleisch um und pfeift mit, als Men at Work anfangen, *Who Can It Be Now?* zu spielen.

Um Mitternacht haben alle Eltern ihre Kids aus unserem Garten abgeholt und ich sitze mit Lina am Rand des Pools, während Vater und Mutter drinnen die Küche aufräumen. Leise klimpert das Geschirr und die Schubfächer der Spülmaschine machen ihr »Rrruuuuuup, Rrruuuuuup«.

Ich habe fünf Bier getrunken, langsam und entspannt, nicht wie sonst, wenn ich unterwegs bin. Ich bin bei vollem Bewusstsein. Lediglich ein wenig sentimentaler.

»Scheiße, werde ich dich vermissen«, sage ich.

Lina schubst mich ein wenig mit der Schulter. »Ich dich auch, Sven.«

»Ach, komm«, sage ich, » du wirst gar nicht an uns denken. Du wirst jeden Tag so viel zu sehen und zu tun haben, dass du gar nicht dazu kommst, an Deutschland zu denken.«

Sie schweigt, lächelt und fächert mit den Fingern durch das Wasser. Dann sagt sie: »Diese Strafstunden da im Krankenhaus. Die sind tatsächlich keine Strafe mehr für dich, oder? Ich meine, du hast zwar gesagt, es mache dir keinen Spaß, aber was ich so mitbekomme ...«

Ich sehe sie an. »Was bekommst du denn mit?«

Sie antwortet: »Ich war mal wieder da, neulich, aber du hattest zu tun, im OP. Da habe ich mit diesem Pfleger Christian gesprochen. Der war ja voll des Lobes über dich. Hat mir erzählt, wie du sogar einem Arzt den Kopf gewaschen hast. Mit dieser alten Frau, das ... das hörte sich gut an.«

Ich lächle und schaue aufs Wasser. Ich denke an australisches Wasser, in dem sich Krokodile nähern könnten, lautlos und fast unsichtbar.

»Hast du die Aufkleber an die Dienstaufzugwand getan?«, frage ich.

»Was für 'n Ding?«, fragt sie.

»Ach, nichts.«

Dann schweigen wir wieder, lauschen dem Wind in den Büschen oder besser: der Hainbuche, wie Lina richtig erkannte. Nach einer Weile sagt sie: »Ach, der Christian hat mir noch was Lustiges erzählt. Er hieß früher Rita.«

»Was?«

»Der hat mal auf der Intensivstation gearbeitet. Und da hängt ein Schild. ›Bitte klingeln und warten, bis Schwester Rita Bescheid gibt.‹ Na ja, und das Schild ist fest und deswegen nennen sich alle, die an den Lautsprecher gehen, immer Schwester Rita.«

Ich verschlucke mich am Bier: »Nicht wahr, oder?«

»Doch. Und die Kerle reden dann mit hoher Stimme. Eine Frau macht dann natürlich die Tür auf. Das machen die so, damit sich das für die Angehörigen nicht so anonym anfühlt. Wie bei unserem Handyanbieter. Wenn da was ist, dann schreibt dir eine Susanne Lehmann. Hast du mal da angerufen und die Frau verlangt? Die gibt's gar nicht. Das ist auch eine Rita.«

Lina kichert.

Ich auch.

Dann sage ich, und ich muss immer zögern dabei, weil ich weiß, was ich ihr früher angetan habe: »Ich hab dich lieb.«

»Ich dich auch.«

Das ist das Haus, in das meine Schwester für ein Jahr einziehen soll. Ein kleines Holzgebäude auf Stelzen, dessen weiße Farbe schon vor langer Zeit begonnen hat abzublättern. Man kann darunterkriechen wie unter Bungalows. Rohre kommen heraus und verlieren sich im Dickicht unter dem Boden, in das ich niemals hineinkriechen würde, so schwarz und dicht und grauenvoll ist es. Das Haus steht mitten zwischen dem riesigen Westflügel eines Wellness- und Spa-Hotels und einem größeren Holzbau im Kolonialstil, mit Veranda und Plakaten für Tauchausflüge im Fenster. Es wirkt, als wäre es 1945 das erste Haus gewesen, das eine alte Einwandererfamilie hier an die Strandpromenade gebaut hat, lange bevor es eine Strandpromenade war. Das einzige der uralten Häuser, das stehen geblieben ist, während um es herum die stilvollen Hotels und großen Südstaatenvillen entstanden.

Heute lebt da doch keiner mehr. Und selbst wenn, was soll das für eine Familie sein? In so einem Haus vermutet man nur alte Trinker mit schwitziger Haut an unrasierten Wangen und zahnlose alte Frauen, die krächzen. Und *da* soll Lina das nächste Jahr wohnen? Ich fasse es nicht. Unter dem Haus bewegt sich das schwarze Dickicht aus Gestrüpp, Matsch und Spinnweben. Insekten? Spinnen? Ratten? Man kann es nicht erkennen, es wirkt eher so, als sei das Gestrüpp selbst ein Körper, ein konturloser, grollender Körper. In dem matschigen Schwarz leuchten zwei rote Augen auf.

Ich wache auf.

Ich schaue auf meinen Wecker.

3.37 Uhr.

Jetzt schwitze ich wie der alte Trinker, den ich im Traum gesehen habe. Ich überlege kurz, wo ich bin und wie spät es ist. Heute war die Abschiedsparty. Ich bin seit drei Stunden im Bett. Ich stehe auf und hocke mich auf mein Klo, die Tür halb offen. Da ich zu müde bin, beim Scheißen mit dem Nintendo DS zu zocken, höre ich nur die Stille des Hauses und wie sie im Wohnzimmer über mir von zwei Stimmen durchbrochen wird, die sich bemühen, leise zu sprechen. Und nichts ist schließlich auffälliger als ein Streit, der sich anstrengt, nicht bemerkt zu werden. Ich beende schnell mein Geschäft, schleiche die Treppe rauf und bleibe an ihrem Ende stehen, um meinem Vater und meiner Mutter zu lauschen.

»Meine Güte, Michael, das hatten wir doch alles schon längst ausdiskutiert.«

Meine Mutter spricht das Michael mit langem e, »Michaeeeel«, und wenn sie das macht, dann meint sie etwas ernst.

Vater sagt, auf den Dielen auf und ab laufend: »Nein, wir haben das überhaupt nicht ausdiskutiert. Ich habe mich irgendwann breitschlagen lassen, von dir und von deinem Sohn.«

»Ach, von *meinem* Sohn …«

»Herrgott, Britta. Unsere Tochter ist sechzehn Jahre jung und wir schicken sie für ein ganzes Jahr ans andere Ende der Welt.«

»Wer hat in seinem letzten Buch geschrieben, dass nichts die Persönlichkeitsbildung mehr unterstützt als das persönliche Kennenlernen fremder Kulturen?«

»Ach, hör doch auf. Fremde Kulturen, ja, *Kulturen*. Aber Lina geht nicht auf einen Walkabout mit einem Aborigine, sie lebt in Port Douglas, Britta, das ist im Grunde ein Urlaubsort. Kulturen … Weißt du, wie anstrengend es für mich war, vorhin da draußen den lässigen Barbecue-Mann zu spielen? Barbecue und Cricket und Wetter, das ist es, worüber die Australier reden! Die sind fast so schlimm wie die Amerikaner, meine Liebe! Das ist eine Kaugummikultur. No worries, wenn ich das schon immer höre … No worries haben nur die Leute, die den ganzen Tag Grillwürstchen in sich reinstopfen, drei Liter Bier trinken und bis zu diesem Jahr, genau diesem jetzt, gebraucht haben, um offiziell anzuerkennen, was sie den Ureinwohnern des Kontinents angetan haben. Die *waren* übrigens eine echte Kultur, vierzigtausend Jahre alt. Und dann kommen die fetten Einwanderer und bringen Barbecue und Bier und Rugby und Countrymusik. Widerlich.«

»Michael!«

»Ja, ist doch wahr. Gut, für die Sprachentwicklung taugt es was, sicher, obwohl man australisches Englisch auch nicht als solches bezeichnen kann.«

»Michael!«

»Ich möchte dich sehen, Britta, wenn es in neun Monaten heißt: Ich habe mich verliebt in einen australischen Surfer! Ich will hierbleiben! Ich bin schwanger! Was weiß ich … Unsere Tochter wird in Nord-Queensland leben, weißt du das? Great Barrier Reef, Regenwald, Subtropen. Das haut einen um, selbst als Erwachsenen. Wenn du sechzehn bist, dann denkst du ohnehin schon, du willst nie mehr nach Deutschland zurück. Wenn dann noch ein braun gebrannter Surfer daherkommt …«

»Unsere Tochter ist ein umsichtiges, kluges, selbstbewusstes Mädchen.«

»Ja, aber sie ist auch vertrauensselig. Und lieb. Man kann sie vor einen Zug schmeißen und sie sagt hinterher: ›Macht nichts, kann jedem passieren!‹«

Ich falle fast die Treppe herunter, als Vater das sagt. Es ist wie ein Luftstoß um die Ecke herum, wie ein Schlag in die Nieren. Ich würge, vor Wut und weil ich leise bleiben muss, obwohl ich schreien will. Langsam gehe ich die Treppe hinab und presse dabei die Fingernägel meiner rechten Hand so fest in die Handfläche, dass sie tiefe Furchen bilden. Ich öffne meine Zimmertür, mache sie zu, verschließe sie, presse die Zähne zusammen und schlage dann mit der Faust ans Seitenteil des Betts, immer wieder, bis das Holz Kerben kriegt und mir die Höcker auf der Hand aufplatzen. Ich fahre den Rechner hoch, tippe bei YouTube den Suchbegriff »Body Count« ein und werde schon wieder auf einen Trailer von *John Rambo* geleitet, dem brutalen vierten Teil. Sylvester Stallone sagt: »Jemanden zu töten ist ganz leicht, wenn man weiß, dass es sein muss.«

Unter dem Bett liegt noch ein Bier. Ich trinke es zu drei Viertel auf ex, mache einen zweiten Tab im Firefox auf, während John Rambo Genicke bricht und Körper durchsiebt, und fange an zu recherchieren, was meiner Schwester in Australien alles passieren könnte. Denn so ätzend es ist, Vater hat ja recht, eigentlich ist es ein Risiko und ich habe erst Mutter und dann ihn ein Jahr lang nur deshalb so stark überredet, *weil* Lina meinetwegen fast umgekommen wäre. Ich will unbedingt, dass sie Australien erlebt, so schnell wie möglich. Aber jetzt sitze ich vor meinem Rechner, drei Tage vor ihrem Abflug, und schaue nach, wie ich sie beschützen könnte. Und um das zu wissen, muss ich wissen, was alles auf ihrer Reise passieren kann.

NORO

NORO
NORO

Auf den vorbeihuschenden Fliesen im Aufzugschacht sind neue Tiere dazugekommen. Ein Hai, ein Krokodil, eine Tarantel. Ich fühle mich unwohl in dem rappelnden Ding und denke das erste Mal daran, dass es auch abstürzen könnte. Ich habe heute Morgen bis 5.30 Uhr vor dem Rechner gesessen und nachgesehen, was Lina in Australien und auf dem Weg dahin alles passieren könnte. Das hätte ich lassen sollen. Jetzt denke ich ständig an *Final Destination* und wie es das Flugzeug in dem Film nach der Explosion des Flügeltanks in der Mitte auseinanderreißt. Ich denke daran, weil die Begebenheit, die diesem Horrorstreifen zugrunde liegt, wahr ist. Ich habe es gestern Nacht nachgeschlagen, auf airdisaster.com, einer Seite über die schlimmsten Flugzeugunglücke. 1996 ist Trans-World-Airlines-Flug 800 genau so runtergekommen, wie es der Horrorfilm zeigt. Die Maschine hatte bloß hundertneunzig Liter in einem ihrer Vierundsechzigtausend-Liter-Tanks und jeder weiß, dass man schon Reservekanister im Auto immer komplett füllen soll, da sich sonst explosionsfähige Gase bilden. Ein Kabel am Treibstoffsensor lag frei und der Treibstoffrest hatte sich auf über fünfzig Grad erhitzt, da die Klimaanlage für den Innenraum direkt unter dem Tank lag. Sie lief auf Hochtouren, weil irgend so ein Arschloch eine Stunde zu spät kam und auf dem Rollfeld auf ihn gewartet wurde. Wahrscheinlich ein sehr wichtiger Mann, ein VIP, auf den man wartet wie auf meinen Vater, wenn er mal wieder zu einer Talkshow fliegt oder eine Lesung hält. Ich sehe den Arsch vor mir, wie er in seinem Anzug über die Rollbahn zum Flieger läuft. Er lacht entschuldigend, ein schwarzer Zipfel seines Jacketts weht vor dem gelb glitzernden Asphalt der nächtlichen Rollbahn. Alle ärgern sich über ihn, aber niemand ahnt, dass dieser Mann mit dem schwarzen Zipfel der Tod ist.

Ich habe heute Stationsdienst und ich habe das Gefühl, dass ich der Einzige bin, der arbeitet. Gerade zum Beispiel soll ich einen Patienten zur Radiologie bringen und ein paar Proben zum Labor. Christian will, dass ich den Materialraum aufräume, und die Oberschwester will, dass ich beim ersten Bett des Zimmers, in dem früher Frau Närdemann lag, herausfinde, warum das Licht nicht funktioniert, und, wo ich schon mal da bin, den Kleiderschrank auswische.

Das mache ich und denke dabei an eine Reportage, die ich neulich über den Bau eines Passagierjets gesehen habe. Das Monstrum stand offen in einem Hangar und weder Sitze noch Innenverkleidung waren bislang montiert, sodass man sämtliche Kabel sehen konnte. Es war gespenstisch, besonders im Cockpit. Was da hinter den Bedieninstrumenten an Kabeln zusammenläuft, kann man nicht in Worte fassen. Es ist so unheimlich und komplex, so undurchschaubar und Angst einflößend. Ich will das gar nicht wissen, ich will einfach eine riesige schwarze Konsole sehen mit Anzeigen und Schaltern, die sogar ich begreifen kann, wenn ich mich lange genug mit dem *Flight Simulator* von Microsoft beschäftige. Ich will nicht daran denken müssen, dass hinter dieser Verkleidung mehrere Kilometer Kabel gebunden, gequetscht und gezurrt sind, sodass, geht auch nur eines davon ab, niemand mehr nachvollziehen kann, was wohin gehört. Es ist so, als würde man Hans oder Dr. Harnisch die Brust aufschlagen und dahinter die leise surrenden, rotierenden Gelenke eines Terminators finden und in dem Moment begreifen, dass er kein Bewusstsein kennt und keine Gnade, sondern nur sein Programm, das ihm befielt, dich zu töten, so wie das Flugzeug meine Schwester töten kann, wenn ein Kabel abgeht. Ich meine, da gehen zweihundertfünfzig Tonnen in die Luft und da sind immer noch ganz einfache Kabel mit Steckverbindungen verarbeitet, wie in einem PC? Was denken die sich eigentlich dabei?

Das frage ich mich, während die alte Frau in Bett 2 den Raum mit ihrem üblichen Gewimmer ausfüllt, das die Luft im Raum dicker zu machen scheint. Sie hat keinerlei Schläuche, nirgendwo. Sie wurde nicht wie meine Frau Närdemann schwer an der Lunge operiert. Sie liegt nur hier rum. Sie hat keine Ahnung davon, was ihre ehemalige Bettnachbarin in den letzten Tagen durchgemacht hat.

Ich nehme die Verkleidung der Halogenleiste ab und schaue nach, warum das Licht nicht funktioniert. Ich stelle mir vor, es sei die Verkleidung eines Passagierplatzes in der Economy Class und ich sei Techniker und sagte einfach nur »Sorry, muss was nachsehen« zu dem Passagier und dann erscheinen surrende und klickende Gelenke hinter dem Plastik, die klackernden Gedärme der lebenden Maschine, und der Passagier begreift, dass er im Bauch eines Wals sitzt, und schreit.

Die Jammertante im Bett nebenan schreit nicht. Sie macht, was ich am allermeisten hasse. Vorwurfsvolles, indirektes Herumeiern. Sie drückt nicht den Schwesternknopf, an den sie locker drankäme. Sie sagt aber auch nicht offen, dass sie etwas will. Stattdessen richtet sie sich stöhnend zu einem Fünftel auf, tut so, als sei das schon ein Todesschmerz, fällt wieder zurück, »versucht« es wieder und jault: »Tuhhuuuuluuuuuuu.«

Ich spüre, wie sich augenblicklich Hitze unter meiner Schädelplatte sammelt, und schlage so laut und impulsiv mit der flachen Hand gegen den Holzkasten für die Neonbeleuchtung, dass die alte Frau zusammenzuckt wie ein Kleinkind, das der Vater das erste Mal schlägt. Sie sinkt zurück und zieht sich die Decke bis zur Nase. Das kann jedoch auch kein Mitleid mehr bei mir erzeugen.

»Verdammte Scheiße!«, sage ich und weiß schon, dass ich mich nicht gehen lassen sollte. »Wie mich Ihre Schwäche ankotzt! Dieses Geleier den ganzen Tag. Tuhuluuuu. Tuhuluuuu. Mir geht es so schlecht. Gisela, Margot, Edith, ich liege hier nur. Tuhuluuuu. Wissen Sie eigentlich, wie das ist, wenn man wirklich etwas hat? Wissen Sie, dass da draußen Menschen mit dem Flugzeug abstürzen?«

Die alte Frau ist erstarrt. Auf dem Flur höre ich Schritte. Ich atme zu Ende, setze die Verkleidung wieder in den Lichtkasten ein, murmele etwas, das ich selbst nicht verstehe, und gehe schnell hinaus. Auf dem Flur fragt mich Christian, was für ein Lärm das gewesen sei, und ich antworte, ich wüsste es nicht, wahrscheinlich der alte Mann von der 319, der so gerne brüllt. Ich weiß nicht, ob der Mann gerne brüllt, aber Patienten kann man alles unterstellen, diesen selbstgerechten Fossilien, die wie Säuglinge glauben, dass sich die ganze Welt immer nur um sie zu drehen hat.

»Hast du die Proben runtergebracht?«, fragt Christian und ich sage: »Nein, ich muss erst ...«, bis mir einfällt, dass es eine gute Möglichkeit ist, die Station zu verlassen. »Wo stehen sie?«, frage ich. Christian zeigt zu unserem Tresen. »Mach ich«, sage ich, hole die Röhrchen, liefere sie im Labor ab und fahre auf Station 1, um nach der einzigen Patientin zu sehen, die in diesem Haus Respekt verdient hat.

An der Tür von Frau Närdemann hängt allerdings nun auch ein Schild in altem, gebogenem Laminierplastik, auf dem »Vor dem Betreten bitte im Schwesternzimmer melden« steht. Ein Schild, das man üblicherweise nur aufhängt, wenn jemand ansteckend ist. Vor der Tür stehen Kittel, Handschuhe, Masken und Desinfektion.

»Hey«, frage ich einen Azubi, der vorbeikommt, »ist Frau Närdemann auf ein anderes Zimmer verlegt worden?«

»Nein, die ist da drin.«

»Und was soll dann das da?« Ich zeige auf das Schild.

»Sie hat eine Bettnachbarin dazubekommen, die Brechdurchfall hat. Verdacht auf Noro. Ist nur zur Vorsicht.«

Ich glaube, ich höre nicht richtig. Das Norovirus verbreitet sich gerne in den kalten Monaten, wie die Grippe. Man scheißt und kotzt. Es ist schon ätzend, wenn man fit ist, aber ist man eine alte Frau und hat eben erst eine Lungen-OP hinter sich, ist es fatal. Und da steht der Azubi, diese Pickelfresse, und sagt mir, Frau Närdemann habe sich angesteckt bei einer Bettnachbarin, die man ihr aufs Zimmer dazugeschoben hat. Verdacht. Nur zur Vorsicht. Ich würde den kleinen Wichser am liebsten umhauen. Ich sage: »Ihr habt der Frau eine Patientin mit Noro dazugeschoben?«

»Wir sind überbelegt. Wir sind unterbesetzt. Soll ich die Leute auf dem Gang parken? Außerdem haben wir das auch erst heute Nacht gemerkt, dass die Frau so viel auf dem Klo hängt …«

Ich hebe meine Hand und sage, wie ich es sonst nur draußen auf der Kirmes oder vor Kneipen tue: »Halt die Fresse …«

Der Typ zuckt einen Augenblick zusammen. Ich ziehe mir Kittel, Handschuhe und Maske über, klopfe, höre nur ein ganz leises Piepen und gehe hinein.

Frau Närdemann sitzt mit hoch eingestelltem Kopfteil im Bett und sieht gar nicht gut aus. Sie rätselt nicht. Sie rechnet nicht. Sie redet nicht. Sie sieht mich nur Hilfe suchend an und greift zitternd wie eine wirklich alte Frau nach meiner Hand.

»Ach, Sven«, sagt sie und ihre Stimme zittert, als sei sie in der letzten Nacht direkt in ihr neunzigstes Lebensjahr vorgeschnellt, »die OP war ja schon schwer, aber das jetzt …«

Ich drücke ihre Hand. Frau Närdemann jammert nie. Sie redet nicht über die Krankheit, sie fragt mich lieber, ob ich ein südamerikanisches Land mit zwölf Buchstaben kenne. Sie hat Meister-Sudokus gelöst, als die OP-Narbe ganz frisch war. Aber jetzt klagt sie, und wenn *sie* klagt, dann muss es wirklich schlimm sein.

»Das ist so … demütigend«, sagt sie. »Ich trage Windeln. Ich kann das nicht kontrollieren wegen der Schmerzmittel. Dieser junge Mann da, der hat mich heute Morgen gewaschen. Ich bin doch kein Pflegefall! Und jetzt werde ich gewaschen, weil ich in meiner eigenen Scheiße liege. Das ist so würdelos.«

Ich denke daran, warum das so ist, und sage: »Frau Närdemann, hey, ganz ruhig. Das ist nicht würdelos. Sie haben ein Durchfallvirus abbekommen und das direkt nach einer schweren OP. Hier könnte Michael Ballack liegen oder Vitali Klitschko und die wären genauso hilflos in Ihrer Lage. Glauben Sie mir.«

»Ach, Sven …«

Sie hat Tränen in den Augen. Man kann sie jetzt nicht trösten. Sie ist eine stolze Frau. Dass man ihr den mittleren rechten Lungenlappen entfernt hat, hat sie nicht verletzt, aber dass sie jetzt in Windeln liegt, schlägt wirklich tiefe Wunden. Und es müsste gar nicht sein. Es müsste verdammt noch mal nicht sein.

»Noro dauert immer nur drei Tage«, sage ich. »Das klingt jetzt viel, aber sehen Sie's mal so. Noch vor der nächsten Folge *Wer wird Millionär* gehen Sie schon wieder ganz normal aufs Klo.«

»Sie sind lieb«, sagt sie, aber ich weiß, dass sie eigentlich sagt: »Noch zwei Tage halte ich das nicht aus.«

»Ich muss jetzt wieder zum Dienst«, sage ich, werfe den Kittel, die Handschuhe und die Maske in die bereitstehenden Tüten und verlasse das Zimmer. Draußen steht der feiste Azubi mit einer Kollegin herum und scherzt. Ich sehe zu ihm rüber, beschließe dann, einen anderen Weg zu gehen, und renne zum Büro von Dr. Hübers, der Frau Närdemann operiert hat und schließlich der Chef all dieser Idioten ist. Im Vorraum will seine Sekretärin mich aufhalten, aber ich bin ja schon gewöhnt, einfach durch solche Zimmer durchzurauschen. Mit dem Unterschied, dass ich die Tür heute auftrete. Der Doktor berät gerade einen Patienten, als beide wegen meines Überfalls zusammenzucken.

»Was soll die Scheiße?«, brülle ich.

»Sie …«, sagt der Doktor.

»Frau Närdemann hat eine schwere OP hinter sich. Sie wissen das, denn Sie haben die OP gemacht. Und dann schieben Ihre Leute ihr eine Frau aufs Zimmer, die Noro hat? Noro? Da können Sie ja gleich hingehen und Frau Närdemann das Virus absichtlich mit einer Spritze injizieren!«

Dr. Hübers schaut seinen Patienten an, der sich augenscheinlich nicht mehr wohlfühlt, und dann wieder mich. Sein Augenlid zuckt. Er sagt, leise und langsam: »Was fällt Ihnen eigentlich ein?«

»Diese Frau liegt in ihrer Scheiße, und das, weil man sie fahrlässig angesteckt hat! Weißt du, was man machen müsste, du Spast? Man müsste dich und deine ganze Bande hier verklagen. Ja, genau, verklagen. Paragraf 1, oder? Die Würde des Menschen ist unantastbar.«

»Raus!«, schreit Dr. Hübers und steht auf, doch ich mache weiter: »Ihr tastet gerade die Würde von Frau Närdemann an, ihr Wichser! Wenn ich das schon sehe, das feiste Grinsen da auf der Station. Ja, ist wahrscheinlich Noro, die Masken liegen da nur zur Vorsicht, macht ja nichts. Was ist denn das für ein Puff hier?«

»Das hat Konsequenzen, sage ich Ihnen«, sagt Dr. Hübers und ich drehe mich um, um zu gehen. »Ja, in der Tat, das hat Konsequenzen, das sage ich dir!«, schiebe ich noch nach und werfe beim Rausgehen ein paar Ablagefächer von einem Sideboard. Die Sekretärin steht mit empörtem Geschichtslehrerinnenblick in der Tür. Ich stoße sie zur Seite und zische: »Aus dem Weg, Schlampe«, und ich weiß, dass all das taktisch nicht klug sein kann, aber ich kann nur eines denken: Frau Närdemann wurde infiziert, in einem Krankenhaus, nach einer OP. Einfach so. Wo man sich eigentlich um die Sicherheit kümmern soll. Wie Piloten und Flugzeugbauer. Aber es sind alles nur Menschen. Und daher sind sie schwach, stumpfsinnig und beschissen. Frau Närdemann hat Noro. Lina fliegt bald los. Und ich? Ich kann – wieder mal – nichts dagegen tun.

PAPIERVERBRAUCH

PAPIERVERBRAUCH
PAPIERVERBRAUCH
PAPIERVERBRAUCH

Es ist elf Uhr vormittags und ich stehe in Jogginghose und Basketballshirt am Kaffeeautomaten in der Küche. Ich bin gerade erst aufgestanden, weil ich heute Spätdienst auf der Station anstatt Frühdienst im OP habe, doch mein Vater kommt gerade so entschlossen und laut stampfend aus seinem Büro auf mich und die Anrichte zugelaufen, als sei er davon überzeugt, ich würde meinen Dienst schwänzen. Oder Schlimmeres. Ich rücke meine Tasse auf dem Auffanggitter für Reste gerade, dann sehe ich wieder zu ihm. Er ist fast da. Scheiße … wie seine Augen funkeln. Und diese Zornesfalte auf der Stirn. Was ist das denn?

»Ich habe gerade einen Anruf bekommen«, sagt er.

»Mhm«, sage ich.

»Vom Krankenhaus.«

»Ich habe heute Spätdienst, das wissen die.«

Mein Vater rollt nicht mal ganz mit den Augen, er deutet es nur an.

»Mir wurde berichtet, dass du fortschreitend einen gewissen Dr. Hübers belästigst.«

Die Maschine gurgelt und kotzt ihren Kaffee in meine Tasse. Ich drehe mich zu Vater um und weiß gar nicht, welche Worte ich zuerst sagen soll, da alle gleichzeitig rausmüssen: »Belästigen? Ha! Dieser Doktor hat fast meine Patientin sterben lassen, weil er samstags erst mal chic essen gehen musste. Er hat –«

»*Deine* Patientin?«, unterbricht mich Vater. Er sagt es so spöttisch, als hätte ich »mein Land« oder »mein Nobelpreis« gesagt. Er war in den letzten Wochen nicht ein Mal im Krankenhaus. Als ich einen Messerstich hatte und wehrlos im Innenhof hockte, ja, da kam er vorbei, um mir eine Predigt zu halten. Aber jetzt? Hat er irgendwas mitbekommen von Frau Närdemann? Von Hans? Von meinem Chefarzt, der mich gelobt hat, im Türrahmen, weil ich anders bin und Hunger habe? Einen Scheiß hat er!

Ich sage: »Ja, *meine* Patientin. *Ich* habe erkannt, was sie hatte, und ich bin zu diesem Essen der Ärzte gefahren, um Dr. Hübers davon zu überzeugen, dass er die Lungenspiegelung macht.«

»Du hast Dr. Hübers privat belästigt und im Krankenhaus hast du ihn mit übelsten Begriffen beschimpft. Seine Sekretärin hast du«, und hier zögert mein Vater, als vergifte es seinen edlen Mund, es überhaupt auszusprechen, »›eine alte Schlampe‹ genannt.«

Es klingt in der Tat nicht gut, wenn er es so sagt. Aber ich weiß doch, wie es dazu kam. War er etwa dabei? Ist er im Feld? Mir wird heiß in der Brust, aber nicht wegen des Kaffees.

Ich sage: »Das sind doch auch Schlampen dort! Die Ärzte, die Schwestern! Weißt du, was die gemacht haben? Die haben Frau Närdemann eine Bettnachbarin mit Brechdurchfallvirus aufs Zimmer geschoben, und das ein paar Tage nach ihrer OP! Macht man so was, wenn man keine verfickte Schlampe ist?«

»Sven!«

»Ach, Sven, Sven!«, äffe ich ihn nach, fuchtele mit den Händen und kleckere Kaffee. Vater war nie im Feld, aber er kann immer alles beurteilen. Ich sage: »Frau Närdemann hatte eine schwere Bronchiektase. Hübers musste drei Segmente des rechten Lungenflügels wegnehmen, und zwar noch Samstagnacht, genau wie ich gesagt hatte. Aber sagen die Danke? Nein, die schieben der Patientin eine Durchfallkranke aufs

Zimmer und rufen dann hier an, weil ich der böse Junge bin. Diese behinderten Wichser!«

»Sven, jetzt hör dich doch mal reden!«

»Es ist mir egal, wie ich rede!«, brülle ich und will an Vater vorbei.

Er sagt, jetzt leise und mit diesem Tonfall, mit dem Historiker in den Talkshows sprechen, in denen er auch sitzt: »Ich dachte, im Hospital würde sich etwas ändern …«

Er lässt den Satz absichtlich so stehen. Er soll ausklingen, mit einer Klinge aus Vorwürfen, die mir härter in die Seite sticht als das Klappmesser neulich. Da steht er und holt aus zum Stich, Professor Lechner. Weil er einen Anruf gekriegt hat. Seit einem Monat mache ich nun schon meinen Dienst im Hospital und der beste urologische Chirurg, den wir in ganz NRW haben, hat mir persönlich seinen Respekt ausgesprochen. Und mein Vater? Der kriegt einen Anruf, von dieser feigen Sau von Arzt, der nicht ertragen kann, dass ich recht habe, und er glaubt ihm. Ich wechsle Infusionen, manage Patienten, reinige Instrumentenbestecke. Ich werde mit »Herr Lechner« angesprochen und man gibt mir »meine Patienten« wieder, wenn sie geröntgt wurden. Ich habe Frau Närdemann gerettet. Und mein Vater? Der glaubt mir nicht. Bemerkt nicht, dass sich alles geändert hat. Es ist im Grunde wie mit Dreck und Flecken. Sind sie da, sieht sie jeder, aber wenn es dann plötzlich sauber ist, merkt kein Schwein irgendetwas.

Ich sehe ihm in die Augen und die Wut, die wohl in meinen liegen muss, lässt ihn beiseitetreten, damit ich zur Treppe gehen kann. Als traue er mir zu, ihn niederzutreten, mir, dem Asozialen, der die Ärzte beschimpft. Ich lasse ihn stehen und gehe langsam in meinen Keller. Es ist ja ohnehin egal, was ich sage. Ohne dass ich mich umschaue, spüre ich, dass er noch eine Minute schweigend an der Anrichte steht und erst dann seufzend in seinem Büro verschwindet.

Als ich mir eine knappe Stunde später etwas zu essen holen will, bevor ich mich umziehe und zum Dienst aufbreche, höre ich ihn hinter seiner schweren Bürotür telefonieren. Er gibt ein Interview. Er sagt:

»Ja, genau. Wir brauchen beides. Wir müssen fordern und hohe Ansprüche setzen, aber wenn die Leistung dann kommt, dann müssen wir endlich auch daran denken zu loben. Wir brauchen valide Gratifikationssysteme für Schüler, für Lehrer, für Eltern, für alle, die an dem Prozess beteiligt sind.«

Ich stelle meine Tasse, die ich vorhin mit runtergenommen hatte, auf der Marmorplatte neben der Spüle ab und atme tief durch. In seinem Büro ist Vater während des Sprechens aufgestanden und geht nun auf den Echtholzdielen auf und ab.

»Problemkinder«, sagt er dabei in seinem Vortragston in den Hörer, »was heißt schon Problemkinder? Es gibt keine Problemkinder. Es liegt in unserer Verantwortung, nicht in ihrer. Wir dürfen niemals nachlassen, niemals die Geduld verlieren und vor allem: Wir müssen die Fortschritte beachten lernen, jeden kleinen Fortschritt, in niemals nachlassender Hartnäckigkeit.«

Ich pfeffere die Tasse in die Spüle, sodass sie zersplittert, nehme so, wie ich bin, den Autoschlüssel vom Brett, laufe aus dem Haus und knalle die Tür so heftig zu, dass Mutters fein ausgearbeiteter Dekokranz von seinem Nagel fällt.

Auf dem Weg zur Umkleide im Krankenhaus winkt mir Kollege Christian zu, sieht mich allerdings das erste Mal so an, als schimmere unter meiner Haut ein Alien durch. Die Jogginghose und das Basketballshirt habe ich hier noch nie getragen, das machen Pfleger nicht, auch nicht privat, das machen hier nur die alten männlichen Patienten, die rauchend vor dem Eingang stehen und Schwestern hinterherpfeifen. Die blaue Kluft, die ich aus meinem Spind hole und anziehe, beruhigt mich ein wenig. Auch die Tatsache, dass ich heute Stationsdienst statt OP-Dienst habe und so vielleicht die Möglichkeit, zwischendurch in die erste Etage zu huschen, um nach Frau Närdemann zu sehen. Im Aufzug klebt ein Wombat neben dem Schnabeltier und mir klingt die Interviewstimme meines Vaters in den Ohren. Vaters Interviewstimme … ich kann das kaum erklären … sie erzeugt mit jeder Silbe einen Hass in mir, den nicht mal er verdient hat, auch wenn er nicht bemerkt, wie ich mich hier verändere.

In der Teeküche nehme ich mir einen Kaffee und werfe einen Blick auf den Plan. Christian kommt herein und sagt: »Auch wenn gleich noch Übergabe ist: Bring doch bitte den Patienten von 324 eben zum Röntgen. Herrn Dammeier. Ist ein bisschen schwierig, aber du schaffst das schon.«

»Mach ich«, sage ich, stelle die Tasse ab und gehe zu dem Patienten. Ich denke an Vater und was er denkt, was ich hier tue. Ich denke an Flugzeugbauer, die genau über Linas Sitz zwei Kabel so verbunden haben, dass sie einen Kurzschluss erzeugen. Einen Schmorbrand, direkt über ihr, verborgen hinter der Verkleidung.

Herr Dammeier sitzt aufrecht im Bett. Die Furchen in seinem Gesicht sind tiefer als getrocknete Erde auf dem Acker. Als er mich bemerkt, winkt er ab und sieht mit seinen blauen Augen durch mich hindurch in die Welt, in der er gerade lebt: »Nein, nein, ich gehe nirgendwohin! Das habe ich gesagt. Ich muss morgen ins Feld. Ich muss meine Männer anführen!«

Oh nein. Christian, du Arsch. »Ein bisschen schwierig« ist der Patient? Ich soll mal eben machen? Jetzt sehe ich, warum.

Obwohl ich weiß, dass es zwecklos ist, gehe ich um das Bett herum und greife ihn unterm Arm. »Kommen Sie, Herr Dammeier«, sage ich, »es geht auch schnell.«

»Lassen Sie mich in Ruhe, Soldat!«, brüllt der Mann und reißt seinen Arm weg. Dann fuchtelt er, sodass seine Hand mein Gesicht streift. Ich drehe den Kopf weg und atme tief ein.

»Herr Dammeier, ich muss Sie nur eben zum Röntgen bringen«, sage ich, in diesem lauten, überdeutlichen, bescheuerten Tonfall. Als wären Demente nicht verwirrt, sondern taub. Ich hasse diesen Tonfall, aber mir fällt nichts anderes ein. Wieder greife ich nach ihm, doch noch bevor ich mich einhake, klatscht mir eine Zeitung ins Gesicht.

»Pfoten weg!«, brüllt Herr Dammeier jetzt und es klingt kehlig, sauer, hart, es klingt wie: »Pföööten wuuuuek!«

Ich wehre die Schläge mit der Zeitung ab und brülle: »Mann!« Dann steht Christian in der Tür. Er lacht. Herr Dammeier bemerkt ihn noch nicht. Christian rückt sein Pflegerhemdchen gerade, räuspert sich, richtet sich auf und stapft mit geradem Rücken wie ein tatsächlicher Soldat in den Raum. Er bleibt vor Dammeiers Bett stehen, genau mittig, am Fußende. Er sagt, laut und zackig und ohne die Mundwinkel zu verziehen: »Herr General!«

Herr Dammeier ist sofort ganz Ohr: »Ja?«

»Sie müssen morgen in den Einsatz, Herr General. Sie wissen das?«

»Ja!«

»Dann habe ich hier von oberster Stelle, direkt aus dem Büro der Direktion der Kompanie Geldern, den Befehl, dass Sie sich noch heute einer Gesundheitsinspektion unterziehen. Das kommt direkt von Admiral Strutz!«

Ich sehe Christian an, wie er mit zackigem Nazitonfall schauspielert und dabei keine Miene verzieht. Es hat Wirkung. Herr Dammeier ist aufmerksam wie ein Hund, dem klar ist, wer der Rudelführer ist.

»Aber ich –«, sagt Herr Dammeier, kleinlaut.

Christian blafft: »Sie kommen diesem Befehl nach und gehen zur Untersuchung! Alles andere gefährdet Ihren Einsatz! Stellen Sie sich vor, Sie werden krank, weil Sie den Befehl missachtet haben. Das wäre Wehrkraftzersetzung!«

Herr Dammeier zuckt bei Christians Gebrüll zusammen. Dann nimmt er tatsächlich die Hand zur Stirn und sagt: »Jawohl, Herr Obersturmbannführer!«

Ich reibe mir die Stirn und will wieder nach Dammeier greifen, aber Christian winkt ab. Zu dem verwirrten Patienten sagt er: »Machen Sie sich fertig! Ich hole Sie persönlich in fünf Minuten ab!«

»Jawohl!«

Christian macht mir klar, dass wir gehen sollen. Leise verlassen wir das Zimmer. Auf dem Flur zieht er behutsam die Tür zu.

»Man muss wissen, wie man zu reden hat«, sagt er. »Der Ton macht die Musik.«

Ich fand das beeindruckend, wie er das gemacht hat, aber es kotzt mich an, wie selbstherrlich er es jetzt abfeiert. Der Ton macht die Musik, Sven, schau her, Sven, was ich kann!

»Ich bringe ihn gleich runter«, sagt Christian, der ja eigentlich keine Zeit hatte. Warum hat er mich dann geschickt, wenn er wusste, dass ich scheitere? Wollte er sehen, wie der alte Bekloppte da mit Zeitungen auf mich einschlägt?

»Ich gehe den Geräteraum aufräumen«, sage ich und laufe den Flur hinab, um mich in Wirklichkeit in die Station 1 zu Frau Närdemann abzuseilen. Morgen schon fliegt Lina nach Australien. Es geht mir zu schnell. Ich habe ihr eine Mappe gemacht, nachts, als ich nachgesehen habe, weswegen sie abstürzen kann. Eine Mappe über Port Douglas, ihr neues Zuhause für ein Jahr, über das Vater schlecht redet, während er ihr im Garten den lieben Barbecue-Daddy vorspielt. Darin findet sie eine Liste aller Restaurants, die auf jeden Fall vegetarisches Essen haben. Alle Medical Centres und Shuttlebuslinien, die von Port Douglas über Smithfield nach Cairns fahren, wenn man mal in die große Stadt will. Ich habe alle Urlaubsforen im Netz überprüft, Testberichte über die Pendelbusse, es gab nicht viele. Sun Palm Express sind recht zuverlässig. International Coaches muss sie unbedingt meiden, über die schreibt ein deutsches Paar, dass sie mit viel zu kalter Klimaanlage, kaputten Stoßdämpfern und Rissen in der Scheibe fahren. Ich habe mir den Ort lange auf Google Earth angesehen, jede Straße, jede Bucht und jeden Hügel. Ein Jahr lang ist sie weg, zehntausend Kilometer weit … Man kann nicht mal eben hin, wenn was ist, wie hier zwei Treppen tiefer zu Frau Närdemann. Obwohl, auch da konnte ich ja nichts machen; sie haben ihr einfach einen Durchfall verpasst und ich bin am Ende der Arsch, dessen Vater einen Anruf kriegt.

Ich bin schon fast am Dienstaufzug, als Hans die Tür des Sprechzimmers aufmacht und mich abfängt.

»Ah, du, das ist gut. Komm mal mit!«, sagt er, obwohl ich heute der Station gehöre und erst morgen wieder in der OP-Besatzung Dienst habe. Er weiß das.

»Ich muss aber …«

»Wirst du wohl mitkommen«, zischt er und ich habe wieder den Geierschnabel direkt vor der Nase. Was maßt sich dieser Mann an? Ich folge ihm in den OP und von dort in die kleine Instrumentenküche mit den Schränken, die ich längst nicht mehr mit lächerlichen »Wo finde ich was?«-Notizzetteln bekleben muss.

Hans baut sich vor der Spüle auf und zeigt auf den weißen Spenderkasten für die grauen, billigen Papiertücher.

»Was ist das?«

»Was?«

»Der ist leer.«

»Ja, und?«

Hans geht zu dem grünen Vorratsschrank rechts neben der Tür: »Wo sind die Vorräte?«

»Weg«, sage ich. »Verbraucht. Zum Abtrocknen beim Putzen. Ich habe schon neue im Lager bestellt.«

Hans wirft den Kopf zurück, sodass seine faltige Geierhaut am Hals schlackert, und sagt: »Du hast *was*?«

»Ich habe im Lager angerufen und neue bestellt. Was ist denn dabei? Du willst doch auch immer, dass ich selbstständig werde.« Ich weiß nicht, was er hat. Was sie alle haben. Ich will ihm sagen, was der Doktor neulich zu mir gesagt hat, wie er mich lobte, aber ich komme nicht dazu, denn der Tonfall, den Hans jetzt anschlägt, ist anders als jede Standpauke, die er mir jemals gehalten hat. Anders als alles, was Vater daheim sagt. Es kommt schon eher der Haltung von Christian nahe, als der gerade bei Herrn Dammeier den Admiralsbefehl überbrachte. Hans schließt seine Augen beim Sprechen und über seiner Oberlippe bilden sich Falten, als würde gleich vor Anspannung seine ganze Gesichtshaut aufplatzen.

»Was glaubst du eigentlich, wer du bist? Was glaubst du, wer hier das Sagen hat? Weißt du, was das Zeug kostet?«

Mir wird wieder heiß.

Wie kann er so mit mir reden?

Ich sage: »Du machst mich jetzt hier nicht an, weil Papier zu teuer ist, oder?«

»Du ...«, flüstert Hans weiter, voller Verachtung, »du Niete. Du undankbares Gör, du. Das sie zwingen mussten, hier zu arbeiten, damit es nicht in den Bau geht. Du kleiner, beschissener Krimineller, du –«

Er kommt nicht weiter.

Seine Nasenknochen knacken bereits, als ich begreife, dass es meine Faust ist, die ihm da ins Gesicht getrieben wird. Ich habe nicht gemerkt, dass ich ausgeholt habe, es war ein Instinkt, wie wenn das Bein hochschnellt, weil der Doktor mit dem Hämmerchen unters Knie schlägt. Hans gurgelt und reißt sich die Hände vor das Gesicht. Blut läuft ihm zwischen den Fingern durch. Er hat mich fertiggemacht, nachdem ich alles gegeben habe, nachdem ich Frau Närdemann gerettet habe und in so kurzer Zeit so kompetent geworden bin, dass der Doktor, der sonst mit niemandem spricht und sich niemanden merkt, mir Respekt gezeigt hat.

Hans hat mich fertiggemacht – wegen zu viel Papierverbrauch! Das konnte ich doch nicht hinnehmen!

Ich habe nicht bemerkt, dass ich ausgeholt habe.

Draußen habe ich schon oft ausgeholt, aber das hier ist anders als das Draußen.

Ganz anders.

Ich bin genauso entsetzt wie er.

Für einen Augenblick stelle ich mir vor, wie ich die Sache zu Ende bringe, damit er nicht reden kann.

Dann lasse ich die Faust sinken und renne ...

DIE ZEIT, DIE NIE PASSIERT IST

DIE ZEIT, DIE NIE PASSIERT IST
DIE ZEIT, DIE NIE PASSIERT IST

Das Gesicht im Spiegel da. Ist das meins? Es sieht nicht so aus. Es sieht aus, als hätte man das Geiergesicht von Hans genommen und über meines gezogen, eine alte Haut. Das Wasser gurgelt im Ausguss meines Waschbeckens und ich denke an Lina und daran, dass es bei ihr in Australien andersrum abläuft. Es ist dunkel hier. Ein Bild drängt sich in meinen Kopf. Braune Fliesen und kaltes Wasser, das beim Abfließen in zwei Ströme geteilt wird, weil ein hartes Büschel Schamhaare im Weg liegt, das das Gitter verstopft. Männerhaar, wie Draht. Es ist nicht meines. Die Dusche ist kalt.

Ich greife schnell die Bierflasche, die auf dem Boden neben dem Becken steht, und trinke, um das Bild wegzukriegen. Es sind so viele Bilder, die ich wegkriegen muss. Ich werde nicht darüber reden, was die letzten zwei Monate war, niemals, mit niemandem. Wie konnte ich damals, als ich nach dem Einbruch in das Haus eine Nacht in der Zelle des Polizeireviers schlief, denken, dass Gefangenschaft ein Ausweg wäre? Eine gerechte Strafe? Eine Entlastung? Ich habe nichts gewusst, damals, gar nichts. Jetzt weiß ich alles und ich darf nicht daran denken. Noch ein Schluck Bier. Diese Bilder. Scheiß Bilder. Es hat sie nie gegeben. Es darf die letzten Wochen nicht gegeben haben. Man kann

Fehler machen im Leben, falsch abbiegen und auf der Straße in die Arme der Polizei rennen, obwohl man weiß, dass sie dort steht. Man kann es übertreiben und Dinge bereuen. Aber das … Wie soll ich das bloß sagen? Ich bin nicht bloß falsch abgebogen … Das, die letzten Wochen, das war nicht bloß die falsche Strecke, das war das falsche Universum. Es ist nicht cool, nicht verwegen wie eine Nacht Untersuchungshaft. Es ist wie … wie in diesem alten Parkhaus, in dem ich mal war, wo ich die Ausfahrt nicht mehr fand und es nach saurer Pisse roch. Da gab es eine Klappe mitten in einer Wand, mit einer Türklinke. Der Raum dahinter konnte nicht größer als ein Tresor gewesen sein, eine Betonbox von ein mal zwei Meter vielleicht, ein dreckiger Schacht aus Kälte und Pisse. Man stelle sich vor, dort eingeschlossen zu werden, zu schreien hinter dieser Tür, aber kein Fahrer hört einen, weil der Wagen zu laut ist, und das Einzige, was man bekommt, sind Abgase durch die Ritze, Abgase in der Dunkelheit.

Ich greife zu einer Nagelschere, die auf dem Beckenrand liegt, halte sie fest in der rechten Hand und drücke sie tief in die Innenfläche meiner Linken. Immer fester, bis Blut kommt. So kann ich die Gedanken vertreiben und die Stimme siegen lassen, die sagt, dass es nichts davon wirklich gegeben hat: nicht das Krankenhaus, nicht Frau Närdemann und Dr. Hübers, nicht Hans, dem ich die Nase brach, und nicht das, was dann kam. Ich war immer hier, sage ich mir, während die kleine, spitze Schere sich in mein Fleisch bohrt, hier in meinem Keller, in meiner Welt, und gleich kommen meine Leute und nichts hat es gegeben.

Mein Handy surrt, eine SMS von Boris, »stehen gleich vor der Tür«. Ich nehme die Schere weg und halte die Luft an, weil ich den Schmerz jetzt bemerke, spüle das Blut ab, sauge an der kleinen Wunde, spüle noch mal und klebe mir ein elastisches Pflaster in die Hand. Ich trinke die Flasche aus, lasse sie im Bad stehen und gehe die Treppe hoch. Meine alte Trainingshose stinkt, der Kunststoff und die weiße Netzeinlage darin, die schwitzig wird. Die Gedanken kommen wieder.

Schweiß auf Männerhaaren. Sie stinken aus dem Maul, alle, als würden sie von innen verrosten, ich rieche es wieder und ich drücke mit dem Daumennagel meiner rechten Hand auf das eben frisch geklebte Pflaster, weil es niemals passiert ist.

Es klingelt an der Tür und Vater macht auf, oben, ich komme dazu. Er sieht zwischen Boris, Frederick und mir hin und her, müde. Er will sagen, dass ich mit diesen Dreckskerlen nicht mehr abhängen sollte, aber er tut es nicht, weil es sowieso klar ist und weil es jetzt nichts mehr ausmacht. Was soll ich tun? Vorher war ich der nichtsnutzige Sohn eines berühmten Akademikers, der zur Schande seines Vaters die Schule abgebrochen hat. Jetzt bin ich der nichtsnutzige Sohn eines berühmten Akademikers, der zur Oberschande seines Vaters auch noch im Gefängnis war. Wobei mein Erzeuger sich trösten kann, denn beides hat die Öffentlichkeit nie erfahren. Für so was sorgt er gut …

Vater weiß, dass wir uns heute Abend ablenken werden. Ich werde mich im Leben nur noch ablenken. Ich konnte Lina ihre Mappe für Australien nicht mehr geben. Ich konnte ihr nicht Auf Wiedersehen sagen. Seit acht Wochen ist sie jetzt dort unten und acht Wochen dort fühlen sich an wie zwei Jahre hier, weil man zig Mal so viele Eindrücke bekommt. Acht Wochen dort sind wie ein halbes Leben. Ich traue mich nicht, sie anzurufen. Ich bin gestern Nachmittag erst heimgekommen. Auch ich habe in der Zwischenzeit ein halbes Leben gelebt. Nein, habe ich nicht. Ich habe geträumt. Ich bin immer hier im Keller gewesen …

»Bis später«, murmele ich und Vater brummt nur noch. Dann steigen wir in Boris' Auto und fahren los.

Den Nachmittag über hängen wir im Kaufhof ab. Frederick trinkt Wodka-O aus einer undurchsichtigen Isoflasche und Boris platziert »Überraschungseier«, wie er das nennt. Er schleicht durch die Kleiderständer mit den Jacketts und den Anzügen, die seriöse Männer bald anprobieren werden, und steckt fiese Dinge in die Innen-, Seiten- oder Hosentaschen. Tote Spinnen aus dem Gartenschuppen zum Beispiel, trocken und knisternd, von denen die Beine, wenn man sie berührt, wie Stäbchen abfallen. Es ist ekelhaft, aber ich lache mich schlapp und bin dankbar dafür, dass er das macht. Er tut so, als hätte es die letzten zwei Monate nicht gegeben. Mit keinem Wort spricht er darüber und Frederick lässt es auch bleiben. Er beobachtet eine junge Türkin, die schräg gegenüber bei den Ed-Hardy-Klamotten in die Umkleide geht und den Vorhang zuzieht.

Ein kleineres Mädchen steht im Gang bei den Shirts, sie ist vielleicht fünfzehn. Ein Junge beobachtet sie, er hat einen Haufen BHs in der Hand, zu groß, als dass sie für eine Freundin sein könnten. Seine Mutter wühlt hinter ihm in der Auslage. Wie peinlich. Er wird rot, als er zwei andere Jungs sieht, die soeben die Rolltreppe hochfahren. Sie kennen sich, alle vier, die Jungs und das Mädchen. Die Jungs von der Rolltreppe reißen einen Spruch und der andere wirft die BHs seiner Mutter hin und rennt weg. Ich erkenne einen der Jungen. Es ist der Verkäufer aus dem Elektronikmarkt, den Frederick wegen des Tischtennisspiels fertiggemacht hat. Der stumme Fisch. Frederick bemerkt ihn nicht. Er starrt immer noch auf die Umkleide und vögelt im Geiste die Türkin da drinnen von hinten. Boris kommt dazu. »So«, sagt er, »alle Anzüge vorbereitet.«

»Alle?«

»Na ja, nicht alle. Es soll ja auch spannend bleiben. Weißt du, was ich meine?«

Die Mutter tritt aus dem Dickicht hervor, sieht die BHs auf dem Boden, der Sohn verschwunden. Sie hebt sie auf. Ihr Blick wird hart dabei, bitter. Frederick nimmt einen Schluck aus der Isoflasche. Ich tippe ihn an, damit ich auch was kriege. Dann warten wir, bis der erste erwachsene Mann einen Anzug anprobiert und in der Umkleide wie ein kleines Mädchen schreit.

In der »Altstadt« waren wir schon lange nicht mehr. Es ist eine Kneipe mit Billardsaal, sehr klassisch, in den Siebzigerjahren soll hier drin ein Nachtklub gewesen sein und noch heute soll es im Nebenzimmer illegale Pokerrunden geben. Wenn unsere Stadt Kriminelle hat, dann treffen sie sich hier, sagt das Gerücht, genauso wie ganz normale Jugendliche, die Bock auf Billard haben und keine Schnösel sind. An den Wänden neben den Tischen sind schmale Ablagen aus Holz angebracht, auf denen unsere Biergläser stehen, frisch gezapft. Der Wodka-O aus der Isoflasche ist seit Stunden aufgebraucht. Frederick hat bereits Hasenaugen. Boris kann sich immer noch konzentrieren. Eben versenkt er zwei Kugeln gleichzeitig und sagt: »Das ist alles Physik, Alter. Einfallswinkel, Ausfallswinkel.«

»Einfaltspinsel meinst du wohl«, sagt Frederick und lallt ein wenig.

»Klares Denken«, sagt Boris. »Meine Mutter, weißt du, was die macht? Die stellt überall Kristalle auf, damit die schlechte Energie aufgesaugt wird. Die sagt immer, dass alles irgendwie lebt. Die würde wahrscheinlich behaupten, die Kugeln gehen nicht wegen der Winkel ins Loch, sondern weil sie mich gernhaben.«

»Glaubst du das denn nicht?«, sage ich, weil ich Bock auf so ein Gelaber habe.

»Was?«

»Ja, dass die Kugeln das merken.«

»Klar spüren die meine Stöße!«

Frederick lacht.

Ich sage: »Nein, ehrlich mal jetzt. Woraus besteht so eine Kugel?«

»Aus Atomen, du Spasti!«

»Ja, und die? Woraus sind die?«

»Ja, was weiß ich, Quanten.«

»Und die?«

»Ey, willst du mich verarschen, oder was?«

Frederick sagt, den Finger erhoben, aber den Kopf mit schmalen Augen an eine Wand mit einer auf einen Spiegel gedruckten Bierwerbung gelehnt: »Sven meint Schwingungen, Boris. Alles ist am Ende aus Schwingungen.«

»Ey, seid ihr jetzt beide Eso-Tanten geworden, oder was?«

»Ist kein Eso, du Mongo, das ist Physik. Höhere Physik, du Affe!«

Boris stellt seinen Queue ab und geht auf mich zu, als wolle er mich umhauen. Dann lacht er und sagt: »Ich geh mal pissen!«

Als er aus dem Raum ist, legt Frederick seine leicht zu spielenden Kugeln ein wenig um, sodass sich die Winkel verkleinern. »Einfallswinkel gleich Ausfallswinkel«, sagt er und lacht. Er hat ein wenig Schnodder an der Nase. Ich muss an Schnodder in Männernasen denken. An Schnodder, der auf ein Tablett neben das Essen tropft. Die Soße auf den Klopsen sieht aus wie der Schnodder. Ich greife schnell zum Bier, um das Bild loszuwerden, und krampfe meine linke Hand zur Faust zusammen. Boris kommt zurück. Er sieht auf den Tisch, als bemerke er was, trinkt an seinem Bier, nimmt seinen Queue in die Hand, spielt aber noch nicht. Stattdessen sieht er mich an, von oben bis unten, mustert mich, wie ich da an der kleinen Bierreling stehe, und sagt: »Da ist unser kleiner Sven jetzt ein echter Gangster …«

Ich verschlucke mich beim Trinken. Den ganzen Tag hat er seine Fresse gehalten.

»Bist du doch jetzt, oder? Ich meine, wie cool ist das denn? Wir spielen hier, wir saufen, und du warst im Knast, Mann! Ein echter Knacki!« Er knufft mir an den Oberarm. Er meint es gut. Er denkt wahrscheinlich noch, ich hätte darauf gewartet, dass jemand das Eis bricht, damit es nicht heißt, meine Freunde würden alles ignorieren. Er weiß ja gar nicht, was er anrichtet.

»Komm, schlag ein, Gee«, macht er weiter und wippt herum, als stünde er mit weiter Hose in South Central vor einer Tankstelle und hätte die Knarre locker im Gürtel vor seinem Feinripphemdchen stecken. Für ihn ist das ein Spiel, eine coole Geschichte. Für mich feuert gerade mein Gehirn die Bilder, die ich nicht sehen will. Speichel im Mundwinkel, Rostatem, Wasserkreise um Schamhaare. Aber es sind nicht nur Bilder, es ist das Gefühl dazu, das niemand verstehen kann. Als wäre man künstlich verkleinert worden und wäre *unter* dem Abfluss der Dusche eingesperrt, das Gesicht nach oben fixiert und den Mund aufgespannt, sodass man alles schlucken muss, was abfließt, das Wasser mit Hautschuppen, den Speichel und die Haare.

»Give me an s«, sagt Boris, »give me a v and give me an e for my Westcoast-Gee!« Er lacht, aber nur so lange, bis ich ihn mit beiden Händen am Kragen packe und mit so einer Wucht vor die schmale Bierreling schiebe, dass das Holzbrett mit einem lauten Knacken in seinen Rücken schlägt. Sofort hören die drei Tische neben uns auf zu spielen und Fredericks Hasenaugen werden wieder größer. Ich zische Boris an, meinen Mund nah an seiner Nase, meine Speicheltröpfchen in seinem Gesicht: »Halt die Fresse. Halt einfach die Fresse …«

Und obwohl Boris unser Boss ist und mir das eigentlich nicht durchgehen lassen kann, muss irgendwas in meinem Blick liegen, das er noch nie zuvor gesehen hat. Seine Augen springen nämlich hin und her, auf und ab, als tasteten sie mich ab, um sich zu vergewissern, dass sie sehen, was sie sehen. Und sie sehen das erste Mal einen Jungen, vor dem sogar Boris Angst haben muss. Das ist ihm neu. Und für mich ist es furchtbar.

Zum Kotzen ist das.

Denn es beweist, dass die letzten Wochen, diese Wochen, die nur ein Traum waren und die es nicht gab, dass es sie gegeben haben muss. Wenn Boris Angst vor mir hat, waren diese Wochen real. Und das dürfen sie nicht gewesen sein. Ich lasse ihn los, werfe ein Glas herunter, renne aus der Kneipe und laufe, bis ich nicht mehr kann und am Heubergpark in einen Mülleimer kotze. Dann setze ich mich an eine Haltestelle, warte auf den Nachtbus und hoffe, dass ich erfriere.

LINAS BLOG

LINAS BLOG
LINAS BLOG
LINAS BLOG

Wie hat sie dieses Foto bloß so gut hingekriegt? Ihre runden, festen Pobacken im Vordergrund, genau auf Höhe der Linse, die Haut leicht glänzend im Licht. Hinten im Bild ihr Gesicht, herausfordernd schaut sie über ihre Schulter, nach vorn gebeugt, einen schwarzen Pulli an und ansonsten nackt, der Rand des Pullis über ihrem Steiß. Debby muss eine Kamera mit Selbstauslöser auf ein Stativ geklemmt und sich dann mit ihrem Hammerhintern davor geräkelt haben, bis es war, wie sie es haben wollte. Ich stelle mir vor, wie sie sich zwischendurch an der Linse gerieben hat, und meine rechte Hand berührt meinen Schwanz, der schon hart geworden ist.

»Nur für dich!« hat sie im Betreff der Mail geschrieben und natürlich ist die Nachricht von selber im Spamordner gelandet; wie soll es auch anders sein mit einer Nachricht, die »Nur für dich« heißt, Pornobilder enthält und einen Absender mit dem Namen *debbydrpic@hotmail.com* hat? Ich frage mich, ob dieselbe Post auch bei einem Absender wie *stefaniemueller@gmx.de* im Filter gelandet wäre, und öffne mein Sicherheitszentrum auf dem Rechner, um die komplette Firewall auszuschalten. Scheiß auf Schutz, wenn mir dadurch fast solche Bilder entgehen.

Debby meint wirklich mich mit dieser Mail, fünf Bilder hat sie geschickt und als Text bloß die Zeile: »Schön, dass du wieder draußen bist. Dachte mir, das könnte dir gefallen. Wir sehen uns, sobald ich kann. Deine Debby.« Sie hat »deine« geschrieben, obwohl sie bislang »unsere« ist. Nur für mich sind diese Bilder, kein Boris in CC und keine »undisclosed recipients«.

Ich knete ein wenig meinen Harten. Mein Puls beschleunigt sich. Dann kommen wieder die Bilder. Es war so kalt auf dem Klo in dem Raum aus Beton. Immer war es kalt. Ein roter Streifen lief um die Wände, genau in der Mitte zwischen dem dunklen und dem helleren Grau, und saß man zwei Minuten, fror alles. Der Hintern, der Sack, die Füße auf dem Boden ohne Teppich und ohne echte Fliesen. Der Rücken tat weh. Man wollte nur ins Bett, aber auch hier war es kalt. Die Decke war dünn. Der Streifen war rot. Ich schüttele heftig den Kopf, lasse meinen Schwanz los und reibe mir die Augen. Im Regal liegt eine Flasche Tullamore Dew, eingewickelt in zwei Pullis, sie ist halb leer. Ich hole sie heraus, schaue auf den Bildschirm und trinke ein paar Schlucke. Außer den Bildern von Debby ist in meinem Postfach wirklich alles Spam. b2cmail8.com will, dass ich zwanzig Euro Gratisguthaben auf ein Fußballspiel wette. »Anwalt« schickt mir wieder eine Mahnung. Geile Parkplatzschlampen kann ich auch haben. Tja.

Lina musste vor zwei Monaten ohne mich abfliegen. Ich war nicht da, um sie am Flughafen zu verabschieden, meine Schwester, die das Abenteuer ihres Lebens antrat, die in ihr Land flog, in unser Land, und die jederzeit hätte abstürzen können, aus tausend Gründen, die sich auf airdisaster.com nachlesen lassen.

Ich war nicht da.

Ich war nicht da, weil ich genau einen Tag vorher verhaftet werden musste, direkt von meiner Arbeitsstelle aus, die ich nur angetreten hatte, weil ich sonst ohnehin schon gesessen hätte. Die *eine* von einer Million Möglichkeiten, die niemals hätte eintreten dürfen und die so unwahrscheinlich ist, dass sie gar nicht wirklich stattgefunden haben kann, habe ich herbeigeführt und Lina ist in Frankfurt alleine in den Flieger gestiegen. Nur mein Vater und meine Mutter standen am Gate, nicht ich, und sie weiß auch noch, warum, weil es sich nicht vermeiden ließ und weil mein Vater es auch nicht vermeiden wollte, der sowieso denkt, meine Schwester habe zu viel Nachsicht mit mir. Jetzt bin ich den dritten Tag draußen und habe noch nichts von Lina gehört. Ich traue mich nicht, sie anzurufen. Ich überlege, wie viel Uhr es bei ihr sein muss, und schaue nach, wie viel Uhr es überhaupt bei uns ist. Ich kann das nicht sehen hier unten in meinem Keller, nicht wenn ich Kartons auf die schmale Fläche vor das Klappfensterchen stelle, damit das Tageslicht draußen bleibt. Mein Rechner sagt, wir haben achtzehn Uhr. Also ist es bei ihr neun Uhr morgens.

Mein Handy brummt, um eine SMS anzuzeigen. Es liegt auf dem Bett. Ich greife danach, sehe die Anzeige »7 neu« und drücke auf die eben angekommene Post. Boris simst: »wieder beruhigt, gangsta?«, und bevor ich ihm was zurücktippen kann, überlege ich. Moment. »7 neu«? Wieso das? Gestern kam eine von Boris, bevor wir weggingen. Und sonst? Natürlich! Das Ding lag ja ein paar Wochen in der Schublade, bei den Sachen, die am Ende wieder ausgehändigt werden und die lagern, solange die Zeit andauert, die es gar nicht gegeben hat. In der Zeit konnte es Mitteilungen empfangen und speichern. Ich öffne den Ordner, lösche die Nachrichten von betandwin, pokerstars und meinem Anbieter, der Neukundenanwerbung mit Freiminuten belohnt, finde eine SMS von Debby, die vor einem Monat »ich denk an dich, bleib tapfer!« geschrieben hat, und sehe schließlich zwei Nachrichten mit der Handynummer von Lina, erweitert um eine australische Vorwahl. Ich öffne die erste:

> »Wenn Du das liest, bist Du wieder zu Hause. Sei dann auch zu Hause, okay? Geh nicht wieder so weit weg von Dir selbst. Hab Dich lieb! Lina.«

Ich schlucke.

So was hat sie noch nie gesagt.

Bei Vater würde es mich wütend machen.

Ich öffne die zweite Nachricht.

»Habe jetzt einen Blog. Damit niemand was verpasst. Vor allem nicht Du und ich selbst auch nicht. Schau hier: www.linasgotnoworries.com.«

Ich glaub, ich les nicht richtig! Meine Schwester hat einen Blog. Und das schon seit – ich schaue auf das Datum – über vier Wochen. Hektisch lege ich das Handy zur Seite, öffne den Browser, tippe die Adresse ein und sehe eine schlichte Seite, auf der oben links ein Koala und oben rechts ein Wallaby das Briefpapier in der Mitte festhalten, auf dem Lina mit geschwungener Mädchenschrifttype schreibt. Sie ist alleine losgeflogen.

Sie hat einen Blog.

Ich suche den allerersten Eintrag und finde ihn, er wurde gepostet am 25. Oktober, aber er handelt von ihrer Ankunft genau einen Monat zuvor, an dem Tag, als ihr Bruder wieder nicht bei ihr sein konnte. Davon schreibt sie allerdings nichts, sondern:

»Ankunft

Der alte Glastunnel, der am Flughafen in Cairns vom Flieger zur Halle mit der Kofferausgabe führt, ist das Erste, was ich draußen von Australien sehe. In Sydney war die Zeit zu knapp, um den Flughafen zu verlassen, aber auch dort war schon alles anders. Am Gate saß ein Mann, wie er australischer nicht sein konnte, mit kurzen Kakihosen, ganz viel behaartem Bein und wahnsinnig dicken Socken in klobigen Boots. Seine Zähne waren so schief, als gäbe es hier keine Zahnärzte, und in seinen Mund hätte eine

Melone gepasst. Sein Bart war rot und auf dem Kopf trug er einen abgewetzten Hut. Er las die Zeitung, aber nur den Sportteil. Der Himmel vor der Glaswand zur Startbahn war strahlend blau, mit ein paar ganz zarten Wölkchen. Man konnte schon ahnen, dass es warm war. Ich stieg in den Jetstar nach Cairns, es lief *Das Streben nach Glück* mit Will Smith und in Cairns lief ich dann aus dem Flieger in den Glastunnel.

Bumm!

Eine Hitze wie im Gewächshaus im Zoo, wo alles zirpt und fiept und wo die Stimmen der Besucher hallen. Hinter der Scheibe des Glastunnels pressten sich Palmen ans Glas. Als wäre dort nicht das Draußen, sondern als wäre die Scheibe bloß ein Tunnel durch ein Gebäude im Zoo. Es roch anders, es klang anders, es fühlte sich anders an. Ich meine, ich war ja nur in einem alten, hässlichen Glastunnel und sah ein paar Palmblätter an der Scheibe, aber ich dachte die ganze Zeit: ›Wow. Ich bin da. Ich bin tatsächlich hier.‹ Das war unbeschreiblich.«

Das glaube ich ihr. Es gibt Orte, die sind mehr wert als andere. Man ist dort und fühlt sich, als sei man aus der Wirklichkeit, die man kannte, ausgestiegen, ganz weit weg, hinein in eine bessere. Diese Orte haben finstere Zwillinge. Auch an denen fühlt man, als sei man aus der Wirklichkeit, die man kannte, ausgestiegen, ganz weit weg, aber nach unten, in ein finsteres Loch, in das man sonst niemals kriechen würde, weil es so grauenhaft ist wie der insektenverseuchte, verrottete Hohlraum unter dem alten Holzhaus zwischen den Hotels, von dem ich einmal geträumt habe. Diese undurchdringliche Schwärze, wie Drahthaar im Ausguss. Nur dass einer sagt: Durch diesen Ausguss musst du jetzt durch, obwohl du gar nicht durchpasst, und wenn du erstickst, dann erstickst du eben, an schleimigen, kratzenden Haarknoten.

Ich klicke auf ein anderes Datum.

Lina schreibt:

»Nicole ist sehr lieb und sehr genau. Sie sieht schon, dass keine Milch mehr im Kühlschrank ist, bevor sie die Tür aufmacht. (Milch gibt es hier wie in Amerika in riesigen Plastikkanistern. Das ist zwar unvernünftig, aber es erinnert einen jeden Moment daran, dass man in einer anderen Welt ist, und macht deswegen gute Laune.) Nicole ist eine fürsorgliche junge Mutter und Kylie ein süßes Mädchen. Nicole und Neil bürden mir nicht auf, den ganzen Tag für die Kleine Babysitter zu spielen, das finde ich gut. Ich spiele trotzdem gerne mit ihr und lese ihr vor, sie ist sehr clever und im ersten Jahr der Schule. Neil, der Papa, ist ein Draufgänger. Er tut zumindest immer so. Gestern fuhren wir in seinem Jeep die Küstenstraße entlang und er sagte, die eine Hand am Steuer und mit der anderen fuchtelnd: ›Ich gehe auch im Herbst oder Winter ins Wasser, wenn Würfelquallensaison ist. Macht mir nichts aus. Quallen gibt's auf der ganzen Welt und sterben können wir auch hier auf der Straße.‹
Ich kaufe ihm das natürlich nicht ab. Keiner hier geht ins Wasser, wenn die Würfelquallen unterwegs sind. Es läuft ja auch keiner in den Dschungel, ohne auf Herzblätter zu achten. Sie sind stolz darauf, die gefährlichste Landschaft der Welt zu haben, und sie gehen locker damit um, weil sie sich nicht blind hineinstürzen. Aber so ist Neil. Fährt einen Riesenjeep, hört dabei Faith No More und sagt, er ginge ins Wasser in der Stinger Season. Und fast glaubt man ihm.«

Boris würde das auch sagen, denke ich mir, aber anders. Bei Linas Gastvater klingt es sympathisch, man sieht braun gebrannte Lachfältchen dabei, wenn man daran denkt. Ich sehe mir das Foto an, das

Lina eingefügt hat, die Küstenstraße von Port Douglas nach Cairns. Kurz vor Clifton Beach, wenn mich nicht alles täuscht, kommt »die letzte Ampel für über tausend Meilen«. Habe ich gelesen, als ich recherchiert habe, um Lina die Mappe mitzugeben, die sie nun nicht bekommen hat. Den ganzen Rest an der Ostküste rauf bis Cape York gibt es keine Ampel mehr. Das ist fast die ganze Länge Deutschlands, von München bis Flensburg. Keine Ampel. Nur Küstenstraße, Dschungel, blauer Himmel. Keine Menschen, oder kaum. Als gäbe es von München bis Flensburg nur Felder mit Kühen und ab und zu einen Hof. Es macht mir so viel Spaß, diesen Blog meiner Schwester zu lesen, es beruhigt mich derartig, dass sie ihn schreibt und wie sie das macht und dass ich ein Foto anschauen darf von hohen, kluftigen Felsen und der pazifischen Brandung an schmalen, von riesigen Steinbrocken durchsetzten Stränden, die kaum ein Tourist besucht. Nur hin und wieder taucht an der Landstraße ein winziger Ort auf, man kann ihn kaum Ort nennen, sie hat auch hier ein Foto gemacht. Ein flaches Rezeptionsgebäude aus Holz, ein paar Anhänger mit Surfbrettern und kleinen Booten unter dem Schatten subtropischer Bäume, abgeblättertes Holz an den Fensterläden und ein paar Zelte vor dem Hintergrund hoher Berge, an denen einfach so, in Sichtweite des Pazifiks, uralter Regenwald wächst. »Camping« steht auf einem Schild und ich stelle mir vor, wie man hier für zehn Dollar die Nacht in sein Zelt kriecht und weiß, dass um einen herum Tarantelbauten so selbstverständlich sind wie daheim die Weberknechte und dass durchaus auch eine tödliche King Brown aus dem Gestrüpp kriechen könnte. Aber trotzdem macht man Camping, surft und trinkt abends Bier am Lagerfeuer.

> »Die Macrossan Street ist zwar eine Haupstraße für Touristen, aber trotzdem fühlt sich hier nichts künstlich an. An der Haltestelle neben dem Pub stoppen ständig kleine Shuttlebusse, die Urlauber von Cairns, Clifton, Smithfield oder Thala Beach herbringen und wieder abholen. Klar

> gibt es Souvenirläden mit Gummikrokodilen und schweren kleinen Delfinfiguren aus uraltem geschliffenem Korallenstein. Aber vor dem Court House Hotel oder in der Iron Bar mit ihrer Fassade, die wie aus Blech gehauen aussieht, sitzen auch viele Einheimische. Große Jungs mit großen Biergläsern und Grillfleisch auf dem Teller, egal ob es zwölf Uhr mittags oder vier Uhr nachmittags ist. Entweder haben sie immer frei oder sie nehmen es sich. Im Fernseher über der Bar läuft Rugby und zwischen Bar und Veranda gibt es keine Wand, alles ist offen und die Ventilatoren pflügen durch die warme tropische Luft.«

Ich war nicht da, als sie flog.

Jetzt ist Lina schon fast eine Einheimische, also zumindest wird sie es jeden Tag mehr, aber am Flughafen, da war sie ein sechzehnjähriges Mädchen und vor ihr lag eine Reise von siebenundzwanzig Stunden Länge, mit Umsteigen in Singapur und Cairns. Alleine Singapur, dieses gelb glitzernde Etwas bei Nacht, dieser riesige Flughafen, auf dem sie einem goldene Elefantenfigürchen mit Kunstedelsteinen unter die Nase halten und Wasserfälle eingebaut haben. Sie ist sechzehn, da ist man aufgeregt und verwirrt und allein. Ich hatte ihr die Mappe sehr genau gemacht, mit Lageplänen aller Flughäfen, auch dem von Singapur. Ich habe ihr Tipps gegeben, wie sie sich in die Businesslounge von Qantas hätte einschleichen können, um einen Schutzraum zu haben, während sie wartet. Scheiße, ich wusste nur durch meine Recherchen selbst von hier aus so genau, wo in Singapur das Klo ist, dass ich es jetzt auf der Stelle finden würde. Und dann bin ich einfach nicht da!

Ich nehme einen weiteren großen Schluck von dem alten Whisky aus meinem Regal. Ich freue mich über den Blog, aber ich kotze mich selber mit jeder Zeile mehr an. Ich hätte da sein müssen.

Als die Flasche leer ist, schaffe ich noch den Schritt von Schreibtischstuhl zu Bett, lasse den Rechner laufen und schlafe ein.

SEX IM BÜGELZIMMER

SEX IM BÜGELZIMMER
SEX IM BÜGELZIMMER
SEX IM BÜGELZIMMER

Das Telefon klingelt, oben, im Wohnzimmer. Ich spüre die Schritte meiner Mutter auf den Dielen über mir, man kann hören, wie schmal ihre Füße sind. Ihre Stimme macht einen Freudenkiekser, als sie abnimmt. Sie redet schnell, läuft auf und ab, nähert sich der Treppe.

»Lina, hör zu, Papa kann gerade nicht«, sagt sie, »er ist vertieft.« Sie versucht gar nicht erst, bei ihm zu klopfen. Ich schaue auf meinen Wecker. 23.30 Uhr. Ich habe schon geschlafen.

»Warte, ich gebe dir deinen Bruder«, sagt sie und kommt die Treppe herab. Dann fügt sie hinzu: »Er ist wieder zu Hause.« Flüsternd sagt sie das, als würde sie sagen: »Sprich ihn bloß nicht darauf an.« Ich rolle mich an die Bettkante, schaue auf den Teppich, schiebe die leere Whiskyflasche unter das Bett und setze mich auf, als Mutter die Tür öffnet.

»Sven, hier ist Lina dran!«, sagt sie und spricht in einem Ton, als sei ich ein Kind.

»Hab ich schon gehört«, sage ich und lasse mir nicht anmerken, dass ich mich freue wie eines, und schon gar nicht, dass ich mich schäme. Sie gibt mir den Hörer. Ich sehe knapp an ihr vorbei zur Tür. Noch zwei Sekunden wartet sie, dann verlässt sie das Zimmer.

Ich sage: »Hallo, Schwester.«

Ich versuche, Bedauern in die Stimme zu legen. Ein Sorry, das man hören kann. In unserem Garten am Pool würde ich meinen Hundeblick aufsetzen, den ich nur bei ihr beherrsche. Wie klingt ein Hundeblick?

Lina sagt: »Bei uns ist schon Nikolaus! Unser Heute ist euer Morgen. Also, frohen Nikolaus, Bruder!«

»Ja, dir auch …«

Sie sagt nichts. Im Hintergrund höre ich einen tropischen Vogel schreien, schief und laut wie ein Baby. Außerdem zirpen Grillen. Oh mein Gott, sie steht auf einer Terrasse in Queensland, ich kann das immer noch nicht fassen.

»Ich …«, sage ich leise.

»Ja?«

»Ich … war nicht da.«

»Das habe ich gemerkt.«

»Ich … Wie soll ich dir das erklären? Es war nicht so, wie's dir vielleicht erzählt wurde. Und dann …«

»Sven?«

»Ja?«

»Es ist mir egal, wie es war.«

»Wie?«

»Hörst du das?« Sie hält den Hörer in die Luft, von sich weg, damit ich deutlicher höre, was ich sowieso schon wahrgenommen habe. Das Kreischen, das Zirpen.

Ich sage: »Das könnte ein Kookaburra sein. Oder ein Sugar Glider.«

Sie lächelt.

Lächeln kann man hören.

Sie sagt: »Warum machst du das nicht mehr zu Hause?«

»Was?«

»Auf Vögel hören. Bäume analysieren. Rätsel lösen. Dinge entwerfen. Wie früher. Warum machst du das nicht einfach wieder?«

»Weil ich …«

Ich habe keine gute Antwort darauf. Oder doch, schon. Weil ich denke, ich hätte es nicht verdient. Weil ich sie alleingelassen habe. Aber hätte ich es nicht aufgegeben, wäre sie beim Abflug vielleicht nicht schon wieder allein gewesen. Andererseits: Ich habe es ja gemacht. Ich habe es im Krankenhaus verfickt noch mal mehr gemacht als jemals zuvor. Ich bin Experte für Lungenkrankheiten geworden, um eine alte Frau zu retten. Warum interessiert das niemanden?

»Hast du meinen Blog gelesen?«, fragt sie.

»Jedes Wort!«, sage ich.

»Gut«, sagt sie.

Warum fragt sie mich nicht, was wirklich war? Denkt sie auch, ich hätte das alles grundlos gemacht?

»Wenn ich wiederkomme, in zehn Monaten, dann möchte ich, dass du mich abholst«, sagt sie und es fühlt sich an, als schlage jemand ein dickes, buchgroßes Holzbrett direkt auf meine Brust. »Okay? Versprochen?«

Ich muss meinen Atem wiederfinden.

Sie hat noch nie etwas von mir gefordert.

Aber anders als alle anderen hat sie das verdammte Recht dazu.

»Versprochen«, sage ich.

»Ich gehe jetzt Nikolaus feiern«, sagt sie, »bei dreiunddreißig Grad im Schatten.«

»Trink einen Kokosnusscocktail für mich mit«, sage ich.

»Mach ich.«

»Und pass auf dich auf, Schwester.«

»Das kann ich nur zurückgeben, Bruder.«

»Tschüss!«

»Tschüss!«

Ich lege auf, das Handyteil piept, trocken und kurz. Es dauert nur zehn Sekunden, da steht Mutter wieder in meiner Tür. Hat sie etwa zugehört? Stand sie etwa die ganze Zeit auf der zweiten Stufe der Treppe und hat wie eine Therapeutin in der Scheißpsychiatrie mein

Telefonat überwacht? Wie sie schon guckt. Wie sie mich ansieht, mit so leicht abgesenkten Augenwinkeln. So sieht man hungernde Kinder an oder Mörder, die nicht wissen, was sie taten. Da ist nur Mitleid in ihrem Blick, kein Respekt mehr, gar nichts. Nur Mitleid.

»Dein Vater möchte dich sprechen«, sagt sie.

Oh, ich nehme die Therapeutin zurück. Sie ist wohl bloß die Sekretärin des Therapeuten. Der sitzt oben in seiner Praxis mit der fünf Meter hohen Tür und lässt mich holen, wenn er gerade mal nicht »vertieft« ist.

Ich stemme mich auf die Knie: »Also gut, dann …«

»Nein, nein, nein!«, sagt sie und wedelt mit den Handflächen. »Nicht jetzt. Morgen früh, um neun.«

»Wie bitte?«

»Ja, das hat er gesagt. Er ist noch vertieft. Schlaf erst mal aus.« Ihr Blick huscht für eine Sekunde auf den Boden unter meinem Bett, als wolle sie mir zeigen, dass sie von der leeren Whiskyflasche weiß. Mein Vater will mich also sprechen. Um neun. Da muss ich dann mal schlafen. Damit ich fit bin.

»Gut«, brumme ich und drehe mich um, rolle mich in die Decke ein, die nach Schweiß stinkt. Ich spüre Mutter noch in meinem Rücken, zwanzig Sekunden lang, in der Tür, die Hand auf der Klinke, die Augenwinkel unten. Dann geht sie.

Um Punkt neun Uhr stehe ich vor der Bürotür meines Vaters. Ich will gerade klopfen, als er die Tür von selbst aufmacht. Er schaut auf seine Uhr, zieht die Brauen hoch.

»Komm rein!«

Er schreitet hinter seinen Schreibtisch und deutet auf den Stuhl davor.

»Setz dich!«

Ich setze mich. Sehe mich um wie ein Klient, als wäre alles neu, als wäre ich noch nie hier gewesen.

»Sven«, sagt mein Vater, »wir müssen reden.«

Er sagt das etwas anders als sonst, verletzter. Weniger wie eine Aufgabe, die erledigt werden muss, sondern mehr wie etwas, das ihm wirklich nahegeht. Ich setze mich auf, ich hänge ja sonst immer in Stühlen.

Vater beugt sich vor. »Wir müssen einen Weg finden«, sagt er. »Einen, den wir wirklich gehen können. Vielleicht setzen wir uns zu hohe Ziele. Vielleicht ...«

Er ringt mit den Worten. Er macht das alles sehr hilflos. Das gefällt mir. Er scheint zu bemerken, dass mir das gefällt, atmet ein, nimmt sich entschlossen sein Terminbuch und einen Stift zur Hand und sagt: »Heute muss ich losfahren, zu einer Tagung nach Tübingen, drei Tage lang. Danach habe ich noch einen WDR-Tag, zwei Sendungen in Konserve. So, dann wären wir am 10. Dezember. Wenn wir uns einig sind, dann würde ich mich gerne an dem Tag in Ruhe mit dir zusammensetzen, und dann können wir ...«

»Was?«, unterbreche ich ihn laut und mit sehr feuchter Aussprache, denn ich glaube nicht, was ich da höre. Was ich da sehe. Wie er in seinem Terminbuch herumblättert, wie er den Stift tanzen lässt zwischen seinen Fingern. Ich sage: »Du hast mich herbestellt, damit wir einen Termin machen?«

»Ja«, sagt er, »ich habe mir extra den 10. freigehalten. Am 11. und 12. muss ich zum Verlag. Gut, der 13. ginge dann wieder ...«

»Du hast dir den 10. extra freigehalten?«, wiederhole ich.

»Ja.«

Ich springe vom Stuhl auf und werfe ihn auf den Teppich, was leider nicht so viel Lärm macht, wie es sollte. Ich brülle: »Oh, was bin ich dankbar! Was habe ich für ein Glück! Professor Dr. Michael Lechner hat für mich einen Termin freigemacht! Für mich! Ich habe, stellen Sie sich das vor, einen *persönlichen* Termin beim berühmten Professor Lechner! Was wird er wohl mit mir reden? Ob er genauso nett ist wie im Fernsehen?«

»Sven!« Mein Vater steht auf und schlägt auf den Tisch. Er könnte genauso gut »Sitz!« oder »Aus!« sagen. Dann legt er den Kopf schief, die Hände offen vor der Brust schwenkend: »Denkst du denn, mir macht das Spaß, diese ganzen Termine? Die Talkshows und Auftritte und Interviews? Die Empfänge nach Podiumsdiskussionen? Meinst du, ich würde nicht auch lieber ganz in Ruhe meine Bücher schreiben und dann sehen, was mit ihnen passiert? Aber so läuft es nicht, Sven. So läuft es nicht! Die Verlage wollen ein Gesicht, das die Thesen vertritt. Verträge werden nicht gemacht, weil die Bücher so gut sind, sondern weil man mit den richtigen Männern am richtigen Abend auf der richtigen Veranstaltung die richtigen Drinks genommen hat!«

Ich schaue ihn nur an, den armen Mann, der auf Empfänge gehen muss, um für seinen Bestseller gefeiert zu werden. Ich atme tief ein und sage: »Hast du eigentlich den Hauch einer Ahnung, was ich in den letzten Monaten erlebt habe?« Er zögert. Ich sage: »Ja, hast du wahrscheinlich. Deswegen kriege ich jetzt auch einen Termin, weil ich acht Wochen lang im Knast war.« Ich kneife schnell die Augen zusammen und rüttele unmerklich meinen Kopf hin und her, da ich beim Aussprechen dieses Wortes wieder Bilder sehe. Ich rieche sogar etwas. Das muss weg.

Vater sagt: »Ich habe immer versucht, mit dir zu reden, aber das geht ja nicht, denn auch bei dir muss man sehr enge Zeitfenster abpassen, und zwar die, in denen du mal nüchtern bist!«

»Ich habe im Krankenhaus sehr nüchtern gearbeitet!«, sage ich und frage mich, was überhaupt aus Frau Närdemann geworden ist und ob sie wieder gesund und glücklich in ihrer Hochhauswohnung rätselt. »Aber das hat dich einen Scheiß interessiert! Dich interessieren Menschen, wenn sie Probleme haben. Nicht wenn was klappt! Davon lebst du doch als Ratgeberautor!«

»Dein Zynismus ist grauenvoll!« Mein Vater kommt um seinen Schreibtisch herum. »Du gehst durch die Welt wie ein selbstgerechter Säufer, der sich alles erlauben kann, weil er *Faktotum* geschrieben hat oder *Der alte Mann und das Meer*. Aber das hast du nicht. Du bist nicht Bukowski oder Hemingway.«

»Oh, der feine Herr hat wieder gelehrte Anspielungen parat!«

»Rede nicht so mit mir! Ich habe das nicht verdient! Ich –«

»Du hast dir Literaturpreise verdient und TV-Auftritte und Lob und Ehre, ja!«, sage ich und mache ein paar Schritte rückwärts Richtung Tür. »Und du kannst es nicht ertragen, dass ich ein Loser bin, der das niemals haben wird.«

»Du kannst das aber alles haben, Sven!« Jetzt mischt sich tatsächlich wieder etwas Verzweiflung in seine Stimme. Aber es ist mir egal.

»Schwachsinn!«, sage ich und kleine Spuckepartikel fliegen durch die Luft. »Ich trinke. Ich kiffe. Ich greife Leute an. Ich habe keinen ernsthaften Schulabschluss. Würdest du nicht noch mein Leben bezahlen, hätte ich Schulden. Und jetzt bin ich auch noch vorbestraft. Ich bin im Arsch, Vater, ich bin durch. Und was soll das Ganze auch? Wofür soll ich denn arbeiten? Um eines Tages so zu leben wie du? Kein freier Tag mehr, kein einziger Schwimmzug im eigenen Pool? Du musst dir Gedanken über Kekssorten machen, um den Journalisten die Eier zu kraulen. Du sagst es doch gerade selber, nur Hektik, nur Termine, nicht mal mehr genug Zeit zum Schreiben …«

Er hebt die Arme. »Ich weiß, Sven, ich weiß, aber wenn man diese Termine alle absagt und sich den Medien verweigert, dann macht man sich die ganze Mühe mit den Büchern und findet trotzdem nirgendwo statt.«

Was ist das für eine Sprache, denke ich mir, so hätte er früher nie geredet. Man »findet nirgendwo statt«. Scheiße, hier soll er stattfinden, hier bei uns, als Mann und als Vater! Das denke ich, sage es aber nicht.

Ich sage: »Ich hab das gehört, neulich Nacht. Wie hart und ätzend es für dich war, dieses eine kleine Barbecue für Lina auszurichten. Wie unerträglich, nur einmal den sorglosen australischen Grillmeister zu spielen. Weil die Australier so kulturlos sind!«

»Aber Sven –«

Ich hebe die Arme zur Abwehr. »Nein! Weißt du was? Fick dich!«

Mein Vater, der die ganze Zeit langsame Schritte in meine Richtung gemacht hat, bleibt nun stehen und verliert sämtliche Spannung im

Körper. Seine Arme sinken hinab, seine Beine knicken leicht ein. Aber vor allem passiert etwas mit seinen Augen. Das habe ich so noch nie gesehen. Ich habe da drin was gelöscht. Endgültig gelöscht. Dahinter in seinem Kopf geht allerdings was vor, irgendwas prozessiert da. Als es fertig ist, sagt er: »Gut.«

»Wie, gut?«, frage ich.

Er setzt sich wieder hinter seinen Schreibtisch, dieses Mal allerdings hängt er sich in den Stuhl, die Beine lang, die Arme über den Lehnen wie Handtücher, die man zum Trocknen aufhängt.

»Gut«, sagt er erneut. »Mach, was du willst. Ich werde dir nichts mehr sagen. Der Termin ist abgesagt.«

»Aber …«, setze ich an, doch dann denke ich mir: Was, aber? Sven, du hast gerade gesagt, er kann sich ficken, dich am Arsch lecken. Und jetzt bettelst du? Niemals. Ich bleibe noch einen Augenblick stehen, spüre, wie der Schweiß in meinem Schritt die Jogginghose von innen kleben lässt, drehe mich dann um und verlasse das Büro.

Mutter steht im Wohnzimmer, als würde sie etwas tun und uns nicht offensichtlich belauschen. Ihre Augenwinkel sind jetzt ganz unten, schwere Gewichte daran. Ich ignoriere ihre verfluchte Betroffenheit, gehe in den Keller und simse meine Leute mit der Frage an, ob es heute noch irgendwo eine Feier gibt, auf der man abstürzen kann.

Die Feier gibt es.

Sie findet in einem Riesenhaus in Büderich statt und es ist nicht so, als würden wir die Leute direkt kennen. Oder sie uns. Der Typ, der hier wohnt und irgendeinen Anlass hat, ist über einen anderen Typen mit Boris bekannt, über den Sport, es ist gleichgültig, wie. Entscheidend ist, dass auf diesen Feiern niemand irgendetwas fragt, dass die Häuser groß sind, die Eltern nicht anwesend und die Alkoholvorräte gigantisch. Gerade eben stehen Boris, Frederick und ich in einem Keller vor einer Wand aus schräg aufgestapelten Bierkästen. Sie wachsen die Wand hoch wie Efeu, es müssen an die fünfundsiebzig sein, die Flaschenhälse strecken sich uns entgegen, als schreie jeder einzelne: »Nimm mich!« Es ist Billigbier, Oettinger, aber das regt erst recht dazu an, eine Menge davon zu saufen. Wir ziehen uns Flaschen aus den Kästen, knacken sie an bereitgehängten Öffnern, lassen die Kronkorken auf den Boden klimpern und stoßen an.

»Scheiß drauf«, sagt Boris, denn ich habe auf dem Hinweg von meinem Vater erzählt, »weißt du, was du machen kannst, wenn du gar keine Kohle hast und keinen Job und nichts?«

Ich schüttele den Kopf. In der Anlage oben, wo einige tanzen, bollern Seeed. Frederick nickt mit dem Kopf mit, ganz sachte nur, so als könne er dieses Zeug gerade noch akzeptieren.

»Nimm diese Partys hier«, sagt Boris und zeigt mit der Flasche in die Luft. »In Großstädten gibt's davon hundert Stück am Abend. Weißt du, was ich meine? Überall. Wo, lässt sich leicht rauskriegen, wenn man sich umhört. Oder zwanzigtausend MySpace-Freunde hat. Weißt du, was ich meine?«

»Ja, und?«

»Hier kennt keiner keinen, oder? So, und nachher, um Mitternacht rum, sind alle völlig breit, Alter. Und dann, dann gehst du – arbeitslos und ohne Kohle und Haus – einfach so rein, suchst dir irgendwo eine Couch und legst dich pennen. Da fragt keiner, weil du gar nicht erst auffällst. Am nächsten Morgen machst du dir in der Küche ein fettes Frühstück. Und wenn der Hausherr reinkommt, räumst du schnell ein paar Sachen auf. Der wird nicht fragen, wer du bist. Der Kurzstreckenfunker wird sich am Sack kratzen und sagen: ›Oh, da ist schon jemand fleißig!‹«

Ich ziehe die erste Flasche leer und habe Spaß daran zuzuhören. Dieses Gelaber von Boris ist mir das liebste. Einfach trinken und Scheiß reden.

»So«, sagt Boris, »Frühstück und Pennplatz wären damit geklärt. Mittags und abends, weißt du, was du da machst? Da gehst du auf Tagungen. Die sind auch überall. Du brauchst bloß einen Anzug dafür, einen einzigen. Weißt du, was ich meine? Du gehst dahin, wo die Raucher stehen, vor der Tür, wo keine Security ist. Du stellst dich dazu, plauderst, jeder von den Vollpfosten denkt, du gehörst dazu. Dann gehst du mit rein. Im Pulk kontrolliert dich keiner. Oder du belauschst die Raucher, bis du einen Namen hörst. Sagen wir, Dr. Becker. Dann sagst du der Sicherheit, du hättest deine Karte nicht dabei, aber das ginge schon klar mit Dr. Becker. Sie könnten ja gerne fragen. Machen die nicht, es geht ja hier nicht um die CIA. Dann frisst du das Buffet.«

Frederick lacht. »Und danach fickst du die Asssistentin von dem Becker.«

»Ja«, sage ich, »eine Studentin mit Knackarsch.«

»Halb deutsch, halb asiatisch«, sagt Boris, »die Eltern sind Diplomaten.«

»Oh, yeah!«, sagt Frederick in dem Tonfall, in dem es seine jamaikanischen Ragga-Daddys sagen würden.

Dann vibriert mein Handy. Ich sehe nach. Auf dem Display ist ein knackiger Arsch zu sehen, nackt, mit Rand vom Pulli. Das JPG von Debby, ich habe es auf mein Handy übertragen und ihrem Klingelton beigefügt. Ich drücke schnell auf »Anruf annehmen«, weil ich nicht will, dass Boris das sieht. Obwohl sie ja uns allen gehört, wie er immer sagt.

Im Hintergrund auf der anderen Seite der Leitung klimpert Geschirr. Debby sagt: »Hi, Sven!«

»Hi, Süße!«, sage ich.

»Ich muss noch arbeiten«, sagt sie, »aber ich komme so gegen elf.«

»Alles klar«, sage ich und spüre, wie ich einen Harten kriege. Ich meine, mein Vater hat gesagt, ich kann machen, was ich will, oder? Wenn alles egal ist, ist alles egal.

»Bis nachher!«

»Bis nachher!«

Ich stecke das Telefon weg.

»Debby?«, fragt Boris.

»Jep«, sage ich.

»Warum ruft sie dich an?«, fragt er.

Ich stelle mich vor Boris, Brust an Brust, und sage: »Weil ich jetzt ein echter Gee bin, Alter. Hast du doch neulich gesagt, oder?«

Er guckt blöd.

Dann ziehen wir neue Flaschen und gehen nach oben.

Dvorak hieß der Typ, oder zumindest nannte er sich so, und man durfte ihn niemals verärgern. Ich will nicht an ihn denken, aber ich muss, seit mir Boris vor zehn Minuten eine Tasse mit einer weißen Flüssigkeit in die Hand gedrückt und gesagt hat: »Hier, das knallt!«

Und ich?

Hab getrunken, natürlich, immer drauf auf die acht Bier in meinem Bauch, drauf mit der weißen Scheiße, es knallt ja. Ich denke, es war Moloko Plus, aber ich habe nicht mal gefragt. Üblicherweise macht Shit in warmer Milch mich lustig, aber jetzt denke ich die ganze Zeit an Dvorak und, Scheiße, ist das peinlich, ich habe mich auf dem Klo eingeschlossen. Man kann das gar nicht Denken nennen, es ist viel mehr, ich *spüre* es richtig, es ist wieder voll da, obwohl es doch gar nicht passiert ist. Diese Angst ist so kalt und so demütigend und die Tür der eigenen Zelle hält sie nicht ab, weil jede Stunde hier drin nur das Warten auf die Stunden draußen ist, in der Werkstatt oder dem Hof oder der Kantine, wo du nichts weiter tun kannst, als darauf zu achten, dass du auf gar keinen Fall Dvorak verärgerst. Ich meine, draußen, da machen wir den Leuten Angst, auf der Kirmes, in Kneipen, überall. Aber wir, wir sind ein Scheiß. Für Dvorak wäre selbst Frederick ein Opfer. Jugendknast nennen sie das. Ich weiß nur eines, ein Altenknast wäre mir lieber gewesen.

Ich sehe mich in dem Bad des Hauses um, dessen Besitzer ich nicht kenne, krame in Schubladen und in Bastkörbchen mit Duschgelflaschen, bis ich etwas finde. Einen Nagelknipser mit kleiner Klinge. Mein Kopf pocht, ich habe Sodbrennen, aber vor allem friere ich, weil ich das Gefühl habe, Dvorak könnte jeden Augenblick hier reinkommen. Also nehme ich die kleine Klinge des Knipsers und presse sie in meine Handfläche, fest, bis sie einschneidet und das Blut kommt.

Meine Zähne knirschen aufeinander und ich presse auch innerlich so stark, dass meine Ohren rauschen. Ich presse Dvorak aus mir heraus. Ich darf nicht an ihn denken, an diese ganze Zeit, die es nicht gegeben hat. Ich darf nicht an ihn denken, denn er war nicht einmal der Schlimmste …

Irgendwann verschwindet er und ich lasse von meiner Hand ab. Draußen vor dem kleinen Badfenster, das zum Garten geht, höre ich schnelle, unregelmäßige Schritte und abgehackte, atemlose Kommentare. Ich schaue hinaus. Fünf Jungs haben einen sechsten auf den Rasen getrieben, während es im Haus dröhnt und stampft. Sie werfen ihn auf den Boden. Der Anführer schreit ihn an wegen irgendwas und dann holt er aus, während sich der Typ wieder aufrichten will, und schlägt seine Faust durch seine Schläfe hindurch. Als hätte er nicht auf den Kopf, sondern auf einen Punkt dahinter gezielt. Das Opfer geht zu Boden, schon jetzt am Ende, der Kopf wackelt wie ein Kinderwippgerät auf seiner Feder.

Die fünf Typen hören allerdings nicht auf. Sie treten weiter auf ihn ein, in den Magen, auf den Rücken, und er rollt sich zusammen wie eine Kellerassel. Ich lehne mich auf die Fensterbank, vor mir liegt ein Stück Dekoseife in Form eines Delfins in einer Schale. Die Seife duftet gut. Ich beobachte, wie dort draußen jemand fertiggemacht wird, und das so, dass er vielleicht nur mit Glück überlebt, und ich spüre nichts. Keinen Drang zu helfen, nichts. Was weiß ich, was der Typ gemacht hat? Ich stelle mir vor, das Opfer wäre Dvorak, aber das bewirkt auch nichts, keine Rachegefühle oder so. Gar nichts. Da ist gar nichts.

Nur das fahle Licht dieses Bades. Nach einer Weile lassen die Typen ab und verschwinden aus dem Garten. Womöglich gehörten sie gar nicht hierher. Jemand sieht das Opfer im Garten liegen, ein Mädchen, sie läuft rein, holt einen Kerl, es ist das alte Spiel. Der Kerl ruft auf dem Handy jemanden an, sicher den Krankenwagen. In meiner Hose klingelt mein Telefon. Debbys Arsch erscheint auf dem Display. Jetzt spüre ich wieder was. Es ist wie zu Hause vor dem Rechner, wenn ich zu gar nichts Lust habe. Dann gibt es immer noch den einen Weg, nur den einen. Doch das Geile ist – dieser Weg könnte heute mal nicht nur von meiner eigenen Hand begangen werden.

Eine halbe Stunde wippe ich mit Debby, Boris und Frederick zu seinem harten Insider-Reggae-Zeug, das er im Westflügel des Hauses eingelegt hat. Frederick steht an dem CD-Player hinter der Bar neben der Glaswand zu einem Zehnmeterpool, alles schon in den Achtzigern gebaut und ein wenig dunkel, aber gerade das gefällt mir. Ein Flur geht von der Bar ab und führt zu ein paar Zimmern, die sonst als Bügel- oder Hobbyräume benutzt werden. In einem laufen gerade Pornos auf einem kleinen Fernseher. Überall liegen schon Leute rum, auf Matratzen, und lecken sich. Ein Paar steht in einer offenen Duschnische neben dem Pool. Debby und ich reden nicht viel, seit sie angekommen ist, aber sie sieht mich die ganze Zeit so an, wie die Mädchen bei DSDS Dieter Bohlen ansehen, bis er zu ihnen sagt, er wäre auch gerne das Motorrad auf der Bühne gewesen, auf dem sie gesessen haben.

»Weißt du was?«, sagt Boris. »Ich suche mir jetzt eine Badehose, irgendwo im Schrank hier. Ich will ins Wasser.«

Debby sieht zu der Duschnische mit dem fummelnden Pärchen, als Boris das sagt, und dann zu mir. Ich verstehe, was sie sagen will. Mein Herz beschleunigt, um das Blut nach unten zu pumpen.

»Bring mir eine mit«, sage ich, »aber nicht so eine enge Opahose!«

»Ja, ja«, sagt Boris, der nichts ahnt, und verschwindet.

Kaum ist er weg, zieht Debby mich durch den Nebenraum und an der Bar vorbei. Frederick ist vertieft. Der Spinner muss jetzt genau überlegen, welchen der zwölfhundert Tracks von Beenie Man oder Cutty Ranks er jetzt in den Raum schallt, als würde es irgendjemanden hier noch groß interessieren, was läuft. Wir finden einen Raum, dessen Fenster nach vorne auf die Straße rausgeht. Hier drin steht tatsächlich ein Bügelbrett. Eine Waschmaschine, ein Trockner, ein Regal mit Zeug. Mir fällt ein Stoffsack auf, auf dem »Waschnüsse« steht. Debby schließt die Tür ab. Ich atme laut und schnell.

Sie steckt mir die Zunge in den Mund und die Hand in den Schritt, und kaum dass ihre Hände meinen Schwanz berühren, fange ich auch schon an, ihr das Shirt auszuziehen und an dem BH zu nesteln. Ich denke daran, dass wir noch nie weiter gegangen sind, obwohl sie es schon mal versucht hat, wenn auch nicht so. Ich habe immer aufgehört, ich bin sogar schlaff geworden, weil ich mir dachte: Das ist nicht okay, sie macht es mit allen, aber irgendwie, weil sie denkt, sie müsste. Es war nicht okay für mich, bisher, aber jetzt, hier im Dunkeln neben dem Bügelbrett und den Waschnüssen, da horche ich in mich hinein und finde nichts. Gar nichts. Keine Skrupel, keine Zweifel, kein gar nichts. Nur einen rasenden Puls und einen Schwanz, der nicht warten kann, und als hätte ich gar nicht gemerkt, dass wir schon so weit sind, bin ich bereits in ihr, sie an die Wand gelehnt, sich vor- und zurückbewegend, sodass ich selbst fast gar nichts machen muss, als wolle sie mich in sich einsaugen, als ficke sie mich und nicht ich sie. Und während sie das tut, dieses kleine geile serbische Ding, flackert draußen ein Blaulicht auf und holt den Mann vom Rasen, hell und dunkel setzt es uns hinter dem Wäschefenster in Szene, Stoß für Stoß, und ich schreie vor Geilheit, während draußen ein Notarzt mit Dreitagebart an dem Opfer herumtastet und seine Leute schnell eine Trage herbeibringen. Für einen kurzen Moment drängt sich Dvorak in meinen Kopf, das Schwein, und dann Lina, die mich beobachtet, hier in der Kammer, und dann der Gedanke »Ich war nicht da«, während sie den Mann draußen wegtragen, also haben sie ihn nicht totgeschlagen, »Ich war nicht da«, sagt es noch mal in mir und Debby sagt keuchend »Hey«, weil ich schlaffer werde, und dann schiebe ich sie alle beiseite, Dvorak, meine Schwester und die gebrochene Schläfe auf dem Rasen, greife wie ein Tier nach Debbys Brüsten, werde wieder hart und gehe weiter den einzigen Weg, der bleibt.

DER UMSCHLAG

DER UMSCHLAG
DER UMSCHLAG
DER UMSCHLAG

»Gestern haben Judy und ich nach der Schule eine Hochzeit in der kleinen weißen Holzkirche St. Mary's by the Sea beobachtet. Judy wird langsam zu meiner besten Freundin, wir verbringen viel Zeit miteinander. Es ist angenehm mit den Australiern, auch in der Schule. Man muss nicht so viel reden oder sich beweisen und kaum eines der Klischees aus amerikanischen Highschool-Filmen trifft hier zu. St. Mary's ist sehr schön erhalten und von innen nicht größer als bei uns in Deutschland der kleine Festsaal einer Gaststätte. Hinter der Kanzel gibt es ein großes, fensterfreies Rechteck, damit die warme Luft durchziehen kann. Man steht auf den knarrenden Bohlen und hört das Rauschen des Ozeans und das Rascheln des Windes in den Bäumen auf der Wiese drum herum. Manche Bäume haben große, lange Früchte, wie Johannisbrot. In der Kirche heiratete ein junges Paar aus England, sie hatten vielleicht dreißig Gäste, ein kleiner Kreis ohne großes Theater. Sie sahen sehr glücklich damit aus. Ich meine, natürlich sind sie glücklich, sie sind in Port

Douglas! :) In ihren ersten Tagen der Ehe können sie nach Daintree, Cooktown oder Mossman fahren. Was kann es Besseres geben? Judy hat trotzdem gelästert und gesagt, sie könnte das nicht, heiraten, sich einen Ring anstecken lassen, grauenhaft. Da müsste man sie schon erpressen und selbst dann, für den unmöglichen Fall, würde sie niemals eine große Feier wollen mit Kirche und Kleid, nicht mal in St. Mary's. Lieber würde sie nach Vegas fliegen, aber das würde ihrem Vater Charlie das Herz brechen.«

Wer grinst denn da so debil?

Bin das ich?

Ich habe den Blog meiner Schwester aus Versehen weggedrückt und die Webcam an meinem Bildschirm aktiviert, sodass ich meine eigene Fresse sehe. Ja, ich grinse debil, zufrieden wie ein alter, kleiner Vogelkundler, der in der Luft herumflötet und denkt, die Welt sei in Ordnung. So sehe ich also aus, wenn ich ihre Notizen aus Australien lese.

Ansonsten alles beim Alten: Ringe unter den Augen, Zornfalten auf der Stirn und immer noch zu hager im Gesicht seit dieser beschissenen Zeit, die es nicht gegeben hat und die ich mittlerweile zehnmal am Tag wegdrücken muss, die Augen zusammengekniffen, bis die Ohren rauschen, und in die Hand irgendwas Hartes oder Scharfes gepresst, das schmerzt. Ich schalte die Kamera aus und den Blog wieder ein. Ich bin froh, dass Lina dort unten die ersten Freunde findet. Schließlich ist sie nicht in den Ferien. Sie lebt dort, geht zur Schule, bekommt Noten, lernt Jungs kennen … Bei dem Gedanken würde ich am liebsten sofort in den Flieger steigen und sie den ganzen Tag beobachten. Heimlich zu allen Kerlen der Schule gehen und ihnen sagen, dass sie ja aufpassen sollten, wie sie mit meiner Schwester umgehen. Mein Handy klingelt. Auf dem Display erscheint ein nackter, knackiger Arsch. Ich denke an das Bügelzimmer neulich, bekomme aber nicht mehr alles rein, wie bei einem Radiosender, den man immer nur knapp neben dem rauschfreien Bereich empfängt.

»Hi, Debby!«, sage ich, als ich den Anruf annehme.

»Hi!«, antwortet sie enthusiastisch, als hätte ich heute schon was geleistet.

»Was gibt's?«

Sie zögert einen Moment, dann sagt sie: »Ich wollte dich fragen, ob wir, na ja, ob wir demnächst mal wieder zusammen rausgehen.«

»Woran hast du denn gedacht?«

Wieder eine kleine Pause.

»Vielleicht ... in den Zoo?«

In den Zoo. Wie kommt sie denn darauf?

Ich sage: »Hm. Also, Zoo, das ist ... ich weiß nicht. Das ist nicht gerade der Ort, wo wir am häufigsten abhängen.«

Sie sagt: »Ich fände es schön.«

Ich sage: »Na gut, dann frage ich die Jungs mal, ob sie Bock haben.«

Jetzt schweigt sie. Im Hintergrund hört man leises Küchengeklapper und ein paar serbische Befehle ihres Vaters.

»Debby?«

»Ja, was?«

»Was ist? Hast du die Jungs schon selber gefragt?«

»Nein. Ach, weißt du was, vergiss es! Ich muss sowieso arbeiten.«

»Okay.«

»Okay. Dann hören wir uns später, ja?«

»Ja, sicher.«

»Tschüss.«

»Ja, tschüss.«

Ich lege auf und runzele die Stirn. Meine Kaffeetasse neben dem Rechner ist kalt und ein wenig Hunger habe ich durchaus. Das Haus ist leer, Vater ist auf einer kleinen Lesereise, die letzten Termine vor Weihnachten, und meine Mutter begleitet ihn. Es sind Lesungen und Podiumsdebatten mit anschließendem Empfang. Man muss dort als Ehepaar auftreten, in den besten Klamotten, höflichen Scheiß reden und dezent Visitenkarten austauschen. Gehört zum Beruf. Meine

Mutter merkt sich dann wahrscheinlich, wie die Leute so sind, und notiert hinten auf ihren Visitenkarten: »Intendant des WDR, vormerken! Mag trockenen Weißwein und Hummer. Kein Bier, keine Steaks.«

Ich stehe auf, gehe mit meiner Tasse nach oben, stelle sie unter die Spuckröhre unseres lauten Kaffeeautomaten, hole eine Pizza aus dem Tiefkühlfach, schiebe sie in den Backofen und schalte im Wohnzimmer den Fernseher ein. Die Fernbedienung in der Hand, stehe ich in meiner Trainingshose im Zimmer, heute mal Herr des Hauses. Ich zappe: Unfall, Titten, Finanzkrise. Umzug, Trödelkönig, Pornoqueen, Unfall. Zugunfall, Erdbeben. Auswandern, Umerziehung, Titten, Unfall. Es klingelt an der Tür. Bevor ich hingehe, schalte ich auf 3sat, wo wie immer eine Naturdoku läuft. Rehe pirschen durch den deutschen Wald. Die Fernbedienung in der Hand gehe ich an die Tür, kratze mich im Schritt, mache auf und sehe den Postboten vor mir.

»Morgen!«, singt er fröhlich und hält mir ein kleines Paket unter die Nase. »Das ist für Sie.«

»Sie meinen, für meinen Vater?«

»Nein, nein, für Sie«, sagt er und hält mir seinen dunkelgrauen LCD-Knüppel mit einem Touchpen zum Unterschreiben hin. Ich schaue auf das Päckchen. An Sven Lechner. Hab ich im Netz was bestellt und es nicht bemerkt? Hab ich was gewonnen? Ich bekomme niemals Post, also außerhalb des Computers.

Ich unterschreibe, nehme ihm das Päckchen ab, verabschiede den Mann und stoße mit der Hacke die Tür zu. Im Fernseher gräbt ein Eber im Unterholz. Sie zeigen Kratzschäden an Bäumen. Dann wieder Rehe. Ich hole mir den Kaffee, der längst fertig auf der Abtropfplatte steht, nehme mir ein Messer dazu, setze mich auf die Couch und schneide das Päckchen auf. Es hat keinen Absender. Als ich das braune Packband durchhabe und der Deckel aufspringt, quillt mir Holzwolle entgegen. Will mich hier einer verarschen? Ist das leer, oder was? Ich wühle in dem Material, einige Späne und Kringel verteilen sich auf Teppich und Couch. Unten in der Ecke finde ich etwas. Ein Handy. Ein Modell mit großem Touchscreen und Stift. Ein Ladekabel liegt dabei.

Moment mal, das Gerät ist bereits eingeschaltet!

Was soll das denn?

Ich nehme es in die Hand und spüre etwas an der Rückseite. Ich drehe es um. Ein kleiner Zettel wurde dort mit Tesafilm festgeklebt, klein wie ein Papierstreifchen in chinesischen Glückskeksen. Darauf ist gedruckt: »Schau in die Galerie.«

Die Galerie?

Ich drehe das Handy um, öffne das Menü und verstehe, was der Zettel meint. Die Bildergalerie. Ich klicke sie auf und sehe fünfzig Fotos. Auf den ersten Blick, in der Gesamtübersicht, wo sie nur kleine Thumbnails sind, wirken sie bloß grün und bunt, wie Bildschirmschoner mit Tropenmotiven. Aber Moment, hier sind Menschen zwischen den Tropenpflanzen zu sehen und ein paar Bilder sehen aus wie Schnappschüsse aus Fernsehserien. Junge Menschen mit Rucksäcken vor Sportplätzen. Junge Mädchen. Und … Lina!

Ich zögere kurz und klicke dann auf ein Bild, sodass es das ganze Display ausfüllt.

Die Teenager stehen vor einer Highschool!

Die Tropenpflanzen sind die Vegetation von Queensland!!

Und auf jedem Bild ist meine Schwester!!!

Lina im Urwald von Daintree. Lina auf dem Sportplatz. Lina im Hafengebiet von Port Douglas. Im Hintergrund erkenne ich eine kleine weiße Holzkirche. Die St. Mary's by the Sea.

Was soll denn das?

Ich nehme den Karton in die Hand und drehe ihn. Kein Absender. Lina, warum schickst du mir Bilder von dir in einem Handy per Paket? Warum nicht per Mail oder Filesharing oder direkt fünfhundert Stück auf CD statt nur fünfzig? Was hat es mit diesem Telefon auf sich?

Ich schließe die Galerie und klicke auf das Adressbuch. Niemand drin, keine Nummer gespeichert. Das Protokoll aus- und eingehender

Anrufe ist leer. Aber halt, bei den Mitteilungen, da ist eine ungelesene im Posteingang. Da steht es doch, eine Eins in Klammern, und wie ich jetzt so auf diese Zahl starre, klemmt etwas in meiner Brust. Im Fernseher klopft ein Specht einen Stamm ab und ein Mensch im grünen Outfit wird interviewt, ein Jäger. Er hat einen Bartschnitt, wie ihn die Kreuzbuben auf Skatkarten tragen.

Ich schaue aus dem Terrassenfenster in den Garten. Unser Pool ist dreckig, Blätter schwimmen darauf, es ist kalt geworden. Ich nehme einen Schluck aus meiner Tasse. Dann öffne ich die ungelesene Nachricht:

> »hallo, sven. ich habe deine schwester im blick. immer. ueberall.«

Ich starre auf die kleingeschriebenen SMS-Zeilen. Nur ein paar Pixel Schrift, ein paar lächerliche Bytes. Meine Ohren rauschen jetzt ganz von alleine, ohne dass ich mir dafür spitze Gegenstände in die Handflächen drücken und die Zähne zusammenpressen müsste. Was da steht, kann man nicht verdrängen. Und vor allem: Da steht sonst nichts. Nichts mehr. Ich zittere, als ich auf »Antworten« klicke und auf der Monitortastatur eingebe:

> »was wollen sie?«

Ich weiß auch nicht, warum ich das schreibe. Tausend Gedanken gingen mir vorher durch den Kopf, in einer Sekunde. Dass der Typ sicher nicht antworten wird, wenn ich frage, wer er ist. Dass es nichts bringt, darauf zu hoffen, jemand würde mich nur verarschen, denn keiner meiner sarkastischen Freunde käme an solche Fotos aus Australien, echte, professionelle Schnappschüsse aus der Ferne, wie sie nur Detektive oder Paparazzi hinbekommen. Es ist einfach die folgerichtige Frage – »Was willst du?« –, auch wenn sie einfach nur schrecklich ist. Ich sende die SMS ab und warte.

Im Fernsehen ist der Jäger nun auf der Pirsch mit Kollegen. Man sieht ihre Hunde durchs Unterholz tollen. Einer der Männer erzählt etwas von »sportlichem Ehrgeiz« und dass es den Tieren gelänge, den Jagdtrupp hin und wieder so geschickt zu umlaufen, dass sie hinter statt vor einem wären. »Intelligente Biester«, sagt der Mann. Dann zucke ich zusammen, weil das Telefon vibriert. Eine SMS kommt zurück. Ich öffne sie:

> »euer vater ist ein wohlhabender mann. ihr seid eine reiche familie. ihr solltet andere daran teilhaben lassen.«

Ich tippe, so schnell, dass ich kaum dabei atme:

> »red klartext, du wichser!«

Absenden.

Warten.

Es raschelt im Busch. Ein Schuss fällt.

Antwort.

> »500 000 euro, damit lina nichts passiert! du besorgst das geld alleine. niemand merkt etwas.«

Ich glaube das nicht.

Ist das doch ein Scherz?

Das ist keiner.

Denn wäre es einer, müsste ich den, der mich da eben verarscht, umbringen. Ich schreibe:

> »wie soll ich das denn machen?«

Noch ein Schuss im Fernseher. Leises Fluchen. Wind in den Baumwipfeln. Getrappel im Holz.

»vater anschnorren? vater ueberzeugen? selber geld machen? was weiss ich! sei einfallsreich. nimm dir ruhig zeit. deine schwester ist noch acht monate hier. ist doch zeit genug. sende bald infos zum konto. nehme auch ratenzahlung. ;)«

Ich antworte nicht mehr. Werde nur ganz ruhig, wie gelähmt. Ich kann nicht beschreiben, was gerade passiert, was da in mein Leben tritt. Ich meine, man kann sich immer zurückziehen, verkriechen irgendwo, den Schädel zusaufen, einfach nichts machen, vielleicht umkommen. Aber jetzt? Jetzt sind da fast zehntausend Kilometer zwischen mir und meiner Schwester und ich müsste *auf der Stelle* bei ihr sein, um … um was? Um unter den hunderttausend Bewohnern dieses Landstriches den einen auszumachen, der sie beschattet und knipst? Es surrt wieder.

»was wuerde dein vater sagen, wenn ihr wieder etwas passiert?«

Was?

Er weiß von Linas Unfall damals?

Er muss davon wissen, sonst würde er nicht schreiben »wenn ihr *wieder* etwas passiert«. Wenn er das weiß, hat er gut recherchiert. Wer weiß, wo er seine Augen und Ohren hat. Ob er schon hier steckt, in der Telefonanlage des Hauses. Als Trojaner auf meinem Rechner.

Seine Post hat mein Leben in einer Sekunde verändert.

Ich kann mich nicht mehr verkriechen, das ist das Schlimmste. Jetzt *muss* ich etwas unternehmen, ab sofort, vierundzwanzig Stunden lang, nicht mal Schlafen ist noch eine Möglichkeit!

Lina. Du schreibst doch deinen Blog. Du hast eine Freundin gefunden. Du merkst nichts. Du merkst nichts? Das Handy vibriert wieder. Habe dem Mistschwein wohl zu lange nicht geantwortet.

»schweigen ist keine option.«

Ich balle die Faust, nehme die Kaffeetasse und schleudere sie auf die Dielen. Sie zersplittert und die Scherben schlittern bis vor die Terrassentür. Ich schreie. Ich reiße mich zusammen und tippe:

»auf einmal geht das nicht. aber ich fange an.«

Es dauert kaum eine Minute, bis er antwortet:

»gut. sende details spaeter. wuensche gutes gelingen!«

Ich glaube immer noch nicht, was gerade passiert. Ab jetzt habe ich nur noch eine Sache zu tun. Ich darf nicht mehr schlafen, darf nicht mal mehr sterben, gar nichts. Jetzt muss ich handeln und etwas erreichen, das auch in acht Monaten unmöglich ist. Eine halbe Million soll ich besorgen. Ich? Natürlich ich. Meinen Vater selbst würde niemand direkt erpressen, mit seinen Verbindungen, seinen Möglichkeiten, seinem Einfluss. Doch aus seinem eigenen Sohn einen Schläfer zu machen, die Made im Speck dazu anzuregen, ein paar gute Stücke des Fleisches heimlich abzuschneiden und zu stehlen, das ist nicht unklug. Aber wie soll ich das machen? Der Erpresser denkt wohl, ich könnte von meinem Dad einfach so Geld schnorren. Oder Kontozugangsdaten klauen, ohne dass er was merkt. Einen Scheiß kann ich! Mein Vater gibt mir keinen Cent, solange ich ein Nichtsnutz bleibe, das hat er mir schon vor Langem klargemacht. Und Kontodiebstahl würde von der Polizei verfolgt, die nichts mitkriegen darf.

Scheiße.

Es ist, als stünden eine Milliarde gebrauchter Kaffeetassen überall auf der Welt, verstreut auf fünf Kontinenten, vom Strand in Malibu bis zu einem Astloch in Sibirien, und ich müsste sie finden und einsammeln, während ein Scharfschütze die ganze Zeit auf meine Schwester zielt.

Bei 3sat hebt eine dramatische Musik an und eine halbe Sekunde nach einem trockenen Schussgeräusch fällt das Reh. Sein toter Körper plumpst mit einem dumpfen »Flbug!« auf den Waldboden. Der Jäger freut sich. Ich drücke mir die Hände in die Augen und schalte den Fernseher aus. Ein klobiger Keil drückt von unten gegen mein Herz. Ich fühle mich, als müsste ich würgen. Meine Hände sind eiskalt. Ich bin falsch abgebogen. Vielleicht ist wirklich alles nur ein Traum, was geschehen ist, seit dem Moment, als ich im Krankenhaus Hans niederschlug. Ich nehme mein eigenes Handy zur Hand und wähle die Nummer von Lina. Das Tuten verändert seinen Klang, während die digitalen Signale über den Ozean nach Australien reisen. Nach zehnmal Tuten nimmt Lina den Hörer ab. Ihre Stimme klingt wie die eines Vögelchens, das kurz zuvor gegen die Fensterscheibe geflogen ist.

»Hmmmruuu? Sven?«

Mir fällt ein, wie spät es jetzt bei ihr sein muss. Wie früh. Circa halb zwei nachts, und das unter der Woche.

»Oh …«, sage ich.

»Es ist mitten in der Nacht«, sagt sie und ich stelle sie mir vor, die Haare zerzaust, die kleine Nase im Dämmerlicht des Lampenschirms und hinter dem Fenster die tropischen Vögel und das Gezirpe der Grillen.

»Ich, äh, da habe ich nicht dran gedacht.«

»Das merke ich.«

»Alles okay bei dir?«, frage ich.

»Ja, sicher. Was soll denn nicht okay sein?«

»Hmm. Es ist, na ja, alles so anders dort.« Ich rede Stuss, weil ich mit mir kämpfe, ob ich sie fragen soll, ob ihr was aufgefallen ist. Ich darf aber nichts sagen. Ich muss auflegen.

»Ich muss früh in die Schule«, flüstert sie.

»Ja, du hast recht. Entschuldige. Wir hören uns, ja? Ich freue mich auf deinen Blog!«

»Okay. Nacht, Bruderherz … oder eben Tag!«

Ich lächle. »Ja, Tag …«

Wir legen auf.

Ich stelle mir vor, dass dieses Mädchen mit der leisen, verschlafenen Stimme gerade von einem Kerl beobachtet wird, der die Macht über ihr Leben an sich gerissen hat. Wie unfair das ist, wie ungleich. Ich will jetzt da sein, auf der Stelle, ihn überwältigen. Zehntausend Kilometer.

Ginge das?

Ich wäre eineinhalb Tage in der Luft, Frankfurt, Singapur, Sydney, Cairns. Das Handy wäre fast immer aus, aber es muss fortan immer an sein. Erreicht er mich zwanzig Stunden lang nicht, wird er misstrauisch und baut Scheiße.

Ich muss etwas unternehmen. Muss an Geld kommen. Vater ist nicht da. Betäubt und zugleich mit einem rasenden Puls gehe ich in den Keller und setze mich an den Computer.

16.12. // 18.17 Uhr

Habe ich acht Stunden im Netz verbracht?

Scheint so.

Ich merke erst jetzt, wie mein Rücken schmerzt. Ich stehe auf und gehe in die Küche. Ich schwanke. Ich esse eine Banane und werfe die Schale in die Spüle. Öffne einen Joghurt und sauge ihn aus dem Becher. Befreie mit einem lauten Knacken ein Glas mit gebackenen Bohnen in roter Soße von seinem Deckel und schlinge sie mir rein, rote Sprenkel auf meinem Shirt und der Anrichte hinterlassend.

Was habe ich gemacht in den letzten acht Stunden?

Ja, ich wollte auf Spiele wetten. Irgendeinen Scheiß, die nächsten Partien, die anstehen, in jedem Sport der Welt. Israelischer Fußball, Cricket, Tennisspiele zwischen Sportlern, von denen ich noch niemals gehört habe. Bei manchen gewinnt man das Siebzehnfache des Einsatzes, wenn der Außenseiter gewinnt. Ich konnte aber nicht sofort anfangen, da ich dem Wettanbieter erst mal ein Guthaben für mein neu eröffnetes Userkonto per Onlinebanking überweisen muss. Bis das Geld bei denen ist, dauert es einen Geschäftstag. Außerdem habe ich kaum Kohle auf meinem Konto, 472,95 Euro, um genau zu sein, ich kann mit Geld nicht umgehen, es landet immer in den Taschen von Timo oder vom örtlichen Trinkgut oder von irgendeiner Bar, an der wir vorbeikommen. Außerdem kommt ja nichts rein. Ich habe alles, was in meinem Zimmer zu finden war, als Verkaufsware auf Amazon gestellt. Das geht mit ein paar Klicks, einfach das Produkt eingeben, Zustand, gewünschter Preis, ab damit. eBay-Auktionen habe ich nur für zwei Sachen gestartet: ein altes Trikot von Borussia Mönchengladbach und einen VHS-Videorekorder, der unbenutzt unter meinem Schreibtisch steht und mir als Fußstütze dient, fünf Zentimeter Staub darauf. Ich kriege ja so schon zu viel, wenn ich mir anschaue, wie wenig meine alten CDs oder Spiele nur noch kosten, wenn man sie neu kauft. *Far Cry* liegt bei 9,99 Euro, *Max Payne 2* auch, und als ich las, dass man *Warpath* heute NEU für vierundsiebzig Cent nachgeworfen bekommt, konnte ich nur noch lachen. Für vierundsiebzig Cent kann man doch noch nicht mal die Verpackung herstellen! Will man bei Amazon schnell Geld verdienen, muss man die anderen Gebrauchthändler grundsätzlich beim niedrigsten Preis unterbieten. Der niedrigste Preis liegt manchmal bei 0,01 Euro.

Die gebackenen Bohnen sind gut, aber sie machen mir schon jetzt Sodbrennen. Dennoch schlinge ich sie herunter und stelle das Glas neben den Kaffeeautomaten. Ich muss weitermachen.

16.12. // 22.40 Uhr

Dr. Norbert Wintersiegel verspricht mir bis zu dreitausend Euro Verdienst in der Woche. Vierhundertfünfzig Euro am Tag. Risikofrei und kostenlos. Er selbst will dafür nur eine Provision haben, fünf Prozent von jedem Gewinn via Paypal, aber erst, wenn man schon fünftausend Scheine verdient hat, die man sich garantiert in die Tasche stecken darf. Dr. Norbert Wintersiegel lebt angeblich am Rossmarkt 14 in Frankfurt, so steht es im Impressum von wohlstands-plan.net, der Seite, die er betreibt. Nur schreibt der Herr Doktor nirgendwo klar hin, *was* man eigentlich für das Geld arbeiten soll. Die Seiten bestehen nur aus Gefasel, sie sind wie Seife, man rutscht überall ab, aber auf jeder Fliese unter dem Seifenglitsch schreien einem »dreitausend Euro die Woche!« entgegen. Ich schlürfe an einem Kaffee und würge, da er längst kalt ist und außerdem ein abgefressener Apfel darin herumschwimmt. Ich kann mich nicht erinnern, einen Apfel gegessen zu haben. Ich forsche fast eine Stunde, bis ich herausfinde, dass Dr. Wintersiegels Rezept eine Anleitung für Onlineroulette ist. Eine statistisch erprobte Methode, die angeblich immer funktioniert. Sie geht so: Immer wenn fünfmal hintereinander die gleiche Farbe gekommen ist, soll man anfangen, auf die andere Farbe zu setzen. Beim nächsten Mal verdoppelt man den Einsatz, beim übernächsten Mal wieder und so weiter. Ich kopiere den Scheiß und googele nach Forenbeiträgen, in denen andere über die Seite geschrieben haben. Zu meiner Überraschung bestätigen sie, dass die Methode funktioniert, und zwar so gut, dass man in echten Casinos dafür Hausverbot bekommt. Im Internet ist das egal. Der Anbieter der Sportwetten hat auch ein Casino, man kann dort mit dem gleichen Guthaben spielen, mit dem man auch auf Siege von Aserbaidschan gegen Russland setzt, bloß weil Aserbaidschan eine Siebzehnerquote hat. Ich gehe in mein Onlinebanking und überweise noch mal hundert Euro, damit ich dort später auch Roulette spielen kann.

17.12. // 02.25 Uhr

Das versteht doch keine Sau, was die von einem wollen. Auf der Eingangsseite von money-123.info wird suggeriert, dass man bei ihnen Geld verdienen könne, zwar keine Reichtümer, aber mit einer Stunde »Arbeit« am Tag bis zu dreihundert Euro. Das wären neuntausend Euro im Monat. Damit komme ich in acht Monaten noch lange nicht auf die Lösegeldsumme, aber ich muss alle Chancen nutzen, die sich mir bieten. Meine linke Hand stopft Chips in meinen Mund, meine rechte klickt weiter und weiter durch die Seite, um zu begreifen, was man hier tun soll. Es gibt keine Allgemeinen Geschäftsbedingungen und keinen Hinweis auf den Eigentümer. In den Nutzungsbedingungen steht, es würde um Glücksspiel gehen. Ich muss pissen. Seit wann bin ich auf? Ich muss im zweiten Browserfenster googeln, was es mit money-123.info auf sich hat, aus der Seite selbst geht es mal wieder nicht hervor. Aha, es handelt sich um eine Anleitung zum Onlinepoker, die sie verkaufen, um einen daraufhin wahrscheinlich auf eine Pokerseite zu lenken, die ihnen selbst gehört. Pokern könnte ich im Casino des Sportwettenanbieters auch. Ich kann aber nicht noch mehr Geld dahin überweisen. Vielleicht brauche ich noch was.

17.12. // 05.57 Uhr

Unter probanden-online.de kann man sich für Medikamententests anmelden. Das ist klar und eindeutig. Nur eines der vielen Institute liegt in unserer Stadt, sogar ganz in der Nähe, sie testen gerade eine neue Pille gegen Migräne. Ich trage mich in die Maske ein. Mein Atem geht schwer. Vielleicht sollte ich schlafen. Ach, Scheiße, meine Schwester ist in Gefahr, wie könnte ich da schlafen? Ich surfe weiter.

17.12. // 08.06 Uhr

Der eBay-User »Frontzeck22« fragt mich, bei wie viel Grad man das Gladbach-Trikot waschen muss. Ja, was weiß denn ich? Er hat noch nicht mal darauf geboten, es steht immer noch bei einem Euro. Vor einer halben Stunde habe ich die Kultur der Meinungsumfragen entdeckt. Dialego, Meinungsplatz, Opinion Bar, meinungsstudie.de, globaltestmarket.com, iap-interactive.com. Sie sind seriös, das sieht man daran, dass man für eine Umfrage bis zu dreißig Minuten braucht und dafür dann gerade mal einen Euro fünfzig kriegt. Oder sogenannte Panelpunkte, die man gegen Geld einlösen kann. Bei manchen gibt es nur Gutscheine. Ich habe mich bei jedem Anbieter eingetragen und mache gerade eine Umfrage, bei der ich zu allem befragt werde. Autos,

Kosmetik, Nahrung. Welcher Werbespot mir zuletzt aufgefallen sei. Was ich mit folgenden Marken verbinde. Ist Toyota sympathisch? Ist Opel seriös? Ich denke nicht darüber nach, was ich anklicke, sondern tippe einfach in Mustern die Kästchen an, um voranzukommen. Mein Magen knurrt. Wenn ich nicht gleich pissen gehe, platze ich.

17.12. // 12.35 Uhr

Ich habe vier Stunden lang Umfragen ausgefüllt und dabei 7,35 Euro verdient. Ausgezahlt wird aber erst ab zehn Euro und auch das nur zum Ersten des kommenden Monats. Das Telefon klingelt. Ich soll zu dem Medikamententest um sechzehn Uhr nüchtern erscheinen. Ich überlege, wann ich das letzte Mal was gegessen habe. Das kommt hin.

17.12. // 14.55 Uhr

eBay-User »HarroXXL« will wissen, ob der Videorekorder QLink, Showview und Crystal View Control hat. Außerdem würden die Maße fehlen. Verdammt, du Schwachmat, das Scheißding steht bei drei Euro fünfzig, also kauf es einfach! Ich messe das doch jetzt nicht nach. Mein Geld ist bei der Sportwettenseite eingetroffen und ich verteile mein Guthaben wild auf alles, was da steht. Ich muss gleich los zum Pillentesten. Vorher probiere ich noch das Casino aus. Es hat auch ein Blackjack. Ich spiele ein paar Partien und gewinne in zehn Minuten sieben Euro fünfzig, so viel wie nach vier Stunden Umfragen. Das ist cool. Ich würde gerne weiterspielen, aber ich muss los.

17.12. // 17.33 Uhr

Ich sähe nicht gut aus, hat der Versuchsleiter zu mir gesagt. Ob ich nicht schlafen würde. Die Pille gab er mir trotzdem und nahm mir Blut ab. Morgen früh soll ich wiederkommen, nüchtern natürlich. Jetzt spiele ich wieder Blackjack, habe schon fünfundzwanzig Euro gemacht. Ich setze zwanzig davon auf eine Partie. Und verliere. Scheiße. Das Roulettesystem funktioniert übrigens auch nicht. Jedenfalls nicht bei mir.

17.12. // 20.50 Uhr

Draußen ist es längst wieder dunkel und ich kann nicht anders, als mich kurz abzulenken. Ich habe mich bei Bonimail, Primusportal, Earnstar und Dondino eingetragen, da kriegt man Geld dafür, dass man freiwillig deren Werbemails empfängt und den Empfang mit einem Klick bestätigt. Im Schnitt kriegt man 1,4 Cent pro Mail. In der Stunde bestätigt man hundert, hundertfünfzig vielleicht, wenn so viele kommen. Kleinvieh macht auch Mist. Während mein Outlook die ersten Mailfluten zieht, hole ich mir einen runter zu einem Video auf YouPorn. Es muss einfach sein. Danach bestelle ich Pizza, fünf Stück, ja, du hast richtig gehört, Ricardo. Ich klicke noch einen Porno an, weil mir sein Vorschaubild gefällt, aber der Rechner geht beim Abspielen in die Knie, weil zu viele Werbemails reinkommen.

17.12. // 23.45 Uhr

Die Pizzen habe ich gefressen wie ein Tier. Eine direkt im Flur, kaum dass die Tür zu war. Ich habe sie zerrissen mit den Händen, überall flogen Fetzen von Paprika und Pilzen auf den Boden. Die zweite auf dem Weg zur Küche. Die dritte auf der Treppe, den Karton auf Nummer vier und Nummer fünf jonglierend. Bei auktionsideen.de wollen sie sechsunddreißig Euro im Jahr dafür, die besten Tipps zu eBay rauszuhauen, ein Schnäppchenangebot, ab dem zweiten Jahr kosten ihre wertvollen Geheimnisse dann wieder reguläre sechsundneunzig Euro. Im »Empfehlungsforum« wollen Versicherungen und komische Fonds an mein Geld und versprechen, es zu vermehren. Bei trendnebenjob.de hat wieder jemand die Lippen an den Anus des Internets angesetzt und reine heiße Luft eingeblasen. Irgendwie mauscheln die wohl was mit Immobilien und bieten »Jobs« im Finanzdienstleistungsgewerbe an. Nichts wird konkret benannt, man soll erst mal Kontakt aufnehmen, um Näheres zu erfahren. Ich nehme Kontakt mit der vierten Pizza auf, doppelte Sardellen, salzig wie die Sau. Der eBay-User »kalli_kalli« fragt, ob er das Trikot auch wirklich von einem echten Fan kaufe, und macht hinter seinem Satz ein Kniepemännchen. Ich schreibe ihm zurück, dass er sich einen Metallstab nehmen, im Kamin heiß machen und dann in seinen blöden Arsch schieben soll. Ich werde hier erpresst und diese schwulen Wichser machen Kniepemännchen, weil sie Zeit haben. Weil sie so viel Zeit haben.

Bei topliste.a-b-c.de/top-geld.htm finde ich fünfzig weitere Links zu Seiten, mit denen man angeblich Geld verdienen kann. Meine Sportwetten habe ich alle verloren.

18.12. // 04.45 Uhr

Bin ich eingeschlafen? Auf dem Bildschirm ist ein Testbericht zu sehen, er handelt vom Bringdienst der Pizzeria Ricardo, also habe ich ihn wohl geschrieben. Im zweiten Fenster ist gelddurchberichte.de geöffnet, eine sehr genaue Anleitung, wie man durch Kundenrezensionen auf Ciao, Preisvergleich oder Yopi Geld verdienen kann. Sie liest sich, als hätte sie die Super-Nanny verfasst, so viel ist dabei verboten und genau zu beachten. Laut dieser Anleitung reicht es auch nicht, wenn man schreibt, oh nein! Man muss andere Berichte bewerten, Freunde adden und darauf achten, nicht ein Wort abzuschreiben. Eine Hausfrau aus Nürnberg verdient damit angeblich ihren Lebensunterhalt. Sie schreibt bis zu zweiundfünfzig Berichte pro Tag.

18.12. // 08.02 Uhr

Mir ist kotzübel. Ich müsste ins Bett. Meine Kopfhaut brennt. Auf meiner Zunge liegt Blei. Das-youtube-geheimnis.de verrät mir, wie ich mein Ranking bei YouTube-Filmen erhöhe und daraus Profit schlage. Dazu müsste ich erst mal Filme machen. In einem Forum zu Geldideen im Internet schwärmen alle vom »reichen Sack«. Die Seite sei zwar großmäulig, aber wirklich super. Der reiche Sack verkauft einem ein Set aus drei E-Books mit den besten Tipps und Tricks zur Geldmache im Netz. Das erste Buch erklärt die Grundlagen des Affiliate Marketings, also wie man online Geld verdient, ohne selbst was zu verkaufen. Das zweite beschreibt »effiziente Strategien«, wie man auf der Stelle Geld machen kann. Das dritte, *Geld verdienen als Merchant,* sagt einem, wie man ein digitales Produkt herstellt. Ich frage mich, was das sein soll. Schwerter für WoW, oder was? Ich bestelle das Paket und zahle per Paypal. Noch mal vierzig Euro weg. Mein Konto ist bald leer.

18.12. // 10.55 Uhr

Ich kam eine Stunde zu spät zur Blutabnahme bei den Pillendrehern. Der Leiter sagte, ich müsse schnellstens ins Bett, und gab mir fünfzehn Euro in bar. Auf der Rückfahrt hatte ich Sekundenschlaf am Steuer. Schokopartner.biz/cacaomundo_karriere_nebenverdienst.html will, dass ich für sie im Netz Schokolade verkaufe. Als ich das Wort lese, renne ich in die Küche, zerre ein paar Tafeln davon aus dem Schrank und stopfe sie in mich hinein.

18.12. // 16.57 Uhr

Die größten Idioten im Netz sind die Leute, die Seiten wie kostenlos-geldverdienen.de oder haupt-nebeneinkommen.npage.ch betreiben. Man kauft bei ihnen etwas und verkauft es wieder, in einer Art Schneeballsystem. Aber das Geilste ist, dass man absolut keine Ahnung hat, womit man da handelt. Es gibt keine Produktbezeichnungen, keine Hinweise, gar nichts. Ich bin fast sechzig Stunden wach und kann meine Gedanken nicht mehr von dieser Vorstellung wegkriegen. Da ist jemand, der sagt dir: Verkaufe das mal weiter. Er sagt dir aber nicht, was *das* ist. Ich nicke weg, während ich darüber nachdenke, und träume von kleinen kugelrunden Wesen mit spiegeleigroßen Augen. Sie werden als Helfer und Haustiere gehalten von den Machern solcher Internetseiten. Wie auf Watte hüpfen sie um mich herum und säuseln, während mich ihre wässrigen Augen hypnotisieren: »Mach mit, Sven, mach mit und frage nichtssss …« Es wird ein rhythmischer Singsang daraus, das »Sven« und das »nichts« klingen wie Schlangenzüngeln. Der eBay-User »Han Solo12« fragt, ob ich zufällig zu dem Videorekorder auch eine Reinigungskassette hätte. Ich will ihm antworten, er könne sich das Band von der Reinigungskassette mal ganz langsam unter seinem Sack hin- und herschieben, aber ich schreibe nur: »dujendirtadasbahdmdlk.«

Ist es noch Tag?

DER DROGENKURIER

DER DROGENKURIER
DER DROGENKURIER
DER DROGENKURIER

Als meine Eltern das Haus betreten, schleppe ich mich gerade die Treppe hinauf, um neuen Kaffee zu holen. Die Klamotten kleben an meinem Körper und aus meinem Rachen stinkt es, als verwesten Nahrungsreste direkt in meinem Hals. Ich muss übel aussehen, denn meine Mutter schreit kurz auf, als sie mich sieht, als sei ich ein Junkie, der hier nur eingebrochen ist und ihren eigentlichen Sohn umgebracht hat.

Mein Vater bleibt einen Augenblick vor mir stehen und nimmt das Ausmaß der Zerstörung in Augenschein. Man kann es nicht anders nennen, es sieht genau so aus, auch wenn ich nichts absichtlich verwüstet habe. Ich habe lediglich existiert, ohne die Auswirkungen meines Daseins in Schach zu halten, und das sieht dann eben so aus, wie es aussieht. Getrocknete Paprikastücke und Pizzafetzen überall – auf dem Boden, auf der Anrichte, sogar an der Tapete. Leere Bierflaschen, zertretene gebackene Bohnen. Das Auffangbecken des Kaffeeautomaten läuft über, drei Dutzend Tassen stehen mit pechschwarzen Resten herum und im Wohnzimmer liegt eine davon in Scherben zerschlagen vor der Terrassentür.

Manche Teile dieses Chaos kann ich mir allerdings selbst nicht mal erklären. Was sucht eine Unterhose von mir auf dem Schneidbrett in der Küche? Warum zieht eine Küchenrolle sieben Meter ihres Papiers bis vor die Couch hinter sich her? Wenn man in so einen Sog gerät wie ich, scheint man fast absichtlich durch das Haus zu laufen und Dinge in Unordnung zu bringen. Man tut es wie in Trance und ganz tief in einem schimmert die Vorfreude auf den Moment, wo alles wieder in Ordnung gebracht wird. Aber dieser Moment ist später, viel später, und gerade weil man weiß, dass er eines Tages kommen wird, treibt man bis dahin die Dinge umso weiter in die entgegengesetzte Richtung. Es ist absurd, man kann es niemandem erklären, der es nicht selbst erlebt. Und schon gar nicht meinem Vater.

»Sven«, keucht meine Mutter lediglich, »wie ist das möglich?«

»Ich war …« Wie soll ich ihnen das erklären, ohne die Wahrheit zu sagen? »Ich bin irgendwie im Computer versandet. Ich …«

Vater wartet nicht ab, was ich weiter zu sagen habe, sondern schreitet einfach zur Tat. So entschlossen, dass ich den parfümierten Windhauch seines Körpers spüre, poltert er an mir vorbei die Treppe hinab, geht in mein Zimmer und reißt dort in einer Aggressivität, die man sonst nur von Sozialhilfeempfängern in RTL-Reportagen kennt, meinen Rechner vom Tisch. Er trägt ihn die Treppe hoch, die Kabel hängen noch dran, als hätte man einem Cyborg den Kopf abgerissen. Er stellt den Rechner ab, baut sich vor mir auf und sagt: »Handy her!«

»Wie bitte?«, frage ich und er brüllt so laut, dass ich zusammenzucke: »Handy her!«

Ich taste in meiner Hosentasche, vergewissere mich, dass es nicht das Erpresserhandy ist, das ich ihm gebe, ziehe mein eigenes heraus und halte es ihm hin. Ich kann nicht glauben, dass er das alles macht, und ich weiß gar nicht, wie ich gerade empfinde. Nach dem Unfall mit Lina damals hat er nicht so reagiert. Da hat er einmal auf der Kirmes gebrüllt und war danach für immer still. Statt mich zu bestrafen, hat er mich verdrängt, so wie ich es mit den zwei Monaten im Loch versuche, nur dass er sich dafür keine spitzen Gegenstände in die Hand pressen musste. Sein Sohn war noch im Haus, sicher. Ist das mein Sohn? Ist er wirklich? Ist jetzt auch egal, ich habe noch ein Buch zu schreiben und ohnehin genug zu tun.

Aber jetzt? Jetzt bin ich für ihn wenigstens so ein Problem, dass er mich durch das Konfiszieren von PC und Handy von der Welt abstöpseln will. Von meiner Sucht. Wenn er nur wüsste, in welcher Lage ich bin …

»Du weißt schon, dass ich mir an jeder Ecke ein neues Handy holen kann?«, sage ich wie im Reflex und er schnaubt, als müsse er sich davon abhalten auszuholen.

Er sagt: »Drei Tage lang sind wir fort und was machst du? Ich meine, wenn du das Haus verwüstet hättest wegen einer Party, das hätte ich noch verstanden, ja? Aber nicht mal das! Du … du hängst vor dem Netz, anscheinend die ganze Zeit, frisst Pizza und trinkst Kaffee wie ein Irrer, um deine Spiele zu spielen oder deine Pornos runterzuladen oder was auch immer du da machst! Du willst dich aufgeben? Meinetwegen, aber nicht unter meinem Dach!«

Da steht er und bellt.

Macht sich Sorgen.

Und versteht wieder mal nichts.

Ich denke, dass es einfacher ist, ihn in seinem Glauben zu lassen, hole mir aus dem Keller meinen Rucksack mit dem Erpresserhandy und schnelle aus dem Haus, wie meine Eltern es gewohnt sind.

»Du willst *was*?« Timo sieht mich aus seiner Kapuze heraus an wie ein Reh, das beschlossen hat, ab sofort selber jagen gehen zu wollen. Über seinem Pulli trägt er eine voluminöse Skijacke. Vom Himmel rieseln langsam Millionen kleiner Schneeflocken so sorgfältig sortiert herab, dass sie sich nicht gegenseitig berühren. Aus der offenen Tür der Weltbild-Filiale fünfzig Meter weiter rieselt *Last Christmas.*

»Ich will für dich arbeiten. Als Kurier. Oder ich nehme dir Jobs ab. Dann kannst du mehr verkaufen, das Doppelte am Tag. Ich kriege eine Beteiligung. Aber überleg mal, das Doppelte! Du kannst dich dann quasi zweiteilen und –«

»Sven, Sven, Sven, warte mal«, sagt er und es klingt wie »wadde ma«. Wir stehen an den halbrunden Sitzbänken vor den bepflanzten Betonkübeln zwischen dem Geschäft für Nähwaren und der Redaktion der NRZ, ganz in der Nähe des Hügels, auf dem meine ehemalige Schule liegt. Timo verkauft hier vormittags kleine Mengen Gras an die Schüler, selten was Härteres.

»Hast du Probleme?«, fragt Timo.

»Ja«, sage ich.

»Du siehst aus wie ausgekotzt«, sagt Timo.

Ich muss lachen. Ich denke an Lina. Ich war sechzig Stunden im Netz. In der Zeit ist sie in Queensland herumgelaufen, hat mit Judy in der Schule gescherzt und am Hafen zugesehen, wie die Touristen mit den Quicksilver-Schiffen raus zum Reef fahren. Und die ganze Zeit stand irgendwo ein Mann im Hintergrund und beobachtete sie. Dieser Mann hat sich nicht gemeldet in der Zwischenzeit, das Touchphone blieb stumm.

»Du schuldest mir was«, sage ich und ziehe meine Pelle aus Jacke, Pulli und T-Shirt so nach oben, dass im rieselnden Schnee meine Narbe zu sehen ist, die Timo mir aus Versehen mit dem Klappmesser verpasst hat. Er wackelt mit dem Kopf. Sein hagerer Körper schlenkert in den weiten Klamotten wie ein Kind im Sack.

»Da steckt ein Risiko für mich drin«, sagt er und ich habe jetzt die Faxen dicke, stelle mich Brust an Brust vor ihm auf, reiße noch mal ruckartig mein Shirt hoch und sage: »Für mich bestand ein Risiko zu verrecken, du Spast! Ich kann auch einfach losgehen und dem Schulrektor vom Gymnasium da drüben sagen, wer hier seinen Schülern morgens für zwanzig Euro Gras verkauft. Ich war schon im Knast, Mann! Glaubst du, ich habe irgendwas zu verlieren?«

Timo hebt die Arme und drückt mich hektisch wieder auf die Bank. »Tschhh! Tschhh! Ist ja gut …«

»Also?«

Er sieht sich um, als wären irgendwelche Richtmikrofone auf uns angesetzt. Er nimmt sich zu wichtig. Leise sagt er: »Diesen Schulkindern da was zu verticken oder Leuten wie dir und Boris, das ist gar nichts. Das sind im Grunde Freundschaftsdienste. Das meiste Geld mache ich mit den harten Sachen. Die kann sich keiner da drüben leisten. Brauchen die auch nicht. Das brauchen die Erfolgreichen, weißt du, was ich meine? Damit es weiterläuft. Ärzte, Anwälte, so Managertypen. Aufputschmittel brauchen die, die ganze Zeit, und ihre Frauen und Kinder, die wissen nichts davon. Die nehmen einfach so hin, dass Papa perfekt funktioniert, auch noch nach einer Achtundvierzigstundenschicht.«

Ich lache, flach und kurz. Ich frage mich, ob mein Vater auch auf diese Art funktioniert.

»Ich treffe diese Männer in Hotels oder Restaurants, meistens weit draußen. Man sitzt zusammen an der Bar, nimmt nebeneinander ein Glas und dann läuft die Kiste. Die Zeit muss allerdings stimmen, auf die Minute genau.«

»Klingt einfach«, sage ich.

»Heute Abend habe ich eine Verabredung im Antikcafé draußen am Waldrand. Kennst du das?«

Ich nicke.

»Der Mann heißt Weidner, groß, schlank, schwarze halblange Haare, Schnauzer. Ist ein Managercoach. Hat einen Bestseller geschrieben, im Grunde wie dein Vater. Sitzt um 19.30 Uhr an der Bar und bestellt ein Alt. Den kannst du übernehmen. Als Testarbeit. Du setzt dich dazu, bestellst das Gleiche. Nach ein paar Minuten geht er aufs Klo. Du folgst ihm, da macht ihr dann euer Geschäft.«

»Iihhhh«, sage ich.

»Du weißt, was ich meine«, sagt Timo.

Ich grinse. Jetzt sehe ich mich auch um, obwohl noch gar nichts passiert ist. Ein paar alte Frauen in schwarzen Kunstpelzmänteln wackeln in die City, Geschenke kaufen. Timo dreht sich mit dem Rücken zu ihnen und hält mir ein kleines Tütchen hin. Ich erkenne es kaum, es ragt nur ein Fitzelchen davon aus seinen weiten Taschen. »Tausend Euro«, sagt er. »Hundert sind deine, wenn du es richtig machst.«

»Zweihundertfünfzig«, sage ich, »ein Viertel.«

Timo hustet.

Ich ziehe wieder mein Shirt hoch und zeige ihm die lange, schlecht verheilende Narbe.

Er sagt: »Okay, gut, zweihundertfünfzig. Aber verhaue es nicht. Der Mann hat mich noch nie persönlich gesehen, du bist also heute Abend ich, okay?«

»Und du? Was machst du dann heute Abend?«

»Ich kümmere mich um ein anderes Geschäft. Wie du schon sagst, ab heute kann ich mich zweiteilen, falls das klappt. Aber wehe, du bescheißt mich, Messerstich hin oder her.«

Ich drücke das Tütchen tief in die Tasche und bleibe stehen, während Timo als Erster weggeht, in die Fußgängerzone hinein, vorbei an dem Geschäft, das vorher dreißig Jahre lang eine Filiale von Quelle war. Ich schlendere zu dem Schaukasten, in dem die NRZ-Redaktion ihre aktuellen Zeitungsseiten aushängt, und überfliege sie, weil ich nicht weiß, was ich sonst Unauffälliges tun soll. Zwar hat niemand eine Ahnung, dass ich gerade für tausend Euro Koks in der Tasche habe, aber *ich* weiß es. Ich überschlage im Kopf, wie viel ich für Timo dealen müsste, um das Lösegeld für Lina zusammenzubekommen.

Auf der Zeitungsseite steht: »Kapitalfonds entpuppt sich als Lügengebäude. Hunderte private Kleinanleger um ihr Geld betrogen!« Meine Hand knistert in der Hosentasche mit der kleinen Tüte. Ein kleiner Junge tippelt an der Hand seiner Mutter den Weg entlang und plappert ohne Ende über all das, was er sich noch wünscht. In einer Woche ist Heiligabend und ich bin jetzt auch noch Drogendealer.

Nichts davon darf passieren.

BLUMENZWIEBELN AUSGRABEN

BLUMENZWIEBELN AUSGRABEN
BLUMENZWIEBELN AUSGRABEN
BLUMENZWIEBELN AUSGRABEN

Wo ist denn der Typ?

Ich stehe halb im Eingang der Gaststätte neben dem Zigarettenautomaten und schaue zur Theke. Ein Wirt steht dahinter, ein Geschirrtuch in der Hand. In der Ecke unter den Schränken mit den Gläsern läuft ein kleiner Fernseher. Zwei Tische sind besetzt, einer mit vier Personen, die vor appetitlichen Grilltellern sitzen, und einer mit dem, was meine Mutter ein »Klübchen« genannt hätte, damals, als sie selber noch Zeit hatte, Freundinnen einfach so zu treffen. An der Theke sitzt niemand. Aus zwei schwarzen Boxen, die zu einer winzigen Kompaktanlage gehören, klingen alte jazzige Schlager. Der Wirt schaut zu mir herüber und hebt ganz leicht die Arme mit dem Geschirrtuch. Niemand sitzt an der Theke.

Ich ignoriere den Wirt und gehe wieder vor die Tür. Die Tannen am Waldrand sind bereits voller weißem Puder von dem leichten Schneefall. Neben der Wirtschaft warten antike Möbel hinter großen Fenstertüren auf Kunden. Ich gehe zwischen dem Gebäude und dem Wald auf und ab, vorne ums Haus auf die vermooste Terrasse, auf der im Sommer die Außentische stehen.

Ich weiß nicht, was ich tun soll. Wir haben halb acht und der Manager ist nicht da. In meiner Tasche ist der kleine Beutel mit der Ware. Was macht man in so einem Moment? Was macht Timo in so einem Moment? Warum trifft er seine Kunden so weit draußen? Ja, sicher, hier werden sie von kaum jemandem gesehen, der sonntags auf dem Markt ihre Frauen fragen könnte, was der Gerd neulich abends alleine im Antikcafé gemacht hat. Aber warum trifft er seine Kunden dann nicht direkt auf einem Rasthof oder mitten im Wald? Ich muss diesen Deal machen, ich muss Geld verdienen. Ich habe ein Touchphone in der Tasche, auf dem fünfzig Bilder meiner Schwester sind, die ein Fremder geschossen hat. Ich spucke einmal auf den Boden, spaziere wieder zur Tür, als wäre ich nicht in Eile, betrete den warmen, brummenden Eingang und tapse unentschlossen an der Bar entlang.

»Suchen Sie was?«

Die Frage des Wirts erschreckt mich. Ich meine, es ist ja normal, dass er mich das fragt, aber es rammt doch irgendwie in meine Welt hinein wie ein Schiffsmotor in den Ozean, wenn den Walen die Ohren platzen.

»Hä?«

»Wollen Sie vielleicht was trinken? Falls Sie … Geld haben …«

Ich rümpfe die Nase. »Wieso soll ich denn kein Geld haben?«, rotze ich über die Theke und verkneife mir gerade noch das angehängte »Du Spast!«. Aber ist doch wahr, was fragt der mich, ob ich Geld für ein Bier habe? Bin ich ein Landstreicher, oder was?

»Also ein Bier?«

Ich weiß keine Antwort. Immer noch kein Manager an der Theke. Ich schüttele den Kopf, murmele unverständlich »Nein danke!« und tapse wieder aus dem Haus. Die Tannen schwanken im Wind. Ich schwanke auf dem Boden. In meinem Kopf rangeln die Möglichkeiten. Soll ich gehen? Oder doch drinnen warten? Der Typ ist Manager, der kann auch aufgehalten worden sein, bei einem Termin oder im Stau oder weil er noch eine Praktikantin flachlegen musste. Ich überlege, als es zwischen den Tannen raschelt. Ein junger Mann steigt aus dem Unterholz, in einer gepflegten Jeans und einem Jackett. Er kommt auf mich zu. Erst als er direkt vor mir steht, merke ich, dass es Timo ist. Er packt mich am Arm und zieht mich von dem Gebäude weg zum Waldrand.

Als wir zwischen den Tannen verschwinden und einen gekiesten Wanderweg betreten, fängt er an zu schimpfen: »Sag mal, hast du noch alle Tassen im Schrank?« Er flüstert, als könnte man uns hier noch hören. Er gestikuliert mit den Armen Richtung Wirtschaft.

Ich sage: »Was machst du denn hier? Ich denke, du willst dich zweiteilen? Und wie siehst du überhaupt aus?«

»Wie ich aussehe? Wie siehst du denn aus?« Er wird laut, aber er spricht sehr deutlich dabei, wie ein Lehrer, der ausrastet.

»Was denn?«, sage ich.

Er zeigt auf mich, fassungslos: »Du siehst aus wie ein Penner! Diese stinkende Trainingshose. Die uralte Winterjacke. Die kaputten Turnschuhe. Es würde mich nicht wundern, wenn der Wirt da drin dich gefragt hätte, ob du schnorren willst!«

Ich weiß nicht, was ich sagen soll. Timo hat mich fast abgestochen und nun hält er mir eine Predigt: »Sven, du lungerst hier herum wie ein Schluck Wasser in der Kurve. Weißt du eigentlich, wie verdächtig das ist? In diesem Outfit?«

»Was willst du eigentlich von mir?«

»Wenn der Kunde dich versetzt oder zu spät kommt und du nicht weißt, woran du bist, dann triffst du eine Entscheidung. Du setzt dich an die Bar und trinkst einen oder du bestellst was zu essen oder du gehst sofort wieder raus und tust so, als ob du am Fenster die Antikmöbel bewunderst, aber du *lungerst nicht rum*!«

Ich trete von einem Fuß auf den anderen. Er ist wohl fertig mit seinem Vortrag. Ich lasse den Schnee rieseln und sage: »Fick dich doch.«

Timo sieht mich an wie einen Hundehaufen. Ich krame in meiner Hosentasche und drücke ihm den Beutel mit der Ware in die Hand. Er schüttelt den Kopf, sieht sich um und verschwindet ohne ein Wort.

Als er weg ist, wird mir klar, was ich eben gemacht habe. Warum kann ich nicht einfach meine Fresse halten? Er hatte ja recht, er ist ein Profi, er macht das seit Jahren. Ich bin sein Azubi, ich müsste ihm zuhören. Aber da steht er, in seinem Jackett, und macht mich an wegen meiner Klamotten. Woher soll ich denn ahnen, dass er bei solchen Geschäften rumläuft wie ein bekackter Banklehrling, der sich lässig geben will und deswegen die Krawatte weglässt? Ich kenne diesen Zwerg doch nur als Gollum in Kapuze und jetzt kommt er hier an als Geschäftsmann Nummer eins und hält mir einen Vortrag! Zweihundertfünfzig Euro pro Deal hätten sich sowieso nicht gelohnt. In Australien richtet ein Mann eine Kamera auf Lina. Verdammte Scheiße, wie soll ich bloß an das Geld kommen?

Ich laufe tiefer in den Wald, an einer verwitterten Sitzbank vorbei. Ich würde gerne immer weitergehen, alles hinter mir lassen. Ich stelle mir vor, wie der Wald dunkler und stiller wird, die Bäume immer dichter stehen und das Unterholz so tief wird, dass ich bis zum Hals einsinke. Das ist das Schlimmste an dieser Situation. Dass es keinen Ausweg gibt. Dass ich mich hier im Holz begraben könnte und einfach abwarten, was passiert, und es würde nichts, aber auch gar nichts daran ändern, dass Linas Leben gefährdet ist und dass nur ich alleine etwas dagegen tun kann. Vor allem kann man weglaufen, vor sich selbst und Vater und allem, ich war ja weg, zwei Monate lang, und es war eine graue und nasse und tiefe Grube, aber keine Grube der Welt macht rückgängig, was jetzt in meinem neuen Telefon steht.

»Chhhrrrrrrrschiiik!«

Der Auslöser einer Kamera! Ich fasse mir an die Hose. Ist die kleine Cam in dem verfluchten Touchphone losgegangen? Ich ziehe es raus und schaue auf den Screen. Nur der Bildschirmschoner.

»Hi, Sven!«

Ich schnelle herum.

Benjamin.

Mit seiner digitalen Spiegelreflex. Er hält sie mit einer Hand in Richtung der Baumwipfel. »Der erste Schnee«, sagt Benjamin. »Ich schieße schon den ganzen Tag. Und wie das warme Licht von der Kneipe hier so in den Wald tröpfelt …«

Was macht Benjamin denn jetzt hier?

Andererseits: Was sollte er nicht hier machen? Der Wald ist ein beliebtes Gebiet für Naturfreaks. Ich weiß das, ich war ja auch mal so einer. Wir waren hier gemeinsam unterwegs, früher, Benjamin und ich. Auch Vater hat meiner Schwester und mir die Flora und Fauna des Waldes erklärt, als wir Kinder waren, Lina erst vier und ich sieben. Ich konnte ihm stundenlang zuhören, seine tiefe, behagliche Stimme war wie eine Wolldecke. Sie trug Ruhe in sich. Vater hatte Zeit, denn er schrieb noch keine Bestseller und musste nirgendwo »stattfinden« außer hier bei uns, als Waldführer. Ist das lange her …

Ich setze mich auf die grottige Bank. Benjamin setzt sich dazu. Er hat einen guten Rucksack dabei, fast fabrikneu. Er zieht eine Flasche heraus. »Cola?«

Ich muss lachen. Klar, Cola …

»Gib her«, sage ich.

Wir trinken abwechselnd, aus einer Flasche.

»Ich bin am Arsch, Benjamin.« Ich wundere mich selbst, dass ich das so ehrlich sage.

Benjamin sagt: »Frauen? Geld? Vater?«

»Geld«, sage ich. »Mir sitzt jemand im Nacken.«

Benjamin hält die Klappe. Das gefällt mir. Nichts kann ich weniger leiden als dummen, reflexhaften Trost. Er steht auf, geht zu einem Baum mit breitem Stamm, fährt mit der Hand über die Rinde und sagt: »Hundertfünfzig Jahre, würde ich schätzen. Oder? Was sagst du?«

Ich schaue mir den Baum an. Er fragt mich als den Fachmann, der ich mal war. Ich sage: »Eher hundertachtzig.«

Er sagt: »Hundertachtzig Jahre … Da geht's mit Blumen schneller voran. Du buddelst im Oktober die Zwiebeln ein und im Frühjahr hast du deine Schneeglöckchen.«

Ich nippe an der Cola.

Benjamin sagt: »Es gibt Kinder, die graben, zwei Tage nachdem sie die Zwiebeln verbuddelt haben, alles wieder auf, um nachzusehen, ob schon was wächst. Am Ende wächst natürlich gar nichts. Weil sie gebuddelt haben. Weil sie nicht begreifen, dass man bei manchen Dingen Geduld haben muss.« Er klopft gegen den Baumstamm. »Du kannst den großen Onkel hier nicht zwingen, schneller zu wachsen. Aber nach hundertachtzig Jahren sieht er so aus. Und dann, dann haut ihn nichts mehr um.«

Zu Hause gehe ich schnell die Treppen hinab in mein Zimmer. Vater telefoniert hinter der großen Tür, wahrscheinlich mit seinem Agenten. Ich höre nur Fetzen wie »Sag denen, das mache ich nicht« und »Das habe ich nicht nötig«. Mutter hat die Tassenscherben, Pizzakartons und Müllreste, die ich während meiner zweieinhalb durchgesurften Tage im Haus verteilt habe, weggeräumt. Mein Zimmer ist nun nackt, ohne Rechner, abgekoppelt von der Welt. Vater hat den Computer nicht wieder zurückgestellt. Er weiß natürlich nicht, dass ich seit ein paar Tagen ein Touchphone habe, mit dem ich sehr gut meine Mails checken und im Grunde auch surfen kann, wobei das bei dem kleinen Monitor ziemlich ätzend ist. Mit einem Original-iPhone ginge es besser, aber das wollte sich der Erpresser wohl nicht leisten. Ich schließe meine Tür ab, haue mich aufs Bett und ziehe mit dem Touchphone meine Post aus dem GMX-Fach. Die erste Mail ist Spam. Ein afrikanischer Dr. Mbesi, der kein Deutsch kann, schreibt »eine Generalkonsulat machen hinterlegen Ihre Anteil« und sendet mir eine Kontaktadresse, unter der ich drei Millionen abholen kann, die wahrscheinlich meine Vorfahren 1637 ursprünglich in Gold dort unten verbuddelt haben. Die nächste Mail ist von Lina, eine Rundmail an all ihre Kontakte: »Neue Blogeinträge online!« Ich muss lächeln. Wie gesagt, Surfen ist mit so einem kleinen Bildschirm eine Qual, aber Linas Blog ist es wert. Ich öffne den Browser und schaue nach, was sie geschrieben hat.

»Das Beste an dem Leben hier ist, dass es sich überall wie in einem Holodeck anfühlt. Sicher ist es toll, Ausflüge zu machen, rein in den Dschungel, raus aufs Reef, rein ins Hinterland zu den Bananenplantagen. Neil und Nicole zeigen mir so vieles, wir sind jedes Wochenende unterwegs. Aber selbst wenn man ganz normal zur Schule geht, auf der Veranda Hausaufgaben macht oder an den Steintischen neben dem Tauchladen seine Fish & Chips mampft, fühlt es sich immer noch besonders an. Unwirklich. Judy findet es putzig, dass die Welt, die für sie normal ist, für mich rund um die Uhr wie Ferien bleibt, trotz der bescheuerten Ms Frederikson in Mathe übrigens, die schwedische Vorfahren hat. (Am lässigsten sind die Lehrer mit irischem Ursprung, besonders Mr McBride, den wir in Sport und Gesundheit haben, was sehr lustig ist, da man nach der Schule vor der Sportsbar sehen kann, wie viel Guinness er für gesund hält.) Na, jedenfalls, »it's so cute«, sagt Judy immer, wie ich nach all den Wochen immer noch ausflippe, wenn einfach so ein Kakadu über die Straße fliegt. Wunderschönes weißes Gefieder und laute, melodische Schreie. Kakadus! So wie bei uns Tauben herumflattern! Ich gewöhne mich nicht daran, es bleibt einfach großartig, jeden Tag.«

Ich beneide sie. Dann fällt mir wieder ein, dass sie in Gefahr ist. Ich denke daran, wie ich vorhin mit Benjamin im Wald auf der Bank gehockt habe. Man kann den Baum nicht zwingen, in einem Tag zu wachsen. Auf dem Schreibtisch, auf dem bis heute Morgen noch mein Rechner stand, liegt das alte Skizzenheft, mit dem ich damals den Preis gewonnen habe. Projekt Palm Grove.

Die Kinder haben die Blumenzwiebeln wieder ausgegraben.

Ich nehme das Heft, blättere darin herum und klopfe mir damit auf den Oberschenkel.

SPIESSERKNEIPENTAG

SPIESSERKNEIPENTAG
SPIESSERKNEIPENTAG
SPIESSERKNEIPENTAG

Heute ist Spießerkneipentag. Wieder so eine Sache, die Boris erfunden hat und die wir durchziehen können, seit wir achtzehn geworden sind. Wir sitzen in der Jägerklause, einer Eckkneipe mit Scheiben aus dunklem Glas, die sonst nur alte Männer besuchen und in der man sogar noch rauchen darf. Die Möbel, die Bar, der Boden, die vergilbten Vorhänge … alles hier drin wirkt so, als hätte es die Farbe eines Zigarettenfilters. Braun und »Filter«, das sind die Farben des Ladens, Grau und Beige, das sind die Farben der Klamotten seiner Gäste. Außer unseren natürlich, ich mit meinem Trainingshosenglitzerblau …

»Noch ein Herrengedeck!«, sagt Boris und die Wirtin mit der Haut aus Rauleder macht dreimal je ein frisch gezapftes Pils und einen Korn fertig. Zwei alte Männer am anderen Ende der Theke sehen mit zusammengekniffenen Augen zu uns herüber und fragen sich, was wir hier machen. Im CD-Player läuft Bernhard Brink.

»Ist das herrlich?«, sagt Boris, als unsere Gedecke kommen, legt seine brennende Zigarette in einen Aschenbecher mit »Ernte 23«-Aufdruck und hebt das Schnapsglas zum Anstoßen. Es macht »Ping!«, wir kippen und Boris fährt fort: »Früher saßen alle Männer in solchen Kneipen am Ende der Straße, dort wo das Leben noch lebenswert ist. Weißt du, was ich meine? Nicht wie heute, wo die Frauen sie an den Eiern haben. Das waren goldene Zeiten, Alter! Der Mann ist einfach losgegangen, da gab es gar keine Frage. Der Alfons? Der ist in der Wirtschaft, warum? Das war selbstverständlich! Die Frau hat in der Zwischenzeit das Haus sauber gemacht oder sich mit ihren Nachbarinnen getroffen. Weißt du, was ich meine? Dann kam Alfons irgendwann nach Hause, und wenn er nicht zu besoffen war, hat er sie noch gevögelt. Ein Traum, oder?«

Frederick grinst, ich lache müde, aber wenn ich ehrlich bin, stelle ich mir das gerade tatsächlich vor. Die Fünfzigerjahre. Klare Verhältnisse, alte Radioschränke und weit und breit keine Touchphones mit Erpressernachrichten. Heute Nacht kam wieder eine, um 3.23 Uhr unserer Zeit.

»na, geht's voran mit meinem geld?«

Seinem Geld.

Erpresst mich, bedroht meine Schwester, ist einfach nur ein kleiner, dreckiger Dieb und redet von *seinem* Geld, als hätten wir es nur von ihm geliehen. Du mieser Parasit, dachte ich, man müsste dich mit Napalm auslöschen, du Ungeziefer. Das dachte ich. Was ich zur Antwort tippte, war:

»es laeuft. ich melde mich.«

»Heute hat der Mann doch nichts mehr zu sagen, oder?«, sagt Boris und man sieht ihm an, wie er es genießt, hier Stammtisch zu spielen und zugleich von den eigentlichen Stammbesuchern der Bar belauscht zu werden wie ein Alien. »Ich meine, guck sie dir doch an, die ganzen Weicheier! Die kaufen immer nur die Autos, die ihre Frau haben möchte. Kombis, die groß sind, weil die Alte ständig wirft. Oder Kleinwagen, die sparsam sind, weil sie die Umwelt retten will. Ist das natürlich für einen Mann? Oder der Wohnort: Die Kerle ziehen irgendwohin, wo sie alleine gar nicht leben würden, weil sie nur dort einen Job bekommen, der genug Kohle einbringt. Kohle, die sie gar nicht bräuchten, würde ihre Freundin nicht jeden Tag zu H&M rennen. Und wenn sie dann auf der Arbeit eine geile Kollegin auch nur schief angucken, dann haben sie schon eine Anzeige wegen sexueller Belästigung am Hals. Aber wehe, diese Kollegin ist tatsächlich geil auf sie und reibt sich auf der Weihnachtsfeier an dem Mann wie eine Hündin. Wenn der Typ dann ablehnt, weil *er* keinen Bock auf *sie* hat – dann zeigt sie ihn auch wegen Belästigung an. So machen die das, die Schlampen.«

Die Wirtin konzentriert sich darauf, ein paar Gläser zu spülen, doch ihre Ohren zucken. Die zwei alten Männer haben ihre Augen jetzt weiter geöffnet und tuscheln miteinander.

Boris spricht lauter, das Glas in der Hand. Stammtisch spielen bringt ihn auf Hochtouren. »Ich erklär euch mal was, Männer. Es gibt zwei Vorwürfe in Deutschland, da braucht der andere gar keine Beweise mehr, da bist du schon schuldig bei Verdacht! Weißt du, was ich meine? Erstens: ›Der belästigt Frauen!‹ Und zweitens: ›Der ist rechts!‹ Zack! Sexist oder Fascho. Da kannst du vor Gericht sogar gewinnen, den Stempel wirst du nie mehr los. Weißt du, was ich meine?«

Boris labert zwar einfach nur daher, aber die zwei alten Männer wippen jetzt aufgeregt wie die Muppet-Opas mit den Köpfen, als hätte derlei wahre Dinge selbst hier in der Jägerklause schon lange keiner mehr gesagt. Im Radio singt eine Schlagersängerin auf einen stumpfen Tanzrhythmus: »Für die Welt bist du nur jemand, aber für mich bist du die Welt.« Boris sackt ein wenig zusammen, als wäre es schwere Arbeit gewesen, die Wahrheit zu sagen. »Boah, ich brauche jetzt erst mal eine Frikadelle. Gisela, machst du eine?«

Die Wirtin gehorcht brummend. Anscheinend heißt sie tatsächlich Gisela. Das hat Boris sicher vorher in den Gelben Seiten nachgeschlagen. Draußen vor den braunen Fenstern huschen die Schatten von Menschen entlang, die jetzt noch, vier Tage vor Heiligabend, in die Stadt rennen, um Geschenke zu kaufen. Ich habe meinen Eltern heute Vormittag im Saturn die Neuaufnahmen der alten Beatles-Alben und im Rewe ein paar relativ teure Weine gekauft. Mein Konto ist jetzt endgültig ratzeputz leer. Ich bräuchte jeden Cent, aber wenn ich ihnen nichts schenke, bringt mich das auch nicht weiter. Sie müssen mich wenigstens noch einen Hauch achten, sonst kriege ich später gar nichts von ihnen. Umgekehrt habe ich heute Morgen ein mit der Überschrift »Wunschzettel« markiertes Blatt auf die Küchentheke gelegt und als einzige Position »Computer mit Internetanschluss« daraufgeschrieben.

Boris bekommt seine Frikadelle mit Senf. Frederick trinkt einfach schweigend, wie ein Mann aus alten Roadmovies, von dem man nichts weiß und der irgendwann an der Bar die Pumpgun zückt und alle im Raum ohne Worte erledigt. Ich fühle mich wohl bei den beiden. Wir passen zusammen. Was hätte ein Mensch wie ich bei gesünderen Typen zu suchen? Ich spüre, dass ich jetzt oder nie dazu bereit bin, nutze die Sekunde, ziehe mein altes Skizzenheft zu Palm Grove aus der Tasche und lege es auf die Theke.

»Was ist das?«, fragt Boris kauend.

»Damit hab ich einen Preis gewonnen, als ich vierzehn war. Für die beste Stadtentwicklungsidee. Hab ich neulich wiedergefunden.«

Boris blättert es auf. Frederick beugt sich näher. Beide lesen, recht interessiert. Ich habe ihnen nie davon erzählt, wir kannten uns ja damals noch nicht. In dem Moment, wo sie sich mit den Skizzen und Texten beschäftigen, damit ihr Hirn begreifen kann, welche Vision sich auf den vierundzwanzig kleinen Seiten entfaltet, verschwindet der ganze Sarkasmus aus ihren Augen. Boris tunkt seine Frikadelle beim Lesen blind in den Senf und führt sie zum Mund, ohne die Augen vom Heft abzuwenden. Es scheint wohl spannend zu sein.

Nach einer Weile steht er vom Barhocker auf, tippt auf das Heft und sagt: »Sven, Alter … das da, das ist … atemberaubend!«

Das hat er noch nie gesagt. Ich richte mich auf.

»Echt?«

»Ja. Visionär. Da stecken Millionen drin!«

Ich starre ihn an wie ein Yak.

Er sagt: »Augenblick eben, ich muss mal pissen.«

Frederick bleibt sitzen, lehnt sich wieder zurück und schnippt, damit Gisela ihm noch ein Bier hinstellt. Er sagt nichts. Nach einer Minute kommt Boris wieder von Klo zurück, zieht sich den Reißverschluss zu, noch während er auf uns zuläuft, und lacht sich schlapp. Er lacht so, dass alle es hören können, völlig übertrieben, wie ein Showpraktikant. Er wischt sich ein gespieltes Tränchen aus dem Augenwinkel. »Sven, Sven, Sven«, japst er, »du hast auch nicht mehr alle Eier im Sack, oder?«

Ich zucke mit dem Kopf und sage: »Äh …«

Boris zeigt auf das Heft: »Ey, spinnst du? Palm Grove? Was ist denn das, Alter?«

Sein Respekt war also nur wieder gespielt. Ich halte mein Bierglas fest.

»Selbst wenn das ginge, nehmen wir mal an, du hättest die zehn Millionen, die das kostest, dann frage ich dich: Willst du echt so leben? Als Manager von so einem Tropenbad? Weißt du, was ich meine? Du siehst doch, wie dein Vater lebt, seit er Bestseller schreibt, oder? Oder meiner, der Herr Chefarzt. Hä? Sind die happy, oder was? Die halten doch auch nur ihren Arsch hin und dann werden sie von ihren Terminen gefickt und ihren Telefonen und ihren Agenten und ihren Oberärzten und OP-Plänen und Klinikdirektoren. Die sind doch am Arsch, Mann!«

Da ist was dran.

Ich würde ihm ein Bier ausgeben für diese Wahrheit, aber er ahnt ja nicht, dass ich das Scheißding gar nicht bauen, sondern nur Kohle für die Idee haben will, um mit dieser Kohle dann meine Schwester zu retten. Das hört man doch ständig, dass gute Ideen große Investoren anziehen.

Boris sagt: »Die bescheißen uns doch alle, unsere Väter. Die sagen, wir würden unser Leben wegwerfen, weil wir nur abhängen und saufen und Mist bauen. Weißt du, warum die das sagen? Weil die neidisch auf uns sind! Weil die das längst nicht mehr dürfen! Weißt du, was ich meine? Die sagen das nur, weil sie selbst ihr Leben weggeworfen haben. Ich sag mal so, wenn ein Außerirdischer jetzt im Moment auf die Erde guckt und dann sieht er uns, wie wir hier gemütlich einen saufen und uns keiner stört. Und dann sieht er all die Männer, die so Projekte am Laufen haben und die alle drei Minuten ans Handy gehen. Weißt du, was der denkt, der Außerirdische? Der denkt dann, dass die eigentlichen intelligenten Bewohner dieses Planeten die Handys sind. Die Handys brauchen aber andere Wesen, um sie zu füttern, weil die sind nicht blöd, die Handys, weißt du? Die wollen Strom und Akkus und Guthaben. So, und die kriegen sie von uns. Die Handys wollen uns an die Leine kriegen. Ja, und mit den ›Gewinnern‹, den sogenannten, haben sie das geschafft. Nicht mit uns Losern. Wir Loser sind frei! Die Gewinner sind die Scheißsklaven, denkt dann der Außerirdische. Aber wir hier, die entspannten Säufer an der Bar, wo keiner anruft – die nicht!«

Frederick schmunzelt still und befriedigt wegen dieser kleinen Geschichte in sein Glas.

Boris sagt: »Ende nicht als Sklave, Alter! Sonst fühlt es sich eines Tages so an, als sei ständig ein Gewehr auf dich gerichtet und jeder Anruf könnte die nächste Todeswarnung sein.«

Ich muss komische Augen machen, als Boris das sagt, denn für einen Moment löst sich wieder der Sarkasmus in seinem Gesicht und er klopft mir auf die Schulter. »Nur Spaß, du Schwanz, jetzt guck nicht so betreten.«

Wenn du wüsstest, denke ich, wenn du wüsstest, und ziehe vorsichtig das Heft von der Theke, bevor sein Senf darauftropft.

Eine halbe Stunde später stehe ich im Copyshop gegenüber dem Eingang zur Volkshochschule, scanne Seite für Seite das Heft ein und lasse den Ladenbetreiber alle vierundzwanzig Scans als ZIP-Datei an die Mailadresse von Benjamin Wörle senden. Im Textfeld der Mail steht nur: »Was hältst du davon? Sven«

ALG-ANTRÄGE SIND UNTEN

ALG-ANTRÄGE SIND UNTEN
ALG-ANTRÄGE SIND UNTEN
ALG-ANTRÄGE SIND UNTEN

Benjamin hat sich nicht gemeldet. Hat es wohl nicht nötig, auf Ideen von mir zu reagieren. Also gehe ich am Montag, den 22. Dezember, ins Rathaus unserer Stadt und frage vorne an dem kleinen Empfangsschalter, wo ich das Büro von Dr. Weingärtner finden kann. Das ist der Leiter Stadtentwicklung, der mir damals in der Bibliothek den Preis verliehen hat. Den Namen konnte ich mir immer merken, weil ich mir den Mann mit Latzhose und Strohhut bei der Ernte im Weinberg vorstellte. Vor dem Schalter mit der albernen Scheibe, mit der sich die Tussi dahinter vielleicht gegen wütende Sozialhilfeempfänger mit Schusswaffen schützen will, liegen Faltblätter und kleine Heftchen von Tanzkursen, Theaterstücken und Töpferkreisen. Die Tussi blättert in ihren Unterlagen und sagt: »Dr. Weingärtner? Kenne ich nicht. Wer soll das sein?«

»Der Leiter der Stadtentwicklung?«, frage ich, laut und betont wie ein kleines Mädchen, das nicht begreifen kann, dass seine Eltern Kim Possible nicht kennen.

»Der Leiter der Stadtentwicklung ist Dr. Zobel«, sagt die Tussi.

Ich lege mein Heft und meine Urkunde auf den Tisch. Sie ist gerahmt, sie hing eine Zeit lang bei mir an der Wand. Heute brauchte ich lange, um sie irgendwo im Schrank unter den Sportklamotten wiederzufinden.

»Da«, sage ich, »er hat mir diese Urkunde verliehen.«

Die Tussi beugt sich vor. »Das ist ja fünf Jahre her.«

»Ja, und? Es war nicht 1815, oder?«

Sie kneift die Lippen zusammen und sieht mich an, als wäre ich ihr Freund, der wieder mal eine seiner dämlichen Bemerkungen gemacht hat. Sie nimmt den Hörer ab und drückt eine Schnellverbindungstaste. »Ja, hallo, Iris. Du, sag mal, der Dr. Weingärtner, ehemals Leiter Stadtentwicklung, wo ist der jetzt? Mhm. Aha. Und was der gemacht hat, macht im Prinzip jetzt der Herr Zobel? Ja. Okay. Dank dir, Schatz.« Sie legt auf.

»Dr. Weingärtner ist mittlerweile in Emmerich tätig. Dr. Zobel vertritt ihn, aber ich weiß nicht, ob der noch da ist. Wir haben Weihnachten.«

»Wir haben den Montag vor Weinachten. Im Saturn arbeiten sie noch. An der Tankstelle arbeiten sie sogar *an* Heiligabend.«

Die Tussi schnauft. Sie zeigt den Gang hinab. »Zimmer 115. Versuchen Sie Ihr Glück.«

Ich gehe den finsteren Gang hinab zur besagten Tür und klopfe. »Herein«, ruft eine ältere Frauenstimme. Ich stehe vor der Sekretärin.

»Ist Dr. Zobel da?«

»Ja«, sagt sie und wischt sich Butter von einem Sandwich aus dem Mundwinkel, als hätte ich sie bei einer unerlaubten Pause erwischt, »und nein. Er ist gerade im Büro eines Kollegen, der Geburtstag hat.«

Ich stehe vor der Sandwichfresserin und frage mich, wozu mein Vater Steuern zahlt.

»Ja?«, sage ich nach zwanzig Sekunden, »und wo ist das?«

»Sie können warten, bis er zurückkommt.«

»Ich warte nicht!!!«

Das war jetzt gebrüllt. Die Frau zuckt zusammen. Jetzt sagt sie mir gar nichts mehr. Ich verlasse das Büro, gehe zum Treppenhaus und laufe jede Etage ab, bis ich diese Geburtstagsfeier finde. Der zweite und dritte Stock sind verwaist, so manches Blatt an den Pinnwänden hängt nur noch an einer Reißzwecke, weihnachtliche Dekorationszweige lassen schon die ersten Nadeln fallen. Ein Beamter ist ganz verwegen und hat an seine Bürotür das Bild des jungen Homer Simpson mit Haaren geklebt. Darunter steht »Old School«.

Im vierten Stock höre ich endlich Gelächter und Stimmengewirr, ab und zu ein Glasklimpern dazu. Das wird die Feier sein, ein kleiner Umtrunk während der Öffnungszeiten, macht ja nichts, ist ja in zwei Tagen Weihnachten und es ist ja auch nur meine Schwester, die in Gefahr schwebt. Ich erinnere mich daran, wie ich das Essen der Chefärzte im Nobelrestaurant sprengen musste. Jetzt mache ich das Gleiche in einem Büro. Mir fällt auf, dass ich schon wieder meine Trainingsklamotten trage. Das Polyester stinkt. Jeden Tag denke ich, dass ich das morgen ändere, mich frisch mache, auch mal rasiere, was anderes anziehe. Dann kommt der nächste Tag und ich schiebe es wieder auf. Ein Tag geht noch.

Die Tür des Büros steht offen, rund fünfzehn Menschen plaudern darin und trinken Erdbeersekt.

»Dr. Zobel?«

Alle drehen sich zu mir herum, dem stinkenden, asozialen Tier in der Tür.

»Das ist eine geschlossene Gesellschaft«, sagt eine Frau und ihr Kollege fügt hinzu: »ALG-Anträge sind unten, zweiter Stock. Aber da ist keiner mehr. Wir haben Weihnachten.«

»Ich brauch kein Hartz IV, ich brauche Dr. Zobel!«

»Und wir brauchen gleich den Sicherheitsdienst«, sagt die Frau und greift zu einem Telefonhörer.

Eine tiefe Stimme, die ihren Klang erst mal durch das Gestrüpp eines schwarzen Vollbarts drücken muss, hält sie davon ab. »Lassen Sie nur, Ursula.« Der große Mann tritt durch die Leute auf mich zu. Er trinkt seinen Sekt pur.

»Was gibt's denn?«, fragt er, ein wenig zu gutmütig, so wie man schizophrene Behinderte etwas fragt, die beißen könnten.

»Hier«, sage ich und zeige ihm Urkunde und Heft. »Das hat mir ihr Vorgänger verliehen, für die beste Zukunftsvision. Da war ich vierzehn. Jetzt bin ich neunzehn und somit voll geschäftsfähig. Wir können loslegen.«

Dr. Zobel nimmt die Sachen entgegen. Seine Kollegin lacht laut auf, als sei ich ein einziger großer Witz. Schlampe.

Dr. Zobel gibt mir die Sachen wieder, sanftmütig lächelnd: »Junge, wir können nicht einfach so loslegen.«

»Warum nicht? Ich habe gewonnen! Man hätte schon damals loslegen müssen!«

»Aber das ist doch nur ein Ideenpreis.«

»Nur ein Ideenpreis? Aha. Und wofür schreibt man ihn aus, wenn man die Ideen gar nicht umsetzen will? Um das Volk zu beschäftigen, oder was?«

»Ist Ihnen klar, was so etwas kosten würde? Die Kommunen schließen mittlerweile die ganz normalen Hallenbäder, weil das Geld ausgeht. Und da kommen Sie mit einer Tropenlandschaft daher.«

Ich denke an die echte Tropenlandschaft, in der Lina gerade herumläuft. Sie schaut nach oben, weil sie ein lautes Kieksen hört. Der Kakadu segelt sanft von Strommast zu Strommast. Hinter einem Haus am Ende der Straße steht ein Mann mit Kamera.

Ich mache einen Schritt zurück zur Tür, sehe in die Runde, spüre, wie meine Ohren heiß werden, und sage: »Da steht ihr und sauft Sekt am Vormittag und klebt euch Homer Simpson auf die Tür und sagt mir, was alles nicht geht.«

Ich klinge wohl bedrohlich, denn ein jüngerer Mann, womöglich der Homer-Simpson-Typ, geht jetzt auf mich zu und sagt: »Hey, hey, hey«, wie man es zu Kneipenschlägern sagt.

»Was?«, spucke ich ihn an. »Was willst du machen, du Schlange? Hä? Hockst hier in deinem gemachten Nest und trinkst Sekt. Weißt du, wer dich bezahlt, du Schmarotzer? Hier, die Jungs vom Saturn oder von der Tanke, die an Weihnachten durcharbeiten. Die bezahlen dich, mit ihren Steuern.«

»Gehen Sie jetzt!«, schreit der Mann und ich ärgere mich, weil ich einen kleinen Moment zucke. Ich ziehe mein Kinn nach oben, mustere die Beamten wie Dreckstücke, spucke auf den Teppich neben einen Schreibtisch und verschwinde, nicht ohne heftig gegen die Tür zu treten.

Mein Auto steht auf dem Parkdeck vor dem städtischen Theater, für das wohl noch genug Steuergeld da ist, damit schmuckbehangene Arztgattinen mit ihrem Mercedes vorfahren und im Foyer Sekt trinken können. Ich öffne den Golf, werfe einen Underground-Rap-Sampler in den CD-Player und drehe die Lautstärke hoch. Die BTM Squad aus Düsseldorf rappt: »Wirst vom Jäger zum Gejagten/ innerhalb von ein paar Tagen/ Fragen sind hier unerwünscht/ zu viel Zicker unter uns/ zu viel Dramen schon erlebt/ und überleben wird zur Kunst.«

Ich will gerade losfahren, als das Touchphone vibriert.

> »deine schwester ist leicht zu beschatten. guckt immer nur nach oben, nie geradeaus. im anhang die kontonummer fuer das geld. kannst auch mit kleinen betraegen anfangen.«

BTM rappen: »Doppel Null Fünf Millennium/ unsere Eltern drehen jeden Penny um/ das ist Rap-Asphalt/ nicht Stipendium.« Ich drehe die Musik leiser, als könnte der Entführer sie hören. Ich nenne ihn im Geiste schon Entführer, dabei beschattet er Lina ja nur, die feige Sau. Ich würde ihm am liebsten antworten, dass ich ihm gerne mit einem Krankenhausskalpell ganz fein die Haut zwischen Schwanz und Leiste auftrennen und dann dort Zitronensäure einträufeln würde, aber stattdessen tippe ich:

> »ich arbeite dran. wir haben hier weihnachten. was soll ich machen?«

Nach einer Minute kommt Antwort:

> »du sollst mir beweisen, dass du dich bemühst.«

Ich tippe zurück:

> »wie?«

Er:

> »okay. feier deine feiertage. aber zu jahresbeginn will ich betraege auf dem konto sehen. egal, welche! ich will sehen, dass es losgeht! deine schwester hat noch ein paar monate.«

Der blöde Wichser kann mit Sprache umgehen. Sein letzter Satz ist gleichzeitig die Beruhigung, dass ich Zeit habe, um das viele Geld aufzutreiben, und andererseits die Uhr, die tickt, bis Lina stirbt. »Deine Schwester hat noch ein paar Monate.« Das schreibt er einfach so. Per SMS. Ich will ihm schreiben, was wohl wäre, wenn ich mit dem Telefon zur Polizei ginge, aber jemand, der so eine Sache startet, ist nicht zurückverfolgbar. Ich kann jedes Mal, wenn er simst, antworten, aber schon beim nächsten Dialog ist seine Sendernummer eine andere. Er wechselt jedes Mal das Handy oder mindestens die SIM-Karte. Also schreibe ich:

> »okay.«

Wie bescheuert. Ich schreibe okay auf den Satz hin, dass meine Schwester nur noch ein paar Monate hat. Ich habe auch nur noch ein paar Monate. Bald fängt das neue Jahr an. In diesem Jahr muss sich alles ändern. Ich kann mich in keine Grube mehr verkriechen. Es kommt keine SMS mehr zurück.

Auf der CD startet der nächste Track und Rapper Fayzen fragt: »Ihr gebt Milliarden dafür aus, um auf den Mars zu kommen/ wie viele Menschen könntet ihr retten mit einer Milliarde Dollar?«

Der Typ hat recht, das ist das, was eigentlich zum Kotzen ist. Ich sitze hier auf dem Parkdeck, in meinem Telefon die Ziffern eines anonymen Nummernkontos, das ich bald füllen muss, um meine Schwester zu retten, und da draußen sind Billionen von Dollar. Billionen. Das, was der Erpresser haben will, das sind Peanuts gegen das ganze Geld, was es auf der Welt gibt. Wahrscheinlich geben diese Ratten dort drüben im Amt eine halbe Million im Jahr nur für Kopierpapier aus. Oder für Farbausdrucke von Homer Simpson, auf Amtskosten, versteht sich. Das Geld ist doch da, aber ich komme nicht ran! Der Typ will ein Zeichen sehen.

Fayzen rappt: »Wie viele Menschen leiden an Hunger, obwohl sie Nahrung wollen/ doch keiner gibt ihnen was, obwohl ihnen so der Magen knurrt.«

Der Erpresser will ein Zeichen. Ich lasse den Motor an.

BEI ERIK

BEI ERIK
BEI ERIK
BEI ERIK

Ich kann mit dieser kleinen iPhone-Kopie nicht surfen. Also habe ich den gestrigen Tag in einer Spielhalle im Gewerbegebiet verbracht, wo es Internet gegen Geldeinwurf gibt. Das war gar nicht so übel. Man sitzt in einer dunklen Box wie in einem Ei aus Plastik. Das ist so geschützt, man könnte sich unbemerkt einen runterholen da drin. Niemanden stört es, dass ich Trainingshose trage und Bier trinke. Die Chefin Iris von der Geldwechseltheke bringt ab und zu einen Kaffee, eine Tasse gratis pro Stunde. Ich habe da gehockt, um etwas über den Inhaber des Feinkostladens Bei Erik in der Fußgängerzone herauszufinden, der ein Schild mit der Aufschrift »Suche Aushilfe« in sein Schaufenster gehängt hat. Das Schild wurde nicht etwa mit dem Edding geschrieben oder auf ein weißes Blatt Papier gedruckt, nein, es ist ein Holzschild mit Prägung, ein kleines Kunstwerk für sich. Wahrscheinlich verkauft Erik es für fünfundzwanzig Euro, sobald er seine Aushilfe gefunden hat.

Erik ist jünger, als er aussieht, siebenundzwanzig Jahre. Sein voller Name steht als Inhaber klein gedruckt unter dem Schild mit den Öffnungszeiten am Fuß der Eingangstür. Ich habe ihn mir gemerkt, um daraufhin recherchieren zu gehen. Mehr als den Namen brauche ich nicht, ich bin da wie ein Spürhund, gib mir einen Fetzen und ich finde alles heraus, was es über den Menschen zu wissen gibt. Ich nutze die Methode, mit der Boris harmlose kleine Emo-Mädchen zu gefälschten Dates lockt, aber anders als Boris nutze ich sie nicht, um Erik zu ärgern, sondern um mich bei ihm beliebt zu machen, damit ich den Job bekomme.

Erik Lang – so heißt er mit vollem Namen – hat eine Ausbildung zum Koch gemacht und dann noch ein Studium der Betriebswirtschaft angehängt, das er mit »Sehr gut« abschloss. Danach eröffnete er diesen Laden für Feinkost, Wein, Bier und Hartgetränke sowie frische, arschteure Wurst für Gourmets. Privat spielt er Feldhockey. Er liebt die amerikanischen Schriftsteller Alan Ginsberg und Walt Whitman, die mir beide nichts sagen, und vor allem liebt er den Jazz, den er mit einer Amateurband auch selber spielt. Wobei, was heißt Amateurband? Nachdem ich all das über sein XING-Profil erfahren habe und dann auf die MySpace-Seite seiner Band surfte (sie nennt sich Body Meta, Kategorien: Jazz, Fusion, Avantgarde), um sie mir anzuhören, muss ich sagen: Die meisten Amateure können so was nicht! Erik ist auskunftsfreudig, er bloggt viel auf der MySpace-Seite und er hat hundertsiebenundzwanzig Kundenrezensionen zu Jazz-CDs bei Amazon geschrieben, die so intelligent und gelehrt formuliert sind, dass man ein Lexikon daraus binden und drucken könnte.

»Dreihundert Gramm von der Finocchiona bitte«, sage ich jetzt an Eriks Wursttheke und er ist erstaunt.

»Wow, da hat aber jemand Geschmack!«, sagt er. Man kann nicht sofort erkennen, dass es sich bei der Salami um eine Finocchiona handelt, es steht nicht drauf, man muss es wissen, und dazu muss man Kenner sein. Ich bin kein Kenner, aber ich habe mich informiert. Und was ich einmal erfahren habe, kann ich mir merken. Ohne Zettel. Beziehungsweise ich konnte es, früher. Doch jetzt kommt diese Fähigkeit wieder, ganz von selber, weil ich sie brauche.

Ich sage: »Sie ist einfach die beste!«

»Das ist sie«, bestätigt Erik, während er in seiner sauberen weißen Schürze die gewünschte Menge abschneidet. Im Laden läuft Jazz, nicht zu laut, nicht zu leise, nicht zu flach und nicht zu anspruchsvoll.

»Es wäre noch besser, wenn sie wie ganz früher den Samen von wild wachsendem Fenchel verwenden würden anstatt von kultiviertem.«

Erik nickt und mustert mich jetzt, um zu schauen, welcher junge Mann da so viel über die teure Salami weiß. Was er sieht, dürfte ihm gefallen, denn ich trage heute keine Trainingshose, sondern eine gute Jeans und ein T-Shirt mit dem Konterfei des Jazztrompeters Miles Davis. Ich habe in fünf Merchandise-Geschäften angerufen, bis ich eines gefunden hatte. Bin extra nach Oberhausen gefahren dafür. Ich habe keine Ahnung von Miles Davis. Oder besser: Ich *hatte* keine Ahnung. Seit der Spielhallensession habe ich sie, zumindest kann ich einiges erzählen.

Erik gibt mir die eingepackte Salami, damit ich sie in meinen kleinen Einkaufskorb legen kann. Er fragt: »*Kind of Blue* oder *Bitches Brew*?«

Das sind Platten von diesem Davis, beide ganz große Klassiker, aber die eine ultrasanft und melodisch und die andere schräg und anstrengend. Einfach gesagt: Zur einen kann man gut vögeln, die andere hört man sich am besten schön, während man eine Windmill raucht.

Ich tue so, als würde ich überlegen, und sage dann, mit einem Lächeln unter Kennern: »*Sketches of Spain.*« Das ist das dritte superwichtige Album, aber eben nicht ganz so naheliegend. Erik zeigt mit dem Finger auf mich und kneift ein Auge zusammen. »Seeeeehr gute Antwort«, sagt er.

Ich schlendere zu seinem rustikalen Holzregal, in dem selbst Bierflaschen einzeln stehen, was ihnen irgendwie viel mehr Aura als im Kasten verleiht, und nehme mir zwei Diebels Alt heraus. »Zur Salami ein Bier für Männer«, sage ich dabei, weil ich in seinem Blog gelesen habe, dass aus seiner Sicht Altbier das einzig Wahre sei. Draußen schneit es wieder, weiße Flocken vor dem gelben Licht der Leuchtketten, die quer über die Fußgängerzone von Haus zu Haus hängen. Es ist Heiligabend.

»Pils ist für Weiber«, sage ich, als ich mein Portemonnaie ziehe, und Erik lacht.

»So vulgär würde ich es nicht ausdrücken«, sagt er, »aber in der Sache stimmt es.«

Ich sage: »Und außerdem macht es Nierensteine.«

»Mein Reden«, sagt Erik, während sich die Kasse für das Wechselgeld öffnet.

Im Regal für die Spirituosen stehen einige Flaschen nicht gerade. Bei zweien hat sich das Etikett nach hinten gedreht. Ich gehe hin, rücke sie auf eine Linie und drehe die Etiketten nach vorne. Connemara, ein Single-Malt-Whisky aus Irland, dessen gemalzte Gerste man über Torffeuer trocknet. Die Farbe ist toll. Mir läuft das Wasser im Mund zusammen. Ich kehre zur Kasse zurück.

»Musste sein«, sage ich. »Ich kann das irgendwie nicht sehen, wenn das durcheinander steht.«

Erik gibt mir mein Wechselgeld.

Ich nehme mir vor, noch fünf Sekunden zu warten, bis ich frage.

Nach nur drei Sekunden fragt er mich von selber: »Sag mal, brauchst du vielleicht einen Job?«

Ich tue erstaunt. »Ich?«

»Ja. Ich suche gerade eine Aushilfe. Meine letzte habe ich rausgeworfen. Der Junge hatte keine Ahnung von Warenkunde, und immer wenn ein langes Wochenende mit Brückentag möglich war, war er plötzlich krank. Der konnte einen Merlot nicht von einem Tempranillo unterscheiden.«

»Na ja«, sage ich, »Frankreich und Spanien sind ja auch nah beieinander.« Ich sage es so schnell, dass ich erst beim Sprechen merke, dass ich es weiß. Es ist einfach da, ich muss es wohl beim Recherchieren überflogen haben.

Ich schaue auf meine Uhr und sage: »9.47 Uhr. Du hast also noch gute zwei Stunden geöffnet. Also, von mir aus kann ich direkt anfangen. Dann gehst du mit aufgeräumten Regalen in die Feiertage.«

Erik sieht mich an, den Alttrinker mit der Ahnung von Jazz, Salami und Wein. Er hält mir die Hand hin: »Vierhunderteurojob, das ist ja klar, oder?«

»Sicher«, sage ich.

»Dann komm, ich zeig dir das Lager, da bin ich lange nicht mehr zu gekommen.«

»Die Garnelen sind schön knackig, optisch glänzend, gut mit Kräutern abgestimmt. Der Reis ist auf den Punkt gegart, nichts klumpt. Die Dips sind sehr gut, nicht zu ölig, dazu frisches selbst gemachtes Brot. Ich würde sagen, über *diesen* Haushalt mache *ich* mir *keine* Sorgen mehr.«

So würde der Restauranttester Rach es formulieren, wäre er jetzt bei uns und würde das Essen beurteilen, das meine Mutter auf den Tisch gebracht hat. Mein Vater trägt einen Anzug, im Haus, und ich immerhin die saubere Jeans von meinem Bewerbungsgespräch bei Erik und ein schwarzes, kurzärmeliges Hemd. Wir sind zu dritt, keine Reporter und keine weiteren Verwandten, es ist Heiligabend, das einzige Ritual, das diese Familie noch einhält.

Mutter überspielt ihre Melancholie darüber, dass Lina das erste Mal an diesem Tag nicht zu Hause ist, mit aufgeregtem Geplapper darüber, wie genau sie das Brot gemacht hat und wie lang ein Teig gehen muss, damit es später so kross und doch so luftig wird. Lina hat vor einer Stunde angerufen, bei ihr ist es noch Morgen, und wir haben alle mit ihr gesprochen, auch ich. Sie ist bester Dinge, sie war sogar so abgelenkt von ihrer neuen Welt, dass ich merkte, dass sie schnell auflegen wollte, als könnte sie mit jedem Wort am Telefon ein paar Minuten Queensland verpassen. Ich verstehe das, meine Eltern wahrscheinlich nicht.

Vater kaut konzentriert und trinkt den Weißwein mit nachdenklichem Blick, als beschäftige ihn etwas. Nichts Berufliches, etwas, das tiefer geht, auch wenn er selbst sich nicht mehr vorstellen kann, dass es Tieferes gibt als den Job. Über Jesus Christus, unseren Herrn, spricht niemand heute Abend, das war schon immer so, meine Eltern sind nicht religiös. Mein Vater weiß natürlich alles über das Christentum als Fundament der westlichen Kultur, in seinem *Lob des Kanons* nimmt das Kapitel achtzig Seiten ein, aber das heißt nicht, dass er persönlich glaubt, vor allem nicht an die katholische Kirche. Ich habe einmal einen Streit darüber erlebt, zwischen meinem Vater und meinem Opa, als ich jünger war. Er endete damit, dass mein Vater herumbellte, »sie« hätten doch damals gemeinsam mit der heiligen katholischen Kirche weggesehen und jetzt hockten sie da und glaubten immer noch an Wasserwandler und Jungfrauengeburten, als hätte es die Aufklärung niemals gegeben. Er war richtig in Rage und mit dem »sie« meinte er nicht nur Oma und Opa, sondern alle Menschen in ihrem Alter, alles Verbrecher für meinen Vater, Helfer von Massenmördern und naive Idioten. Aber gut, wer ist für meinen Vater kein Idiot?

Die Garnelen schmecken super und in der Anlage läuft eine CD mit Soul- und Funknummern, die Weihnachten vertonen, aber eben so, wie es klingt, wenn in einem Hollywoodfilm eine Barjazzband in New York für die einsamen Seelen an Heiligabend spielt.

Ich kaue noch etwas Knoblauchgarnele und sage dann: »Ich habe einen Job angenommen.«

Mein Vater verschluckt sich fast an seinem Wein.

Ich sage: »Bei Erik, dem Feinkostladen in der Innenstadt. Salami, Wein, Jazz. Ist nur was Kleines, aber irgendwie muss man ja anfangen, oder?«

Vater stellt sein Glas ab und schaut durch die Terrassenfenster raus in den Garten. »Das ist ein guter Laden«, sagt er und scheint erstaunt, dass ich da anfange und nicht in der Merkur-Spielhalle oder als Türsteher im Puff. »Deinen Rechner kriegst du trotzdem erst mal nicht zurück.«

»Ich weiß«, sage ich.

Mutter beteiligt sich nicht, aber ich spüre ihre Erleichterung, dass es endlich ein ganz kleines bisschen bergauf geht. Als wäre mein Verhalten das eigentliche Problem der Familie.

»Ich finde das gut«, sagt mein Vater. »Es ist ein Anfang.« Er überlegt.

Dann beugt er sich ein wenig vor und sagt: »Aber wehe, du nimmst es als Vorwand, noch mehr zu trinken.«

Mir liegen wieder Schimpfworte auf der Zunge, doch ich schlucke sie herunter und sage: »Ich trinke kaum noch was.«

Vater lehnt sich wieder zurück, nimmt diese Aussage so hin, hebt sein Weinglas und sagt: »Auf Svens Job!« Dann stoßen wir an.

In Australien schleicht ein Mann über die Straße.

SELBSTMÖRDER GUCKEN

SELBSTMÖRDER GUCKEN
SELBSTMÖRDER GUCKEN

> »Habe deine neue Handynummer von Boris. Warum simst du mir nicht, dass du ein neues hast? Wann sehen wir uns mal wieder? Muss heute arbeiten, das Restaurant ist voll. Im neuen Jahr? Debby.«

Ich muss an einen Track von Dr. Dre denken, als ich die SMS lese. Eine Frau bettelt darauf den potenten und mächtigen Gangster an, zu ihm zurückkommen zu dürfen. Sie würde auch alles tun, was er wolle, alles mit sich machen lassen. Ich finde es unfair, dass mir das jetzt einfällt, meinetwegen kann Debby doch jederzeit kommen, ich hatte nur vergessen, dass sie die neue Nummer nicht hat. Boris und Frederick habe ich sie gegeben und gesagt, ich hätte nun mal eben ein frisches Telefon. Debby habe ich vergessen, sie zu simsen. Ich habe halt andere Sachen im Kopf. Das kann sie natürlich nicht wissen. Ein bisschen Entspannung mit ihr, das wäre heute Nacht schön gewesen, zum Jahreswechsel. Wenn sie jetzt anruft, ist leider kein geiles Bild von ihrem Po mehr zu sehen. Ich frage mich, ob mein Vater sich die Fotos auf meinem Handy anschaut. Ich stelle mir vor, wie er bei den Bildern von Debby heimlich die Hand in seine Hose schiebt.

Ach, Scheiße, das will ich mir gar nicht vorstellen, aber es passiert eben einfach so, vor allem nach einem Phillie, vier Altbier und einer drittel Flasche Whisky, günstigem Whisky vom Rewe, nicht dem superteuren Zeug aus Eriks Laden. Ich vermute, dass ich ein Drittel der Flasche getrunken habe, es kann aber auch gut sein, dass Frederick alleine die Hälfte weggezogen hat. Wir stehen an der Kreuzung zwischen der Zitadelle und dem Fußballplatz der Weseler Zebras, der hinter der Böschung ein wenig versteckt liegt. Geradeaus geht es raus aus der Stadt, zur Rheinbrücke. Da fährt man üblicherweise nur mit dem Auto entlang. Es ist 23.30 Uhr und wir saufen und kiffen seit ungefähr sieben Stunden und laufen dabei durch die Gegend.

»Sag mal, wohin gehen wir eigentlich?«, frage ich und genieße, dass ich schon schwanke, während die Konturen der Bäume, Ampeln, Ampellichter und Gebäude sogar schärfer wirken als vorher. Als säße man besoffen vor einem Xbox-360-Spiel und jemand hätte mit einem Schlag die Auflösung in HDTV verbessert.

»Selbstmörder gucken«, sagt Boris und ich bleibe stehen, obwohl Grün ist und die beiden weitergehen. Auf dem Sportplatz hinter dem Wall knallen schon Böller. Am dunklen Himmel über der Stadt geht eine einsame Rakete hoch.

»Was?«, sage ich, mitten auf der Straße stehen bleibend.

»Es springt gleich einer, von der Rheinbrücke. Das willst du doch nicht verpassen, oder?« Boris fragt mich das ganz selbstverständlich und Frederick geht einfach schon mal weiter, die Flasche am Hals.

»Wie? Woher wisst ihr denn davon?«

»Wir haben den Polizeifunk abgehört. Ist keine große Kunst mit dem richtigen Gerät. Weißt du, was ich meine? Hättest dabei sein können, aber du musstest ja *arbeiten.*« Boris betont das »arbeiten«, als wäre es ebenso unanständig wie lächerlich.

Ich denke darüber nach, was wir gerade machen. Alles ist unwirklich, wenn man so viel intus hat, aber Selbstmörder gucken, das ist was Neues. Ich habe ein Erpressertelefon in der Tasche. Ich arbeite in einem Feinkostladen. Ich habe anderes zu tun. Ich rege mich auf.

»Scheiße!«, rufe ich auf der Kreuzung, es ist längst wieder Rot und ein Auto nähert sich. »Könnt ihr nicht mal irgendwas Vernünftiges machen? Selbstmörder gucken, fuck! Das ist … das geht nicht, Alter. Da ist jemand so verzweifelt, dass er seinem Leben ein Ende machen will, und ihr wollt euch noch daran aufgeilen, oder was?«

Boris macht schmale Lippen. Frederick, der schon ein ganzes Stück weit gegangen ist, bleibt wie eingefroren stehen, dreht sich um, schmeißt die Flasche mit dem Whiskyrest auf die Straße, sodass sie zersplittert, und läuft mit Feuer in den Augen auf mich zu. Ich habe einen Knopf bei ihm gedrückt, aber ich weiß nicht, welchen. Schon klebt sein Gesicht vor meinem und füllt die ganze Welt mit Wut und Spucke aus, seine Hände an meinem Kragen: »Pass mal auf, ja? Selbstmörder sind nicht verzweifelt oder mutig oder so was. Das sind feige Schweine. Ratten sind das, die ihre Familie im Stich lassen und ihre Frauen und Kinder! Und dann stehen sie da und hoffen, dass man bettelt, dass sie es sein lassen, und dass man ihnen danach den Arsch nachträgt und sie mit Samthandschuhen anpackt, diese Schwuchteln! Neulich hat sich einer in Kamp-Lintfort auf einem Spielplatz erhängt, gegen fünf Uhr morgens, sodass die ersten Mütter mit den Kindern ihn fanden. Was für eine pathetische Scheiße! Die Kinder haben den Schock fürs Leben! Kinder, weißt du? Feige Ratten sind das, und wenn wir den Funk richtig abgehört haben und da gleich wirklich einer steht, dann rufe ich ihm noch zu, dass er es machen soll, sonst hole ich ihn und helfe nach!«

Ich mache gar nichts, denn man darf nichts machen, wenn Frederick einen so im Griff hat. Er ist dann wie ein Kampfhund, der nur noch stärker an seiner Beute reißen würde, würde sie sich wehren. Nach einer Weile lässt er von mir ab und stellt mich wieder auf das Pflaster. Der Wagen, der mittlerweile bei uns ist, hupt, weil wir mitten auf der Straße stehen. Er wird langsamer und umfährt uns in Schritttempo. Ich drehe mich zu dem Auto um, schlage mit beiden Händen gegen die Fahrerscheibe und brülle: »Es ist Silvester, du Schwanzlutscher!«

Der Schwanzlutscher ist eine Frau mittleren Alters mit Mann und

Kind. Sie reißt die Augen auf, schaut dann starr nach vorne, umfasst das Lenkrad mit beiden Händen und gibt Gas. Hätte ich eine Flasche in der Hand, würde ich sie ihr hinterherwerfen. Aus der anderen Richtung kommt ein Notarztwagen mit Blaulicht und biegt mit quietschenden Reifen auf die Straße zur Rheinbrücke ab.

»Na, wer sagt's denn!«, ruft Boris und freut sich.

Ich schüttle den Kopf und gehe von der Straße, aber wieder zurück, weg von den beiden.

»Was ist jetzt, du Opfer?«, fragt Frederick.

»Geht alleine«, sage ich. »Ob feige oder nicht, ich will das nicht sehen.«

Ich denke an die Zeit, die nicht stattgefunden hat. Die Kälte in den grauen Wänden. Es waren nur zwei Monate. Wären es zwei Jahre gewesen, hätte ich mir überlegt, wo ich eine Brücke herbekomme und wie oft man seinen eigenen Kopf gegen den Beton schlagen muss, bis der Schädelknochen bricht.

»Jetzt bleib doch hier, du Toy, es ist Silvester!«, ruft Boris von der anderen Seite der Kreuzung.

»Ist mir egal«, rufe ich zurück und gehe bereits über den Bürgersteig in Richtung der Straße, die zum Bahnhof führt. Sie halten mich nicht länger auf. Ich höre Fredericks Schritte in Richtung Boris, sie müssen sich beeilen, wenn sie noch sehen wollen, wie der Mann auf dem Wasser auftrifft … oder auf den großen, harten Randstein des Ufers.

Die Ringstraße, auf der ich laufe, hat einen Grünstreifen mit Fußweg und Allee in der Mitte. Zu beiden Seiten stehen alte Mietshäuser mit kleinen Vorgärten und dunklen Mauern, in den Sechzigern erbaut. Aus allen kommen langsam die Familien und Freundeskreise, harmlose Menschen, die Raketen aus Weinflaschen schießen und immer »Vorsicht!« rufen, bevor ein großer Böller kommt. Hier und da huschen ein paar Betrunkene dazwischen und grölen die Zahlen des kommenden Jahres in dem Tonfall, wie es Fußballfans machen.

Ich wurschtele mich durch die Leute und ihre Böller durch, ohne jemanden anzusehen. Als die Uhr zwölf schlägt, stehe ich in einer Hausecke hinter ein paar Mülltonnen, höre, wie die Leute »Neun, acht, sieben, sechs, fünf …« zählen, und beobachte, wie sie sich umarmen, als das neue Jahr anfängt. Wäre ich ein Mann, dem man das Gedächtnis genommen und den man irgendwo ausgesetzt hat, ohne dass er weiß, wohin er gehört, ich würde mich nicht anders fühlen. Unter dem Lärm des nun voll ausbrechenden Feuerwerks, das auf den blauen und gelben Deckeln der Tonnen flackert, vibriert meine Hose. Ich ziehe das Touchphone raus. Lina ruft an. Ihr habe ich meine neue Nummer gesimst.

»Happy new year, Bruder!«, ruft sie, aber bei ihr ist kein Lärm im Hintergrund. Ist ja auch kein Wunder, sie hat bereits neun Uhr am Neujahrsmorgen und der Rest ihrer Familie wird noch schlafen. Als es bei uns fünfzehn Uhr war, haben Vater, Mutter und ich sie angerufen, alle nacheinander. Dann bin ich mit den Jungs losgezogen.

»Dir auch, Schwesterherz!«, rufe ich. »Habt ihr gut gefeiert?«

»Root Beer, Barbecue und Livemusik. Ein Sänger ist mit seiner Gitarre aufgekreuzt. War sehr cool. Gibt viele davon hier. In Cairns gibt's eine kleine Bühne an der Badelagune am Pier Market, da spielen die einfach so und verkaufen ihre CDs für zehn Dollar.«

»Klingt toll!«, sage ich.

»Und du? Wo feierst du gerade?«

»Ich, ähm, ich bin hier am Kornmarkt«, lüge ich, »große Party.«

»Ich wünsche dir, dass dieses Jahr alles besser wird!«, sagt sie, in einem anderen Ton als vorher. Viel leiser und doch viel lauter.

»Das wünsche ich mir auch«, sage ich, denke daran, was ich weiß, und zittere.

»Dann bis bald, Bruder!«

»Ja, wir hören und lesen uns«, sage ich. Ich drücke sie weg, stecke das Telefon in die Tasche, halte mich an der gelben Tonne fest und atme. Dann kommen Tränen, aber ich schlucke sie weg, presse sie runter. Ich öffne eine der Mülltonnen und suche nach etwas Scharfem. Ich finde eine Fischkonserve, reiße den Deckel ab und drücke mir den scharfen Rand des Weißblechs in die Haut, bis sich die Reste der öligen Tomatensoße mit meinem Blut vermischen und die Bilder, die schon wieder nach oben wollen, in ihrem Loch verschwinden. Dann werfe ich die Konserve in die Tonne zurück und schlage mit beiden Fäusten auf sie ein, bis der Plastikdeckel einbeult. Es ist so laut, dass man es bis Belgien hören könnte, über all die Wiesen und Straßen hinweg, wäre da nicht das Feuerwerk, das zwischen seinen Sternen, Rädern und Glitzerschleifen alles verschluckt.

EASY CREDIT

EASY CREDIT
EASY CREDIT

Da steht's doch.

Unter der Hackfresse dieser im Computer generierten Werbefigur mit Hornbrille.

Easy Credit.

So heißt es.

Daumen hoch.

Ich atme tief durch und betrete die Bankfiliale in Weiß und Blau. Wir schreiben den fünften Januar und das ganze Getue ist endlich vorbei. Weihnachtsfeiertage, Silvester, die ganze große Freude der Menschen, die nicht wissen, was ich weiß. Mein Vater hat mir meinen Rechner nicht wiedergegeben. Der Selbstmörder ist nicht gesprungen in der Neujahrsnacht, aber er hat eine halbe Seite in der Rheinischen Post dafür bekommen, dass er Theater macht und ein Schwächling ist. Er sei »mit seinen Schulden nicht klargekommen« hieß es in dem Artikel, »fünfundsiebzigtausend Euro« seien es gewesen, das wollte er seiner Familie nicht zumuten. Ich habe den Artikel genommen, zerknüllt, ins Klo geworfen und auf den Papierball draufgepisst. Fünfundsiebzigtausend Euro Schulden … Ich brauche fünfhunderttausend!

Bei Erik habe ich zwischen den Jahren in aller Ruhe das Lager aufgeräumt und ganze vier Kunden bedient. Salami. Salami und Wein. Bier und Pralinen. Cointreau und Cognac. Ich trage ordentliche Sachen bei Erik, so ordentlich es halt geht. Ich bekomme zwar nur vierhundert Euro, aber ich bin etwas ruhiger, wenn ich im Laden arbeite, weil ich überhaupt etwas tue und weil die Umgebung gar nicht anders kann, als beruhigend zu wirken. Gerade habe ich Mittagspause, unser Geschäft ist von 12.30 Uhr bis 14.30 Uhr täglich geschlossen und es hat sich noch niemand beschwert deswegen. Wer bei Erik kauft, scheint Zeit zu haben. Ich nutze sie jedenfalls.

»Kann ich Ihnen helfen?«, fragt mich ein junges Ding, dessen Bankuniform nicht verdecken kann, dass sie gerade mal die Schule hinter sich hat und an ihr alles fest und knackig blüht. Ja, du kannst mich deine Knospen lecken lassen, denke ich, kneife die Augen zusammen und sage: »Ich brauche einen Kreditberater.«

Sie schaut zu einem Raum, der aus Glaswänden besteht, die ungefähr bis zur Brusthöhe milchgrau und undurchsichtig sind. »Ihr Name ist?«

»Lechner. Sven Lechner.«

»Einen Moment, bitte.« Sie geht zu dem Glaskasten, haucht mit dem Fingerknochen ein Klopfen an die Tür, öffnet, fragt etwas, nickt, schließt die Tür wieder so vorsichtig, als wäre sie die Gruft einer alten Kirche, und sagt: »Herr Riehl hat gleich Zeit für Sie. Fünf Minuten. Möchten Sie einen Kaffee?«

Sie deutet auf eine Sitzecke, schwarze Lederquadrate, Zeitschriften auf einem Tisch, eine Pflanze und ein Fernseher, der einen Dauernachrichtensender abspielt.

»Gerne«, sage ich, setze mich und schaue ihr auf den kleinen Knackarsch, als sie an einem Kaffeeautomaten meine Tasse zubereitet und Keks, Milchpäckchen und Zuckerpapierchen auf die Untertasse legt. Ich nehme das Set entgegen, stelle es ab, packe die Tasse mit der ganzen Hand statt am Henkel, trinke und schaue auf den Fernseher. Ein Eisbär treibt mit seinem Babybär auf einer Scholle ab. Es ist die gleiche Szene, die ich damals mit dem Messerstich im Krankenhaus gesehen habe. »Ist das Klima noch zu retten?« steht in der Laufleiste zur Sendung. Wenig später läuft Werbung für Toyotas Hybridwagen.

»So, ich bin dann so weit … Herr …«, der Typ schaut in seine Unterlagen, »Lechner?«

»Ja, hier!«, rufe ich etwas zu laut und ein paar normale Kunden am Schalter schauen sich um.

Herr Riehl hält mir die Tür auf und ich pflanze mich in den Stuhl vor seinem Schreibtisch. Er nimmt Platz.

»So, was kann ich denn für Sie tun?«

Ich lehne mich nach hinten in den flexiblen Stuhl, strecke die Beine unter dem Tisch aus, ziehe mein Palm-Grove-Heft aus der Tasche und werfe es ihm so lässig auf den Schreibtisch wie die vierte Sieben auf den Kartenstapel beim Mau-Mau. Ich will zeigen, dass ich keine Panik habe, weil ich in Wirklichkeit ohne Ende Panik habe.

Herr Riehl hebt die Augenbrauen ein wenig, stülpt dann die Haut unter seiner Unterlippe für einen kurzen Augenblick mit der Zunge auf, beugt sich vor und blättert in dem Heft.

Ich lasse ihn eine Minute blättern, dann werfe ich meine Urkunde hinterher, nicht mehr im Rahmen, sondern in einer Klarsichthülle. Ich sage: »Erster Preis beim Ideenwettbewerb zur Stadtentwicklung 2003.«

Herr Riehl wirft einen Blick auf die Urkunde. Er legt das Heft ab. Jetzt grinst er, so halb zum Boden, genauso wie Dieter Bohlen grinst, wenn ein geistig Behinderter vor ihm herumspringt und »Hölle, Hölle, Hölle!« singt und man ihm nicht offen die Wahrheit sagen kann, weil er sich sonst umbringt oder beißt. Mit diesem Blick ist für mich schon alles gelaufen. Aber ich muss mich beherrschen, mich am Riemen reißen. Für Lina.

Herr Riehl sagt: »Das ist ja alles schön, wirklich. Ich bin kein Experte für Freizeitunternehmen, aber das sieht so schon ganz gut aus. Nur, was hat das mit uns zu tun?«

»Was das mit Ihnen zu tun hat?« Jetzt motze ich doch. Kann mich nicht beherrschen. Wie auch? Ich sage: »Was steht denn da draußen an der Tür? Easy Credit, oder? Steht das da?«

Herr Riehl verschränkt die Arme vor der Brust. Dann löst er einen davon und tippt mit dem Zeigefinger auf das Heft. »Das da kostet um die, ich schätze mal, fünf Millionen Euro? Wir vergeben Privatkredite, für schnelle Wünsche. Ein kleines Auto oder ein großer Fernseher. Bis zu zehntausend Euro sofort, bis zu fünfzigtausend bei genauerer Prüfung.«

»Ja, das ist doch schon mal ein Anfang!«

»Gut, Herr Lechner, aber Sie sagen, Sie brauchen das Geld, um dieses Projekt zu bauen. Sie wollen ein Unternehmen gründen. Da müsste ich Sie an die Finanzberater in unserer Hauptzentrale verweisen.«

Warum kann er mir nicht einfach schon mal zehntausend Euro geben? Dann gehe ich zur nächsten Bank und hole mir auch da zehntausend. Und so weiter. Ich habe keine Zeit.

»Welche Sicherheiten haben Sie denn?«, fragt Herr Riehl jetzt und ich spüre, wie ich innerlich zusammensacke. Wie ein Ballon mit zwei Schichten. Die äußere bleibt stabil, aber die innere fällt in sich zusammen. Ich lasse meine Arme über die Lehnen baumeln. Ich hänge im Stuhl wie ein Bewusstloser. Was soll ich dem Typen sagen?

»Herr Lechner?«

Meine Innenhaut bläht sich wieder auf, ruckartig. Sie stößt mich aus dem Stuhl in die Senkrechte und gibt mir Kraft, aber nicht so, wie ich sie brauchen würde. Sie gibt mir nur die Kraft auszurasten.

Ich sage: »Ja, gut, Sie erfahren es ja doch. Wahrscheinlich werfen Sie gleich da Ihren Rechner an, tippen herum, die Fresse auf dem Bildschirm, und sagen ›Aha‹ und ›Soso‹. Scheiße! Ja, ich habe keine Sicherheiten, außer einen reichen Vater, der mich verachtet. Ich habe die Schule abgebrochen und war kürzlich wegen Körperverletzung zwei Monate lang im Knast. Sind Sie jetzt zufrieden?«

Herr Riehl dreht seinen Kopf zur Seite, während seine Augen mich weiter fixieren, den tobenden, merkwürdigen Asi vor seinem Schreibtisch. Ich kann nicht mehr aufhören, nehme mein Heft und die Urkunde, trete den Stuhl zur Seite und schimpfe dabei, Herrn Riehl gar nicht mehr ansehend: »Jetzt weiß ich auch, warum die Fresse von eurem Werbetypen bloß animiert und nicht echt ist. Weil es hier sowieso nichts zu holen gibt! Alles nur Beschiss! Einsen und Nullen. Genauso gut kann ich dem Neger schreiben, der mir ständig mit seinen Spammails mitteilt, ich solle im Generalkonsulat von Nigeria meine drei Millionen abholen!«

Während des letzten Wortes reiße ich bereits die Glastür auf, damit alle Schalterkunden hören, was für ein Saftladen das ist. Das junge Ding vom Kaffeeautomaten schaut mir nach wie einer Naturkatastrophe, als ich aus der Filiale stampfe. Draußen laufe ich schnell weiter in Richtung unseres Ladens, drehe mich nicht um und werde heiß im Gesicht. Wie peinlich ich bin. Ich meine, was war das denn eben? Ich *bin* doch wie einer der DSDS-Mongos, die nicht merken, wie sehr sie sich blamieren. Es ist noch kein Cent auf dem Nummernkonto des Erpressers. Anfang des Jahres soll ich zeigen, dass ich was mache, hat er gesagt. Anfang des Jahres ist jetzt. Ich habe noch eine halbe Stunde, bis Erik wieder aufmacht. Ich habe Hunger. Aber eine Pizza kostet auch wieder fünf Euro und, Scheiße, ich dürfte gar nichts mehr ausgeben, nicht mal für Wasser. Es geht um Lina, verdammt …

Ich bin kaum ein paar Schritte gegangen, da zucke ich mitten im Laufen zusammen, weil mein Touchphone eine Mitteilung empfängt. Passanten drehen sich um. Ich schwitze. Jede SMS könnte momentan das Ende bedeuten. Dieses Gefühl ist so grauenvoll. Es ist wie damals, als Opa krank war, sterbenskrank. Man wusste, es würde zu Ende gehen, in einem Monat, einer Woche, einem Tag. Ich war neun Jahre alt und ich hatte eine Scheißangst vor dem Tod. Habe ich heute noch. Was soll da schon kommen? Wofür gibt es das, Leben? Leben ist Dasein, Atmen, Sehen, Hören, Fühlen. Das andere, das ist Schwärze, endlose Schwärze. Schlimmer noch, es ist einfach das Ende. Du erstickst. Du erholst dich nicht davon, tauchst nicht nach sechzig Sekunden im Hallenbad wieder auf und hörst die Kinder schreien. Du hörst einfach auf zu sein. Es ist eine Riesensauerei und es gibt keinen Trost.

Und damals zuckte ich auch zusammen, als kleiner Junge, jedes Mal wenn das Telefon klingelte, ausnahmslos jedes Mal, wegen Opa. Und dann war es wieder nur die Telekom, die uns ihr Internet verkaufen wollte. Und irgendwann, als ich es nicht erwartete, war es wirklich das Krankenhaus. »Kommen Sie schnell«, das sagen sie dann immer. Und Vater hat geschrien am Grab, als sie Opa hinabgelassen haben, geschrien vor Tränen, denn er hatte sich nicht mit ihm versöhnt, niemals richtig. Mein Vater hat in seinem Vater nie den Menschen, sondern immer nur den Nazi gesehen. Opa musste sterben, um wieder zum Menschen zu werden, und dann war es zu spät.

Ich nehme das Touchphone aus der Hosentasche. Ich habe eine neue Nachricht. Ich habe bloß 37,69 Euro auf meinem Girokonto, denke ich, lächerliche 37,69 Euro. Ich kann dem Erpresser als Zeichen des guten Willens doch keine 37,69 Euro überweisen! Das ist kein Zeichen des guten Willens, damit würde ich ihn nur verspotten und wütend machen. Ich öffne die Mitteilung. Sie ist nicht vom Erpresser. Sie ist von Benjamin Wörle! Er schreibt:

> »Sorry für die späte Antwort. Hab Deine Entwürfe neulich bekommen. Sind sehr, sehr gut. Treffen morgen um 17 Uhr bei Max. Du weißt ja noch, wo er wohnt … «

Ich glaube nicht, was ich da lese. Wieso denn bei Max? Hat Benjamin den anderen von Palm Grove erzählt? Max? Jule? »Du weißt ja noch, wo er wohnt.« Da steckt ein kleiner Vorwurf drin, als sei ich ein Verräter. Aber es stimmt ja. Ich habe viel Zeit bei Max verbracht, als Junge. Ich habe ihn nie schlagen können, nicht bei *Need For Speed*, nicht bei *Forza*, nicht bei *Flatout* und schon gar nicht bei *Gran Turismo*, unserer Lieblingsreihe. Er hat darin jeden denkbaren Wagen freigespielt und fährt Zeiten heraus, die mir den Atem rauben. Dann macht er Listen davon, per Hand, auch wenn das Programm sie selber speichert. Als der vierte Teil erschien, waren wir schon keine Freunde mehr und ich fing an, mit Boris und Frederick abzuhängen. Jetzt, wo ich die SMS lese, erinnere ich mich sogar daran, wie Max' Keller riecht. Ich simse zurück: »Ich werde da sein.«

Im Laden frage ich Erik, ob ich morgen zwei Stunden eher aufhören kann und ob er das Gehalt wie bei jedem anderen Job auch am ersten Werktag im Monat überweist. Er bejaht beides, als wäre es kein Problem. Ich habe zwischen den Jahren das Lager aufgeräumt. Jede Flasche steht auf Kante.

SCHACHT 3

SCHACHT 3
SCHACHT 3
SCHACHT 3

Max' Zimmer hat sich nicht verändert. Immer noch nimmt der große Eckschreibtisch die Hälfte des Raumes ein, ein Regal hängt darüber an der Wand, auch über Eck gebaut, die PC-Spiele darauf, Hülle an Hülle. Die Konsolenspiele stehen in diesen schmalen Regalen von Ikea, ganze sechs Stück davon, voll bis oben hin. Die Konsolen unter dem Fernseher am Bettende. Man sieht nirgendwo auch nur ein Kabel. In einem weiteren Regal Aktenordner, beschriftet mit ausgedruckten Etiketten. Der Boden weicher, flauschiger blauer Teppich.

Max sitzt an seinem Schreibtisch wie ein nerdiger Programmierer in amerikanischen Filmen, mit dem Unterschied, dass sein Schreibtisch blank und aufgeräumt ist. Keine Kippen, keine Coladosen, keine Chipstüten. Jule steht neben ihm wie eine Anwältin. Benjamin hockt auf dem Bett, die Beine im Schneidersitz. Ich stehe in der Tür wie ein Mann, der ein hartes Urteil verdient hätte. Ich gehöre nicht hierher. Ich bin der Typ, der mit Boris und Frederick abhängt. Der Max schubst und demütigt für sein Haushaltsbuch, in dem er einträgt, dass er auf der Kirmes vier Euro für die Schießbude ausgegeben hat. Ich bin der Typ, der angestochen wird, der trinkt und der im Knast war. Warum haben sie mich herbestellt?

Jule sagt: »Max ist eigentlich dagegen, dass wir dir eine Chance geben.«

Jetzt habe ich schon wieder genug. Was ist das denn für ein beschissener Satz? Kann der kleine Geek nicht für sich selbst sprechen? Und was gibt Jule das Recht, sich hier aufzuspielen wie eine Staatsanwältin?

»Aber deine Idee, Palm Grove, die ist einfach gut.«

Ich kann jetzt nicht rauslaufen und gehen. Es muss etwas passieren. Also höre ich weiter zu.

Jule sagt: »Die ist so gut, dass dir wahrscheinlich gar nicht klar ist, *wie* gut sie ist.« Ich will was sagen, aber Jule hebt sofort die Hand und ich halte die Klappe, als hätte sie mich an Fäden in der Hand. Sie sagt: »Denn wäre dir das klar, Sven, dann hättest du die letzten Jahre nicht besoffen verbracht. Oder die Schule geschmissen. Oder …«

Ich setze wieder an und jetzt macht sie sogar eine Pause, um mich sprechen zu lassen, aber ich sage doch nichts. Ich will nicht vom Unfall meiner Schwester erzählen und von meiner Schuld und was die aus mir gemacht hat. Das klänge bloß wie eine blöde Entschuldigung: Sorry, ich habe gesoffen und euch gemobbt, weil ich nicht auf meine Schwester aufpassen konnte und mir selbst leidtue. Das klingt nach Weichei, das klingt nach den Feiglingen, die auf der Brücke stehen und heulen, damit sich endlich jemand um sie kümmert.

»Du weißt, Max' Vater ist der Chef der Stadtsparkassen hier im Kreis. Wir haben ihm davon erzählt. Er möchte mit uns reden. Also gehen wir jetzt da hoch ins Wohnzimmer und werden ihm zuhören. Okay?«

»Du brauchst nicht so mit mir zu reden, als würde ich den Mann sonst abknallen«, sage ich.

Jule schwenkt ihre Hand: »Na ja, ich wäre mir da nicht so sicher.«

Max schmunzelt an seinem Schreibtisch, den Blick auf einem leeren Block mit Bleistift.

»Also dann!«, sagt Jule und geht vor, die Treppe hinauf.

Das Wohnzimmer der Familie Sippel würde Boris gefallen, wenn er auf seinem Spießerkneipentrip ist. Braune Couchgarnitur aus Rauleder, Bilder von urigen Waldtälern und Elchen und eine Schrankwand, die größer ist als so manche kleine Wohnung. Max' Vater Ludwig Sippel hat überhaupt keine Probleme damit, dass in seiner Schrankwand silberne Pokale stehen und an seinen Wänden Elche in Waldlichtungen brüllen. Das macht ihn irgendwie cool, bewundernswert. Er thront in seinem Sessel wie ein alter König, ein Riese, vor allem im Kontrast zu seinem Sohn.

»Hallo«, sage ich und reiche dem Mann die Hand. Er drückt sie so fest, dass meine Fingerknochen aneinanderreiben und schmerzen.

»Hallo, Sven! Schön, dich mal wieder zu sehen«, poltert Herr Sippel, mit einer Stimme wie ein Truck. Er hustet kurz und schleimig, dreißig Jahre Zigarren. In der Stadt ist er nicht nur Chef der Sparkassen, sondern auch Vorstand des größten Fußballvereins und außerdem bei den Schützen und den Karnevalisten. Er kennt jeden.

»Ich habe mir dein Projekt angeschaut und Jule sagte mir, dass ihr das vielleicht zusammen angehen wollt?«

Ich schaue zu ihr. Ist das so? Sind wir schon ein Team?

»Na jedenfalls«, sagt Herr Sippel, »ich erinnere mich noch, wie ich damals angefangen habe. Mein Vater war Bergmann, Zeche Osterfeld, in Oberhausen.«

Oh nein, denke ich, ich sitze hier, weil ich Hoffnung habe, dass mir der Typ erzählt, wie ich an schnelles Fördergeld komme, und jetzt fängt er gemütlich an, sein Leben auszubreiten. Ich rutsche auf der Couch herum.

»Mein Vater hat nach dem Krieg den Schacht 3 wieder mit aufgebaut. Paul-Reusch-Schacht haben sie ihn damals genannt, nach dem alten Direktor.« Herr Sippel schaut schräg nach hinten an die Decke, wie man es macht, wenn man sich selig erinnert. Wahrscheinlich hatte Jule doch Grund, mich zu warnen. Lange halte ich solche Geschichten nicht aus.

»Später, in den Sechzigern, ist Vater zum Nordschacht nach

Schmachtendorf gegangen. Aber was sage ich, das interessiert euch junge Leute ja sowieso nicht.«

Gut, dass der Mann ein bisschen Selbsterkenntnis hat. Er fabuliert weiter: »Na jedenfalls, wir hatten nicht viel, im Vergleich zu heute. Klo auf dem Hof und so was. An Fernseher war erst mal gar nicht zu denken. Für das WM-Finale 54 sind alle zum Günter Tews auf den Hof gegangen, zweihundert Mann oder so. Aber Vater konnte uns zumindest ein stabiles Haus bieten und immer gut zu essen und die Mitgliedschaft im Fußballverein. Bergbausiedlung, das war schon was, damals.«

Meine Güte, der hört nicht auf. Jule sieht zu mir rüber. Sie macht mit dem Kopf eine kleine Geste Richtung meines Beines. Jetzt erst fällt mir auf, dass es auf den Zehenspitzen wippt, schnell wie ein Kolibriflügel. Sie will, dass ich das lasse. Herr Sippel lässt sich nicht beirren.

»Jeden Tag kam er nach Hause und hat mehr gehustet, mein Vater. Es war klar, das übersteht man nicht ewig, da wird man keine siebzig, als Bergmann. Und er hat immer gesagt zu mir: Ludwig, du kannst rechnen wie der Blitz, du hast nur gute Noten, du hilfst der Mama bei den Rechnungen. Aus dir wird mal was Besseres, was ganz Feines. Ein Bankchef mit Goldkette am Revers und Zigarre in der Hand. Glaub mir das, Ludwig!«

Ich höre mit dem Wippen auf, springe von der Couch auf und sage: »'tschuldigung, aber wo haben Sie bitte ein Klo?« Herr Sippel zeigt zum Flur: »Die Tür neben der Treppe, da ist das Bad. Aber wundere dich nicht, wenn auf dem Tischchen nur Fußballmagazine liegen. Meine Playboys habe ich vor meiner Frau versteckt.« Er lacht, laut und übertrieben. Er findet sich richtig gut.

Ich stürme ins Bad, obwohl ich gar nicht muss, und laufe darin auf einem blauen Frotteeteppich zwischen Badewanne und Waschbecken auf und ab. Die Wanne hat eine Duschwand zum Zuschieben, auf dem Keramikbrett über dem Becken stehen Cremes, Deos und Zahnbürsten in Bechern gemütlich durcheinander. Der Wäschekorb ist voll. Max' Eltern haben einen normalen Haushalt, sie sind weniger ordentlich als ihr Sohn. Jule betritt das Bad, ohne zu klopfen. Sie war sich wohl sicher, dass ich nicht pissen muss.

»Du kommst jetzt wieder da rein!«, zischt sie.

Ich lache kurz auf: »Der Mann lobt sich doch nur selbst. Der findet sich so geil, der holt sich gleich einen runter vor uns!«

»Das nennt man Redseligkeit, Sven! Das haben manche Leute, vor allem wenn sie viel erlebt haben. Das muss man auch mal fünf Minuten aushalten können.«

Warum denkt Jule eigentlich, dass sie so mit mir reden kann? Und warum lasse ich es zu?

»Fünf Minuten?«, sage ich. »Der Spinner ist doch schon seit fünf Stunden dran!«

Jule rollt mit den Augen.

Ich seufze. »Also gut, ich komme wieder rein ...«

Wir gehen zurück, in Abständen, damit es aussieht, als wenn wir beide nacheinander auf dem Klo waren. Erst ich, dann sie.

Herr Sippel macht weiter, als wäre nichts gewesen: »Ich habe meinem Vater nicht geglaubt, dass *ich* so sein könnte. Ein Bankchef mit Golduhr und Zigarre. Das waren für mich Comicfiguren, Fantasie. Ich habe dann eine Banklehre gemacht und war ganz normaler Angestellter, viele Jahre lang, am Schalter. Wenn ich zwei Minuten zu lange auf dem Klo saß, habe ich vom Chef eine Verwarnung bekommen. Ich musste mir die Namen und Gesichter aller Kunden merken. Kein einziges Mal durfte ich zögern, wenn sie an den Schalter kamen. Ich war bei der Bank, ja, aber ich dachte, das ginge ewig so weiter. Und dann, zwanzig Jahre später, bin ich wirklich Chef und *ich* erkläre den jungen Auszubildenden, worauf es ankommt. Die Kunden beim Namen nennen. Präzise sein. Allerdings: Bei mir dürfen sie länger auf dem Klo sitzen.« Er lacht sich wieder kaputt über sich und hustet. Er räuspert sich. »Hörst du, Sven, das kommt von den vielen Zigarren, die ich geraucht habe. Ich bin der Mann geworden, den mein Vater gesehen hat.«

Ich sage nichts. Soll ich jetzt applaudieren, oder was?

Herr Sippel sagt: »Du kannst auch der Mann werden, der dieser Firma hier vorsteht.« Er tippt auf das Palm-Grove-Heft. »Du musst aber Geduld haben.«

Ich will das nicht hören.

Geduld.

Deine Schwester hat nur noch Monate – das ist die Situation!

»Was heißt das denn alles konkret?«, frage ich und ich glaube, es klingt sehr genervt. Jule sieht mich jedenfalls tadelnd an.

Herr Sippel sagt: »Ihr braucht Förderer, Geldgeber. Die sind daran interessiert, was es ihnen später einbringt. Ihr müsst die städtischen Gremien von der Angebotsvielfalt überzeugen und dem Nutzen für die Bürger und der Förderung des Tourismus. Wenn ihr öffentliche Fördermittel wollt, muss es eine langfristig gewinnbringende Anlage werden. Dann das Gelände. Wo? Wie? Man darf ja in Deutschland nicht einfach was auf die grüne Wiese stellen.«

»Scheiße, warum eigentlich nicht!«, rutscht es mir heraus, doch Herr Sippel ignoriert es.

»Aber die wichtigste Frage ist: Wollt ihr später selber Betreiber von dem Ding sein oder wollt ihr es nur planen und bauen?«

»Nur ist gut«, sage ich.

Herr Sippel sagt: »Als Planer kommt ihr schneller an die Gelder. Alles läuft durch eure Hände. Geldströme, Auftragsvergaben an Architekten und Baufirmen. Alles. Ihr baut das Ding, und wenn es fertig ist, verkauft ihr es an den, der es tatsächlich betreiben will.«

Jetzt wippe ich nicht mehr mit dem Fuß. Ich frage: »Als Planer kommen wir schneller ans Geld?«

»Ja.«

»Mhm …«

Jule steht auf: »So, und genau deswegen haben wir uns gedacht, dass wir hier unsere Planungszentrale aufmachen, unten bei Max im Keller. Wir vier können alle was, was der Sache nutzt, oder? Sven, du hast augenscheinlich große Imaginationskraft. Max ist ein Rechengenie und ein geborener Planer. Ich kenne viele Leute, weil ich beim

Radio arbeite. Mein Vater ist Architekt. Benjamin macht geile Fotos und kennt sich schon ein bisschen mit Marketing aus, wegen seines Dads, der übrigens auch Grafikdesign gelernt hat. Und Herr Sippel, na ja, der kennt jeden. Als Erstes bauen wir dein kleines Heft da zu einem richtigen Exposé aus. Dann machen wir einen Geschäftsplan. Herr Sippel kann uns dabei helfen.«

»Können Sie uns auch Geld geben?«, frage ich und Jule guckt wieder komisch. »Ja, was denn, er ist doch Bankchef, haben wir doch eben gehört!«

»Unsere Sparkasse arbeitet nicht mit so hohen Beträgen«, sagt Herr Sippel. »Unternehmensförderung, Venture-Kapital, da müssen ganz andere ran.«

»Hach«, sage ich.

Jule packt mich an den Schultern: »Ist dir klar, was wir dir hier anbieten, Sven? Unsere Man- und Womanpower. Unsere Zeit. Unsere Ideen. Verdammt, wir waren mal ein starkes Team früher, wir vier, bevor du angefangen hast, mit diesen Idioten abzuhängen. Wir bräuchten dir gar keine Chance zu geben.«

Ich höre mich kleinlaut sagen: »Ja, hast ja recht …«

Wie kann das sein?

Warum bin ich so ein Krümmer und stimme ihr zu?

Weil ich spüre, dass ich diesen Weg austesten muss! Was bleibt mir sonst übrig? Ein Easy Credit?

»Das Ganze läuft nur unter drei Bedingungen«, sagt Jule und ich frage mich, wie viele Klöpse sie noch drauflegen kann, bevor ich ihr eine scheuern muss.

Ich sage: »Welche?«

»Erstens: Du hörst auf, dich ständig wegzusaufen.« Ich winke ab, als würde ich das sowieso nie tun, vor allem da Herr Sippel zuhört. »Zweitens: Du hältst uns deine Leute vom Leib. Drittens: Du entschuldigst dich, wenigstens bei Max, für die miese Scheiße, die ihr euch in den letzten Jahren mit uns erlaubt habt.«

Da sitzt Max, auf der Couch, sieht mich nicht mal an. Eine Frau muss für ihn kämpfen. Wie für den Wichser auf der Kirmes. Es macht mich alles wütend, was Jule sagt. Aber andererseits, wie haben wir ihn fertiggemacht? Am Schießstand, beim Bechersammeln, auf dem Trödelmarkt. Wir haben scheinbar nur dafür gelebt, einen kleinen Freak zu demütigen. Einen Freak, der mal mein Freund war. Wie bin ich beim Zocken in dem Keller dieses Hauses versunken damals, im Dschungel, auf Küstenstraßen mit Ozeanpanorama, in glitzernden Großstadttunneln, immer Max daneben, das Joypad in der Hand, Schulter an Schulter.

Ich gehe zu der Couchecke, auf der er sitzt wie ein Kind im Schlafanzug, stelle mich neben ihn und reiche ihm die Hand. Er dreht sich um, erst langsam, dann mit einem Ruck. Er hätte wohl wirklich nicht gedacht, dass ich das tue. Er zögert, als würde ich gleich die Hand wegziehen und ihn wieder verarschen, mich über seine Gutgläubigkeit lustig machen. Dann greift er zu und ich lasse die Hand, wo sie ist. Als er merkt, diese Hand verschwindet nicht mehr, drückt er zu mit seinen kleinen Wurstfingern, immer fester, wie sein Vater. Fünf Sekunden drückt er, dann lässt er los und sieht mir in die Augen, das erste Mal ohne Angst und wieder so wie früher, wenn er mich besiegt hat, obwohl er als Handicap nur einen Honda Civic auswählte. Jule nickt mir zu. Benjamin lächelt, als sei heute jeder Wald auf Erden gerettet worden.

»Na, dann mal ran«, poltert Herr Sippel, »ihr wisst, wo ihr mich findet!« Er steht auf. Jule, Benjamin und Max gehen runter, um den Rechner anzuwerfen, zu recherchieren und zu planen.

Ich sage: »Ich komme gleich nach!«, gehe ins Bad, ziehe das Touchphone heraus, setze mich auf den Klodeckel, der einen Flauschbezug hat, und simse dem Erpresser:

> »habe einen job angenommen. das ist ein anfang, oder? sende erstes geld heute abend. 437,69 euro. wird alles besser. ich brauche etwas zeit.«

Ich warte einen Moment, meinen Arsch auf dem Flauschdeckel, bis es wieder piept. Der Mann hat geantwortet. Die Antwort besteht aus einem Foto von Lina, wie sie gerade zu einem Kakadu aufsieht, der über die Straße segelt. Darunter steht:

»nur noch 499 562,31 euro.«

Du Mistschwein, denke ich, bin aber auch erleichtert. So erleichtert, wie man eben ist, wenn jemand »Nur noch 499 562,31 Euro« statt »Sie ist tot« schreibt.

Dann klappe ich das Handy zu und gehe in unsere neue »Planungszentrale«.

DRÜCK AB

DRÜCK AB
DRÜCK AB
DRÜCK AB

»Kennst du diese Werbung?«, fragt Benjamins Vater Markus und streift mit dem Finger einen Farbausdruck. Er hängt an einer Stellwand aus schwarzem Lochblech, wie man sie manchmal in großen Supermärkten findet, damit die Leute ihre Kleinanzeigen darankleben können. Es ist eine Werbung von Hornbach, der großen Baumarktkette. Ein Mann steht darin in einer staubigen, von Spinnweben durchzogenen Ruine und macht eine Handbewegung, als würde er im Bad den Heißwasserhahn aufdrehen und sich zum Rasieren die Wangen einschäumen. Der Slogan lautet: »Du kannst es dir vorstellen, also kannst du es bauen.« Markus wiederholt ihn, während er hinter den großen Schreibtisch tänzelt, der auch selbst gebaut ist, aus einer ausladenden Tischplatte, die auf zwei Böcken liegt. Zeichnungen liegen darauf, Lineale und Geodreiecke, Winkel und Bleistifte in zig verschiedenen Größen. Der Schreibtisch steht auf der anderen Seite, in einer kleineren Nische.

Markus ist ein cooler Typ, sportlich, aufgedreht. Seine Augen sprühen hinter kleinen Brillengläsern vor Tatendrang. Als ich ihn das erste Mal traf, habe ich ihn für Benjamins Bruder gehalten. Wir spielten Fußball auf der Wiese am See und ich war etwas stinkig, dass Benjamin sich einen Älteren ins Team geholt hatte. Der Ältere war sein Vater und damals gerade achtundzwanzig. Er hat ihn fast sein ganzes Leben lang alleine erzogen, weil seine Mutter eine drogensüchtige Versagerin war, die sich nicht mal um sich selbst kümmern konnte.

Es ist mir unangenehm zu sehen, wie gut die beiden jetzt leben, wie Freunde in einer WG, beide Fotografen und der Vater sogar Designer. Ich bewundere das und zugleich sagt eine Stimme in mir: Jaja, zeigt mir nur, dass alles geht, egal, wie beschissen die Bedingungen waren. Zeigt mir, was für ein Loser ich bin, dass ich mein Leben nicht geregelt kriege, obwohl meine Mutter das Brot zu den Garnelen selber backt und mein Vater die populärsten Pädagogikbücher des Landes schreibt.

Die Wohnung der beiden liegt in der Nähe des Auesees, Dachgeschoss mit vielen großen Fenstern und Licht und einer Terrasse, von der aus man über den Deich sehen kann. An der Wand links sind Fotos aufgehängt, die Markus geschossen hat. Ich überfliege sie und erkenne sogar Stars. Til Schweiger sehe ich da, Stefan Raab und Sido, noch mit Maske. Dazwischen Natur- und Gebäudefotografie, Werbekampagnen und Hochzeitsfotos.

»Du schießt mittlerweile so viele Promis?«, frage ich Markus, den man grundsätzlich nie siezen darf und der gerade ein paar große Bögen unter den Stapeln auf seinem Tisch hervorzieht.

»Ich schieße alles, ja. Promis bringen am meisten Geld. Promis und Werbung. Am meisten Spaß machen Gebäude und Natur, aber das ist Kunst und Kunst bezahlt dir kaum einer. Das muss ich meinem Sohn auch noch mal beibringen.«

Benjamin sagt »Haha!«, lächelt aber dabei und schleppt drei Plastikflaschen mit Wasser herbei.

»Also, wie ich schon sagte«, Markus hat die gesuchten Bögen gefunden und breitet sie schwungvoll auf dem Tisch aus, »du kannst es dir vorstellen, also kannst du es auch bauen!«

Ich trete an den Tisch heran. Da liegt es. Palm Grove. Als filigrane Bleistiftzeichnung auf einem großen Bogen Papier. Das runde Hauptgebäude, die längliche, fußballplatzgroße Kokospalmenplantage und die Badelandschaft, unsymmetrisch gebaut, zweimal ums Eck, das Außengelände mit Garten und Zoo umschließend. Markus hat zwei Außenentwürfe und zwei Innenansichten gemacht. Die Innenansichten zeigen jeweils einen Ausschnitt, wie ein Schnappschuss aus einer Anlage, die bereits steht. Eine Familie zwischen den Palmen, die zu den Nüssen hinaufzeigt. Eine Grotte mit Wasserfall in der Badelandschaft, deren Rest man nicht sieht. Muss man auch nicht. Die kleine Grotte sagt schon alles, sie ist aus grobem Felsen, dem Wildwuchs aus Lianen und Blättern wie strubbelige Haare in die Stirn hängen.

»Das hast du alles in«, ich denke nach, wann wir bei den Sippels waren, »nur drei Tagen gemacht?« Ich frage das ganz leise, wie ein Forscher, der gerade einen neuen Planeten entdeckt.

»Sind nur Skizzen«, sagt Markus, »aber es hilft, damit man begreift, was man vorhat. Man braucht ein Bild vor Augen, so wie ein Kapitän eine Himmelsrichtung braucht.«

»Ich … ich weiß nicht … Was willst du denn dafür haben?«

Markus klopft mit den Händen an die Seiten seiner Oberschenkel und legt den Kopf nach hinten: »Ich glaub, jetzt schlägt's dreizehn! Das ist natürlich gratis. Mein Beitrag für euer Projekt! Wenn's richtig losgehen sollte, können wir noch mal über Geld reden.«

Wenn's richtig losgehen sollte.

Wird es richtig losgehen?

Ich schaue noch mal auf die Zeichnungen, die für Markus ein Klacks sind und die ich niemals herstellen könnte. Das ist schon was anderes als meine Skizzen im alten Schulheft. Es fühlt sich an, als wäre Palm Grove mit einem Mal ein bisschen realer geworden. Erst war es gar nichts. Dann war es ein Windhauch auf einer Wiese. Jetzt schimmert schon sein Umriss in der Sonne, durchsichtig und flüchtig. Man kann mit der Hand hindurchwischen und er zerstreut sich für einen Moment, aber dann fügt er sich wieder zusammen. Er bleibt. Dabei will ich gar kein Kokoshaus bauen. Ich will nur Geld, um meine Schwester zu retten. Was stoße ich hier an?

Markus sagt: »Es gefällt dir also?«

»Natürlich!«, sage ich.

»Gut, ich habe die Zeichnungen schon gescannt. Dann sende ich sie jetzt mal an Jules Vater.« Er geht zu seinem Rechner, der einen Extratisch an der anderen Seite des Raumes hat.

»Den Architekten?«

»Ja, wir wollen mal hören, was er dazu sagt.«

»Aber, sollen wir nicht erst mal …«

»Was?«

»Geht das nicht ein wenig schnell?« Was rede ich denn da? Ich brauche Geld. Es kann nicht schnell genug gehen.

»Sven«, sagt Markus, »ich bin kein Unternehmer. Nur Designer und Fotograf, aber eines weiß ich: Morgen kommt immer irgendeine Aufgabe dazu, mit der man nicht gerechnet hat. Also macht man die, die gerade vorliegt, sofort.« Er strahlt. Er sagt solche Dinge anders als mein Vater. Er hat Bock auf das, was er tut. Die Bilder an den Wänden, die Stifte und Skizzenblätter, das Durcheinander in seinen Regalen: Das sind alles Angebote für ihn. Er fühlt sich wie ein Kind im Spielzeugladen, das nie auf die Idee käme zu sagen, es sei ihm alles zu viel. Mein Vater war auch mal so, zu Anfang. Da stand er zwischen seinen fünftausend Büchern und hatte dieses Glänzen in den Augen. Heute sind es fünfzehntausend Bücher und viel zu viele Interviews und Einladungen und das alles sind für ihn keine Angebote mehr, keine Möglichkeiten, über die man sich freut, sondern nur Treiber in der Jagd. Und er ist der Gejagte.

Markus nicht. Er hält den Finger über dem linken Knopf seiner Maus. »Was ist jetzt?«

»Drück ab«, sage ich und es macht »klick«.

DER PROJEKTPLAN

DER PROJEKTPLAN
DER PROJEKTPLAN
DER PROJEKTPLAN

Ich bin auf dem Weg zu den Sippels, zur »großen Lagebesprechung«, wie Jule es nennt. »Keine Kohle nur Routine Nummer ziehn beim Arbeitsamt/ Arbeitsgang Fehlanzeige der Konsum von Gras begann/ Immer kalkulieren was kann ich bei Lidl kaufen/ Heut könnt ich mir einen ganzen Lidl kaufen«, rappt Bushido aus den Boxen und draußen schlägt mir ein fieser Nieselregen an die Scheiben.

Am Wochenende habe ich viel Zeit in der Spielhalle verbracht und Münzen in das Internet geworfen. Das Bier habe ich weggelassen, nur Kaffee habe ich umso mehr geschüttet in der finsteren Plastikbox. Allerdings hatte ich keine Ahnung, wo ich anfangen sollte. Ich habe Artikel über die Kokospalme und die Biologie der Nuss gelesen, über Gewächshaussysteme und über den Chlorgehalt von Freizeitbädern. Irgendwann war ich bei Fliesensorten und Frittenfritteusen. Ich habe ein Video gesehen, in dem ein Fliesenleger zehn Minuten lang für Doofe erklärt, wie man die Badkeramik anklebt. Ich hatte da schon längst geahnt, dass das nicht das Wichtigste ist, aber ich konnte mich nicht mehr fangen. Ich verschwand in Nebensächlichkeiten wie ein Tier in einem tiefen Bau, dabei hätte ich vielmehr auf den Hügel klettern und erst mal das Gelände überblicken müssen. Aber das Gelände, das scheint mir unüberschaubar. Wo soll ich denn bitte anfangen bei einem Tropenbad, das größer ist als manche Dörfer?

Mein Touchphone klingelt. Es ist Boris. Ich nehme ab, obwohl ich fahre, und lenke mit einer Hand.

»Ja?«

»Yo, Nigger, wie sieht's aus, Mann, heute Abend ein paar Deppen abziehen?«

»Lass den Quatsch.«

Boris stellt seine alberne Gangsterfilmnachmachstimme aus. »Was hast du denn, du Pussy?«

»Nichts, ich habe keine Zeit.«

»Warum nicht? Rutscht Debby heute Abend drüber?«

Ach ja, Debby, die hat ja auch neulich geschrieben …

»Nein.«

»Was dann? Hast du gutes Zeug da und willst alles für dich allein?«

Wind und Regen prasseln gegen den Wagen. Ich muss die Scheibenwischer höher stellen und brauche dazu die rechte Hand. Boris plappert derweil im Hörer weiter, während ich an der Einstellung drehe. Ich halte das Telefon wieder ans Ohr. »Pass auf, Mann, es geht nicht, klar? Ich habe Wichtigeres zu tun.«

»Was heißt denn hier Wichtigeres zu tun?« Jetzt klingt er wieder wie einer dieser Unterhemdenafros aus den Gettofilmen, aber ganz von alleine und nicht aus Absicht. Er quietscht beim Sprechen. »Seit drei Wochen hast du ständig Wichtigeres zu tun. Arbeitest bei dieser schwulen Salamifotze für ein paar Euro die Stunde. Was 'n los mit dir?«

Ich sage mit einer Stimme, als raspele ich Autoblech durch eine Kartoffelreibe: »Ich bin da was am Planen dran.«

»Sehr witzig.«

»Ich muss jetzt auflegen«, sage ich, drücke den Knopf und werfe das Ding auf den Beifahrersitz.

Draußen sieht man kaum was, die Wischerblätter könnten durchaus besser sein. Links ein Fahrradweg und rechts Waldränder hinter

Feldern. Es dauert nicht mehr lange, dann kommt der Kreisverkehr, durch den ich links nach Flüren reinfahre. Die Wischer machen »schuuuuup, schuuuuup« und das Touchphone bimmelt wieder. Eine Nachricht. Ich nehme es vom Beifahrersitz und öffne sie. Sie ist vom Erpresser. Ein neues Foto von Lina, dieses Mal auf dem Hof ihrer Highschool. Verdammt, du Schwein, wie gut kannst du dich verstecken, dass dich nie jemand bemerkt? Unter dem Bild steht:

»haste mal 'n euro? ich hab hunger!«

Jetzt wird der Hurensohn auch noch witzig. Ich starre auf das Foto, als ich im Augenwinkel sehe, dass der Kreisverkehr bereits angefangen hat und ich geradeaus auf die steile Bepflanzung in seiner Mitte zufahre. Ich lasse das Telefon fallen, reiße das Steuer nach links statt nach rechts und schlittere so entgegen der erlaubten Fahrtrichtung durch das Rondell. Ein Wagen hupt. Eine Frau im Regen hebt ihren Schirm und zetert. Mir bricht fast der Wagen aus und ich kriege ihn gerade noch so auf die Straße zurück, nicht ohne dabei eine gelbe Tonne umzufahren, die am Straßenrand stand. Jetzt kotzt sie ihren Inhalt im Rückspiegel auf den Bürgersteig aus.

Ein paar Minuten später hat mich Max' Mutter ins Haus gelassen und ich gehe zu ihm in den Keller. Sein Fernseher wiederholt gerade eine Fahrt, die er bei *Gran Turismo 4* gemacht hat. Virtuos der Ideallinie gefolgt. Auf seinem Schreibtisch liegen mehrere hohe Unterlagenstapel und auf seinem Bildschirm ist eine Tabelle in Excel geöffnet. Sie hat viele verschiedene Reiter.

»Oh«, sagt er, »hab kurz Pause gemacht. Jule und Benjamin sind schon da. Sie holen nur eben was aus dem Auto.«

»Immer noch ungeschlagen?«, frage ich mit Blick auf die Konsole.

»Wer sollte mich besiegen?« Er wird rot. Er gibt ja nicht häufg an. Jule und Benjamin kommen herein, Ordner und Rollen in der Hand. »Hi, Sven«, sagt Benjamin und Jule rollt einen Bogen auf dem Teppich aus, der noch größer ist als das Skizzenpapier von Markus. Sie legt sofort los: »Markus hat meinem Papa seine Zeichnungen gesendet und ich hab ihm von unserer Idee erzählt. Fand er interessant. Er hat mal was gescribbelt.«

Ich stehe mit Socken auf dem Teppich und schaue auf die Zeichnung hinab. Ich muss rülpsen, kein lauter Suffrülpser, sondern so gurgeliges, saures Aufstoßen. Die Zeichnung ist ein Grundriss des möglichen Gebäudekomplexes, komplett mit Ausmessungen und vielen notierten Zahlen. So was nennt ihr Vater also »gescribbelt«. Markus zeichnet ganze Bleistiftgemälde in drei Tagen, ihr Vater »scribbelt« am Wochenende mal eben einen Bauplan hin, der schon echte Zahlen hat. Vor drei Tagen wurde Palm Grove zum durchsichtig schimmernden Schema, jetzt hat es schon konkrete Zahlen.

»Plantage, Haupthaus, Badelandschaft, Gärten. Man könnte noch überlegen, ob ein Hotel sinnvoll wäre. Oder Bungalows. Die Parkplätze nicht zu vergessen. Alles in allem kommt man da auf eine Geländegröße von eineinhalb bis zwei Hektar.«

Max schwingt auf seinem Schreibtischstuhl herum an seine Tastatur und sagt: »Ich habe mir am Wochenende Gedanken darüber gemacht, wie wir dieses große Projekt in konkrete Schritte zerlegen können, sodass wir's in den Griff bekommen.« Er zeigt auf seine merkwürdige Tabellenkalkulation. Sie sieht aus wie das Inhaltsverzeichnis eines der sehr komplizierten Bücher, in die mein Vater manchmal hineinsieht.

»Zum einen brauchen wir einen Projektstrukturplan. Der legt fest, was alles zu tun ist und wann es zu tun ist. Man unterteilt so was in vier Ebenen. Die oberste Ebene ist das Projekt selbst, also quasi die Zielsetzung. Was wollen wir überhaupt und bis wann wollen wir das? Interessant wird es dann auf der zweiten Ebene. Da stehen die jeweiligen Teilprojekte, die anfallen, wenn man eine so umfangreiche Sache plant. Das wären in unserem Fall«, er klickt einen neuen Reiter auf, »ähm, Architekturplanung, Innenausbauplanung, Plantagenkonzeption, Grundstückserwerb, Finanzierung, Firmengründung mit Wahl der Geschäftsform und später dann natürlich, das ergibt sich daraus, der Bau der Gebäude selbst, die Einrichtung, die Anpflanzung, die Einstellung von Angestellten …«

Ich weiß nicht, warum, aber wenn ich Max so zuhöre, kommt bei mir das gleiche Gefühl auf, das ich habe, wenn meinen Eltern, zwei Tage bevor mal wieder Journalisten ins Haus kommen, auffällt, dass noch zwanzig Reparaturen am Haus zu machen sind. Ich zeige auf den Bildschirm, eine Hand in der Hosentasche: »Und das ist erst die Ebene 2?«

»Ja«, sagt Max. »Auf Ebene 3 bricht man dann die Aufgaben von Ebene 2 in kleinere Schritte herunter, also zum Beispiel Auswahl der Palmensorte oder Auswahl der Zulieferer für Duscharmaturen.«

»Und auf Ebene 4 baue ich die Dusche dann an, oder was?« Ich will es gar nicht, aber ich klinge schon wieder so spöttisch, als würde ich Max beim Plastikbecherpfandsammeln erwischen.

Er ignoriert es. »Im Prinzip. Ebene 4 sind die kleinsten Arbeitsschritte wie Setzlinge in den Boden einbringen oder Gespräch mit Investor X.«

Ich lasse es so stehen.

Wenn man drüber nachdenkt, ist es ja gar nicht so blöd. Ebene 4 gefällt mir am besten, man sieht genau, was man zu tun hat, aber man kommt nicht bis dahin, wenn man die oberen Ebenen nicht in Stücke zerkleinert.

Max klickt wieder auf seine Haupttabelle zurück.

»So, der zweite große Plan ist der Businessplan«, sagt er. »Das ist das, was wir irgendwann den Leuten zeigen, die uns Geld geben sollen. Unser Geschäftsmodell, aber eben nicht so schnell, schnell, sondern Zahl für Zahl und Schritt für Schritt.«

Wie er das sagt, Zahl für Zahl … der kleine Erbsenzähler, der sich ein Haushaltsheft mit Kategorien erfindet. Warum regt mich das auf? Warum bin ich so gehässig?

»Ich denke, in unserem Businessplan müssen wir auf jeden Fall folgende Punkte drinhaben.« Er öffnet einen weiteren Reiter und zählt sie auf: »Die Produktidee. Was genau wollen wir eigentlich verkaufen?

Freizeit? Sport? Pädagogik? Urlaub? Dann die Organisation. Wie läuft das? Wer führt welche Konten? Wer hat welche Aufgaben? Wie wird es zeitlich ablaufen? Man macht bei so etwas ein Ertragsmodell, um den Geldgebern zu belegen, ab wann sie wie viel daran verdienen können. Man unterzieht sein eigenes Konzept einer gnadenlosen Stärken- und Schwächenanalyse. Man macht einen Realisierungsfahrplan. Einen Fünfjahresfinanzplan. Man muss außerdem gucken, ob es schon Konkurrenten gibt und wie die das aufziehen. In unserem Fall wären das, Augenblick …«

»Nur Tropical Island in der Lausitz«, sage ich, »ein Indoor-Regenwald-Bad in dem ehemaligen Hangar von Cargo Lifter. Die Firma wollte da drin Zeppeline bauen, ist aber pleitegegangen, bevor sie anfangen konnte.« Das war das Erste, was ich in der Spielhalle herausgefunden habe. Fünfhundert neue Arbeitsplätze, achthundert Liegestühle, hundert Orchideensorten, vierundzwanzig Stunden künstliche Sonne. Man schläft in Zelten am Strand, man darf im Grunde nur nicht hochschauen, denn in hundertsieben Meter Höhe kommt die Kuppeldecke und das zerstört die Illusion. Das Ding wurde im Grunde geplant, während ich hier in NRW mein Palm Grove in das Schulheft gemalt hatte. Gleichzeitig, geheim, ich konnte nichts davon wissen. Ich tippele schon wieder mit den Füßen. Ich hätte jetzt gerne ein Bier.

»Genau«, sagt Max. »Wir müssen eine Marktanalyse machen und dann hervorheben, wie wir uns in diesem Wettbewerb positionieren wollen. Was ist unser Alleinstellungsmerkmal? Und wie können wir das umsetzen?«

Ich kaue auf der Unterlippe. Ich weiß, Max hat Stunden investiert, um sich das alles auszudenken und zu Datei zu bringen. Ich hab bloß ein paar vergleichbare Projekte gesucht, mir dann den Fliesenleger angeschaut und danach beim Stichwort »Grotte« zu ganz anderen Seiten als denen über Tropenbadarchitektur gefunden. Ich war die faule Sau oder zumindest die, die sich leicht ablenken lässt. Alle anderen können sich konzentrieren, arbeiten, machen Skizzen und Baupläne, und das für mich, das Arschloch. Ich sollte ihnen dankbar sein, aber stattdessen fühle ich mich wie der Klassenschlechteste, dem alle freiwillig Nachhilfe geben und der dann doch wieder eine Fünf kriegt, während sie Einsen in ihre mit Schutzhüllen umklebten Hefte eingetragen bekommen.

»Tut mir leid, aber das ist mir alles noch zu abstrakt«, sage ich und weiß genau, wie blöd sich das anhört. Wie ein Regisseur, dem alle alles recht machen und der dann trotzdem schreit, er könne so nicht arbeiten.

»Natürlich ist es noch abstrakt«, sagt Jule, »es ist das Gerüst, das wir jetzt gemeinsam füllen werden.«

»Es ist gar nicht abstrakt«, sagt Benjamin vom Bett aus, »da liegt es doch schon auf dem Teppich.«

»Mein Vater hat einen Termin für uns gemacht bei einem guten Kollegen von der Sparda, der Kredite für Unternehmen vergibt«, sagt Max und ich tippele plötzlich nicht mehr herum. Wann immer sich im Dschungel ein direkter Weg zum Geld auftut, höre ich ganz genau hin.

»Das ist übermorgen.«

»Übermorgen?«, frage ich und denke an Max' Planmodelle. »Wie sollen wir das denn schaffen?«

»Es ist nur ein Kennenlerntreffen. Wir haben schon Bilder, wir haben Bauplanskizzen. Wir machen jetzt noch ein straffes Exposé, auf den Punkt, knapp. Kleines Besteck.«

Wie er das wieder sagt. Kleines Besteck. Als hätte er fünfzig Jahre Erfahrung.

»Jeder übernimmt bis morgen Abend ein paar Punkte des Businessplans. Dann tragen wir das schön bis nachts zusammen, bringen es in Form und drucken es aus. Sven, ich würde sagen, wo du schon dabei warst, analysierst du die Marktlage. Was machen die bei Tropical Island genau? Was werden wir anders machen? Was macht uns besonders? Es war deine Idee, Australien in NRW, du machst das schon! Ich übernehme den Finanzteil, zusammen mit meinem Vater. Benjamin, du kümmerst dich um die Pflanzenkunde und die Machbarkeit von dem tropischen Gewächshaus.«

Ist das noch derselbe Max, der Pfand sammelt und mit rotem Kopf nach dem zwanzigsten Becher sucht, damit er keine krummen neun Euro fünfzig einnimmt?

»Wir haben noch was vergessen«, sagt Jule.

»Was?«, fragt Max.

Sie tippt auf den Monitor. Da steht: »Das Gründerteam.«

»Ach ja. Man muss klarmachen, wer dahintersteckt und wer was zu bieten hat.«

»Also ich hätte da eine Vorstrafe«, sage ich.

Es lacht aber keiner.

»Sind wir ein Team?«, fragt Jule und hält ihre Hand in die Mitte, wie man es immer in diesen Kitschfilmen sieht, wo Baseballteams aus Benachteiligten gegen die gut aussehenden Stars gewinnen und dann in Zeitlupe ihren Coach in die Luft schleudern, während *We are the Champions* läuft. Max und Benjamin halten ihre Hände auf ihre. Dann lege ich meine obendrauf. Ich denke an die Kitschfilme, an die Art, wie ich fünf Jahre lang zu diesen drei Menschen war, und daran, dass ich eigentlich morgen früh im Laden stehen muss und jetzt noch das ganze Zeug für unsere Vorzeigemappe zu recherchieren habe. Die Spielhalle mit der Internetbox hat rund um die Uhr geöffnet. Ich fahre gleich los.

Um 1.25 Uhr komme ich aus der Spielhalle heim und habe dreißig Seiten voller Informationen im Rucksack. Ich habe sieben Stunden in der Box gesessen. Zu meinem eigenen Erstaunen habe ich mich dieses Mal nicht von jovialen Fliesenlegern und feuchten Grotten ablenken lassen. Ich habe gebremst und den Fluss gezähmt, der da immer aus dem Internet schwillt und mich ersäuft. Ich habe die Adressen, Selbstdarstellungen, Besucherzahlen und Merkmale aller großen deutschen Freizeitbäder einzeln kopiert, eine Word-Datei geöffnet und alles in eine Form gebracht, die ich überschauen kann. Es fühlte sich an wie

Sammeln, wie damals, als ich mit Benjamin und Max vor der DVD von *Der Herr der Ringe* saß und wir aus Spaß immer wieder auf Standbild drückten, um dann Pflanzensorten (Benjamin), Nebenfiguren (Max) und Waffenarten (ich) per Hand rauszuschreiben. Es ist nur ein kleiner Schritt, ein erster winziger Einblick, es ist so, als würde ein Maulwurf einmal kurz aus seinem Hügel schauen, hundert Meter Feld sehen und denken, er hätte die ganze Welt verstanden.

Aber die hundert Meter Feld machen anscheinend was aus. Ich fühle mich jedenfalls gut. So wach war ich um halb zwei nachts noch nie. Doch, wach schon. Aber nicht nüchtern. Mir kommt der Gedanke, meinem Vater davon zu erzählen, was wir gerade tun. Vielleicht zückt er sein Scheckbuch und lässt Geld rüberwachsen. Es ist ein reizvoller Gedanke. Du kannst es dir vorstellen, also kannst du auch schon Geld dafür bekommen. Wie viel würde er mir wohl jetzt schon geben? Zehntausend? Zwanzigtausend? Fünfzigtausend? Der Erpresser hält wahrscheinlich für möglich, dass das geht. Vielleicht hat er recht. Vielleicht nimmt der Spuk dann jetzt schon ein Ende.

Ich höre schwer stampfende Schritte hinter der Bürotür meines Vaters. Er telefoniert, um 1.25 Uhr nachts, aber wohl trotzdem geschäftlich. Das erlebe ich nicht zum ersten Mal. Die Leute im Bestsellergeschäft schlafen nie. Ich gehe an den Kühlschrank, nehme mir eine Flasche Wasser heraus und lausche, was mein Vater zu sagen hat: »Nein, Uwe, ich arbeite nicht mit dem Mann zusammen. Ich verstehe auch nicht, was das soll. Warum soll ich, Michael Lechner, plötzlich eine Koproduktion mit einem anderen Autor machen? Der noch nicht mal ein Autor ist, sondern ein Fernsehpädagoge!«

Sein Agent Uwe antwortet etwas, das ich natürlich nicht hören kann. Ich höre nur Schritte, schnell, nervös, auf und ab, wie ein Tiger in der Zelle.

»Expertise. Was hat *der* Mann denn für eine Expertise? Zwanzig Jahre Jugendarbeit auf der Straße, ja, schön, aber wir reden hier von einem Buch, Uwe, einem Buch! Kann der Mann schreiben? Hat er irgendwelche Veröffentlichungen vorzuweisen? Aber vor allem, Uwe, hat er Theorien? Ich brauche doch keine heitere Aneinanderreihung von Einzelfällen. Der plaudert dann ganz kumpelhaft davon, wie er den armen Marcel gerettet hat oder die schwangere Cindy. Wer ein Buch schreibt, der muss ein Prinzip aus seinen Erlebnissen ableiten können, ein System.« Er holt einen Moment Luft. Schnell macht er weiter: »Es kann doch hier nicht jeder Depp ankommen und glauben, bloß weil er als Sozialarbeiter eine Fernsehsendung hat, kann er mit mir ein Buch schreiben!«

Jetzt versucht sein Agent wieder, etwas zu sagen. Vaters Schritte bumpern unregelmäßig. Dann bleibt er stehen: »Der Vorschuss interessiert mich nicht, Uwe! Meinetwegen kann der Verlag hundertfünfzigtausend Euro aufrufen. Ich mache kein Buch mit jemandem, weil er sich bloß gut vermarktet. Bei mir muss man *beweisen*, dass man was zu bieten hat, und zwar Blatt für Blatt!« Er legt einfach auf, seine Schritte nähern sich der Tür. Er öffnet sie und sieht mich an der Küchentheke stehen. Er kommt zu mir, nimmt sich eine Packung Traubensaft aus dem Kühlschrank, gießt sich ein und schielt zu der Flasche in meiner Hand.

»Wo warst du denn so spät?«, fragt er.

»In der Spielhölle«, sage ich und Vater lacht matt, als hätte ich einen blöden Witz gemacht. Manchmal muss man nur die Wahrheit sagen.

»Du schläfst aber auch nicht viel«, sage ich.

Er verzieht Mund und Braue, als wäre es nichts. Dann schaut er auf die Wasserflasche. »Und du bist nüchtern, um halb zwei Uhr nachts.«

Ich verziehe Mund und Braue, als wäre es nichts. Von unserem Projektplan werde ich ihm doch noch nichts erzählen. Bevor man ihn anpumpt, muss man wahrscheinlich fünfhundert Seiten Geschäftsmodell einreichen. Oder nachweisen, dass andere einem schon eine Million gegeben haben. Oder direkt das halbe Tropenbad inklusive Parkplätze hinstellen. Wenn er immer so anspruchsvoll ist wie gerade am Telefon, würde er wahrscheinlich erst ganz am Schluss die Klodeckel bezahlen.

»Gehen wir ins Bett, oder?«, sagt er.

»Gehen wir ins Bett«, sage ich.

Er geht treppauf.

Ich gehe treppab.

Und wir beide wissen wohl nicht genau, ob der andere gerade wirklich mal gelächelt hat.

GANZ VERNÜNFTIGE FRAGEN

GANZ VERNÜNFTIGE FRAGEN
GANZ VERNÜNFTIGE FRAGEN
GANZ VERNÜNFTIGE FRAGEN

Der Termin bei dem Banktypen ist um siebzehn Uhr. Bis 16.30 Uhr haben wir bei Max die Ergebnisse unserer Arbeit zusammengetragen. Wir haben die Blätter aus Max' teurem Farbdrucker gerissen, in eine Mappe geschoben, sind ins Auto gesprungen und pünktlich auf die Minute angekommen.

Geschlafen habe ich die letzten sechsunddreißig Stunden kaum. Gestern Morgen habe ich Erik angerufen und mich krank gestellt, um mich den ganzen Tag unserer Aufgabe widmen zu können. Mein Magen knurrt und ich habe einen sauren, abgestandenen Geschmack in der Kehle. Die Schläfrigkeit, die mir in Augen und Schädel klebt, ist eine andere als die, die man nach einem Kater hat. Sie geht tiefer, sie zehrt aus. Jeder Scheißarzt kann nach sechsunddreißig wachen Stunden immer noch ein Gehirn operieren, aber ich denke nur an mein Bett, während ich eigentlich an unseren möglichen Geldgeber denken sollte und an Lina, deretwegen ich das überhaupt mache. Sechsunddreißig Stunden wach bleiben ist wohl nicht zu viel verlangt, um ihr das Leben zu retten. Mein Geist weiß das, aber mein Körper ist mächtig angepisst.

Der Kreditgeber heißt Durs Beckmann und ich kann schon seinen Namen nicht leiden. Durs. Wir vier sitzen vor seinem großen Schreibtisch wie eine DSDS-Jury vor ihrem Kandidaten, nur dass die Rollen hier umgekehrt sind und er den Daumen hoch- oder runterrichten kann. Im Moment blättert er in unserer Mappe und lässt sich dabei richtig Zeit. Sein Blick ist vollkommen anders als der Blick des Vollpfostens bei der Easy-Credit-Bank, der mich neulich so mies behandelt hat. Sein Blick ist wie der Blick von Erik, wenn er einen neuen Wein für hundert Euro die Flasche reinbekommt oder im Booklet einer frischen Jazz-CD blättert, die gerade im Laden läuft und deren Entstehungsgeschichte in dem schwarzen Heftchen ausführlich erklärt wird. Herr Beckmann hält unsere Mappe nicht für Wein aus dem Tetrapak. Herr Beckmann nimmt sie ernst. Nach einer Weile legt er sie sorgfältig wie ein wertvolles Buch auf den Tisch.

»Wie viel soll bei Ihnen eigentlich der Eintritt kosten?«, fragt er.

Damit haben wir nicht gerechnet.

Max sagt: »Das lässt sich jetzt noch nicht präzise sagen. Es wird sicher eine Staffel geben, abhängig davon, ob man nur das Bad nutzt, nur die Plantagenführung macht oder ein Kombiticket kauft.«

»Ich gehe also schwimmen in der Badelagune, dann gehe ich essen mit Blick auf den Kleintierzoo und dann zeige ich meinen Kindern die Kokosplantage?«

»So ungefähr.«

»Geht es hier mehr um Freizeit oder mehr um Pädagogik?«

»Um beides«, sagt Jule.

Herr Beckmann blättert: »Weil hier auf Seite 14 steht, wie wichtig es sei, den Menschen die Bedeutung der Kokospflanze zu erklären. Der Baum des Lebens, der Ursprung. Da folgt sogar eine Abhandlung darüber, wie gut Kokosfett ist und warum die Margarineindustrie den Menschen das systematisch ausgeredet hat.«

Ich stütze meinen Kopf auf meinem linken Arm ab und hänge wieder recht krumm im Stuhl. Den Abschnitt mit dem Fett habe ich geschrieben. Ich dachte, Pädagogik sei in diesem Land das Wichtigste.

»Schauen Sie«, sagt Herr Beckmann, »der Kunde will immer Eindeutigkeit. Wenn Sie ihn verwirren oder überfordern, springt er ab.«

»Was ist denn daran eine Überforderung, Mann?«, höre ich mich sagen und sitze offenbar schon wieder gerade im Stuhl. Jule würde mir am liebsten auf den Fuß treten.

Herr Beckmann räuspert sich. Blättert wieder. Runzelt die Stirn. Sagt: »Die Energiekosten, die Sie hier veranschlagen, scheinen mir etwas niedrig angesetzt zu sein.« Er blättert weiter. »Aus den Sponsoringmodellen könnten Sie viel mehr rausholen.« Ich schaue mich um. Benjamin, Max und Jule lächeln einfach nur und nicken die ganze Zeit, brav wie die Messdiener, wenn der Pastor spricht.

Herr Beckmann sagt: »Was passiert eigentlich mit den Kokosnüssen, die Sie dort produzieren? Ich meine, sobald es welche gibt. Werden die alle hausintern verarbeitet? Wollen Sie eine Produktpalette mit eigenem Branding entwerfen? Palm-Grove-Kokosdrinks, Palm-Grove-Riegel? Palm-Grove-Fett? Wer würde das für Sie produzieren? Das sind alles so Fragen ...«

So, jetzt reicht's mir. Ich springe vom Stuhl.

»Was sind denn das für Fragen! Ich glaub, ich spinne! Die Nüsse wachsen doch eh erst ab dem fünfzehnten Jahr, verdammte Scheiße!« Jule ergreift mein Handgelenk. Ich schüttele ihre Hand ab. »Meister«, sage ich zu Durs hinter seinem Schreibtisch, »ich habe seit sechsunddreißig Stunden nicht geschlafen, um diese Mappe hier fertig zu machen, klar? Das sieht doch jeder, dass das eine fette Idee ist.«

»Sven!«, will Jule mich bremsen und schaut Durs so an wie eine Mutter, die sich für ihr dickes, freches Kind entschuldigt.

»Was?«, fahre ich Jule an und zeige zugleich auf Durs. »Weißt du, was ich glaube? Der Typ, das ist so einer, der hätte damals auch den Erfinder des Motorrads gefragt: Wer soll das eigentlich kaufen? Wir haben doch Pferde. Sind die Benzinkosten nicht zu niedrig geschätzt? Was machen Sie mit dem Restkautschuk, der bei der Reifenherstellung übrig bleibt?«

Durs guckt so, als hätte ich sogar recht und als wären auch das legitime Fragen gewesen. Jule schüttelt den Kopf. Max hält sich bedeckt, als hätte er schon wieder Angst vor mir. Zumindest sitzt er ganz gekrümmt in seinem Stuhl, die ganze Zeit schon, wie einer, der dealt und etwas in seiner Jacke verstecken muss.

»Ich verschwinde!«, sage ich und verlasse den Raum und die ganze Bank. Draußen stelle ich mich vor einen fünfeckigen Pflanzkübel, aus dem ein paar Krokusse wachsen, und schalte mein Touchphone ein, das ich während des Meetings ausmachen musste. Ich habe zwei neue Nachrichten. Eine ist von Debby. Sie fragt, ob ich mich nicht mal melden könnte. Die andere ist ein Bild von meiner Schwester am Pier. Sie steht vor der Auslage eines Souvenirgeschäftes, hat sich einen viel zu großen Lederhut aufgezogen und amüsiert sich darüber, dass ihre Freundin Judy lacht. Dieses Bild hat nicht mal eine Textnachricht. Was soll der Erpresser auch schon groß schreiben? Dass er ständig neue Fotos schickt, spricht ja für sich.

Die anderen sind aus der Bank gekommen und stehen hinter mir. Ich stecke schnell das Telefon weg.

»Was sollte das denn eben, Sven?«

Ich fahre herum. »Der hätte uns doch nie Kohle gegeben! Was stellt der so bescheuerte Fragen!«

»Sven, das waren ganz vernünftige Fragen. Er hat uns gezeigt, woran wir noch nicht gedacht haben. Er hat uns sogar auf Ideen gebracht. Der Mann wollte uns doch nur helfen.«

»Der soll uns helfen, indem er Geld rüberwachsen lässt!« Ich schreie. Passanten drehen sich um.

»Aber Sven, wir hätten doch hier sowieso nicht sofort Geld gekriegt. Das ist ein Millionengeschäft. Es ging doch erst mal darum, dass ein Profi uns zuhört und uns Rat gibt, ob wir überhaupt auf dem richtigen Weg sind. Mein Gott, wir sind neunzehn Jahre alt. Wir haben doch Zeit.«

Ich denke an meine Schwester mit dem Lederhut. Sie hat nur noch ein paar Monate. Wo hat der Typ jetzt wieder gestanden und geknipst, zwischen all den tausend Touristen?

»Scheiße, wir haben eben keine Zeit!«, rutscht es mir heraus, so laut und heftig und verzweifelt, dass Jule, Benjamin und Max mich nun nicht mehr verärgert oder empört, sondern irritiert ansehen. Jetzt muss ich weiterquasseln, ablenken, sie und mich selbst. Ich darf mich nicht verraten. Ich sage: »Du hast ganz recht, wir sind neunzehn Jahre alt. Neunzehn Jahre! Ihr macht erst im April euer Abi. Ich habe die Schule geschmissen und war im Knast. Du bist Journalistin, du bist Fotograf und du, ja, du kannst gut Listen machen und rechnen und alles, aber ein solches Projekt aufziehen? Zwei Hektar Gelände? Fast tausend Positionen im Projektplan? Millionen Kosten? Sind wir eigentlich bescheuert?«

Die anderen antworten nichts. Wahrscheinlich ist an dem, was ich sage, etwas dran.

»Wisst ihr, was ich mache?«, sage ich. »Was ganz Verrücktes. Ich werde für mein Geld arbeiten gehen, wie jeder andere hier in der Stadt auch. Zur Not mache ich eben zwei Jobs. Eines Tages bin ich dann Salamichef, wenn ich viel Glück habe!«

Ich strecke meine Hand aus, um einen Krokus aus dem Boden zu reißen, schrecke aber kurz davor zurück. Eine Naturhemmung. Ich könnte eher einem Passanten in seine dumme Fresse schlagen als diese gelbe Blüte da aus der Erde rupfen. Ich stecke die Hand in die Tasche, drehe mich nicht mehr um und stapfe auf den sechseckigen Pflastersteinen der Fußgängerzone davon.

SO BIN ICH?

SO BIN ICH?

SO BIN ICH?

SO BIN ICH?

»Das ist das Großartige an Uhren«, sagt Herr Bollacher, während ich ihm im Feinkostladen seine Stofftüte mit Pasteten, Konfitüren, griechischem Honig und einer Flasche Cabernet Sauvignon einpacke. »Man *braucht* sie in dem Sinne gar nicht mehr. Die Zeit ist ja überall. Das macht sie noch mehr zu Kunstwerken.«

Herr Bollacher spielt fast schon Theater, wenn er das sagt. Er gestikuliert, zieht genießerische und gedankenvolle Grimassen und jongliert jedes Wort auf der Zunge, als wäre es wert, eine Zeit lang damit zu spielen. Er ist einer der wichtigsten Stammkunden von Erik und ich bediene ihn gerne.

»Diese Fabriken, die für fünfzehn Euro Quarzuhren herstellen, um sie an Tankstellen oder in Greiferautomaten auf dem Rummelplatz zu verscherbeln: fürchterlich! Aber echtes Uhrmacherhandwerk … Wissen Sie, wie viel Zeit sich so ein Meister nehmen muss, um die vielen kleinen Teile zusammenzusetzen?«

Ich zucke mit den Schultern. In der gut versteckten Anlage des Geschäfts läuft Klavierjazz von Theolonious Monk. Bebop. Sehr wirr und schnell, aber trotzdem irgendwie entspannend.

»Zehn Tage«, sagt Herr Bollacher. »Zehn ganze Tage. Es gibt einzelne

Teile, die sind so schwer einzupassen, dass der Uhrmacher einen Tag dafür benötigt. Einen Tag für ein Teil! Ich bewundere diese Geduld. Heute muss doch alles nur schnell gehen. Selbst Musiker oder Schriftsteller machen zack, zack. Ich gehe hier zur Buchhandlung Gebauer, und wenn ich mal neun Monate nicht aufgepasst habe, hat ein Autor schon wieder ein neues Buch geschrieben.«

Ich schüttle den Kopf, als würde mich das ebenso entsetzen wie ihn. Ich weiß, wie man auf Kunden einzugehen hat, wie man so tut, als verstünde man sie, damit sie sich wohlfühlen und was kaufen. Hier habe ich mit den Menschen Geduld, zwischen den schweren Regalen mit den guten Weinen und dem Jazz aus der Anlage. Erik ist unterwegs zum Markt, neue Ware holen. Die Kasse ist gut gefüllt.

»Da ist der feine Herr«, ranzt plötzlich eine laute Stimme und die Glöckchen über der Tür klingeln dazu. Boris und Frederick betreten den Laden, sie wippen im Schritt und schauen sich um wie Gangmitglieder, die gleich erst mal die Überwachungskamera wegschießen.

»Unser Exknacki«, sagt Boris und Herr Bollacher schaut perplex, weil er sich nicht vorstellen kann, dass ich damit gemeint sein soll. Vorsichtig nestelt er sich mit seiner Feinschmeckertüte durch Boris und Frederick hindurch, die zwar nur zu zweit sind, aber so wirken, als müsste man eine Horde Hooligans durchlaufen. Das Glöckchen klingelt erneut, als die Tür sich schließt.

Boris schlendert durch das Geschäft. »Schicke Bude habt ihr hier«, sagt er, geht zu einem Regal und nimmt sich einfach eine Flasche Whisky heraus. »Ich frage mich allerdings, ob man mit dem Zeug wirklich Geld verdienen kann.«

Er dreht die Flasche auf, der Sicherheitsverschluss knackt. Er setzt sie an. Trinkt. Hält sie dann vor sich beim Sprechen: »Ich habe mich umgehört. Ich muss mich ja auch um meine Zukunft kümmern, weißt du, was ich meine? Weißt du, womit man immer noch am meisten Geld verdienen kann? Mit Waffen! Illegaler Handel blüht in Deutschland. Was die Amis schon lange haben, echte Gangs und so, das fängt bei uns gerade erst an. Vor zwei Jahren: ein Toter bei einem Drive-by-Shooting in Duisburg. Einer im Park von Prenzlau in Berlin, am helllichten Tag. Das ist der Anfang, weißt du, was ich meine? Berlin ist voller Gangs. Bald tätowieren die sich auch bei uns Tränen für jeden Mord. Das ist ein Wachstumsmarkt, Alter. Da muss man einsteigen.« Während Boris seine Scheiße labert, spaziert Frederick einfach so hinter die Salamitheke, legt sich ein Brett zurecht und schneidet sich von einer fünfzig Euro teuren Soppressata Calabrese ein dickes Stück ab. Die Fettstücke glänzen weiß in der roten Wurst. Ich fass es nicht.

Boris saugt wieder an der Whiskypulle und sagt: »Du musst natürlich wissen, was du verkaufst, weißt du, was ich meine? Am besten zeigst du eine bestimmte Wumme einmal im Kino und jedes Arschloch will eine haben. Das ist 'ne todsichere Sache. Als dieser Hongkongstreifen rauskam, wollte jeder Spacken auf der Welt eine 45er, und die wollten nicht bloß eine, die wollten zwei. Weil jeder der Killer sein wollte. Aber was du im Kino nicht siehst und was die nicht wissen: Mit 'ner 45er gibt es jede Menge Probleme. Würde ich mit dem Zeug handeln, würde ich versuchen, meinen Kunden die 9 Millimeter einzureden. Das ist etwa dieselbe Schublade, doch nicht halb so viel Probleme, aber du weißt ja, wie die Spacken sind, die kannst du nicht überzeugen. Die wollen 'ne 45er. Der Killer hatte 'ne 45, die wollen 'ne 45er.«

Boris ist mit seinem Monolog fertig. Frederick tritt von hinten an ihn heran, tippt ihn an die Schulter und reicht ihm ein Stück Salami. Da stehen sie und kauen.

»Ihr blöden Wichser«, sage ich und ich sage es nicht lachend. »Die Flasche Whisky da kostet fünfundachtzig Euro und die Salami kriegst du kaum für die Hälfte.«

»Jetzt reg dich mal ab, ich hab doch nur zwei Schlucke genommen. Merkt keine Sau.« Boris dreht die Flasche zu und stellt sie ins Regal zurück. Ich komme hinter der Kassentheke hervor und nehme sie wieder raus. »Du Spasti, wenn die einmal aufgemacht wurde, kann man sie nicht mehr verkaufen.«

»Die Salami aber schon«, sagt Frederick, kauend und grinsend.

Ich fasse mir an die Stirn. »Ich glaub's einfach nicht. Ihr kommt hier rein und tut so, als wenn das euer Scheißladen wäre. Alles gratis, macht ja nichts, gehört ja niemandem.«

»Gehört ja niemandem«, äfft Boris mich nach. »Hörst du dir eigentlich zu?«

»Ja, tue ich, und ich werde nicht fast ein Viertel meines Gehalts für eine Pulle hinlegen, die du anspeicheln musstest.«

»Ja, genau, ein Viertel«, sagt Boris. »Du schuftest hier für läppische vierhundert Euro, weißt du, was ich meine? Die macht Timo in der Stunde. Die scheißt mein Vater aus und lässt sie auf dem Klo liegen, wenn er nicht aufpasst. Du jobbst in dem Laden, Alter? Du könntest dir doch gar nichts hier leisten! Und dann darf man nicht mal probieren, oder was?«

»Und was macht ihr? Ihr macht gar nichts!«

»Genau wie du bis vor Kurzem. Und dann verschwindest du einfach an Silvester. Fängst in Eriks schwulem Feinkostlädchen an. Hast keine Zeit mehr für uns. Was soll die Scheiße denn? Hat Erik dir den Schwanz gelutscht?«

Ich kann dieses blöde Gerede nicht mehr hören.

»Verpisst euch jetzt, aber schnell.«

»Was sagst du, Typ?«

»Du hast mich verstanden«, fahre ich ihn an, und das so laut, dass sich meine Stimme überschlägt und es mir selbst in den Ohren wehtut. So derbe habe ich noch niemals geschrien. Ein Kunde, der gerade reinkommen wollte, dreht vor der Tür wieder ab. Frederick sagt nichts, geht aber still los, öffnet die Glastür und fixiert mich die ganze Zeit mit seinem Blick, bis er draußen ist. Boris tut das Gleiche, bleibt aber dabei stehen, knallt mir einen Fünfzigeuroschein auf die Theke, den er ohne Portemonnaie zerknüllt in der Hosentasche hatte, nickt zweimal, als hätte er schon verstanden, und schreitet dann auch aus dem Laden. Als die Tür langsam zuschwingt und ich wieder allein bin mit den Würsten und Weinen und dem flinken Pianogeklimper vom schwarzen Herrn Monk, atme ich tief aus, lege den Fünfziger in die

Kasse, tue fünfundreißig von meinem eigenen Geld dazu, öffne den teuren Whisky, schaue kurz nach, ob kein Kunde kommt, setze die Flasche an und trinke sieben lange, tiefe, wohltuende Schlucke. Ich würde sogar mehr nehmen, aber mein Telefon empfängt eine Nachricht. Ich stelle die Flasche ab und sehe nach. Kein Erpresserfoto, sondern eine SMS von Benjamin: »Wieder abgeregt? Dann komm heute Abend zu mir. Wir wollen Dir was zeigen!«

Ich simse zurück »okay« und es fällt mir sehr leicht. Benjamin und Jule würden hier nie ungefragt an die Waren gehen. Und Max, der würde freiwillig den Kassenabschluss machen. Ich hätte nicht gedacht, dass ich das mal sage, aber: Ich freue mich auf heute Abend.

Bei Markus und Benjamin Wörle ist eine Leinwand im Büro aufgebaut. Groß und vielversprechend steht sie vor dem großen Zeichentisch von Benjamins jungem Vater. Davor haben sie Decken und Kissen auf dem Boden ausgebreitet und ein paar Schüsseln mit Flips, Chips und Nachos bereitgestellt. Kühles Bier gibt es auch, gutes sogar, Brinkhoff's, das mag ich besonders, da es auf unerklärliche Art ein frisches Hanf-Flavour hat. Ein Kinoabend mit Beamer also. Das überrascht mich und es bringt uns nicht direkt voran, aber womöglich denken sie, so kann man ein Team zusammenschweißen. Nur wer zusammen Spaß haben kann, kann auch zusammen Geld machen. Oder so.

»Cool«, sage ich, »was gucken wir denn? Irgendwelche Tropenfilme? Zur Inspiration?« Ich gebe mich besser gelaunt, als ich bin.

»Nicht ganz«, sagt Markus, der die Fernbedienung in der Hand hält. »Eher eine Art deutsche Sozialstudie.«

»Bäh!«, sage ich. »Wie schwul.«

»Es wird dich nicht langweilen«, sagt Jule und greift in die Flips, auf den Decken und Kissen ausgestreckt wie ein betrunkenes Mädchen auf einer Party um zwei Uhr nachts, die dich nimmt, wenn du zu ihr kriechst. Nur dass Jule kein Mädchen mehr ist und selbst dann nüchtern wirkt, wenn sie wie jetzt ein Brinkhoff's aufmacht.

»Also, alle bereit?«, fragt Markus und Benjamin und Max nicken. In Max' Gesicht erkenne ich für eine Sekunde den Ausdruck, den er auch hat, wenn er dich bei *Gran Turismo* überrundet. Markus wirft die Kiste an. Man sieht eine Art Konferenzraum, mit wackeliger Kamera aufgenommen. Es scheint die Kamera eines Handys zu sein. Sie wird auf Höhe der Tischkante gehalten und filmt von schräg unten nach oben. Es ist ein Look wie bei diesem Horrorfilm *Blair Witch Project*, wo die Macher so getan haben, als wäre alles echt gewesen und aus Zufall aufgenommen, nur eben in einem fahlen, langweiligen Büroraum. Hinter dem Tisch sitzt ein nichtssagender Beamtentyp, links neben dem Kameramann sieht man für eine halbe Sekunde weitere Leute. Dann wieder den Typen. Er sagt: »Schauen Sie, der Kunde will immer Eindeutigkeit. Wenn Sie ihn verwirren oder überfordern, springt er ab.«

Das kommt mir bekannt vor. Links neben dem Kameramann springt jemand auf, kommt ins Bild und sagt: »Was ist denn daran eine Überforderung, Mann?« Er sagt es extrem aggressiv und sehr asozial, wie ein Türke aus einer reißerischen Reportage über Berlin-Falkenberg oder Frankfurt-Preungesheim. Es klingt wie: »Wozz issen darran enne Übeforderrung, Moann?« Der Typ spricht so, als würde er dem Mann hinter dem Tisch gleich an die Kehle wollen.

Meine Ohren werden heiß und ich sehe mich zu den anderen um, die diszipliniert weiter auf die Leinwand schauen. Der motzende Spacken da vor dem Tisch, das bin ich! Der Beamte, der also der Bankmann von gestern ist, räuspert sich und blättert in seinen Unterlagen. Dann sagt er: »Die Energiekosten, die Sie hier veranschlagen, scheinen mir etwas niedrig angesetzt zu sein. Aus den Sponsoringmodellen könnten Sie viel mehr rausholen. Was passiert eigentlich mit den Kokosnüssen, die Sie dort produzieren? Ich meine, sobald es welche gibt. Werden die alle hausintern verarbeitet? Wollen Sie eine Produktpalette mit eigenem Branding entwerfen? Palm-Grove-Kokosdrinks, Palm-Grove-Riegel? Palm-Grove-Fett? Wer würde das für Sie produzieren? Das sind alles so Fragen …«

Ich weiß, was jetzt passiert.

Deswegen hat Max in der Bank so komisch schräg im Stuhl gehangen. Er musste sein Handy so halten, dass er meinen Auftritt filmen konnte. Auf der Leinwand springe ich vom Stuhl und kläffe herum wie ein Köter. Ich hätte nicht gedacht, dass das so klingt. Ich höre mich nicht richtig von innen.

Mein Leinwand-Ich sagt: »Wassinnendassfüfragn! Isch glaub, isch schpinne! Meister, isch hab seit sexundreißischschtunden nisch geschlafn, um disse Mappe hier fertisch zu machn, klar? Dissiehtdojedder, dass dis ne fette Idee is!«

Jetzt versucht Jule mich in der Bank zu bremsen, aber ich spucke weiter: »Wazz? Weissu, wassisch glaub? Der Typ, das isso einer, der hätte dammalls au den Erfinder des Motorrads gfragt: Wer soll dis eigentlisch schkaufen? Wir ham doch Pferde. Sinnie Benzinkosten nisch zu niedrisch gschätzt? Was machn se middem Restkautschuk, der beide Reifnherschtellung übrisch bleibt?«

Markus drückt auf Pause.

Jule kaut Flips.

Benjamin schaut an die Wand.

Max guckt so, als hätte er mich auf der Konsole jetzt schon das zweite Mal überrundet.

»*So* klinge ich?«

Jule sagt: »Wenn du erst mal loslegst, wird vor lauter ›Schs‹ der Tisch feucht.«

Ich frage: »Waren wir deswegen da? Meinetwegen? War das ein Experiment?«

»Nein, nein«, sagt Jule, »das war schon ein echter Termin. Aber wir dachten, nehmen wir's mal auf. Angehende Manager bezahlen viel Geld dafür, damit ihnen ein Trainer zeigt, wie sie nach außen wirken. Sei doch froh, dass wir das gratis machen.«

Ich weiß nicht, was ich sagen soll. Ich weiß ja, dass ich ganz schön aufbrausend werden kann, und der Banker hat mich wahnsinnig gemacht. Ich habe keine Geduld, ja, sicher. Aber immerhin bin ich da nicht mit Trainingshose aufgekreuzt. Und jedes Mal wenn ich mit solchen Leuten spreche, lasse ich doch die ganzen Anhängsel weg, die ich immer sage, wenn ich mit Boris und Frederick zusammen bin. Ich achte doch da drauf. Habe ich ein einziges Mal zu einem Banker »du Stuhl« gesagt? Aber trotzdem, auch ohne Stuhl: Das da auf der Leinwand, das bin nicht ich. Das ist einer von den Oberasis, die damals bei uns auf den Schulhof kamen und von Herrn Winzer vertrieben wurden. Das da auf der Leinwand, das ist Abschaum.

»So bin ich?«, frage ich noch mal. »Immer?«

»Nicht immer«, sagt Jule. »Aber immer wenn du wütend wirst. Oder stinkig. Oder schlecht gelaunt. Oder ungeduldig. Genervt. Sarkastisch. Also im Grunde fast immer …«

»Ja, ich hab's verstanden«, sage ich.

Jetzt mischt sich Markus ein, der erfolgreiche Fotograf, der schon Til Schweiger vor der Linse hatte. Oder Ballack. Oder auch Sido. Er sagt: »Wenn du wirklich ein Geschäft aufbauen willst, kannst du nicht reden wie der letzte Prolet. Du könntest noch so ein geniales Konzept vorlegen und keiner von den Entscheidern würde dich ernst nehmen. Und unter uns: Nicht mal Sido redet so, wenn er mit der Presse zu tun hat oder den Promotern oder seinem Chef bei der Plattenfirma. Oder mit mir, wenn ich für ihn Fotos mache.«

»Aber, soll ich mich verstellen, oder was? Muss man jetzt auch noch Schauspiel lernen, bevor man –«

»Verstellen?«, unterbricht mich Jule und wird ihrerseits wieder von Markus unterbrochen, der die Hände hochhält wie ein alter Karatetrainer, der heute Sprechvorrecht hat.

Markus sagt: »Bist du das denn, dieser Asi? Ist das Sven?«

Ich zögere, sage nichts, drehe den Kopf weg.

»Sven, wenn *das* du bist, dann hat dieses Palm-Grove-Ding jemand anders geschrieben. So was denkt sich keiner aus, der beim Reden spuckt wie ein Lama.«

Was soll ich sagen?

Sie haben ja recht.

Aber ich kann gar nicht sagen, wie sehr es mich ankotzt, wenn Leute recht haben.

Markus steht vor mir, ganz ruhig und heiter, als mache es ihm großen Spaß, einem jungen Kerl wie mir klar und deutlich die Wahrheit zu sagen, weil die Zeit reif ist.

»Sven«, sagt er, »es ist ganz einfach. Da unten lernst du nichts über die Leute da oben. Du benimmst dich aber wie einer von da unten. Willst du zu denen nach oben? Dann musst du so drauf sein, als wärst du schon da. Das ist das Allererste, wichtiger noch als jeder Projektplan. Sorry, Max.«

Max winkt ab, gönnerhaft, er hat mich dreimal überrundet.

Das Wichtigste ist schnelles Geld, um meine Schwester zu retten, denke ich im Stillen, aber ich weiß, dass der Weg zu so viel Geld erfordert, die anderen jetzt auch noch meine Nanny spielen zu lassen.

»Also gut«, sage ich, »ihr wollt einen anderen Sven. Dann zeigt mir, wie.«

»Yeah!«, ruft Benjamin aus und Max kichert.

»Sehr gut. Ab morgen, ja?«, sagt Jule und Markus geht zum DVD-Player und wechselt die Disc. »Jetzt machen wir erst mal Kino.«

Ein neues Bild erscheint auf der Leinwand. Dieses Mal keine Wackelkamera. Es ist das Logo von Universal Pictures. Sie haben doch noch ein wenig Freizeit vorbereitet. Ich lehne mich zurück, sauge an meinem Brinkhoff's und frage mich, ob sie mich auch mit Kino belohnen würden, wäre ich nicht auf ihren Vorschlag eingegangen.

DIE SPENDENDOSE

DIE SPENDENDOSE
DIE SPENDENDOSE
DIE SPENDENDOSE

Meine Güte, ist das peinlich. Da latsche ich durch die Fußgängerzone, ein Lächeln wie Beton in der Fresse, und klappere tatsächlich mit einer Spendendose. Ein puscheliger kleiner Welpe ist darauf abgebildet, um ihn Herzchenaufkleber. Die Dose ist vom örtlichen Tierheim, offizielle Spendenbüchse Nummer 42, Benjamin und Markus verwenden sie manchmal und lassen dem Heim ein paar Euro zukommen.

Heute muss ich mindestens fünfundzwanzig Euro da reinkriegen, das ist die »Aufgabe«, die Jule und Max mir gestellt haben, damit ich lerne, geduldiger zu werden und nicht mehr mit hundert Gramm Spucke pro Wort um mich zu spritzen, sobald ich den Eindruck habe, dass jemand nicht so will wie ich. Benjamin ist nicht dabei, er begleitet seinen Vater bei einem Auftrag, um was zu lernen. Markus schießt heute die Bilder zu einer neuen »Krombacher rettet den Regenwald«-Kampagne, mit jedem gekauften Kasten Bier forstet man einen Hektar Wald auf oder einen Quadratkilometer oder was weiß ich. Es ist mir auch egal, ich muss fünfundzwanzig Euro in diese blöde Dose bekommen und ich habe gerade mal zwei. Es fällt mir leicht, wildfremde Leute zu beleidigen oder zu bedrohen, ihnen zynische Kommentare vor den Latz zu knallen oder mich im Notfall auch mit ihnen zu prügeln. Aber diese Bettelei hier, das ist schwierig. Ich weiß, dass ich im Prinzip jeden ansprechen müsste, weil nur durch die Menge der Leute irgendwann die Dose voll wird. Wo zehn ablehnen, wirft einer was ein. Ich weiß das. Trotzdem suche ich bei jedem, der mir entgegenkommt, einen Grund, warum ich *den* jetzt nicht anspreche. Da kommt ein gutmütig aussehender junger Mann, so 'n Wollmützentyp für Selbstgedrehte. Den versuche ich.

»Äh, sorry.«

Die Wollmütze hält an. Glasige Augen, Fünftagebart, Handschuhe mit abgeschnittenen Fingern. »Ja?«

»Darf ich dich um eine Spende für die Tiere bitten?«

Der Typ beugt sich zur Seite und greift umständlich in die Tasche seiner zu großen und abgetragenen Stoffjacke. Gut. Der gibt also was. Denke ich. Es kommt aber kein Portemonnaie zum Vorschein, sondern eine Packung Tabak und Blättchen. Der Typ beginnt, sich ganz gemütlich vor meinen Augen eine Zigarette zu drehen. Javaanse Jongens.

Er feuchtet das Blättchen an und sagt: »Fragen darfst du mich schon.« Ein paar Lachfältchen erscheinen neben den Augen. Seine Haut macht ihn älter, als er wahrscheinlich ist. Er dreht die Fluppe zu Ende.

Jule und Max beobachten die Situation aus zwei Meter Entfernung. Ich kneife meine Augen zusammen und sage: »Sehr witzig.«

Der Typ zündet sich die Zigarette an und zeigt mit dem glimmenden Stängel auf meine Dose, während er spricht: »Ich hatte auch mal einen Hund. Süßes Ding. Aber Heime, das bringt nichts.« Er wedelt mit der Zigarette und hustet. Er sagt: »Kastrieren bringt was. Weniger Hunde produzieren und vor allem weniger Katzen. Weißt du, wie ich das sehe? So 'n Heim fördert das Problem eher noch. Die Leute denken sich, gut, da gibt es eine Stelle, wo ich mein Tier abgeben kann, wenn ich es satthabe. Also tue ich es. Kümmere mich nicht mehr. Werfe es einfach raus aus der Familie. Das ist wie bei den Altenheimen. Seit es die gibt, fühlt sich auch keiner mehr für seine Eltern verantwortlich.«

Da steht er, raucht seinen unförmigen Tabakzweig und labert mich mit Scheiße voll. Ich sage: »Waslabersdufünnescheißemann?« Bei dem »sch« von Scheiße sprenkele ich seine Stoffjacke, aber ich kann's nicht lassen. Also schiebe ich noch hinterher: »Glaubssu, isch hab meine Zeit geschtoolen, Mann?«

Jetzt legt der Wichser ein wenig den Kopf zurück und Jule ruft »He!«, als müsse sie einen Hund zur Räson rufen. Der Typ schüttelt den Kopf und geht weiter. Ich drehe mich um: »Was?«

Jule sagt: »Da war sie wieder, die Druckluftkanone.«

»Ja, fuck, hast du gehört, was fünne Scheiße der gelabert hat?«

»Sveeeen!«

»Ja, okay, okay, ich bin ganz ruhig.«

Ich will es ja lernen, wirklich. Ich sehe ein, dass ich es können muss, wenn ich an das Geld von Banken und reichen Investoren kommen will. Wie soll ich das schaffen, wenn ich nicht mal fünfundzwanzig Euro in diese Dose bekomme? Dabei habe ich eigentlich gar keine Zeit für alle diese Umwege.

Da vorne kommt ein älterer Mann im schwarzen Mantel, grauer Bart, Pfeife, dunkle Hornbrille, den versuche ich als Nächstes.

»Verzeihen Sie?«

Der Mann läuft weiter und pafft, aber er hat mich gesehen. Das kann ich ja überhaupt nicht leiden. Wenn sie einfach so weiterlaufen, als wäre man bloß eine Taube gewesen, ein Stück Dreck am Wegesrand.

»Hallo, hören Sie mich? Ein paar Cent für die Tiere vielleicht?«

Der Mann wird nicht langsamer, aber er spricht jetzt. »Geh arbeiten!«, sagt er und guckt mich nicht mal dabei an.

Ich spucke ihm Worte wie Galle hinterher: »Geh arbeiten? Seh isch aus wie 'n Penner, oder wazz? Hey, du Pisser, isch sammle hier für Tiere, siehssu das?« Ich klimpere mit der Dose. »Halt an, wenn isch mit dir rede, du Schwanzlutscher!« Macht er nicht. Er hält einfach nicht an. Jule wird rot, Max tut so, als schaue er die Auslage eines Schuhgeschäftes an. »Ey, isch werd bekloppt, gehssu einfach so weita? Mutterficker, dreh disch um!«

Jule rüttelt mich an der Schulter. »Sven!« Sie ist immer noch rot, aber jetzt vor Wut. Sie findet keine Worte für ihr Entsetzen.

»Muss ich mir alles gefallen lassen, oder was?«

»So ist das nun mal«, sagt sie. »Manche Leute sind Idioten. Die lässt man einfach ziehen und konzentriert sich auf die nächsten. Was hast du davon, wenn du denen so hinterherbrüllst?«

»Nix hab isch davon«, sage ich. »Isch kann das nur nicht so stehen lassen. Keiner fickt misch einfach so.«

Jule packt mich am Arm, zieht mich zwischen die Schuhregale zu Max und sagt: »Sven.« Sie rollt die Augen nach links oben, als suche sie was. »Stell dir diese ganze Aktion doch einfach mal wie einen Sport vor. Denk dir nicht, dass die Leute hier in der Fußgängerzone Almosengeber sind und du bist der Bettler. Denk dir, sie sind die Mitglieder einer gegnerischen Mannschaft, okay? Sagen wir«, sie tippt Max an, »sag mal eine Fußballmannschaft.«

Max sagt: »Borussia Mönchengladbach.«

Jule sieht mich wieder an. »Gut, Sven, denk dir, die Leute hier sind Profis von Borussia Mönchengladbach und du bist der Spielmacher von –«

Ich sage: »West Ham United.«

»Von Westhamd United. Gut, gut. Spenden kriegen ist jetzt der Sport, ja? Die Disziplin. Sie haben die Aufgabe, dein Tor – also die Spende – zu verhindern, aber du hast Techniken, sie zu überlisten. Ihr beide zusammen seid aber keine Feinde. Egal, was du machst, egal, was sie machen. Niemand demütigt den anderen. Beide sind auf demselben Feld, im Stadion, beide sind Profis. Klar?«

Ich lasse mir das Bild durch den Kopf gehen. Im Schaufenster des Schuhladens zeigt ein Werbeplakat Lionel Messi beim Schuss, den womöglich besten Fußballer der Welt. Ich glaube es zwar selbst nicht, aber es so zu betrachten stellt die Sache wirklich in einem anderen Licht dar. Ich spähe aus der Schuhdeckung heraus, halte die Klapperdose vor mich und gehe auf einen Mann zu, der gerade auf seinem Handy herumtippt.

»Haaaaaallo«, sage ich schwungvoll und stelle mich ihm nur halb in den Weg, sodass er problemlos weiterkäme, aber dennoch anhält. Okay, Sport. Technik. List. Tor machen. »Ich will Sie wirklich nicht lange stören, es ist nur so. Ich bin vom örtlichen Tierheim und wir haben richtig gut zu tun. Hunde, Katzen, alles voll. Leider bekommen wir seit Jahresbeginn kein Geld mehr von der Stadt. Wir müssen uns zu hundert Prozent selbst finanzieren, rein aus Spenden. Erklären Sie das mal den Hunden und Katzen. Die steigen schon beim Wort ›städtische Zuschüsse‹ komplett aus der Diskussion aus.«

Der Mann muss schmunzeln. Er sagt: »›Städtische Zuschüsse‹ sind ja auch zwei Worte.«

Ich schaue ihn an. Ein Grunzlaut bildet sich in meiner Kehle. Dann lachen wir uns gemeinsam schlapp, und während wir so lachen, zieht er einen Zehneuroschein aus der Tasche und steckt ihn mir in die Dose.

»Wow, danke!«, sage ich.

»Kein Thema«, sagt er, winkt und nimmt sein SMS-Getippe wieder auf.

Jule und Max sind baff.

»Tor!«, sage ich.

Ich brauche nur noch sieben Leute, bis ich meine fünfundzwanzig Euro zusammenhabe. Kein einziges Mal spucke oder schimpfe ich dabei. Meine Mission ist beendet und Jule, Max und ich schlendern weiter zu Teil zwei des heutigen Sven-Renovierungstages, einem Besuch in einem, so Jule, »vernünftigen« Klamottengeschäft, dem traditionellen Kaufhaus Mensing gegenüber dem Berliner Tor, einem der wichtigsten Wahrzeichen unserer Stadt.

Ich freue mich gerade noch über die paar Tore, die ich eben geschossen habe, als in den Augen von Jule schlagartig eine Mischung aus Angst und Erkennen aufblitzt. Ich folge ihrem Blick, die Fußgängerzone runter. Zweihundert Meter von uns entfernt kommt Alparslan auf uns zu, der Erzfeind Fredericks und gefährlichste Gangster der Stadt, mit dem wir uns vor der Schützenhalle so brutal geprügelt haben, dass Timo ihn abstechen wollte, um mich zu retten, und damit letztlich mich zu Boden brachte. Der Türke hat nicht seine russischen Schlägerkollegen, sondern einen kleineren Teenager dabei, der beim besten Willen nicht so aussieht, als könne er einer Fliege was zuleide tun. Irgendwo habe ich den schon mal gesehen. Wo war das noch?

»Scheiße«, sage ich.

»Du bleibst jetzt ganz ruhig«, sagt Jule und bringt mich durch ihre Bemerkung überhaupt erst auf die Idee, dass *ich* diese Chance nutzen könnte, um Alparslan eine draufzugeben. Das stimmt natürlich. Immerhin habe ich seinetwegen mit einem tiefen Stich und einer wochenlang juckenden Wunde im Krankenhaus gelegen. Ich spüre, wie der gute alte Zorn in mir aufsteigt, dieser Freund, der sagt: Du hast alles Recht der Welt, jetzt auszurasten. Lass los, geh einfach drauf! Ich erinnere mich, wie es sich anfühlt, mitten in der Stadt eine Schlägerei anzufangen. Wie ich mich reinsteigern kann und wie die Passanten gucken; wie cool es ist, wenn ich die Angst in ihren Augen sehe und ihre stille Bewunderung, die sie sich nie eingestehen würden, diese Bewunderung dafür, dass ich es tue und diese Grenze überschreite. Ich balle eine Faust. Alparslan hat uns noch nicht bemerkt, er unterhält sich viel zu aufmerksam mit diesem Teenager. Ist das nicht –? Ja, sicher, das ist der arme Junge aus dem Kaufhof, der die BHs seiner Mutter halten musste! Ich weiß nicht, wer er ist, aber ich spüre, dass er es nicht verdient hat, da mit reingezogen zu werden. Ich kann das nicht erklären, ich weiß es einfach.

Also stoße ich den Zorn zurück und sage: »Kommt, schnell, wir wechseln die Seite.« Jule und Max lassen sich das nicht zweimal sagen. Fix gehen wir auf die andere Straßenseite der Fußgängerzone und sind hinter ein paar bepflanzten Buschkübeln verschwunden, bevor Alparslan uns erkennen kann. Der Teenager an seiner Seite sieht uns allerdings kurz nach, als hätte er bemerkt, dass wir den beiden ausgewichen sind. Ein zufriedenes Lächeln liegt auf seinem Gesicht.

Eine halbe Stunde später stehe ich vor einem Spiegel und sehe mich das erste Mal in meinem ausgewachsenen Leben in einer eng geschnittenen schwarzen Jeans und einem Jackett. Es fühlt sich unbequem und förmlich an, aber ich muss gestehen, dass es gut aussieht. Mächtig irgendwie. Es sagt nicht: »Ich will was«, sondern es sagt: »Ich habe was zu bieten.«

Jule hat dem Verkäufer die ganze Zeit, während ich zwischen Umkleide und Spiegel Sachen anprobierte, lachend davon erzählt, dass ich so etwas nicht gewöhnt sei und jetzt gerade erst anfange, mich in ein anderes Leben einzufinden. Der Mann hat aufmerksam zugehört und wissende Geräusche von sich gegeben, wie ein Pferdehändler, und ich habe mir derweil in der Kabine gedacht: Ich könnte auch einfach meine MAC-10 rausholen und jeden einzelnen Deppen in diesem Kaufhaus umlegen.

Was der Verkäufer aber jetzt erzählt, während ich mich so betrachte, ergibt irgendwie Sinn. Er sagt: »Ein Sakko ist das universelle Kleidungsstück, egal, was Sie in dieser Welt erreichen wollen. Es ist wie das Schlagzeug in einer Band. Wenn der Rhythmus stimmt, ist alles gerettet. Es ist erwachsen, locker elegant, aber vor allem«, er hebt lehrerhaft den Finger, »es ist unverbindlich. Verstehen Sie? Es sagt nur, dass Sie seriös sind, mehr nicht. Kein Understatement. Kein Overstatement. Sie geben nicht damit an, sie stapeln nicht tief. Gute Jeans, ordentliche Schuhe, Gürtel, Sakko: In dem Look könnten Sie eine Heuschrecke sein, die Leute feuert, aber auch ein Greenpeace-Chef. Sie könnten Bürokrat sein, aber auch ein Künstler.«

Ich unterbreche ihn: »Oder ein Psycho, der sein scharfes Messer wetzt und seinen Opfern kurz vor der Tat noch in aller Ruhe erzählt, warum Phil Collins ein großartiger Musiker ist.«

Der Mann schweigt, Jule signalisiert ihm, dass ich öfter so was sage und man das nicht so ernst nehmen muss. Der Mann sagt: »Ein Sakko ist neutral. Es tarnt Sie. Niemand weiß, was dahintersteckt, aber jeder lässt Sie an sich ran.«

Ich runzele die Stirn. Sein letzter Satz gefällt mir sehr gut. Ich spüre, dass jetzt die eine Sekunde gekommen ist, in der ich es sagen muss, bevor ich es mir anders überlege. Ich sage: »Dann machen wir das jetzt!«

Eine Minute später stehen wir an der Kasse.

Vor dem alten Gebäude mit dem trendfreien Bekleidungsgeschäft darin und dem gegenüberliegenden Klotzbau, in dem sich, als ich ein Kind war, noch das Kaufhaus Hansa befand, gibt es eine große Brunnenlandschaft aus Beton, die im Sommer das Wasser über mehrere Wasserfälle in ein wadentiefes Becken plätschern lässt. Sie ist ein Treffpunkt von alten deutschen Alkoholikern und jungen, vorlauten Goldkettchentürken.

Zwei von ihnen hängen heute am Rand des Brunnens herum. Sie tratschen laut, gestikulieren wie auf dem Markt von Ankara und haben diesen unglaublich selbstherrlichen Ausdruck in der Fresse. Wir gehen an ihnen vorbei, aber sie haben Max aufs Korn genommen. Das ist kein Wunder. Max ist ein Opfer. Menschen wie Max wirken auf diese Typen wie Mäuse auf Katzen. Sie sind fast wehrlos, man kann sie quälen, es ist ein großer Spaß. Ich weiß das, weil Boris, Frederick und ich das mit manchen Schwächlingen auch hin und wieder machen. Oder gemacht haben. Die Schwarzköpfe gehen langsam und mit breiten Schritten auf Max zu.

»Hey, kleine Schwuchtel, gib uns deine Jacke!«

Die meinen das ernst. Max' Jacke ist von Jack Wolfskin und sicher dreihundert Euro wert. In fast allen Fällen kriegen diese Typen, was sie wollen, wenn sie fragen. Jeder hat Angst vor ihnen, und schlagen sie jemanden zu Brei, weil er sich geweigert hat, geht es durch alle Nachrichten. Das hilft ihnen, denn so kriegt das Volk noch mehr Angst. Irgendwann brauchen sie nur noch zu sagen: »Gib mir die Schlüssel«, wenn es dunkel genug ist und sie Bock auf dein Auto haben. Gegen sie kommt man nur an, wenn man sich erlaubt, sie aus ganzem Herzen zu hassen. Und wenn man das Verhalten gewohnt ist, das Jule und Max mir gerade abtrainieren wollen.

»Ey, was ist jetzt, du Spast?«, sagen sie zu Max.

Ich merke, dass Jule was unternehmen will, bin aber schneller, gehe auf die Typen zu und brülle sie so markerschütternd an, dass nicht nur meine Spucke in Fontänen fliegt, sondern der Schalldruck alle Leute in einem Umkreis von fünfzig Metern zusammenzucken lässt. »Hast du ein Problem?«, brülle ich, bin in wenigen Schritten vor dem Typen und schlage ihm mit der offenen Hand so schnell und so fest auf sein rechtes Ohr, dass er sich die Wange hält wie ein kleiner Junge, der gar nicht weiß, warum Papa auf einmal zugeschlagen hat.

Jule ist sprachlos. Ich brülle allerdings weiter, denn man darf nicht nachlassen, bis Ruhe ist: »Du hast also kein Problem, ödlek?«

Ödlek heißt Feigling. Ich habe mir eine ganze Reihe türkischer Schimpfwörter und Redewendungen gemerkt. Das und mein asozialer Tonfall reichen üblicherweise, damit diese Typen glauben, ich sei aus dem gleichen Holz wie sie geschnitzt und dementsprechend alles, nur kein Opfer.

Ich sage: »Defol, orospu çocuğu. Seni ezerim!«

Die zwei Idioten wissen nicht, was sie tun sollen, und entscheiden sich dann nach ein paar Sekunden, Leine zu ziehen. Zwei flüchten, weil einer lauter war. Weil ich den Asi in mir habe sprechen lassen, der eigentlich verschwinden soll.

Max und Jule sehen den Typen nach.

Max sagt: »Danke.«

Jule fragt: »Was hast du gerade gesagt?«

Ich antworte: »Verpiss dich, du Hurenkind, sonst mach ich dich platt.«

Sie verzieht das Gesicht, fast so, als dürfe man so was nicht sagen, selbst dann nicht, wenn man beraubt werden soll, doch ich sehe ihr an, dass sie froh ist, meine Fähigkeiten an dieser Stelle an ihrer Seite gehabt zu haben.

»Man weiß nie, wozu es gut ist«, sage ich und kann mir eine gewisse Genugtuung nicht verkneifen.

In schwarzer Hose, guten Schuhen, Hemd und Jackett betrete ich das Haus. Vater ist gerade am Telefon und erklärt seinem Agenten, dass er der BILD kein Interview geben wird und es auch dabei bleibt, egal, wie oft er frage. Er redet von Verbrechen gegen die Menschlichkeit und von Verwahrlosung und davon, dass man ihm eher ins Knie schießen dürfe, ehe er so weit sinke. Dann bemerkt er mich in meinem neuen Look, schweigt auf der Stelle, muss seinen herunterfallenden Unterkiefer fast auffangen und sagt: »Uwe, ich ruf dich später wieder an, ja?« Er legt auf und geht auf mich zu wie auf das siebte Weltwunder.

»Sven …«, sagt er.

»Vater«, sage ich und fühle mich irgendwie gut wegen seiner Überraschung, obwohl ich mich frage, warum. Im Grunde passe ich mich schließlich nur seinen Vorstellungen an.

»Wie ist das denn möglich?«, fragt er. »Das ist ja noch besser, als du es im Feinkostladen brauchst.«

Warum freue ich mich so über seine Freude? Warum fühle ich mich wie ein Kind, das eine Eins mit nach Hause gebracht hat? Ich sage: »Ich benötige es ja auch für was anderes.«

Er sieht mich fragend an.

Jetzt erzähle ich es ihm, jetzt ist der richtige Zeitpunkt. Ich sage: »Es ist für Palm Grove!«

Zwei Stunden sitze ich mit ihm im Wohnzimmer zusammen und erzähle ihm davon, was wir vorhaben und wer alles dabei ist. Dass ich das alles nur mache, weil ich die ersten hohen Gelder, die dafür reinkommen, sofort an einen Erpresser überweisen will, der seine Tochter zehntausend Kilometer entfernt beobachtet, und das, wo mein Vater Lina nie so früh gehen lassen wollte, erwähne ich natürlich nicht. Es fühlt sich in dem Augenblick aber auch nicht so an. Eher so, als würden wir das Ding eines Tages wirklich bauen. Ich versuche zu erahnen, ob Vater mir nun Geld anbietet. Das wäre großartig. Aber so aufmerksam er auch zuhört, er tut es nicht. Er guckt sogar skeptisch, nachdem er beim ersten Blick so euphorisch war.

Als ich fertig damit bin, alles zu erzählen, sagt er: »Das sind gute Schritte, Sven.«

Ich beobachte ihn genau. Da kommt noch was. Ich sage: »Aber?«

Er seufzt, rückt sich im Sessel zurecht, als hätte er eine Arschbacke in den Muskelschlaf gesessen, und sagt: »Aber es kommt mir so vor, als würden hauptsächlich die anderen die Arbeit machen. Max, Jule ...«

Ich will mich wehren, aber er hebt die Hand: »Nein, nein, schon gut, ich sage das nur. Ich weiß eines aus Erfahrung: Gruppenarbeit bedeutet meistens, dass einer fast alles macht und die anderen dann immer weniger.«

»Glaub mir, Vater, ich mache genug«, sage ich und denke daran, dass er immer noch meinen Rechner konfisziert hat und auch jetzt noch nicht darüber spricht, ihn mir wiederzugeben. Dass ich bis ein Uhr nachts vorm Netz in der Spielhalle hocke, hat er nicht mitbekommen. Das ist gut so, denn die Spielhalle könnte er in den falschen Hals kriegen. Nach meinem PC werde ich ihn auch nicht fragen. Alles ist gesagt und ich merke, wie Vater nervös im Sessel herumrutscht, denn er will wieder arbeiten.

»Du wolltest deinen Agenten zurückrufen«, sage ich.

»Ah ja, richtig!«, sagt er und tut so, als hätte er längst nicht mehr daran gedacht. Kaum zwei Sekunden später setzt er seine Telefondiskussion fort, als hätte er sie nur kurz auf Pause gestellt.

ZEHN JAHRE PLANUNGSZEIT

ZEHN JAHRE PLANUNGSZEIT
ZEHN JAHRE PLANUNGSZEIT

Das erste Mal trage ich mein Sakko bei einem Termin mit einem städtischen Beamten. Ich lerne langsam, worin dieses Leben besteht, das man führt, wenn man ernsthaft »etwas erreichen« will. Es besteht aus Terminen. Noch vor wenigen Monaten habe ich mich ständig gefragt, was ich wohl als Nächstes mache – jetzt halte ich schon Ausschau nach den wenigen Pausen, die mir bleiben zwischen all dem, was ich zu tun habe.

Meine Tage sind bis tief in die Nacht gefüllt. Morgens stehe ich früh auf und fahre in Eriks Laden, um zu arbeiten. Die Mittagspause dort verbringe ich nicht mit Essen, sondern mit so Späßen wie dem Spendendosentraining oder der neuen Einkleidung. Dann wieder Arbeit bis nachmittags. Danach in die Spielhalle, um im Internet meine Recherchen und Arbeiten für Palm Grove weiterzuführen. Die Plastikbox ist dann innerhalb weniger Minuten von oben bis unten voll mit Papier und Notizblöcken und die Spielsüchtigen an den dudelnden Automaten schielen misstrauisch herüber. Abends meistens Treffen in Max' Keller, um ein Puzzleteil nach dem anderen unserem Konzept hinzuzufügen, damit seine Lücken sich schließen. Es ist unglaublich nervig, aber es beruhigt mich insofern, als es mir das Gefühl gibt, mich jeden Tag bis zur Erschöpfung für Linas Rettung aufzureiben. Noch hat der Erpresser kaum Kohle von mir bekommen, aber wenn es bald endlich knallt, dann kommt die Geldflut mit einem Schlag. Immerhin verkaufe ich fast täglich irgendetwas von dem Zeug, das ich in meinen sechzig Nonstop-Internetstunden auf Amazon gestellt habe. Das muss auch noch verpackt und zur Post gebracht werden. Das Trikot auf eBay ging übrigens für acht Euro fünfzig, der alte Videorekorder für einen Euro weg. Der Käufer hat mir dann auch noch eine schlechte Bewertung reingeknallt, weil ich das Gerät »lieblos verpackt« hätte und weil es staubig war. Was erwartet der Hurensohn für einen Euro? Pause mache ich im Grunde nur noch auf dem Klo. Ich habe noch nie so lange am Stück geschissen wie in den letzten zwei Wochen.

Herr Ravens von der Baubehörde empfängt uns in einem Büro, dessen Luft so trocken ist, als hätte hier noch nie jemand auch nur eine Flasche Mineralwasser aufgemacht. Er vergibt städtische Gelände, damit sie bebaut werden können. Er ist der Hüter über alle Grundstücke, die keinem privaten Besitzer, sondern dem Staat gehören. Den Termin mit ihm haben wir wegen Ludwig Sippel bekommen; die beiden sind im gleichen Schützenverein und Ravens' Sohn spielt zudem in der ersten Mannschaft des Weseler SV, den Ludwig Sippel im Vorstand mit leitet. Herr Ravens ist groß gewachsen und etwas hager, seine Wangen wölben sich nach innen und seine Nasenspitze nach unten. An der Wand neben seinem Schreibtisch hängt ein schlichter Kalender mit großen Zahlen und einem roten, rechteckigen Plastikrähmchen, das man über den aktuellen Tag schiebt. Auf der Fensterbank ein paar Pflanzen, denen man ansieht, dass er sie nicht selber gießt. Auf seinem Schreibtisch Fotos der Familie, Frau, Tochter, Sohn und Hund. In seiner Hand: unsere Konzeptmappe, mittlerweile in ihrer dritten Fassung. Die erste ist ja bei Herrn Beckmann durchgefallen und die zweite haben wir überarbeitet, noch bevor dieser Termin anstand.

Es sind viele Fragen darin beantwortet. Sie beinhaltet jetzt höher angesetzte Energiekosten, Kooperationen mit Hotels in der Umgebung zur Ankurbelung der heimischen Wirtschaft sowie ein Konzept für hauseigene Kokosprodukte. Zwar könnten die wirklich erst in fünfzehn Jahren hergestellt werden, aber »Cocos made in Wesel« als Kampagnenidee macht sich bei so einem Gesprächstermin bereits gut. Es zeigt, dass wir vorausdenken und vor allem: dass wir uns immer fragen, was unser Gegenüber von der Sache hätte, wenn es uns schon Geld geben soll. Wie Dieter Bohlen so gerne sagt: Der Wurm muss dem Fisch schmecken, nicht dem Angler.

Lediglich die eindeutige Ausrichtung der Badeplantage ist noch offen. Wir wollen weiterhin irgendwie alles: Spaß, Tourismus *und* Pädagogik. Gerade Letzteres kann man nicht streichen, wenn man bei der Stadt vorstellig wird, um ein Gelände zu beantragen. Beamte lieben doch Pädagogik.

Herr Ravens räuspert sich nach eingehender Lektüre und sagt: »Wenn wir das als Attraktion für unsere Stadt bauen wollen, muss der Schwerpunkt auf der Freizeit und nicht auf dem pädagogischen Nutzen liegen.« Er legt den Zeigefinger auf die Lippen und schaut an die Decke, als müsse er sich seine eigene These noch mal bestätigen. »Ja, das ist so. Wir bräuchten ja Geldgeber und die sind hauptsächlich an den finanziellen Möglichkeiten interessiert.«

»Okay«, sagt Jule, für meinen Geschmack zu schnell und freundlich. Aber gut, ich soll ja lernen, geduldig zu sein. Ich trage Sakko und Slipper. Ich lerne Geduld. In Australien lugt eine Kameralinse um die Ecke.

Herr Ravens sagt: »Es ist so. Öffentliche Fördermittel, zum Beispiel von der Kreditanstalt für Wiederaufbau oder von Bürgschaftsbanken, bekommen wir nur bei der Darstellung einer langfristig gewinnbringenden Anlage. Aber diese Gelder sind knapp geworden, Sie wissen, die Krise. Ich denke, wir schauen da besser auf kommunale Mittel und Investoren von außen.«

Er redet ständig von »wir«. Ich frage mich, was das bedeutet. Hat er bereits beschlossen, dass er uns ein Gelände geben will?

Er sagt: »Das ist eine gute Mappe. Sie haben den Preis damals nicht umsonst gewonnen, Herr Lechner, und Sie haben weitergemacht.«

Ich lächele und tue bescheiden.

Herr Ravens klappt einen Ordner auf, in dem jedes Blatt sorgfältig von einer Klarsichtfolie umhüllt ist. Er blättert und stoppt in der Mitte. Prüft das Klarsichtblatt, prüft etwas in unserem Exposé. Hat alle Zeit der Welt. Sagt: »Sie gehen hier von einer Geländegröße von circa zwei Hektar aus. Da hätten wir schon was, was wir Ihnen zur Verfügung stellen könnten.«

»Zur Verfügung stellen?«, rufe ich aus. »Einfach so?«

»Ja«, sagt Herr Ravens, »natürlich. Wenn Sie uns darauf die beste Touristenattraktion in ganz NRW bauen. Wir wären zudem mit einem einmaligen Investitionskostenzuschuss und später dann mit laufenden Betriebskostenzuschüssen dabei. Selbstverständlich würden wir dann eng mit Ihnen zusammenarbeiten.«

Den letzten Satz höre ich schon nicht mehr. Ich höre nur »Zuschüsse«. Ich frage mich, wann dieses Geld wohl auf dem Konto wäre. Ich denke daran, dass wir endlich ein Konto eröffnen müssen und dass ich darauf ständigen Zugang bräuchte. Oder dass wir einfach meines nehmen. Immerhin bin ich Mr Palm Grove. Ich tippele mit dem rechten Fuß. Herr Ravens steht auf, gießt sich und uns aus einer Plastikkanne Kaffee nach, setzt sich und sagt: »Soll ich Ihnen mal erklären, wie das ablaufen könnte?«

Ja, denke ich und hüpfe im Stillen wie ein aufgeregtes Kind vor der Bescherung auf dem Stuhl herum, weil es endlich vorwärtsgeht. Erkläre es! Gib uns Geld! Lass mich meine Schwester auslösen!

Herr Ravens lehnt sich zurück. Sein Stuhl quietscht. Er sagt: »Also, es läuft so. Das Projekt wird zunächst mal ganz allgemein als Idee in verschiedenen kommunalen Gremien vorgestellt und diskutiert. Trifft es mehrheitlich auf Zustimmung, werden von der Politik Studien in Auftrag gegeben. Unabhängige Institute prüfen dann für uns die Wirtschaftlichkeit und die Machbarkeit des Unternehmens.«

Was redet der denn da?

Unabhängige Institute prüfen die Machbarkeit?

Was tun wir denn den ganzen Tag in Max' Kalkulationskeller? Wir erledigen das doch schon alles!

»Parallel dazu laufen Marktanalysen, die belegen sollen, dass es für dieses Projekt keine ernsthafte Konkurrenz in unmittelbarer Nähe gibt, die uns gefährden könnte. Diese Studien werden ebenfalls von namhaften Instituten durchgeführt.«

Ist hier eine versteckte Kamera eingebaut? Was faselt der Sack? Das ist doch alles schon geklärt! Und überhaupt – haben die Steinzeitmenschen lange Marktanalysen gemacht, bevor sie das Rad erfunden haben?

»Wenn nach all diesen Analysen und Studien klar belegt ist, dass sich die Sache lohnt, wird ein Planfeststellungsverfahren eingeleitet, das absichert, dass wir den Koloss auch tatsächlich an der geplanten Stelle bauen können. Da muss vieles bedacht werden. Anwohnerbeschwerden, Umweltschutz, nisten da irgendwelche Vögel. Wenn Sie Pech haben, gründen sich Bürgerinitiativen, die rumzetern, warum man die ganzen Gelder nicht lieber für Kindergärten oder Grundschulen ausgebe. Da müssen wir durch, aber dann, dann sind wir startbereit. Die verschiedenen Aufgaben – vom Bau der Gebäude über die Bepflanzung der Plantage bis zur Installation der Technik – werden europaweit ausgeschrieben, sodass sich Firmen aus allen EU-Ländern darauf bewerben können. Das ist notwendig bei einer Investition, die in die mehreren Millionen geht. Das ist Pflicht, damit alle gleiche Chancen haben.«

»Gut«, sage ich, »aber dann kann es losgehen?«

»Ja, Herr Lechner, dann kann es losgehen.«

»Und wann ist dann?«

Herr Ravens spitzt die Lippen und überlegt: »Bei einem Projekt dieser Größenordnung, wenn ich alle Dienstwege bedenke, könnten wir, warten Sie … so ungefähr in zehn Jahren mit der Planungsarbeit fertig sein.«

Ich lächle und setze mich in meinem Jackett etwas quer, wie Talkshowteilnehmer, die die Beine überschlagen: »Sie meinen zehn Monate!«

»Nein, ich meine zehn Jahre.«

Das habe ich nicht gehört.

Das kann ich nicht gehört haben.

Denn *hätte* ich es gehört, *hätte* dieser Mann mir tatsächlich gerade gesagt, dass der Staat, wenn man gemeinsam mit ihm eine geile Idee umsetzen will, komplette zehn Jahre nur für die *korrekte Planung* benötigt, mehr als die Hälfte der Zeit, die ich auf diesem Planeten lebe, hätte er das *wirklich* gesagt, dann müsste ich ihm sofort die Zähne austreten. Dann hätte ich in den Beamten dieses Staates eine Gruppe von Menschen gefunden, die ich tatsächlich noch mehr hasse als die kleinen türkischen Jackenabzieher.

Es sieht allerdings so aus, als hätte Herr Ravens das tatsächlich gesagt. Selbstherrlich lehnt er sich wieder zurück, verschränkt die Arme hinter dem Kopf und sagt lachend: »So ist das nun mal. Wenn Sie schneller an Geld kommen wollen, müssen Sie wohl oder übel eine Bank überfallen. Das ist zwar risikoreicher, aber nicht mit solchen Mühen und Unwägbarkeiten verbunden. Ich will Sie schließlich nicht belügen: Diese ganzen Studien können auch ergeben, dass das Projekt nicht umgesetzt wird. Jedenfalls nicht mit uns.«

Er lacht weiter, er findet das komisch, wie ein Verkäufer im Computerladen, der einen merkwürdigen Witz über Windows Vista macht, den niemand begreift und über den er sich wegschmeißt, während man selbst bloß seinen Rechner wiederhaben will, den er in seiner Reparaturgewalt hat. Herrn Ravens' strahlende Kinder in dem silbern glänzenden Fotorahmen auf seinem Schreibtisch sind sicher noch nie entführt oder von einem raffgierigen Kamerabeobachter verfolgt worden.

Ich stelle mir vor, wie ich augenblicklich auf den Mann losgehe. Erst ein kurzer, schneller Schlag auf die Nase, damit sie bricht und er das Blut gurgelt. Dann, während er noch versucht, die Lage zu verstehen, ein weiterer Hieb auf das Jochbein, am besten mit dem scharfkantigen grauen Locher, der auf seinem Schreibtisch steht. Ich sehe das rote Blut auf dem grauen Bürogerät und wie der Mann nach hinten weg gegen seine Heizung kippt. Wie alle schreien und mich aufhalten wollen, ich aber Blut geleckt habe und in diese schmale Einbahnstraße eingebogen bin, aus der man nicht mehr rauskommt und in der man immer weiter schlägt und tritt, als könne man alle, die einen je gefickt und verarscht haben, in Form dieses einen Opfers am Boden gleichzeitig ihrer gerechten Strafe zuführen.

Ich stelle es mir vor, stehe vom Stuhl auf, gehe langsam und schweigend zur Tür, bleibe in ihr stehen, schreie so laut auf, dass eine Sekretärin auf dem Gang vor Schreck kreischend ihr Papier fallen lässt, knalle die Tür des Büros so fest zu, dass das Holz knackt, und verlasse das Gebäude. Auf meinem Weg zum Ausgang reiße ich einen Prospektständer um und wische sämtliche Informationsblätter von der Auslage der Empfangstheke. Die Tussi dahinter sagt »He!«, doch ehe sie mehr sagen kann, schleudere ich ihr ein feuchtes »Fresse, du blöde Beamtenfotze!« entgegen, das wie blutiger Schleim auf der Scheibe kleben bleibt und langsam vor ihrem entsetzten Gesicht herunterläuft.

Vor dem Rathaus wende ich mich nach rechts durch die Unterführung unter dem Bibliotheksbau und laufe schnell zum Plus-Supermarkt. In dem ungepflegten Laden, der seit jeher so aussieht, als würden hier nur die Reste verscherbelt, nehme ich mir zwei billige Pils in Plastikflaschen aus einem Sixpack, rempele einen Mann zur Seite, der vor mir auf die Kasse zusteuert, bringe ihn mit nur einem Blick zum Schweigen, bevor er sich beschweren kann, zahle, drehe die eine Flasche auf, gehe wieder hinaus Richtung Rathaus, weil da mein Wagen steht, und ziehe den ersten halben Liter fast am Stück weg. Jule kommt mir auf halber Strecke entgegen, Benjamin und Max sitzen also noch im Gebäude und kraulen einem Mann, der unsere Idee um ganze zehn Jahre verzögern will und das »staatliche Hilfe« nennt, die Eier.

Jule sieht das Bier in meiner Hand und bekommt wieder ihren tadelnden Blick.

Ich sage: »Der spinnt doch! Sag mir nicht, du findest das okay! In zehn Jahren sind wir neunundzwanzig! Wir haben *jetzt* diese Idee! McDonald's würde in zehn Jahren zweitausend neue Filialen bauen. In Hollywood haben sie in zehn Jahren sieben *Harry Potter*, drei *Der Herr der Ringe*, drei *Matrix* und zwei Millionen Folgen *Stargate* gedreht. Das Phantasialand wurde schneller aufgebaut!«

Jule seufzt. Sie verachtet, dass ich gerade dieses Bier in der Hand habe, an einem Morgen um neun Uhr, den ich mir freigenommen habe, um den Termin wahrnehmen zu können. Aber inhaltlich stimmt sie mir wohl zu, dass das zu langsam ist. Sie sagt: »Dann vergessen wir eben die Stadt und kaufen einem Privatmenschen ein Gelände ab. Das geht von heute auf morgen, wenn man das richtige findet.«

Ich pruste: »Ach ja, und wovon? Jule, mach doch mal deine süßen Augen auf! Wir bekommen kein Gelände ohne Geld von Investoren. Und wir bekommen kein Geld von Investoren ohne ein Gelände. Die Katze beißt sich in den Schwanz!«

Jule lässt die Arme hängen. Das macht sie selten. Ich trinke den letzten Schluck, werfe die Plastikpulle auf die Straße und mache zischend die zweite auf. Ich stehe bei null, bei unter null.

»Was haben wir uns bloß gedacht?«, sage ich. »Gehen wir mal los Millionen scheffeln, eine gute Idee wird dafür schon reichen? Ziehen wir dem Sven mal ein Jackett an und dann sprudelt die Kohle! Scheiße! Wir sind Teenager, Jule, wir würden es vielleicht hinkriegen, ein Comicgeschäft in einem ehemaligen Kiosk zu eröffnen, drei Quadratmeter klein. Aber wir wollen Palm Grove bauen!«

»Du gibst schnell auf«, sagt sie.

»Pfffft«, mache ich, keinen Bock zu diskutieren, und lasse sie einfach stehen. Im Auto stecke ich das Bier in den Becherhalter, fahre los und frage Boris per SMS an der ersten roten Ampel, wo wir uns heute Abend mal treffen könnten. Kaum eine Ampel weiter kommt die Antwort: »Um acht bei frederick.«

Das ist ungewöhnlich. Frederick hält sich nicht gerne bei seiner Mutter und seinem Stiefvater daheim auf. Mir soll's recht sein. Hauptsache, wieder mit normalen Typen zusammen, die ein realistisches Bild von der Welt haben. Ich gebe Gas und freue mich darauf, zu Hause diese engen Klamotten abzuwerfen und in meine Trainingshose zu schlüpfen.

Das Haus von Fredericks Mutter liegt immer im Grau. Als würde es nie geputzt oder als hätte ein Künstler alle Zimmer genommen, auf Leinwand gezogen, mit einem Film aus Staub beschichtet und dann den Bleistift flach angesetzt, um bleierne Querstriche und Störkreisel über das Bild zu ziehen. Das Gebäude wurde in den Fünfzigern gebaut und steht in einem reinen Wohnviertel direkt neben dem Kolpinghaus, der bürgerlichsten aller bürgerlichen Gaststätten dieser Stadt. Die Hecken davor sind hoch und es hat einen Anbau mit Pool, den nie jemand nutzt, da er mit seinen kalten Fliesen und fremdartigen Messingbeschlägen, von denen eine künstliche Goldschicht abblättert, nicht wie ein Ort wirkt, an dem man sich wohlfühlen kann. Eher wie ein Ort, der einen so abstößt, dass man niemals von ihm geschluckt werden will. Ich kenne noch so einen Ort. Ich war darin.

Damit die Erinnerung nicht wieder hochkommt, presse ich gerade die scharfe Seite eines Flaschenöffners, so tief es geht, in meine linke Handfläche und konzentriere mich auf die laute Musik in Fredericks Zimmer. Auf dem Tisch steht eine Flasche teuren Whiskys neben einem Brett mit Salamistückchen. Ich habe alles aus dem Laden mitgehen lassen. In meinem Arm sitzt Debby, ihr Kopf auf meiner Brust und dem Herzen, ihre Hand auf meinem Oberschenkel. Sie ist augenscheinlich froh, dass wir uns endlich mal wieder sehen. Ich habe einen Harten, auch weil sie, wann immer sie nach etwas greift und den Arm zurücklegt, für eine Millisekunde absichtlich meinen Schritt streift.

»Das ist Bounty Killer«, erklärt Frederick, der aus seinem Zimmer alles Grau vertrieben hat, indem er die Wände mit Postern von Liveauftritten der härtesten Ragga- und Dancehall-DJs gepflastert hat. Ein

Heer von großen tiefschwarzen, meist jamaikanischen Männern, die anders als etwa Bob Marley grob und brutal aussehen. Sie wirken wie Schläger auf Crack, die sich bei jeder Zeile schon darauf freuen, zu Hause ihre Perle entweder durchzuvögeln oder zu vermöbeln. Oder beides.

Frederick nimmt die Flasche und zieht daran. Er sagt: »In Europa darf er kaum noch irgendwo auftreten, weil er ›schwulenfeindliche‹ Texte macht.« Frederick betont das »schwulenfeindlich« so, wie man redet, wenn sich jemand anstellt. »Das muss man sich mal vorstellen: Fünfhundert Fans wollen das Konzert sehen und die sagen es ab. Warum? Weil sich fünf Schwule beim Stadtrat beschweren. Wie kann das sein, Alter? Ist das freie Meinung, oder was? Die Opfer!«

»Ach, Frederick«, sagt Boris, genießt aber das Gelaber und dreht uns einen Blunt. Fredericks Eltern sind nicht da. Wobei man bei ihm ja niemals Eltern sagen darf, weil sein Stiefvater für ihn bloß »der Wichser« ist. Sein echter Vater verschwand, als er drei war. Seine Mutter hat ihm erzählt, er wäre einfach eines Tages weg gewesen, nur einen Zettel hätte er hinterlassen. Er könne nicht mehr, er sei tief unglücklich, er müsse jetzt an sich denken, nicht an sie oder sein Kind. Den Zettel hat Frederick niemals gesehen, seine Mutter hat ihn angeblich aus Wut verbrannt. Er weiß nur noch, dass sie mal zu einer Freundin am Küchentisch gesagt hat: »Wahrscheinlich ist er schwul geworden.« Frederick war damals noch zu jung, um zu wissen, was das heißt. Kurz darauf hat seine Mutter sich Gustav geholt. »Er will mich, er begehrt mich, *obwohl* ich ein Kind habe«, hat sie ihrer Freundin damals erzählt, das hat Frederick auch noch im Ohr und so hat sich Gustav auch immer verhalten. Er schenkte Frederick gerade so viel Aufmerksamkeit wie einem Haustier. Er fütterte ihn, brachte Spielzeug mit, warf es ihm hin, wollte dann seine Ruhe, um die Mutter vögeln zu können. Gustav, der Wichser.

Ich lasse mir von Frederick die Flasche geben, ziehe an dem unglaublich wohltuenden Whisky und nicke mit dem Kopf zu dem harten Ragga-Groove.

»Wir wollen nicht, dass der hier spielt. Er ist ein Hater«, äfft Frederick die Leute nach, die Auftritte verbieten. »Was heißt das schon, hä? Haben die eine Ahnung, die Opfer? Das ist Rastafarikultur, Mann! Nimm mal Capleton, den Hohepriester, wie manche ihn nennen. Er glaubt an die Kraft des ehrlichen Wortes und die natürliche Ordnung der Dinge, ja? Fire bun batty bwoy, das Feuer möge den Schwulen verbrennen. Das ist kein Aufruf zur Brandstiftung, das ist das Feuer Gottes. Gott kann das nämlich nicht ab, wenn alle immer nur rumhuren, und dann auch noch am gleichen Ufer. Die Opfer.«

»Und du hurst nicht rum?«, sagt Boris.

»Deswegen ficken die ganzen Priester die kleinen Jungs«, sage ich.

»Ja, das ist doch auch so was«, sagt Frederick und ist voll in seinem Element, »die sind alle voll triebgesteuert, die Schwuchteln! Also, so volle Pulle! Ich hab das gelesen, Mann, einundsechzig Prozent der Opfer bei Missbrauch sind Jungs. Die Täter? Neunundneunzig Prozent Männer! So, und jetzt überleg mal, wie wenige von allen Männern schwul sind. Da sagt doch die Mathematik, dass die warmen Brüder häufiger Kinder anpacken als andere, oder?«

»Frederick …«, sagt Debby jetzt, auch ein wenig tadelnd. Ich streichele ihr durchs Haar.

Frederick sagt: »Man wird ja wohl mal fragen dürfen. Ach nein, hab ich vergessen, darf man eben nicht mehr. Das verbieten die ja, die Opfer.«

Bounty Killer groovt, Boris hat den Blunt fertig, zündet ihn an und reicht ihn rum.

»Sagen deine Eltern eigentlich nichts, wenn die heimkommen? Die riechen das doch.«

»Meine Mutter sagt nichts, weil die das früher selbst gemacht hat. Und der Wichser hält sowieso die Schnauze.«

Ich zeige mit der qualmenden Tüte auf Frederick und sage, mit schmalen Augen Rauch ausstoßend: »Die haben Angst vor ihm.«

Frederick grinst: »Das kommt noch dazu!«

Ich gebe Debby die Tüte, sie zieht und legt dann ihren Kopf nach hinten, um mir Qualm in den Mund zu blasen. Ich lasse es zu, schließe die Lücke und lasse unsere Zungen einen Nebeltanz aufführen.

»Ich bin froh, dass du zurück bist, du Streber«, sagt Boris zu mir, als er den Joint annimmt. Er sieht Debby an: »Weißt du, was der Schwanz in den letzten Wochen gemacht hat?«

Debby sagt: »Ja, einen Job bei Erik angenommen. Find ich gut.«

»Der ist auch schwul«, sagt Frederick und kramt auf seiner Festplatte nach neuen Tracks.

»Das auch«, sagt Boris. »Aber noch mehr. Er versucht irgendwie, so 'n komisches Freizeitbadprojekt mit Palmen aufzuziehen, wie so 'n Scheißkarrierefuzzi. Für die Idee hat er mal einen Preis gewonnen, als er vierzehn war, weißt du, was ich meine?«

»Echt?«, fragt Debby und ich denke mir: Die kennen den alten Sven alle nicht.

Ich nicke. »Echt.«

»Und weißt du, wo unser Sven in letzter Zeit öfter hingefahren ist? Zu seinem alten Kinderfreund Max Sippel. «

»Was?«, hustet Frederick, der gerade mit Ziehen dran ist und auf einen Song des Hohepriesters in seiner iTunes-Liste klickt. »Zu dem Opfer?«

»Verfolgst du mich, oder was?«, sage ich und denke an den Typen, der genau das momentan mit meiner Schwester in Australien tut.

»Ich habe meine Augen überall«, sagt Boris. »Und wisst ihr, wer noch bei den Sparkassen-Sippels war? Unser Biogärtner Benjamin und die Streberin Jule!«

Debby löst sich sofort von meiner Brust, dreht sich um und sagt: »Was?« Ich weiß nicht, was sie hat. Ich weiß nur, dass es mich ankotzt, dass Boris mich beobachtet.

Ich schnauze ihn an: »Ey, hängst du im Busch, wenn ich irgendwo hingehe, oder was?« Ich stehe auf, Debby am Boden, Frederick am Rechner, Boris neben dem Tisch. »Scheiße! Ich dachte, ihr wärt nicht so falsche Schlangen!«

Debby klagt: »Wieso denn jetzt wir?«

Ich trete gegen den Tisch, die Flasche kippt, Boris fängt sie, ich bin schon aus der Tür. Debby kommt mir nach: »Hey, warte doch mal. Willst du mir nicht –«

»Ich muss dir gar nichts erklären!«, fahre ich sie an und fühle in dem Moment eine Wut auf die kleine, süße Serbin, die ich mir nicht erklären kann. Ich will es schon wieder zurücknehmen und sie trösten, besonders da sie gerade wie ein getretenes Häschen guckt, lasse es dann aber doch und verschwinde aus dem grauen Haus, die Tür schlagend.

Auf der Landstraße rüber in unseren Stadtteil habe ich Probleme, den Wagen gerade zu halten. Immerhin habe ich eine viertel Pulle Whisky, ein paar Bier, ein paar Züge von dem Blunt und die Grooves von den schwulenfeindlichen Ragga-Priestern im Schädel. Die Hälfte der Zeit fahre ich so, dass die Striche auf der Straße genau mittig unter dem Golf vorbeiziehen. Glaube ich jedenfalls. Die Bäume am Straßenrand, das Evangelische Krankenhaus, die Ampeln, es mischt sich alles.

Das habe ich jetzt davon. Meine neuen alten Freunde lasse ich bei diesem Beamten sitzen und meine alten neuen Freunde verleiten mich dazu, mir nach drei Wochen das erste Mal wieder den Schädel zuzuziehen, obwohl ich genau weiß, was ich *eigentlich* zu tun habe. Aber das ist es ja, *eigentlich*, ich kann nie das, was ich *eigentlich* soll, nur dass das Eigentlich, das jetzt gerade läuft, kein Tassenwegräum-Eigentlich, sondern ein Erpresser-bedroht-Schwester-Eigentlich ist. Ich schlage aufs Lenkrad und brülle, in meinem Player grooven keine schwulenfeindlichen Jamaikaner, sondern der schwulenfeindliche Bushido, dem Karel Gott, Johannes B. Kerner, Thomas Gottschalk und bald wohl auch noch Angela Merkel den Fame hinterhertragen. Es wird nicht lange dauern, da machen sie einen Film aus seinem Leben und er kriegt das Bundesverdienstkreuz. Er rappt: »Du bist ein Spast, isch fick disch und deine Homo-Gang/ du sagst, ich bin cool, weil du weißt, dass isch disch solo bang!«

Ein paar Minuten später fahre ich in unsere Straße ein, sie ist mir zu eng, ich schlickere ein wenig und bollere auf der Auffahrt zu unserer Garage eine Mülltonne um, die heute Morgen »dran gewesen« ist und die zwischenzeitlich von mir »rangezogen«, aber noch nicht komplett hinter ihrem Zäunchen eingeräumt wurde. Mit großem Gepolter knallt sie auf den Boden und kaum zwei Sekunden später steht mein Vater vor der Tür. Ich gucke auf die Uhr im Cockpit. Es ist erst 22.17 Uhr. Na toll. Vater reißt die Autotür auf und mir fehlt die Kraft, schon so schnell aus dem Sitz zu kommen. Das Erste, was ihm aus dem Auto neben meiner Alkohol- und Dopefahne entgegenschlägt, sind die asozialen Battle-Rap-Zeilen Bushidos: »Wer sucht jetzt Streit/ Schöneberg Nightride/ jetzt ist Drive-by, alle Opfer rennen, weil/ es geht um Fame Keck, du Schwuchtel, jetzt ist Payback!«

»Sven!«, rast mein Vater mit Feuer in den Augen. »Das darf doch wohl nicht wahr sein!« Er packt mich, zerrt mich aus dem Auto und stößt mich ins Haus. So grob ist er noch nie mit mir umgesprungen, so körperlich. Ich bin fast stolz auf ihn. Meine Mutter steht in ihrer ganzen leidvollen Hungerkostümchenfigur auf der Treppe und hält sich die Hände vor den Mund, die Ellbogen dabei an den Körper gepresst.

Vater brüllt: »Du fährst besoffen mit dem Auto?« Er stemmt mein rechtes Auge auf, ohne Rücksicht auf Verluste, es macht ganz leise »gliiiitsch«.

»Und Drogen hast du wahrscheinlich auch noch intus. Das kann doch nicht wahr sein! Rennst du wieder zu diesen Idioten zurück, und das jetzt, in dieser Situation?«

Ich taumele und sage: »Was meinst du?«

Er zögert einen Augenblick. »Ich meine dein Projekt. Palm Grove. Du hast wieder mit deinen alten Freunden zu tun. Baust dir was auf. Und jetzt das? Warum denn?«

»Weil es Schwachsinn ist«, keife ich ihn an. »Zehn Jahre Planung hat die Schwuchtel im Amt uns gesagt. Zehn Jahre, nur Planung!«

»Es geht eben nicht immer alles sofort!«, sagt Vater und ich merke, er würde mir am liebsten noch mehr wegnehmen, wenn er könnte, aber mein Zimmer ist technikfrei und Alkohol gibt es in diesem Land überall. »Und verdammte Scheiße, Amt«, sagt er, »als wenn du beim Amt gewesen wärst. In der Spielhalle oben im Gewerbegebiet warst du, nächtelang!«

Was?

Kann ich denn keinen Schritt … Ich denke den Gedanken nicht mal zu Ende, so dringlich muss ich schreien: »Du verfolgst mich auch? Na bravo. Warum zäunen wir Deutschland nicht direkt komplett ein als große Big-Brother-Fernsehshow mit mir in der Hauptrolle!«

Vater macht kurz Pause, er überlegt wohl, dass er das besser nicht hätte verraten sollen. Es geht gegen seine Prinzipien. Ich sage: »Ich war da oben, weil ich in der Internetbox mein Büro aufgemacht habe. Hier habe ich ja keinen Computer mehr. Du kannst Ines fragen, die Chefin!«

Vater sieht zur Seite. Er glaubt mir anscheinend, was das angeht. Ich sage: »Aber es ist okay, Dad, wirklich! Du hast recht gehabt, mir den Rechner wegzunehmen. Wenn ich zwei Euro die Stunde einwerfen muss, dann gucke ich mir nicht so viel Scheiße an.«

Er weiß nicht recht, was jetzt ist.

Es ist wohl unentschieden.

»Geh ins Bett«, sagt er.

»Jawohl, Sir«, sage ich.

DER BERÜHMTE AUTOR LECHNER

DER BERÜHMTE AUTOR LECHNER
DER BERÜHMTE AUTOR LECHNER
DER BERÜHMTE AUTOR LECHNER

»Mit Tomatensuppe verhält es sich wie mit Mozart-Einspielungen. Sie können Sie so oder so machen. Da liegen Welten zwischen Suppe und Suppe.«

Erik lächelt hinter der Salamitheke.

Herr Bollacher ist wieder da, tänzelt beim Sprechen, freut sich des Lebens. Erik hat heute Morgen die Stirn gerunzelt beim Blick auf die Längen der Salamis. Die fehlende Flasche Whisky hat er noch nicht bemerkt. Herr Bollacher führt aus, welche Mengen Rosmarin und Thymian und welche Tomatensorten nötig sind, damit eine Suppe zum Genuss wird. Ich trinke sehr starken Kaffee gegen den Kater.

»Bevor Sie die Suppe pürieren, fügen Sie der Crème fraîche noch einen Hauch Mandelmilch hinzu.« Herr Bollacher drückt vor den gespitzten Lippen Daumen und Zeigefinger zusammen. »Haben Sie das schon mal probiert? Exquisit!«

Ich reibe mir die Schläfen. Die Ladenglocke klingelt. Den Kunden, der jetzt reinkommt, muss dann wohl ich übernehmen. Ich strenge mich an, freundlich und ausgeschlafen auszusehen. Der Kunde ist mein Vater.

»Oh«, sage ich.

»Guten Morgen«, sagt er. »Ich brauche einen sehr süßen Wein, aber mit Stil. Können Sie mir da was empfehlen?«

Da ist sie wieder, die Freude, dass er da steht, in meinem Laden, trotz des Streits gestern Abend. Ich habe ihn wieder enttäuscht, besoffen die Mülltonne umgefahren. Aber jetzt steht er da, um zehn Uhr. Sonst schreibt er um die Zeit, gibt Interviews oder nimmt irgendwo in Zürich nach einer Tagung sein Frühstück im Ambassador-Hotel ein.

Ich gehe zu unserem Weinregal und ziehe eine Flasche heraus, ohne zu zögern. Ich halte sie ihm mit dem Etikett nach oben hin und sage: »Für stilvolle Süße empfehle ich australische Weine. Ich weiß, das ist ungewöhnlich, Down under ist nicht gerade für seine Winzerei berühmt. Aber in dieser Nische sind sie gut. Sie könnten auf Nummer sicher gehen und einfach einen Muskateller nehmen. Die Muscat d'Alexandrie ist eine gute Traube. Aber was ich Ihnen hier und heute empfehle, ist dieser Sherry hier. Gekeltert aus der spanischen Pedro-Ximenez-Traube, benannt nach einem Soldaten, der die Traube aus Holland in seine Heimat brachte. Dieser hier stammt allerdings tatsächlich aus einem Anbaugebiet in Australien, aus dem Grampians National Park in Victoria. Da schmecken Sie förmlich die unberührte Natur.«

Wow, wo habe ich das denn jetzt wieder hergenommen?

Mein Vater lächelt und sagt: »Können wir irgendwo ungestört reden?«

Ich sage: »Erik, ich gehe kurz mit meinem Vater ins Büro.«

»Das ist dein Vater?«, sagt Erik. »Der berühmte Autor? Herr Bollacher, schauen Sie, das ist Michael Lechner.«

Herrn Bollachers graue, borstige Augenbrauen schießen nach oben. »Der Lechner von *Lob des Kanons*?« Der alte Mann nimmt eine Hand meines Vaters und umschließt sie mit beiden Händen. »Es ist mir eine Ehre. Sie tun viel für unser Land, ich hoffe, das ist Ihnen klar?«

Mein Vater lächelt. Erik holt einen Fotoapparat und fragt doch tatsächlich: »Herr Lechner, nur ganz kurz. Meinen Sie, wir könnten ein Foto von Ihnen hier im Laden machen? Und wenn ja, dürfte ich das dann aufhängen, hinter der Kasse? Das wäre ganz großartig. Ich meine, ich bin wirklich nicht prominentengeil oder so, aber Sie und dieser Laden, ich meine, wir sind ja alle hier Feinschmecker, nicht wahr, und …«

Das darf doch nicht wahr sein! So habe ich meinen Chef ja noch nie erlebt. Er tänzelt devot wie eine aufgescheuchte Schwuchtel um meinen Vater herum, als wäre mein Dad George Clooney. Mein Vater lässt es sich gefallen, tut so, als ziere er sich, und sagt dann: »Na gut!«

Erik hüpft, Herr Bollacher schaut selig wie ein Pilger bei der Papstaudienz. Mein Vater postiert sich vor das Regal. »Einen Augenblick, ja, Sven?«

Er lächelt, er variiert seine Mimik, er macht ein Fotoshooting, hier im Laden, und ab morgen hängt er als Foto über der Kasse und sieht mir aus dem Rahmen über die Schulter. »Wenn Sie mögen, könnten wir überlegen, hier im Laden mal eine Lesung zu machen«, sagt Erik jetzt auch noch, während er meinen Dad fotografiert.

Mein Vater antwortet: »Ja, das wäre eine schöne Sache. Ich lobe den Bildungskanon und Sie stellen zwischendurch die besten Weine und Würste vor.«

»Sehr gut«, jauchzt Erik und hält affektiert eine Hand vor den Mund. »Aber ich frage mich: Kann ich Sie überhaupt bezahlen? Sie nehmen doch sicher hohe Gagen?«

Mein Vater winkt gönnerhaft ab. »Für Sie mache ich das gratis. Ist doch unsere Stadt. Außerdem, wissen Sie, Erik, mein Agent versucht mich gerade in ganz furchtbar vulgäre Dinge hineinzuquatschen, bloß weil sie lukrativ sind, Kooperationen mit der BILD und mit RTL. Wenn ich stattdessen gratis in einem Feinkostgeschäft auftrete, setze ich ein strategisch kluges Zeichen.«

Ich fasse das nicht.

Ich sage: »Vater, wollten wir nicht eben reden? Im Büro?«

»Ich bin doch sofort so weit. Nur noch eben die Lesung besprechen.«

Ich schlage mit voller Wucht gegen die alte, massive Kasse. Sie macht einen Ruck auf der Theke. »Fuck!«, brülle ich. »Warum ziehst du nicht gleich hier ein?«

Mein Vater erwidert, jetzt plötzlich ganz bei mir und als wären Erik und Herr Bollacher gar nicht im Raum: »Als du im Krankenhaus gearbeitet hast, hat es dich zu Recht gestört, dass ich niemals wirklich nachgeschaut habe, was du da treibst. Jetzt bringe ich mich ein und es ist dir auch nicht recht.«

»Du bringst dich ein?« Ich schnaufe. »Nach gutem Wein fragen und meine Kompetenz testen ist das eine. Aber jetzt machst du hier bald eine Lesung. Das ist mein Laden, verdammte Scheiße!«

»Äh«, will sich Erik einmischen, aber er hält die Klappe, als ich ihn mit dem Blick anfunkele, den ich auch bei Straßenschlägern benutze. Ich ziehe meine Schürze aus, die ich im Laden trage, werfe sie auf die Kasse und sage: »Wisst ihr was, der Laden gehört euch. Den Feinschmeckern. Leckt den Kanon an seinen dicken Eiern! Ich gehe zu McDonald's! Oder zu Trinkgut!«

»Sven ...«, höre ich meinen Vater noch sagen, aber ich bin schon draußen, links runter, um die Ecke, in die Nebenstraßen, schnell und hastig. An der Wand eines heruntergekommenen Kiosks lehne ich mich an. Die Mauer ist besprüht. Ein paar halb aufgerissene Sticker kleben daran, autonome Kämpfer in schwarzen Masken darauf, die ein Hakenkreuz zerschlagen. Daneben zwei wild geklebte Plakate von einer RnB-Party, eine schwarze Frau mit Knackarsch und dicken Titten. Mein Telefon surrt. Vater kann es nicht sein, um mich zurück in den Laden zu rufen und mich zur Rede zu stellen, denn der weiß ja gar nicht, dass ich längst ein neues Handy habe, wenn auch unfreiwillig. Ich ziehe es aus der Tasche und schaue auf ein Bild Linas, wie sie aus dem Meer steigt, das ja so nah an ihrem Haus ist, dass sie jederzeit an einem ganz normalen Schultag eine Runde hineinspringen kann. Sie trägt nur einen winzigen Bikini. Solche Fotos hat der Mann noch nie gemacht. Solche Fotos machen Männer nur aus einem Grund.

Unter dem Bild steht:

»deine schwester ist ein schoenes maedchen …«

Ich starre auf das Foto und die Unterzeile, als eine zweite Nachricht eingeht. Noch ein Foto von Lina beim Schwimmen, halb von hinten, ein Handtuch in der Hand, der Rücken ist frei vom Oberteilkördelchen, sie ist oben ohne. Darunter steht:

»deine geste neulich war putzig. aber 473,69 Euro in einem monat? soll das ein witz sein?«

Ich spüre, wie sich mein Magen umdreht und mir unter der Kopfhaut heiß wird. Ich schlage mit der Faust rückwärts gegen die Scheibe des Kiosks, warte nicht mal, bis mich die alte Frau hinter der Scheibe fragt, was ich will, und maule: »Ein Bier, schnell! Egal, welches!« Sie reicht mir eine Flasche geöffnet raus, ich knalle ihr zwei Euro in die Glasschale und trinke die Hälfte in einem Zug weg. Dann zücke ich den Touchpen und tippe, so schnell ich kann:

»du ratte! ich buche mir einen flug nach queensland und finde dich!«

Er antwortet:

»das wuerde ich merken. ich sehe alles. gehst du in die luft, geht deine schwester zu boden! ich habe meine leute in deiner naehe.«

Ich:

»und ich kriege dich, eines tages.«

Er:

»mach einfach weiter.«

Ich:

»ich verfluche die fotze deiner mutter, die dich rausgepresst hat!«

Es kommt keine Mail mehr zurück. Mein Herz rast. Ich ziehe das Bier leer, gehe zu meinem Wagen ein paar Straßen weiter, fahre zur Sparkasse. Auf meinem Konto sind gestern 75,52 Euro von Verkäufen auf Amazon eingegangen. Ich kritzele einen Überweisungsträger an das Konto des Erpressers fertig und gebe ihn am Schalter ab.

HÜHNER IM POOL

HÜHNER IM POOL
HÜHNER IM POOL
HÜHNER IM POOL

Der Schrei ist ohrenbetäubend. Ich habe so etwas noch niemals gehört. In Filmen, ja, aber nicht in der Wirklichkeit. Nicht um halb sieben morgens aus unserem Garten und nicht aus der schmalen Kehle meiner Mutter. Ich höre die Schritte meines Vaters in Richtung Terrassentür bumpern. Besorgt und panisch ruft er: »Britta, was ist denn?«

Ich versuche, mich zu orientieren. Mein Herz rast schon wieder. Gestern war Vater im Laden und ich habe die Schürze geworfen, dann sendete der Erpresser seine Scheißmails, abends haben Vater und ich uns ignoriert, ich habe im Laufe des Tages noch eine drittel Flasche Wodka getrunken, ganz still und heimlich hier unten im Zimmer, jetzt kleben meine Boxershorts, als ich die Decke zur Seite reiße, da ich anscheinend einen feuchten Traum gehabt habe. Mein Schädel brummt, ich ziehe mir die Trainingshose über und renne auf Socken die Treppe hinauf und durchs Wohnzimmer in den Garten. Ich sehe meine Eltern von hinten, mein Vater hält meine Mutter im Arm, wie er es seit Jahren nicht getan hat. Fest, umsorgend, es ist eigentlich schön zu sehen, aber der Grund dafür verschlägt mir den Atem.

Auf der Wasseroberfläche unseres Pools schwimmen vier tote Hühner, ihre Federn sind zerzaust und schmutzig und ihre Köpfe hängen wie Schlüsselanhänger an gebrochenen Hälsen. Das ist zu viel. Ich würge und schaffe gerade noch den einen Schritt raus auf die Terrasse, bevor ich mich übergebe und einen sauscharfen Brei aus Wodka und einer billigen Dönertasche auskotze, der mir in der Speiseröhre brennt und meine Schneidezähne verätzt. Meine Mutter schluchzt, mein Vater nimmt das Kotzen hin, weil es dieses Mal nicht nur vom Saufen kommt.

»Britta«, sagt er, »geh rein und ruf bitte die Polizei an. Ich melde die Sache gleich beim Amt, dass sie diese armen Tiere abholen.« Meine Mutter schluchzt noch einmal nach, ist aber froh über die Aufgabe, die sie von der Terrasse wegbringen soll. Ich winke mit dem linken Arm, mein Vater hilft mir auf.

Die saure Soße im Mundwinkel, röchele ich: »Keine Polizei, kein Amt!«

Mein Vater legt die Stirn in Falten: »Wieso nicht?«

»Ich weiß, wer das war.«

»Wie bitte? Britta, warte eben. Du weißt, wer das war? Wer?« Mein Vater tritt einen Schritt zurück. Ich konzentriere mich, damit es glaubwürdig klingt. Ich sage: »Wer genau, weiß ich nicht, aber ich denke, es war die Bahnhofsgang. Diese Typen, mit denen wir immer Stress haben, Boris, Frederick und ich.«

Mein Vater dreht sich einmal um die eigene Achse und klagt wieder in die Luft: »Natürlich! Das hatte ich ja vergessen, dass mein Sohn ganz selbstverständlich in Bandenkriege verwickelt ist.«

Ich sage: »Es ist schon länger her, dass wir denen auf die Füße getreten sind.«

Mein Vater zeigt auf den hühnerdurchsetzten Wasserspiegel. Das Schlimmste sind die gebrochenen Hälse. Wie die Köpfe locker auf dem Wasser wippen …

»Wohl nicht lange genug!«, brüllt er.

Ich muss mich beherrschen, um locker zu bleiben. Er hat keine Ahnung, was wirklich los ist. Seine Tochter wird bedroht und ich reiße mir den Arsch auf, um sie zu retten. Dann kommt er in Eriks Laden und nimmt ihn für sich ein. Lobt Palm Grove, sagt aber, die anderen würden alles alleine machen, und denkt, ich säße nicht wegen Arbeit in der Spielhalle. Er ist niemals im Feld, hat aber immer zu allem was zu sagen.

Ich erwidere: »Wenn wir diese Typen anzeigen, wird es schlimmer.«

»Und was willst du stattdessen machen? Es auf eure Art regeln? Fahrt ihr hin und schießt sie über den Haufen?«

»Verdammt, Vater, es *ist* bereits erledigt! Das da, diese Hühner, damit sind die mit uns quitt. Es ist vorbei.«

»Und das muss man sich gefallen lassen?«

»Ja, muss man. Die haben keine Angst vor Strafen. Glaub mir das, Vater, ich habe zwei Monate lang mit Schlimmeren zusammengehockt.«

Der war gut.

Meine Eltern hassen Anspielungen auf den Knast. Ihr Sohn ist niemals drin gewesen. Ich presse meine rechte Hand zusammen, damit meine Nägel ins Fleisch schneiden, denn die »Schlimmeren« wollen wieder in mein Bewusstsein steigen.

Mein Vater grummelt noch einen Augenblick, dann geht er zum Schuppen, holt ein großes Schöpfnetz und Gartenhandschuhe heraus und beginnt mit angewidertem Blick, die Hühnerleichen aus dem Wasser zu fischen. Ich helfe ihm dabei. Nach der zweiten Leiche muss er selber würgen, hält sich die Hand vor den Mund und sagt gurgelnd: »Augenblick. Klo!«

Er rennt ins Haus. Ein Gelehrter kotzt nicht einfach auf die Terrassenfliesen. Er ist kaum drinnen, als mein Telefon summt. Auf dem Display ist ein erschossenes Moorhuhn aus den Computerspielen abgebildet. Der Erpresser simst:

»na? warnung angekommen?«

Ich schaue ins Haus, ob Mutter und Vater zu sehen sind. Sind sie nicht. Der Mann ist zehntausend Kilometer entfernt und bei uns liegen die Hühner im Pool. Über das Display gebeugt, tippe ich schnell:

»angekommen. sende mehr geld, so schnell ich kann!!!«

Es demütigt mich, das zu schreiben, aber ich denke an Lina. Als damals unterm Zug ihre Beine brachen, sahen sie so ähnlich aus wie diese Hühnerhälse jetzt. Vater nähert sich wieder. Ich stecke schnell das Telefon weg.

»Komm, ich mach das zu Ende mit dem Rausfischen«, sagt er. »Hol du bitte so viele Mülltüten, wie du finden kannst, zum Einwickeln. Ich bringe sie zum Forstamt und behaupte, ich hätte sie so am Waldrand gefunden. Ein Jungenstreich, ein ganz böser.«

»Okay«, sage ich, gehe in den Schuppen, krame nach den Tüten und bin mit den Gedanken längst bei den Maßnahmen, die ich jetzt ergreifen muss. Mir kommt ein Gedanke.

Geht.

Kommt.

Geht.

Kommt.

Bleibt.

Wir verstauen die Hühner im Wagen, und kaum dass Vater weg ist, rufe ich Frederick an, um ihn zu fragen, ob er noch hat, was ich jetzt dringend benötige.

Am nächsten Morgen um halb fünf bin ich auf dem Weg nach Mühlbach. Das Dorf ist ein Ortsteil von Neuenstein in Hessen, das selbst nur dreitausendzweihundert Einwohner hat. Es liegt im Gebiet Knüllwald zwischen Schwalmstadt und Bad Hersfeld. Ich habe das alles ganz genau in der Spielhalle nachgesehen, bei Google Earth. Die Gegend ist ein Flickenteppich aus Wäldern, Bergen und winzigen verwinkelten Ortschaften, die pure Provinz. Es gibt dort Dutzende Möglichkeiten, sich zu verstecken, aber wenn man es auf die Autobahn schaffen will, ist die A7 direkt zugänglich. Bis zwei Uhr nachts habe ich mir den Plan in der schwarzen runden Spielhallenbox zurechtgelegt, dann bin ich los zu den Pendlerparkplätzen an der Auffahrt zur A3 in der Hoffnung, dort draußen noch ein paar unbenutzte parkende Autos vorzufinden. Sie waren da. Von einem alten Golf habe ich die Nummernschilder abgemacht und werde sie gleich bei der Ankunft auf einem Wanderparkplatz im Wald in die Plastikvorrichtung meines Wagens montieren. Im Handschuhfach liegt die Schreckschusspistole, die Frederick tatsächlich noch zu Hause hatte. Ich habe sie ihm für fünfzig Euro abgekauft, ohne zu sagen, was ich damit vorhabe. Sie sieht täuschend echt aus und ist einer Glock 20 nachempfunden. Über ein Kilo schwer liegt sie in der Hand, und wer sie einmal abgefeuert hat, weiß, dass sie genauso laut knallt wie ihr reales Vorbild. Man kann sich einreden, man hätte eine echte dabei, und das muss ich auch, denn ich werde heute Vormittag eine Bank überfallen.

Mein Herz setzt fast aus, wenn ich daran denke, wenn ich es mir im Geiste vorspreche: Ich, Sven Lechner, überfalle eine Bank.

Herr Ravens von der Stadt hat es ja empfohlen bei dem Gespräch über zehn Jahre Planung und bürokratische Hürden. Er hat gesagt, wer schnell an Geld kommen will, solle besser gleich eine Bank überfallen. Ich muss schnell an Geld kommen. Wer, wenn nicht ich, muss so dringend wie möglich an Geld kommen? Fotos von meiner halb nackten Schwester, Hühner mit gebrochenem Genick in unserem Pool. Der Arsch hat wirklich seine Leute, er spaßt nicht, er macht mir eine solche Scheißangst, dass ich am liebsten heulen würde, könnte ich mir das erlauben. Kann ich aber nicht. Der Wichser will Geld sehen, mehr als das lächerliche Gehalt aus dem Feinkostladen und die paar Euro aus Amazon-Marketplace-Verkäufen.

Ich bin nicht leichtsinnig, ich habe mir alles gut überlegt. Mühlbach ist so klein, dass das Personal der örtlichen Volksbank mit Sicherheit noch niemals einen Angriff erlebt hat. Sie haben keine Übung, sie werden sich in die Hosen machen. Die nächste Wache ist zehn Kilometer entfernt, die Polizei braucht eine Weile, selbst wenn die Bankleute sofort die Taste drücken. Ich kann auf die A7 fahren oder über die Landstraßen und Wirtschaftswege, mit dem Wagen und dann zu Fuß, je nach Situation. Die Gegend ist undurchdringlich, ich könnte mich tagelang im Knüllwald verstecken. Eine kleine Bank hat womöglich weniger Vorräte als eine große, aber in der großen sind die vielen Gelder so gut bewacht, dass man gerade mal an die Barkasse eines einzelnen Schalters kommt. In einer Provinzbank kommt man womöglich an alles, was da ist. Und gelingt diese Sache, tauche ich ab und wiederhole sie in einer anderen kleinen Bank, bis ich meine Schwester ausgelöst habe.

Danach können sie mit mir machen, was sie wollen, mich einsperren für fünfzehn Jahre, egal. Ich weiß, dass es keinen Rückweg mehr gibt, seit ich heute Morgen losgefahren bin. Meine Eltern werden denken, dass ich endgültig nicht mehr zu retten bin. Kiffer, Säufer, Schläger, Einbrecher und jetzt eben: Bankräuber. Sie müssen mich als Sohn verlieren, damit sie ihre Tochter behalten können. Und sie werden niemals wissen, warum das so war.

Um 7.30 Uhr komme ich an, fahre über den knirschenden Kies des verlassenen Wanderparkplatzes und wechsle die Kennzeichen. Die echten werfe ich in den Wald. Ich trage Handschuhe, schon jetzt. Ich atme noch einmal die frische Luft des Waldes ein und sehe mich um. Ich erkenne alles, ausnahmslos, als käme nun alles wieder, meine ganzen Sinne, mein Wissen, meine Talente, nur noch ein Mal, bevor ich für Jahre verschwinde. Ich erkenne Buchen, Fichten und Ahorn, Stendelwurz, Schachtelhalm, Besenginster und Wirbeldost, mir fällt alles wieder ein, ich kann sogar die Gerüche auseinanderhalten. Ich bleibe so stehen, für ein paar Sekunden, dann verabschiede ich mich, steige in den Wagen und fahre in das Dorf zu den Menschen in der Bank, die nichts ahnen.

Als ich den Raum betrete, haben sie gerade seit zwei Minuten geöffnet. Es ist noch kein Kunde da. So war es gedacht. Ich trage einen Rucksack, Handschuhe, eine Mütze und eine Sonnenbrille. Meine rechte Hand umkrampft die Kanone in meiner Jackentasche. Sie ist eiskalt. Meine Hand, nicht die Kanone. Mein Mund ist trocken. Ich bin kurz davor, mich vor Aufregung zu übergeben. Ich trete an den Schalter heran und warte noch eine Sekunde, bevor ich den Satz sage, den ich mir ausgedacht habe. Dann mache ich den Mund auf und schaue in das lächelnde Gesicht der jungen Angestellten.

Sie sagt: »Sven? Bist du das?«

All meine Pläne brechen zusammen und zersplittern in meinem Kopf. Durch die Splitter springt die Erinnerung daran, wer das ist. Janine. Sie war mit mir in einer Klasse, als ich noch auf dem Gymnasium war. Als wir fünfzehn waren, haben wir mal rumgemacht, auf einer Party, es war schon in der Zeit nach Linas Unfall. Janine war die Erste, der ich es mit der Zunge gemacht habe. Mein Gott, ich weiß, wie sich dieses Mädchen anfühlt, und jetzt sitzt sie da im kleinsten, verdammt noch mal unbedeutendsten Kaff dieses Landes, so weit weg von unserer Heimatstadt, hinter diesem Schalter! Das kann doch nicht wahr sein!

»Warum trägst du im Februar eine Sonnenbrille?«, fragt Janine. »Immer noch einer von den ganz Coolen?«

Ich nehme mit der linken Hand die Brille ab, da ich mit der rechten die Kanone festhalten muss, die mir sonst aus der wackeligen Jackentasche fällt.

»Hallo, Janine«, sage ich. »Was machst du denn hier in der Provinz?«

Sie hebt ihre rechte Hand und wackelt mit dem Ringfinger. »Bin meinem Mann gefolgt.«

Ach du Scheiße, Janine ist immer noch so jung wie ich und hat schon geheiratet. Es macht mir Angst, ekelt mich an und beeindruckt mich gleichzeitig.

»Und was machst du hier?«

Ich sage: »Ich war gerade auf der A7. Hatte Stau. Dachte mir, erledigst du ein paar Dinge, gehst du zur Bank.« Ich lege ihr meine EC-Karte hin, als mir einfällt, dass ich überhaupt kein Guthaben mehr auf dem Konto habe.

»Abheben?«, fragt sie.

»Einzahlen«, sage ich, nestele mit der linken Hand mein Portemonnaie aus der rechten Hosentasche und ziehe fünfundzwanzig Euro heraus.

Janine schmunzelt. Das sieht süß aus. Für einen Moment stelle ich mir vor, wir würden zu ihr nach Hause in ihre Ehewohnung gehen und ich würde das erste Mal nicht nur mit meiner Zunge in sie eindringen. Ich stelle mir vor, wie sie sich anfühlt und wie es wäre, es zu treiben mit einer Ehefrau, die noch keine zwanzig Jahre jung ist, während der Mann jederzeit heimkommen könnte. Ich muss schlucken. Ich habe einen Harten.

Sie fragt: »Du biegst von der A7 ab, um fünfundzwanzig Euro einzuzahlen?«

Ich sage: »Stau.«

Ist das peinlich.

Sie nimmt das Geld an und gibt mir eine Quittung. Es ist schließlich ihr Job.

»Was machst du?«, fragt sie.

»Ehrlich?«

»Ja.«

»Ich gründe gerade eine Firma, die Deutschlands zweites großes Indoortropenhaus bauen wird. Mit Kokospalmenplantage.«

Jetzt ist sie baff.

»Wirst schon sehen«, sage ich und schäme mich für diese Lüge. Ich werde gar nichts mehr bauen. Ich bin am Ende.

»Ich muss weiter«, sage ich und klopfe auf die Theke.

»Bis bald mal«, sagt sie und ich spüre sie noch eine Sekunde in der Fantasie in ihrem Ehebett. Dann rase ich, so schnell ich kann, zum Wanderparkplatz zurück, steige in den Wald und atme auf, als ich meine eigentlichen Kennzeichen noch finde. Ich tausche sie wieder aus, werfe die gestohlenen ins Unterholz, fahre auf die A7 und halte auf dem nächsten Rasthof an, weil ich was zu trinken brauche, Autofahren hin oder her. Ich pumpe Adrenalin, ich bin kurzatmig, ich wollte eine Bank überfallen und habe stattdessen fünfundzwanzig Euro aufs Konto eingezahlt. Ich war darauf eingestellt, in die letzte Straße meines Lebens einzubiegen, und wurde dabei unterbrochen, es fühlt sich an wie ein Koitus interruptus, ich bin fickerig und nervös. Ich setze mich in das Restaurant des Rasthofes und esse in knappen zehn Minuten eine komplette Trucker-Schweinshaxe mit Fettkruste und brauner Soße, Kartoffelklößen und Sauerkraut. Ich schlinge das Fleisch herunter, die Soße spritzt, ich kippe zur Haxe zwei große Köstritzer Schwarzbiere in mich rein. Eine dünne Mutter mit Armen wie Zweigen in einem Hosenanzug kleinster Größe schaut empört zu mir herüber und flüstert ihrer Tochter etwas zu, wahrscheinlich wie ekelhaft so etwas ist, so ein Fresssack wie ich, und dass sie niemals so werden darf. Die Tochter sieht süß aus, sie hat rosige und leicht runde Wangen, sie ist ein Kind, wie es sein soll, voller Unschuld, aber sie wird es nicht bleiben. Spätestens ab dem zehnten Lebensjahr wird sie ihrer magersüchtigen Mutter glauben, dass sie zu fett sei, und anfangen, sich nach dem Essen den Finger in den Hals zu stecken.

Mit den zwölf Euro neunzig für die Haxe und die zwei Bier bin ich endgültig pleite. Ich kann nicht vor und nicht zurück. Was soll ich tun? Einfach verschwinden? Ich kann mich nicht aus der Verantwortung stehlen. Nur ich kann Lina helfen. Selbst wenn ich jetzt da rausrennen und auf die Fahrbahn gehen würde, änderte das nichts an der Lage. »Mach weiter« hat der Erpresser neulich gesimst.

Mach weiter. Aber wie?

Ich bleibe sitzen. Ich schinde Zeit. Nur ein paar Minuten. Auf dem Tisch klemmt ein Prospekt in dem Plastikständer der Speisekarte. Ein Eisberg ist darauf abgebildet. Ich nehme mir das Papier zur Hand und lese, was draufsteht.

»Klimaneutral tanken.
Mit JET Klimabeitrag!

DIE TANKKARTE ZUM KLIMANEUTRALEN
AUTOFAHREN.
Einfach 100% CO2 ausgleichen. ARKTIK.«

Ich denke an die Bilder von der Eisbärmutter mit ihrem kleinen Baby auf der abtreibenden Scholle. An *das eine* Bild der Eisbärmutter auf der abtreibenden Scholle. Ich denke daran, was Boris mir mal erzählt hat: »Früher«, hat er gesagt, »da haben die Leute Ablassscheine von der Kirche gekauft, weißt du, was ich meine? Da gab es Papst Leo, das war voll der Zuhälter, Alter! Hat von den Ablassgebühren seinen Fun bezahlt. Hat seinen Hofnarren geprügelt, wenn er nicht witzig war. Hat gejagt, geangelt, wahrscheinlich auch gefickt ohne Ende. Der Typ war nicht mal gläubig, Alter. Die verarschen die Leute, das ist fast schon geil, oder? Weißt du, was ich meine?«

Ein Mann setzt sich an den Tisch neben meinen, ein Lkw-Fahrer. Er trägt eine Trainingshose und einen abgetragenen Kapuzenpulli vom Hamburger SV. Er stinkt säuerlich nach Schweiß. Haare wachsen ihm aus der Nase und den Ohren. Er hat zur Schweinshaxe einen großen Kaffee und ein Radler gewählt. Er schaut kurz zu mir rüber und schlägt dann seine BILD auf.

Ich öffne den Prospekt und versuche nebenher, einen Fetzen Schweinefleisch aus meinen Zähnen zu kriegen. Im Prospekt steht:

»AUTOFAHREN UND KLIMASCHUTZ?
Die neue ARKTIK-Karte macht's möglich: Autofahren und Klimaschutz schließen sich ab jetzt nicht mehr aus. Das Auto stehen zu lassen wäre natürlich für das Klima am besten. Aber wenn Sie das Auto brauchen, können Sie mit der ARKTIK-Karte jetzt aktiv Verantwortung für Ihre CO2-Emissionen übernehmen.

> Einfach mit der ARKTIK-Karte an der JET Tankstelle bezahlen. Die CO2-Emissionen der getankten Kraftstoffmenge werden dann automatisch und verbrauchsgenau von ARKTIK berechnet und ausgeglichen – zu 100 %.«

Der stinkende Lkw-Fahrer sagt: »Wahnsinn, was? Das machen Leute tatsächlich mit. Zahlen schon Ökosteuer wie bekloppt und machen das freiwillig mit.«

Ich schaue zu ihm rüber, verbrüdert durch meinen leer gefressenen Schweinshaxenteller und meine zwei ausgesoffenen Bierflaschen. Der Mann lacht, wobei etwas braune Soße aus seinem Mund spritzt. »Pass mal auf«, sagt er, »bald kannst du Waffen kaufen, mit denen die Abrüstung unterstützt wird. Oder Schokolade zum Abnehmen. Oder Bier, das sofort nüchtern macht.«

Er lacht jetzt laut und haut auf den Tisch. Die magersüchtige Karrieremutter steht endgültig auf und klaubt ihre Tasche zusammen, um mit ihrer süßen Tochter an einen Ort zu gehen, wo kultivierte Menschen hundert Gramm mageres Hühnchenfleisch mit Salatgarnitur essen und nicht beim Lachen mit Schweinesoße um sich spritzen.

Ich sehe den Lkw-Fahrer an und weiß, dass es nicht mehr nötig ist, länger Zeit zu schinden oder mir einen Tod auf der Autobahn zu wünschen. Ich kann weitermachen. Ich kann tatsächlich weitermachen! Ich schüttele den Kopf wie ein Fußballspieler, der nicht fassen kann, wie *gut* die Steilvorlage seines Mitspielers war, klopfe dem Mann auf die Schulter, sage »Gute Fahrt weiterhin!« und laufe zum Wagen. Das Tablett lasse ich stehen, den Prospekt nehme ich mit. Im Auto rufe ich Max an und frage, ob wir uns in vier Stunden in der Kellerzentrale treffen können.

Um siebzehn Uhr sitze ich mit Jule, Benjamin und Max im Keller und wedle mit dem Prospekt. Ich habe mich ein wenig vorbereitet – Löwen-Spielhalle an einem anderen Autohof, bloß ein Euro fünzig pro Stunde fürs Netz und Kaffee mit viel Milch und Zucker –, um überzeugender zu klingen, nachdem ich sie zwischenzeitlich wieder mal alle sitzen gelassen habe.

Ich sage: »Es ist alles ein großer Beschiss. Die Leute zahlen Millionen, um sich ein gutes Gewissen zu kaufen. Sie tanken Biosprit, aber dafür wird Mais und Raps ohne Ende angebaut, wo sonst Getreide wachsen würde. Ein Tank, ein Brot. Die Batterien für diese Hybridautos sind so giftig wegen des Nickels darin und das Nickel so schwer zu fördern und zu verarbeiten, dass ein Toyata Prius in dem Moment, wo er fertig ist, schon so viel Energie in der Herstellung verbraucht hat, dass er sie nie mehr mit seiner Spritersparnis wieder einfahren kann. Oder kennt ihr DDT, das Insektizid? Das wurde in den Sechzigern verboten, weil die Hippies und die Bevölkerung Druck machten, nachdem Umweltschützer geplärrt hatten, dass sich die Scheiße sogar im Fett toter Robben oben an den Polen wiedergefunden hat. Also wurde es von den großen Konzernen vom Markt genommen. Weil die Hippies im Westen es so wollten! Dumm nur, dass das Scheißzeug in Afrika und Asien die einzig gute Möglichkeit war, die Malaria zu bekämpfen. In Sri Lanka wurde bis Anfang der Sechziger fast niemand mehr infiziert, aber ab 1968 gab es zweieinhalb Millionen neue Fälle, weil DDT nicht mehr benutzt werden konnte. Wisst ihr, was ich meine? Die Hippies tanzten in Woodstock für ihre bessere Welt und den Umweltschutz und da unten verreckten die Neger, weil man ihnen den Mückenkiller weggenommen hatte.«

Jule sieht mich skeptisch an. Sie mag meinen Sarkasmus nicht, aber sie sagt: »Du warst fleißig.«

»Ja«, sage ich und rede direkt weiter, »und der Bankfritze neulich hatte ja recht. Der Energiebedarf für ein Gewächshaus, in dem man in Deutschland Kokospalmen züchtet, ist pervers hoch! Zumindest steht er in keinem Verhältnis zum Ertrag. Es ist viel umweltfreundlicher, die Nüsse aus Sri Lanka oder Australien hierherzufliegen.«

»Dann lassen wir es also?«, fragt Benjamin.

»Nein, wir machen es jetzt erst recht!«, sage ich.

»Wie?«

»Okay, die Wirklichkeit ist: Wir bauen eine Kokosplantage neben ein Tropenbad und beides verbraucht Energie wie die Sau, okay? Jeder, der da hingeht und ein bisschen überlegt, der weiß doch: Ich verschwende hier Energie, auch wenn die noch so schöne Vorträge für Schulklassen halten. Ich begehe Umweltsünden.«

»Ja.«

»Aber *wir* gehen hin und sagen den Leuten: Ihr verschwendet keine Energie, im Gegenteil! Der Besuch in diesem Bad ist klimaneutral. Und warum?«

Die drei schweigen.

Ich sage: »Wegen der Solarpaneele auf dem Dach! Und der Erdwärme. Wir beziehen alle Energie, die wir verbrauchen, aus Ökoquellen. Dafür gibt es nämlich Fördergelder. Ich habe das nur kurz überflogen im Netz und die Möglichkeiten sind mir förmlich entgegengesprungen. Man kann Firmen ins Boot holen. Solarworld zum Beispiel hat seit Jahren seinen Aktienkurs immer wieder verdoppelt. Die Regierung in Berlin unterstützt Firmen, die vorbildlich energiewirtschaften.«

Jule sagt: »Warum sind wir da nicht gleich drauf gekommen?« Sie überlegt, man sieht es ihren Augen an, dass eine Denkmaschine angesprungen ist.

»Aber jetzt kommt das Beste! Kokos in Deutschland anpflanzen ist eigentlich bescheuert, okay? Ineffizient. Verschwendung. Wir sagen aber: Leute, wer uns besucht, der pflanzt sogar *neue* Bäume! Ein Baum pro Besuch! Zwei Euro von jedem Eintrittsticket gehen nämlich direkt an den WWF oder wer sonst so die Regenwälder aufforstet.«

Benjamin sagt: »Der eine Baum pro Besuch hätte aber gar nicht erst gepflanzt werden müssen, würden wir nicht so viel Energie verschwenden.«

»Tun wir ja nicht, wenn wir Solarkraft benutzen.«

»Tun wir wohl, denn den gleichen Strom hätte man auch ins Netz einspeisen und für was anderes verwenden können.«

»Ich kann dir auch in die Fresse schlagen und dir dann ein Pflaster verkaufen.«

»Genau das meine ich.«

»Ja, aber das ist doch das Geniale! Die Leute werden uns das abkaufen! Die kaufen doch auch Volvic in Plastikflaschen, die aus Frankreich importiert werden, weil pro Liter Volvic in Afrika fünfzehn Liter Trinkwasser gespendet werden. Hätten sie Gerolsteiner Sprudel in Glasflaschen von nebenan gekauft und würde man das Geld von dem gar nicht erst hergestellten Franzosenwasser spenden, hätten die Afrikaner wahrscheinlich hundert Liter bekommen. So denkt aber keiner! Keiner! Und so machen wir das auch. Die Leute vergnügen sich bei uns und haben dabei das Gefühl, einen Baum zu pflanzen und die Welt zu retten.«

»Das ist fies«, sagt Benjamin.

»Ach, komm«, sage ich, »für die Umwelt ist es am Ende plus/minus null, denn wir machen ja Werbung für Solarenergie und wir geben den Menschen ein gutes Gefühl. Wahrscheinlich macht man mit einem iTunes-Download mehr kaputt.«

Max tippt irgendwas in seine Tabellen und wuschelt sich durchs Haar. »Wenn wir das so angehen«, sagt er, »dann brauchen wir einen Profi. Jemanden, der uns hilft. Der weiß, wie man an so Gelder kommt. Sven hat recht gehabt neulich, alleine schaffen wir das nicht.«

Benjamin sagt: »Wir brauchen einen, der Investoren ranholt und der weiß, wie man mit so einem Image Kohle macht.«

Jule klatscht in die Hände, denn sie ist wohl mit dem Überlegen fertig. »Ich weiß jemanden, ich kenne so einen!« Jetzt hüpft sie auf und ab wie Erik neulich im Laden, als mein Vater kam, aber bei ihr stört es mich nicht. »Stefan Grüngold. Ein Manager und Fundraiser, so heißen die. Schwirren überall herum, auf Klimakonferenzen, Zukunftskonferenzen, auf Feiern neben dem roten Teppich. Machen sich beliebt bei Politikern, Prominenten, Firmen. Treiben Gelder auf. Managen Kampagnen. Ich habe den mal interviewt, fürs Radio, in einem ganz anderen Zusammenhang. Da war er wegen einer Greenpeace-Kampagne da gewesen, ich weiß nicht mehr, was er dafür genau gemacht hat.«

»Super«, sage ich. »Hast du noch einen Kontakt von ihm?«

Jule überlegt. »Nein, aber … mach mal bitte Platz, Max.«

Sie setzt sich an den Rechner, öffnet den Browser – Max benutzt aus Trotz den Opera, weil den sonst keiner benutzt –, surft zu XING und loggt sich dort in ihr eigenes Profil ein. Es gibt ganz schön was her. Gutes Foto, straffer Lebenslauf und vor allem: Sie bezeichnet sich schon jetzt ganz selbstbewusst als »Journalistin für Radio und Print«.

Sie tippt »Stefan Grüngold« in die Suchmaske und findet schnell sein Profil. Er ist direkt mit ihr vernetzt, was kein Wunder ist, denn er ist wahrscheinlich mit jedem vernetzt, den er einmal getroffen hat und der ihm irgendwelche Vorteile bringen konnte, und sei es nur eine kleine, attraktive Nachwuchsjournalistin. Der Mann ist siebenunddreißig, sieht aus wie fünfundzwanzig und trägt auf seinem Profilbild ein bedrucktes T-Shirt unter einem teuren Jackett. Auf dem T-Shirt ist der Schriftzug von The Gossip zu erkennen. Sein Bart hat ein klares, streng geschnittenes Muster. Er gestikuliert auf dem Foto, sodass im Anschnitt noch ein wenig seine Uhr ins Bild ragt, der man auch als Laie ansieht, dass sie viel Geld kostet. Kennenlernen will er »Geschäftspartner, Medienpartner und inspirierende Menschen«, seine privaten Hobbys gibt er als »Golf, Motocross und Bergsteigen« an. Er liest Ernest Hemingway, Philip Roth und Paul Auster und verrät ungefragt, dass sich den Speicher seines iPods vor allem die Klassiker Beethoven und Bruckner sowie die modernen Filmmusikkomponisten John Williams, Danny Elfmann und Michael Giacchino teilen. Der Mann hat 12 475 bestätigte Kontakte.

Jule klickt und liest.

»Hier«, sagt sie, »in ein paar Tagen ist der Typ bei einer Tagung in Köln über Zukunftstrends. Da schnappen wir ihn uns.«

»Wir schnappen ihn uns?«

»Ja, klar. Ich bin Journalistin, ich habe einen Presseausweis. Ich sehe zu, dass ich noch eine zusätzliche Akkreditierung kriege. Wenn nicht, müssen wir als normale Besucher hin und Eintritt zahlen.« Sie klickt auf den Link zu der Tagung. Eine vollgepackte Seite öffnet sich. »Das kostet, Augenblick, Besucherticket … hundertfünfundzwanzig Euro pro Person.«

»Na toll«, sage ich, denke dann aber sofort an die Strandfotos meiner Schwester und die geknickten Hühnerhälse. Ich sage: »Schau, ob du die Tickets kriegst. So oder so.«

STEFAN GRÜNGOLD

STEFAN GRÜNGOLD
STEFAN GRÜNGOLD
STEFAN GRÜNGOLD

Jule musste tatsächlich für zweihundertfünfzig Euro Besuchertickets kaufen, als die Presseliste längst voll war. Das Geld hat sie vorgestreckt, da ich ihr mit rotem Kopf gestand, dass ich pleite bin. Den roten Kopf fand sie putzig, hat sie gesagt. Ich hole sie mit meinem Golf ab, das ist das Mindeste, habe ich gesagt, dass ich fahre. Sie gibt ihrem Vater einen Kuss, als sie aus dem Haus geht, einer modernen Villa, die Holger Gunesch selbst gestaltet hat. Schnell ist sie an der Beifahrertür und steigt ein. Ich lasse den Motor an. Mit dem Motor meldet sich auch meine Stereoanlage. Laut und asozial scheppert ein Track von Maskoe, einem Hamburger Türken, aus den Boxen: »Du denkst, du bist der Beste, doch du bist es nicht/ ich fick dich, wann und wo du willst, du Bitchgesicht/ Meth, Kokain, ich rapp dich schwindelig«. Ich drehe die Lautstärke auf null und schäme mich ungeahnt. Jule lässt sich nichts anmerken, zupft an ihrem Jäckchen und schaut aus dem Fenster. Wir fahren rauf zur A3.

Kurz vor der Ausfahrt hält sie es nicht mehr aus. Sie fragt, ganz ruhig und schmunzelnd: »Machst du das eigentlich?«

»Was?«

»Bitchgesichter ficken, wann und wo sie wollen?«

Ich antworte nicht und konzentriere mich darauf, korrekt auf die Autobahn aufzufahren. Ich muss abbremsen und einen polnischen Laster mit schmutzig gelben Planen vorlassen.

»Crystal Meth und Kokain nehmen?«

Ich fahre auf die Bahn und setze mich hinter den Polen.

»Und dann, voll drauf Droge, fickst du sicher noch mehr Bitchgesichter ...«

»Ach, Jule, komm, hör auf.«

»Ich frag ja nur ...«

Eine Weile blicken wir schweigend nach vorn.

Auf der Höhe von Hünxe sehen wir uns aus dem Augenwinkel an und müssen beide einfach nur loslachen.

Die Tagung »Alles wird besser? Perspektiven für ein anderes Morgen« findet in einem Tagungszentrum nahe dem Rhein statt. In einem zentralen, für tausendfünfhundert Leute bestuhlten Saal werden die Vorträge gehalten, doch nicht alle Besucher sitzen dort in den Reihen und hören zu. Viele schlendern an den Ständen von Firmen, Forschungsinstituten und Medienunternehmen vorbei, die sich in den kleineren Nebenräumen und auf den Fluren eingenistet haben, und die weitaus größte Menge quasselt, prostet und snackt sich durch ein Atrium aus weißem Marmor, das von einer Galerie aus Gängen im ersten und zweiten Stock umschlossen wird, an deren Geländer weitere Häppchenfresser stehen und zum Buffet hinuntersehen.

Ich gehöre auch zu den Häppchenfressern, bin froh, dass ich mein Jackett angezogen habe, und tunke gerade Riesengarnelen in ein Soßenschälchen, während ich auf einem riesigen Plakat die Namen der heutigen Redner lese: Bis vor einer Viertelstunde sprach Dr. Daniel Bussard vom Gottlieb-Duttweiler-Institut über »Chancen im Kampf um neue Werte« und benutzte dabei siebenunddreißig verschiedene, vollkommen unbegreifliche PowerPoint-Diagramme, um unterm Strich doch nichts anderes zu sagen, als dass die Menschen nachweislich wieder nach neuen Werten suchen. Jetzt steht er drüben am

Buffet, leckt sich Knoblauchdip von den Fingern und starrt dabei, ohne es zu merken, auf den kleinen Arsch einer TV-Praktikantin, die ein Headset um den Hals hängen hat. In zehn Minuten wird Prof. Dr. Jörn Joching ans Pult treten. Sein Vortrag heißt allen Ernstes: »Responsible Entrepreneurship – Wie wird Corporate Responsibility profitabel?« Ich spüre, dass Jule hinter mir steht, und schaue mir kurz über die Schulter. Sie hat nur ein kleines Wasser in der Hand.

»Guck mal«, sage ich, »das ist doch genau unser Thema. Wie kriegt man es hin, wie eine verantwortungsvolle Firma zu wirken und dabei doch Kohle wie die Sau zu machen?«

»Das steht da aber nicht«, sagt Jule.

»Natürlich steht das da«, sage ich.

»Musst du unbedingt Knoblauchzeug essen?«, fragt sie und ich finde es cool, dass wir hier stehen, in diesen Klamotten, vor diesem Plakat. Mir fällt auf, wie dezent sie geschminkt ist und wie geschickt sie ihre schmalen, fein geschwungenen Augenbrauen betont. Ihre Lippen haben einen ganz leichten Glanz, nicht so ein Glitzerglitzer wie bei Debby. Debbys Lippen sagen: »Ich bin verfügbar.« Jules Lippen sagen: »Der Weg zu mir ist lang und du musst dich anstrengen, aber wenn ich dich zu mir lasse, dann belohne ich dich, wie du es verdienst.« Sie sieht mich an, als bemerke sie etwas oder als wäre gerade wieder ganz leise eine alte Grauschicht von mir abgezogen worden wie in der Persil-Werbung. Dann nimmt sie sich eine Garnele mit Knoblauch von meinem Teller.

»Hey!«, sage ich und sie kichert, dann zeigt sie, das Krustentier halb im Mund, hektisch zu einem runden Tisch. »Da ist er!«

Ich folge ihrem Blick. Da steht Stefan Grüngold, stößt mit Sekt an und schäkert mit drei Damen, die alle diese Wichtig-Bändchen tragen, an deren Ende Plastikkarten auf Brusthöhe baumeln. Die Karten sagen: »Ich darf überallhin und kriege alles umsonst«, und sie scheinen mir der Grund zu sein, warum die meisten Menschen versuchen, etwas zu erreichen.

»Dann mal los«, sage ich und stelle den Teller ab. Ich habe mich bestens auf den Mann vorbereitet, nach meiner üblichen Internetmethode.

Jule geht vor. Sie sagt: »Herr Grüngold!« Sie sprudelt über vor gespielter Freude, als träfe sie eine alte Freundin wieder. Grüngold macht ein nicht minder euphorisches »Helfen Sie mir auf die Sprünge«-Gesicht.

Jule sagt: »Jule Gunesch, Radio K.W. Sie wissen noch, die Greenpeace-Reportage letzten Sommer!«

Grüngold schlägt sich spielerisch vor die Stirn: »Natürlich! Frau Gunesch, hallo! Machen Sie einen Bericht über die Tagung?«

»Ja«, lügt Jule, »aber es ist gut, dass ich Sie hier treffe, denn ich mache im Moment noch viel mehr. Das hier ist mein Kollege Sven Lechner.«

Ich gebe ihm die Hand und sage: »Nennen Sie mich Fanshawe.« Das ist eine Insideranspielung, die nur ein eingefleischter Fan der Romane von Paul Auster verstehen kann, der Grüngold ja laut seines XING-Profils ist. Er stutzt einen Moment und sieht wieder zu Jule. Die will anfangen, unser Anliegen darzulegen, aber ich denke, dass noch ein wenig Small Talk nötig ist, um unseren Freund warm zu machen. Oder besser gesagt: Strategie-Talk. Ich schaue mich im Raum um und sage: »Mal ehrlich, so gut die Shrimps auch sind. Manchmal denke ich mir, in der Zeit, die man hier verbringt und Vorträge über ›Responsible Entrepreneurship‹ mitschreibt, könnte man besser in Belluno klettern gehen.«

Grüngold zuckt mit dem Kopf. Er muss die Anspielung verstehen, schließlich hat er auf seiner eigenen Homepage präzisiert, was er auf XING nur angedeutet hat. Da steht bei den Hobbys »Bergsteigen« und dann in Klammern »vor allem Dolomiten: Civetta, Geislerspitzen, Lagorai«. Er reagiert aber nicht.

Ich gähne und sage: »Einmal noch die Eule besteigen, das würde mir mehr bringen als das Gequassel hier. Obwohl, dieses Responsibility-Ding, das beschäftigt uns auch.«

Jule braucht einen Moment, bevor sie begreift, dass sie an der Reihe ist. Dann steigt sie ein und beginnt in schnellen, klaren Sätzen unser

Vorhaben zu skizzieren. Sie schließt mit den Worten: »Nur den erfahrenen Fuchs, der unser kleines Rudel durch den wilden Wald führen kann, den haben wir noch nicht gefunden.«

Grüngold zeigt auf sich: »Und Sie wollen, dass ich dieser Fuchs bin?«

Statt das Offensichtliche zu antworten, ziehe ich unsere Mappe aus meiner Tasche, schlage sie auf und klappe die ansehnliche Zeichnung von Markus Wörle auf. Grüngold scheint beeindruckt. Ich sage: »Die Energieerzeugung erfolgt klimaneutral über Solarkraft und Erdwärme. Zwei Euro Aufpreis aufs Ticket und der WWF pflanzt für jeden Badbesuch einen Baum. Das wäre ein guter Slogan: Ein Bad, ein Baum!«

Grüngold grinst. Wir imponieren ihm wohl. Wahrscheinlich weil wir schnell auf den Punkt kommen und keine langen Präsentationen durch den Beamer jagen.

»Wir brauchen nur einen, der uns hilft, mit den Mächtigen zu sprechen. Dem sie zuhören. Wenn's was wird, ist es ein Riesengewinn für uns alle.« Ich glaube das sogar in dem Moment, wo ich es sage. Die Tatsache, dass ich das Geld für was ganz anderes brauche, ist fast komplett in den Hintergrund gedrängt. Ein Mann ruft durch die Raumlautsprecher aus, dass der Vortrag von Prof. Dr. Jörg Joching nun beginnt. Grüngold hört zu, überlegt eine Sekunde, schaut auf seine Uhr und sagt dann: »Gehen wir was trinken?«

Eine Stunde später haben wir in der Bar des nahe gelegenen Hyatt-Hotels bereits mehrere Drinks intus. Grüngold trinkt Jever, Jule ihr Wasser und ich jede Menge Kaffee, um zu betonen, dass ich ein Arbeitstier bin. Wir haben die Vision Palm Grove gemeinsam in die Luft gemalt und ich trinke einen Schluck und säge: »Ich stelle mir vor, wie ich abends kurz vorm Abschließen am Becken stehe, die Palmen in der künstlichen Brise, und vergesse, dass ich in Deutschland bin. Sanfter Wellengang, leise angetrieben … Der alte Mann und das Meer.« Ich seufze. Das war jetzt die Anspielung auf Hemingway.

Grüngold reagiert nicht darauf, Jule blättert zu den komplizierten Kalkulationstabellen von Max, um konkreter zu werden, und ich sage, die Ohren in der Lounge-Musik der Barboxen: »Hören Sie das? Wissen Sie, woran mich das erinnert? An den *Chicago*-Soundtrack von Danny Elfman.«

Grüngold fixiert mich mit den Augen, nickt nun langsam und stößt seinen Zeigefinger in der Luft rhythmisch in meine Richtung. »Jetzt verstehe ich das«, sagt er, »und ich frage mich schon die ganze Zeit, was Sie hier treiben.«

»Bitte?«

»Sie steigen überhaupt nicht auf Berge, richtig, Herr Lechner?« Ich schlucke. Jule sieht von der Mappe auf. Alter, nein, spring uns jetzt nicht ab. Grüngold steht auf und zieht sein Hemd lang. »Und ich wette, Sie haben keinen einzigen Ton von Danny Elfmans *Chicago* im Kopf, oder?«

»Ich, äh …«

Jule legt ihre Hand auf die Stirn.

Ich habe mir alles nur angelesen, um wie immer so tun zu können, als teile ich seine Interessen. Und Scheiße, ich bin aufgeflogen.

Grüngold sagt: »Mit welchem Song beginnt die CD?«

Ich weiß keine Antwort. Hätte ich mir die Tracklist angesehen, hätte ich es mir gemerkt. Ich muss bei den Vorbereitungen mehr in die Tiefe gehen.

»Ist mir entfallen«, sage ich und sehe uns beide nach Hause fahren. Wir können schon froh sein, wenn Grüngold uns nicht auf hundertfünfzig Euro Stundensatz verklagt, da wir ihm seine kostbare Lebenszeit gestohlen haben.

Er zeigt mit beiden Zeigefingern auf mich und sagt strahlend: »Weißt du, woran ich gemerkt habe, dass du bluffst?«

»Nein«, sage ich, den Kopf gesenkt.

»Du hast mein XING-Profil und meine Homepage gelesen. Und dann bei Wikipedia nachgeguckt. Du kennst nichts von dem, worüber du sprichst. Das ist das typische Nachguckwissen.«

»Woher wissen Sie das?«

Er lacht sich schlapp, setzt sich wieder in den Sessel und beugt sich vor: »Weil ich es selbst genauso mache!«

Jetzt horchen wir auf. Er nimmt einen dieser süßen, harten Gebäckklumpen von der Kaffeeuntertasse und sagt: »Ich verrate das sonst nicht, aber ihr seid mir sympathisch, also: Das ganze Zeug auf meinen Seiten da, was ich höre und was ich mache und lese, das stimmt doch gar nicht.«

»Was?«, sagen Jule und ich synchron und mir fällt auf, wie glatt und weich und fein ihre Wangenhaut ist.

Grüngold sagt: »Dieser Fanshawe, den du vorhin erwähntest, das ist eine Figur von Paul Auster, oder?«

Ich nicke.

»Und dann ist die Eule ein Berg in den Dolomiten?«

»Ja, sicher.«

»Ha!«, ruft er aus und klaut mir noch einen Süßklumpen.

Vielleicht ist er verrückt.

Er sagt: »Ich sollte mal wieder besser nachsehen, was ich zu mögen und tun behaupte. Sonst blamiere ich mich noch.«

»Aber warum schreiben Sie nicht rein, was Sie wirklich mögen?«, fragt Jule. »Profile sind doch dazu da, die Leute kennenzulernen.«

»Falsch!«, ruft Grüngold, froh, dass er uns was beibringen kann. »Wir sind in der Geschäftswelt tätig, Frau Gunesch. Wir verkaufen Produkte. Wir verkaufen Anteile. Wir verkaufen uns. Wir selbst gehören zum Produkt. Deswegen sollen die Leute uns gar nicht kennenlernen. Sie sollen unsere Version glauben!«

Ich sage: »Golf, Motocross und Bergsteigen sind eine gute Kombination.«

»Sicher«, sagt Grüngold. »Golf steht für geschäftliche Potenz und Bekanntschaft mit den Mächtigen. Motocross ist Jugendlichkeit und Feuer. Bergsteigen ist der Mut, langfristig Risiken einzugehen und an Projekten dranzubleiben, bis der Gipfel erreicht ist.«

»Und warum diese amerikanischen Schriftsteller?«

»Anspruchsvoll, aber nicht hölzern. Hohe Literatur, aber keine Schullektüre. Auster nimmt zehntausend Dollar für eine Lesung und schreibt auch Drehbücher.«

»Und die Musik? Beethoven, Bruckner, Elfman?«

»Von den Klassikern immer die finsteren und verrückten nehmen. Hollywoodkomponisten stehen für Glamour, sind selbst aber die Macher im Hintergrund.«

Jule kratzt sich am Kinn. Dass der Mann im Netz ein Bild von sich malt, das bei seinen Kunden gezielt Schlüsselreize aktivieren soll, scheint sie zu schockieren. Dabei hat sie mich doch in dieses Sakko gesteckt und gesagt, ich solle richtig sprechen lernen.

»Und was magst du wirklich?«, frage ich.

Grüngold schmunzelt verschlagen: »Ganz ehrlich?«

»Klar.«

»Den FC St. Pauli, ein kühles Bier, Stephen King und Eminem.«

Ich grinse wie ein Maulfrosch. Nach ein paar Sekunden der effektvollen Pause sage ich: »Okay, Stefan, dann frage ich dich jetzt: Willst du unser Paul sein?«

Jule versteht rein gar nichts mehr, aber dieser Grüngold und ich sind jetzt eins. Nachdem wir voneinander wissen, dass wir tatsächlich gleich ticken, stimmt die Chemie so sehr, dass ich hören kann, wie sich die Moleküle verbinden. Grüngold sagt: »Wenn die Bedingungen stimmen, ja. Ich will doch nicht, dass ihr euch ganz allein mit Steve Berman rumschlagen müsst.«

DIE KLEINE AG

DIE KLEINE AG
DIE KLEINE AG
DIE KLEINE AG

»Paul« ist der Manager von Eminem und Steve Berman ist sein Plattenboss. Auf jedem Album macht sich der Rapper einen Gag daraus, Anrufe von Paul oder Termine bei Steve Berman als kleine Hörspiele einzubauen. Meistens muss Paul seinem Klienten Eminem erklären, wer ihn jetzt schon wieder verklagen will und warum Steve Berman gerade außer sich ist. Paul gibt Rat, leitet ihn an und bekommt stellvertretend für ihn die Nervenzusammenbrüche, während »Em« einfach weiter das macht, was er will. Es ist köstlich, ich lache mich jedes Mal kaputt. In Wirklichkeit ist es sicher so, dass Eminem froh sein wird, seinen Manager und Berater zu haben.

Diese Zusammenhänge habe ich Jule auf der Rückfahrt von unserem erfolgreichen Besuch bei der Zukunftstagung ausführlich erklärt. Dann hatte ich meine Deutschrap-Playliste im Auto wieder laut aufgedreht, ein paar Crews ihre Angebersprüche reißen lassen und gesagt: »Siehst du, Jule, die machen auch nichts anderes als unser neuer Partner: Sie schaffen ein Image, das sie in ihrer Welt weiterbringt. Was dem Grüngold sein Hemingway und Bergsteigen, sind denen ihre Battle Raps.«

Mir ist also vollkommen klar, wo bald der Hase langlaufen wird, aber dennoch bin ich überrascht, als unsere ganze Gruppe nun mit Stefan – den wir fortan alle duzen dürfen – im Restaurant des Hotels Welcome an der Rheinpromenade unserer Stadt sitzt und er uns in aller Ruhe die Geschäftsbedingungen für eine langfristige Zusammenarbeit nennt. Die erste Bedingung haben wir sofort akzeptiert: Wir machen die kreative und logistische Arbeit am Projekt, er schafft die Investoren und Partner ran und bekommt dafür von allen eingehenden Geldern pauschal fünf Prozent für seine Arbeit. Die zweite Bedingung macht uns Angst, aber wir haben sie kommen sehen, denn sie ist eigentlich so selbstverständlich wie die Tatsache, dass man in keiner Liga einfach so Fußball spielen kann, wenn man keinen offiziellen Verein gegründet hat. Wir müssen eine richtige, eingetragene Firma werden.

»Also«, erklärt Stefan, »es gibt Personengesellschaften und Kapitalgesellschaften, okay? Weiß einer, was der Unterschied ist?«

Max zeigt auf. Er sitzt als zukünftiger Geschäftsmann an einem Tisch in einem Vier-Sterne-Hotel und zeigt auf wie ein Schuljunge. Jule tritt ihm auf den Fuß. Er sagt: »Bei einer Personengesellschaft haftet mindestens einer der Gründer mit seinem ganzen Geld für die Firma. Geht sie unter, kann er komplett mit untergehen.«

»Genau«, sagt Stefan.

»Bei einer Kapitalgesellschaft haftet man nur so viel, wie man auch eigenes Geld reingesteckt hat. Die gehört ja quasi den Aktionären. Habe ich nur eine Aktie von BMW, zum Beispiel, verliere ich weniger, als wenn ich Millionen Aktien habe.«

»So ist das«, sagt Stefan.

»Außerdem gibt's noch die GmbH«, fährt Max fort, der jetzt in seinem Element ist. »Das ist zwar im Prinzip eine Personengesellschaft, aber man haftet nicht mit seinem ganzen Privatvermögen, wie der Name schon sagt: beschränkte Haftung.«

»Ach«, sage ich, »ich dachte immer, das kommt von beschränkt. Wie gaga.«

Jule rollt mit den Augen. Es tut mir ja leid, ich bin nervös. Ich sitze hier und habe die Gründung einer Firma ins Rollen gebracht, obwohl ich gar keine Firma haben will. Ich will nur das Geld von Investoren. Fünfhunderttausend Euro. Was passiert, wenn ich die unterschlagen und an den Erpresser gesendet habe, weiß ich nicht. Ich weiß nur, dass Lina außer Gefahr sein wird, und das ist alles, was zählt.

Ich denke über die Sache mit den Aktien nach. Viele Leute kaufen so was, manchmal sogar von Firmen, bei denen sie gar nicht verstehen, was sie machen. Es spricht sich rum, dass sich eine Aktie angeblich »lohnt«, und dann springen Tausende von Menschen auf und kaufen. Wie viele machen wohl mit, wenn sie sich das Produkt sogar vorstellen können? Wenn es schön ist und die Welt verbessert? Solarworld-Aktien haben mal zwei Euro gekostet, jetzt sind sie fünfzig wert. Wer von seiner Firma Aktien bereitstellt, hat die ganze Welt als Geldgeber.

Ich sage: »Wir machen eine AG!«

»Was?« Jule scheint erschrocken.

»Das ist nicht unklug in diesem Fall«, sagt Stefan. »Ihr haftet nicht mit eurem Privatgeld und seid viel attraktiver für jeden Investor, von der großen Firma bis zum kleinen Anleger. Aktien sind ein Zaubermittel, um Kapital ranzuschaffen. Die Börse ist ein Spiel, Las Vegas, man setzt immer gern auf frische Pferde.«

Ich stelle mir vor, was wäre, wenn zehntausend Leute auch nur jeweils hundert Euro zahlen. Dann habe ich das Geld schon zusammen, selbst ohne Großinvestoren.

»Und wisst ihr, was noch ein Vorteil ist?«, fragt Stefan. »Ihr müsst einen Aufsichtsrat gründen. Das kennt ihr aus dem Fernsehen, das haben alle diese großen Firmen. Da sitzen dann oft Politiker drin oder Energiebosse oder andere einflussreiche Leute. Ihr wollt doch Hilfe haben, von der Politik, von Umweltfirmen. Also, dann bietet ihr den Politikern oder den Solarchefs einen Sitz in eurem Aufsichtsrat an. So läuft das. Man besetzt den Rat so, dass das Unternehmen in der Gesellschaft vorankommt. Und ich bin der, der die Leute heranschafft.«

»Klingt gut«, sage ich.

»Klingt korrupt«, sagt Jule.

»Man kann nicht *nicht* manipulieren«, sagt Stefan. »Mit jedem, den du dir ins Team holst, holst du dir ein ganzes Netzwerk ins Team. Also such dir besser die richtigen Leute aus.«

»Bei einer AG verwalten wir nur die Gelder und stecken nicht tief mit drin. Die Firma könnte weiterleben, selbst wenn wir aussteigen«, sage ich.

»Und den ganz normalen Mitarbeitern, vom Bademeister bis zum Palmenzüchter, könnt ihr Optionen auf eure Aktien anbieten, die kriegen die dann schneller als die anderen, ein Vorkaufsrecht. Den Mitarbeitern gehört Palm Grove dann zum Teil auch, und wenn es Gewinne macht, verdienen sie mehr Geld. Das motiviert.«

»Aber ist das nicht eine Nummer zu groß für uns?«, fragt Benjamin.

»Ihr gründet eine sogenannte Kleine AG, das ist in Deutschland erlaubt. Kann im Grunde jeder machen, selbst wenn er nur mit selbst gebauten Modellflugzeugen handelt. Kostet allerdings fünfzigtausend Euro, das ist das Mindestkapital.«

Ich denke daran, wie mein Vater immer am Telefon über Erziehung redet. Wie wichtig es sei, alle Kinder einzubinden, ihnen das Gefühl zu geben, dass ihnen die Schule gehört. Ich denke an die Nachrichten, die Talkshows. Das Schlimmste auf dieser Welt ist die Gier der Anleger, sagen sie da immer, wenn es um die Börse geht. Diese Gier kann mich retten, sie kann Lina retten.

»Die zahle ich, die fünfzigtausend Euro für die Gründung«, sage ich und blicke in überraschte Gesichter. »Ich überzeuge meinen Vater.«

»Das wird schwierig«, sagt Jule.

»Wieso?«, fragt Stefan.

»Na, weil …«

Ich zische. Jule verstummt.

»Sie mag meinen Vater nicht«, sage ich.

»Dein Vater ist doch dieser große Buchautor, richtig? *Lob des Kanons? Warum unsere Schüler Idioten werden?*«

Ich murmele.

»Ich bereite mich auch vor«, sagt Stefan.

Ich stemme mich auf. »Gut, dann gehe ich meinen alten Herrn jetzt überzeugen –«

Stefan hält mich am Ärmel: »Stopp, stopp, stopp, stopp, stopp … warte, eine Sache fehlt noch.«

»Was?«

»Ihr braucht ein Logo. Einen Firmennamen. Eine Webseite. Eine Grafik, die jeder sofort erkennt.«

»Macht mein Dad«, sagt Benjamin. »Hat er schon gesagt. Können wir ihm später bezahlen.«

»Am besten in Aktien«, sage ich.

Stefan lacht. »Okay, und, Leute, bitte, ihr braucht ein Firmengebäude. Wenigstens ein Büro.«

»Wir haben ein Büro«, sagt Max.

Stefan sieht ihn an wie ein Cop in *CSI: Miami* eine leicht debile Zeugin. »Max, wenn das hier gut anläuft, dann stehe ich schon in vierzehn Tagen mit den ersten Männern auf der Matte, denen die Scheinchen aus dem Koffer quellen. Das geht so schnell, da habt ihr noch nicht mal die AG fertig. Dieses Business besteht im Wesentlichen aus zwei Arten von Menschen. Den alten, verbrauchten Skeptikern, denen du gar nichts verkaufen kannst, und den jungen, hektischen Enthusiasten, denen du alles verkaufen kannst. Überzeuge sie, dass du den heißen Scheiß hast, das nächste große Ding, und sie setzen alles auf dich. Willst du, dass ich diese Leute in eine ›Firmenzentrale‹ führe, die ein Kellerkinderzimmer im Elternhaus ist, voll mit einer großen Spielesammlung und gerahmten Postern von *Need For Speed* und *Gran Turismo*?«

Stefan war noch nicht in Max' Keller. Er vermutet das alles nur. Wollte ich nur mal gesagt haben.

Max antwortet nicht und presst die Lippen zusammen.

Jule sagt: »Mein Vater …«

»Ja?«

»Er besitzt ein paar alte Wohnungen, die er vermietet. Eine steht leer, Altbau, zweihundert Quadratmeter. Vielleicht können wir die als Büro bekommen, erst mal.«

»Perfekt!«, sagt Stefan. »Altbau ist immer gut. Gib den feurigen Männern mit den Geldkoffern einen Altbau, ein paar gute Versprechen und einen Espresso aus dem Saeco-Automaten und alles ist gut!«

»Dann machen wir es also wirklich?«, frage ich. »Wir gründen eine Firma?«

»Die Palm Grove AG«, sagt Jule.

»Den hippsten neuen Start-up der Saison«, sagt unser Manager, Geldeintreiber und Imagekenner.

Die Kellnerin kommt und fragt, ob wir noch was möchten. Ich bestelle, ohne zu zögern, einen Espresso aus dem Saeco-Automaten.

FÜNFZIGTAUSEND EURO

FÜNFZIGTAUSEND EURO
FÜNFZIGTAUSEND EURO
FÜNFZIGTAUSEND EURO

Ich bin drin.

In Vaters Büro.

Das war schon lange nicht mehr so.

Das letzte Mal, dass er mich reinließ, endete es in einem furchtbaren Streit. Wenig später war ich in dem Loch, in dem ich nie gewesen bin. Jetzt stehen zwei Tassen auf seinem Schreibtisch und er liest sich unsere aktuelle Mappe durch. Markus Wörle hat ein Logo entworfen und Max hat die neue Aktiengesellschaftsform zu Papier gebracht. Seit wir in seinem kleinen Keller angefangen haben, ist es die zwölfte Auflage dieser Mappe. Sie wird immer besser. Es stecken sicher schon fünfhundert Stunden Arbeit darin, doch für mich bleibt sie nur ein Mittel zum Zweck. Ich darf daran nicht denken. Ich muss jetzt selber glauben, dass es Palm Grove wirklich geben wird, sonst glaubt mir mein Vater nichts. Auf seinem Schreibtisch liegen sieben verschiedene Bücherstapel, nach Themen sortiert. Außerdem eine Lage Papiere, beschwert mit einem flachen Tropfen aus schwerem Glas, in das eine goldene D-Mark-Münze eingegossen wurde. Er hat einen neuen Flachbildmonitor und ein neues Handy. Die Geschäfte laufen wohl gut.

»Eine Kleine AG?«, fragt er.

Ich nicke.

Ich habe meine besten Klamotten angezogen, ganz so, als würde ich zu einem Fremden gehen. Ich bin rasiert. Ich habe mir das gelbe Schmalz aus den Ohren gepult. Ich habe sogar meine verfluchten Zehennägel geschnitten, obwohl er es nicht sehen kann. Alles nur, um seine Tochter zu retten, wovon er nichts ahnt.

Er umfasst mit der Hand beide Wangen. Seine Bartstoppeln machen ein kratzendes Geräusch auf seiner Haut. »Du willst, dass ich dir fünfzigtausend Euro Startkapital gebe? Für eine Kleine AG?«

»Es können vielleicht auch Ludwig Sippel und Holger Gunesch was geben, das sind auch reiche Männer. Benjamins Vater hat nicht ganz so viel als Fotograf, dann wären es zwölftausend oder …«

»Tschh, tschh, tschh!« Mein Vater fuchtelt mit der Hand. »Es geht mir nicht um die Höhe der Summe, Sven. Die habe ich.«

Natürlich. Wie hätte ich daran je zweifeln können.

»Sven, du … es ist nicht lange her, da bist du hier«, er dreht sich in seinem Chefsessel und das alte Leder knirscht, »hier, direkt in der Nachbarschaft, in ein Haus eingebrochen. Du nimmst Drogen. Du musstest in Haft, weil du einen Vorgesetzten angegriffen hast, während deiner Sozialstunden. Erst vor ein paar Tagen hast du draußen die Tonne umgefahren, weil du besoffen warst. Eine Gang aus der Innenstadt wirft uns tote Hühner in den Pool.«

Ich greife mit meiner Hand über meinen Kopf und kratze mich am Rücken. Mein Vater muss das alles anbringen, aber er war es auch, der mir damals im Krankenhaus das alte Schulheft mit den Entwürfen gebracht hat. Er *kann* nichts dagegen haben. Er will nur sichergehen, dass ich das nicht versaue. Und ich weiß, dass ich es versauen muss.

»Wenn ich dir dieses Geld gebe, wenn ich dir das zutraue«, sagt er und ich nehme meine Hand von meinem Rücken, »dann nur unter zwei Bedingungen.«

Ich sage nichts, schenke ihm meine ganze Aufmerksamkeit, das merkt er, auch wenn er nicht weiß, warum ich so ganz Ohr bin.

»Erstens: keine Drogen mehr. Kein THC. Kein Alkohol. Gar nichts. Keinen einzigen Tropfen.«

Ich schlucke.

Augenblicklich wechseln sich auf meiner Zunge die Geschmäcker von Bier, Whisky und Wein ab, eisgekühlt. Das angenehme Schweben, das einsetzt, wenn ich ein paar intus habe, dieses Verwaschen der Gedanken, das im Zweifel immer sagt: Halb so schlimm, Alter, geht schon. Ich denke an das Telefon und die SMS, an die Fotos von Lina, an zehntausend Kilometer Hilflosigkeit.

Ich nicke.

Vater schließt die Augen.

»Zweitens: Du brichst den Kontakt mit Boris und Frederick ab. Vollständig.«

Als er das sagt, ist es anders als eben mit dem Alkohol. Ich habe kaum Szenen vor Augen, in denen ich mit den Jungs wirklich Spaß hatte. Es würde mir wohl leichter fallen, als nicht mehr zu saufen. Trotzdem kann ich jetzt nicht die Klappe halten und wehre mich: »Aber …«

Vater unterbindet jede Gegenrede: »Es ist entscheidend, was wir zu uns nehmen, Sven, das habe ich dir schon mal gesagt. Und ich habe dir auch gesagt, dass das nicht nur für Getränke und Alkohol, sondern auch für das Geistige gilt. Für unseren Umgang.« Er nimmt einen Schluck aus der Tasse, stellt sie langsam wieder ab. Heute hat er Zeit. Ich habe nicht das Gefühl, dass er auf die Uhr sieht, weil er gleich ein Telefoninterview geben muss.

»Ich war in der Spielhalle«, sagt er. »Ich habe diese Iris gefragt. Du hast wirklich da gearbeitet. Ich habe dir den Rechner trotzdem nicht wiedergegeben.«

Dieser Fuchs …

»Es kommt darauf an, was wir an uns ranlassen. Du hast bei Erik gearbeitet, du weißt besser, was ich meine, als du vielleicht denkst.«

»Dann sind wir uns einig?«, frage ich.

»Wenn du diese Bedingungen annimmst, ist das Geld morgen auf deinem Konto«, sagt mein Vater und fügt hinzu: »Dem neuen Betriebskonto der künftigen Palm Grove AG.«

Ich stehe auf und strecke ihm über den Schreibtisch die Hand entgegen. In dem Moment, als er sie greift und zudrückt, denke ich daran, dass ich ihn um sein Geld betrügen werde und er niemals erfahren wird, warum ich das getan habe. Jetzt bräuchte ich einen Drink. Aber das ist ja auch vorbei.

DER KUSS IM SPIEGEL

DER KUSS IM SPIEGEL
DER KUSS IM SPIEGEL
DER KUSS IM SPIEGEL

Zwei Wochen ist es jetzt her, dass mein Vater uns das Startkapital gegeben hat und auf meinem Konto tatsächlich ein Plus von fünfzigtausend Euro erschien. Ein Konto, das jetzt das Firmenkonto ist, was alle akzeptiert haben, aus Faulheit, aber auch aus Dankbarkeit. Die anderen Väter haben nichts gezahlt, weil sie statt Geld ihre Arbeitszeit zur Verfügung stellen. Markus Wörle als Designer, Holger Gunesch als Architekt und Ludwig Sippel als Finanzexperte für die betriebswirtschaftlichen Fragen, die so trocken sind wie Holzmehl. Holger Gunesch hat uns tatsächlich die Altbauwohnung zur Verfügung gestellt, mietfrei erst mal. Jetzt stehen hier die ersten Schreibtische und Regale, Computer und Telefone und an der Tür klebt das Firmenschild der Palm Grove AG. Die Möbel und Geräte sind auch von Jules Dad, ausgemustert aus dem Architekturbüro und aufgelösten Gewerbeobjekten. Es ist nicht neu, das Zeug, aber so gestellt, dass es einen »leicht verbrauchten Chic hat«, wie Stefan meinte. Die fünfzigtausend Euro sind abzüglich ein paar kleiner Startkosten immer noch auf meinem Konto. Der Grund dafür ist eine lange SMS, die ich dem Erpresser geschrieben hatte, kurz nachdem das Geld da war:

»gruende gerade eine firma. palm grove ag. habe manager. der findet investoren für uns. die sache wird laufen. habe 50 000 euro startkapital bekommen, die ich behalten muss, damit es anlaeuft. laeuft es an, kann ich alles bezahlen.«

Womöglich war es dumm, ihm das zu schreiben, aber er durfte nicht mehr denken, ich sei weiterhin pleite und brächte es nicht. »Beweise es«, schrieb er zurück, illustriert mit einem Foto von Lina, wie sie in der Dämmerung von einer Party heimkommt und die Haustür aufschließt. Ich scannte meinen Kontoauszug in einem Copyshop ein, machte einen Screenshot von meinem Onlinebanking und mailte diese JPGs über den großen Teich. Er akzeptierte. Er schrieb, wieder mal, wie ein elender, ruhiger Treiber in der Jagd:

»gut. mach weiter. «

Und ich mache.

Sitze an meinem Schreibtisch in unserem Firmenbüro und arbeite. Ich arbeite. Wie ein normaler Mensch. Ich nehme Kontakt mit möglichen Zulieferern auf, mit Palmenimporteuren und Poolbauern, mit Sanitärfirmen und Innenausstattern. Ich füge Teile zusammen. Auf meinem Rechner und auch an der Wand prangt Max' Projektplan, lauter komplexe Zeilen und Unterzeilen und Balken und Berechnungen. Ich schaffe Daten und Angebote ran, Rohstoffe und Möglichkeiten. Max rechnet den ganzen Tag und macht aus dem Rohstoff streng kalkulierte Gebilde. Ständig spricht er sich mit seinem Vater ab, um die Formalien zur Gründung der AG zu klären, die noch erledigt werden müssen. Benjamin pflegt die Webseite, die sein Vater in Zusammenarbeit mit einer befreundeten Desigerin gebaut hat. Und Jule tut den ganzen Tag etwas, was wir alle für vollkommen verrückt halten, was Stefan uns aber im Grunde befohlen hat. Sie telefoniert mit der Presse! Sie sendet Mitteilungen und Mappen an Redaktionen.

Sie soll erreichen, dass wir schon jetzt laut und öffentlich über das Projekt sprechen, obwohl wir noch rein gar nichts vorzuweisen haben außer einer Idee und einer Mappe, die mittlerweile fünfzehn Mal überarbeitet wurde.

Unsere Firma existiert offiziell immer noch nicht, weil die Bürokratie ihre Zeit braucht, und wir haben keinen Grund und Boden. Palm Grove ist eine Fiktion, aber genau *die* sollen wir verkaufen. Stefan hat uns das eingehämmert, wie Rumpelstilzchen ist er in dem Altbaubüro herumgesprungen und hat von Bill Gates erzählt, der Microsoft damals in einer Garage gründete, dort das erste Windows programmierte und bereits siebzig Prozent seines Budgets nur in die Werbung steckte, obwohl – und das hat Stefan ganz besonders laut betont, herausgebrüllt hat er es fast aus den halb offenen Altbaufenstern – obwohl Gates das Programm nicht mal *ansatzweise* fertig hatte. Der ganzen Welt hat er eingehämmert, dass Windows unser aller Leben revolutionieren würde, und als er es dann endlich herausgab, wollten es alle haben, weil es in ihren Köpfen schon seit Monaten existierte. So muss man arbeiten, hat Stefan gesagt, man muss so leben, als wäre die Zukunft schon da, dann zieht man sie an sich heran, wie an einem riesigen Angelhaken. Gut, habe ich mir gedacht, das klappt sicher super, wenn der Erfinder der Firma nicht in Wirklichkeit vorhat, alles Geld, sobald es reicht, so schnell wie möglich auf das Nummernkonto eines dreckigen Erpressers zu überweisen.

Unser Kaffeeautomat röchelt gerade, da stürmt Stefan durch die Tür, mit wehendem Jackett und einer Papprolle für Karten und Papierbögen unter dem Arm.

»Da ist es!«, sagt er und nimmt Max die gerade eingelaufene Tasse Kaffee vom Automatenbrett weg. »Lobet und preiset mich!«, sagt er und schlürft.

»Wir loben und preisen dich«, sage ich. »Was ist das?«

»Das, meine Lieben, ist unser Gelände, auf dem bald Palm Grove gebaut wird!«

»Waaaaasssss?« Wir stürzen auf und um ihn wie ein Schwarm Tauben. »Zeig her, zeig her!«

Er schüttelt uns ab, geht zu einem Zeichentisch und rollt den Plan aus. Er ist vom Katasteramt und entsprechend schwer zu lesen. Er legt eine normale Landkarte daneben. Wir suchen nach vertrauten Strukturen, aber wir finden nicht mal den Rhein. Benjamin begreift es als Erster: »Das ist ja gar nicht bei uns, hier im Kreis.«

»Nö«, sagt Stefan, »muss es auch nicht, oder?«

Das besagte Gelände liegt im Niemandsland zwischen Borken und Stadtlohn, nahe der Grenze zu Holland bei Winterswijk. Stefan sagt: »Ehemalige landwirtschaftliche Flächen. Industrielle Landwirtschaft. Großer Betrieb, ist pleitegegangen. Privatverkauf, das heißt, keine langen Verfahren, kein Tamtam. Kaufen, anfangen.«

»Einfach so?«, frage ich.

»Ja, sicher«, sagt Stefan.

»Aber muss man nicht trotzdem die Baugenehmigung bei der Stadt beantragen?«

Stefan sagt: »Ich hab bei der Stadt vorgefühlt. Die wollen das.«

Er grinst.

Das ist noch nicht alles.

Er zieht noch ein Papier aus seiner Papprolle. »Die hier wollen es allerdings auch ganz gern.« Ein anderer Ort, Harsewinkel, ich weiß nicht mal, wo das ist.

»Bezirksregierung Bielefeld«, sagt Stefan.

Jule sagt: »Ach sooooo! Du spielst sie gegeneinander aus! Du holst dir überall Angebote von Privatgeländen, lässt bei der Politik durchblicken, was du da bauen willst, und machst die Städte neidisch aufeinander.«

Stefan lacht sich in den Bart, trinkt einen Schluck an seinem Kaffeetässchen, pustet, ohne noch mal daran zu nippen, und sagt: »Städte sind wie Frauen. Sie hassen es, wenn man sie hetzt, aber noch mehr hassen sie es, wenn eine andere ihnen etwas vor der Nase wegschnappen könnte.« Jule will gegen dieses Klischee protestieren und hebt an, aber Stefan redet weiter: »Und wenn ihr dann morgen Abend im Fernsehen seid und gefragt werdet, wo Palm Grove entstehen soll, sagt ihr: Das ist noch nicht entschieden. Es könnte da sein oder da sein. Am liebsten wäre uns natürlich unsere Heimatstadt, die damals dafür einen Preis vergeben hat, aber wenn die nicht wollen …«

»*Wo* sind wir morgen Abend?«, frage ich. »Im Fernsehen?«

»*Lokalzeit* im WDR«, sagt Stefan. »Habe ich für euch klargemacht.« Jule hebt die Arme und zeigt zu ihrem Rechner, weil sie ja eigentlich die Pressearbeit macht.

»Nichts für ungut, Jule, ich war schneller«, sagt Stefan. »Ich kenne den Chef der Redaktion Duisburg. Die Story wird sein: Vier Teenager wollen es wissen – Visionen trotz Krise. Ihr versteht? Es stehen aber nur zwei im Studio. Ich habe Sven und Jule angemeldet.«

Wir verstehen zwar, aber wir sind überwältigt und überrannt. Stefan ist allerdings schon wieder halb raus. Sein Handy klingelt. Er schaut flüchtig drauf. Wir sind nicht seine einzigen Klienten. »Ich schicke euch gleich die genauen Infos. Gut vorbereiten! Denkt dran: Gut drauf statt Krise. Junge Unternehmer. Das ist die Story!«

»Aber …«

»Bis morgen!«

Weg ist er.

Max zieht sich einen neuen Kaffee, ganz unaufgeregt und ruhig. Wir schauen zu, wie die schwarze Soße aus der Maschine gepresst wird. Er dreht den Kopf. »Ja, was?«, sagt er. »Ich bin ganz ruhig. Ich muss nicht ins Fernsehen.«

»So, und jetzt pudern wir Sie noch ein bisschen«, sagt die Frau in der Maske des WDR-Lokalstudios. Der Raum ist klein, ein Stuhl vor dem beleuchteten Spiegel, ein Tisch mit zwei weiteren Sitzgelegenheiten zum Warten an der Wand, ein paar Flaschen Wasser und Limo sowie ein kleines Schälchen mit Schokoriegeln und Obst darauf. Die Make-up-Frau wirkt sehr jugendlich, obwohl sie sicher zehn, fünfzehn Jahre älter ist als ich. Ich beobachte die feinen Härchen neben dem schwarzen Uhrenarmband an ihrem Handgelenk, während sie mir mit einem Schwämmchen den Puder aufträgt. Das vorsichtige, zarte Tupfen fühlt sich gut an und ich stelle mir vor, Jule würde das bei mir machen, während ich sie hinter mir im Spiegel beobachte. Sie steht neben dem Knabbertisch, bereits fertig, und streicht sich gerade ein Haar aus der Stirn. Sie trägt eine Art Sweaterjacke, eine teure, sie ist geöffnet, und folgt man den beiden Hälften des Reißverschlusses mit den Augen, streift man ihre Brüste unter einem T-Shirt, das eine halbe Nummer zu klein für sie zu sein scheint. Es sitzt perfekt, aber es unterstreicht auch ihre Formen. Überhaupt hat Jule eine atemberaubende Figur, sie ist kein gerader Strich in der Landschaft wie diese hungernden Laufstegmodels, die alle wie drogensüchtige kleine Jungs aussehen, sondern sie hat eine Taille und ein richtiges Becken, eine Sanduhrfigur, wie man so sagt, Rundungen, so haben Künstler früher die Frauen gemalt und auch mir fällt das erst jetzt auf, weil sie wie ein Bild in dem Garderobenspiegel steht, gerahmt vom Spotlight der großen Glühbirnen.

Das Studio, in dem jeden Tag die *Lokalzeit* live ausgestrahlt wird, ist nicht einmal sehr groß, aber vollgestopft mit Technik. Vom Moderatorentisch bis zu den drei Stühlen hinter den Kameras, in denen man auf seinen Einsatz wartet, sind es nur ein paar Schritte. Der Tisch ist von drei Kameras umringt, damit der Regisseur während einer längeren Gesprächsszene immer mal die Einstellung wechseln kann. Es ist wichtig, dass man in den Medien sehr flexibel die Einstellung wechselt, sonst setzt man sich nicht durch. An der Decke des kleinen Raumes hängen vierundfünfzig Leuchter, ich erkenne das an den weißen Beschriftungen, die auf ihren schwarzen Gehäusen kleben. Die Decke dürfte teurer sein als der Fuhrpark von Hugh Hefner. Der Moderator ist groß, sportlich und in einen dunkelblauen Mittelklasseanzug gekleidet, seine ersten grauen Strähnen trägt er anscheinend mit Stolz, seine Uhr schiebt er immer mal wieder unauffällig aus dem Ärmel hervor.

»So, Sie beide stehen hier mittig an dieser Markierung«, erklärt er und ein Assistent zeigt uns das rote Klebeband an der hinteren Seite des ovalen Tisches. »Wenn hier ein Gast alleine steht, sagen wir immer ›Gürtelschnalle genau vor die Marke‹, aber da Sie zu zweit sind, sehen Sie einfach zu, dass die Markierung exakt zwischen Ihnen ist.«

Solche Anweisungen machen mich nervös. Sie erinnern mich daran, dass ich hier wirklich in einem Fernsehstudio bin und dass das Interview gleich live und ungeschnitten ins Land rausgehen wird. Die Kameras glotzen mich mit ihren tiefschwarzen Glasaugen an. Meine Haut will Schweißtropfen durch die frische Puderschicht schicken. Wir machen Tippelschritte, um unsere Position zu korrigieren.

»Stopp, das bitte merken!«, sagt der Assistent und ich spüre plötzlich, wie zarte, aber selbstsichere Finger in meine greifen und mir Wärme geben. Jule hält hinter dem Pult meine Hand. Ich schlucke. Etwas drückt von unten gegen meine Kehle. Sie lächelt. Sie streichelt mir mit dem Daumen über meinen Handrücken. Ich atme so schwer ein, wie man einatmet, wenn in Sekunden der Schwanz hart wird, das Herz rast und man völlig überraschend einen Vorfreudetropfen spürt. Was habe ich nicht schon alles mit Debby gemacht oder mit irgendwelchen anderen Frauen. Und jetzt so was, bloß wegen Händchenhalten?

Mein Schnaufen dröhnt durch die internen Studioboxen, denn mein Kragenmikrofon ist eingeschaltet. Es knackt in der Box und der Regisseur, der in einem anderen Raum sitzt und den wir nicht sehen können, fragt: »Herr Lechner, alles klar bei Ihnen?«

»J-j-j … ja«, rasple ich.

»Ganz ruhig bleiben, ist nur Fernsehen.«

Es knackt wieder. Funk beendet.

»Okay«, sagt der Moderator, »Sie können jetzt Pause machen. In der Sendung gleich kommt erst der Bericht über den Intendantenwechsel am Theater, dann Vorbereitungen auf die Kulturhauptstadt nächstes Jahr und dann Sie.«

Jule sagt »Gut« und streicht mir über die Stirn, mit den Augen auf meinem Puder. »Wir sollten vielleicht noch mal kurz in der Garderobe nachpudern, oder? Es glitzert schon wieder.«

Wir verlassen das Studio und gehen zur Garderobentür, Hand in Hand. Die Make-up-Frau ist nicht da, weil wir ja fertig sind. Jule schließt die Tür. Die Glühlampen des Garderobenspiegels brennen noch. Ich denke daran, was ich mal über diese Lippen gedacht habe. Dass sie nicht so einfach verfügbar sind und gerade deshalb so reizvoll. Dass alles an dieser Frau sagt, du musst mich erst verdienen, mein Kleiner. Ich schlucke. Wir sehen uns an.

Dann rahmt der leuchtende Spiegel den Kuss zweier Menschen, von denen mindestens einer eine Woge in sich spürt, die er in dieser Wucht noch bei keinem Bügelraumsex, keinem Autosex, keinem Rausch und keiner Schlägerei gespürt hat. Und dieser Mensch – Exknacki, Trinker, Kleinkrimineller, Hooligan – sagt, als Jule so langsam ihre Lippen löst, dass seine jeden Nanometer Kontakt, der noch bleibt, bis in die Millisekunden auskosten, am Ende, ohne dass er es steuern könnte, wie ein Pilger, der den Segen persönlich empfangen hat, atemlos und leise: »Danke.«

In ihrem Lächeln, das daraufhin folgt, meint er für den Bruchteil einer Sekunde so etwas wie einen Triumph aufblitzen zu sehen, aber das bildet er sich bestimmt ein, denn so ein Gefühl passt nicht hierher, denn er war für sie nicht schwer zu erobern. Erst auf dem Weg ins Studio schlüpfe ich wieder in diesen jungen Mann, in mich, hinein. Was gerade geschehen ist, muss ich unbedingt festhalten, auch wenn ich es nicht begreife.

8.05, 8.04, 8.03 … Noch acht Minuten Sendung sind übrig, wenn unser Interview losgeht, und die große digitale Uhr zeigt dem Moderator und uns auf die Sekunde genau an, wann wir drauf sind. Wir stehen mittig am roten Klebeband und wir wissen, dass wir beim Sprechen den Moderator und niemals die Kamera ansehen sollen. Die Kamera ist gar nicht da. Nur wir, die Macher von Palm Grove, die vor zwanzig Minuten in der Maske geknutscht haben, was sich für mich aufregender anfühlte, als hätte ich da drinnen gekokst und danach die Make-up-Frau auf dem Tisch von hinten genommen. Stattdessen: Händchen, streichelnder Daumen, Zungenkuss, Explosion.

Wir sind drauf. Der Moderator, der bei seinem Kartentext noch in die Kamera sehen darf, sagt: »Wirtschaftskrise, Stellenabbau, Umweltzerstörung. Die Welt muss heute gerade jungen Leuten als unfreundlicher Ort erscheinen, ein Ort ohne große Hoffnung auf eine bessere Zukunft für sich und andere. Doch halt: Da gibt es tatsächlich ein paar Neunzehnjährige aus Wesel, die sich vorgenommen haben, mitten auf der grünen Wiese eine Tropenwelt mit Kokosplantage zu bauen, komplett solarbetrieben und nicht nur als überdachter Ballermann für Poolpartys, sondern auch als Vorführort für Umweltpädagogik.« Jetzt dreht der Moderator sich zu uns um und sagt: »Zwei der Gründer der Palm Grove AG sind heute bei uns, Jule Gunesch und Sven Lechner. Herr Lechner, Palm Grove war Ihre Idee, Sie haben schon als Vierzehnjähriger mit dem Projekt angefangen, und wie ich höre, steckte schon damals auch die Idee darin, die Menschen für die Umwelt zu sensibilisieren.«

»Ja. Besonders die Kinder.«

»Sie sind der Sohn des bekannten Exinternatsleiters und Buchautors Michael Lechner. Daher vielleicht die pädagogischen Gene?«

Damit habe ich gerechnet. Da ist er wieder, mein Vater. Ich sage halbherzig: »Womöglich.« Mein Lächeln muss gezwungen aussehen.

»Sie haben für Ihr Konzept 2003 einen Preis für die beste Stadtentwicklungsidee bekommen. Warum ist nicht schon damals etwas draus geworden?«

Das kann ich leichter beantworten: »Nun, wie Sie schon sagen, ich war vierzehn und nicht geschäftsfähig, und die Stadt vergibt zwar gerne Preise, aber sie hat natürlich keine Millionen in der Tasche, um sie mal eben so umzusetzen.«

»Und Sie haben?«

»Nein, aber wir haben Designer und Architekten und Finanzleute, ein tolles Team. Und wir sind gerade auf der Suche nach Investoren, wobei man sagen muss: Jeder kann sich an Palm Grove beteiligen. Wir geben schon bald Aktien aus.«

»Sie haben eine Kleine AG daraus gemacht?«

»Genau. Es ist wichtig, dass man die Leute einbindet«, sage ich und gebe fast dem Impuls nach, in die Kamera zu schauen, da mein Vater zu Hause live zusieht. Immerhin wurde er vom Moderator bereits ins Spiel gebracht. Ich spüre, wie ich diese Möglichkeit nutzen will, um ihn stolz zu machen, vor allem da er mir einen Fünfzigtausendeurovertrauensvorschuss gegeben hat. Mir kommt eine Idee.

Ich sage: »Wir werden auch Patenschaften für jede einzelne Palme vergeben, die in der Plantage wächst. Sie müssen wissen: Bis die Cocos nucifera tatsächlich ihre Früchte ausbildet, dauert es ganze fünfzehn Jahre. Wer jetzt eine Patenschaft übernimmt, kann seine Palme den Rest seines Lebens lang wachsen sehen. Oder seinem neugeborenen Kind eine Patenschaft schenken.«

Jule sieht mich überrascht an. Das haben wir nie besprochen. Es scheint ihr aber zu gefallen.

Ich sage: »Das ganze Projekt, mit der klimafreundlichen Energieerzeugung, den Palmenpatenschaften und dem Bezug zu den subtropischen Gebieten in Südostasien und Australien, soll ein Gefühl dafür wecken, was für Paradiese wir auf dieser Erde noch haben und dass wir sie beschützen müssen.« Das klang jetzt vielleicht pathetisch, aber ich habe es so gemeint. Vielleicht sollte ich Jule auch mal was sagen lassen. Na ja, der Moderator wird sie sicherlich gleich ansprechen. Er hebt schon die Stimme. »Patenschaften für Palmen, sensibler Umgang mit der Natur. Das klingt gut, Herr Lechner. Sie wollen das mit dem Geld von Investoren umsetzen, auch von Kleinaktionären?«

»Ja, wie gesagt …«

»Dann muss ich Sie allerdings fragen, wie Sie, Sohn des wohl bekanntesten Autors über Erziehung und Bildung, das Vertrauen der Leute wecken wollen, wenn man bedenkt, dass Sie erst vor drei Monaten wegen Körperverletzung im Gefängnis saßen.«

Jule verliert augenblicklich alle Körperspannung. Ich glaube, nicht richtig gehört zu haben. Ein Amboss rammt sich in meinen Magen. Niemand wusste bisher davon. Niemand. Vater hat dafür gesorgt, dass die Gefängnisleitung Stillschweigen bewahrt. Die anderen Gefangenen kannten nicht mal meinen echten Namen. Ich weiß nicht, wie die Typen es hier herausgefunden haben. Ich denke daran, dass mein Vater jetzt zu Hause vor dem Fernseher steht. Wahrscheinlich steht er da gar nicht mehr und ist längst ins Büro an sein Telefon gehastet, um seinen Agenten anzurufen.

»Es ist nur eine Frage«, sagt der Moderator gespielt unschuldig.

Jule sagt: »Jeder von uns hat in seinem Leben mal etwas Dummes getan.«

Der Moderator lacht: »Ja, gute Frau, damals, in seiner Jugend. Aber das hier *ist* doch Ihre Jugend.«

Wir sind live drauf. Ich weiß, dass nichts geschnitten werden kann und dass alles, was ich jetzt tue, sofort gesendet wird. Aber ich kann nicht anders. Ich trete einen Schritt von der roten Markierung weg und sage, vollständig von dem alten Sven ausgefüllt, als wäre er wie ein Energiestoß in mich hineingefahren: »Du Toy!«

Jule packt mich hinter dem Tisch am Handgelenk, aber ich stoße sie weg. Der Moderator weiß nicht, was das Schimpfwort bedeutet und wer jetzt da plötzlich an seinem Tisch steht. Ich motze und bemerke dabei, dass ich wieder so asozial spreche wie früher: »Machst du dich dick hier, du Platzhirsch? Schön die Jungunternehmer dissen, was? Was enthüllen? Ja, bravo!« Ich klatsche höhnisch wie ein Fußballfan bei einer falschen Entscheidung des Schiedsrichters. »Bravo, Alter. Du bist ein ganz Toller, du Stuhl!«

»Ich wollte Ihnen eigentlich nur eine ganz normale, kritische Frage stellen, Herr Lechner. Aber ich glaube, Sie zeigen mir und den Zuschauern gerade, warum Sie erst vor Kurzem Probleme mit der Justiz hatten.«

Ich werde knallrot.

Ich könnte heulen.

Ich schaue in die Kamera, nehme mein Kragenmikro ab und sage in das Rascheln des Klanges hinein: »Entschuldigung!« Zu mir, zu meinem Vater am Schirm, zu allen Zuschauern. Dann laufe ich aus dem Studio, überlasse Jule den Rest und schließe mich auf dem Klo ein. Die Garderobentür öffne ich nicht mehr. Was in diesem Raum heute geschah, ist genauso niemals geschehen wie die Zeit, die dieser Arsch gerade eben unbedingt ansprechen musste. Es gibt keine grauen, dunklen Zellen und es gibt keine hell erleuchteten Kussszenen in Garderobenspiegeln. Es gibt nur mich und diesen Sog, der mich immer wieder zum Schlechten zieht wie ein Magnet. Vielleicht bin ich einfach so, vielleicht kann man mich nicht ändern. Ein Pluspol, den es immer zum Minus zieht.

Ich warte draußen am Wagen von Jule, mit dem wir heute hergefahren sind. Sie kommt aus dem Gebäude, 20.02 Uhr, die Sendung ist gerade vorbei.

»Und?«, frage ich kleinlaut. »Konntest du noch was retten?«

Sie antwortet nicht, schließt nur den Wagen auf.

Ich sage: »Es war unfair von ihm …«

Sie schlägt auf das Dach ihres eigenen Fords, laut und abrupt, mit dem Schlüsselbund in der Hand. Ich zucke zusammen und habe mehr Angst, als ich bei jedem Gangster hätte. Es ist wie mit den Küssen. Sie bedeuten mehr bei ihr. Der Ärger auch. Sie zischt: »Ja, das war unfair und ich hätte es auch nicht erwartet, denn der WDR ist eigentlich nicht *RTL Explosiv*. Aber so zu reagieren, den Asi auszupacken, das ist«, sie ringt nach Worten, »das ist genauso wie zeternde Muslime, die sich beschweren, dass man sie alle für Hassprediger hält, und das dann ausdrücken, indem sie Flaggen und Puppen von Präsidenten verbrennen. Wir sind so friedlich, seht es ein oder wir zünden eine Autobombe, bis ihr es begriffen habt!«

Ich habe sie noch nie so schimpfen hören.

Ich steige ein und sie bringt mich nach Hause, nicht mehr die Frau, die mich vorhin geküsst hat, sondern eine Pflegerin aus dem Heim, die den bösen Jungen mit dem verkrusteten Blut absetzt, der nie aufhören wird, sich zu prügeln. Ich will noch Tschüss sagen, als ich die Tür schließe, aber sie fährt, ohne zu zögern, einfach nur los. Mein Vater steht im Fenster seines Büros und sieht nach draußen, unsere Blicke treffen sich. Dann wendet er sich ab und zieht den Vorhang zu.

TÜRKENHOCHZEIT

TÜRKENHOCHZEIT
TÜRKENHOCHZEIT

»Jetzt komm schon, was wir da für dich haben, wird dir gefallen!«

Es ist zwei Uhr nachts.

Ich habe mich aus dem Haus geschlichen.

Den Tag über war ich nicht im Büro, sondern unten in meinem Zimmer. Ich habe meinen Vater den ganzen Tag telefonieren hören. Die Zeitungen haben angerufen, die Radiosender, sein Verlag, alle. Manchmal bin ich in die Küche geschlichen, habe mir einen Kaffee geholt und gelauscht. Er erklärte und wand sich, schwächte ab, beschwichtigte. Er tat alles, damit sie die Geschichte nicht weiter auswalzen, damit sein Image nicht noch mehr Schaden nimmt. Mit mir redete er nicht. Ich kann zwar was dafür, in den Knast gewandert zu sein, aber nichts dafür, dass ein Journalist es ausgräbt. Und er kann mich nicht dafür bestrafen, dass ich langsam bekannt genug werde, dass meine Fehler die Presse interessieren. Nun klebt an uns beiden der Makel und das erste Mal in meinem Leben habe ich eine Ahnung davon, wie das ist, wenn es Bedeutung hat, was die Menschen von einem denken; wenn an deinem Image sogar dein ganzes verficktes Einkommen hängt.

Jetzt schleiche ich Boris und Frederick hinterher, ganz in der Nähe des Hauses, in das wir einmal eingebrochen sind, die Straße hinab zu der Kreuzung mit dem großen Poco-Möbelmarkt auf dieser und dem Gartencenter, dem Küchencenter und dem riesigen Real auf der anderen Seite.

Sie haben mich angerufen und ich habe zugesagt, sie zu sehen, spät, obwohl ich es nicht mehr »darf« und das Vaters zweite Bedingung für die fünfzigtausend Euro Startkapital war. Damit er nichts merkt, bin ich erst mal zur Spielhalle, weil ich nicht ins Büro zu den anderen wollte. Ich habe Iris dort demonstrativ etwas vorgearbeitet, mit Schreibblöcken und Papier und viel Kaffee und so gespielten »Aha!«-Momenten, in denen man sich erst mit dem Kuli an der Stirn kratzt, dann erfreut aufsieht und dann schnell und mit viel Druck Worte in die Karos ritzt. Iris beendet ihre Schicht um Mitternacht, womöglich hat mein Vater ihr was zugesteckt, damit sie ihm am Telefon sagt, ob ich dort weiterhin wirklich arbeite. Also arbeitete ich, bis sie ging und von Savo abgelöst wurde. Er ist Montenegriner und er versteht mich. Er ist verkommen, ein Zuhälter im Geiste, ein Möchtegern.

Bevor ich ging, schob ich ihm zwanzig Euro hin und sagte: »Falls mein Vater anruft, sitze ich immer noch hier und arbeite, okay? Er weiß dann Bescheid.« Savo nickte und kniff das Auge zusammen, so kollegial versaut, wahrscheinlich dachte er, ich gehe in Wirklichkeit rüber zum Straßenstrich zu den Polinnen und den deutschen Mädchen, die abgehauen sind und nicht rechtzeitig vom Fernsehsozialarbeiter abgefischt werden konnten. In Wirklichkeit traf ich mich mit Boris und Frederick. Ich habe allerdings nichts getrunken, seit wir unterwegs sind.

»Jetzt sag mir endlich, wo wir hingehen, du Schwanz.«

»Wirst du schon gleich sehen. Cooler Auftritt übrigens gestern. Wir waren stolz.«

Frederick trinkt Wodka und schmunzelt so komisch, so tief zufrieden wie ein Serienmörder, der Vorfreude bekommt. Wir wechseln die Straßenseite, rüber zu dem Gelände, wo vorne an der Kreuzung früher mal ein Kentucky Fried Chicken war. Eine Straße davor biegen wir ein. Was ist noch gleich da hinten? Das kenne ich doch. Richtig, da ist eine Festhalle, da habe ich auch schon mal gesoffen. Abifeten finden da statt, Feiern von kleinen Firmen und … türkische Hochzeiten, vor allem türkische Hochzeiten.

Boris und Frederick winken mich in eine dunkle Ecke hinter den Müllcontainern einer Firmenhalle, die keine Kontaktscheinwerfer hat. Niemand kann uns hier sehen. Aus der Ferne klingt der hypnotische Rhythmus orientalischer Musik. Autos und Taxis kommen und fahren. Hin und wieder wird es lauter, wenn die Eingangstüren aufgehen und ein paar Gäste ins Dunkel entlassen. Mir dämmert was …

Boris zieht sich Handschuhe an und zieht die Nase hoch. Frederick wartet nur, schmunzelnd, angespannt, wie ein Raubtier. Er summt unmerklich einen Ragga-Track vor sich hin, einen Text, er legt sich wie ein Flüstern unter den Orient-Pop aus der Ferne.

»Er ist da drin«, sagt Boris, »das weiß ich. Haben wir beobachtet. Und er ist allein.«

Ich weiß, wer mit »er« gemeint ist.

Alparslan.

Der Mann, wegen dem Timo mich mit seinem Messer getroffen hat.

»Also nicht ganz allein, aber eben ohne seine Bahnhofsgang, weißt du, was ich meine?« Onkel, Tanten, kleine Schwestern. Das ist Verwandtschaft. Er ist mit dem Rad gekommen, ohne Begleitung. Stell dir mal vor, die Schwuchtel, mit dem Rad! Kann wohl keine Polizeikontrolle im Auto gebrauchen.«

Oder er hat keins, denke ich. Und dann: Kann er so mies sein, wenn er Rad fährt?

Was für ein bescheuerter Gedanke!

Der Wichser hat mich damals mit dem Gesicht gegen die Wand der Schützenhalle gedrückt, tief rein in den nadelspitzen Rauputz. Ich hatte Todesangst, ich habe nur darauf gewartet, dass er meinen Kopf an dem Putz entlangreibt. Ich habe schon gespürt, wie sich die Haut vom Fleisch löst, wie mein Auge aus seiner Höhle gerissen wird. Ich war kurz davor, mir vor Angst in die Hose zu pissen, weil er mir in dem Moment hoffnungslos überlegen war und weil ich genau weiß, wie weit man geht, wenn man innerlich brennt. Er hat gebrannt. Er hätte mir an der Wand das Gesicht abgezogen, wäre Timo nicht gekommen.

Boris spielt mit einem zweiten Paar Handschuhe herum. Ich halte meine linke Hand hin, wortlos. Er grinst und gibt sie mir. Ich ziehe sie über. Frederick hält mir den Wodka hin. Ich lehne ab.

Die Tür der Halle öffnet sich, wir kneifen die Augen zusammen, um die Menschen zu erkennen. Alles Erwachsene, dicke Frauen und hochgewachsene Männer mit Fellhüten. Die Tür schließt sich wieder.

»Das kann dauern«, sagt Boris und lehnt sich gegen die Tonne.

Wir warten.

»Trink was, du Opfer«, sagt Frederick.

»Nein.«

»Willst wohl alles mitkriegen, wenn wir ihn allemachen. Wenn er am Boden liegt und wimmert. Wenn das Blut kommt …«

»Verdammt, Frederick, halt die Fresse!«, platzt es aus mir heraus, es überrascht mich mal wieder selber. »Weißt du, was der Typ gerufen hat, als er auf dem Parkplatz die Flasche in Boris' Rückscheibe warf?«

»Nein.«

»›Scheiße, da ist eine Frau drin?‹ Das hat er gerufen. Er war richtig erschrocken. Er wollte keine Pulle auf Debby werfen. Er wollte nur Beef mit uns.«

»Ja, und?«

»Ja, was und? Wundert uns das denn, dass er das wollte? Wir wollten doch auch! Scheiße!« Ich stehe auf und stoße die Tonne an, nicht ganz ohne Absicht. Boris schaut schnell zur Halle, ob irgendjemand das gehört hat. Ich sage: »Boah, du hockst hier und freust dich auf Blut, als wenn du im Recht wärst. Wir sind Hooligans und wir wundern uns, dass andere Hooligans mit uns fighten wollen? Das ist doch krank. Komm mal klar, Mann!«

Dadurch, dass ich es sage, wird es erst wirklich. Die ganze Wut auf diese beiden Jungs und die Lebenszeit, die sie mir gestohlen haben. In Australien sitzt Lina, immer noch in Gefahr, und ich baue hier eine Firma auf und stürze mich bei jedem kleinen Rückschlag sofort wieder in mein altes Leben. Wie ein Säufervater, der schlägt und schlägt und immer wieder wimmert, wie leid es ihm tut. Das ist würdelos.

»Du Schwuchtel«, sagt Frederick. »Trinkst nichts mehr, gehst uns aus dem Weg, machst dieses schnieke Büro mit den Strebern, bezahlt von Papa.«

»Und was macht ihr? Wie die Ratten hinter der Mülltonne auf Beute warten? Es gibt Wichtigeres im Leben.«

Frederick steht auf und durchbricht in einer Sekunde meine Kreise. Seine Brust klebt an meiner, sein stinkender Wodkaatem zieht mir in die Nase. »Pass auf …«, zischt er, aber ich stoße ihn zurück und schreie: »Ja, dein Papa ist gegangen, als du klein warst, du armes Opfer! Komm damit klar, du Heulsuse!«

Sein Kopf stößt nach vorne, schnell, aber ich kann trotzdem einigermaßen ausweichen, weil ich es ahnte. Ich drehe mich und werfe ihn gegen die Tonnen. Boris geht dazwischen und ruft »Hey!«, jetzt tut sich auch hinten was an der Halle, ein paar türkische Hälse recken sich, aber sie sehen uns nicht.

»Schluss!«, faucht Boris und hält den Arm vor Fredericks Brust, in dessen Augen ich Blutdurst sehen kann. Boris sagt, leise und betont: »Hau ab.«

Ich lege den Kopf schief.

»H-a-u a-b!« Boris spuckt mir vor die Füße und sagt: »Du Verräter!«

Danke, denke ich mir im Stillen und gehe, rückwärts erst mal, um sie im Blick zu behalten, danke, dass ihr es mir so einfach macht.

Um drei Uhr schließe ich die Haustür auf. Vater steht in seiner Bürotür, wie immer, er ist wie der Zoll, als es rüber nach Holland noch Grenzen gab.

»Wo warst du?«

Ich schweige und hänge meine Jacke auf. Wir haben seit meinem peinlichen Fernsehauftritt nicht mehr geredet.

Er sagt: »Komm her.«

Ich stelle mich vor ihn, gehorche anstandslos. Er hat mir fünfzigtausend Euro gegeben, und Vertrauen. Ich hoffe, er hat mit Iris gesprochen. Und mit Savo, der das Richtige geantwortet hat. Ich hoffe, er kann sein Image retten. Das erste Mal ist mir das nicht egal.

»Hauch mich an«, sagt er.

Ich hauche. Kein Alkohol, kein Dope, gar nichts.

Ein Lächeln deutet sich an, eine Erleichterung. Ich werde übermütig und sage: »Blank wie ein Kinderpopo.«

Vater sagt: »Verdammt, Sven, warum hast du dich im Fernsehen nicht im Griff gehabt?«

»Weil der Mann mich verraten hat. Weil er dich verraten hat. Weil er uns verraten hat.« Ich sehe ihn an, voll echtem Bedauern, nicht länger als trotziger Junge, sondern wie ein Kollege.

Er nickt, die Augen halb geschlossen: »Das wird schon, Sven. Ich bin nicht so bekannt, bloß weil ich bekannt bin, weißt du? Ich habe was vorgelegt, was man nicht so einfach wegwischen kann. Es gibt eine Regel in diesem Geschäft, mein Buchagent hat sie mir mal gesagt: ›Erst wirst du ignoriert, dann bekämpft, dann umarmt.‹ Das Bekämpftwerden konnte ich immer vermeiden. Das muss ich jetzt wohl nachholen.« Er seufzt. »Ich kriege das wieder hin.«

Ich schüttele den Kopf und drücke seine Hand. Ich sage: »Nein, Dad, *ich* kriege das wieder hin!«

Und in dem Moment, als ich es ausspreche, glaube ich es auch.

DIE ZELLE

DIE ZELLE
DIE ZELLE
DIE ZELLE

Mein Handy klingelt, um sieben Uhr morgens. Ich liege noch im Bett. Der Erpresser, denke ich, wie immer, er verliert wieder die Geduld. Geldsummen schwirren durch meinen Kopf, Zahlen, Überweisungsmöglichkeiten. Es klingelt weiter, es ist keine SMS, es ist ein Anruf. Von Stefan.

Ich gehe ran. »Ja?«

»Sven, du weißt noch, wo der Knast liegt, oder?«

»Was?«

»Wir treffen uns um zehn Uhr dort, eine Fernsehteam von RTL wird da sein, sie haben eine Genehmigung, mit uns in einer Zelle zu filmen.«

»Was???«

»Ja, die Anstalt verspricht sich was von der Story. Eben noch im Knast, heute schon auf dem Börsenparkett. Gestern Schläger, heute Jungunternehmer. Das ist gut für die JVA, dann sieht es so aus, als würden die Insassen perfekt rehabilitiert und so weiter …«

Ich begreife überhaupt nicht, was er da sagt. Dieses Gefängnis ist kein Ort, wo ich hinfahre, um etwas zu drehen, es ist überhaupt kein Ort, der zu meinem Leben gehört. Es war ein böser Traum.

»Wir sehen uns um zehn, dann ist das ganze Interview von neulich vergessen!«

»Aber Stefan, warte –«

»Hab noch jemand in der Leitung. Bis dann!«

Er legt auf.

Ich rufe wieder an.

Nur der AB.

Ich setze mich auf die Bettkante.

Ich überlege.

Mein Vater muss um sein Ansehen kämpfen und sich verteidigen, damit er weiter seine klugen Bücher über Bildung und Erziehung verkaufen kann. Ich muss um mein Ansehen kämpfen und mich verteidigen, damit ich weiter am Aufbau der Palm Grove AG arbeiten kann und Menschen uns vertrauen und uns ihr Geld geben. Mein Vater am Telefon, der schwächt immer nur ab, dementiert, relativiert. Sagt, meine Taten wären alle halb so schlimm gewesen, ein Missverständnis, fast ein Justizirrtum. Und ich? Ich motze bloß herum. Wir beide machen das falsch.

Stefan weiß, wie man es richtig macht, wie man das Bild verändert. »Exknacki jetzt auf dem Börsenparkett.« Die Idee ist gut. Angriff statt Verteidigung. Wer sich verteidigt, sitzt automatisch vor Gericht. Stattdessen machen wir eine Marke draus. Wir verstecken nicht, wer ich war, wir nutzen es aus. Eine romantische Story. Wie bei den Castingshows, da haben auch die Kandidaten die besten Chancen, die früher Scheiße gebaut haben. Drogen verkaufen, Leute zusammenschlagen: Das wird belohnt! Stefan hat gesagt, RTL will mit uns drehen. Sie wollen mich zu so einer Geschichte machen. Das ist gut.

Aber dahin zurück?

Ins Gefängnis?

Stefan ruft hier einfach an, er versteht nicht, wie das war. Wie sich das angefühlt hat. So als wenn sie einen abholen, zu Hause, sagen, man müsse mitkommen, und dann ein paar Städte weiter fahren, tief hinein in ein dreckiges Viertel hinter Bahngleisen, wo ehemalige

Gaststätten mit Holzbrettern vernagelt sind und wo nur noch Disteln wachsen, zwei Meter hoch am Straßenrand, am abgeblätterten Asphalt, auf dem niemand mehr fährt und auf den nur die Hunde ihre bitter riechende Pisse spritzen. Und da neben den Disteln und der Pisspfütze, da ist ein Gulli, schmal, vielleicht einen Meter breit, mit schwerem Deckel. Und die Leute, die einen geholt haben, stemmen ihn auf und im Inneren ist gerade genug Platz, um aufrecht zu stehen, aber wenn du dich festhalten willst – und du musst dich festhalten –, dann greifst du in einen dunklen, glitschigen Schleim an der Wand, den du nicht definieren kannst. Als seist du in einem Magen gefangen. Und sie sagen, da musst du bleiben, zwei Monate lang, rühr dich nicht. Und du kannst es nicht glauben, aber die Gesichter bleiben todernst und dann schließen sie den Deckel und du kannst nicht mal schreien. So war das. Und jetzt wollen sie da mit mir eine Dokusoap drehen.

Ich merke, dass ich mir beim Nachdenken einen Kuli ins Fleisch gepresst habe. Es blutet, die Tinte mischt sich mit dem Blut, ich kriege noch eine Vergiftung. Das muss aufhören.

Das muss endlich aufhören.

An der Tür hängt mein Jackett.

Unter dem Schreibtisch ohne Rechner stehen meine guten Schuhe.

Ich ziehe mich an, sage meinem Vater, dass ich im Büro sei, und fahre los.

Die Zelle, in der die JVA das Team vom Privatfernsehen drehen lässt, ist keine aus dem normalen Trakt. Es ist eine U-Haft-Zelle, aber nicht minder karg und trostlos. Auf dem Flur interviewt der Moderator der Sendung den Leiter der Haftanstalt, der stolz ist, was aus seinem ehemaligen Insassen wurde. Ich höre kaum hin, stehe nur wie erstarrt vor der geöffneten Tür der Zelle, in der das Drehteam Licht und Kamera aufbaut. Gut gelaunt plaudern und planen sie die Einstellung und merken nicht, dass ich kurz davor bin, mich zu übergeben. Dass ich diese Schwelle nicht übertreten kann, weil ich Angst habe, dass es nur ein Trick ist und sich die Tür wieder hinter mir schließt. Wie ein Tier habe ich hier gewartet auf Gnade, habe Rapportscheine ausgefüllt für jede kleine Bitte. Wie habe ich mich geschämt, als sie mich zur Verhandlung wieder aus der Zelle holten, nur um mir endgültig vor Publikum zu bestätigen, dass ich wieder reinmuss und warum das so ist. Ich habe vor Gericht kein einziges Wort mitbekommen, habe nur auf den Boden gestarrt, damit ich niemanden ansehen muss. Dann steckten sie mich ins Loch zurück, nur kurz ans Licht gezerrt zur Begutachtung.

Ich gehörte nicht hierher. Einmal nachts habe ich gehört, wie sie nebenan einen neuen Mitinsassen verprügelt haben, weil sie dachten, er sei ein Sittich. So nennt man hier drin die Wichser, die sich an Kindern vergreifen. Obwohl es wahrscheinlicher ist, dass der Typ »nur« indirekt damit zu tun hatte, mit Kinderpornos gehandelt hat oder so was. Die Haupttäter in solchen Fällen sperrt man nicht in den Jugendknast, sondern direkt in die Psychiatrie. Es ist aber auch egal, ob Kinderporno oder eigene Tat: Wer auch nur einen Hauch mit dieser Scheiße zu tun hat, ist hier drin der größte Abschaum und jeder – ich nehme mich da nicht aus – nimmt sich das Recht heraus, diese Wichser als Fußabtreter zu benutzen, da man bei ihnen gar kein schlechtes Gewissen mehr haben muss. Aber trotzdem, das in der Nacht damals, nebenan, das war grauenhaft. Sie haben sieben Mal seinen Kopf gegen die Wand geschlagen, bis der Wärter kam, und ich kann das Geräusch des Schädelknochens auf den Steinen einfach nicht vergessen. Wie eine Nussschale, bevor sie bricht … oder ein Holzeimer.

Ich hatte zu der Zeit noch eine Einzelzelle. Mein Vater versprach mir, dass das auch so bliebe, aber er hatte sich grob verrechnet. Mit der Anstaltsleitung hatte er diesen Deal gemacht, dass nicht nach außen dringt, dass ich hier einsitze. Jeder Angestellte hatte die Klappe darüber zu halten, wer ich bin. So wollte mein Vater sein Image retten, damals. Im Gegenzug hat er dem Knast eine Spende zukommen lassen, »für kulturelle Zwecke«, die Bibliothek und so. Es hat die Wärter gefuchst, dass ich diese Extrawurst bekam, dass sie nichts nach außen dringen lassen durften, Befehl von oben, sie konnten es gar nicht leiden. Also haben sie Vaters zweite Bitte, die einzige, die auch meine war, ignoriert und mir einen Mitinsassen geschickt. Dvorak. Einen Deutschalbaner. Er war eine ganz andere Nummer als ich, als Boris oder sogar als Frederick. Ich habe ihn vergessen, bis jetzt, er ist der Grund, warum ich jedes Mal Kulis, Messer und Flaschenöffner in meine aufplatzende Haut drücke, ihn dränge ich damit zurück. Jetzt geht das nicht mehr. Ich habe diesen Wichser ertragen müssen, wochenlang, damit mein Vater weiter gut dastehen und seinen Job machen konnte.

Und jetzt, wo es aufgeflogen ist, da sagt er mir, er kriege das schon hin, und ich verstehe ihn auch noch, weil ich jetzt selber hier nur aus dem einen Grund stehe, mein Image zu retten. Damit ich weiter den beliebten Jungunternehmer spielen kann, den ich spielen muss, weil der wahre Verbrecher immer noch meine Schwester bedroht. Deswegen stehe ich hier und kann nicht aufhalten, dass alles hochkommt, die Erinnerungen, die Gerüche, die Stimme von Dvorak, diese blecherne, gellende Stimme, die jedes Wort zu einer Ohrfeige machte. Dvorak sagte immer: »Ohhhh, hat der böse Junge einen Mann geschlagen? Hat er einen Mann geschlagen?«, und während er das sagte, gab er mir Kopfnüsse und wollte, dass ich mich wehre. Was ich getan hatte, dieser kleine Angriff im Krankenhaus, zwei Monate Haft, das war lächerlich für ihn, eine Beleidigung. Er saß für fünf Jahre wegen Totschlags, man hätte ihn nie zu mir stecken dürfen, aber Vater hatte ja einen Deal laufen und das hatte ich nun davon. Draußen war ich ein Junge, vor dem man Angst hatte. Einer, der sogar halbstarke Jackenabzieher schlug, ja, sicher, lächerlich. Hier drinnen war ich ein Wurm. Ich habe mich nie gewehrt gegen Dvorak, egal, wie sehr der Hass in mir gärte. Ich dachte an den Schädel des Sittichs nebenan, wie sie ihn gegen die Mauer klopften. Ich wusste, wenn ich mich gegen Dvorak wehre, schlägt er mich tot, ehe die Wärter kommen, diese müden, verbitterten Beamten.

»Wir sind gleich so weit«, trällern die Fernsehleute, als wäre es ein guter Tag, und ich zittere vor der Tür, weil ich nichts mehr zurückhalten kann. Ich sehe mich am schlimmsten Tag, auf dem Boden der Zelle, vor Dvoraks Bett. Er hält mir seinen Schuh hin und ich muss … ich …

»Können wir?«

… ich muss den Dreck aus den Rillen seiner Schuhe lecken, während er lacht, jeden einzelnen Krümel, und in meinem Kopf dauert es Tage und Wochen und Monate und es hört niemals auf und ich kämpfe mit mir und denke in jedem einzelnen Augenblick nur noch daran, ob es nicht besser wäre, ihm den Fuß zu brechen, ihm ins Gesicht zu spucken und dann zu sterben, in Würde zu sterben, statt auf Knien zu leben. Aber ich blieb auf den Knien. Und ich wusste, ich könnte nicht weiterleben, wenn *das* wirklich geschehen wäre, also *war* es niemals geschehen.

Niemals.

War es aber doch.

»Sven?«, fragt Stefan und ich merke, dass ich an der Wand vor der Zelle hinabsinke und in lauten Stößen weine. Ich schluchze wie eine Mutter, die ihr Kind verloren hat, ich kann nichts zurückhalten, ich greife nach Stefan, damit er mich hält, und ich höre, wie der Regisseur flüstert: »Komm schnell mit der Kamera, mach schnell, schnell, hier draußen!«

»Scheiße!«, schreie ich und zittere in Stefans Armen, mit eiskalten Händen und einer Flut, die rausmuss. Dvorak hat mich gebrochen, meine ganze Würde, alles, und Lina ist damals beinahe gestorben an dem Gleis und jetzt ist sie wieder in Gefahr und ich muss das ganz allein lösen und falsche Spiele spielen und ich kann nicht mehr, ich kann einfach nicht mehr, und dieser Agent oder Manager oder Partner, den ich erst seit Kurzem kenne, hält mich fest und ist doch so klug, nicht darum zu bitten, dass die Kameras ausgehen.

Drei Tage später stehen Vater, Mutter und ich im Wohnzimmer vor dem Fernseher und warten darauf, dass der Bericht bei *RTL Explosiv* beginnt. Dieses Mal ist es ein Film, man konnte ihn bearbeiten und man hat ihn bearbeitet. Wir haben länger in der JVA gedreht, als es geplant gewesen war, ich habe mich irgendwann gefangen, einen sehr starken Kaffee getrunken, die Zelle betreten und beim Reden nicht in die Kamera geschaut. Ich habe mich anders gefühlt in der Brust, leichter, obwohl sich nichts geändert hatte in meinem Leben. Trotzdem, es war ein Gefühl wie kurz nach dem Kotzen, wenn man aufatmet, weil die brennende Brühe raus ist. Ich hoffe, diese Leute verarschen mich nicht auch wie der WDR. Ich hoffe, Stefans Plan geht auf. Die Sendung beginnt.

Bilder der Anstalt von außen, trübes Wetter, Stacheldraht auf Zäunen, Wachtürme. Finstere Klavierpopmusik.

Sprecher: »Die Jugendstrafanstalt in Heinsberg. Hier sitzen die ganz harten Jungs. Doch für zwei Monate saß hier auch ein junger Mann, der jetzt, nur wenig später, mit guten Freunden als einer der jüngsten AG-Gründer der letzten Jahre in die Schlagzeilen kommt. Sven Lechner.«

Sie zeigen mich in der Zelle, blenden meinen Namen ein, ich sage: »Der Knast hat mich geläutert, ja. Als hier die Tür zuging, da war mir plötzlich klar, was für eine Scheiße ich gebaut hatte. Da war es das erste Mal ernst.«

Schnitt. Unser Büro, Benjamin und Jule an den Telefonen, Max am Rechnen, mit Edding auf einem Whiteboard wie ein Physiker in Filmen, albern natürlich und recht gestellt, aber mit beeindruckenden Formeln.

Sprecher: »Nur vier Monate später hat Sven Lechner mehr Platz als drei Quadratmeter und weitaus mehr Möglichkeiten.«

In kurzer Folge kommen O-Töne von Jule, von Benjamin, von mir im Büro. Sie waren überrascht, als sie plötzlich vor die Kamera sollten, Stefan musste vor allem Jule von der rührseligen PR-Wirkung des Films überzeugen, sie meinte, das könne ja wohl nicht wahr sein, dass ausgerechnet das Boulevardfernsehen uns rette, aber sie hat es am Ende eingesehen. Der Film erzählt die Geschichte von Palm Grove, von meinem Preis als Vierzehnjähriger. Meine Eltern kommen nicht zu Wort, denn ich bat das Team darum, dass ich sie mit dem Film überraschen dürfe, und sie sagten zu, weil ich mich nach meinem Nervenzusammenbruch trotzdem in die Zelle gewagt hatte. Diesen Zusammenbruch zeigen sie allerdings auch, denn jetzt schwenkt die Geschichte wieder in die Knastzeit zurück und berichtet davon, wie schwer es für mich gewesen ist, ohne Dvorak zu erwähnen natürlich, eher allgemein, aber dann, dann kommt die Einstellung, wie ich heule und in Stefans Armen hänge, und die Regie spielt Rihannas *Russian Roulette* ein, was sogar passt, denn sie singt darin ja über die Angst vor ihrem schlagenden Mann und sie klagt: »I'm terrified/ but I'm not leaving/ I know that I must pass this test!« Ich zittere vor Angst, aber ich gehe nicht weg, ich weiß, dass ich diese Prüfung bestehen muss.

Genauso ging es mir, hilflos und beschämt wie eine Frau, die geprügelt wird, und ich spüre, wie meine Mutter mich von hinten umarmt und drückt, das erste Mal seit langer Zeit. Im Fernsehen sage ich: »Wissen Sie, ich kann da nur aus einem Buch meines Vaters zitieren, in dem er sagt: Es ist vollkommen in Ordnung, wenn man Fehler macht. Reife entsteht dann, wenn man daraus lernt.«

Meinem Vater stehen Tränen in den Augen. Der Plan geht vollständig auf. Nach diesem Beitrag bin ich kein Prolet mehr, der sich bloß unter der Hülle eines Geschäftsmanns versteckt, sondern ein Jungunternehmer, der eine harte Vergangenheit hat und der weiß, wie es in der Welt zugeht. Stefan ist ein Genie. Und das Privatfernsehen hat uns gerettet.

»Oh Sven«, schluchzt meine Mutter und mein Vater klopft mir auf die Schulter, sanft, aber ein paarmal, es mag heißen »Es tut mir leid« oder »Ich verzeihe dir« oder auch »Gut gemacht mit dem Film, du Stratege«, aber wahrscheinlich heißt es alles gleichzeitig. Dann geht er in sein Büro und verlässt es die nächsten Stunden nicht mehr.

FRAU NÄRDEMANNS KOCHTOPF

FRAU NÄRDEMANNS KOCHTOPF
FRAU NÄRDEMANNS KOCHTOPF

Lina hat uns verlinkt. In ihrem Blog. Ich sitze im Büro an meinem Schreibtisch und lese ihren Beitrag:

> »Dieser Tage habe ich erfahren, dass mein Bruder in Deutschland die Tropen aufbauen will. Kein Scherz. Es ist ein Projekt, dass er mit vierzehn Jahren erfunden hat und wofür er von unserer Stadt einen Preis bekam. Eine Landschaft wie in Daintree, nur eben in der Halle, subtropisches Klima, Palmen, Grotten, Wasserfälle. Vögel, die schnatternd von Palmwipfel zu Palmwipfel fliegen, während man schwimmt. Ein kleiner Zoo mit Wallabys und Koalabären und eine Kokospalmenplantage. Jetzt ist er neunzehn und hat mit Freunden eine Firma gegründet, um es tatsächlich umzusetzen. Die Palm Grove AG. Ich weiß auch, warum er das macht, während ich noch fort bin. Er hat Angst, dass ich ihm zu viel reinrede, jetzt, wo ich weiß, wie es hier unten wirklich aussieht. Wenn ich heimkomme, ist er bestimmt schon fertig. Aber mir soll's recht sein, ich hätte sonst sowieso zu viel Heimweh nach

Queensland. Oder müsste es dann Fernweh heißen? Jedenfalls – ich kann aus dem Flugzeug steigen, heimfahren und schon am Abend wieder in warmem Wasser schwimmen und Kakadus über mir schweben sehen. Hoffentlich denkt er auch daran, die Geräusche dieser Gegend nachzumachen. Die Vögel nachts, die Grillen, die hundert verschiedenen Stimmen. Denkst du dran, Bruder? Ich hab mal ein Beispiel dafür. Klick hier. Und ihr, wenn ihr die Firma meines Bruders mal sehen wollt, klickt hier.«

Hinter dem zweiten »hier« hat Lina tatsächlich unsere Webseite verlinkt. Hinter dem ersten verbirgt sich ein Soundfile, das sie wahrscheinlich selber nachts mit dem Handy aufgenommen hat, aus dem Fenster raus. Ich höre den Geräuschen der australischen Nacht zu und wünsche mir, der Quick-Time-Balken würde niemals zum Stehen kommen. Meine Boxen sind laut aufgedreht. Benjamin spitzt als Erster die Ohren. Max sieht von seinem Whiteboard auf.

Seit ich mein Image und das meines Vaters gerettet habe, haben wir wieder fast vierzehn Tage nur mit Werbung für unsere Marke verbracht, wie Stefan es befohlen hat und wie Bill Gates es damals gemacht haben soll. Wir haben Meetings mit Firmen, die für uns bauen wollen. Mit Politikern, die Subventionen für Solarkraft geben. Mit Geländeverkäufern. Mit Bezirksregierungen. Sogar unsere eigene Stadt hat mittlerweile wieder Interesse an uns, seit Stefan den Verantwortlichen klargemacht hat, dass wir uns mittlerweile aussuchen können, wo wir Palm Grove tatsächlich bauen. Jetzt wollen sie »auf uns zukommen« und »bürokratische Hindernisse« abbauen, von zehn Jahren ist keine Rede mehr, eher von »offensichtlichen Vorteilen« und einem »beschleunigten Planfeststellungsverfahren«.

Es fühlt sich unglaublich an, auf einmal die Macht zu haben, dass andere sich um einen reißen, aber es ändert nichts an der Tatsache, dass uns alle immer nur das Gleiche sagen: »Wir wollen ja mit euch arbeiten, aber es muss auch das Geld da sein.« Ist es aber noch nicht.

Stefan sagt, das macht nichts, das laufe alles gut so, *erst mal* baue man eben eine Vision so genau und so weit aus, dass die Bagger schon morgen anfangen könnten, und dann, wenn sie so konkret wie ein Fertigbausatz ist, dann springt der dicke Fisch schon in den Teich. Unsere Mappe gibt es mittlereile in der zweiundzwanzigsten Fassung. Aber wir brauchen Geld. Ich brauche Geld. Lina hat über uns gebloggt. Der Erpresser sieht, dass es vorangeht, er muss ja nur unsere Webseite anschauen und die ganzen Berichte in den deutschen Medien im Netz. Vielleicht denkt er, ich hätte schon genug und würde es für mich behalten. Ich weiß nicht, was er denkt, er meldet sich seit Tagen nicht.

Es klingelt, Benjamin geht an die Sprechanlage. Eine Sekretärin leisten wir uns natürlich noch nicht.

»Wer ist da?«

Benjamin dreht sich um: »Sven, kennst du eine Frau Närdemann?«

Ich glaub, ich hör nicht richtig. Mich durchzieht eine Mischung aus Freude darüber, diesen Namen zu hören, und Scham, dass ich mich, seit ich aus dem Krankenhaus flog, nicht bei ihr gemeldet habe. Jetzt hat sie wohl mich gesehen, im Fernsehen. Hoffentlich auch das zweite Mal.

»Mach auf!«, sage ich und Benjamin drückt den Summer. Ich gehe zur Tür und warte, bis im Treppenhaus der Aufzug aufgeht. Tut er nicht. Frau Närdemann geht die Treppen zu Fuß. Langsam, aber sicheren Schrittes. Vor der Tür unseres Altbaubüros atmet sie tief aus, als wolle sie nun doch ein kleines Lob für diese Laufleistung, ich gebe es ihr, bitte sie herein, mache einen Kaffee und strahle sie an: »Mann, ist das schön, Sie zu sehen. Wie geht es Ihnen denn? Und wie haben Sie uns gefunden?«

»Ich habe das gelesen, über Sie. Und im Fernsehen gesehen, ja, das auch …«

Ich weiche ihrem Blick aus. Sie sagt: »Ach, vergessen Sie das, Junge. Wissen Sie, was ich sogar glaube? So, wie ich Sie kennengelernt habe, hat der Mann, dem Sie was auf die Nase gaben, das auch verdient!«

Benjamin muss schmunzeln, als er mir die Arbeit abnimmt und

Frau Närdemann den fertig aufgebrühten Kaffee gibt. Sie sagt zu ihm: »Ihr Chef hier, der hat mir im Grunde das Leben gerettet. Hat einen Oberarzt gedrängt und gedrängt, bis endlich klar war, was mir fehlte. Ich wurde sonntags operiert, außer der Reihe. Meine Kinder haben nichts getan, gar nichts. Die haben immer nur dagesessen und ›es wird schon‹ gesagt und genickt haben sie, immer nur genickt, wenn der Doktor sprach«, Frau Närdemanns Blick geht über die Tasse in ihrer Hand hinweg in die Vergangenheit und kehrt dann wieder zu uns zurück, »und deswegen, nehmen Sie das bitte mal«, sie drückt Benjamin wieder die Untertasse mit der klimpernden Tasse in die Hand und öffnet umständlich ihre alte Lederhandtasche, »gebe ich das hier jetzt auch nicht meinen Kindern, sondern Ihnen.«

Ich runzele die Stirn. Sie wedelt mit einem dicken Briefumschlag vor meiner Nase herum. »Ja, nu! Nehmen Sie!«

Ich nehme den Umschlag entgegen, schaue hinein und sehe einen zwei bis drei Zentimeter dicken Stapel von Scheinen, Hunderter und Fünfhunderter. Ich halte den Umschlag wieder zu, als könnten Geier aus der Luft schießen und Scheine picken. Ich sage: »Frau Närdemann, was zur Hölle ist das?«

Sie nimmt Benjamin die Tasse wieder aus der Hand, diesmal ohne Unterteller. Sie pustet. »Ja, sind Sie nun eine Aktiengesellschaft oder nicht?«

»Bald. Es ist nur noch Formsache, aber –«

»Eben. Reservieren Sie mir Anteile in der Höhe dieses Umschlags da.« Jetzt hört auch Max auf, mit dem Edding zu kritzeln. Jule, die sich die letzten zehn Minuten mit den aktuellen Ausgaben der Magazine *Wirtschaftswoche* und *brand eins* auf dem Klo eingeschlossen hatte, betritt den Raum, sagt: »Könntet ihr Jungs das nächste Mal nach dem Kacken bitte das Papier auffüllen?«, sieht uns mit der alten Dame, sagt »Oh!«, kommt näher, erkennt, was wir da in der Hand halten, und wird weiß im Gesicht.

Frau Närdemann sagt: »Sie tun ja glatt so, als wäre ich ihre erste Anteilhaberin!«

Keiner sagt was. Max räuspert sich.

Frau Närdemann sagt: »Sehen Sie, ich habe niemals etwas davon gehalten. Börse und so. Aktien. Ich habe mein Geld immer gesammelt, in Scheinen. Alles, was ich nicht brauchte, habe ich von der Bank abgehoben und zu Hause in den Schnellkochtopf getan. Den kann man sehr dicht verschließen. Was weiß ich denn, ob meine Bank nicht aus heiterem Himmel pleitegeht? Was ich habe, habe ich. Aber wenn Sie, Sven, eine Firma aufmachen, dann ist es das erste Mal, dass ich weiß, wer dahintersteckt. Dass ich weiß: Dem kann ich vertrauen. Blind. Der setzt sich ein. Ich möchte Sie unterstützen, Sie alle. Wo gibt es das schon noch, so viel Feuer? Und wenn noch Gewinn bei rumkommt, solange ich lebe, gut, umso besser!«

»Aber Frau Närdemann –«

»Keine Widerworte!«, sagt sie, trinkt aus und schmatzt. Dann steht sie langsam auf. »So, und jetzt lasse ich Sie mal in Ruhe arbeiten, damit ich weiß, dass mein Geld es auch tut.« Sie schleicht zur Tür, gemütlich wie Columbo. Im Rahmen dreht sie sich um. »Gut Kokos, oder wie sagt man?«

»Danke, Frau Närdemann«, sage ich und denke mir: Was für eine Scheiße. Die anderen sehen das ganz anders. Die tanzen durchs Büro, öffnen Colaflaschen, weil kein Sekt da ist, und lassen sich von mir die ganze Geschichte aus dem Krankenhaus erzählen.

Gegen Mitternacht sind alle nach Hause gegangen, aber ich sitze immer noch am Schreibtisch. Jule ging als Letzte und sagte, ich solle mich nicht kaputt machen, sie bräuchte mich noch, und dann beugte sie sich über den Schreibtisch und gab mir einen langen, warmen, weichen Kuss, einen von der Sorte, wo die Zungenspitze immer noch mal für einen Augenblick weiterspielt, obwohl sie so tut, als wenn sie fertig war ... und noch einen ... und noch einen ...

Ich weiß nicht, ob wir jetzt zusammen sind oder nicht, es ist schwierig und wir reden nicht darüber, aber hin und wieder, da überrascht sie mich mit so etwas und dann sitze ich da noch fünfzehn Minuten auf dem Stuhl, mit Herzrasen wie ein Idiot und einem pumpenden Schwanz, der schreit und sagt »Ja, und jetzt?«, aber ich gebe ihm nicht, was er will, denn ich habe das Gefühl, dass sie das nicht verdient hat, nicht bevor ich tatsächlich das erste Mal mit ihr … aber daran darf ich gar nicht denken, sonst kann ich mich doch nicht zurückhalten.

Ich surfe und klicke und bin fast wieder in dem Zustand, in dem ich war, als ich sechzig Stunden mit earnstar.de, wohlstands-plan.net, money-123.info und all dem anderen Schwachsinn verbracht habe. Frau Närdemann hat uns ihr ganzes Erspartes gebracht, 37 500 Euro, weil sie mir vertraut. Egal, wie viel wir eines Tages einnehmen: In den Monaten, die mir noch bleiben, werde ich jeden Cent für den Erpresser brauchen. Und selbst wenn wir ein paar Millionen bekämen, von Aktionären und Investoren und Subventionsfonds, würde ich persönlich doch aus der Firma fliegen, wegen gemeiner und niederträchtiger Unterschlagung einer halben Million Euro. Eine halbe Million, die der Firmengründer selbst, kaum dass sie da war, auf ein anonymes Nummernkonto auf den Bahamas überwiesen hat. *Diese* Schlagzeile kann ich dann nicht mehr geradebiegen. Ich werde ins Gefängnis gehen oder rechtzeitig das Land verlassen. Mein Vater wird mich endgültig für Abschaum halten. Ich werde meine Freunde verraten. Meine Schwester wird heimkommen und die Enttäuschung ihres Lebens vorfinden, einen Bruder, der ehrliche Menschen um ihr Geld bringt, alte Frauen, die ihm alles geben, was sie über fünfzig Jahre lang in einem Schnellkochtopf angesammelt haben. Das ist wahrscheinlich auch der Grund, warum diese Heuschrecken, die Firmen ausschlachten und Geld verbrennen, das so leicht tun können. Sie wissen nicht, wen sie ruinieren. Sie sind wie Bomberpiloten, die ihre Opfer nicht sehen, die unten im Feuer verbrennen. Ich hingegen bin wie ein Soldat im achtzehnten Jahrhundert, mit einem dieser Gewehre, die vorne ein Bajonett aufgesetzt haben. Ich muss meinen Opfern in die Augen sehen.

Der Erpresser wird sich die besten Nutten kaufen und sich reiten lassen, während ich niemandem jemals die Wahrheit erzählen kann, weil er dann wieder Hälse brechen lässt, nicht nur von Hühnern, aber selbst wenn nicht: Würde man mir glauben? Würde *ich* das glauben, wenn ich mein Vater wäre? Dass mein Sohn, der seit Jahren nur trinkt und kifft und Pillen wirft und mehrfach verhaftet wird und dem Gangs tote Hühner in den Pool werfen, dass der, als er an viel Geld kommen konnte, es auf ein Nummernkonto sendete, um seine Schwester zu retten? Die niemals entführt war? Niemals bedroht? Die nie etwas merkte?

Gut, ich habe die Fotos und ich habe die Mitteilungen des Mannes, aber die Mitteilungen kann ich auch gefälscht haben. Und die Bilder? Vielleicht habe ja ich jemanden in Australien die Bilder schießen lassen. Damit es hinterher so aussieht, als wäre es ein Erpresser gewesen. Was mag das kosten, jemanden dafür zu bezahlen? Jedenfalls weniger als eine halbe Million. Es würde sich rechnen. Was ich auch tue, ich kann aus dieser Geschichte nicht als der Held hervorgehen. Nicht in den Augen der anderen.

Das Telefon reißt mich aus meinen Gedanken. Unsere Nummer von zu Hause. Ich nehme ab. Mein Vater ist dran. »Du arbeitest immer noch?«

»Ja, Dad. Das kennst du doch, du Nachtschreiber.«

»Komm nach Hause, ich muss was mit dir besprechen.«

»Geht das nicht morgen?«

»Nein. Jetzt. Du bist seit acht Uhr heute Morgen im Büro, glaub mir, da kommt nicht mehr viel bei rum, wenn du noch weitermachst.«

»Also gut.«

Ich lege auf und mache mich auf den Weg.

Um ein Uhr sitze ich wieder vor dem Schreibtisch meines Vaters. Die Stapel darauf sind nicht niedriger geworden, eher im Gegenteil. Er schenkt uns beiden eisgekühltes Gingerale ein, was eine etwas bemühte Geste darstellt. Es sieht so aus, als hätte er sich eigentlich vorgenommen, uns für dieses Gespräch einen Scotch einzuschenken, was aber nicht geht, da ich ja auf Entzug bin. Das darf man übrigens so sagen. Seit dem Abend hinter den Mülltonnen habe ich keinen Drink mehr angerührt, aber es gibt keinen einzigen Augenblick, an dem ich nicht daran denke. Jetzt gerade auch, da die Farbe des Gingerales mich an all den köstlichen Whisky erinnert, auf Torf getrocknet, goldbraun. Die Frage ist nur: Was soll das für ein Gespräch werden?

Mein Vater setzt sich in seinen quietschenden Sessel und sagt: »Sven, ich habe Fehler gemacht.«

Oh.

So ein Gespräch soll das werden.

Hat er eben gesagt, *er* hätte Fehler gemacht?

»Als es damals anfing mit den Büchern, ich meine, mit den Büchern, die sich gut verkaufen«, er lacht, ein bisschen bitter, ein bisschen wie ein Seemann, der die Ozeane kennt, »da lief es nicht so gut. Nicht von Anfang an. Ich hatte mich übernommen, habe direkt meine Stelle als Rektor des Internats aufgegeben. Ich verließ mich vollständig auf die Bücher, auf das erste Buch, aber es wurde nicht über Nacht ein Hit. Das hast du damals gar nicht so mitbekommen, du warst zu jung. Du hast nur gesehen, Papa hat ein Buch im Laden, in jedem Laden, man kann es wirklich sehen. Aber bis es sich gut verkaufte, dauerte es seine Zeit.«

Was will er mir sagen?

Er tut sich schwer, ist unsicher, hat Angst.

Das imponiert mir.

Er streicht imaginäre Haare weg, die ihm an der Oberlippe kleben. Er sagt: »Ich dachte damals, ich könnte euch das alles hier nicht mehr lange bieten, diesen Lebensstandard, an den wir uns alle gewöhnt hatten. Deiner Schwester, deiner Mutter, dir –«

»Dad –«

»Lass mich zu Ende erzählen, bitte.«

Ich lasse ihn und trinke die kühle Geschäftsleutelimo.

»Ich hatte also Angst zu fallen und deswegen habe ich gearbeitet, viel mehr als vorher bei der Festanstellung am Internat. Ich habe geschrieben und gemailt und Interviews gegeben, noch mehr als jetzt gerade. Ich habe alles vergessen darüber, euch, dich, das ganze Leben. Es kam mir überhaupt nicht mehr in den Sinn, dass irgendwas wichtiger sein könnte als Maßnahmen, die den Erfolg meiner Bücher vorantreiben. Bei jedem Ausflug, jedem Grillkohlebrikett im Garten, jeder Minute Fernsehen, bei allem hatte ich immer nur diesen einen Gedanken: Michael, du könntest in dieser Zeit auch was für dein Buch tun!«

Ich sage: »Das machst du doch jetzt immer noch.«

»Eben!«

»Aber du hast keine finanziellen Nöte mehr.«

»Genau! Ich finde gerade erst wieder die Mitte, ganz langsam.«

Ich zische. Er schwingt die Hände: »Ja, ich weiß, es sieht nicht so aus, aber das kommt schon, glaub mir. Worum es mir geht, ist, ich habe mich selbst versklavt, weil die Angst mich regiert hat. Die materielle Angst. Die lähmt, Sven, sie lähmt. Mein zweites Buch ist lange nicht so gut, wie es sein könnte, wegen dieser Angst. Es hat mir in keiner Minute Spaß gemacht, es zu schreiben. Kannst du dir das vorstellen? Kannst du dir vorstellen, wie das ist, einen so tollen Beruf zu haben und nicht länger dankbar dafür zu sein?«

Ich überlege. Ich bin aufstrebender Firmengründer, ich mache, wovon ich mit vierzehn geträumt habe, aber aus Gründen, die mich jeden Tag verfluchen lassen. Ich sage: »Na ja …«

»Mein Sohn«, sagt mein Vater, »ich möchte nicht, dass du jemals in diesen Zustand kommst.«

Für eine Sekunde, eine Millisekunde, überlege ich, meinem Vater zu sagen, was los ist. Dann sehe ich wieder die Hühner im Pool. Ich denke daran, welchen Aufstand er machen würde, wenn er die Wahrheit erführe. Seine Tochter! Er würde die ganze Kavallerie nach Port Douglas schicken, aber sie bräuchte siebenundzwanzig Stunden, bis sie ankäme. Selbst ein Anruf wäre schon zu viel. Ich weiß nicht, was der Erpresser alles draufhat. Ich muss im Zweifel davon ausgehen, dass er alles kann.

»Sven«, sagt mein Vater und tippt auf ein schmales Blatt Papier, das wohl seit ein paar Sekunden unbemerkt neben meiner Flasche Gingerale liegt. Das Papier ist ein Scheck. Auf dem Scheck steht: fünfhunderttausend Euro.

Alles an mir hält an.

Mein Atem.

Mein wippender Fuß.

Mein zuckender Finger.

Mein Kiefer, der immer ein bisschen mahlt, sodass es in den Kaumuskeln bitzelnde Geräusche gibt, die ich von innen hören kann.

Alles stoppt.

Ich blicke von dem Scheck auf und ihn an, seinen großen gelehrten Kopf zwischen den Bücherstapeln auf Mahagoniholz.

Er sagt: »Dieses Geld gebe ich dir und du zahlst es mir irgendwann zurück.«

Ich will was sagen, er hebt die Hand: »Es ist *nicht* für die Firma, ich will keine Aktien dafür oder Anteile. Die anderen sollen nicht wissen, dass du es besitzt.«

»Was? Wieso das denn nicht?«

»Ihr gründet eine AG, ihr werdet euch bald selber anstellen und euch aus dem Firmengeld Gehalt zahlen. Scheitert die Firma«, er senkt den Kopf und zeigt die Lebenslinien seiner Hände, »was sie nicht wird, aber nehmen wir das Schlimmste an, dann geht ihr nicht mit unter, aber dann habt ihr keine Arbeit mehr, weil ihr eure eigenen Chefs wart. Verstehst du? Was ihr da aufbaut, das ist viel mehr als nur eine Selbstständigkeit als Schriftsteller wie bei mir. Das ist riesig!« Er betont das »riesig« so, wie ein Amerikaner »huuuuuge« betonen würde. Er sagt: »Ich möchte nicht, dass du die nächsten zehn, fünfzehn Jahre damit zubringst, ständig Existenzangst zu haben. Wer so was aufbauen will, braucht seine Kraft. Stell dir vor, du selbst bist sicher, bist versorgt, egal, was passiert. Wie kreativ kannst du dann sein in deinen Entscheidungen? Wie mutig!«

Ich fühle mich überrannt und überfordert, aber ich muss zugeben, dass es eine reizvolle Vorstellung wäre, lägen die Dinge anders.

Vater sagt: »Je nachdem, wie du lebst, reichen fünfhunderttausend Euro für zehn bis fünfzehn Jahre. Löse den Scheck auf ein neues Konto ein, das nur dir gehört, atme tief durch und dann leg los!«

Da sitze ich, mit meinem Vater, nur ein paar Monate nach der größten Scheiße, die ich jemals gebaut habe, und er bietet mir so viel Geld an, dass ich in aller Ruhe die Firma aufbauen kann, die ihn anscheinend so überzeugt und stolz macht, dass *er* sich sogar bei *mir* entschuldigt, nicht genug für uns da gewesen zu sein.

Langsam nehme ich den Scheck an mich und lasse ihn durch die Finger gleiten, als wäre dieses Papier an sich bereits etwas wert, als wäre es aus purem Gold oder ein Säckchen voller reinster Diamanten. Ich presse die Lippen zusammen. Ich weiß nicht, was ich denken soll. Was ich fühlen soll. Dieses Geld ermöglicht mir, den Erpresser auszuzahlen, ohne dass ich das Geld aus dem Firmenvermögen nehmen muss. Ohne Frau Närdemann zu bestehlen. Ich kann jetzt *tatsächlich* diese Firma aufbauen, die ich eigentlich nur angefangen habe, um irgendwie an das geforderte Geld zu kommen, von dem ich niemals gedacht hätte, dass ich es jemals in voller Höhe von meinem Vater kriegen könnte. Ich sollte mich freuen. Lina wird in Sicherheit sein.

Andererseits: Hier liegt meine Lebensversicherung, meine Absicherung für Jahrzehnte, ich käme zwanzig Jahre damit aus, viel länger, als Vater sagt, dreißig Jahre käme ich damit aus. Und ich muss es komplett abgeben an einen Fremden, den ich nicht kenne, der nichts geleistet hat und der es sich erschleicht, indem er ein junges Mädchen bedroht. Das ist so feige, so schwach, so unwürdig und so mies … Wenn ich diesen Mann jemals zu Gesicht bekomme, wenn er mir jemals begegnet, dann werde ich ihn vernichten.

»Danke«, sage ich, fast unhörbar leise, er könnte ein Buch umblättern und wäre lauter als ich. Wir merken beide, dass es das Höchste ist, was wir heute an Intimität hinbekommen. Uns umarmen, uns drücken, womöglich gemeinsam weinen oder so, das wäre jetzt nicht angebracht. Ich stehe auf, gehe zur Tür, bleibe darin stehen und sage, weil es gesagt werden muss: »Ich werde dich nicht enttäuschen.«

Dann gehe ich in den Keller, krame ganz tief im Schrank, wo niemals jemand aufräumt, greife mir hastig eine kleine Flasche Rum, wie ihn am Kiosk die Penner kaufen, und schütte ihn, auf dem Teppich vor meinem Schrank kniend, in einem Zug in mich hinein. Meine Kehle brennt und ich könnte schreien, so gut, wie das tut, und so schnell, wie es einen Nebel vor die viel zu vielen Gedanken schiebt, die meinen Kopf zum Platzen bringen. Ich krame weiter und suche noch einen Flachmann, denn da ist vor allem ein Gedanke, den ich jetzt betäuben muss, ein Gedanke, für den ich mich fürchterlich schäme. Er lautet: Scheiße, jetzt muss ich *wirklich* diese Firma aufbauen. Das, wovor ich mich scheinbar die ganze Zeit fürchtete – alles zu unterschlagen, alle zu verraten und dann einfach nur zu *verschwinden* –, hat mir nicht annähernd so viel Angst gemacht wie die Vorstellung, dass ich jetzt *da sein* muss. Für Palm Grove. Für Jule, Benjamin und Max. Für Frau Närdemanns Ersparnisse. Für all die Leute, die schon jetzt fünftausend, zehntausend, fünfzehntausend Stunden Arbeit in das Projekt gesteckt haben, das ich bloß anleierte, um an schnelles Geld zu kommen. Jetzt habe ich das Geld und muss nicht verschwinden. Darf nicht verschwinden. Muss da sein. Wach. Präsent. Arbeitsfähig. Voller Verantwortung. Jeden Tag. Viele lange Jahre. Ich kann nicht mehr zurück in eine Grube, in keine, ich darf mich nicht mehr hängen lassen.

Ich sollte mich eigentlich freuen.

Stattdessen hole ich einen Schlafsack aus dem Schrank, lege ihn als zweite Decke über mein Oberbett, zerre noch Schals, Mützen und Jacken hinzu und grabe mich in dem Textilienwust so tief wie möglich ein, wie ein Kind, das hofft, man findet es darin nicht mehr wieder.

ANOUAR M'SALEM

ANOUAR M'SALEM
ANOUAR M'SALEM

Das Geld ist eingezahlt.

Der Bankchef persönlich hat mich gestern empfangen, als die Summe der Ersteinzahlung durch den Laden ging. Die Bank gehört nicht zum Sparkassenverbund und sie liegt nicht einmal in unserem Bundesland, damit keiner mitbekommt, dass ich so viel Geld habe.

Oder eben hatte.

Morgen werde ich es dem Erpresser überweisen und die Bank wird Augen machen, dass die ganze Kohle schon wieder weg ist. Wüsste ich, wie man einen Scheck ohne Umweg direkt auf ein Nummernkonto einzahlt, hätte ich das auch gemacht, aber ich kann ja schlecht auf die Bahamas fliegen und nach einem Konto suchen. Dem Erpresser habe ich gesimst:

> »morgen kommt die ganze kohle, du pissgesicht. 499 486,79 euro. dann laesst du meine schwester in frieden.«

Er antwortete:

»morgen? das will ich sehen!«

Morgen ist heute und er wird es sehen. Ich sitze im Büro und habe drei Bildschirmfenster aufgemacht. Eines mit meinem Mailprogramm, das mein wichtigstes Alltagsinstrument geworden ist. Eines mit dem Onlinebankingportal meiner neuen Bank, um eine knappe halbe Million Euro – das komplette Vertrauen meines Vaters – auf ein Nummernkonto zu überweisen. Und eines mit einer Pornoseite, die dem Zweck dienen soll, die Aufmerksamkeit umzulenken, falls jemand ganz schnell an meinen Schreibtisch kommt.

Ich habe die Nummer des Erpresserkontos in die Empfängermaske eingegeben und will gerade mit der TAN bestätigen, als Max wie ein Blitz auf meinen Tisch zukommt und ich gerade noch das Browserfenster öffnen kann. Max wird tatsächlich rot, als er den Porno sieht.

»Du Ferkel!«, sagt er.

»Meine Güte«, sage ich, »kann der Chef nicht mal eine Minute für sich sein!« Das ist mein Spitzname hier, Chef, seit Frau Närdemann mich einfach so genannt hat.

Max hebt die Hände: »Ist ja guuuut.« Er verschwindet.

Ich öffne das Onlinebanking. Tippe die Zahlen ein.

Dreißig Jahre Ruhe, Vaters größte Geste. Er hat mir alles verziehen, ich bin kein Versager mehr für ihn.

Ich drücke auf »Auftrag ausführen«.

Es ist passiert.

Das Geld ist weg.

Ich schließe das Fenster und lösche den gesamten Verlauf. Ich lasse den CCleaner durchlaufen. Dann versetze ich den Rechner in den Neustart, damit wirklich alle Spuren weg sind.

»Ich muss scheißen«, sage ich, heute kann ich das so sagen, weil Jule bei einem Pressetermin ist und nur die Jungs da sind. Ich setze mich aufs Klo, wo wieder mal kein Papier ist und sich die Magazine stapeln, nehme das Touchphone zur Hand und tippe meine letzte SMS:

»das geld ist da. du verschwindest jetzt.«

Ich warte ab, ob direkt eine Antwort kommt. Sie kommt nicht. Er muss es erst mal prüfen. Ich ziehe ab, kehre ins Büro zurück und sehe Stefan und Jule, die gerade zur Tür reinkommen und strahlen wie die Honigkuchenpferde.

Ich bemühe mich, vollkommen gelassen zu wirken, und sage: »Ich dachte, du hättest einen Pressetermin.«

»Hatte ich auch«, sagt Jule und klopft Stefan auf die Brust. »Da kommt der hier an und erzählt mir –«

»Was?«, frage ich. »Was erzählt er?«

»Sag selbst«, sagt Jule.

Stefan leuchtet schon wieder vor lauter Vorfreude, uns gute Nachrichten bringen zu dürfen. Er läuft dabei auf und ab auf den knarrenden Echtholzdielen. Er sagt: »Wir haben im Grunde schon alle im Boot, okay? Wir haben Solarworld, die unseren Strom machen will. Wir haben die Palmenjungs. Wir haben Grundstücksangebote aus sieben Städten, die sich alle darin überbieten, uns die Baugenehmigung so einfach wie möglich zu machen. Gestern habe ich mit den Jungs von Bacardi zusammengesessen. Die wollen auch einsteigen. Der Chef von denen hat sich für unseren Aufsichtsrat beworben und er kann sich in eine lange Reihe stellen. Wir können uns die Leute aussuchen, so viele sind an den Posten interessiert.«

»Super!«, rufe ich und er macht wieder seine »Halt die Klappe, ich bin noch nicht fertig«-Mimik.

»Wir müssen nur noch auf den Knopf drücken«, sagt Stefan, »aaaaaaber: Das bringt alles nichts, wenn wir keine Großinvestoren haben. Euer Geld aus dem Schnellkochtopf da im Tresor in allen Ehren, aber wenn wir an die Börse gehen und uns nur auf die ersten Aktionäre verlassen, kann das irrsinnig nach hinten losgehen. Wer direkt zu Beginn stolpert, erholt sich nie mehr. Eine Firma, die mit niedrigem Kurs einsteigt und unten bleibt, ist genauso verbrannt wie ein Castingsänger, wenn sein halbes Jahr Pseudokarriere vorbei ist.«

»Heißt?«, frage ich und merke, wie sehr ich mir als Geschäftsmann die Ungeduld angewöhnt habe, nicht die aggressive von der Straße, die Streit sucht, sondern die, die kein Wort zu viel verwendet und immer klare Antworten hören will. Geschäftsmann, wie das klingt … aber es ist wahr. Wenn ich hier auf den Dielen stehe, bin ich es und es macht mir keine Angst. Dass ich neulich Nacht unter zehn Pfund Kleidung vergraben schlief, kommt mir hier in unserer Zentrale genauso unwirklich vor wie der Knast oder die Mülltonnenaktion mit Boris und Frederick.

Stefan sagt: »Das heißt, dass wir, bevor wir den Startknopf drücken, *sicher* sein müssen, dass mindestens *ein* ganz dicker Fisch einsteigt. Ein Risikokapitalgeber, der den Anfang macht, der sagt: ›Tschaka, ich presche vor!‹, denn wenn das passiert, steigen auch all die anderen ein, die das Ding mit uns bauen wollen. Erst dann fühlen sie sich sicher. Es ist wie beim Fußball. Einer muss nach vorne gehen und sich ein Herz fassen, dann geht es los.«

»Und warum freut ihr euch so?«

»Weil wir diesen dicken Fisch dieses Wochenende angeln können!«

»Wo?«

Stefan holt einen Prospekt aus der Tasche, klappt ihn auf und pinnt ihn mit einem Magnet über die Berechnungen und kryptischen Formeln auf Max' hysterischem Whiteboard. Es ist der Prospekt eines Restaurants in München, das damit wirbt, seine Räume wie kleine Gärten zu bepflanzen. Das kann aber noch nicht die Pointe sein.

Stefan sagt: »In diesem noblen Hause und einem Hotel nebenan tagen am Wochenende die wichtigsten Venturekapitalgeber des Landes. Das ist die Crème de la Crème, okay? Da kommt das Geld zusammen. Diese Männer, und sorry, Jule, es sind alles Männer, die verwalten das ganz fette Geld.«

»Und du kennst sie?«

»Ich kenne einen davon gut. Er steht auf Bio, auf Öko, auf Lifestyle, auf grünen Kapitalismus. Ich habe ihn kennengelernt, als ich Fundraiser für Greenpeace war. Er hat diese Biolimo mit groß gemacht und eine Smoothiemarke. Gerade steckt er im Osten ein paar Millionen in ein paar abgedrehte Freaks, die am angeblich schnellsten Elektroauto der Welt bauen. In der Garage.«

»Wie Bill Gates«, sage ich, um ihn zu necken.

Er ignoriert es. »Jedenfalls hab ich mal vorgefühlt und der Mann hat Interesse, bei Palm Grove einzusteigen.«

Max zeigt auf, er kann sich das immer noch nicht abgewöhnen: »Hast du eben bei den Elektroautos ein paar Millionen gesagt?«

Stefan sagt: »Hör auf aufzuzeigen.« Er holt einen Farbausdruck aus der Innentasche seines Sakkos und pinnt ihn neben den Hotelprospekt wie ein Agent einen Verdächtigen beim Meeting der Polizei in einer Krimiserie: »Anouar M'Salem, neunundvierzig Jahre. Bereitet euch auf ihn vor. Das ist das Wichtigste. Er muss sehen, dass die Menschen hinter einem Projekt die richtigen sind. Er ist sehr wählerisch und geht da nur nach persönlichem Eindruck. Zahlen? Egal. Analysen? Egal. Er macht all seine Geschäfte ausschließlich auf Tagungen und Empfängen, auf Partys und in Hotels, sogar an Strandbars. Einen seiner fettesten Deals hat er während eines Konzerts von Beyoncé abgeschlossen, und das nicht etwa in der VIP-Lounge. Er war als Besucher da und kam im Foyer der Halle mit ein paar jungen Leuten ins Gespräch, die damals im IT-Geschäft waren. Sie haben eine Firma gegründet, die Serious Games entwickelt, ernste Videospiele. Arzt sein im Kriegsgebiet statt Soldat. Einen Wirtschaftskonzern führen, ohne Wälder zu roden. Solche Themen, als Spiel. Er fand das großartig und hat ihnen fast aus dem Stand eine Million gegeben. Es war ihm egal, dass er sich damals verschätzt hat. Er ist impulsiv, er hat Feuer. Er verzeiht Fehler, aber er verzeiht niemals, wenn man keinen Drink mit ihm nimmt, versteht ihr, was ich sage?«

Max versteht, denn ihm steht der Schweiß auf der Stirn. Solche Sachen sind nichts für ihn. Ich meine, hey, der Junge zeigt immer noch auf!

»Wenn wir ihn also zu nehmen wissen, dann haben wir die Chance auf –«

»Auf Millionen. Ja.«

Jule lässt ihre Nase von links nach rechts tanzen. Benjamin verschränkt die Arme hinter dem Rücken. Ich fühle eine ganz komische Aufregung in mir aufsteigen. Millionen. Palm Grove. Bagger. Baustelle. Es könnte real werden. Wo ist meine Angst davor hin? Wo ist sie? Ich will den Startknopf drücken. Wir sind so weit gekommen.

Stefan sagt: »Das Wichtigste ist, dass ihr alle vier dort am Start seid, und das in Bestform. Auch du, Max. Sei du selbst, M'Salem mag keine Schauspielerei. Aber zeig nicht auf. M'Salem weiß, dass Palm Grove ein Viererteam ist, er hat alle Beiträge in der Presse gelesen, die Filme gesehen, die Homepage durchgesurft. Er hat mir gegenüber schon vom A-Team gesprochen. Das ›A-Team‹ mit Frau. Er will an diesem Abend das ganze A-Team kennenlernen, nicht nur Sven und Jule, wie sonst meistens. Das ganze Team. Wenn auch nur *einer* fehlt, würde er das als persönliche Beleidigung betrachten.«

Max rubbelt seine Nase.

Ich sage: »Dafür, dass dieser M'Salem nur in Projekte investiert, die die Welt retten sollen, scheint er mir ein ganz schön eingebildeter Egomane zu sein.«

Stefan grinst breit, lässt das einen Augenblick stehen und sagt: »Endlich fangt ihr an, dieses Geschäft zu begreifen.«

VERRÄTER

VERRÄTER
VERRÄTER
VERRÄTER

Für die Reise nach München hat Stefan uns Flüge gebucht. Die letzten Tage habe ich komplett damit verbracht, den Lebenslauf, die Projekte und die Vorlieben von Anouar M'Salem zu recherchieren. Da war viel zu tun. Vierzehn Firmen, die er unterstützt hat, habe ich mir angesehen, bis in die letzten Paragrafen ihrer Geschäftsbedingungen und jeden Artikel hinein, der jemals über sie geschrieben wurde. Ich habe mir seine Profile im Netz angesehen, die er mit Sicherheit nicht mehr selber betreut, die Webseite seiner Risikokapitalgesellschaft, alles. Ich habe herausgefunden, dass in seinem Heimatland Tunesien eine Biografie über ihn erschienen ist, die leider nie übersetzt wurde. Ich habe einen ganzen Tag, fünfzehn Stunden lang, nur nach diesem Buch gesucht, zehn Stunden davon mit dem Telefon. Ich habe Antiquariate angerufen, Hotels und Bibliotheken, in Deutschland, in Tunis, in den Staaten. Gefunden habe ich das Buch bei einem eBayer aus Marokko. Ich habe ihn angemailt und überzeugt, die Auktion abzubrechen, damit ich ihm direkt zweihundertfünfzig Euro überweisen und er das Buch per Express auf den Weg bringen kann. Ein Übersetzungsbüro aus Amsterdam hat mir das Ding an einem Tag ins Deutsche übertragen, vier Übersetzer haben gleichzeitig gearbeitet, was achtzig Stunden à achtzig Euro, also sechstausendvierhundert Euro Kosten erzeugte. Jule hat mich für verrückt erklärt, aber auf diese leicht bewundernde Art, und Max hat gezetert wegen der hohen Kosten.

Ich werde mein Wissen dieses Mal nicht so plump einsetzen wie damals bei Stefan. Und ich kann mir durch diese Biografie sicher sein, Dinge zu wissen, die sehr wahrscheinlich wahr sind, weil sie nicht in einem selbst erstellten XING-Profil stehen. Dass der Mann einen Reiterhof hat, etwa, und dass er die alte TV-Serie *Black Beauty* mag. Die habe ich mir auf DVD natürlich auch noch angesehen.

Heute geht es los nach München, wir wollen gemeinsam in Jules Auto zum Flughafen nach Düsseldorf fahren und haben uns um zehn Uhr im Büro verabredet. Jetzt haben wir 10.15 Uhr, meine Schritte knarren auf den Dielen und es ist niemand da. Ich mache mir einen Kaffee und tippe Jules Nummer ins Handy. Es tutet achtmal, dann geht ihre Mailbox ran: »Das ist der Anrufbeantworter von Jule Gunesch, Journalistin. Bitte hinterlassen Sie Ihre Nachricht nach dem Pfeifton.« Der Kaffee ist in die Tasse geröchelt, ich trinke davon. An dem Whiteboard hängen immer noch der Hotelprospekt und das Foto von M'Salem über Max' Formeln. Ich schaue mir das Gekritzel einmal genauer an. Eine Tabelle, Auflistungen mit Abkürzungen davor:

G.T.1 / S1:	00:42:12
G.T.2/ S7:	00:37:55
F.M. / S5:	01:22:07
NFS 1/ S4:	01:04:03
G.T.4 / S10:	00:55:03

Noch eine Tabelle, die Zahlen etwas anders notiert:

SCF	60:36	68
M05	62:37	63
FCN	51:29	60

AA	58:36	56
GF	60:46	56
DUI	56:36	55
FCK	53:48	52
SPAU	52:59	48
RWO	35:54	42
RWA	38:57	41
FCA	43:46	40
1860	44:46	39
HRO	52:53	38
TK	47:57	38
FFR	34:47	38
VOS	41:60	36
FCI	38:54	31
WWI	28:49	27

Was ist denn das?

Das hat doch nichts mit unserer Firma zu tun.

Das erinnert mich an irgendwas. Das sind … Sporttabellen. Natürlich! 52:59 und 48, 35:54 und 42, das sind Punkte und Torverhältnisse! Die Abkürzungen vorne stehen für deutsche Fußballmannschaften. SCF, M05, RWO … SC Freiburg, Mainz 05, Rot-Weiß Oberhausen, das ist eine Prognose für das Endergebnis der Zweiten Liga in dieser Saison! Und die andere Tabelle, das sind Rundenzeiten! Aus Rennspielen! GT steht für *Gran Turismo*, FM für *Forza Motorsport* und NFS für *Need For Speed*. S1 und S4 sind dann wohl bestimmte Strecken und darauf seine beste Zeit. Ein Best-of aus Max' Rundenzeiten in Videospielen. Was soll denn diese Scheiße?

Unter den Tabellen hat der kleine Verrückte eine Formel notiert:

$$\frac{\sqrt{8}}{9801} \cdot \sum_{n=0}^{\infty} \frac{(4n)! \cdot (1103 + 26390n)}{(n!)^4 \cdot 396^{4n}} = \frac{1}{\pi}$$

Das habe ich auch schon mal irgendwo gesehen. Ich gehe an Benjamins Rechner, weil der surrt und immer im Standby steht, was eine komische Angewohnheit für jemanden ist, der sonst ständig die Natur schützen will. Ich gebe ein paar Elemente der Formel von der Tafel ein und finde schnell einen Treffer. Es ist eine Formel des indischen Wundermathematikers Srinivasa Ramanujan, der damit vor rund hundert Jahren versucht hat, die Zahl Pi erschöpfend zu berechnen. Was malt Max da den ganzen Tag an die Tafel? Und warum sagt keiner was? Warum ist mir das noch nicht aufgefallen? Will er uns verarschen?

Ich schließe den Browser von Benjamins Computer und bemerke, wie viele Icons der Junge auf seinem Desktop hat. Es sind alles Spiele. Onlinespiele. Nicht nur *World of Warcraft*, das wäre ja schon zeitfressend genug auf der Arbeit. Der Junge hat sie alle auf seinem Rechner: *Tabula Rasa*, *Guild Wars*, *Ultima Online*, *Runes of Magic*. Spielt er den ganzen Tag MMORPGs, im Büro? Arbeitet er nicht? Und wo bleiben die alle? Unser Flieger geht um 13.30 Uhr. Wir müssen los. Ich wähle die Nummer von Benjamins Handy und höre auch hier eine Ansage: »Hier spricht Benjamin Wörle oder besser gesagt sein AB. Infos zu Natur und Fotografie bekommt ihr, wenn ihr eure Nummer hinterlasst. Piep.« Diese Sprüche regen mich auf. Neulich noch haben wir verabredet, dass wir alle auf unserer Mailbox bereits sagen, dass wir zur Palm Grove AG gehören. »Hier spricht der AB von Benjamin Wörle, Webmaster und Pflanzenbiologe der Palm Grove AG.« Kann doch nicht so schwer sein!

Ich spiele mit dem Mauszeiger auf seinem Monitor herum und öffne sein Mailprogramm. »Herzlich willkommen bei Outlook Express«, sagt ein Fenster und bietet mir an, das Programm kennenzulernen. Wie bitte? Benjamin hat sein Mailprogramm noch nicht einmal installiert? Haben wir irgendein merkwürdiges Netzwerkproblem? Sind alle unsere Mailprogramme auf null gesetzt? Ich schalte meinen Rechner und den von Jule an. Jules ist schneller oben. Ich klicke auf Outlook Express und das Fenster geht ganz normal auf. Jule hat dreihundertsechsundachtzig Mails im Posteingang. Ich überfliege die Betreffzeilen. »Hallo, Süße!« steht da oder »Nachricht von Mama«, »Ihre Bestellung wurde abgesendet« und »Re: Neues vom Wochenende«. Das ist Privatpost! Alles Privatpost! Ich scrolle den Posteingang herunter. Zwischen dreihundertsechsundachtzig Mails finde ich nur drei berufliche, ein paar vollkommen lieblose Anfragen bei kleinen Tageszeitungen, schlecht geschrieben und auch noch mit Tippfehlern.

Die Windows-Uhr zeigt 10.25 Uhr. Ich kann auf die drei nicht mehr warten. Ich weiß auch gar nicht, ob ich das will. Was ich denken soll. Max malt Rundenbestzeiten und Pi-Formeln auf das Whiteboard, Benjamin spielt den ganzen Tag heimlich Onlinerollenspiele und Jule schnattert per Mail mit Freundinnen und bestellt privat Schuhe. Ich wähle Max' Handynummer, weil er der Letzte ist, den ich noch nicht versucht habe. Sein AB geht ran: »Max hier. Piep.«

Das kann nicht wahr sein.

Versetzen die mich?

Ich habe über eine Woche lang nicht geschlafen und knapp siebentausend Euro ausgegeben, um alles über Anouar M'Salem zu erfahren. Was hat Stefan gesagt? Das A-Team muss komplett nach München fliegen, sonst ist alles für den Arsch. Ich kann aber nicht mehr warten. Ich lasse die Computer an, schlage die Tür zu, steige in meinen Wagen und brettere auf die Autobahn Richtung Düsseldorf.

Um dreizehn Uhr bin ich am Gate. Dreißig Mal habe ich in der Zwischenzeit versucht, mein Team anzurufen. Ohne Erfolg. Ich musste schon durch die Kontrollen, mein Pass und mein Gepäck sind geprüft, der Flieger geht in einer halben Stunde, in zehn Minuten beginnt das Boarding. Hundert Meter weiter kommt Stefan angerannt, einen Kaffeebecher in der Hand. Der Ohrknopf seines Handys baumelt ihm über den Kragen.

»'tschuldigung, hatte Stau. Hab deine Mail bekommen. Sensationell, was du alles über M'Salem rausgefunden hast. Aber übertreibe es nicht bei der Anwendung. Nicht wie damals bei mir.«

Er grinst schief und schnallt den Brustgurt seiner Tasche ab.

»Wo sind die anderen? Noch im Duty-free?«

Ich blicke zu ihm auf, die Ellbogen auf den Oberschenkeln abgestützt. »Sie sind nicht hier.«

»Wie bitte?« Er hört mit seinem fahrigen Gefriemel an Stöpsel, Becher und Tasche auf. »Was heißt das, sie sind nicht hier?«

»Ich war im Büro, habe auf sie gewartet. Ist niemand gekommen. Aber das ist noch nicht alles. Willst du wissen, was Benjamin und Jule auf ihren Rechern haben?«

Ich erzähle ihm die ganze Geschichte, schnell und atemlos, bis eine weibliche Stimme sagt: »Flug Nummer 815 nach München ist jetzt bereit für das Boarding!«

Stefan steht stumm vor mir, dann setzt er sich in den Schalensitz neben mir und legt die Arme in den Schoß. »Dann ist alles umsonst«, sagt er. »Ohne die drei brauchen wir nicht zu M'Salem zu fliegen.«

Ich kann das nicht fassen.

Jule, die ich im Garderobenspiegel geküsst habe.

Benjamin, der mich im Wald überhaupt erst auf die Idee gebracht hat, es mit Palm Grove zu versuchen, als er mir seine kleine Fabel von der Natur erzählte, die Zeit braucht, und von den Kindern, die zu früh die Blumenzwiebeln ausgraben.

Max, der seinen Keller als Zentrale zur Verfügung stellte.

Mein Telefon klingelt. Jules Nummer steht im Display. Ich drücke fast neben die Taste, so schnell will ich abnehmen: »Jule, wo –«

Ich komme nicht zu Ende, denn sie sagt, in einer Stimme, die ich noch nie an ihr gehört habe: »Na, hast du gesehen, was wir die ganze Zeit wirklich im Büro gemacht haben?«

Diese Stimme ist kalt wie Blech im Winter. Bitter, aber auch voller Triumph. Sie sagt: »Hast du mal genau hingesehen, Exknacki?«

Stefan schaut misstrauisch zu mir rüber. In meinem Ohr saust es, laut wie ein Abfluss, so wie es lärmt, wenn man einen Albtraum hat und gerade erst wach wird, während die Dämonen im Kopf immer noch weiterschreien.

Jule redet bei eingeschaltetem Lautsprecher. Ich höre Benjamin und

Max im Hintergrund und die Geräusche von einem Rennspiel, sie scheinen in Max' Keller zu sein. Jule sagt: »Hast du ernsthaft geglaubt, du könntest uns mit vierzehn Jahren einfach so den Rücken kehren, uns dann fünf Jahre lang mit deiner Gang erniedrigen, wo du nur kannst, und dann, wenn du uns brauchst, auf einmal zurückkehren – und wir nehmen dich auf? Lassen alles stehen und liegen, unsere Jobs, unser Abitur, alles, und arbeiten rund um die Uhr für deine Vision? Vom ersten Tag an, ohne zu zögern? Wie selbstverliebt und blind kann man eigentlich sein?«

Ich beginne zu zittern. Kälte schiebt sich zwischen meine Knochen und mein Fleisch, eisige Kälte, die nie mehr verschwinden wird.

»Ihr –«

»Ja, wir haben dich verarscht, Sven. Das war es uns wert. Damit du einmal spürst, wie sich das anfühlt, wenn man verraten wird. Fallen gelassen wie Dreck. Damit du merkst, wie das ist.«

Ich kann es nicht glauben und doch ist es plausibel. Sie haben mir wirklich von Beginn an geholfen, sogar noch vor Palm Grove. Sie sind ins Krankenhaus gekommen, als ich niedergestochen wurde, sie hatten damals keinen Grund dazu. Ich war ihr Feind, ihr Peiniger, gemeinsam mit Boris und Frederick, jeden Tag.

»Ihr habt mir damals eine Venusfalle gebracht«, sage ich und ich höre, wie Benjamin im Hintergrund applaudiert und »Schnellmerker!« ruft. Eine fleischfressende Pflanze war ihr Geschenk gewesen. Ein Biest, in dem man sich verfängt und das einen langsam verdaut. Damit fing es an. Das war ein Sinnbild. Wie hätte ich das damals ahnen sollen?

»Jetzt bist du auf dich allein gestellt«, sagt Jule. »Kannst ja mal sehen, ob Stefan noch weitermacht, wenn die Palm Grove AG nur aus einer Person besteht. Es ist dir ja wohl klar, dass auch unsere Väter raus sind, oder? Kein Architekt mehr, kein Designer, kein Bankchef. Aber du schaffst das auch alleine. Du hast uns doch sicher damals nur wegen der guten alten Zeiten wieder aufgesucht und nicht wegen dem, was wir so können und wie wir dir nutzen, oder?«

»Ihr …« Mir fällt kein Schimpfwort mehr ein.

»Leb wohl«, sagt Jule und legt auf. Das Letzte, was ich höre, ist der Jubel der Jungs, als Max eine Ziellinie durchfährt. Ich blicke Stefan an und durch ihn hindurch zu den Passagieren, die boarden. Es sind schon fast alle im Flugzeug.

»Sie haben mich verarscht«, hauche ich, »die ganzen Monate lang. Sie sind weg. Und ihre Väter auch. Alle weg. Weil ich so gemein zu ihnen war, die ganzen Jahre. Das war ihr Racheplan …«

Stefan macht ein Gesicht, als hätte Michael Ballack persönlich zehn Meter am leeren Tor vorbeigeschossen. Das Bodenpersonal am Schalter winkt und ruft, dass wir endlich einsteigen sollen. Stefan steht auf, schüttelt den Kopf und stößt einen Laut aus, den ich bislang nur bei meiner Mutter gehört habe, wenn mein Vater sie schwer enttäuscht hat. »Es war die ganze Zeit nur ein Kindergarten«, sagt er. »Ich hätte es wissen müssen. Neunzehnjährige. Neunzehnjährige …« Er schlägt die Hand vor die Stirn. »Wie konnte ich nur so gutgläubig sein?«

»Aber Stefan, ich –«

»Halt die Fresse!«, brüllt er. So habe ich ihn noch nie gehört. Er zeigt mit dem Finger auf mich, den Kopf puterrot vor Zorn, macht einen Schritt vor, einen zurück, schaut zu den Stewardessen und den Überwachungskameras. »Duuuuu ….«, knurrt er und sicher, er ist nicht mein Freund, das war er nie. Er ist mein Manager. Das ist ein Unterschied. Man versteht so was irgendwann nicht mehr. Er macht einige Schritte rückwärts, weg von mir, endgültig weg von mir, den Finger immer noch wie eine Kanone auf mich richtend, und sagt: »Du schuldest mir was. Fünfzigtausend Euro, für tausend Arbeitsstunden im Namen dieser Scheißfirma, dieses blöden Witzes! Mindestens! Wir sprechen uns noch!« Dann dreht er sich und geht, seine Tasche schwingt.

Eine Stewardess kommt zu mir und sagt: »Sie müssen jetzt einsteigen oder die Maschine geht ohne Sie.«

Ich sage: »Dann geht sie ohne mich.« Ich stehe auf, mein Rucksack wiegt vierzig Tonnen. Mein Ticket lasse ich zum Ausbuchen bei der

Stewardess. Ich brauche circa dreißig Minuten, nur für den Weg raus aus den Gates und wieder rein in die Vorhalle mit den Geschäften, Cafés und Bars.

Zwischen ihnen ist in der Mitte ein Riesenmarketingstand der Formel Eins aufgebaut. Sie macht Imagewerbung, indem sie vier knallrote Rennwagen-Arcade-Games aufgestellt hat, zum Reinsetzen mit Lenkrad und Pedalen, darin läuft das neueste *F1*-Game, das später im Jahr auch für den PC erscheinen wird. Die vier Spieler fahren immer das gleiche Rennen gegeneinander, das auf einer großen Leinwand zu sehen ist, sodass jedem Fluggast auffällt, dass hier ein Wettbewerb zum Mitmachen läuft. Ein Rennen ist eben zu Ende gegangen, ein erwachsener Mann, zwei Teenager und ein Junge steigen aus den Wagen und der Junge jubelt, weil er auf der großen Leinwand in der High-Score-Liste des gesamten Tages auftaucht. An einem kleinen Tisch tragen sich die Spieler bei einem Marketingmädchen ein. Der Junge hat sich in der High-Score-Liste »Furious Felix« genannt.

Ich setze mich in eine winzige, braun getäfelte Bar gegenüber, eine Nische für Manager, die nur auf Flughäfen leben und immer mal gerne einen trinken, weil sie ihre Frauen, die es ihnen verbieten könnten, nie sehen. Zwei Briten sitzen darin und quasseln mit hartem Londoner Akzent, ein kleinerer Mann sieht aus wie ein Singhalese. Seine Frau ist besonders weit weg. Ich bestelle mir einen doppelten Glenfiddich für sieben Euro achtzig, es ist jetzt sowieso alles egal. Stefan ist, ohne zu zögern, gegangen, nicht nur weil es sich nicht lohnt, allein zu M'Salem zu fliegen. Für ihn ist die Firma tot ohne die anderen und er hat recht, das ist sie auch. Das Geld von Frau Närdemann werde ich ihm geben müssen für seine teure Arbeit, bevor er mich verklagt. Das Geld meines Vaters ist auf den Bahamas. Vor meiner Nase wird ein Whisky auf die Theke gestellt. Ich bin wieder bei null.

Drüben bei den Automaten läuft ein neues Spiel. Einer der Teilnehmer fährt Ideallinie und prescht den anderen voraus. Ich kippe den Whisky. Kühl. Goldbraun. Würzig. Frisch. Stark. Es gibt nichts Besseres. Das Rennen geht zu Ende und eine laute Melodie ertönt.

Der Sieger hat Platz 1 in der High-Score-Liste gemacht, er war ganze zwölf Sekunden schneller als Furious Felix. Zwölf Sekunden sind eine Welt beim Autorennen, eine ganze Galaxie. Der Name des Fahrers erscheint auf der Leinwand: »Max Sippel.«

Ich umklammere mein Glas.

Eine Hand legt sich auf meine Schulter.

»Zum Trinken wollten wir dich allerdings nicht wieder animieren.«

Jule.

Mit ihrer echten Stimme, nicht der bitteren Blechversion vom Telefon vorhin. Vorhin?

Das ist gerade mal eine halbe Stunde her, nicht lang genug, dass sie aus Max' Keller hierhergefahren sein könnten. Die Autorenngeräusche. Das waren die Automaten da drüben! Sie waren auf dem Flughafen, als sie angerufen haben! Benjamin tritt hinter einer kleinen Dekopalme im Kübel hervor. Max kommt vom Spielpodest herbeigelaufen.

In einer Sitzschale senkt ein Mann eine Zeitung und grinst. Es ist Stefan.

Sie haben mich tatsächlich verarscht.

Aber anders, als ich dachte.

Stefan steht auf und kommt rüber. Max ist angekommen und hechelt wie ein Hündchen.

Jule sagt, ruhig und sehr ernst: »Wir wollten dich am Anfang wirklich fallen lassen, Sven. Als wir eingestiegen sind. Die ganzen Hilfen, der Enthusiasmus. Das *war* gespielt. Wir *haben* dich gehasst, du *hattest* uns verraten. Eine kleine Entschuldigung an Max, bloß weil du uns gebraucht hast, das reichte nicht. Wir wollten dich wirklich aufbauen und dann hängen lassen.«

Stefan sagt: »Und es wäre verständlich gewesen, nach dem, was du mit ihnen gemacht hast, all die Jahre. Was sie mir erzählt haben.«

Jule sagt: »Aber dann, dann haben wir gesehen, was mit dir passiert ist. Wie der alte Sven wieder zum Vorschein kam. Den, den wir kennen. Den, der mit Benjamin Wildkräutersuppe auf Klassenfahrten macht. Der alles wissen will, sich alles merkt, der Bock aufs Leben hat. Wir sind wieder Freunde geworden …«

»Dann war der Kuss im Fernsehstudio …«

»… nicht gespielt, nein«, sagt sie, wiederholt ihn aber jetzt nicht.

»Der Flug, München …«

»Nur du hattest ein Ticket für Flug 815«, sagt Stefan, »unsere sind alle für 15.30 Uhr. Inklusive deinem anderen. Die hundertfünfundzwanzig Euro war es uns wert.«

Ich muss ihnen Respekt zollen.

Das hat gesessen.

»Wie habt ihr das im Büro gemacht? Mit den Festplatten?«

»Zweite Partitionen«, sagt Benjamin.

»Nachts die Tafel umgemalt«, sagt Max, »obwohl, so was merkst du ja eh nicht, du Mathepfeife!«

Sie haben mich verarscht.

Das A-Team ist wieder komplett.

Wir haben noch Zeit, bis unser Flieger geht.

»Wollen wir Autorennen fahren?«, frage ich und es ist mir egal, dass Max mich zweimal dabei überrunden wird.

DER GELDBEUTEL

DER GELDBEUTEL
DER GELDBEUTEL
DER GELDBEUTEL

Anouar M'Salem steht an dem kleinen, runden, hohen schwarzen Tisch neben mir und lacht sich schlapp. Stefan ist unterwegs, irgendwo zwischen Palmen und Rosengittern und Buffets, über deren leckeren Pfannen sich Ficusblätter beugen. Es ist wie ausgedacht und auch irgendwie putzig, dass sich diese einflussreichen Risikogeldgeber in so einer romantischen Location wie der Alten Gärtnerei treffen. Und es passt natürlich auch zu unserem Anliegen.

Das Projekt Palm Grove haben wir dem viel scherzenden Tunesier, dessen Anzug teurer ist als alle unsere privaten Autos und Computer zusammen, schon längst vorgestellt, er wollte nur ein paar Worte hören, um zu wissen, wie wir selbst darüber sprechen, die Fakten kennt er ja alle schon. Das Wichtigste ist, dass er sich seit einer halben Stunde köstlich darüber amüsiert, was ich zu erzählen habe. Ich habe alles verworfen, was ich für siebentausend Euro über ihn rausgefunden habe, einfach alles. Pferde, Firmen, Lieblingsmusik, Kindheit, alles. Stattdessen habe ich ihm zugehört und bemerkt, dass er hin und wieder einen kleinen Scherz über seine Landsleute in Tunesien reißt, über ihren Charakter und ihre Schwächen, und da habe ich spontan beschlossen, meine ganze Strategie komplett umzuwerfen und mich meinerseits über uns Deutsche lustig zu machen. Oder besser gesagt: über die Angst der Deutschen vor der Welt, in der wir uns hier bewegen, der Welt des Marktes und der Ellbogen, der sportlichen Welt, wo die Tore gleich Millionen sind und der Schiedsrichter der Staat mit seinen tausend Gesetzen. So verbrüdere ich mich als cooler Geschäftsmann unterschwellig mit M'Salem gegen die trägen Sicherheitsdenker. Denn er mag ja Biolimonaden und Elektroautos und hoffentlich unser Palm Grove unterstützen und nicht Chemie und Benzin und Krieg, aber er bleibt trotzdem ein Businessriese, ein einsamer Wolf im Wald und kein Oberförster, der sich vom Amt sein Einkommen bezahlen lässt.

»Wer gut lügen kann, der wird Journalist«, sage ich und kaue dabei auf einem Brot mit Lachs, weil M'Salem auch gerne mit halb vollem Mund redet. »Wer kriminell veranlagt ist, geht zum Finanzamt.« M'Salem gibbelt wie ein Junge, den Mund voll, am Arm eine Uhr für achttausend Euro. »Sadisten sollen überdurchschnittlich oft Zahnärzte werden. Faule werden Beamte. Und wer nichts wird, wird Wirt. Wer aber alle diese Eigenschaften gleichzeitig erfüllt, der wird ein deutscher Politiker.«

M'Salem prustet, er hat Spaß an so Witzchen. Ich proste mit ihm und sage: »Neulich gab es eine große Umfrage und wissen Sie, was dabei herumgekommen ist?« M'Salem schüttelt den Kopf. »Die Deutschen sind das einzige Volk auf der ganzen Welt, das sich mehrheitlich gegen Steuersenkungen ausspricht!«

Der Tunesier schmeißt sich weg. Jule und die anderen müssen nichts machen. Er liebt mich und somit uns, die risikofreudigen Jungunternehmer, die groß denken und die Beamte hassen. Nachher geht es noch aus den Glashäusern der Gärtnerei raus ins Hotel. Spätestens da wird er uns zusagen. Alles läuft nach Plan. Stefan kommt wieder zu uns, körperlich bleibt er an unserem Tisch, aber seine Aufmerksamkeit schweift noch durch den ganzen Raum.

»Na, vergnügen Sie sich gut?«, fragt er rhetorisch und M'Salem nickt und tupft sich mit einer Serviette das Lachsfett von den Lippen.

»Der Junge gefällt mir«, sagt er, stößt hinter der Serviette höflich auf und fügt hinzu, das grüne Cellulosepapier auf seinen Teller legend: »Aber so leid es mir tut, Leute, ich kann bei eurem Palmenbad nicht einsteigen.«

Max fällt die kleine, eckige Kinnlade runter. Jule ringt um Fassung. Ich sage nur, viel zu empört und uncool: »Waaaas? Warum denn nicht?«

»Ich weiß, Sie haben mehr erwartet, und ich hatte es ja auch vor«, sagt M'Salem und sieht dabei auch zu Stefan, »aber erst gestern sind mir auf einer Matinee in Mailand ein paar Bauingenieure begegnet, die etwas Sensationelles vorhaben. Sie wollen das erste Gebäude errichten, das komplett der Bauweise eines Termitenhügels entspricht. Also, die Wände sind nicht aus Speichel, Erde und Kot, das nicht, aber sie schauen sich das Prinzip ab und bauen es nach, bis sie die passende Entsprechung in Menschengröße gefunden haben. In einem Termitenbau sind immer dreiundzwanzig Grad Raumtemperatur, ganz von selber. Wussten Sie das?«

»Ja«, sagen Benjamin und ich gleichzeitig.

»Ich habe nicht lange überlegt, ich steige da ein. Sorry, aber wenn die einen Durchbruch schaffen, werden Tausende Gebäude auf dieser Welt so gebaut werden. Ein Palm Grove gibt es erst mal nur einmal, aber die Kosten-Nutzen-Relation ist trotzdem unvorteilhafter. Manchmal muss man sich entscheiden. Nichts für ungut.« Er klopft auf den Tisch, lächelt, nichts für ungut, und ist weg, als wären wir kein Wort mehr wert, sobald er beschlossen hat, dass die Sache ins Wasser fällt.

»Termitenbauten«, sagt Benjamin und schaut trübe ins Leere. Max sieht aus, als wolle er nur noch schnell an eine Konsole.

»Tut mir leid, das wusste ich nicht«, sagt Stefan.

»Einen Abend früher und wir hätten ihn gehabt«, sage ich. Dann schlage ich auf den Tisch: »Scheiße!« Ein Glas springt und fällt vom Tisch auf den Boden. Es zersplittert. Ein paar Männer sehen zu uns rüber.

Stefan sagt schwach: »Ich geh ihm mal nach …«, aber ich glaube nicht, dass er was retten kann. Einer der Männer, die gerade geguckt haben, entfernt sich von seiner Gruppe und kommt zu uns. Er hat einen finsteren Blick, voller Skepsis, wie ein ganz alter Physiklehrer in der Schule, der keine Gnade kennt. Stefan stockt. Der Anzug des Mannes ist grau-braun kariert, er passt nicht zwischen all die jungen, aufgeregten Risikomenschen, die mal eben in Mailand Millionen in Termitenhügel stecken oder heute Nacht im Hotel noch die ein oder andere Aufputschdroge genießen. Er stellt sich zu uns und schmatzt ein wenig mit der Zunge. Dann entsteigt eine tiefe, bassreiche Stimme seinem Mund: »Guten Tag, ich bin Eberhard Beutel von der Firma Beutel & Kuhn. Sie sind dieser junge Mann mit der Palmenbadidee, nicht wahr?«

Ich nicke und wirke wohl so, als wollte ich bereits losplatzen mit meiner Werberede, denn er spricht lauter weiter, damit ich meine Klappe halte: »Ich habe Ihre Geschichte gelesen. Und gehört. Und gesehen. Knast und Karriere und so weiter. Damit Sie eines sofort wissen: Ich halte nichts von diesem ganzen Schnickschnack. Filmreportagen. Imagekampagnen. Ob Sie im Gefängnis waren, ist mir herzlich egal, meinetwegen können Sie im Irak gekämpft haben und es wäre mir gleich. Das Einzige, was mich interessiert, sind die Chancen. Schwarz auf weiß. Und wie ich vermute, stehen die bei so einem Projekt langfristig gut.«

Ich zeige auf Max: »Da könnte vielleicht unser Zahlenmann Herr Sippel was zu sagen.«

Max zuckt kurz mit dem Arm, als wolle er aufzeigen, aber er ist ja schon dran. Er schaut nach links, nach rechts, nach oben. Herr Beutel sagt: »Wollen wir beide uns irgendwo hinsetzen, wo es ruhiger ist, Herr Sippel?«

Stefan nickt ermunternd, ganz leicht nur, aber Max begreift es. Dann geht er mit dem Mann weg, der er selbst sein könnte, er selbst in vierzig Jahren, mit Selbstbewusstsein und im Karoanzug. Eine halbe Stunde diskutiert er mit dem Mann, irgendwo, und wir trinken

Wasser und essen hundertzwanzig Lachsschnittchen, weil unsere Nerven blank liegen. Dann kehren die beiden zurück, mit gelösten Gesichtern, wie Politiker nach einer Konferenz, nur dass hier wahrscheinlich was beschlossen wurde. Sie stellen sich an den Tisch, der große alte Mann und der kleine quadratische Rechenautomat.

»Sie haben einen guten Zahlenmann«, sagt Beutel und betont das »Zahlenmann« so, als müsste eigentlich Max der Chef sein, wenn ich schon keine richtigen Berufsbezeichnungen kenne.

»Das heißt?«, frage ich.

Jule schaut auf ihren Teller.

»Das heißt, Beutel & Kuhn sind interessiert, ernsthaft in Sie zu investieren.«

»Ha!«, ruft Jule und wirft ein Stück Brot in die Luft. Sie fällt dem Mann um den Hals. Der sagt: »Sachte, sachte«, aber genießt es durchaus, dass so eine junge Frau an ihm klebt. Jule kann sich nicht bremsen, meine Güte, sie ist neunzehn wie wir alle und sie weiß, was bei solchen Geldgebern der Begriff »ernsthaft« heißt.

»Wir werden uns noch einige Male in Ruhe zusammensetzen müssen«, sagt Herr Beutel und sicher, es wird Meetings geben und Besprechungen und Zahlendreherei, aber trotzdem höre ich in meinem Ohr schon jetzt Fankurvenchöre, wie beim Fußball. Sie grölen: »Jetzt geht's los! Jetzt geht's los!« Vor meinem geistigen Auge sehe ich den Startknopf. Wir können bald drücken und dabei habe ich über diesen Herrn Beutel vorher nichts, aber auch gar nichts recherchiert.

PRÜGEL MIT DER SPEISEKARTE

PRÜGEL MIT DER SPEISEKARTE
PRÜGEL MIT DER SPEISEKARTE
PRÜGEL MIT DER SPEISEKARTE

»Bald können wir packen«, sagt Benjamin und deinstalliert die ganzen MMORPG-Zugangsicons von seinem Desktop. Er sieht dabei durchs Altbaubüro. »Macht einen fast ein wenig melancholisch, oder?«

Max kaut auf Nüssen, den Blick fest auf seinem Bildschirm. »So lange hier auf unserem Konto nicht die Zahlen aufblinken, glaube ich gar nichts.« Max hat ja recht, man darf ruhig gezügelt denken. Aber nach einigen langen Treffen hat es tatsächlich funktioniert. Die Risikokapitalgesellschaft Beutel & Kuhn hat zugesagt und bald *werden* in unserem Bankaccount auf dem Bildschirm neue Zahlen stehen, und zwar siebenstellige. Zwei Millionen wollen sie in Palm Grove hineinpumpen, und jedes Mal wenn ich daran denke, wird mir die Brust eng. War ich nicht vor einem halben Jahr noch der größte vorstellbare Versager? Und die anderen »nur« talentierte Teenager? Habe ich vor wenigen Wochen nicht noch gedacht, das Unternehmen hier sei nur ein Geldbeschaffungsvorwand für mich?

Ich habe etwas gelernt. Wenn man einmal anfängt, einen Weg zu gehen, der wirklich zu etwas führen kann, dann wird man schneller, als man denkt. Man kommt eben nur nicht gleichmäßig voran. Es gibt Phasen, da glaubt man, wochenlang an einem Rastplatz stehen zu bleiben. Das war bei uns die Zeit, als wir alles im Geiste aufgebaut haben, Detail für Detail, Plan für Plan, Mappe für Mappe. Als wir Werbung machten und Interessenten sammelten, Leute anfixten und ihnen die Marke Palm Grove in den Kopf setzten, bis jeder sie kannte, obwohl sie nur eine Fiktion war. Am Ende konnten wir sagen, wo in den Duschen welche Schraube hinmuss, damit die Ablage passt. Wir kannten jeden Stein in jeder Grotte und jeden Palmensetzling mit Namen und für jeden Job hatten wir Leute in petto. Wir schienen zwar nicht voranzukommen, aber wir hatten alles klargemacht und fertig vorbereitet.

Als dann der »Geldbeutel« kam, wie wir Herrn Beutel unter uns nennen, und wir den Rastplatz wieder verließen, waren wir in Sekunden am Ziel. Weil wir so gut vorgearbeitet hatten. Mit dem Kapital vom Geldbeutel zogen alle Interessenten in der Warteschleife nach, wie bei einem Damm, der endlich bricht. Solarworld, die Baufirmen, die Palmenlieferanten, die Innenausstatter, die Gewächshausbauer, die kleineren Sponsoren vom Schwimmbedarfshersteller Speedo bis zum Kokoscocktailriesen Bacardi. Sie alle sagten zu und unsere eigene Stadt versprach uns schließlich doch, uns mehr als alle anderen entgegenzukommen, wenn wir ein Grundstück auf ihrem Territorium erwerben würden, das Land eines ehemaligen Sportflughafens für Segelflieger am Rande der Stadt.

Jetzt müssen die Gelder nur noch kommen und tatsächlich angewiesen werden. Das soll heute geschehen. Am heutigen Banktag müsste unser Firmenkonto den Geldeingang aufweisen und deshalb sitzen wir auch so früh hier, alle vier, noch vor sieben Uhr morgens, Max vor dem geöffneten Browser. Auf der kleinen Anrichte steht eine Flasche Sekt neben dem Kaffeeautomaten. Sekt und Orangensaft, denn ich versuche wieder, vom Alkohol runterzukommen. In ein paar Minuten wird alles, wofür wir die letzten Wochen gearbeitet haben, möglich. Oder in ein paar Stunden. Max aktualisiert alle zwei Minuten den Browser wie ein liebeskranker Freund, der auf eine Verzeihungsmail seiner Freundin wartet.

Jule sagt: »Es gibt da ja so ein Gesetz, das besagt: Wenn man auf etwas wartet, passiert es immer erst in dem Moment, wo man nicht hinguckt.«

Ich kichere.

Auf meinem Monitor ist Linas Blog geöffnet. Sie schreibt:

> »Ich bin jetzt fast acht Monate hier und immer noch keinem wirklich bösen Menschen begegnet. Sicher, es gibt Andrew in der Schule und seine Idioten, aber wo gibt es die nicht? Die australischen Männer sind manchmal brummig und still, besonders die älteren mit den besonders vielen Haaren an den Beinen. Aber sie haben ein Herz. Acht Monate habe ich wirklich genau darauf geachtet. Ich habe sogar gesucht nach Schlechtem, damit ihr nicht denkt, meinen Blog hier sponsert der australische Tourismusverband. Ich meine, hey, ich gehe hier zur Schule, ich bin nicht in den Ferien, ich habe drei Vieren auf dem Zeugnis, was mir zu Hause nicht passiert, und Ms Frederikson bleibt eine blöde Kuh. Aber schlechte Menschen? Fehlanzeige. Man neidet hier niemandem was. Man tratscht nicht böse über Nachbarn. Ihr könnt euch nicht vorstellen, wie mich das erleichtert. Mein Vater hat gesagt: ›Lina, ich möchte nur nicht, dass du enttäuscht bist, wenn es nicht so ideal ist, wie du es dir herbeiträumst.‹ Ich habe nicht geträumt, Papa! Es ist so!«

Ich lese das und bin glücklich. Wenn Lina heimkommt, werde ich sie schon in unser neues Büro einladen können, ein ganzes Haus mit vier Stockwerken und eigenen Parkplätzen mit Rhododendronbüschen davor, das wir uns leisten können, sobald das Geld da ist. Dass wir uns leisten *müssen*, sobald das Geld da ist, denn unsere AG, und sei sie auch klein, wird Aufsichtsratssitzungen haben und Geschäftspartner empfangen und Planungsbüros einrichten. Da braucht man mehr als eine Wohnung als Geschäftsraum. Das ist so ein Wahnsinn! Wir sind neunzehn und müssen uns nicht mal mehr fragen, was wir in unserem Leben werden wollen. Wir sind wie diese Jungs, die Google gegründet haben und jetzt die Welt beherrschen, aus ihrem riesigen, bunten, spacigen Googleplex heraus. Beim wievielten Klick wird Max aufschreien, weil das Geld endlich da ist? Beim zehnten? Beim hundertsten? Beim tausendsten? Ich beobachte ihn, das kleine Genie, und kaue an einem Apfel.

Mein Telefon klingelt. Ich hebe ab.

»Er wird nicht überweisen.« Es ist Stefans Stimme. »Der Geldbeutel. Er hat mich angerufen. Er wird nicht überweisen.«

Die Worte sind zwar da im Hörer, aber ich kann sie nicht greifen. Haben sie mit uns zu tun? Meint Stefan ernst, was er da sagt?

»Was?«, sage ich und er muss sich sehr beherrschen, während er sagt: »Habt ihr einen Kiosk in eurer Nähe?«

»Ja.«

»Dann geh jetzt da hin. Sofort!«

Die anderen machen Gesichter wie Menschen im Wartezimmer nach einem Unfall. Ich stehe auf, erkläre nichts, eile die Treppen hinab und renne um die Straßenecke zur Trinkhalle. Ab fünf Uhr geöffnet und frische Brötchen. Ich sehe mich um, in der Auslage, an der Decke, als müsse ich eine Wanze suchen. Dann schaue ich auf die Theke, wo die BILD liegt. Die Titelzeile handelt von Oliver Pocher, aber der Kasten daneben, der als Zweites ins Auge fällt, der handelt von mir. »Beliebter Jungunternehmer = ein Vergewaltiger?« Ich sehe mich selbst in diesem Kasten, ein Foto von irgendeinem Umtrunk, und daneben steht:

> »Die Geschichte von Sven Lechner (19) und Palm Grove bewegte Deutschland: Der Sohn des bekannten Bestsellerautors Michael Lechner war ganz unten, doch dann wurde er über Nacht vom gescheiterten Gewalttäter zur grün schillerndern Hoffnung aller jungen Menschen in

Krisenzeiten. Er steht für Visionen, für Leidenschaft und für das jüngste AG-Gründerteam der Republik. Doch jetzt das! Die fünfzehnjährige Debby Drpic behauptet: ›Er hat mich auf einer Party zum Sex gezwungen!‹ Ist Lechner doch noch der gefährliche Mann, der er mal war? Tun sich weit tiefere Abgründe auf?«

Ich klebe an diesen Zeilen fest wie eine Mücke am Baumharz. Der Verkäufer sagt: »Raus aus meinem Geschäft, du Schwein!«

Ich sehe den kleinen Mann an. Seine Augen funkeln. Er glaubt, was da steht, denn was da steht, ist in Deutschland Gesetz.

Ich sage: »Sie denken doch wohl nicht, dass –«

»Raus!!!«

Ich stolpere aus dem Laden. Das Handy klingelt. Stefan ist dran: »Na, bist du im Bilde?«

»Das ist gelogen!«, sage ich.

»Ist mir egal, Mann. Was mir nicht egal ist, ist, dass bei mir die Geldgeber anrufen. Bacardi und Solarworld ziehen sich auch zurück, solange das nicht geklärt ist. Und glaub mir, das werden alle. Alle werden abspringen! Wahrscheinlich kommt auch noch diese Oma vorbei und prügelt ihr Schnellkochtopfgeld persönlich wieder aus euch heraus.«

Mein Gott, Frau Närdemann, auch sie wird es lesen! Meine Eltern! Vielleicht sogar meine Schwester, wenn sie nach deutschen News im Internet surft!

»Niemand will mit Kinderfickern zu tun haben!«, sagt Stefan im Handy und ich weiß nicht, was ich ihm antworten soll, so absurd ist das Ganze. »Wir sehen uns um neun Uhr zur Lagebesprechung, ich komme ins Büro«, sagt er und legt auf. Das Telefon zeigt an, dass in der Zwischenzeit Jule versucht hat, bei mir durchzukommen. Ich will sie anwählen, obwohl ich ja ohnehin gleich im Büro bin, als mir mein Telefon zuvorkommt. Jetzt ist es Vater.

»Sven!!!«

Für diesen Schrei hätte er kein Telefon gebraucht. Den hätte ich auch ohne Handy bis hierher gehört, über alle Häuser hinweg, das Krankenhaus, die Kräuterplantage, die Felder und Wiesen, die B8, die Bahnhofsbrücke, den Heubergpark, die Fußgängerzone. Ich hätte ihn gehört.

»Was passiert da???«

Ich will ihm antworten und laufe dabei weiter zu unserem Büro, schließe die Tür auf, den Hörer unterm Arm, doch er ist noch nicht ganz fertig: »Welche Leichen hast du noch im Keller, Sven? Was hast du angestellt, als du ständig im Suff warst?«

Ich fasse nicht, dass er mich das fragt. Denkt er wirklich, ich würde so was tun? Er ist doch derjenige, der abgelehnt hat, »diesem Drecksblatt« jemals ein Interview zu geben, weil es nur lügt. Die alten Stufen ächzen unter meinen Schritten. Auf der Treppe vor der Tür zu unserem Büro stehen vier Menschen mit Scheinwerfer, Mikrofon, Kamera und Licht. Das Fernsehen hat Wind von der Sache gekriegt. Jule steht in der Tür und versucht noch zu winken, das Handy in der Hand, deswegen hat sie angerufen. Das alles begreife ich, während ich gleichzeitig meinem Vater im Telefon antworte. Der Satz fällt noch aus mir heraus, ehe ich abbremsen und umkehren kann. »Dad, ich habe viel Mist gebaut, aber doch nicht so was!«

Die Fernsehwichser haben bemerkt, dass ich da bin, und richten ihr Licht auf mich. Ich weiß, ich sollte jetzt am besten gar nichts sagen. Schon gar nicht sollte ich mich aufregen. Aber ich rege mich auf. Heute ist der Tag, an dem das Geld ankommen soll. Heute ist der Tag, an dem wir den Startknopf drücken wollen. Und jetzt wirft mir ausgerechnet Debby einen Knüppel zwischen die Beine und diese Schlangen vom Fernsehen kauern auf der Treppe, geil auf ihre Beute.

»Sie haben also das Mädchen nicht angefasst, Herr Lechner?«, fragt die Reporterin und ich vergesse mich und motze: »Die kleine Schlampe wollte es doch!«

Jule wirft oben in der Tür den Kopf nach hinten, Benjamin steht mit hängenden Armen und Buckel neben ihr. Das war kein guter Satz von mir, aber ich muss jetzt um mich beißen, wenn alle nur darauf aus sind, mich wieder und wieder aufzuhalten. Ich sage: »Und sie ist keine fünfzehn! Sie ist neunzehn, genauso wie wir! Sie treibt es mit jedem, der nicht schnell genug auf den Bäumen ist, das wissen alle hier in der Stadt!«

»Sven! Hör auf!«, ruft Jule aus der Tür und ich merke, was ich da gerade mache und dass die Linse der Kamera von meiner Schimpfspucke kleine, feuchte Bläschen bekommen hat.

»Schon gut, das reicht uns bereits!«, trällert die Moderatorin und das Team zieht ab, mit Licht und Gerät klappernd.

Ich gehe die Treppe hinauf ins Büro und schlage die Tür zu, schiebe sämtliche Sachen mit meinen beiden Armen wie mit einer Schaufel von meinem Schreibtisch und brülle: »Habt ihr das gesehen, wie die sich jetzt freuen, dass sie einen skandalösen O-Ton von mir haben, den sie an alle Sender verkaufen können? Habt ihr gesehen, wie sie dagestanden hat, auf den Stufen, die Schlampe? Die wollte keine echte Antwort von mir, die wollte nur, dass ich ausraste! Die hat doch schon ein feuchtes Höschen vor lauter Vorfreude, wem sie das alles verkaufen kann!«

»Sven!« Jule gibt mir eine Ohrfeige. Wegen meines Anfalls. Weil ich so war, wie ich war. Weil ich so bin, wie ich war. Wegen Debby. Ich weiß es nicht. Ich hätte es wohl auch verdient, zusammengetreten zu werden. Ein neuer Grolllaut bildet sich in mir, staut sich auf und entlädt sich in einem Tritt gegen das linke vordere Bein meines Schreibtisches. Es bricht an und knickt ein wenig ein. Der Tisch steht schief. Die Telefone klingeln. Alle gleichzeitig.

Schon um neun Uhr, als Stefan da ist, bringen sie den Ausschnitt aus dem Treppenhaus in den Nachrichten. »Die kleine Schlampe wollte es doch!«

Diesen Satz von mir benutzen sie als einzigen, nicht mal den Nachtrag, dass Debby in Wirklichkeit neunzehn ist. Immer wieder wiederholen sie diesen Wutanfall, mindestens dreimal pro Beitrag, damit auch das ganze Land begreift, was für ein mieses Schwein ich bin.

Mein Vater sieht es sich mit uns an, er will gemeinsam mit Stefan »die Leitungen heiß laufen« und seine »Kontakte spielen« lassen, um das »richtigzustellen«. Muss er ja auch, denn mit mir steht schon wieder auch er am Pranger, der Oberpädagoge mit einem Vergewaltiger als Sohn.

Wir beide haben es nur so weit gebracht, weil wir uns ständig öffentlich machen, aber weil wir uns öffentlich machen, sind wir extrem verwundbar. Mit Wahrheit hat das nichts zu tun. Ich erinnere mich daran, was Stefan gesagt hat, als wir ihn kennenlernten: »Ich will nicht, dass die Leute mich kennen. Ich will, dass sie meine Version glauben.« Das wird jetzt immer schwieriger.

Ein paar Minuten lang ist Stefan mit dem Kopf in der Hand auf und ab gelaufen und hat wie ein Mantra gemurmelt: »Wir sind im Arsch. Wir sind vollkommen im Arsch. Wir sind so was von im Arsch.« Dann hat er sich wieder beruhigt und versucht sich nun an der Schadensbegrenzung. Aber wir alle im Raum wissen, dass nur ein einziger Mensch die Sache wieder geradebiegen kann. Ich nehme mir meine Jacke vom Stuhl und sage: »Ich fahre jetzt zu ihr!«

»Hey, hey, hey!«, sagt Stefan. »Das lässt du schön bleiben.«

»Ihr Vater bringt dich um«, sagt Benjamin.

»Dann komme ich mit und rede mit ihm«, sagt mein Vater.

»Nein!«, gehe ich dazwischen. »Niemand kommt mit! Ich habe was mit ihr gehabt, damals, auf der Party, aber ganz normal. Ich regle die Sache!«

Ehe sie mich aufhalten können, renne ich die Treppen runter und zu meinem Wagen, im Rückspiegel sehe ich sie noch aus dem Haus stürzen, meinen PR-Agenten und meinen Vater, beide bemüht um mich und das Bild, das die Welt von mir hat, da auch ihr Schicksal mit an diesem Faden hängt.

Das Restaurant von Debbys Familie liegt am Ende des nördlichen Stadtwäldchens, hinter den Parkbuchten davor rauschen die Autos auf der B70 aus der Stadt heraus. Vor zwanzig oder dreißig Jahren war der Gebäudeteil dahinter mal ein Puff, jetzt vermietet die Familie Drpic über ihrer Gaststätte Balkan-Grill immer noch sehr günstige Zimmer, manchmal sogar auf Stundenbasis.

Als ich aus dem Auto steige, betritt ein Teenager gerade das Restaurant, es ist der Junge, den wir vor ein paar Wochen mit Alparslan in der Fußgängerzone gesehen haben und der im Kaufhof Mutters BHs halten musste. Ich schaue nach links und rechts, gehe über die Straße und betrete das Lokal. Der Junge steht an der Theke, bestellt einen Grillteller und fragt Debby, ob sie ihm das Gericht aufs Zimmer bringen könne, wenn er das direkt mitmiete. Sie sagt, das sei kein Problem, für eine Nacht bräuchte sie sogar nur seinen Namen, nicht mal einen Ausweis. Sie merkt, dass der Junge ein wenig verzweifelt aussieht, und gibt ihm die Schlüssel. Als er die Treppe hochspringt, bemerkt sie mich in der Tür.

Bevor sie etwas sagen kann, kommt ihr Vater in einer schmutzig weißen Küchenschürze auf mich zugestürmt, nimmt im Laufen eine in schweres Leder gebundene Speisekarte von einem Tisch und schlägt damit auf mich ein. Ich reiße die Arme hoch, aber gegen diese Urgewalt kann ich nichts ausrichten, die Karte ist hart wie Beton, als sie auf meine Schläfe, meine Wange und meine abwehrenden Hände trifft. Ich spüre, wie mein Auge anschwillt und ein kleiner Finger bricht, Debby kreischt, ich rolle mich auf dem Boden zusammen und verliere alle Luft im Körper, als der Schuh des Vaters mich in den Rippen trifft.

»Nein, hör auf!«, schreit Debby und zerrt mit ihren kleinen Ärmchen an ihrem Vater. »Ich hab gelogen, Vater, ich hab gelogen, das stimmt nicht, was in der Zeitung steht!«

Der Mann tritt noch zwei Mal in meine Nieren, bevor er begreift, was seine Tochter gerade gesagt hat. Dann hört er auf und dreht sich zu ihr um. Ich bleibe trotzdem eingerollt liegen, ich schmecke Blut, alles schmerzt, der dünne, abgewetzte Teppich riecht nach Staub, altem Qualm und Hunden, die sich im Eingang am Boden reiben.

»Was sagst du da?«, fragt der Vater.

»Ich wollte es dir sagen, ich wusste nicht, dass sie den Artikel schon heute bringen. Diese Männer von der Zeitung haben gesagt, er käme erst am Dienstag, und ...«

»Welche Männer?«, fragt ihr Vater.

Debby sagt, ein wenig weinerlich: »Ich habe da angerufen und ihnen gesagt, ich wüsste was über Sven, was sonst niemand weiß, und ob es sie interessiere, und sie haben Ja gesagt und sind vorbeigekommen, gestern Morgen, ganz früh, wir haben uns oben im Burger King getroffen, an der Kreuzung.«

Der Vater schluckt, immer noch die Knüppelkarte in der Hand.

»Hat dieser Junge Sex mit dir gehabt oder nicht?«

»Ja.«

Der Vater will schon wieder treten und ich klammere mich an meinen Knien fest, doch Debby sagt schnell: »... aber ich war einverstanden. Es ist nichts an der Geschichte dran, Vater!«

Der Mann tritt von mir zurück. Er hilft mir allerdings nicht auf. Seinetwegen kann ich im Dreck liegen bleiben.

»Warum erfindest du so was?«, fragt der Vater.

»Weil ... weil ...«

»Rede!«

Jetzt weint sie, schnell und heftig, wie ich beim Dreh im Knast vor der Zelle, als alles hochkam. Ich kenne dieses Weinen. Es geht tief. Aber woher kommt es? Was ist mit Debby los?

Sie sagt, an mich gewandt, den Wurm auf dem Boden, der wieder mal vor den Stiefeln eines stärkeren Mannes liegt: »Du hast mich sitzen lassen ... einfach so! Erst schläfst du mit mir und feierst mit mir und redest mit mir und dann haust du einfach ab und machst diese Firma auf mit deinen alten Freunden. Dann sind wir nicht mehr gut genug für dich, den großen Unternehmer.«

Ich höre sie, hier unten am Boden. Hat sie sich damals etwa Hoffnungen gemacht? Auf mich, als Freund? Unsere Debby, die »allen gehört« und abwechselnd mit jedem schläft?

Sie sagt: »Ich rufe dich an, ich simse dir, ich sende dir Bilder von mir. Und dann? Alles, was ich höre, ist: ›Klar können wir mal wieder was machen, willst du Boris und Frederick fragen oder soll ich?‹ Oder ich höre gar nichts, weil der feine Herr keine Zeit hat für die kleine serbische Schlampe!«

»Aber –«, sage ich und hebe vorsichtig meinen Arm.

»Fresse!«, schreit Debby. »Ich lese von dir in der Zeitung. Ich höre dich im Radio. Ich sehe dich im Fernsehen. Da stehst du mit dieser Jule und redest über Palm Grove und ich merke doch, wie ihr euch anseht.«

»Du bist eifersüchtig?«

»Fresse, hab ich gesagt! Gib's doch zu, ihr seid längst zusammen. Ja, sie passt ja auch zu dir, sie ist aus gutem Hause, die Frau Gunesch, ganz wie der Herr Lechner. Sie ist keine Schlampe, nicht wahr? Sie lässt dich immer noch zappeln, oder? Macht dich das heiß? Hat sie dich weich gekocht?«

»Debby, hör auf, so zu reden«, sagt ihr Vater.

Ich drehe mich auf den Rücken und sehe zu ihr hoch, wie sie hinter der Theke mit dem Schlüsselbrett für die Zimmer steht.

»Aber du hast es doch immer mit allen …«, ich kann vor ihrem Vater nicht die Wahrheit sagen, »du hast immer mit allen geflirtet. Mal hier, mal da. Ich wusste nicht, dass …«

Ihre Augen glitzern gläsern. »Aber du warst doch anders als die anderen, Sven! Das weißt du doch selbst am besten! Oder glaubst du, Boris oder Frederick würden jemals so was Tolles aufbauen können, wie du es gerade machst? Du hast mich immer gut behandelt und dich zurückgehalten. Ja, klar, ich hatte meinen Spaß mit den Jungs, mein Gott, warum auch nicht, ich genieße das Leben, es ist schon anstrengend genug. Aber du, du hattest immer Respekt vor mir. Echten Respekt. Und als *wir* es dann getan haben, da dachte ich, na ja … ich dachte, dass es etwas bedeutet.«

Ihr Vater steht unschlüssig da und weiß nicht, ob er sie umarmen und trösten oder uns besser allein lassen soll.

»… aber da habe ich mich wohl getäuscht.«

Ich seufze.

Der Vater entscheidet sich dafür zu gehen. Er legt die Karte wieder auf einen Tisch, bleibt aber hinten in der Tür zur Küche stehen, um mich im Auge zu behalten. Ich stehe vom Boden auf und gehe auf Debby zu. Ich greife nach ihrer Hand, aber sie zieht sie weg.

Ich sage: »Du hast dich nicht getäuscht. Ich mag dich. Sehr sogar.«

Sie sieht mich an wie ein verwundetes Reh.

»Es war falsch, dass ich mich nicht gemeldet habe. Dass ich so getan habe, als hätte es dich nie gegeben. Dass ich auch dir den Rücken zugekehrt habe, bloß weil ich die anderen fallen lassen musste. Sie sind nicht gut für mich, weißt du?«

»Sie sind, wie sie sind«, sagt Debby.

»Ich mag dich«, wiederhole ich.

»Aber du liebst Jule«, sagt sie.

Sie hat recht.

Das tue ich.

Wie sehr, wird mir auch erst jetzt klar, wo Debby es laut ausgesprochen hat, und deshalb sage ich nichts, weil ich erst mal rausgehen, drei Runden durch den Stadtwald drehen und mit mir selbst sprechen müsste, bevor ich ihr oder irgendwem gegenüber wieder einen würdevollen Satz sprechen kann. Doch die Zeit habe ich natürlich nicht.

»Sag was!«, kreischt sie jetzt, die Augen dabei geschlossen, und ich werfe schnell einen Blick zur Küchentür, ob ihr Vater direkt wiederkommt.

»Ich …«

»Stotter nicht rum!«, unterbricht sie mich.

»Debby, du bist wahnsinnig sexy und viel heißer als Jule und ich bin gerne mit dir unterwegs …« Es fällt mir schwer weiterzureden, weil ich merke, wie jedes Wort eine Wunde in dieses Mädchen bohrt, die schmerzhafter ist als der Messerstich, den Timo mir damals verpasst hat, aber es muss jetzt sein. »Aber wenn ich mit Jule zusammen bin, dann ist da so etwas wie … wie Seelenverwandtschaft. Dann ist es so, als käme ich nach langer Zeit endlich nach Hause.«

Das war gut formuliert, finde ich.

Das müsste sie eigentlich verstehen.

Sie klappt das Durchgangsbrett nach oben, kommt hinter der Theke hervor, nimmt sich die Speisekarte, die ihr Vater eben noch abgelegt hat, und lässt einen verzweifelten Laut von sich, den ich noch bei keinem Menschen gehört habe. Schluchzen, Weinen und Ausrasten vereinen sich in diesem Laut, und ehe ich mich versehe, brettert die Speisekarte wieder auf mich nieder. Die Wucht, mit der das schwere Leder meine Schläfe trifft, macht mir klar, dass Debby sehr wohl begriffen hat, dass sie gegen Jule keine Chance hat. Als sie die Karte schließlich quer hält und mir wie ein Brett erst in den Magen und dann in die Eier rammt, spüre ich, wie sehr es sie verletzt, den Kampf um mich verloren zu haben. Nach Luft ringend und meine Hände in den Schritt legend, gehe ich wieder zu Boden, zurück auf den stinkenden Teppich. Ich jaule. Debbys Vater, der sich nicht überschlagen hat herbeizueilen, ist nun da und nimmt ihr sanft die Karte ab.

Die Tür geht auf. Stefan, mein Vater und Jule kommen herein. Ich halte, noch auf dem Boden liegend, die Hand hoch, damit sie nichts machen. Mein Vater schaut nach unten und ist wahrscheinlich schon froh, dass ich nicht allzu stark blute. Debby reißt ihrem Vater die Karte wieder aus der Hand und will auf Jule losgehen, doch ihr Papa ist schnell genug, ihr die Karte wieder zu entreißen, bevor sie damit Jules Jochbein spalten kann. Er nimmt sie mit nach hinten, damit sie sich beruhigt, damit sich alle beruhigen. Ich bleibe noch eine Weile in Schutzhaltung liegen. Man weiß ja nie …

Eine halbe Stunde später sitzen wir alle gemeinsam an einem Tisch und hören von Debby die wahre Geschichte. Zwar funkelt sie Jule und mich weiterhin böse an, aber ihr ist auch klar, dass sie die Dinge so nicht stehen lassen kann.

»Das mit den fünfzehn Jahren«, sagt Debby, »das habe ich nie behauptet. Die Journalisten haben mich gefragt, ob ich achtzehn bin.«

Jule murmelt: »Journalisten, die? Pah, Schmeißfliegen sind das …«

Debby sagt: »Ich habe gesagt, ja, ich bin volljährig, aber ich wollte trotzdem nicht mit ihm schlafen. Sie sagten: ›Das ist keine Story. Eine Story ist es erst, wenn du fünfzehn bist.‹ Dann haben sie gegrinst und mir Geld über den Tisch geschoben.«

»Sie haben *was*?«, fragt mein Vater.

»Sie haben *was*?«, fragt Debbys Vater, der aus der Küchentür kommt und anscheinend sehr gute Ohren hat. Stefans Miene erhellt sich derweil, aber so, wie sich die Miene des Teufels erhellt, wenn er wieder eine geile Idee hat.

Debby sagt: »Ja, fünfhundert Euro waren das. Wenn ich behaupte, ich sei fünfzehn, und trotzdem mit Namen auftrete. Sie haben gesagt, das würde sowieso niemand prüfen.«

»Jetzt haben wir sie im Sack«, murmelt Stefan und drückt auf seinem Handy herum, »ihr kleinen Scheißer, jetzt haben wir euch.«

»Wo ist das Geld?«, fragt Debbys Vater.

Debby zieht eine Schublade auf, in der eine Rolle Bierdeckel liegt, die noch zur Hälfte mit Verpackungsfolie umwickelt ist. Sie schiebt sie in der Mitte auseinander und zieht einen Fünfhunderter raus.

»Du hast das für Geld gemacht?«, sagt ihr Vater.

»Nein«, sagt Debby, »ich habe es gemacht, um Sven eins auszuwischen! Diesem blöden und blinden Sack, der gar nichts merkt!«

Ich sehe zu Boden. Sie hat ja recht. Ich hätte es zumindest merken müssen, was sie für mich empfindet …

Debby fährt fort: »Aber sie sagten, sie drucken die Geschichte nur so und nicht anders. Also habe ich das Geld genommen.«

»Und jetzt haben *wir unsere* Geschichte«, sagt Stefan.

»Wie meinen Sie das?«, fragt mein Vater.

Stefan strahlt und erklärt uns seinen Plan.

In der Garderobe von *Stern TV* gibt es Bananen, Birnen, Weintrauben, Studentenfutter, Bounty, Snickers, Kitkat und jede Menge Kaffee. Debby ist nervös und ihr Vater noch mehr, aber mein Dad und ich können sie heute Abend gemeinsam beruhigen, da wir mittlerweile beide wissen, wie es beim Fernsehen läuft. Wir haben so ein Glück, dass Stefan zu diesem Privatsender so einen guten Draht hat. Den Liveauftritt von uns vieren, der in zehn Minuten losgeht, hat er uns über den Drehleiter der Knastsendung von neulich besorgt. Jetzt wartet da drinnen tatsächlich Deutschlands bekanntester Moderator auf uns, um mit einem einzigen Beitrag und Gespräch nicht nur die Verleumdung gegen mich aus der Welt zu schaffen, sondern auch noch die Geschichte von Palm Grove dem bislang größten Publikum überhaupt vorzustellen. Denn egal, ob sie einen verleumden oder einladen, um die Verleumdung anderer richtigzustellen, egal, ob sie nun Interview, Reportage, Dokumentation oder Debatte dazu sagen: Es geht immer nur um die PR.

»Hauptsache, du findest statt«, sagt Stefan, genau wie es mein Vater immer sagt, aber wenn du kein It-Girl oder Exfußballer oder B-Promi bist, der nur davon lebt, *irgendwas* vor der Kamera zu tun, sondern ein Umweltfreizeitbad für Familien und Kinder verkaufst, musst du natürlich schon darauf achten, dass dich keiner für einen Sittich hält.

»So, kommen Sie schon mal hinter die Kulisse?«, fragt der Regieassistent und wir folgen ihm, mein Vater ganz locker, Debbys Vater mit skeptischem Blick, als sei er im Phantasialand, und ich mit Debbys Hand in meiner. Wir haben noch lange gesprochen, Debby und ich, an dem Tag, als ich auf ihrem Teppich lag, sehr lange, unten im Restaurant. Ich habe Jule, meinen Vater und Stefan nach Hause geschickt und Jules leicht skeptischer Blick hat Debby gefreut, man hörte förmlich, wie sie sich dachte: So, Mädchen, es mag ja sein, dass du ihn jetzt hast, aber ich bin ihm wichtig genug, dass er dich heimschickt, um endlich mal mit mir zu reden! Und wenn man ehrlich ist, war es das erste Mal, dass wir wirklich gesprochen haben, ohne Boris und Frederick dabei und ohne eine Zweisamkeit, die sich rein im Sex erschöpft. Debby hat mir alles erzählt über sich und ihre Familie, wie schwer es war, hier Fuß zu fassen, und wie schwer es immer noch ist. Die anderen Mädchen in der Schule haben sie immer ignoriert, von

Anfang an. Die Gang um Boris und Frederick war die erste Gruppe, in die sie Eingang fand, und irgendwie hat sie gedacht, sie müsse mit ihnen rummachen, weil sie sonst auch hier verstoßen und nicht mehr beschützt wird von ihnen, von uns, von den Jungs, die nicht wie hagere Zweige in der Gegend herumstehen, sondern sich wie Männer benehmen und durchaus auch ganz gut aussehen und aufregend sind, wie Wölfe. Das hat sie tatsächlich gesagt, wie ein Rudel Wölfe. Sie hat diese Vampirromane gelesen und fand die Wolfsjungs darin besser als die Blutsauger.

Wir sprachen, bis es dunkel wurde und der Junge aus seinem gemieteten Zimmer die Treppen hinunterkam, gegen halb zehn, einen schnellen Blick auf uns werfend. Ich spürte, dass ihn etwas sehr bewegt, dass er an einem Wendepunkt war, ich hatte den Impuls, ihn zu fragen, was los sei, aber da war er auch schon weg, die Hände tief in den Taschen, ein ruheloser Schatten vor dem Fenster.

Mit Jule und mir tut Debby sich immer noch schwer, aber ich bin froh, dass sie sich darauf eingelassen hat zu tun, was wir gleich tun werden. Ich denke, im Stillen erhofft sie sich davon auch, dass ich mich eines Tages doch noch umentscheide, vor allem weil wir uns weiterhin häufig sehen werden. Außerdem hat sie gesagt, dass mein Vater und ich durch das, was wir jetzt gleich machen, noch viel stärkere Wölfe sind als durch die Prügeleien und das Mobbing, das Boris und Frederick so draufhaben.

Während wir noch auf unseren Auftritt warten, spielt der Sender einen Film ein, der die Vorgeschichte erzählt. Meine Geschichte. Sohn des berühmten Lechner, Preis mit vierzehn Jahren, dann tiefer Fall, Drogen, Knast. Es werden Bilder aus der Reportage von neulich recycelt, ich sinke mal wieder weinend an der Zellenwand zusammen. Dann Palm Grove, Firmengründung, der clevere Aufbau der Marke bis zum Anbeißen von Großinvestoren. Und dann: die Schlagzeile. Der erneute Fall. Dazu dramatische Musik. Dann sagt Deutschlands bekanntester Moderator: »Was wirklich passierte und wie schwierig es ist, sich heutzutage im Haifischbecken durchzubeißen, das erzählen uns jetzt live Michael Lechner und Sven Lechner sowie die Betroffene Debby Drpic und ihr Vater Slobodan Drpic.«

Wir betreten die Bühne, das Publikum applaudiert, wir schütteln *ihm* die Hand. Als wir in den roten, kleinen Sesseln sitzen, verschwindet die Aufregung und es läuft alles ganz leicht, wie ein Film.

Wir erzählen die Geschichte eines erfolgreichen Start-up-Unternehmens und eines erfolglosen Restaurants. Eine Geschichte von Migration und Schulden, von einem Heimatverlust wegen des Krieges und einem Neuanfang in Deutschland, den die Familie Drpic versucht hat und bei dem sie immer noch wirtschaftlich schwimmt. Eine Geschichte von skrupellosen Redakteuren, die diese Not ausnutzen und ein Mädchen bestechen zu lügen, weil sie genau wissen, dass dieses Mädchen für ihre Familie jeden Cent brauchen kann. Weil dieses Mädchen in Angst lebt, *nicht* vor einem Sven Lechner, der sie belästigt, sondern vor den Gläubigern, die dem Vater auf die Pelle rücken. Eine Geschichte darüber, wie Jungunternehmer, freie Buchautoren und auch serbische Gastwirte, die alle zusammen Arbeitsplätze schaffen, *immer wieder* den Anfeindungen von Medien und Presse ausgesetzt sind, den Schikanen des Finanzamtes und der Skandalgeilheit des Boulevards, anstatt dass man sie einfach mal in Ruhe ihren Projekten nachgehen lässt. Diese dramatische Geschichte endet schließlich damit, dass die Palm Grove AG beschließt, Slobodan Drpic und seine Familie als Gastronomen in das noch zu bauende Freizeitbad zu holen, ihre Schulden auszulösen und ihnen zwischen Grotten und Palmen und künstlicher Brandung als Betreiber des gesamten Imbissbereiches eine sichere Zukunft zu bieten.

Musik.

Applaus.

Gewonnen.

So geht's im wilden Wald der Medien.

Wenn man ein Wolf ist.

Um zwei Uhr nachts sitzen wir im Restaurant der Drpics und feiern unseren Triumph. Meine Eltern, Debbys Eltern, das A-Team von Palm Grove und unser PR-Meister Stefan. Er hat schon nach der Sendung die ersten Anrufe bekommen von Firmen, die wieder mit im Boot sind. Sogar von neuen, die sich vorher noch nie gemeldet hatten. Eben steht er an der Theke und holt für uns alle ein frisches Tablett mit Schnäpsen. Mein Vater und ich trinken Gingerale. Ich, weil ich endlich sauber werden muss, und er, weil er mich dabei unterstützt. Stefan will gerade das Tablett annehmen, als sein Telefon klingelt. Er spricht ein paar Sätze, hört zu und dann grinst er von Ohr zu Ohr, so zufrieden und verwegen wie ein Fußballspieler von San Marino, der soeben die Brasilianer geschlagen hat.

»Das war der mächtige alte Geldbeutel. Er sagt, er sitze gerade in einem Hotelzimmer in Berlin, habe die Sendung gesehen, habe lange überlegt und sei nun doch zu dem Schluss gekommen, uns jetzt noch anrufen zu müssen. Er ist wieder dabei!«

»Yeah!«, jubeln wir, Debbys Vater klatscht mit einer qualmenden Zigarre im Mund, meine Mutter wedelt den lästigen Qualm weg und Debby und Jule werfen sich beim Applaudieren einen Blick zu, der zwar keinen Frieden schließt, aber fürs Erste die Waffen niederlegt.

FLEDERMÄUSE

FLEDERMÄUSE
FLEDERMÄUSE
FLEDERMÄUSE

Dämmerung über dem Acker. Es ist fast zehn. Nur Wiese, durchsetzt mit Löwenzahn, Ackerwinde, Quecke, Schachtelhalm und Disteln, die sogar aus den Rissen in den bröckelnden Ruinen der kleinen Hangars und des ehemaligen Segelfliegervereinslokals wachsen. Die Natur hat sich dieses Land in den letzten Jahren zurückerobert, doch bald sind wir dran und verwandeln es in künstliche Tropen. Auf der Wiese liegt ein alter Reifen im Dunkelblau der Abendluft. Insekten krabbeln darauf herum, weil in ihm ein totes Tier verrottet. Hier wird eines Tages Palm Grove stehen. In neun Monaten, einem Jahr, zwei Jahren. Ganz genau kann man das nicht kalkulieren, zu viele Variablen. Lieferengpässe. Das Wetter. Kosten, die selbst Max nicht eingeplant hatte. Alles ist möglich. Ab Juli sollen hier die ersten Bagger fahren. Jetzt haben wir Mitte Mai. Es ist warm geworden, der Frühsommer hat längst diese ganzen satten Düfte in die Luft gepumpt, die man selbst hier noch riecht, auf diesem weiten Brachland, sie wehen vom Wald rüber. Wer in Zukunft im äußersten Lagunenbecken schwimmt, wird unter Palmen paddeln, aber draußen vor den Glaswänden große Tannen sehen, im Winter bedeckt mit Schnee.

Ich war den ganzen Tag hier, mit den anderen. Geländebegehung mit Presse, Radio, Fernsehen. Die Stadt ist stolz wie Oskar, der Bürgermeister schüttelte mir die Hand für die Kameras und Dr. Weingärtner, der ehemalige Leiter der Stadtentwicklung, der mir als Vierzehnjährigem den Preis verliehen hatte, ist extra aus Emmerich hergekommen. Die AG existiert, wir sind in unser neues Firmengebäude gezogen und hatten bereits die erste Sitzung des Aufsichtsrates, dem neben Männern aus den Vorständen der Mitbetreiber auch Holger Gunesch, Ludwig Sippel und Markus Wörle angehören.

Mein Vater hat von sich aus abgelehnt, dort mitzumachen. Er wolle sich nicht mehr länger einmischen, hat er gesagt, ich hätte bewiesen, dass ich meinen Weg jetzt allein gehen kann. Als er mir das sagte, stand ich mit ihm gemeinsam hinter seinem Schreibtisch, jeder von uns ein Gingeralefläschchen in der Hand, und betrachtete mit ihm seine fünfzehntausend Bücher, wie bei einem Bummel im Buchhandel, als wären sie ganz neu und wir würden sie jetzt erst entdecken.

Es war laut in den letzten Wochen, ich habe mehr erlebt und mehr getan als in den fünf Jahren zuvor, und deshalb habe ich alle nach Hause geschickt, um noch einen Moment alleine hier zu sitzen, nur meinen Golf ein paar Meter hinter mir wie ein Pferd, das auf mich wartet. Fehlt nur noch, dass jemand Westernmusik einspielt.

Ich höre Schritte hinter mir, vier Füße.

Ich erkenne die Personen dazu am Gang, sofort, ich habe all meine Sinne wieder, seit ich gar nichts mehr nehme außer Koffein und sechs Thunfischsandwiches am Tag.

Boris sagt: »Das kann alles nicht dein Ernst sein, oder?«

Ich drehe mich nicht um, was bereits mehr Sicherheit ausstrahlt als die ewige Kampfbereitschaft. Ich denke an Debbys Anekdote über ihren Vater. Neunzig Minuten nichts sagen und dann der Chef der Runde werden. Slobodan Drpic, der Manager. So etwas werde ich auch, Sven Lechner, der Manager. Ohne Angst wendet er Boris, dem Trinker, und Frederick, dem Schläger, den Rücken zu.

Frederick öffnet zischend eine Bierdose. Das Geräusch jagt mir für einen Moment einen Schauer über den Rücken. Das Bier tropft auf den Boden.

Boris sagt: »Du weißt nicht, worauf du dich einlässt. Unternehmer. Du wirst stundenlang mit deinem Steuerberater in einem Büro hocken und rechnen. Ja. Der wird dich jeden Tag anrufen und irgendeinen anderen Beleg verlangen, der fehlt, und dann wird er dir sagen: ›Herr Lechner, wir müssen da noch irgendwas machen, sonst bricht uns die Nachzahlung von 2009 das Genick.‹«

Ich höre ihm zu und sehe über die Prärie. Ich frage mich, woher er diese Story hat. Muss sein Vater ständig Steuern nachzahlen, der reiche Herr Doktor?

Boris redet weiter: »Du löst dich auf, Mann! Weißt du, was ein Unternehmer irgendwann hat? Eine Ehefrau! Und Kinder! Dann bist du im Arsch, Mann, dann sind die Eier ab! Dann machst du nur noch, was deine Alte sagt oder deine Kinder. Oder dein Scheißhund, den du dann auch hast, ein Golden Retriever, die gucken immer ganz unschuldig, aber die fressen deine Zeit, gnadenlos, ständig wollen sie was, mit ihren lieben Augen, wie die Tochter und der Sohn und die Frau. Ein Ehering, das kann doch nicht dein Ernst sein! Du löst dich auf, in tausend kleine Moleküle, du wirst weggebeamt, aber am anderen Ende setzt dich kein Transporter mehr zusammen!«

Boris macht Schritte, während er redet, wie eine nervöse Katze, die endlich auf die Terrasse will. Ich antworte ihm einfach nicht. Bleibe still. Wer sich verteidigt, ist bereits schuldig.

»Jetzt sag was, du Spast!«, brüllt Boris und wirft seine Bierdose in hohem Bogen auf das Brachland.

Ich frage mich, ob Frederick den Auftrag hat, mir ins Genick zu treten, sobald Boris ihm ein Zeichen gibt, aber ich drehe mich trotzdem nicht um. Bleibe hart. Sage, ganz langsam und ruhig: »Wie heißt es so schön bei 50 Cent? Get Rich or Die Tryin'!«

Jetzt regt Frederick sich auf: »Scheiß doch auf 50 Cent!«

Ich antworte ihm, immer noch nicht umgedreht: »*Deine* großen

Hardcore-Ragga-Vorbilder aus Jamaika arbeiten auch den ganzen Tag daran, reich zu werden. Reich zu bleiben. Sie ernähren ihre ganze Community mit. Bounty Killer nimmt in manchen Jahren zwanzig Platten auf. Zwanzig Platten in einem Jahr! Als er so jung war wie wir, hat er im Getto von Kingston nur Scheiße gebaut. Jetzt nimmt er dreitausend Dollar von jedem, der mal für einen einzigen Track sein Studio mieten möchte. Er baut Kindergärten von dem Geld.«

Frederick sagt: »Ach, Scheiße, Alter, das weiß ich doch ...«

»Weißt du auch, was er zuletzt gebaut hat?«

Frederick schweigt. Boris zündet einen Spliff an.

Ich sage: »Ein Schwimmbad, Frederick. Bounty Killer hat ein Schwimmbad gebaut.«

Das saß.

Die beiden schweigen eine Weile hinter mir, trinken, ziehen an einem kleinen Joint. Ich muss mich beherrschen, nicht danach zu greifen oder ein Bier zu schnorren, aber es geht. Es geht immer, wenn man endlich Besseres zu tun hat.

Boris sagt: »Eines Tages wirst du zu mir zu kommen und sagen, dass ich recht gehabt habe. Zwanzig Jahre hast du dann gearbeitet, von morgens bis abends, nur Telefon und Mail und Presse und Scheiß. Du hast keinen Urlaub gehabt, nur mit der Alten und den Kindern, keine Minute für dich selbst, keine. Du hast kein Fußballspiel gesehen, nicht bei der WM 2010, nicht bei der WM 2014, gar nichts. Du hast Müsli gegessen, morgens, und dich fit gehalten, weil man gut aussehen muss als Geschäftsmann. Du Krawattensklave. Du hast kein Spiel mehr gespielt, gar nichts, keine Konsole im Haus, nichts. Das Haus hat sie eingerichtet, nach ihrem Geschmack, Blumenbilder und Eros Ramazotti in der Anlage, der schwule Itaker. Du wirst kein 50 Cent mehr hören dürfen, ›zu Hause‹, was man so ›zu Hause‹ nennt. ›Warum liegt das Messer hier ungespült rum?‹, wirst du hören und ›Ich hatte dich gebeten, die Rosen zu beschneiden‹ und ›Hast du bei der Versicherung angerufen, Schatz?‹ Du wirst ständig in den Baumarkt fahren und zum Tierarzt und überhaupt nur fahren und reagieren und du wirst suchen nach einem Moment für dich selbst, tief und lange suchen, und du findest nichts, du Molch, gar nichts findest du!«

Er macht das gut, der Boris.

Er gibt sich Mühe.

Er weiß, dass ich eigentlich auch so denke.

Dachte.

Denke.

Dachte ich?

»Du hast nicht mal gefickt, nicht mal die eigene Frau, seit die Kinder da waren, ein Mal im Jahr vielleicht im Urlaub. Oder du hast doch gefickt, deine Praktikantin im Schwimmbad, weil du es konntest und weil sie so geil und straff aussah in dem Badeanzug und mit den nassen Haaren auf den Schultern. Dann bist du geschieden und zahlst für die Frau und die Kinder und für den Staat, weil dein Steuerberater wieder anruft und sagt, dass man da dringend was machen muss. Glaubst du, du wirst reich, wenn du legal Geschäfte machst? Als Schwimmbadbetreiber? Der Staat fickt dich doch und saugt dich aus, reich werden nur Ölkonzerne oder Stromversorger oder Banken, weil der Staat da mit drinhängt, aber ein kleines Freizeitbad? Die stecken ein Röhrchen in dich rein und da fließt alles wieder raus, was du einnimmst, wie das Wasser in deinen Duschen! Get rich … dass ich nicht lache, Alter!«

Wenn Boris noch ein paar Minuten so weiterredet, werde ich ernsthaft nervös, aber er hört auf. Macht wieder ein paar Schritte. Wartet, dass ich irgendwie reagiere.

Dann pustet er verächtlich, sieht womöglich Frederick an und schüttelt den Kopf, weil ich es nicht mal mehr wert bin, mir ins Genick zu treten.

»Scheiße«, sagt er, rotzt auf den Boden, der jetzt mir gehört, und geht mit Frederick davon.

Ich drehe mich nicht um.

Zucke zusammen, als einer von beiden noch kurz gegen mein Auto tritt.

Tue nichts.

Warte ab.

Atme aus.

»Krawattensklave«, echot es in meinem Kopf.

Ich sitze noch zehn Minuten auf dem Feld, dann stehe ich auf, steige in den Wagen und fahre nach Hause wie jemand, der gedankenfrei auf den Bildschirm starrt, weil er ohnehin keinen anderen Sender zum Zappen mehr hat.

DER TRESOR

DER TRESOR
DER TRESOR
DER TRESOR

Um Mitternacht schließe ich daheim die Haustür auf und fühle mich so gut wie noch nie in meinem Leben. Ich gehe in die Küche, um mir einen Kaffee zu machen, denn ich habe Bock, noch ein wenig zu arbeiten. Stefan meint, wir sollten alle gemeinsam über Facebook und all die anderen Profile nach Paten für die künftigen Palmen suchen. Sicher haben wir in der Firma mittlerweile Praktikanten dafür, die fast alle älter sind als wir selbst und nur eben das Pech hatten, Germanistik oder anderes brotloses Zeug zu studieren, aber Stefan meint, es würde die User weitaus mehr beeindrucken, wenn sich der Gründer von Palm Grove selber bei ihnen melden würde, mit einem echten Profil, das er selbst aktualisiert. Jack Bauer ist nicht mehr meine Profilfigur, obwohl ich jetzt eher so lebe wie er. Rund um die Uhr im Einsatz. Statt des CTU-Agenten gibt es jetzt mich als Foto, ein Pressebild, geschossen im Atelier der Wörles. Mich, den »Gründer«, laut Boris bald kastrierter Ehemann und Steuerzahler. Was ich bei Lieblingsmusik und Büchern und Hobbys in das Profil reingeschrieben habe, ist natürlich genau überlegt und entspricht nicht ganz der Wahrheit. Die Leute sollen mich nicht kennenlernen. Sie sollen meine Version glauben. In meinem Kellerzimmer steht seit drei Wochen ein brandneuer Rechner, schnell wie ein Androidenhirn. *Gran Turismo 4* habe ich mir auch nachgekauft, nachdem ich damals aus der Reihe ausgestiegen bin. Ich will lernen, eines Tages Max zu schlagen.

Während der Kaffee einläuft, räume ich meine Hosentaschen aus und lege den Kleinkram auf die Küchentheke. Ein paar Münzen, eine Packung Fisherman's Friend und ein Haargummi von Jule, das mir Herzklopfen bereitet, als ich kurz daran denke, bei welcher Gelegenheit ich wie darangekommen bin. Ein Taschentuch, ein USB-Stick, das Touchphone … das Touchphone?

Ich nehme es wieder in die Hand. Das Touchphone. Die Fotos von Lina, die der Erpresser geschickt hatte, habe ich längst auf meinen Rechner überspielt, in einen passwortgeschützten Ordner gelegt und auf dem Telefon gelöscht. Die Kurzmitteilungen sind allerdings noch drauf.

Ich blättere sie durch, jede davon mit einer anderen Absendernummer und nicht anonym, damit ich antworten konnte. Ich denke an die fünfhunderttausend Euro, die Vater mir als Privatvermögen vermacht hat, damit ich in Ruhe die Firma aufbauen kann und nicht eines Tages vor Stress einen Herzanfall kriege. Ich frage mich, wie ich damit klarkommen soll, mein ganzes Leben lang für mich behalten zu müssen, was mit dem Geld geschehen ist. Was mit Lina los war, ohne dass sie es wusste. Es ist hart, eine Wahrheit auf der Welt als Einziger zu kennen. Aber ich muss damit klarkommen, muss damit abschließen. Ich öffne die letzte SMS, die von dem Wichser kam, um sie zu löschen, nehme mir gleichzeitig mit der linken Hand den Kaffee und erschrecke, als ich auf dem Display den Begriff »Wähle« lese. Ich habe mich verklickt. Statt auf »Löschen« habe ich auf »Anrufen« geklickt. Ich werfe die Tasse in die Spüle und hacke auf dem Display herum, damit das Wählen aufhört, als ich hinter Vaters großer Bürotür ein Handy klingeln höre. Das kann da lange klingeln, denn er ist heute nicht da, Lesung in Wolfenbüttel, er kommt erst morgen Abend wieder. Mutter ist mitgefahren, da es eine Nichtraucherlocation ist und das Hotel fünf Sterne hat. Mein Touchphone hat bereits einmal getutet, als ich endlich den Button für »Auflegen« drücke. Scheiße. Hoffentlich hat der Typ nichts gemerkt.

Ich dürfe mich niemals mehr melden, hat er gesagt.

Scheiße, Scheiße, Scheiße, Sven!

Das Handy von Vater hört auch auf mit dem Klingeln.

Ich überlege.

Das Handy von Vater hört auch auf mit dem Klingeln?

Das …

Ich nehme mein Touchphone wieder zur Hand.

Ich denke an Lina und den Erpresser. Er hat, was er will, seit Wochen, selbst wenn er das Klingeln gerade gehört hätte, lässt er sich wahrscheinlich längst auf den Bahamas einen blasen. Wenn er das Gerät überhaupt noch hat.

Ich öffne die letzte SMS noch einmal, schließe die Augen und wähle.

Es tutet einmal.

In Vaters Büro klingelt das Handy.

Dunkle Flecken tauchen vor meinen Augen auf, schwarz, flimmernd und unförmig, wie wenn man in die Sonne sieht und dann die Augen schließt.

Ich lege auf.

In Vaters Büro wird es still.

Nein.

Nein.

Ich wähle ein drittes Mal.

Es tutet einmal.

In Vaters Büro klingelt das Handy.

Ich werfe mein Gerät von mir, als hätte es sich in meinen Händen in eine haarige schwarze Spinne verwandelt. Ich schreie. Das Gerät fliegt durchs ganze Wohnzimmer bis an die Glastür der Terrasse.

Nein.

Nein.

Das kann nicht sein.

Ich sehe rüber zu der großen, massiven Tür meines Vaters. Sie scheint so weit weg wie das Portal einer Kirche oder eines Doms, kilometerweit weg und dann doch so groß, dass ich sie sehen kann, als klebe sie am Horizont und wäre hundert Meter hoch. Sie ist jetzt das Loch, in das ich niemals hineinwill, und das Büro hinter ihr ist das finstere Unterholz aus meinem Albtraum von der australischen Hütte, das Dickicht zwischen den Stelzen, in dem man sich verfängt wie in klebrigen Borsten und das einen auffrisst wie eine Venusfalle oder ein Magen, an dessen Säurewänden man sich nicht festhalten kann.

Ich gehe auf die Tür zu und sie wabert vor meinen Augen, als hätte ich Pillen geworfen. Sie ist offen, weil Vater nicht mehr abschließt, seit er mir wieder vertrauen kann, und mich sogar hinter seinen Schreibtisch lässt, und dort gehe ich jetzt auch hin, das Zimmer ist dunkel bis auf den Lichtschein, der aus dem Flur kommt. Ich suche nach dem schwachen Schimmern eines Displays und finde nichts, gehe ins Wohnzimmer zurück und hebe das Touchphone auf. Es funktioniert noch. Ich nehme es mit ins Büro und wähle erneut die Nummer. Ein Handy klingelt. Ich versuche, es zu orten. Meine Sinne sind wieder scharf, weil Vater mich vom Alkohol weggebracht hat. Das Klingeln kommt aus seinem Tresor. Der kleine Safe ist in ein Bücherregal eingebaut, links von ihm steht Goethes Gesamtwerk, rechts davon *Der Gesellschaftsvertrag* von Jean-Jacques Rousseau.

Ich habe immer geglaubt, der Knast wäre etwas gewesen, was nicht wahr sein konnte, nicht real, nur ein böser Traum, aus dem ich aufwachen durfte.

Da habe ich mich geirrt.

Es klingelt im Tresor meines Vaters.

Rot leuchten digitale Ziffern ins Dunkel. Die Tastatur verlangt eine achtstellige Eingabe. Ich schätze mal, ich habe nur drei Versuche, bis das Schloss blockiert, und dann weiß ich nicht, wie lange es das tut. Vielleicht einen ganzen Tag. Das wäre zu lang. Dann ist er wieder hier.

Er.

Ich überlege, welche Kombination er gewählt haben könnte. Sein Geburtstag wäre zu einfach, der steht überall im Internet. Meiner? Mutters? Linas? Kann man auch rauskriegen. Gibt es Zahlen, die etwas bedeuten in der großen Geschichte der Bildung? Irgendwelche geschichtlichen Daten? Goethes Geburtstag? Oder Mathe? Die ersten acht Nachkommastellen von Pi? Fünfzehntausend Bücher um mich herum beobachten mich mit ihren kleinen Augen, wie Biester auf den Brettern. Ein Teil von mir sagt sich, die Nummer kann man nicht rauskriegen, und hofft, ich würde nur träumen. Träume ich nur? Es ist möglich, manchmal wirkt es so real und man kann von dem zurücktreten, was geschehen ist, kann es ungeschehen machen, indem man beschließt aufzuwachen. Es ist mitten in der Nacht, ich bin alleine und im Tresor meines Vaters klingelt das Handy? Ist das denkbar? Ist es doch ein Traum? Das fragt sich ein Teil von mir und der andere überlegt weiter, bis ihm klar wird, wie er bei der Sache denken muss. Was habe ich in den letzten Wochen gelernt? Erkenne dein Gegenüber. Verstehe, wie es tickt. Wie tickt mein Vater? Was ist am wichtigsten für ihn? Ich leuchte mir mit meinem Display den Weg zu dem Regalbrett, in dem Vater seine eigenen Bücher aufbewahrt, die er geschrieben hat.

Ein paar davon sind Presseexemplare. Kopien, die zwei Monate vor Erscheinen des Originals an Journalisten gesendet werden. In ihnen steht das genaue Datum, wann das fertige Buch erscheint. Ich reiße die Kopie für seinen ersten Bestseller heraus, *Lob des Kanons*. Erscheinungsdatum: 12.05.2005. Ich gehe zum Tresor und tippe die Zahlen ein: 12052005. Es piept. Die Tür bleibt geschlossen. Dann eben das zweite Buch, das, über das er mir sagte, er hätte es viel besser machen können, er hätte es ohne Lust geschrieben und voller Angst. *Warum unsere Schüler Idioten werden*. Erscheinungsdatum: 29.09.2007. Ich gebe die Zahlen ein: 29092007. Der Tresor piept wieder, aber dieses Mal länger. Dann dreimal kurz. Das Schloss klickt, ich kann die Tür öffnen. Das Innenleben ist dunkel. Neben einer Geldkassette, einem Reisepass, ein paar Tausend Euro Bargeld und ein paar Schnellheftern liegt ein Etui. Ich nehme es heraus und öffne es. Ein Licht scheint heraus. Ein Display. »Anruf von Sven.« In dem Etui klappert es. Ich gehe zum Schreibtisch, schalte das Licht ein, kippe es aus. Dreißig, vierzig SIM-Karten purzeln auf das Mahagoniholz von Vaters Schreibtisch.

Mein Vater war der Erpresser.

Lina war nie in Gefahr.

Ich suche in dem Handy herum, finde die SMS und die gesendeten Bilder, meine ganze Geschichte mit dem Schwein, das meiner Schwester nachschleicht. Wusste sie davon? Nein. Niemals. Nicht eine Sekunde kann ich das denken. Wusste meine Mutter davon? Nein.

Das war Vaters Idee.

Deswegen hat er mir die fünfhunderttausend Euro geschenkt.

Weil es eng wurde.

Weil ich *tatsächlich* eine Firma gegründet habe, um an das Lösegeld zu kommen, und weil daran bereits Existenzen hingen, Schnellkochtöpfe voller Erspartem, Kapitalgeber, Fernsehauftritte. Er wusste, ich würde das Geld unterschlagen und an den Erpresser senden. Deswegen bestand er darauf, dass es privates Geld sein sollte, zur Absicherung, damit ich Ruhe finde und nicht so ein arbeitssüchtiger Idiot werde wie er. Seinetwegen wollte ich für Timo Drogen verkaufen. Seinetwegen hätte ich beinahe eine Bank überfallen! Alles, was ich aufgebaut habe, basiert auf einer Lüge.

Alparslan, der Türke, hat mich offen angegriffen, ein anständiger, brutaler Schläger, wie wir. Dvorak, der Albaner, hat mir meine Würde genommen, weil er selber keine mehr hatte, weil er immer noch in dem Loch sitzt und ein Opfer brauchte. Debby hat mich verleumdet, weil sie eifersüchtig war und verletzt. Diese Journalisten wollten mich auffliegen lassen, weil es ihr Job ist, nach Skandalen zu suchen, ein mieser Job zwar, aber ein Job. Mein Vater aber, der hat das alles von Anfang an geplant. Eiskalt. Ich bin noch nie so verraten worden.

Ich krame weiter im Tresor. Der dritte Schnellhefter, den ich öffne, enthält ein Papier der Bank auf den Bahamas. Die Eröffnung eines Nummernkontos. Es liegen Auszüge dabei. Das Konto verzeichnet einen Eingang von fünfhunderttausend Euro. Sein Geld an mich, von ihm, weiter an sich selbst. Ich erinnere mich an den Morgen, als das Päckchen mit dem Touchphone darin ankam. Vater war auf Lesereise. Das Telefon war in Holzwolle gebettet. Holzwolle! Wie altmodisch geht es denn noch? Holzwolle, wie in edlen Geschenkekisten mit teuren Weinflaschen ... Da hätte ich schon was merken müssen.

Ich stecke alles ein, nehme auch das Bargeld mit, packe das Handy und die ganzen SIM-Karten wieder ins Etui und schließe den Tresor. Zehn Sekunden lang stehe ich still, höre nur meinen Atem. Dann brülle ich, stemme den Ledersessel hoch, auf dem mein Vater sonst mit dem Rücken quietscht, und werfe ihn mitten in die Wand mit den wertvollen Büchern. Es scheppert. Ein paar Dutzend Bücher fallen heraus, ein Regalbrett splittert ab. Mein Unterkiefer zittert, er hört nicht mehr auf damit, die Muskeln krampfen. Ich simse Boris und Frederick, sie sollen sofort zum Firmengebäude von Palm Grove kommen, nehme die Schlüssel vom Brett, hole einen Reservekanister Benzin, eine leere Kiste Sprudel und ein paar alte Tücher aus der Garage und fahre mit hundertvierzig Stundenkilometern über die Landstraße in die Stadt.

Um ein Uhr nachts stehe ich auf dem Parkplatz meiner eigenen Firma, direkt vor den Rhododendronbüschen, und stopfe gerade den siebten Stofffetzen in die siebte mit Benzin gefüllte Mineralwasserflasche, als Boris und Frederick mit dem Wagen um die Ecke biegen. Aus dem offenen Fenster pumpt laut der Ragga-Rhythmus, begleitet von süßlichen Rauchschwaden. Motor, Musik und Licht gehen aus, dann nähern sich ihre Schritte.

»Yo, Alter, was geeeeeeht?«, scherzt Boris, die Augen schon recht schmal vom Kiffen. Sie werden augenblicklich ganz groß, als sie sehen, was ich da neben meinem Wagen mache.

»Fresse halten und mitmachen«, sage ich.

»Wie, mitmachen? Was denn? Willst du deine eigene Firma anzünden?«

Ich stehe auf und brülle: »Das ist nicht meine Firma. Das ist ein Hirngespinst meines Vaters, das er aus mir rausgezogen hat wie Spinnweben. Ich selber hätte das doch nie gemacht, den ganzen Scheiß!«

Frederick kaut auf seiner Zunge und schiebt die Brauen über die Augenhöhlen. Boris versteht nur Bahnhof.

Ich sage: »Ihr hattet die ganze Zeit recht. Ich bin kein Unternehmer. Ich bin kein erfolgreicher Geschäftsmann. Ich bin ein Spacko, der kifft und säuft und bis mittags im Bett liegt und seine Hose nie wechselt. Um einen wie mich zu so was zu bringen, zu einem Unternehmen da, was müsste da wohl passieren? Hä? Um euch zu Männern zu machen, die rund um die Uhr als Geschäftsmann arbeiten, sich bei Geldgebern und der Presse einschleimen, nie mehr saufen, gute Klamotten anziehen, alles der Arbeit opfern, den ganzen Spaß, mit verfickten neunzehn Jahren, was müsste da passieren?«

Frederick sagt: »Gehirnwäsche. Oder einer zwingt dich, mit der Pistole auf der Brust, macht dich zum Opfer.«

»Genau!«, sage ich und erzähle den beiden in kurzen Worten die ganze Geschichte, vom Umschlag mit dem Touchphone bis zur heutigen Nacht am Tresor.

Jetzt sind ihre Augen komplett klar, als wäre keine einzige Droge in ihrem Blut. »Heilige Scheiße«, sagt Boris.

»Und ich dachte, *mein* Stiefvater wäre ein krankes Arschloch«, sagt Frederick.

»Also«, sage ich, »macht ihr jetzt mit mir die restlichen Mollis fertig oder nicht?«

Ich hocke mich hin und fülle Benzin aus dem Kanister in die achte Flasche. Ich kleckere. Es stinkt.

Frederick zuckt mit den Schultern, spuckt in den Rhododendronbusch, hockt sich zu mir und nimmt sich ein Tuch. Boris beobachtet uns eine Weile. Seine Zunge fährt durch seine geschlossenen Lippen, wie ein Lappen, den man durch eine verklebte Ritze zieht. Er sieht nach links und rechts, als stünde er Schmiere. Frederick hat derweil schon seinen ersten Molli fertig. Er ist sehr geschickt, wenn es um Zerstörung geht.

Boris schnauft.

Verschränkt die Arme.

Zündet sich eine Zigarette an und geht den Parkplatz hinab.

Tritt gegen eine Mülltonne.

Tritt gegen einen Wagen.

Er flucht.

»Scheiße!«

Wieder rumst es und Frederick stöhnt laut auf, weil der Lärm uns verraten könnte.

Boris grummelt und mosert wie ein Vater, der eine Etage über dem Wohnzimmer auf und ab läuft und dabei demonstrativ stampft.

»Verdammter …«

Frederick steht auf und zischt: »Was soll das denn?«

Boris bleibt einen Augenblick stehen, zieht an der Zigarette, atmet aus wie ein alter Mann und kehrt schnell zu uns zurück. Es geht so zügig, als habe man auf einem alten Videoband vorgespult. Sein Gesicht ist wieder vor uns, groß und bildschirmfüllend. Er macht schmale Augen und wirft die Zigarette weg. Er sagt, und ich merke, wie viel

Überwindung ihn das kostet: »Mein Vater, ja? Der hat neulich einer jungen Frau das Leben gerettet. Die brauchte eine so komplizierte Operation. Konnte eigentlich nur ein Spezialist aus Seattle machen, weißt du, was ich meine? Die hatten aber keine Zeit, sie dahin zu fliegen. Kohle auch nicht. Was hat er gemacht? Eine Internetkonferenz direkt im OP. Der Kollege in Amerika hat ihn angeleitet, weißt du, was ich meine? In Echtzeit, Bild für Bild. Das musst du dir mal vorstellen.«

»Ja, und?«, sage ich frotzelig.

»Vor zwanzig Jahren war das Netz noch Sache des Militärs. Vor zehn Jahren kam es nur langsam durch Modems. Jetzt ist es schnell wie Sau und billig. Weißt du, warum? Wegen Pornos! Die Pornoindustrie hat das Netz beliebt gemacht, weißt du, was ich meine? Und billiger. Männer mit offener Hose vor dem Bildschirm! Wegen Wichsern kann mein Vater jetzt per Netzkonferenz operieren. War das so geplant? Hat sich das irgendeiner von den schlauen US-Strategen so vorgestellt? Nein. Weißt du, was ich meine?«

Er ist voll dabei, ich habe Boris noch nie so wach gesehen. Er zeigt an dem vierstöckigen Haus hinauf, über dessen Eingang das Palm-Grove-Logo prangt. »Wen interessiert es, *warum* das da entstanden ist?«, fragt er.

Ich schlucke.

»Wen interessiert's, ob dein Vater dich beschissen hat? Alter, du bist neunzehn Jahre alt und hast schon *das da* geschafft! Und jetzt willst du es *anzünden*? Hast du noch alle Eier im Sack?«

Ich lasse die Benzinflasche los.

Sehe ihn an.

»Und die Ehefrau?«, sage ich. »Die nervigen Kinder? Der Hund? Der Steuerberater?«

Boris sieht mich an, lange, mehrere Minuten, ich frage mich, ob es ganze neunzig werden wie damals bei Debbys Vater. Er sagt gar nichts, aber zugleich kann ich ihn hören. Es ist ihm nicht mal Worte wert zu erklären, dass das alles nur Geschwätz war. Nur eines sagt er, nachdem wir so dastehen in der Nacht, Frederick auf dem Boden neben den Mollis, die Fenster der Palm Grove AG über uns im fahlen Licht der Laternen.

Nur ein Satz geht noch über seine Lippen.

»Zerstöre nicht das da«, sagt er, »zerstöre *ihn*.«

GÄRTNERN UND GRILLEN

GÄRTNERN UND GRILLEN
GÄRTNERN UND GRILLEN
GÄRTNERN UND GRILLEN

Ich bin unglaublich fair.

Ich habe meinem Vater eine SMS geschickt, auf sein »echtes« Handy, noch während er auf seiner kleinen Lesereise war:

> »ich weiß alles. habe das telefon im tresor gefunden und die papiere. sie haben jetzt einen neuen tresor. dein buero ist abgeschlossen. mama soll nicht sehen, wie es da drin aussieht. komm heute nacht um zwölf in mein buero.«

Ich bin mir sicher, dass meine Mutter nichts weiß, und sie soll nicht ihren Mann verlieren. Sie nicht ihren Mann und meine Schwester nicht ihren Vater. Sie sollen niemals erfahren, wer er wirklich ist. Sie sollen ihre Version glauben.

Um 22 Uhr sind alle Angestellten aus dem Gebäude, Jule wollte mich dazu überreden, Feierabend zu machen und mit zu ihr zu kommen, damit ich am Morgen wieder ein neues Haargummi in der Tasche habe, aber ich habe abgelehnt und den Eifrigen gespielt. Ich lasse mir nichts anmerken. Gegen 23.30 Uhr bin ich noch mal durchs ganze

Gebäude gegangen, um sicherzugehen, dass wirklich niemand mehr drin ist. Wie der Hausmeister eines alten Schlosses. Vier Etagen, alle von meiner Firma. Heute Nacht empfange ich meinen Vater auf der anderen Seite des Tisches.

Um 23.55 Uhr höre ich Reifen auf dem Rhododendronparkplatz. Ich schaue aus dem Fenster. Mein Vater steigt aus, langsam, gebremst. Er sieht zum Haus hinauf und mich im Fenster, seinen Sohn, seinen Henker. Ich warte am Tisch, höre seine Schritte auf den Treppen, denn ich habe die Aufzüge ausgeschaltet. Er betritt das Büro mit einem erbärmlichen Blick, kommt auf den Tisch zu, will schon um ihn herum. Da hebe ich die Hand und sage, laut und trocken: Stopp! Setz dich auf den Stuhl.«

Er tut es.

Schluckt.

Hebt die Hände: »Sven …«

Ich schlage auf das Holz, ein Locher, eine Tasse und eine Flasche Wasser springen einen Zentimeter in die Höhe. Er zuckt zusammen.

Ich fixiere ihn. Er weicht meinem Blick aus. Ich schüttle den Kopf. Ich muss nichts sagen. Es ist ja alles geschehen.

»Die Sachen sind jetzt in meinem Tresor«, sage ich. »Ich will sie niemals der Polizei zeigen müssen. Oder Mutter. Oder Lina. Aber glaub mir, ich werde es tun, wenn es nötig sein sollte.« Seine Augen werden feucht.

Vor Scham.

Vor Trauer.

Vor Angst.

Ich sage: »Wie konntest du nur …«

Er sieht mich an und rafft sich noch einmal auf. Aus seiner Angst wird Wut. Oh ja, ich kenne das gut. Man empfindet umso mehr davon, je hoffnungsloser man in die Ecke gedrängt wird. Je machtloser man ist.

Er sagt: »Wie konnte ich *was*?« Er richtet sich ein wenig auf. »Wie konnte ich zulassen, dass aus dir der erfolgreichste Jungunternehmer in der Geschichte dieses Bundeslandes wurde? Dass du jetzt eine Firma leitest, die das größte und einzigartigste Bauprojekt umsetzt, das diese Stadt je gesehen hat? Dass du trocken bist und raus aus dem Sumpf und zurück bei den Menschen, die dir guttun? Dass du ein Leben hast?«

Ich nehme den Locher vom Tisch und schleudere ihn über ihn hinweg gegen die Bürotür. Er duckt sich wie ich, als Debbys Vater mit der Speisekarte auf mich einschlug. Ich brülle: »Rede dich da jetzt nicht raus! Für diese Sache gibt es keine Rechtfertigung!«

Er brüllt zurück, in die Ecke gedrängt im wilden Wald, zwei Wölfe, von denen nur einer überleben kann: »Du warst im Gefängnis, Sven! Du bist in Häuser eingebrochen! Du warst ein Trinker, ein Schläger, du hast dich nicht mehr gewaschen! Das hätte niemals aufgehört, niemals mehr! Du warst süchtig nach diesem Sumpf, du wärst darin untergegangen!«

»Du hast Hühnern den Hals gebrochen und sie in unseren Pool geschmissen, damit ich auf Spur bleibe! Du hast einen Mann in Australien bezahlt, damit er Lina fotografiert, als wäre er ein Erpresser!«

»Du hast dich aufgegeben, Sven, komplett und ohne Hoffnung auf Besserung. Aber ich, dein Vater, ich habe *immer* auch den alten Sven in dir gesehen, den neugierigen, aufmerksamen, hypertalentierten Jungen. Der war da drin, in dieser versoffenen, zynischen, destruktiven Hülle, da war er noch! Ich musste ihn doch irgendwie ans Licht holen! Und er kam ja auch wieder hervor, im Krankenhaus zum Beispiel! Da bist du doch aufgeblüht in diesem Job, ich weiß das, ich habe mit dem Doktor gesprochen. Wenn ich die Familie Seidel, bei der du eingebrochen bist, damals nicht darin bekräftigt hätte, dass du endlich mal eine Lektion brauchtest …«

Ich unterbreche ihn: »Warte mal, warte. Was soll das denn heißen, ›darin bekräftigt‹?«

»Ähm, ich meine … ich wollte sagen …«

»Heißt das etwa, die *wollten* mich gar nicht anzeigen deswegen?«

»Ja, was heißt wollten nicht … es sind halt Bekannte von mir und deiner Mutter und natürlich will man da höflich sein, wenn der Sohn eines Freundes …«

Ich lege den Kopf schief und funkele ihn an: »Die hätten die Finger stillgehalten und du hast sie dazu überredet, deinen eigenen Sohn doch anzuzeigen?«

»Nichts von dem, was dir widerfahren ist, hat dir geschadet, Sven.«

Wie kann er so was sagen? Ich nehme die Tasse, die auf dem Tisch steht, und werfe auch sie knapp über seinen Kopf hinweg gegen die Tür. Dann die Flasche. Er hält sich die Arme vors Gesicht.

Ich brülle: »Wegen diesem Dienst im Krankenhaus bin ich ins Loch gewandert. Wäre ich da nicht gewesen, hätte ich Hans nicht geschlagen und hätte den Knast nie von innen gesehen!«

»Ich hatte *Angst* um dich, Sven! Du hast ja keine Ahnung, wie du nach dem Unfall von Lina wurdest!«

»Wundert dich das denn? Du hast doch damals zu mir gesagt, ich sei zu nichts zu gebrauchen, weil ich nicht mal meine Schwester beschützen kann!«

»Herrgott, Junge, natürlich sagt man so was im ersten Moment. Aber das ist doch kein Grund, alles Gute, was man in sich hat, auszulöschen. Du hast den Sven, den wir alle kannten, weggesperrt. Weggesperrt hast du ihn, in ein tiefes, tiefes Loch …«

»Ich war in einem tiefen Loch, Vater, du kannst dir nicht vorstellen, wie tief ich gesunken bin in der Haft, mit einem zweiten Mann auf der Zelle, weil du dein Image retten musstest und es dir wichtiger war, dass nichts nach außen dringt, als dass ich das Ding überlebe. Ich habe einem Albaner die Stiefel geleckt, hörst du, die Stiefel geleckt! Und das ist nicht metaphorisch gemeint! So etwas lässt sich nicht mehr verzeihen!«

Während dieser letzten Worte habe ich mich über den Tisch gelehnt wie ein Richter. Ich habe geschrien und gespuckt, mein Gesicht muss wie eine Fratze ausgesehen haben, ein schwarzer Schlund, der ihn jederzeit schlucken kann.

Ich erkenne in seinen Augen, dass er keine Widerworte mehr geben wird.

Dass er ganz genau weiß, was er getan hat.

Ich habe ihn gebrochen und sein Leben in der Hand.

Ich könnte jetzt aufhören, aber ich kann nicht. Irgendwas lässt mich weitermachen. Ich lehne mich in meinem Chefsessel zurück, spiele mit einem schwarz-goldenen Kuli und sage: »Du denkst, du kannst die Welt verändern? Du? Mit deinem Kanon und deinen Talkshow-auftritten und deinem salbungsvollen Gerede? Hm? Denkst du das? Dass die Leute alle wieder Schiller lesen, weil du das sagst? Und selbst wenn, wen schert es denn, Vater? Die ganze Bildung? Zwei Weltkriege hat es gegeben nach Schiller und Beethoven.«

Ich schnaufe.

Lege den Stift ab.

Verschränke die Arme.

»Einen Scheiß änderst du. Weißt du, wer wirklich was geändert hat in der Welt? Hier«, ich zeige auf den Rechner, »Steve Jobs. Oder Craig Venter, mit seinen Genomen. Oder General Patton, das war mal ein Kerl, Vater. Hat den Alliierten zum Durchbruch verholfen und Hitler den Arsch versohlt. Ohne den könntest du dein humanistisches Zeug gar nicht schreiben. Der hat für dich die Drecksarbeit gemacht. Die haben was verändert, Vater.«

Ich höre mich reden und sehe, wie er etwas erwidern will, aber einfach nicht mehr kann. Ihm schwindet die Kraft wie einem Reifen die Luft.

»Du hast dich aufgelöst, Vater. Michael Lechner hat sich aufgelöst. In Arbeit, in Interviews und Telefon und Mail und Presse und Scheiß. Michael Lechner musste ›stattfinden‹. Wann hast du das letzte Mal gelebt, hm? Wann? Du Krawattensklave. Du schwimmst nicht mehr und kaufst keine Bratwurst auf dem Trödel. Du machst, was Mutter sagt. Oder dein Agent. Du suchst nach einem Moment für dich selbst, tief und lange, und du findest nichts, gar nichts findest du! Du bist arm geworden.«

Ich warte darauf, dass seine Augen feucht werden, aber stattdessen scheinen sie auszutrocknen. Alles darin, das Leben, die Hoffnung, das Selbstwertgefühl. Er scheint wohl zu denken, dass ich auch noch recht habe. Ich habe den Punkt in ihm getroffen, den man bei einem Mann niemals treffen sollte. Ich habe die Büchse der Pandora geöffnet … und sofort Beton reingekippt.

Ich habe kein Mitleid, nicht den Hauch davon.

»Was soll ich denn jetzt tun?«, flüstert er.

Ich lehne mich in meinen Chefsessel zurück, die Beine unter den Tisch ausgestreckt. Ich sage: »Gärtnern.«

»Was?«

»Gärtnern und grillen.«

Er starrt mich an.

»Du gehst in den Ruhestand. Freiwillig. Du sagst deinem Agenten, dass Schluss ist. Du wirst kein Buch mehr schreiben. Keine Interviews geben. Gar nichts. Oder doch, ein paar Interviews gibst du noch: Du erzählst der Welt, was du mir damals erzählt hast, als ich die fünfhunderttausend Euro bekam, damit ich in Ruhe arbeiten kann und nicht von der Angst getrieben werde wie du. Du sagst ihnen, dass es eine große Heuchelei war, Bücher über Erziehung zu schreiben und die eigenen Kinder nicht mehr zu sehen. Die eigene Tochter. Der Sohn ist aus dem Haus, aber die Tochter, die braucht ihren Vater und die soll keinen Dad mehr erleben, der nie da ist, der das Haus klinisch rein macht für die Journalisten und der nur unter Schmerzen ein Barbecue ausrichten kann, weil er eigentlich schon längst wieder an den Schreibtisch will. Die Story wird dich sogar gut dastehen lassen, du weißt, wie das läuft. Und dann, dann lebst du noch dreißig ruhige Jahre, im Trainingsanzug. Und vergiss nicht, nach jedem Unkrautjäten den Fugenkratzer einzuölen.«

Mein Vater atmet nur ein und aus, die Atemzüge klingen brüchig, wie Luft, die man durch zerlöcherte Segel bläst. Ich lasse ihn nicht aus den Augen.

»In Ordnung«, sagt er, es klingt wie »Inorgnung«.

Wahrscheinlich wäre es ihm leichter gefallen, ich hätte die Kontrolle verloren und ihn in einem klassisch hysterischen Wutanfall erschlagen.

Das habe ich nicht.

Aus seiner Sicht habe ich heute Nacht nur sein Leben beendet.

JULES ATEM

JULES ATEM
JULES ATEM

Ich sitze vor meinem Rechner und surfe. Es ist drei Uhr. Jule atmet ganz ruhig und regelmäßig auf dem Kingsize-Bett nebenan. Wir wohnen erst seit fünf Wochen zusammen, aber ich kann mir nicht mehr vorstellen, diesen Atem nicht in der Wohnung zu haben. Auch Benjamin und Max sind daheim ausgezogen, allerdings nicht weil ihre Väter sie hintergangen haben, sondern einfach weil sie es schon können. Max hat sich in einem seiner fünf eigenen Zimmer einen kompletten Rennspielraum gebaut, mit sieben verschiedenen Konsolen und Rechnern sowie mehreren Original-Arcade-Automaten aus der Spielhalle, darunter *Daytona Racing* und *Ridge Racer 4*. Benjamin hat sich einen Bungalow ins Grüne gebaut. Ich überwache genau, ob Vater tut, was ich sage, und seinen Ruhestand vorbereitet.

Er macht es. Es gab lange Diskussionen mit meiner Mutter, sie ist regelrecht aus sich herausgegangen. Was denn in ihn gefahren sei und ob er nur in Extremen leben könne, entweder hundert Prozent Arbeit oder gar keine mehr. Sie hat bloß Schiss gekriegt, dass sie ihr Geschirr versetzen muss oder umziehen in ein kleineres Haus, aber er hat ihr erklärt, welche Rücklagen sie wirklich haben, und da wurde sie ruhiger. Außerdem wird ja der Sohn gerade reich.

Ich gehöre zu den wenigen Männern, die nach dem Sex nicht sofort schlafen können, und Jule zu den wenigen Frauen, die auf der Stelle wegratzen, »nichts gegen dich«, sagt sie dann immer und schlummert zwei Sekunden später auf meinem Arm, bis ich ihn vorsichtig unter ihrem Kopf wegziehe und an den Rechner gehe.

Eben lese ich einen Artikel auf der Webseite der *Rheinischen Post*, im Weseler Lokalteil. Es geht um einen Prozess, der während der letzten Monate vor dem örtlichen Landgericht geführt wurde, weil ein wohlhabender deutscher Manager vor der Videothek am Bahnhof einen türkischen Jungen geschlagen haben soll. Ich lese den Namen. Alparslan Farek. Oh Mann. Der Manager wurde in erster Instanz zu einer hohen Geldstrafe wegen tätlichen Angriffs verurteilt. Ich stelle mir vor, was Alparslan zu ihm gesagt haben muss und wie er dann mit Unschuldsmiene vor Gericht gesessen hat. Der Mann will in Berufung gehen.

»Die Berufung hat keinen Zweck«, zitiert die Zeitung den Zeugen des Vorfalls, Videothekar Ingo Klerk, er kenne den Richter und den Anwalt des Türken. »Die stammen wie ich ursprünglich aus Erlangen und sind bekannt dafür, heimliche Absprachen zu treffen. Glauben Sie mir, der Mann kann nicht gewinnen.«

Ich verstehe die Bemerkung nicht, freue mich aber darüber, dass mir Leute wie Alparslan mittlerweile gleichgültig sind. Ich sitze nur in Boxershorts am Rechner und das Fenster ist geöffnet, von draußen dringt ein Hupen, das Gespräch von späten Passanten und schwüle Augustluft herein, es ist eine Stimmung wie im Großstadtdschungel bei *Grand Theft Auto: Chinatown Wars*. Mein Gott, wie lange habe ich das schon nicht mehr gespielt? Auf dem Gelände draußen am Waldrand baggern die Bagger und heben das Fundament für Palm Grove aus.

Ich klicke auf das Icon von Linas Blog oben in meiner Favoritenleiste. Nur noch einen Monat, dann kommt sie wieder. Sie hat nichts mitbekommen von dem, was passiert ist. Von meinem Erfolg schon, klar, aber nichts von dem, was hinter den Kulissen los war. Sie wird später nur den fertigen Film sehen. Vor zehn Minuten hat sie einen neuen Eintrag eingestellt, ihre Ortszeit war 17.50 Uhr:

»In zweiunddreißig Tagen geht mein Flieger. Ich freue mich auf zu Hause, besonders auf meinen Bruder und seinen Kokostraum, aber auch auf das Land. Ich glaube, ich werde jetzt auch die Pflanzen und Tiere bei uns mit anderen Augen betrachten. Noch genauer irgendwie. Nein, das ist das falsche Wort. Ich glaube, ich meine: Ich werde sie nicht mehr für selbstverständlich nehmen.
Was ich an Australien vermissen werde, ist die entspannte Haltung zur Arbeit. Egal ob Neil oder andere Väter, die ich hier kennengelernt habe: Sie haben immer Zeit für das Leben, auch wenn sie anspruchsvolle Berufe haben. Judys Vater etwa leitet hier eine große Firma, landwirtschaftliches Gerät für die Zuckerrohrernte, aber wenn er freitagnachmittags durch die Kühltheken der Smithfield Mall geht, um Fleisch und Soßen für das Barbecue zu kaufen, dann merkt man ihm an, dass in dem Moment nur das zählt. Fleisch und Soßen. Nichts anderes. Das ist toll.«

Jule dreht sich nebenan im Bett um und seufzt sehr niedlich. Wahrscheinlich träumt sie. Ich überlege, ob ich es tun soll, denn ich habe Linas Einträge noch nie in der Kommentarleiste mit einem Eintrag bedacht. Doch, ich tue es. Der Cursor blinkt noch einen Augenblick, während ich überlege. Dann tippe ich ein:

»Schwesterherz, freu dich ruhig. Irgendwie habe ich im Gefühl, dass ein Stück Australien dich auch daheim erwartet …«

SINGAPUR

SINGAPUR
SINGAPUR
SINGAPUR

»Wenn ich wiederkomme, in zehn Monaten, dann möchte ich, dass du mich abholst.«

Das hat Lina gesagt.

Es ist jetzt nur so: Ich kann nicht da stehen, in Frankfurt am Flughafen, mit meinen Eltern, und so tun, als sei nichts gewesen. Ich bin ausgezogen, schnell und entschlossen, und habe seitdem kein Wort mehr mit meinem Vater gewechselt. Meine Mutter versteht es nicht, es tut ihr weh, aber wir haben ihr beide gesagt, es sei etwas zwischen uns vorgefallen, was einen radikalen Schnitt und eine klare »Pause« nötig mache. Sie nahm es hin, auch wenn ich nun kein Versager mehr bin und es für sie schwer zu begreifen ist, dass dieser Bruch ausgerechnet jetzt stattfindet, wo Vater allen Grund hat, stolz auf mich zu sein. Allerdings gingen dieser Zeit fünf Jahre heftigster Konflikte voraus. Das macht es für sie verständlicher, ein wenig, Wunden müssen heilen.

Ich kann Lina also nicht gemeinsam mit meinen Eltern abholen und ich kann nicht von ihnen verlangen, dass sie mir weichen und ich das alleine mache.

Also sitze ich jetzt auf dem breiten Marmorrand eines künstlichen

Wasserfalls auf dem Flughafen von Singapur, kurz vor der Treppe, die rauf in die Indoorgärten führt. Vor dem Geschäft gegenüber reibt eine Frau in einem Flatterrock und einer leuchtend grünen Bluse ihre kleinen Hände, lächelt wie die aufgehende Sonne und versucht jedem Reisenden, der auch nur ein wenig länger als zwei Sekunden stehen bleibt, goldene Schmuckdöschen in Schildkrötenform oder glänzende, kitschige Elefanten anzudrehen. Ich weiß, dass Lina beim Umsteigen in den Flieger nach Frankfurt genau hier vorbeikommen wird. Ich weiß das durch die Lagepläne, die ich ihr damals vorbereitet hatte und nicht mehr mitgeben konnte, weil ich einen Tag vor ihrem Abflug verhaftet wurde.

Gestern Abend bin ich angereist und der Anflug war atemberaubend. Sieht man bei Nacht aus dem Fenster auf diese Stadt, schwanken Hunderte kleiner, golden erleuchteter Schiffe auf ihren Wasserwegen; man hört förmlich das Plätschern an den Planken und das geschäftige Stimmengewirr, das nicht mal nachts zu einem Ende kommt. Mitten auf einem der Flüsse glaubte ich, eine winzige Insel mit einem einzigen Haus darauf gesehen zu haben, es kann aber auch Einbildung gewesen sein, denn dieser ganze Ort wirkt unwirklich auf mich, die ganze Tatsache, dass ich mittlerweile fähig bin, einfach so ein Ticket nach Singapur zu buchen, eine Nacht in einem Hotel mit Blick auf tausend Lichter zu verbringen und dann in der Parallelwelt dieses Flughafens auf meine Schwester zu warten, die ihren ersten langen Flug von Sydney hinter sich hat und nach vier Stunden Aufenthalt weiter nach Frankfurt fliegen wird. Ich freue mich, ihr Gesicht gleich zu sehen, wenn sie mich erkennt, hier in Südostasien, wo sie noch weit weg von daheim ist.

»Wenn ich wiederkomme, in zehn Monaten, dann möchte ich, dass du mich abholst.«

Ich nippe an meinem Kaffee und schmunzele. Ich bin wieder abgebogen, auf eine Straße, die nie denkbar gewesen ist, aber dieses Mal gefällt sie mir.

»Sven! Oh Gott, Sven!«

Sie kiekst, sie quietscht, sie lässt Sachen fallen und ein paar asiatische Mädchen sehen sich nach ihr um und amüsieren sich über die Euphorie.

»Was machst du denn hier?«

Sie wirft sich auf mich und wir fallen fast in das künstliche Bassin mit den Pflanzen und Fischen, sie drückt mich und knetet an mir herum, als sei sie sich immer noch nicht sicher, ob sie das wirklich erlebt oder ob sie immer noch im Flugzeugsitz hockt und träumt. Es bräuchte sogar weniger, um an einem Ort wie diesem nicht zu wissen, ob man wirklich wach ist. Flughäfen wie Singapur sind wie Traumsequenzen, Knotenpunkte auf dem Weg in die Welt, kleine Inseln in einem Meer aus Lichtern.

»Ich habe versprochen, dass ich dich abhole«, sage ich und sie mustert meine Schuhe, meine Jeans, mein Jackett.

»Hier?«, sagt sie. »Mitten in der Nacht? In Singapur?«

»Ich hatte Lust auf Singapur«, sage ich. »Ich kann's mir mittlerweile leisten. Du weißt doch, Chef der Palm Grove AG. Zurückfliegen musst du allerdings alleine, ich komme später nach. Habe noch geschäftliche Dinge zu erledigen.« Ich wedele mit meiner Visitenkarte. Dann öffne ich meine Tasche und ziehe die Mappen mit den Lageplänen der Flughäfen und der tausend Infos zu Port Douglas und Queensland heraus.

»Die hier konnte ich dir damals leider nicht mehr geben«, sage ich.

Sie nimmt sie an, blättert darin herum und schluckt. Gegenüber verkauft die strahlende Frau einen Goldelefanten.

Ich sage, in die Mappe tippend: »Da steht auch drin, wie man es schafft, sich in die Businesslounge von Qantas zu mogeln.«

Sie schaut nach und schmunzelt.

»Aber weißt du, was das Beste ist?«, sage ich. Sie schüttelt den Kopf. Ich sage: »Wir müssen gar nicht mehr mogeln!«

Sie sieht mich fragend an, ich nehme ihr Handgepäck, den Trolley und den Rucksack.

»Komm!«, sage ich und freue mich schon darauf, gleich am Counter der Nobellounge, wo es die ganze Nacht warmes, frisches Essen gibt, mit »Welcome Mr Lechner« begrüßt zu werden.

»Warte, einen Moment noch«, sagt Lina und greift nach der Orientierungsmappe. Sie blättert darin herum, verliert die Geduld und sagt: »Sven, kannst du mir eben sagen, wo verdammt noch mal in Singapur das Klo ist?«

ÜBER DEN PALMEN

ÜBER DEN PALMEN
ÜBER DEN PALMEN
ÜBER DEN PALMEN

Ich stehe in meinem Büro und schaue hinunter in unsere Badelandschaft, den »Ort, wo Sie Sorgen vergessen«. Wir haben die Geschäftsräume so gebaut, dass wir – gut verborgen hinter einer Menge Grün und knapp über den Wipfeln der größten Palmen – wie fürsorgliche Götter auf unsere Welt hinabsehen können, ohne selbst deutlich bemerkt zu werden. Benjamin genießt das besonders. Die Palmen, die wir in der Badelandschaft nutzen, haben wir damals schon halb ausgewachsen anliefern lassen; ihre Kokosbrüder und -schwestern in der Plantage nebenan waren ungefähr ein Jahr alt. Sie wachsen und gedeihen gut und neben jeder steckt ein Schild mit dem Namen ihres Paten im Boden. Auf meinem Schreibtisch steht die Venusfalle, die Jule und Benjamin mir vor fast zehn Jahren mit ins Krankenhaus gebracht haben. Sie lebt immer noch und sie hat guten Appetit.

An der Wand meines Büros hängt ein gerahmter Artikel aus einer FOCUS-Ausgabe von vor sieben Jahren: ein Foto aus der Plantage, mit mir, Jule und den anderen und unserem Gast, der ein Plexiglasschild mit seinem Namen neben eine Palme steckt. Text: »Deutschlands bekanntester Moderator übernimmt die tausendfünfhundertste Palmenpartnerschaft in Palm Grove.« Das hat mich gefreut. Meine

Lieblingspaten sind jedoch die Nummer 1, Gertrud Närdemann, und die Nummer 14, Dr. Konrad Harnisch.

In den Wipfeln des Tropenbades flattern Kakadus und Regenbogenpapageien herum, zwischen Bad und Plantage flanieren Menschen auf zwei Etagen zwischen Restaurant, Souvenirshop und unserem Zoo, in dem Kinder lernen, dass man Koalabären immer nur am Popo anfassen darf und dass sie so wählerisch sind, von den fünfhundert Eukalyptussorten allenfalls zehn wirklich zu mögen. Sie sind mehr denn je meine Lieblingstiere geworden, denn auch ich bin mittlerweile wählerischer. Ich hatte gerade die erste Million auf dem Konto, als ich mit großem Spaß an der Sache nach und nach meine letzten aufbewahrten Gangsta-Rap-CDs auf Amazon verkaufte, für durchschnittlich einen Euro fünfzig pro Stück. Lieber höre ich heute Jazz, Miles Davis und Thelonious Monk, diese wahrhaft coolen Säue aus Eriks altem Feinkostladen, die sich nie abnutzen und die einem das Gefühl geben, kein wütender kleiner Junge zu sein, sondern ein Mann, der weiß, was er will.

Das hat auch Lina gesagt, all die Jahre lang.

»Sei ein Mann.

Sprich wieder mit Vater.

Bitte, egal, was zwischen euch gewesen ist, verzeihe ihm.«

Ich konnte aber nicht.

Nicht nach einem Jahr.

Nicht nach zwei Jahren.

Nicht nach vier Jahren.

Er tat, wie ich ihm geheißen, er gärtnerte und grillte, aber irgendwann fing er an, zu trinken und sich nicht mehr zu waschen, weil er es nicht ertragen konnte, keine Aufgabe zu haben. Also erlaubte ich ihm, wieder Bücher zu schreiben. Keine Sachbücher, deren Thesen er öffentlich hätte vertreten müssen, sondern Romane unter Pseudonym, in denen er sich austoben konnte, ohne sich erneut in die PR-Mühle begeben und überall »stattfinden« zu müssen.

War das nicht genug?

Nein, war es nicht.

»Sei ein Mann, kein trotziger kleiner Junge.«

Linas Worte klingen in meinen Ohren, als ich hinabblicke in das Tropenbad und die vielen Angestellten sehe, wie sie letzte Hand an das Buffet anlegen, an die Dekoration der Stühle und der kleinen Bühne zwischen den Lagunen, auf der wir sehr häufig Konzerte veranstalten und die wir manchmal auch für private Feiern vermieten.

Heute ist wieder so ein Tag einer privaten Feier. Ich trage einen teuren Anzug mit Einsteckblume und hinter mir betritt jetzt Jule mein Büro, in einem atemberaubend schönen Kostüm. Sie legt die Arme von hinten um meine Taille und legt ihr Kinn auf meine Schulter.

»Du kannst das«, sagt sie und streichelt meine Hand.

Ja, ich kann das.

Ich kann heute, nach neun Jahren, das erste Mal wieder meinem Vater begegnen, ihm die Hand geben und womöglich mit ihm anstoßen, da unten, in meinem Palm Grove, zwischen den Lagunen, bei der Hochzeit meiner Schwester Lina, die mit sechsundzwanzig Jahren den australischen Rettungsschwimmer Greg Carey heiratet, den sie in Queensland kennenlernte, 2015, bei ihrer fünften Reise nach Down under.

Da unten wird sie gleich stehen und ihm das Jawort geben, wir werden Schmetterlinge fliegen lassen und sie wird ihnen nachsehen auf ihrem Tanz Richtung Hallendecke, unter der die Kakadus fliegen.

Ich kann das.

Ich bin kein Junge mehr.

Ich drehe mich um, fasse Jules Hände, sehe sie an, überlege mir, ob wir eines Tages auch dort unten in Palm Grove heiraten oder nicht doch besser direkt nach Palm Cove in Queensland fliegen sollen, wo die Schmetterlinge kein Hallendach aufhält und sie sofort in die Freiheit entkommen, küsse sie, atme tief durch und gehe mit ihr hinab in die Lagunenwelt, in der meine Familie wartet.

INHALT